U0534029

乾嘉詩文名家叢刊

張寅彭 主編

孫原湘集（下）

王培軍 點校

人民文學出版社

天真閣集卷三十八　詞六

苔岑樵唱

賀新郎

集飲鈍閑齋聯句，時鮑麐客偉將赴關中。

揮手辭公等鮑偉。太匆匆、短衣疋馬，翠蓮華頂原湘。我欲從之親白髮張燮，萬朵寒雲作影鮑份。心一片、碧天同冷偉。只有銀蟾山不隔原湘，照吾儕夜夜詩魂醒燮。今夕酒，且同罄份。　何如喝卻蛟龍靜偉？向空江、吹簫濯髮，弄波千頃原湘。謾說長安居不易燮，梅點柳絲消領份。恰早是、楝花風緊偉。舊雨團圞應入夢湘，怕羈嘑夢裏聲偏警燮。愁意味，者番併份。

念奴嬌

同無錫嵇天眉文煒、太倉蕭子山掄及席子侃世昌小石屋探梅。

風吹夢緊，任呼童擔酒，入山深處文煒。未信銜寒春早到，一樣澹雲微雨掄。洞鎖天陰，泉凝雪古，響落詩人語原湘。莫教驚起，瘦蛟破壁飛舞世昌。　試問芳草心秋，名花香冷，仙佛誰爲主文煒？笑指遙峰多斌媚，此是那家眉譜掄？明月難邀，美人不至，且折寒梅去原湘。何須去也，山空儘許君住世昌。

一萼紅

嘉慶丙辰新正，寒甚，連日探梅招真治，蓓蕾凍雪，殊無花意，而先放者都已憔悴。徘徊歎息，不能已已，因聯此解。

忍清寒原湘，問枝頭殘雪，何日凍痕乾世昌？香影饃餬，雲陰澹薄，幾曾辜負青山文煒？縱知道、空勞攀摘，奈相思、不肯放情閑原湘。屈指清輝，關心好夢，佇爾同圓世昌。　蝴蝶來棲嫌冷，料羅浮高處，也未春寬文煒。事在將成，期還有待，此中滋味尤偏原湘。那自惜、幾宵耐守，只而今、憔悴最伊憐世昌。願把此心溫處，煖透梢顛文煒。

疏影　冒雨至維摩寺探梅

早知欲雨原湘，奈相思已久，魂夢都苦世昌。石滑難行，蠟屐扶筇，風偏卷霧來阻文煒。冷香透出疏林外，又曲折、引人前去原湘。指水雲、幾處饃餬，可是舊曾經路世昌？　豈知樓堪望海，但宜酒醉後，花下容與文煒。莫怨春遲，待得春來，已恐留春難住原湘。花開花落尋常事，只莫把、花時擔誤世昌。要幾宵、伴月棲煙，說向好山應許文煒。

念奴嬌　維摩寺梅下坐雨

梅花耐凍，與梅花同耐，也須修到原湘。拚得冷香深入骨，那顧風前料峭世昌？　翠竹皆仙，澹煙如夢，祇惜無芳草原湘。直須捉月，將他樹樹都照文煒。　無奈雨意廉纖，弄寒作暝，玉綻枝頭少原湘。一管瓊簫吹不醒，走上高峰微笑世昌。笑入雲中，折來春信，瞞卻青天曉原湘。還愁春至，嫩晴烘破嬌小文煒。

河傳　雪夜憶梅

人靜原湘，偏省世昌。問花陰文煒，鶴夢沉沉原湘。要尋世昌，路遙漏微渾不禁文煒。此心原湘，且拚同夜深世昌。　縱使孤高寒耐得文煒，爭耐寂原湘，何況重雲隔世昌？任前郵文煒，花斷魂原湘。閉門世昌，滿窗惟月痕文煒。

埽花游

大雪，櫂舟出阜成門。望西城樓閣，由三橋入西湖，則全山皆見，此身如在冰壺玉澥中矣。呵凍聯句，不覺衣上雪花，一身都滿也。

不能飛去，且扁舟萬頃，四圍同眺原湘。玉山縹緲文煒。道連雲凍住，卻隨孤櫂原湘。片片瑤花，落下何曾落了文煒。白鷗導原湘。怕煙水蒼茫，和夢難曉文煒。空明天地杳原湘。喜西子全身，水鏡凝照文煒。回看更好原湘。賸紅樓，一角孤撐天表文煒。水綠依然，那要東風替埽原湘。認鴻爪文煒，比山陰、可還清悄原湘？

春夏兩相期

玉山書院中，同崑山徐孄雲雲路送春。

算今年、較春長也原湘，東皇有意相假雲路。日坐春中，人自不如春暇原湘。黄金能似玉山高，一刻陽春偏無價雲路。拍遍闌干，薰風庭院，有花難借原湘。傷心莫漫悲詫雲路，看眼前合并，月亭雲榭原湘。縱是鴻泥，留作他年情話雲路。只愁水樣綠陰流，是春歸處秋來乍原湘。檢點琴書，放下簾櫳，且消長夏雲路。

春風嫋娜

書院中多翠雲草，輕柔婉妙，屬孏雲繪圖，聯句題其上。

步秋陰墻角，小注吟眸雲路。難强定，緑還不原湘？是湘妃、細剪湘雲如水，倒掩山翠，吹墮妝樓雲路。一片衫明，二分眉秀，藏著紅心不肯抽原湘。半似淒迷被煙鎖，半還旖旎弄風柔雲路。多少相思未了，縈愁織憾，没人處、畫出新秋原湘。螺痕淺，鳳翎修雲路。天涯繡徧，無此清幽原湘。望到晴空，倩誰吹送，占來閑地，儘自夷猶雲路。乍西風起，怕離根飛去，碧天杳渺，霞彩紛流原湘。

疏影　梅影

命兒子文杓聯句。

昏黄月澹原湘，遇縞衣縹緲，如夢如幻文杓。看去依微，清極成空，春痕墮地尤淺原湘。飛來莫緑魂無定，怕暗被、東風吹散文杓。正夜涼、孤鶴醒時，認作落英零亂。忽見横斜水際，玉鱗更夭矯，珠抱驪頷原湘。照徹冰心，邢尹難分，凍合碧雲千片文杓。還疑點點寒江雪，竟不化、緑波春煖原湘。縱隴頭、驛使相逢，怎折寄他人遠文杓？

前調　蘭影

湘魂冉冉原湘，似暮行楚雨，歸夢還顫文杓。照入江波，窺見同心，一枝化作雙箭原湘。靈妃莫是分身法，但乍近、又疑神遠文杓。認瘦豪、新撇叢叢，脱盡墨痕深淺。　良友欣然入室，不言自印可，休訝虚幻原湘。臭到真香，始覺空空，幾帳隔層紗幔文杓。朦朧月冷山齋夕，越顯得、如煙濃染原湘。把畫屏、移近燈前，鈎攝倩他纖腕文杓。

前調　竹影

倏然水曲原湘，弄碎雲幾片，寒壓波綠文杓。畫意蕭疏，旋整還斜，此君自寫幽獨原湘。交枝細印人人字，忽疊亂、化單成複文杓。借一番、風力輕篩，漏出些兒晴旭。　著个吟魂小倚，翠煙共黯黯，日暮空谷原湘。莫是寒簧，環珮飄蕭，墮下清虚蒼玉文杓。中庭荇藻交横處，怕踏去、浪花飛蹴原湘。等紙窗、移上凉蟾，與可繪來横幅文杓。

前調　菊影

澹無物肖原湘，帶夕陽一片，秋意偏好文杓。籬角無言，欲浸寒雲，薄暝留住孤悄原湘。闞心滿徑愁搖落，但髣髴、珊珊魂弔文杓。想箇人、簾卷西風，借作病中秋照。寒月饃餬自下，翠攢更掩冉，堆砌難埽原湘。盆瓦移來，雪色横窗，放箇銀釭低小文杓。纔尋一枕羲皇夢，被冷蝶、款來旋繞原湘。乍白衣、送酒人歸，細碎滿身香嫋文杓。

滿江紅

偕凌客、子侃楓林買醉，歸途已二鼓，泞星橋玩月。

池面風來，敲一葉、玻瓈清響世昌。消不盡、疏林千萬，月波飛上偉。古樹立殘寒影瘦，片雲隨著冰魂蕩原湘。共塔尖、鈴語話淒涼，添惆悵世昌。拂珊枕，思蘭槳偉。調茗盌，醒椒釀原湘。舍吾曹逸興，小春誰賞世昌？横幅丹黄留絶豔，平波碧緑宜孤往偉。想夜深、應有鬼聽詩，秋墳唱原湘。

霜葉飛

小春日，徐孀雲來，偕子侃、趙子梁同鈺同遊虞山。丹楓初脱，凍雲不流，萬木刺空，孤峰削壁，從間道延緣螘附，憩維摩寺之望海樓。天風海濤，吐納肝膽，俯瞰小香雪，則凍堅冰魂，惺忪未醒。子梁出紙墨索孀雲畫梅，圖成而夕陽銜山矣。寺僧導别徑歸，子梁半途别去，余與孀雲、子侃，剪燭呵凍聯句。

不曾相識，青山面，蹉跎華髮如許雲路。世間何地是蓬萊？只在思量處原湘。指斷壁、飄然且去世昌。孤城横束峰腰住雲路。策瘦杖伶俜，踏碎古苔花，石細杳無行履原湘。　誰信到翠微巔，巉叢俯瞰，别有斜穿徑互世昌。那消宛轉亂雲堆，幾悔尋幽誤雲路。漏隱隱煙蘿細語原湘。林霏還閣前宵霧世昌。指顧間、茫茫也，隔嶺遥聞，上方鐘午雲路。

瑶臺第一層

海色飛來，峰頂上、蒼茫一片秋世昌。渺然身世，淒然景物，如此清游雲路。縱饒春信早，奈凍魂、未醒羅浮原湘。算兹際，只癡松頑柏，難與論愁世昌。　休愁〔一〕，破師雄夢，千林香雪筆端收。緑章誰上，怎憑仙篴，唤起潛虬原湘？碧潭空自静，印亂雲、倒作波流世昌。指瀛洲，問何時移去，此地瓊樓原湘?

【校記】

〔一〕『愁』字原爲墨釘，兹據光緒本補。按上闋用『愁』字韻結，過片必不再用之，別無可據，姑依光緒本。

宴清都

綠盡空林肅原湘。風自舞、亂泉飛作寒玉世昌。荒煙一片，歸雅數點，晚風如簇雲路。山靈可許留宿原湘，勞遠送、修眉暗蹙世昌。怕夜深、怪石槎枒，暗中飛起相逐雲路。　與君笑指斜陽，曾題詩處，重到應熟雲路。三橋弄翠，雙湖蕩月，後游須續世昌。看楓已錯吾谷雲路。且少住、同拚秉燭原湘。最羨他、幾葉閑雲，長依深竹世昌。

卜算子慢

七夕同子侃、子粱、邵蘭風廣銓攜兩歌女登小石屋。

輕雲剪幙，凉月甃池，洞窄占秋偏早原湘。多謝慈航，又引小游修到廣銓。笑青山、對我還如笑世昌。倩玉篴、吹開冷碧，煙蘿萬縷齊嫋同鈺。　古翠天難埽原湘，任我輩清狂，自鐫新稾廣銓。待把秋懷，細與采芳人道世昌。便無言、佛也心應曉同鈺。儻寫出、閑愁一片，恐青天都老原湘。

甘州　歸舟

剪秋雲葉葉寫新詩，不是爲悲秋世昌。賸無言磐石，無情老樹，無謂閑愁原湘。愁煞人間天上，河總不西流廣銓。敲斷紅塵夢，清磬聲幽同鈺。　乞取瓊簫雙管，喚蛾眉月上，笑看牽牛世昌。借佛香縷縷，熏得客心柔同鈺。算年來、花叢嬾顧，問此生、何事要清修原湘？相思重，如何載得，一葉輕舟同鈺。

滿庭芳　西山桂花下

香外雲孤，秋餘夢瘦，豔情知落誰邊原湘？小山閑倚，何似月輪圓同鈺？想到清寒玉宇，怎禁得、身意俱仙原湘。斜陽影，依稀寫出，一角額黄妍世昌。　應憐，風起也，吾無隱爾，爾竟飄然原湘。願分染霓裳，遥寄長天同鈺。拚濕幽襟冷露，秋聲悄、醒抱花眠原湘。還同貯，相思萬斛，金鑄淚痕鮮世昌。

邁陂塘　送秋

問西風、捲秋一片，飄零送向何處原湘？清空大地渾無迹，吹斷小樓秋語偉。君莫去。倩日暮、停雲爲我留仙住世昌。此情誰訴廣銓？縱對酒當歌，銀箏檀板，難洗萬愁緒。他年約，只是當時已誤。等閑明月虚度原湘。丹楓自是深秋籜，强當好花何苦偉？儂細數。把往日、芳盟抛散如輕絮世昌。亂山無主廣銓。天亦替相思，斜陽影裏，石破逗疏雨原湘。

謝池春慢

與凌客聯句，書寄所思。

黄花開否？天也共、人俱瘦原湘。淺碧水涵空，遠碧峰爭秀偉。峰怕霜添削，水怕風吹縐原湘。待清寒，擕翠袌偉。幾竿修竹，幽夢年年守原湘。秋衾夢醒，情未老、秋依舊偉。秋自澹如煙，情自濃如酒原湘。問訊鴻來緩，相約鷗眠久偉。長圓月，何處有原湘？不如且醉，閒把花香嗅偉。

好事近

北行舟中

驚起曉鸎嘑，簾外賣花聲唤世昌。一片輕颿細雨，剪緑波春煖原湘。東風著意作春陰，不放閑雲嬾世昌。早見雙堤楊柳，向人舒青眼原湘。

夜行船　舟中待蘭風

多少閑情須細語，待君來、君今何處？小雨愔愔，寒花灩灩，莫要迷君前路世昌。　明日相逢應不誤，擬今宵、夢魂先遇。掛起篷窗，燈昏月黑，過了亂飄無數原湘。

瑞鶴仙　感舊

夢南人自北原湘。憾多事輕風，吹飄偏疾世昌。欲回回未得原湘。望孤雲帶去，夜鴻消息世昌。遠山又隔原湘，況歸期、多難豫必世昌。漫回頭、大好江南，一片是傷心色原湘。　休說。清尊情遠，短劍心雄，天涯何惜世昌。有緣且別原湘，便別了情如昔世昌。任相思、從此永無相見，已勝不曾相識原湘。只前時、幾度花間，怎生空擲世昌？

甘州　出江南界

任青山畫得斷江南，畫不斷離愁原湘。憶輕風如剪，垂楊如綫，明月如鈎廣銓。同是長天一片，顏色慘於秋原湘。拚不思量也，魂夢偏留廣銓。　無奈粼粼車鐸，又催人夢轉，未到紅樓原湘。笑紅塵拂面，輸與水邊鷗廣銓。縱他時、桃花依舊，已一春、辜負卻雙眸原湘。真無奈，揚鞭且去，休更回頭廣銓。

長亭怨　落梅

悔清夢、羅浮輕到原湘。更錯嫌卻，嫩紅嬌小世昌。既覺魂消，應拚足健，日花繞原湘。無端小病，偏剛值、花初好世昌。怨了東風，還怨篴、總心魂顛倒原湘。　花老，匆匆春漸半，休報那人知道世昌。何須爾報原湘？料鐵玉、幾回親埽世昌。只賸下、幾片枝頭，又偷近、蛾眉妝曉原湘。待盼到成陰，索取青青還笑世昌。

東風第一枝　花朝東平道中

塵漲天黃，山回路碧，絶無一點紅影原湘。與君駐馬垂楊，嫩寒殢魂未醒世昌。春光已半，怎一晌、夢中纔省廣銓。想玉樓、人剪生綃，繫徧百花花頂原湘。　停幾度、水邊雙艇世昌。尋幾處、竹間三徑廣銓。燭闌話到家鄉，奚奴睡魂也聽原湘。車鐸聲聲，還認作、花鈴遙應世昌。只二分、明月依然，儘與客窗消領廣銓。

意難忘　有憶

人也花耶？恰百花生日，生此如花原湘。生原憐薄命，根竟托誰家廣銓？頻賞玩、轉咨嗟原湘。情薄不如紗廣銓。廿四番、催花風信，没點攔遮原湘。　而今直忍抛他廣銓，只汀桃岸柳，爭拂行車原湘。餘香尋尚在，有約見還賒廣銓。春夢亂、夕陽斜原湘。回首障紅霞廣銓。把酒杯、欲澆香土，無奈天涯原湘。

滿江紅　項羽墓

如此英雄，千古只、一堆青草原湘。想當日、目中那有，蛇分狐嘯世昌。失著縱輸函谷險，窮途尚陋江東小廣銓。魯公頭、哭倒魯城人，魂應笑原湘。　淫吕雉，黄巾暴世昌。握嬴政，黄巢盜廣銓。問漢陵秦寢，總歸殘照原湘。本紀自居隆準上，孤墳誰爲重瞳保世昌？八千人、惜不葬同邱，田横島廣銓。

鶯啼序　藤花書屋送春

東風已吹萬緑，把長安繡徧原湘。漫回首、千樹濃春，好倩鶯語吹轉世昌。看亭外、落花堆積，游絲攬得紅塵軟廣銓。只青銅，能鑄輕紅，未消人面原湘。　每憶年時，此日可惜，對家山酌餞世昌。泛孤艇、一路煙波，白鷗銜散花片廣銓。照湖光、衫輕鬢重，幾曾覺韶華中換原湘。憾重雲，隔斷斜暉，與春同遠世昌。

蝶拋餘粉，柳卸輕綿，客窗怎忍見廣銓？卻喜得、此間花事，雨阻寒勒，過了今朝，尚疑春淺原湘。香車作隊，清歌相答，藥欄繡簇豐臺侯，算江南、紅影應如霰世昌。誰知草色，青來眼底心頭，更比故國萋蒨廣銓。　明年此際，又在何鄉，聽子規舌變原湘？更怪得、當時歡笑，縱別猶遲，此地淒清，欲留難戀世昌。人間似此，天邊可想，瑤宫豈有藏春處，問東君、何事輕回輦廣銓？關心今夜春痕，月未闌時，儘留一綫原湘。

春從天上來

紫藤花下聯句

客正思家，訝罨畫江南，移到天涯原湘。幾番繞架，未省抽芽，驀地飛上朝霞世昌。笑古藤轇葛，妝點出、紫玉年華原湘。對東風，惜攀蘿共看，少隊香車世昌〔一〕。　當年記曾新折，助絡索珠鬘，一弗欹斜原湘。掛月眉纖，籠煙髻重，望裏是也非耶世昌？願散成餘綺，還照取、綺閣窗紗原湘。更愁他。直愁如春蔓，憶我看花世昌。

【校記】

〔一〕『少隊』，疑當作『小隊』。

念奴嬌　出都門作

不如且住，奈多情、鶗鴂催人歸去原湘。一片綠陰濃若此，料得江南春暮世昌。蝶隊分排，花旌遠颺，似導人先路原湘。邨歌宛轉，亂鶯飛滿高樹世昌。　回望錦堞連雲，虹樓隱月，都是低徊處原湘。只憾黃塵昏似海，掉首願隨煙霧世昌。故里青山，新知白社，兩地難兼顧原湘。飄然歸也，夢魂已化鷗鷺世昌。

陌上花　車行見道旁野花而詠之

嫩紅繡徧，閑隄不是，旅人誰看原湘？錯認春光，忘卻馬蹏歸緩世昌。淒涼也對東風笑，只是路塵吹滿原湘。縱飄零不比，楊花點點，自堪腸斷世昌。　想朱門宴賞，絕無此色，都入膽瓶清玩原湘。似爾鮮妍，拋向青青河畔世昌。假饒名掛羣芳譜，反被賣花人喚原湘。儘翛然不受，藥欄扶植，園丁澆灌世昌。

木蘭花慢　曉行和壁間韻

雙輪朝碾月，披襟坐，好風當原湘。看天泛霞明，嵐飛翠潔，競鬬新妝世昌。高柳自梳晨露，碧絲絲畫出麥秋涼原湘。清氣橫空似水，輕沙拂袞成霜世昌。　天涯誰賞孤芳，何苦恁，送春光原湘？幸已老鶯花，未寒鷗夢，堪慰離場世昌。歸去一襟塵在，怕清溪不識老漁郎原湘。好把宿酲淘洗，望中野趣偏長世昌。

附錄

愁心誰替說，聽鈴鐸，語郎當。正影逼霜寒，柝敲夢斷，擾擾晨妝。落月似憐倦客，戀塵顏餘照恁蒼涼。鏡裏暗銷朱彩，鬢邊怕點玄霜。　溝旁流出紅芳，一度度，送年光。便玉盌澆春，銀箏譜夜，難滌迴腸。問訊長亭柳眼，去來頻定，已識蕭郎。解得別離情緒，從今莫放絲長。

長亭怨慢　驛柳

問綠到、天涯何處原湘？曲折隨隄，招人前路世昌。可惜長條，幾曾挽得玉鞍住原湘？缺時還補，誰與爾、共今古世昌？長是送迎時，算折盡、此腰何苦原湘？　歸去，有故園幾樹，不管別離情緒世昌。那知天外，正擾擾、羽書旁午原湘。且莫問、昔日依依，又幾見、雪花空舞世昌。試青眼長舒，會見紅旗飛度原湘。

八歸　南歸道中寄故園諸友

諸君足下，别來三月，遥想故園無恙原湘。殘紅落盡春何在，知在吟香卷裏，待余追賞世昌。嗁鴂一聲天下緑，枉對著東風惆悵原湘。衹賸得、蓮影横塘，好與蕩蘭漿世昌。莫問京華舊夢，而今塵土，盡逐碧雲摇漾原湘。續詩郵壁，選歌邨店，都是離鴻淒響世昌。盼南天半月，早作團圞見時想原湘。歸雲孏、好風吹去，影落西湖，瀠洄依碧漲世昌。

西子妝慢　渡黄河

勒馬黄河，看雲碧落，老我五湖歸計原湘。隔江山色盼行人，鎖蛾眉、未消愁翠世昌。紅塵一洗。把煙水、頭銜重記原湘。没閑鷗，任浩蕩難馴，寸心萬里世昌。桃源地，落了桃花，别有桃花替原湘。扁舟舊約况堪尋，問鱸鄉、可容高寄世昌？香盟酒例。算都是、英雄游戲原湘。儘荒淫，點鬢秋霜要避世昌。

水龍吟　渡江

飄然已出紅塵，四邊只有天圍住原湘。春江一勺，春颿一葉，波濤爾許世昌。甲士樓船，美人金鼓，都歸何處廣銓？賸雪花堆裏，金焦兩點，曾親見，孫吳怒原湘。喚起蛟龍聽語世昌，借長風、片雲飛渡廣銓。眼前萬里，心頭萬事，斜陽莫去原湘。潮且西回，山猶北顧，可憐今古世昌。看二分澹月，幾行碧柳，待儂前路廣銓。

沁園春　美人背

同溧陽史補堂蟠聯句。

悄立花陰，喚不回頭，其人宛然原湘。是春風畫裏，問誰省識，秋波轉後，臨去俄延蟠。倚竹無雙，下堦獨自，只許偷窺削玉肩。私心喜，道封侯夫壻，貴不勝言。回身且佇瓊簷，愛曝煖紅窗小雪天原湘。奈欠伸神倦，香偎屏底，惺忪膽怯，汗浹襦邊蟠。寶衱微鬆，明璫欲解，笑避銀燈照影偏。寒衾擁，慣倩郎長爪，搔穩清眠原湘。

前調　美人膝

窄檻低窗，聊可相容，褰拖半偏。喜阿侯娬媚，加時深惜，檀奴宛轉，撫處輕憐原湘。袴奈雙縫，香曾一接，鸜鵒聲高促未便蟠。微酸否？向紅衾小曲，半晌清眠。　漫誇荑玉纖纖，是長放嬌聲閣四絃原湘。更吟襟和月，抱殘詩夢，跏痕壓繡，坐破情禪蟠。玉不輕彎，兜還薄護，只屈星前與佛前。郎心軟，笑黃金不惜，慣屈儂邊原湘。

石湖仙

大石山房望尚湖煙景，同子山、子侃聯句。

飛來寒碧世昌，挾山影玲瓏，煙樹都活掄。翠劈亂峰開，問何年、仙橫玉篴原湘？苔深泉瘦，賸一片、叱羊餘迹掄。岑寂，看幾番、落照紅溼原湘。　英雄舊曾釣處，渺蒼茫、天今水昔掄。似我年華，只有閑鷗相識原湘。煑石爲糧，釀湖成酒，縱游儘適世昌。惆悵劇，銀蟾冷照詩魄掄。

月下笛　天真閣賞寒月

小閣通香，疏簾蕩碧，月孤人瘦原湘。清游未了，攜得梅魂尚盈褎掄。閑吟不信春猶遠，且莫把、今宵辜負世昌。漫驚心離別，茶温燭冷，儘遲寒漏原湘。　如畫，霜花厚。尚蹋葉敲詩，倚風叉手掄。清輝滿牖，素娥還解相守原湘。那能看到元宵也，好折取、横枝共齅世昌。只幾日，又河梁偏照，愁人搔首原湘。

探芳信　立春日探梅招真治聯句

問明月原湘，怎盼到春來，枝頭早缺世昌？對此時疏影，愁將去年説原湘。防伊也識相思苦，欲展還羞澀世昌。又思量、怕見春光，漸深如雪原湘。　孤絶，斷行迹世昌。省曾與情人，折花淒别原湘。花解重開，人竟暮雲隔世昌。芳心縱許長相守，老我今非昔原湘。更何堪、再向花邊弄篴世昌？

前調

隔年夢原湘，記與爾同甘，空山雪凍世昌。只幾聲孤角，春心又吹動原湘。東風要作多情客，慣把寒香弄世昌。　卻誰憐、掛月愁深，壓雲眠重原湘。　開甕，飲須縱世昌。　歎此後春長，美人誰共原湘？猶幸芳情，才斷又還種世昌。　他生我若真修到，只作含葩捧原湘。　免教他、片片將春斷送世昌。

邁陂塘　觀荷李家池

任炎雲、燒空欲紫，此間殊有秋意原湘。　白蘋吹起風千片，漾得紅情旖旎廣銓。　風未已。　風直把、波紋細蹙成羅綺原湘。　埋愁無地。　拚剪葉爲裳，裁花作被，清賸一池水廣銓。　花如語，何似且留些子，儘君穩臥香裏原湘。　碧筒傾取仙人露，可博芳心歡喜廣銓。　愁又起。　愁只爲、亂霞紅得秋無際原湘。晚山如洗。　看一角銀塘，漁歌隱隱，唱入綠煙矣廣銓。

罥馬索　詠縴

惱天公，不許東風片颿借原湘。　狂瀾倒溯，箇中人力須憑藉廣銓。　一繩雁直，一肩山聳，滿背斜陽何時卸原湘？　賴參差、伴侶郵程，細數蕭蕭亂楓下廣銓。　牽掛。　長亭捱過，短亭遙望，妬煞來船快如馬原湘。　柳岸溪橋西風裏，一一望塵而拜廣銓。　爲誰腰折，如此勞勞，手板公然當官者原湘。　看煙波、一盃難渡暝色，蒼茫且休也廣銓。

解連環

己卯古花朝，與周山樵信、吴壽芝震、張眉叔爾旦、兒子文杓散愁西麓，憩招真治老梅下。繁雪障天，狂香襲袂，徘徊不忍去。白日落矣，歸坐天真閣，沽酒酌月，窗外疏花，亦嫣然欲飲。用清真自度腔聯句，以誌勝事。

喜春還瘦原湘。卻繁香弄烘，半襟先受震。料數番、吞吐晴煙，正孤倚晚風，亂清圍綌信。散了游人，牘雛鶴、一枝閑守爾旦。任斜陽作暝，古影臥雲，儘竚苔久文杓。　歸來兔華洗褎原湘，蕩花陰似水，光替清晝震。更把長箋催詩〔一〕，喚窗外冰魂，共此尊酒信。底事無言，要耐取、輕寒相就爾旦。念空山、翠深夢淺，甚時見又文杓。

【校記】

〔一〕據詞律，此句疑脱一字。光緒本同。

蘭陵王

消寒會畢，九九絶矣。古雪戀寒，天涯漸綠，與諸子就梅花下酌酒餞九。時余有皁溪之行，山樵、壽芝將赴武林。古歡易終，勝侶欲散，湖山有黯然之色矣。更聯此闋，以訂後期〔一〕。

冷香寂，猶向東風戀雪原湘。橫斜影，何處畫成，似赴詩情逗簾隙倌。唧杯喚素魄文杓。淒絕，一枝瘦篴爾旦。疏林外，吹破暮寒，已有輕陰弄寒碧震。　天涯望何極原湘？早幾疊江雲，離憾堆積倌。燈花閑落春無力文杓。看四角鈴護，半庭煙煖，歡如殘片墜可拾爾旦。燕來定能說震。　飛蝶，夢還勒原湘。待訴與楊絲，遮斷萍迹倌。銷魂且對闌干立文杓。任綠送人遠，鷺盟堪憶爾旦。思量前事，儘付與，後夜月震。

【校記】

〔一〕《銷寒詞》載此詞，小序作：『消寒會畢，古雪戀寒，天涯漸綠，同人酌酒餞九。時余將之皃溪，驪歌未賦，而湖山有黯然之色，更聯此闋。』

鶯嗁序

上巳日，與諸子禊飲湖舫〔一〕，白鷗繞杯，山翠入酒，曲岸芳樹，俯窗而窺，紅牙小拍，雜花亂飛。頹然竟醉，初月上矣。是夜作皃溪之行〔二〕，壽芝亦游武林〔三〕，用夢窗韻聯句誌別〔四〕。曼聲甫闋，鼓枻竟去〔五〕。

垂楊半湖臥綠，任流鶯選戶〔六〕。嫩陰閣、留住輕寒，似恐蘭序催暮原湘〔七〕。蕩雙槳、紅疏翠密，消魂暗認前年樹倌。怪春衰，來早芳塵，亂於風絮。　挂起篷窗，喚琖泛綠，替花蒸煖霧文杓。正歡醉、還見長條，未行先問魚素震。怕魚兒、沿波弄雪，豫撤下、相思千縷文樾。遡遙汀，拚把離情，謾交鷗鷺爾旦。　攜鷗赴畫，趁鷺尋詩，與伊共寄旅〔八〕。莫更戀、故園芳草，過了今日，蝶瘦蜂肥，漸霏香雨原湘〔九〕。沙鳧迓客，金牛迎櫂，一溪分管同歸夢，奈波深、夢亦難飛渡僖。斜陽且立，看他燕子偏歸，細補舊棟殘土。　天涯總遠，笑指家山，任秀襟映苧文杓。儘不共、青春流去，賸有眉痕，倒影窺妝，破煙飛舞震。新蟾又上，持杯邀取，離愁煩爾照偏，算重逢、剛應瑤琴柱文樾。歸來秋滿江南，更繫蘭橈，斷霞在否爾旦？

【校記】

〔一〕『諸子』，《銷寒詞》作『諸君』。
〔二〕『是夜作』，《銷寒詞》作『時予有』。
〔三〕『壽芝亦』，《銷寒詞》作『瘦青將』。
〔四〕『誌別』，《銷寒詞》作『識別』。
〔五〕《銷寒詞》，無此八字。
〔六〕《銷寒詞》，有小注『心青』二字。
〔七〕『原湘』，《銷寒詞》作『小漁』。
〔八〕《銷寒詞》，有小注『心青』二字。
〔九〕『原湘』，《銷寒詞》作『小漁』。

聲聲慢

宣城道中遇雨，同張眉叔、邵羲人淵懿。

東風太急，作弄春寒，孤颿帶雨轉側原湘。岸壓濃青，絲柳繫愁無力爾旦。篷窗對眠靜聽，宛綠窗、碎蕉聲滴淵懿。遠水外，儘空濛、抹卻敬亭山色原湘。一片白鷗天黑爾旦，煙樹暝、遙邨傍雲將滅淵懿。去路詩情，欲歇怎生得歇原湘？回頭故鄉憾渺，蕩相思、乍斷又接爾旦。且醉也，試共把歸夢豫覓淵懿。

花心動　新晴抵灣沚

鄉夢初回，試推篷、飛來半衾山色原湘。薄煗破煙，浮翠勻波，柳外乍收殘滴爾旦。片雲低映中流活，檣烏轉、東風猶急淵懿。艣前後，桃花笑否，未看親切原湘。　幾點春痕弄溼爾旦。望一帶漁灣，亂霞紅接淵懿。道是老晴，還是嫩晴，且聽樹頭鳩說原湘。畫成新霽撩詩眼，遙邨影、鷗邊明滅爾旦。卸颿處、花梢正烘澹日淵懿。

多麗

涇川道中，臨水桃花，十里五里，與山邨竹樹，掩映相間。青蓮所謂桃花潭者，不知在何處？與眉叔、羲人聯句倚聲。樂我之樂，亦懷古人之樂，桃花有知，應粲然而笑也。

問何年原湘，漁人此地尋源爾旦？染緋霞、晴香夾岸，隨風送上春船淵懿。縱非是、避秦煙月，也應有、出世神仙原湘。緑鴨波柔，白鷗天煐，參差紅影一篙穿爾旦。引人去、落英無數，縈浪都圓原湘。憶相逢、斜陽巷口，新妝倚笑無言爾旦。認前度、與雲溫夢，思後約、和絮生憐淵懿。不羨劉郎，焉知晉代，三生故事證青蓮原湘。便留得、踏歌聲在，潭水可依然爾旦？孤篷底、嫩寒輕暝，且共流連淵懿。

望湘人　上灘

被東風喚起，殘夢泝流，亂山已過無數原湘。意怯推篷，勢驚到枕，一派灘聲如雨爾旦。春水方生，布颿無恙，公然飛渡淵懿。聽夕陽、煙樹前頭，碎石衝開尤怒原湘。　何况桃花漲助爾旦？任波平翠淺，畫橈還阻淵懿。算非是銀灣，怎與片雲爭路原湘？沙剪燕尾，岸迴鴨觜，險遇谿鷗留住爾旦。想故鄉、鏡樣湖光，甚日歸舟容與淵懿？

摸魚兒

至毓文書院，桃花落矣，黯然相對，用辛稼軒韻題壁。

任東風、把伊吹送，可能飛上天去原湘？春痕欲化臙脂淚，還日繞蜂無數爾旦。花且住。算已是、和雲遮斷春歸路淵懿。嚯鵑代語。道如此飄零，有人憐惜，猶勝半空絮原湘。　閑多事，總被繁華夢誤爾旦。開時誰忍欺妬淵懿？二分寒閣三分雨，肯向夕陽低訴原湘？由蝶舞。扶不起、豔魂一片埋香土爾旦。離情正苦。盡日倚闌干，明朝便怕，難認亂紅處淵懿。

玉漏遲　月午樓坐月

卷簾雲放去，邀他皓魄，照人淒語原湘。已自銷魂，禁得夜涼如許爾旦？欲喚青山夢醒，奈深鎖、萬重香霧原湘。空記取。醉聞長篴，凭闌前度爾旦。　隱隱暗水流花，聽潄玉聲中，未殘歌舞原湘。照向愁邊，忍使良宵又誤爾旦。拚把清光閉卻，被窗隙、多情留住原湘。歡計阻，圓時幾番閑數爾旦。

大酺

正翠簾詩，紅窗夢，心上絲絲兜起原湘。青霄雲影瘦，問秦簫何處，兔華千里爾旦？扇約花飛，尊欺玉軟，除是流泉能記原湘。今年人依舊，又同尋雪爪，碧芙蓉裏爾旦。奈松老貪眠，石寒慵語，畫闌孤倚原湘。　思量與愁避，亂山黑、圍住愁滋味爾旦。縱憑仗、歌扶衰病，酒洗閑情，一腔秋、九天難寄原湘。恰似香巢燕，秋未到、秋心先繫爾旦。涼煙笑、淒蟲詈。者番離索，準得平生歡未原湘？背燈且消殘醉爾旦。

摸魚兒

江邨荷花可二十畮，紅白相映，香聞數里外，旌邑一勝境也。庚辰夏，偕張眉叔、趙吟香允懷、旌德吕珠船偉琛、健莽廷煇、余孫傳頎、次孫汝僅同往觀焉。花在獅山、象山之間，嵐翠撲眉，涼氣沁骨。聯此解，以索花笑。

抱孤邨、一彎涼翠，冷香飛上襟褏原湘。芳情半洗桃花面，半尚玉容躭酒允懷。凝望久。自別了、西湖招惹相思又爾旦。亭亭弄秀。問見慣閑鷗，者般清影，何處美人有偉琛？　闌干曲，我欲徧栽楊柳。花時吹篴相守廷煇。隔煙無數紅衣笑，重到可應依舊傳頎？花點首。君欲折、折時須待纖纖手汝僅。夢還來否？怕千頃詩情，無人管領，明月獨消受原湘。

霜葉飛

送秋，同山樵、眉叔、壽芝、錢南香敦禮。

雁嘁蛩語，悲秋事，而今秋又將去原湘。待邀銀漢萬機雲，遮住伊歸路僖。且謾折、蘆枝贈與震。淒淒留共西風絮敦禮。奈望極平皋，老樹弄斜陽，替繪别愁無數。　猶記笑出荷花，攜牋載酒，喚醒鷗夢迎汝原湘。忍教題字付荒溝，紅到無聊處僖。怕蕩作殘霞碎縷震。霞邊吟斷銷魂句敦禮。便問天、天先瘦，但掩簾櫳，靜聽寒雨爾旦。

金縷曲　西城觀楓

豔絶秋無際原湘。是天然、營邱畫稾，十分濃麗僖。老樹自肥山自瘦，紅襯晴霞四起震。恰借得、斜陽明裏爾旦。便把桃花魂喚醒，者春情、未許春痕替原湘。雲萬疊，鎖空翠僖。　西風響擊珊瑚碎震。踏寒煙、深深一徑，弄詩情脆爾旦。面面看來成酒色，人與天都自醉原湘。歎總是、飄零身世僖。忍向鏡湖低照影，蕩相思、灑滿燕支淚震。飛點點，亂雅背爾旦。

清波引　招真治探梅

嫩寒如許，暗香被、白雲鎖住原湘。屐聲纔度，鶴翎向人舞僖。積雪未消盡，儘補疏花缺處震。破煙山態窺詩，倚林外、弄眉嫵爾旦。　閑尋秀句，倩新月、先掛半樹原湘。翠禽應妒，把清夢分去僖。誰家曳孤篷，豫按玉簫殘譜震。爲語且慢隨風，碎英霏雨爾旦。

天真閣集卷三十九　文一

性理

原理

理何物也哉？通天地，亘古今，一氣而已。氣一也，而一動一靜，一往一來，一闔一闢，一升一降，循環無已。積微而著，由著復微，爲四時之溫涼寒暑，爲萬物之生長收藏，爲斯民之日用彝倫，爲人事之成敗得失，千條萬緒而不亂，莫知其然而然，是卽所謂理也。初非別有一物，依氣而立，附氣以行也。《易》曰：『形而上爲道，形而下爲器。』灑埽，形而上者也，而不離乎器；陰陽，形而下者也，而卽此是道。上天之載，無聲無臭，不曰形而上下，則此理無自而明。然究竟只一形字，不能於無形處求道也。無形處求道，老氏所謂窈窈冥冥、昏昏默默者，非聖人之所爲道也。嘗試觀之：物，木與石塊然耳，就木石取火，而晃朗煜爚者出焉。此晃朗煜爚者，其卽塊然之質否乎？然舍夫塊然者而求所爲晃朗煜爚者，仍不可得也。又嘗驗之：一身有氣而後有心知，有知而後有是非。是非者，理也，心則氣之所凝結也。而謂氣涵理乎？理涵氣乎？先儒執太極生陰陽之說，以爲氣從理出，無此理便無天地、無人物。竊以爲太極者，氣之渾然者耳。由氣之渾然者觀之，謂之太極；由氣之判然者觀之，謂之陰陽。其實卽氣卽理，一物而已，不必分太極爲理，陰陽爲氣也。且如《易》『元亨利貞』一語，將以爲理乎？將以爲氣乎？或者又謂氣有不齊，理無不齊，似不得合理、氣爲一。豈知氣之不齊，正理之至足處。如乾之亢龍、坤之龍戰，氣之悖戾，致爲凶惡，然至精之理，未嘗不在。天下未有無理之氣，亦未有無氣之理。性命，理也，非氣無緣各正；太和，氣也，非理無由保合。孟子曰：『其爲氣也，配義與道。』又曰：『是集義所生者。』是教人養氣之方與養氣之效，其實祇此浩然之氣，非於氣外别求道義也。

原命

性命之原，其在《易》乎？《易》之道，一陰一陽，繼之者善也，成之者性也。繼之者，天道之流行賦與，祇有是善，太極之動而陽時理之方行而未有所立者也，誠之源也。成之者，人物之禀受形質，各具是性，太極之靜而陰時理之已立者也，誠之立也。天惟一誠，而以陰陽五行，化生萬物；物各一誠，而自人得之，爲仁義禮智信。在天曰命，在人曰性，一而已矣。性，是理之極至處；命，是性之所自來處。故曰：『窮理盡性，以至於命。』雖然，命有以理言者，有以氣言者。天之所以賦與者，理也；人之所以壽夭通塞者，氣也。孟子曰：『夭壽不貳，脩身以俟之。』又曰：『莫非命也，順受其正。』約言之，曰盡其性而已。爲子知所以孝，爲臣知所以忠，知其性也。子能盡孝，臣能盡忠，盡其性也。既盡其道，而壽夭通塞，不以順應者莫之致而至，是則所謂命也。在天之命，或自有差，在其人受之，各得其正。比干諫死，顔子夭亡，烏得謂之非命哉？故君子立命，不敢有絲毫幾幸之心，凝然不貳者，知天之至也；不敢有絲毫委任之心，乾乾惕惕修身以俟死者，敬天之至也。知天，智之盡也；敬天，仁之盡也。仁智既盡，是謂盡性，能盡其性，曰惟至誠。至誠不外乎《易》，故夫子五十以學《易》，五十而知天命。

原道根

萬物皆無根也。虚虚靈靈，杳杳冥冥，倏然而滅，倏然而生。古之人卽今之人耶？未可知也。今之人將復爲後之人耶？未可知也。未有天地，我從何來？天地既盡，我將焉往？謂我在天地之中，天地原未嘗有我；謂我在天地之外，無我安得有天地？夫我亦與天地同一氣耳。一氣之中，渾渾淪淪，忽而上浮，忽而下凝。人之生也，如浮雲、如輕塵，天地之氣，偶然成形。至于散盡，清者歸天，濁者歸地。是則所謂根也。而何根也？執天地以爲根，天地又將何所託以爲根乎？天無根而不傾，地無根而不坼，日月無根而運行不息，人亦任天地之氣以流行上下而已。禀至清之氣爲人，物欲溷之，濁日積也；禀至濁之氣爲人，義理磨之，清自出也。究之清者未嘗無濁，濁者未嘗無清。蚩尤之魂亦爲星辰，堯舜之骨同于野土，又各以其清者歸天，濁者歸地。上智棄其濁故全其清，下愚戀其濁故忘其清，所自主者，我之性耳。子輿氏曰：『君子所性，仁義禮智根於心。』我以仁義禮智爲心，仁義禮智卽我之根也； 歸于仁義禮智，卽歸于我生之性也。能盡其性，道之根在是矣。

釋化

天下有不變之理，無不變之道；有不變之道，無不變之道之用。《易》之首乾，純乎陽也。始于一畫，成于六畫，陽寓陰也。天得一以清，地得一以寧，人得一以靈，一畫之始也。一變而天之明而晦，地之峙而流，人之動而靜，于是有二之畫。由是而天三光、地三據、人三綱，天四時、地四方、人四維，三、四之所以畫也。天五星、地五鎮、人五常，天六氣、地六府、人六德，五、六之所以畫也。此猶理之不變者也。或上或下，或本或末，或先或後，或剛或柔，或多或寡，或進或退，或順或逆，或倏然而合，或倏然而離，而變行乎其間矣。故六畫者，本之所以立也；由一畫以至六畫，道之所以行也。本立者，純乎純也； 道行者，變乎變也。蓋天地既位，萬物充盈於其間； 萬物既生，萬事錯綜於其際。乾，健也。由健而致動，由動而致變，由變而致化。變者，化之漸； 化者，變之成。以物言，則動者其氣，變者其精，化者其神； 以事言，則動者其始，變者其中，化者其終； 以理言，則動者勇，變者智，化者仁。故萬物莫亨乎動，莫利乎變，莫貞乎化。如苗然，如雨澤然。春而播種，亨乎動也； 禾而挺秀，利乎變也； 穗而孕實，貞乎化也。雲行雨施，動而貞也； 流爲江河，變而利也； 朝宗于海，化而貞也。是故變化者陰陽之妙，而鼓其機者亨也，神其用者利也，收其效者貞也，統其極者元也。變者萬物之出機，化者萬物之入機，萬物出于元、入于元，此元之所以爲大也。是故無變化而有變化者，理也，元之所以統乎利貞也；　有變化而無變化者，道也，亨之所以要于利貞也。元者本之立也，亨者道之行也。由是推之，六子者乾坤之所化也，坤者乾之所化也，乾之六畫，一畫之所化也。一者何？　曰誠而已。故惟天下至誠爲能化。

釋知

太虛遼曠，土水火風實之，雜爲千品萬彙。凡形而有者主於土，擊而動者主於風，潤而通者主於水，燥而躍者主於火。太山之與稊米，醯雞之與應龍，靡不具四者之質，根四者之性，而蠕蠕焉、蠢蠢焉。人其最長者矣。四者能爲質，而不能爲知也，有虛而靈者焉，轉旋於恍恍惚惚，錯出於紛紛紜紜，翕焉若芥之投鍼，頽焉若旅之甘寓，而角者觸、鱗者遊、翼者飛、足者走，是謂之知。知之中，人又其最靈者矣。人之知爲心，心之知爲神。人之生也，質乎土、水、火、風，心乎太虛遼曠，是能化土爲仁，育萬物；　化風爲義，鼓萬物；　化水爲智，利萬物；　化火爲禮，辨萬物。玲瓏於太虛之中，動而合，止而安，終始乎乾、坤，飛潛乎離、坎，行乎土、水、火、風之上，滅乎土、水、火、風之迹。離其質而精乃存，用其虛而一乃神，窈窈冥冥，合乎至道。而至道無形，常人窒焉，愚者撓焉。火灼水焦，水沃火滅，土窟可以坌風，風厲可以颺土，四者交爲害，非性之爲，而形爲之也。人不可以形無形，而不可以不心無形；　人不可以心無心，而不可以不形無心。忘形而心存，忘心而神存，忘神而無存，無存而無不存，是之謂大同。是可索之於聾瞽喑啞之途，而不求諸聰明辭辯之中。

釋情

天地之心，曰仁而已。天以仁心育萬物，凡賦之人者，無非仁也；人得天之心以爲人，凡受之天者，無非仁也。禮則其後起者矣。顧夫子論爲仁，而曰『克己復禮』，何也？爲仁之道，包性情。倚於性，爲道心；倚於情，爲人心。人不能有性無情，故仁之發見處必禮以爲之準，而後喜、怒、哀、樂、愛、惡、欲得情之中，飲食男女得情之正。公劉好貨，乃裹餱糧；太王好色，爰及姜女。聖人之情，聖人之仁也。聖如夫子，弗狃召則喜，館人亡則哀，聽《韶》則樂，思周公則愛與欲，誅少正卯則惡與怒，終其身循環於情之中而不已也。由此觀之，情果累於性乎？聖人知情之不可禁也，故本人情以制禮，制禮以制情。耳目鼻口、四肢百骸之用，君臣父子、夫婦朋友之倫，何適非情？何適非禮？禮之流於情者卽爲欲，情之中於禮者卽爲性。人心道心，實則一心。復禮者，執其中也。在天爲理，在人爲禮，理不可見而禮見之，猶性不可見而情見之。惻隱、羞惡、辭讓、是非，情也，擴充之卽性也；尊視、專聽、謹言、慎動，禮也，精言之卽仁也。人但當卽物窮理而順而循之，如必滅情以復性，則將閉口枵腹而後得飲食之正，斷種絶類而後全夫婦之別，是不仁之甚矣。釋老之忘情，滅其性也；聖人之循禮，順其情也。順情卽以率性，率性卽以復禮，復禮卽以爲仁。然則仁者，情之區宇。人不可斯須去仁，而可斯須無情乎？

釋欲

天與人有辯乎？天有日月，人有兩目；天有露雷，人有喜怒；天有寒暑晦明，人有動靜語默。天人一也，天生人而賦之天。君臣、父子、夫婦、昆弟、朋友，一天倫也；飢食渴飲、冬裘夏葛，以至男女居室，一天道也。天與人何辯乎？辯之於理欲而已。『人生而靜，天之性也；感於物而動，性之欲也。物至知知，然後好惡形。好惡無節於内，知誘於外。』日用之間，濟其私欲而天性漓，天性漓而人與天離。人與天離，不仁莫甚焉。夫不仁者，不人也。人與不人，烏可無辯哉？於何辯之？於非禮辯之。天下事事物物，莫不有理，而理無形迹也。聖人爲天理畫圖，以有形者示人以可立，以有迹者與人以可循。非禮勿視、勿聽、勿言、勿動，天理也；非禮而視、而聽、而言、而動，人欲也。目不視邪色，耳不聽淫聲，非禮之易辯者也。視遠惟明，不遠便不明；聽德惟聰，非德便不聰，非禮之難辯者也。人知箕踞跛倚之爲欲，去其箕踞跛倚而未能坐如尸、立如齋，則天不勝人也。辯之不審，誤認人欲爲天理者幾希。誠中而形外者，天之道也；制外以養中者，人之道也。苟得其養，無物不長；苟失其養，無物不消。理欲消長之幾，其尚爭此平旦之氣哉。

釋雷霆

雷者震之象，居東方，行春令。正月始雷，雷出則萬物出，所以生萬物者也，天地之仁氣也。天地之仁氣，何以能生而能殺也？雷主善，霆主惡，凡擊物者皆霆也，霆者艮象也。何以言乎艮象也？震卦一陽生於二陰之下，動而爲雷，然其氣未發，能鼓動萬物而已。至艮卦，一陽止於二陰之上，陽自下升，極上而止。霆之爲言停也，雷之餘聲也。雷之餘聲，何以能擊物也？艮爲山，雷從山出，激石則生火也，火雷烈石，雷劈中人輒死，故其聲亦遂止也。雷之動也以仁，生物之功也；霆之止也以義，成物之用也。是謂帝出乎震，成言乎艮。觀於《繫辭》，曰：『鼓之以雷霆，潤之以風雨。』日月運行，一寒一暑，明乎此，而可以知乾坤之妙，皆六子爲之也。

養性

言性者當於水鑒乎？水淳弱以清，而好洒人之惡，仁也；視之黑而白，精也；量之不可使概，至滿而止，正也；人皆赴高，已獨赴下，卑也。卑者謙之象，萬善之所歸也。乾之用九，入坤而成坎。坎，險也。水之所行而非水也，惟中一畫爲水，天一生水也。惟水能習行於險，故曰：『習坎，有孚，維心亨，行有尚。』君子於此可以觀性矣。流不息，有孚之象也，誠之立也；源不淆，心亨之象也，明之通也。明而靜，一陽藏於二陰中也；誠而動，二陰中一陽流行也。一陽者，流行之本體；二陰者，所在之分限。流而不踰限，動而靜也；限之而安流，靜而動也。動靜相須而養之，之道得矣。靜而無靜者，天地之性也；動而無動者，聖人之性也；動而反於靜者，賢人之性也；一動一靜者，常人之性也。順其動復其靜者，蒙以養正，聖功也。養之義，故自發蒙始。

養心

心，火象，其卦爲離。離以二陽包一陰，曰：『離利貞亨，畜牝牛吉。』畜之言養也，養其虛也，養其中也，實以中虛之德養其陽也。陽實陰虛，實者養人，虛者求人之養。然一陰求養於二陽，二陽實以一陰養之於中，如牛固待養於人，人亦賴其力以養也。陽養陰得其正，陰養陽得其順，動靜交相養而各正性命，如大道之冲瀜焉，如元氣之灝瀁焉。斯爲火之聖。今之放其心入於陷溺者，譬猶大海浮航，火種既斷，就木鑽火，火發舟焚，同於死而已。豈不哀哉。

養氣

養氣猶養兵也。兵主金，金屬西。方人之一身，肺爲金精，位居右，上通鼻，爲氣之統攝。肺氣全則義，義主嚴肅，西方之德也。故孟子養氣，專以集義爲主。氣，兵也，義則兵之主將。作止進退，攻守劫伏，兵爲之也，非兵爲之也，而實兵爲之也。養之者何？作之患其惰也；抑之患其驕也；壯而厲之，患其餒而怯也；優而柔之，患其慓而悍也；嚴靜而鎮攝之，患其虚矯而内訌也。義之體嚴，而其用主於和。靜斯安，安斯和，和斯説矣。故養兵貴養其和。兑之象曰兑，説也，剛中而柔外。説以利貞，是以順乎天而應乎人。説以先民，民忘其勞；説以犯難，民忘其死。養氣者，使陽氣充塞於内，陰氣和柔於外，則吾身之氣，合於天地之氣。而後以之臨事而説，則忘其勞；以之臨難而説，則忘其死。吾故曰：大孝大忠，養氣之功。

觀我

盈天地間，一我而已。我生芸芸，與萬物化。自我觀之，我一我也；自人觀之，我一人也；人自觀之，人一我也。人人我我，人人所以者何，我我之見勝也。見我而不見人，由見人而不見我也。其所見者非我也，見夫我之似人者也，見夫人之似我者也。天非日月無以爲天，地非江海無以爲地，人非精神無以爲人。觀天者，觀乎日月；觀地者，觀乎江海。知日月之爲天，江海之爲地，而不知日月非天有所以爲日月者也，江海非地有所以爲江海者也。日月所以照物也，日月而照物，麗乎天而已，何以一升一降？江海所以利物也，江海而利物，順乎地而已，何以一嘘一吸？凡其升降嘘吸，皆天地之所以返觀也。天以日月之晦明反觀其進退，而天道昌；地以江海之容洩反觀其盈虚，而地道弘。人之精神有時而靜，有時而動。人知動靜之爲精神，不知精神者所以爲動靜之物，非所以爲動靜也。以動靜觀精神，而精神疲於動靜矣，動靜又疲於觀矣；　以精神觀動靜，而動靜化於精神矣，精神亦化於觀矣。夫而後向之所見爲我者，有人而後有我者也，及有我而不知有人者也。　君子觀夫人我同出於一源，故無我非無我也，所見者萬物同具之我，而非一己獨私之我也。　萬物同具之我，天之所以與我者也，散之則我一萬物，合之則萬物一我，不滯我於有，不遁我於虛，包天地之所爲我者以爲我，其皆從此觀入哉。

應物

上天下地，其間有有，有而不礙夫太虛，是以有而未嘗有也。　聖人法其未嘗有者以與物遊，故潛天而天，潛地而地，開天下之物而不張其迹，成天下之物而不反其性。　下此則執於有矣。　執有以應有，而有之權重；　執無以應有，而有之權尤重。　天下本無物也，天下之物，皆耳目口體爲之也，耳目口體卽物也；　人本無耳目口體也，人之耳目口體，皆心爲之也，心卽物也。　聰明者，入道之器也。　云爲者脩身之事也，必盡禁夫耳目口體之欲而後全其心，安得入聖人之地居之，而心危矣；　必盡去夫耳目口體之用而後全其心，將并聖人之禮廢之，而心忘矣。　夫物不自外來也，能絶其來，不能絶其往；　能絶有形，不能絶無形；　能絶有形者之往，不能絶無形者之來。　以有形召有形，有盡者也；　以無形召有形，無盡而有盡者也；　以無形召無形，至無盡也。　無形者，有形之土；　一形者，萬形之種。　種入於土則成根株，由根株而生萌蘖，所以生萌蘖者非種也而土也。　絶其萌蘖者先絶其根株，絶其根株者先絶其種，絶其種者先石其土。　土之能種，性之不固也。　固之者先入乎物，物之微無不入也。　物之微無不入而吾之性固，吾之性固而物不能入，夫而後無物不可入。入乎物而物化，化乎物而神存，神存則無不有，無不有而未嘗有也。故寘之尋常而不塞，布之天下而不窕。

事親篇

或曰：『皋魚有言曰：「子欲養而親不待。」古人亦有以賤而傷孝者乎？』曰：『貴賤，先王所以明有章也，所以用賢治不賢也。門以内，尊卑而已，惡乎賤？』曰：『藜藿與鼎鐘奈何？』曰：『此所以養也。事親以道，而養云乎哉。然則有别乎？』曰：『事貧賤之父母難而易，事富貴之父母易而難。菽水不給也，布帛不給也，惴惴焉惟恐父母知之，而不能不知也，此其所以難也，然而情則通矣。肥甘以時也，輕煖以時也，惴惴焉惟恐父母未安之，而己安之也，此其所以易也，然而情則壅矣。』善事親者，弗使父母知我貧與賤也，弗使父母知我富與貴也。藜藿在前，父母之心無藜藿也，由子之心無藜藿也，不然則困矣；鼎鐘在前，父母之心無鼎鐘也，由子之心無鼎鐘也，不然則放矣。困與放焉，而天性漓。古之君子貧不貽父母以憂，賤不貽父母以辱，富貴不貽父母以危。

誠意篇

意者，心之音。意猶抑也，含其言欲出而抑之。發於心，藏於脾。心主火，脾主土，火生土，故心生意。意爲人身之真土，靜中一動，其理屬陽，於義爲☶。艮，止也。一陽止於二陰之上，止于於所當止也。意必有所之，之彼之此而不安其止者，動于欲也，故艮之道，必艮其背。四體皆有欲，背無欲也；四體皆動，背不動也。不隨身而動，故不獲其身而我忘；違所見而處，故不見其人而人忘。無我也，無人也，内欲不出，外境不入，止而止也，行而止也。動靜各止其所，而皆主乎靜。靜斯誠，動斯妄。動而能靜，可以无妄，誠之之道也。誠者物之終始，誠則無物不生，誠則無物不成。萬物生于土而成于土也，故曰：『成言乎艮。』然䷳有兼山之義，重山出也，山出於地而各止其位，兩山不相往來。故意不能不出於心，出而不妄，是謂真意，毋使之憧憧往來也。君子思不出其位。位者，人所立。『初六，艮其趾。』未失正也。

正心篇

心，形之君也，神明之主也。其色赤，爲火，藏火能照上下，有似乎禮別尊卑。故心主禮，君德也；位乎南，君位也。脾肺肝腎爲之四佐，各聽命於天君。君者，臣之表也，表正則景從，君正則臣從。天心得其正，故雲之情似喜而不留，雷之情似怒而不忿，風之情似樂而不淫，雨之情似哀而不過，一太和之氣也。人自誠意後，無私喜、無私怒、無私樂、無私哀，亦既同其氣於天矣。而或失其和，由失其正也。失其正者，失其政也。失其政，則肝不從令，不仁；肺不從令，不義；脾不從令，不信；腎不從令，不智。君不正則臣不順，所謂雖令不從也。䷝卦一陰麗於二陽，心象也。首曰『離利貞』，貞者，正也。坤爻以柔順之德，處二五中正之位。重明以麗乎正，而化成天下。『六二，黃離元吉，得中道也』，『六五之吉，離王公也』，得正則吉，失正則凶也。『畜牝牛吉』，以順爲正也。不養其德，則火性炎上，故正心斷自懲忿始也。

修身篇

身者，心之區宇。富潤屋，德潤身，屋不修則敝，身不修則弱。修之者，益之也。雖然，在損不在益。䷨〔一〕卦山下有澤，損澤之深，益山之高。高而必危故損，損所當損，損於上也。損於上，正以厚其基也。損過而就中，損末而就本，雖損而益也。故曰：『曷之用？二簋可用享。』聖人以誠敬爲禮之本，多儀備物。將其誠也飾過，其誠則僞矣，損飾所以存誠也。二簋用享，誠爲本也。天下之害，無不由末之勝。峻宇雕墻，本於宫室；酒池肉林，本於飲食；淫酷殘忍，本於刑罰；窮兵黷武，本於征討。凡人欲之過者，皆本於奉養。先王制其本，奉天理也；後人流於末，從人欲也。損之者，損人欲以復天理而已。理也者，禮也。知非禮之爲害，而勿視勿聽、勿言勿動，則動容周旋，無不中禮。而吾心之所存，粹然天地生物之心，藹然若春陽之溫而仁，不可勝用矣。脩身以道，脩道以仁，則天下歸仁焉。故曰：『損而不已，必益。』

【校記】

〔一〕『䷨』原誤作『䷳』，今改。

格物篇

心一也，物萬也，以一統萬則困；心萬也，物一也，以萬求一則迷；心一也，物一也，以一逐一則疲；心萬也，物萬也，以萬應萬則潰。執而推之則不化，懸而度之則不親。是故未至乎物，心無所不至也；物未至前，物無所逃遁也。及乎物，而心爲物蔽。攻其蔽而蔽益堅，攻其堅而又虚無物，將舍其虚無物，以遊我心於物外，而物之蔽我者，轉據心而爲之主。夫心卽物也，輕重、長短、多寡、黑白、精觕、美惡，至我前而無不立辨者，有心乎心者也。放其心乎心者而心乎物，物其心而又物乎物，無惑乎終身顛倒於物之中也。聖人不滯於物之跡，不遁於物之虚，心之理卽物而具，物之理卽心而存，由表以達裏，由觕以致精，至於真積力久，豁然貫通，而後物之理萬，吾以一貫之，心之理萬，吾亦以一貫之。一物不到吾心，實無物不到吾心；心不必求到乎物，而實無不到乎物。是之謂物格。格者，感也，以心感物而物無不應也。推之天，亦物也，能格物，斯能格天矣。

經解

先後天方位圖說

天，一氣也。天一氣而日星蔚，地一氣而山川位，人一氣而仁義禮智備，木一氣而枝葉花實遂。是則所謂理也。理不可見，氣之順處皆理。氣者理之自然，理者氣之當然，無始終、無先後也。或者謂庖犧所畫之卦爲先天，文王所定之卦爲後天，先天立體，後天致用，先天爲氣之自然，後天爲理之當然。夫有體則有用矣，羲圖天位上、地位下，日生東、月生西，山鎮西北、澤注東南，風發於天、雷起於地，此與造化物理自然而脗合者，曷爲無用乎？乃必更其位次，别爲一圖以强分先後，不知卦氣之流行，無往而不得者也；卦圖之方位，一定而不易者也。日未嘗不南，月未嘗不北，東未嘗無山，西未嘗無澤，而其生於東、生於西、鎮於西北、注於東南者，不可易也，特其情交易而相通，其狀變易而無定。然曰交曰變，則偶然而非自然。必舍其自然，而以偶然者爲當然，豈足與語自然之妙乎？若夫『先天』以離兌爲陽、坎艮爲陰，『後天』以坎艮爲陽、離兑爲陰，此尤失其自然也。葢庖犧畫卦，自兩儀而分之，由陽儀以生皆陽卦，由陰儀以生皆陰卦。離爲日，故繫陽；坎爲月，故繫陰；澤者天之所降，故繫陽；山者地之隆起，故繫陰。陰陽之象，至正而不可易也。『後天』謂火根於陰之燥以屬陰，水根於陽之嘘以屬陽，然則雷亦火之鬱於地中也，曷爲不屬陰乎？風亦天氣之所吹嘘也，曷爲不屬陽乎？善乎陳氏季立曰：『「後天」卦非文王所作。蓋緣《說卦》有出震齊巽之說，好事者附會之耳。』夫文王按卦繫彖，既以文闡圖，且自乾至未濟，以正對反對爲自然之次序，此卽文王之圖也，何必别爲一圖，以顯戾乎羲聖哉！抑猶有奇者，分卦爲上下二篇，卦有多寡，爻亦因之，若故示人以參錯不齊者。及細按上篇正對六、反對十有二，下篇正對二、反對十有六，各十有八，對旡弗齊也；上篇陽爻五十二、陰爻五十六，下篇陰爻五十二、陽爻五十六，爻亦無弗均也。烏虖，何其奇也。言乎自然，自然之至矣；言乎當然，當然之極矣。

易卦吉凶論

六十四卦，陰陽之時物也。天有是時，人有是事。春耕秋斂，適其時也，適其時則裕；不耕不斂，失其時也，失時則絀。裕與絀，吉凶之所生也。物本無賤，非時則賤；物本無貴，當時則貴。君子亦適其時而已。六爻之德，或剛或柔，剛柔有善有不善也，時當用剛則剛善，時當用柔則柔善。時也者，中之義也，得中則吉，失中則凶，孰吉孰凶，惟蹈其中。以趨避爲吉凶者，非聖人之道也。以趨避爲吉凶，將以禍福爲趨避，可以趨福者旡不爲也，可以避禍者旡不至也。以是爲《易》，將吉莫吉於狥私之小人，凶莫凶於守道之君子矣。觀於乾之首曰『乾元亨利貞』，坤之首曰『坤元亨，利牝馬之貞』，則知《易》固有福爲吉、禍亦吉者，貞故也；有禍爲凶、福亦凶者，不貞故也。德合於吉，太公之鷹揚吉也，龍逢之碎首亦吉也，其吉也以貞；德合于凶，桀、紂之傾覆凶也，操、懿之令終亦凶也，其凶也以不貞。

即有不貞而吉者，含垢包羞以利社稷，如狄仁傑之臣僞周是也；亦有貞而反凶者，寡謀躁動以僨厥事，如竇武、何進之殺十常侍是也。然君子或略其跡而原其心，或諒其事而羞其志，其貞不貞自取之，即吉與凶自蹈之。究之吉何嘗得趨，凶何嘗得避耶？且夫數至隱而難知，占有時而莫測。如驪姬爲晉夫人，晉國大惡也，筮之曰吉；伯姬歸於秦，惠文所自入也，史蘇之筮曰不吉。且裨竈言災，終不能奪子產之守；梓慎推火，反不能及昭子之明。故事涉窅冥，君子弗道矣。要之孔子固窮，窮亦爲通；顏子數夭，夭亦爲壽。絶糧慍見，不達時者也；門人厚葬，不知理者也。明乎貞則凶可轉乎吉，不貞則吉可轉乎凶，而後可與觀復；明乎貞則雖凶亦吉，不貞則能吉亦凶，而後可與觀姤。

屯卦彖辭臆説

彖曰：『屯，剛柔始交而難生。』朱子《本義》謂以二體釋卦名義，剛柔交但指震言，所謂『震一索而得男』也。『難生』謂坎。程傳以雲雷之象爲始交，謂震始交於下，坎始交於中，陰陽始交，未能通暢，則艱屯，故云『難生』。及其和洽，則成雷雨，盈於兩間，生物暢遂。屯有大亨之道也。二説似程傳較優。愚按：震，雷也，陰陽回薄之氣也。冬之將春必寒，夜之將晝必晦，雷之將發必鬱。屯卦雲上雷下，蓋初雷未雨之時，陰陽之氣始相擊搏，鬱而難出，故曰『難生』。下言動乎險中，其氣鼓盪於地坎之中，雷之將奮也。再言雷雨之動，滿盈則雷發，而雲化爲雨，雷上雨下，而屯之難解矣。然雷雨大作，正襍亂晦冥之時，故又言『天造草昧，宜建侯而不寧』。彖詞本自一貫，朱子以始交謂震，難生謂坎，似此句全無文義。程傳專指象言，以雲雷分貼剛柔，似坎亦陽卦，不得謂之柔。

與冠珍姪論律吕上下相生説

汝所見，不知何人所批，其人亦不盡無本。按京房論相生之法，謂蕤賓上生大吕，大吕下生夷則，夷則上生夾鐘，夾鐘下生無射，無射上生中吕。而班固則謂蕤賓下生大吕，大吕上生夷則，夷則下生夾鐘，夾鐘上生無射，無射下生中吕。蓋陽生陰，謂之下生；陰生陽，謂之上生。若依京房之説，則陰陽相反，上下倒置矣。閲者但知房之説，而未見班《志》，故以大吕、夾鐘、仲吕爲不從下生，不知夾鐘、中吕，其律過促，候氣而氣不應，故用三倍律以當之。京房不諳倍律之故，但知以短生長，故謂之上生；不知三者之長，長于倍律，而非其本然之寸度。究竟陽生陰，不得反謂之上生；陰生陽，不得反謂之下生也。制蓺引用成説，本不足辨，此則關係實學，恐汝誤聽人言，致昧律吕本義，故略示梗概如此。

天真閣集卷四十　文二

序

尚書鄭注後序

右《尚書鄭注》，宋王氏應麟采輯，本朝曲阜孔君廣林復加補正，釐爲十卷。案王氏所録，舊多遺漏舛譌。《詩·武》《正義》引《多方》『須暇之子孫』注以疏箋『須暇五年』云：『五年者，文王受命八年，至十三年，是「須暇五年」之事也。』注斷於十三年，而王氏并録其下句。《金縢》《正義》引注云：『凡藏祕書，藏之于匱，必以金緘其表。』此『納策于金縢之匱中』注也，而録之《金縢》序下。鄭君《書序》別卷在《秦誓》後，不宜於《金縢》無注，直至序乃發訓。它若《堯典》載『麓者，録也。古者天子命大事，命諸侯』云云二十八字，則以《大傳》注爲《書》注；《咎繇謨》載『寬謂度量寬宏，柔謂性行柔和』云云百一十九字，則以《正義》作鄭注。蓋勘省之疏，前賢不免。孔君用其本爲注，而別取經疏、史注、《水經注》諸書，蒐羅補綴，引而廣之。又案《詩》、《禮》《正義》中《中候》十八篇名，而采之《蓺文類聚》、《初學》、《文選注》、《太平御覽》所引，參之以《宋書·符瑞志》録《尚書中候》五卷，其於鄭學可謂勤而且篤，而有功《書》傳尤不淺也。案鄭君遺書，惟《毛詩箋》《三禮注》爲原本，其它皆出後人捃摭成編，孔君復集其大成，自《周易注》而下，總錄一十八種，凡七十一卷，題曰『鄭學』。顧《易注》、《尚書大傳》，刻於盧氏見曾；《駁五經異義》、《箴膏肓》、《釋廢疾》、《發墨守》、《鄭志》，刻於王氏復、武氏億；《論語》、《孝經》刻於鮑氏廷博；《論語》諸種，刻於郡城某氏。惟《尚書注》未有鐫本，亟爲校勘付梓，而以《中候》附焉。夫康成之說，多涉東漢讖緯，稍近於破碎，然囊括大典，網羅衆家，研新解故，發疑正讀，百世而下，莫之能先也。自子雍《聖證論》起，學者往往是王而否鄭。唐代未盡泯滅，故《正義》、《通典》諸書，尚多徵引。至宋性命之學興，而鄭學益微。至明新建，直謂『支離羞學鄭康成』，不學之徒，以空虛爲事，而司農之書，遂庋諸高閣矣。我朝崇古右文，名卿士大夫鑽研漢學，駸駸乎有基處淵暇之風，北海著作，次第刊行。是編雖鄭鄉之一臠，世有豫章君其人者，必能問津於新安、武夷之外，而以高密爲家法也。

兩漢五經博士考序

張君月霄博學嗜古，於書無所不窺，而又能精思貫串，不爲前人所域。一字之疑，必旁引曲証，以求歸於是。所著《兩漢五經博士考》三卷，首卷載置立博士之始，博士所領之事，前後辟舉之法、增益之數，以及歷代詔疏，總其綱也；次卷載說經諸家立學之始，著其傳也；末卷載建元以前博士，次之以五經博士，終之以諸侯博士，詳其人也。其采摭也辯，其考証也晳〔一〕。陳子準謂其足補朱氏立學一門之闕，良非虚語也。嘗謂自孝武置五經博士，昌明經學，朝廷大議，羣臣得援經義以折衷是非。如隽不疑引輒拒蒯聵以斷衛太子之獄，蕭望之引士匄不伐喪以阻匈奴之伐，若此類者，散見各傳。是其時猶以經義見諸實用，非徒以虚文崇尚儒術也。光武中興，分博士十四員，各習一經。時功臣宿將如鄧、馮、朱、賈輩，咸能通習經義，一時朝野嚮學，鬱爲風俗，所誦者先王，所傳者聖法。暨乎晚季，猶復人識綱常，族敦名節，此又經術之著於實效者也。後世法律繁興，而經義遂爲虚設，學者以經術自娱，於政事風教無與也。夫窮經以致用，致用莫大乎教人取士，是編匪直援引該洽，兩漢教人取士之法在焉〔二〕。今天子右文典學，海内握鉛懷槧、家自爲説者，駸駸乎有兩漢之風，則將求所以正經學而淑人才，其必於是乎有取已〔三〕。

【校記】

〔一〕此句後，《兩漢五經博士考》載此序有『其多聞而闕疑也慎』八字。

〔二〕『兩漢』前，《兩漢五經博士考》載此序有『實』字。

〔三〕此句後，《兩漢五經博士考》載此序有『道光六年歲在丙戌三月孫原湘拜序』十五字。

重刊宋本太平御覽序

張丈若雲刊影宋本《太平御覽》一千卷，既蕆事，以原湘曾預參校之役，俾爲之序。竊謂《御覽》一書，其援引浩博，足以存秦漢以來失傳之書，世所知也；其具存古訓，可以訂證宋以後經史刊本之譌，世未有知之者。今略舉數條於此：《書》『敬授人時』，『人』作『民』，與日本足利學本合；『赤埴墳』作『戠』，與《石經》合；『西伯戡黎』作『龕』，與《志林》合；『駉駉牡馬』，『牡』作『牧』，與古本合。《周官註》『日昳』，『昳』作『跌』，與宋本《釋文》合。《左傳》『遂扶以下』，『扶』作『跣』，與服虔本合。此猶互見於別本也。『明於天之道，而察於人之欲，故興神物，以前民用』，較今《易》義爲長；『震爲蒼琅竹』，今《易》作『筤』，《說文》『筤訓籃』，則『琅』字優。『諸侯用幣于社、伐鼓于廟』，與今《左傳》異。『仲尼天也，不可階而升也』，與今《論語》異。『自葛始天下從之』，與今《孟子》異。『今兹海島有災乎』，與今《國語》異。此猶互有義理也。『東門之栗，有踐家室』，『踐』作『靖』，靖，善也，言有善人可與成家室，可訂今本《毛詩》之誤。『逆祀而弗止也』，『止』作『正』；『則思志義之臣』，『志』作『忠』；『宋音燕女溺志』，『女』作『安』，於義皆迴勝，可訂今本《禮記》之誤。『行役以婦人從』，多『從』字；『進戈者前其鐏、後其刃，進矛戟者前其鐓、後其鋭』，多『後其鋭』三字；『大割牲祠于公社』，多『牲』字；『授以弓矢，立于高禖之前』，多『立』字；『夫婦齊戒沐浴，盛服奉承而進之』，多『盛服』二字；『以致天下之和，以達天下之禮』，多『以達』二字，可補今本《禮記》之闕。『桀石以投人』，作『磔石』，按『桀』訓『擔』，與『磔』音義迴別，可訂今本《左傳》之誤。『童子謠云：「丙子之晨」』，多兩『子』字；『戰而捷，必得志于諸侯』，多『志于』二字，可補今本《左傳》之闕。『不方千里，不方百里』，多兩『方』字，可補今本《孟子》之闕。《家語》孔子筮得賁，孔子曰：『以其離也。』『離』作『雜』，於義始顯，可訂今本《家語》之誤。《風俗通》『舜者推也』，『推』作『准』，與盧抱經校本暗合。『彼之苦於日，見月怖亦喘之矣』，抱經採明本《御覽》補，今作『使之苦于日，見月怖喘矣』，『使』謂役使，義匝而文簡，此又抱經所未及見也。引逸詩『豐年之冬，必有積雪』，《玉海》、《廣逸》諸書所未載也。至所引諸史足與今本訂誤者，『漢殤帝延平元年』，《東觀漢記》作『延光』，延光，安帝年號，則《東觀》之謬也。『冲帝永熹元年』，《東觀》、范《書》、《綱鑑》俱作『永嘉』，按晉懷帝亦號永嘉，西晉去漢甚近，不應襲用幼冲不祥年號。錢竹汀《養新錄》載《學齊佔畢》記淳熙二年，邛州僧得古甕，石闕有『永熹元年漢安鄉』云云，史勤齋疑其號不見於史，竹汀斷以永熹係冲帝，今作『永嘉』誤，特未引《御覽》爲證，則竹汀亦未見宋本耳。《魏志》『中山王衰』，今本作『衮』，按《金樓子》亦作『衰』，則『衮』字誤也。《吴志·吕蒙傳》『利盡長江，此上流之勢，於國之便十徐州也，則重西門，國之固也』云云，本傳不載，裴注亦無。《晉書》『陛下齊王』，陛齊王下連，謂當時陛下爲齊王也，今《晉書》作『秦』，是誤指詢矣。『惠帝紀壬辰，大赦改元』，舊本與《晉書》同，宋本無之，按是年正月詔改永熙二年爲永平元年，三月不得復改元，明係『大赦改元』四字相連而誤衍。『尊荀氏爲皇太后』，《晉書》作『建安郡君』，按帝卽尊位，無尊生母爲郡君者。『春正月戊戌』，《晉書》作『二月戊辰』，按下有三月戊辰，則二月安得有戊辰？《唐書·哥舒翰傳》『大計軍』，今《舊書》作『大斗軍』，《太宗紀》『不宜引卑碎之人』，今《舊書》作『裨卒』，凡此皆可據以考史書之失也。他如『留鎮武昌』之作『許昌』，『登壇南嶽受終』之作『南面』，『洛下閎』之爲『落下閎』，『劉伶』爲『劉靈』，『劉晨』爲『劉晟』，並足以糾謬正俗、去非存古。至於舊本之脱簡，從宋本增入者三四十條，其形誤如『耿亳』之譌『秋毫』，『太尉』之譌『大赦』，尤不勝枚舉。是書出，而向來承譌襲謬之文，昭然如撥雲霧矣。近來講求實學，多刊行考据經史之書，《御覽》雖類書，采庶子之春華，落家丞之秋實，各存乎所見而已。余故著其有裨經史如干條，以明宋本之可貴如此。

琴川志注續志序

吾邑《琴川志》創始於慶元，增益於嘉定，加飾於淳祐。逮元至正時，知州盧鎮重修刻之，其《續志》則無傳。明宣德時，張洪撰《新志》，但稱重修宋《志》而不及《續志》。龔立本疑其筆削盧《志》，并明興次第增入。然張《志》弘治、嘉靖間，桑瑜、鄧韍纂修時皆見之，今元代人材事實寥寥，豈亡諸與？抑續未竟與？陳君揆博學嗜古，尤留心是書，博採諸史及地理、職官、政事之書，下逮名人文集、說部、藝錄、釋道諸家，凡關涉是書者，以每句爲綱，一一條繫於下，舛者正之，闕者補之，而宋《志》之眉目，燦然無留匿矣。其元代事蹟，則採諸《元史》，泛及諸書，佐以金石，別爲十卷。又補錄一卷，附於宋《志》之後，仍曰《續志補逸》也。君儲蓄富，蒐采勤，且專力於一書，故徵引明確。如於常熟置縣之始，引《元和郡縣志》『梁大同六年置』，而以陸澄《吳地記》爲諸史《藝文志》所無，以著『始於齊』之謁。常熟之名，雖《隋書》始見，然《隋志》本稱《五代志》，且於前朝割置郡縣俱略，可以釋『始於隋』之疑。引《方輿紀要》『宋時以梅里、白茆、崔浦、福山浦、黄泗浦爲常熟五浦』，以著『五浦注江若琴弦』之說；引江陰《宋志舊圖》以著志載『陶城』、『利城』之誤。於敘水，詳載『趙霖開三十六浦』之説及郟氏書，以著水利；於敘賦，稱漢置鹽官，自吳㓞屯田，有灌漑而鹽潮漸減，以著地利之變；於敘兵，詳注邑中兵事之見於諸史者，又備載馮湛請立許浦寨領軍始末，以著海防之要。皆確有關係，非泛侈宏富者。至於敘官，趙善括下載其《應齋雜著》中《上監司劄子》，得孝子三人皆他書所未見者，則闡幽之功尤鉅。

《續志》人物雖半採桑、鄧兩《志》，而搜微剔隱，又得二十餘人。君於此書，用力可謂勤矣，用心可謂摯矣。善乎張洪之言曰：『文章無損益于人者，不可作也；作而有益，不作爲闕典者，則不可不作。』生長琴川，而琴川之所由以名，與夫縣之沿革，前代經界、水利、兵賦、人物之舊，茫如雲霧，可乎哉？得君而四百四十年之書，淆者辨、晦者章、闕者備，所謂『不可不作者』，此也。然予重有感焉，自雍正九年《昭文縣志》作後，邑志之闕久矣。《常昭合志》雖作，而書不行。陳君，吾邑之文獻也，惜無賢有司能禮而聘之者，而今亡矣，然是書則猶邑乘之嚆矢也。予故亟爲之序，以慫恿其家授諸梓，豈獨爲君之傳後計哉。

虞鄉續記虞文續錄序

常熟自宋慶元時始有志，元至正間知州盧鎮作《續志》，明宣德間邑人張洪作《新志》，今惟《琴川志》賴汲古毛氏重刊，得有傳本。其次卽弘治間桑瑜《志》，而《續志》、《新志》俱逸，故增修者，於元代、明初往往闕略。毛子晉嘗輯瑣聞軼事，出志乘所遺者，作《虞鄉雜記》。楊五川嘗搜唐宋以來邑中文，作《古虞文錄》。顧二書捃摭未富，徵文獻者，不無遺憾焉。黄君琴六，博聞彊識，每病邑志之疏漏，慨然思所以訂譌而補闕。爰爲廣蒐博考，自史傳記載外，凡山經、地志、類書、譜錄、稗史、别集之屬，左右采獲，旁及金石、墨蹟，罔有漏遺，成《虞鄉續記》六卷、《虞文續錄》二十二卷，一爲類事，一爲集文，略仿朱伯原《吳郡圖經續記》、《吳門總集》之意。其書以宋元爲主，而上溯六朝，下逮明之洪宣而止，不及正統以後，有桑《志》在也。而於鄭東、陳基、張著、林大同、張洪、吳訥六家之文，提出另鈔，崇專集也。末以碑傳之傳會可疑者，爲附録一卷，覈實也。仍稱《續記》、《續録》者，示有所因也。自是吾邑宋元來之文獻，始略備矣。士君子生長斯土，而於邱原浸灌、丁男包篚之數，瞶瞶然莫之記也，於先代巨人長德、名儒勝流微言孅行，瞞瞞然未之能舉也，不亦貽鄉黨之羞與！夫前人之行，後人之師也。一鄉之中，感天地泣鬼神之事，所賴輾轉記載以傳諸無窮，俾讀者流連思慕其爲人，而薄者敦、懦者立，則所以激厲風俗者，厥功甚偉，豈惟逞謏聞、資談助已哉。往吾友陳子準撰《琴川續志》十卷，又裒集《虞邑遺文録》三十餘卷，極搜微剔隱之功，予嘗諷其亟付剞劂氏，今子準歿，而其書不可問矣。琴六是編，於子準之書亦頗有采擷，而於明初七八十年事蹟，益加詳備，賢有司作，興修志乘，兩家之書俱不可少也。然黄君老矣，家又奇貧，欲鋟諸梓以永其傳，其得乎哉？爲琴六序，不能不泫然於子準之不復作也。

海虞詩苑續編序

詩之有風，一方之風俗盛衰見焉。美者足以感發善心，刺者可以懲創逸志，使人優游諷味，以化其不善而底於善。故雖民俗之歌謠，上以貢之天子、列之樂官，古者於詩之爲教，其用意微矣哉。自采風廢，而人不知有詩學，士大夫輒鄙爲小技而不爲傳者，類多侍從應制、黼黻太平之作，而美刺之義亡矣。美刺之義亡而善惡混，善惡混而廉恥喪，廉恥喪而風俗日以衰，有心世道者，誠能取前人之作，别擇貞淫，用以激厲諷勸，以自成一鄉之風，亦庶幾采風之遺意也。吾邑自王柳南輯《海虞詩苑》始，順治朝迄雍正得十六卷，彬彬乎盛矣。今自乾嘉以來，歷八十餘稔，其間人才輩出，不有以裒集之，則窮閻漏屋之士，懼遂湮没。於是秦君亦園奮然思繼柳南而起，廣蒐博采，得三百三十餘人，離爲十一卷，附以游寓一卷，仍依王氏之例，人繫小傳，使覽者讀詩而知其人。其編次，則太倉徐君石渠之力居多焉。書成，索爲弁其端。余嘗觀《江湖》之編、《中州》之集，以逮顧瑛、偶桓、徐庸之所輯，一代不過數十家，一鄉得數人爲多。今以濱海一隅之地，而蒐采若是之富，其用力可謂勤矣。雖其間曼衍雜陳、繁響競奏，而村謳漁箋之中，未必無美刺存焉。世有采風者，其亦將有取乎是哉！

虞邑幽光集序

吾邑自前明張著、林大同以詩文名家，嗣後風雅日盛，至本朝馮班、陸燦，益矯尾礪角，倡導後生，幾於家握靈蛇之珠，人抱荆山之璧矣。顧吟詠之事，偶爾適志，裒然成集者，十不得一焉。有集而藏諸，日久終歸散逸，付諸剞劂者，又百不得一焉。零章斷句，流落人間，雖美玉碔砆，不無雜出，要皆其人精神之所寄，此而泯没焉，則真泯没矣。楊生希濚輯《海虞詩拾遺》，專取諸生布衣之作未經傳錄者，用以發潛闡幽。凡已貢成均者不錄，曾出仕者不錄，膺封典者不錄，以名已著於志乘也；刻有專集者不錄，無俟更爲之表章也；有應入志乘而偶遺者，亦附錄之；無詩者，采其雜著錄之。其存心厚而用力勤，可以爲末俗勸已。昔王柳南輯《海虞詩苑》，采摭頗富，顧意在以詩存人，非有佳章不錄；馮默菴《懷舊集》，則專録平生交好之什，與楊生用意殊轍矣。余嘗欲仿柳南意作《廣虞風録》，仿默菴例作《苔岑感逝録》，卒卒未果，覽楊生此編，益令人敦桑梓故舊之誼。李穆堂先生紱嘗言：『收人片紙隻字，等於掩骼埋胔。』吾知是編所在，必有作者之英靈聚而歌泣焉者，故爲更名《幽光録》，以表其意焉。

增輯唐墅詩存序

常熟鄉鎮之稱饒沃者四，而唐墅爲最。勝國末，崑山顧亭林、太倉顧麟士咸避兵居之。其地擅魚稻之利，民多自給，雞豚近局，所在皆有。又多通人碩士，往來其間，濡染成習，故風雅視他鎮特盛。往倪布衣三錫嘗輯《語溪詩存》，得七十九人，未竟書而殁。譚君石麟從而廣蒐博采，推之前明中葉以衍其代，推之畢澤、儒浜、塢邱、韓莊、三塘沚以擴其地。有土著而徙去者，并録其子若孫之詩，以著其本籍；有由城僑居而旋徙者，按時附録其作，以比於流寓。共得二百十六人，較倪君所編，奚啻三倍焉。仿元遺山《中州集》例，人繫小傳，意在以詩存人，以備邑乘之采擇。覼縷志行，不厭繁瑣，所收詩亦不拘一格。凡涉唐墅人地者，甄録無遺，其用心可謂勤且摯矣。我國家隆平郅治，垂二百年，東南之民，不覩兵革之事，不知征調之苦，又無横徵暴斂以奪其温飽之藉，熙熙恬恬，以風雅相慕悦。唐墅一隅耳，而詩人之夥如此，夫豈偶然哉？今雖視昔稍變易矣，猶幸歲時和樂，鄰里間斗酒招呼，詠歌太平，未嘗缺也。吾不知此後更數十年，其俗視今又何如，必有讀是編而流連俯仰於風雅之盛者已。

張氏支譜序

張子鑑堂譜其自高祖以下，爲《世系圖》、爲《塋地記》、爲《祀田記》、爲《祭祀規約》、爲《傳誌録》如干卷，屬爲之序。按譜牒所以維宗法也，宗法立，而世禄之家，必有田里以養其族，祭祀以敘昭穆，燕毛以别長幼，族食以辨親疏，孝弟、齒讓、敦睦之風於是焉行，而人心有所繫焉。周之盛時，譜牒藏於官，世系昭穆，掌之以國史，鄭史伯、晉胥臣皆精其學。唐以上並有圖譜局，置郎令史掌之。五代以後，譜學始不講。譜學不講而氏族淆，氏族淆而人心涣，人心涣而風俗衰矣。顧世之爲譜録者，率引古聞人，甚或攀援貴族以自誣其祖，於敬宗收族之義，轉闕如焉。張氏系出晉公族，而蔓延於天下，派别至爲難考。其隸吾邑者，明洪熙初翰林修撰洪爲一派，建寧守文麟爲一派，今寧紹台備兵燮則修撰後也，山西道監察御史敦均則建寧後也。鑑堂之高祖裕祉，則别自崑山遷常熟，迄鑑堂之子纔六世。其自高祖以下譜系都失傳。不引遠祖，懼誣也；詳紀塋地、祀田，慎守也；詳祭制，敦本也；録傳誌，俾其後知所考也。其用心不勤且慎歟。昔眉山《蘇氏族譜》，親盡則不及，而於所自出獨詳，其書可謂略矣。而其言以爲『觀吾之譜者，孝弟之心，可以油然而生』。烏虖！鑑堂此作，其亦可以興矣。

横瀝陳氏宗譜序

邑之陳氏，自勝國時最著者，曰河東陳，有侍郎瓚；曰河西陳，有副使逅；曰縣前陳，有僉憲察。其事迹俱見前史。此外又有西門子游巷、梠樹弄諸族，文學行誼，亦往往表見於里中。而横瀝陳氏，世居白茆之東，獨惟稼穡是務，與城中諸族如鴻溝也。自嘉靖時，有宗祥者，嘗徒步入京上疏，請濬白茆，邑乘載之。其後子姓繁衍，至十世孫念詒，慨然思敦本收族之誼，輯爲《族譜》四卷，未蒇事而歿。其子森復釐訂之，世系墳墓，展卷瞭如。自謂上世無所於考，而斷自宗祥始，蓋慎之也。予惟横瀝之陳興於宗祥，而宗祥之賢著於白茆。昔龔刑部立本，於邑中水利最稱賅洽，其論次一代興修掌故，謂邑之知水學者，有知州楊舫、舉人秦慶、諸生李慶雲、鄉民陳宗祥。宗祥一鄉民耳，而其名與搢紳先生、文學之士並傳，此豈偶然也哉！夫自譜牒不明，而賢人之後，失其世次者多矣。其好爲張大者，或且徵引往牒、攀附貴族，以爲門户光，而先祖有善，轉未之知，或且知之而弗傳，斯亦惑之甚已。今陳氏居横瀝，而其先祖有功於白茆者如此，使邑之人士永言水利之興廢，而追述宗祥之水學，則是譜之作，可以考見其家世，而整比其舊聞，視他陳氏以功名文學表見里中者，誠不多讓矣。

崑山新陽縣文廟灑埽會規約序

古者造士立學，所稱先聖先師，各於所習之學，無定位也。唐貞觀間，詔郡縣皆立孔子廟，其後合廟與學爲一，更先聖曰至聖，而仍先師之名。舍末師而專祀孔子，以一道德而尊文章，立學之制，誠美且善矣。顧有司自《春秋》上丁釋奠外，視學校爲不急之務，博士弟子注籍於學，有終歲不遊學宮者，祠宇之圮敗，所在不免。豈規制之不詳，抑亦奉行之未力與？崑山爲吳郡望邑，雍正時析置新陽，而學則共之，其士多溫雅循禮。余於庚申之歲，主講玉山書院，謁文廟，覩其垣頹屋欹之狀，丹陳粉暗之色，與司教呂君星垣相與嘅息。越七年丁卯，在籍刑部郎李君以健，稱其尊甫都轉公遺命，出己財鳩工匠，堂廡寢筵，楣棖楔柣，栭桷宎廇，宮墻璧池，莫不具飾。工既竣，乃興器用幣，奠於廟下，牲酒豆籩，莘莘焉，秩秩焉。觀者交悅，請伐石以志，君曰：『未也，將謀所以經久之者。』乃采山陽阮先生學浩遺法，倡灑埽會，筦鑰有司，會計有總，汜除有日，啓閉有期。規制甫定，而刑部君卒。哲嗣光祿丞存厚懼先志之失墜，取君所手定之規約、捐貲之姓氏以及月支歲修之數，悉登諸梓，以余嘗主講其地，屬爲序而張之，以徵信於同志。烏虖！抑何用意之詳且慎也。夫學校所以爲王政之本，至視爲不急之務，而聽其頹壞，此君子之所深懼也。今刑部君既克成父志，光祿又能承刑部君之志，而復得同志諸君踴躍趨事，是可驗人心風俗之厚矣。由是而行之不懈，吾知東南諸郡邑，必有聞風而慕效之者。《泮水》之首章曰：『無小無大，從公于邁。』其六章曰：『濟濟多士，克廣德心。』諸君能廣李君父子之心，其必毋貽鄭人子衿之刺也夫。

旌烈編序

福山高九十六丈，下臨大江，爲天地一偉觀。趙烈婦實家於此。烈婦曹氏，農家女，適趙二舍。姑前卒，翁賣藥以活。二舍，擔夫也。生一女，殤。二舍病且死，顧婦曰：『我死，汝必嫁，毋以煢煢累我父。』烈婦以死自誓，盡鬻其紡績具營喪葬。翁果以貧故，利婦他適，烈婦覺其意，亟白母，母亦如翁意。烈婦以百錢市蔬祭其夫，哭盡哀，闔户自經死，距二舍死纔十日也。於是邑之好義者，自陶廷墀以下十二人申其事，得旌於朝。孝廉鄧君復讚，徵詩文以張之，裒輯成編，而乞爲之序。嘗讀《漢書》荀采事，采爲陰瑜妻，十九而寡，父更許妻同郡郭奕，既給載之郭氏，采闔户，以粉書扉云：『尸還陰。』陰字未成而縊。以今烈婦較之，采實已被迫脅，而烈婦之死，勢若可少遼緩者。《易》曰：『見幾而作，不俟終日。』烈婦有焉。且荀爲天下名族，其濡染鏃礪者素矣，由是觀之，烈婦之死，葢尤難哉。五年前有衛烈婦者，以不得於其姑而死，有司不能白其事，不得旌。余爲書其事，以俟采風者。至如趙烈婦之死，既得旌其墓，復勒碣於節孝祠，而又得遠近士大夫歌詠其事，抑何遭遇之盛若此也。然則謂吾鄉之人偷懦憚事，而見義無勇者，豈通論哉。

馮立方貞蕤録序

余讀馮子立方《貞蕤録》，爲之掩卷慨息，不能已已。國家設旌門之典，以待苦節也，今之所被旌者，類皆豪强有氣力之家，而貧弱者不獲與，此馮子所以有是録也。録凡三卷，上卷書烈，中卷書節，末卷專書馮氏本宗。馮子爲文學君定潭之子，後孝廉仲廉先生，以古文世其家學，故其辭潔，其事覈，洵足以補史乘之闕已。顧余獨有感焉，馮子居太倉之璜涇，地僻而瘠，所載不出里巷，又皆乾隆丙辰來六十年間事，乃以烈書者十，以節書者二十一，以孝書者一。馮氏之門以内，其濡染於詩書之澤者固有自已，其餘多窮簷委巷之婦，所謂『救死不暇，奚暇治禮義』者，而閨闈風烈，卓卓如是。以是推之郡縣，推之直省，推之天下之大，其沉薶湮滅於荒江斷滋者，何可勝紀？安得盡如馮子其人者，爲之一一蒐采而甄録乎？且以朝廷廣教化、勵風俗之具，銁鉱析亂於奸胥猾吏之手，使苦節者不獲上聞，既旌者或不足以勸，有司視爲具文，不一措意，則風俗安得淳，而教化安得興也？然以區區窮僻之鄉，六十年中節烈多至數十人，又似不係乎愧厲感奮而作者，此子輿氏所謂豪傑之士也，而乃斬見之巾幗哉。

毓文書院録序

書院以廬山白鹿洞爲最勝，人物亦最著。其次嶽麓，其次嵩陽、茅山。葢文章者，竊天地之秀氣，非山川無以發之。毓文書院踞洋山之半，背山而襟川，有懸樓危閣，雜花幽禽，黄高、大洪、金鼇諸山，縈青絡碧，環拱户牖。余於嘉慶二十三年館於斯，遠近負笈來者數十人，咸敦學英辯之士。考藝之暇，相與登高縱觀，則突然出者、岈然邃者、岪然盤者、巑然鋭者，殊狀詭類，不假到而見，則室中之所見，未盡其槩也。其或宿霧朝雲，嘘空沉山，漫漫冥冥，莫測其際，如鱗如爪，出没變見，則所見又以時異焉。夫人之心思，處華則靡，處囂則棼，處陋則拘，處私則窒，惟置之高曠寥闃之地，則有以洗滌其心神，而啓闢其神智。衽席之所見者，未若窮高之無所遯隱也；平時之所見者，又未若烟雲變滅之尤奇也。是故天地之文章，日出而不窮。學文者，學天地可已。自春徂秋，凡五閱月，諸生所爲文藝，人數十首，可謂勤矣。掇其潔切典要，不戾於古者，著之録，經義、雜文、詩賦略備焉。

覺宧晨鐘書序

我國家官制，大半沿前朝，而内外輕重之勢特異。蓋緣列聖相承，乾綱獨斷，故内之權輕。京朝官以清静無事爲稱職，而人皆視外爲重，京官考察一等者，戚友咸相賀，而僮奴輒轉攀援，以爲故事。嘉慶中，余嘗謁座師朱文正公，有僕叩頭求去甚力，詰其所之，曰：『依相公十年，未嘗隨一官人，今將投某縣耳。』公爲之䩄然曰：『今而知宰輔非官也！』蓋百年以來，人情之重外如此。吾鄉姚星巖考功，以乾隆三十四年京察記名將轉外，其封公學耐先生聞之，不以爲喜，且刺取古書中居官行政之要，用人馭下之方，聲色嗜好之戒，勒成一編，寄之京師，名曰《覺宧晨鐘》。夫宧猶海也，商賈之徒，以身試不測之淵，至於沉溺而不返者，溺於利也。仕宦之溺其心，甚於溺身，幸而不以貪墨敗，其可哀有甚於死者矣。今夫禁酒者，俟其既醉而戒之，何如制之於未飲也；治癰者，於其將潰而決之，何如遏之於未疾也。夜行者之不知止也，必以爲漏未盡而鐘未鳴也。彼宦海之沉迷，較之夜行，則又甚矣。世之君子，能於未至沉溺之時，一聞彼岸之鐘聲，不將洒然而自醒乎？學耐先生名大勳，工書法，絶類董香光，其生平足迹，不出里閈，而能留心政事，知所輕重若此。世之讀是編者，其無效僮僕細人之見，而役役於利欲之途，是則先生之意也夫。

徐芝仙詩集序

詩有奇正，而奇爲難，奇而不詭於正尤難。才不大不能奇，學不博不敢奇。無山川雲物之異，以疏瀹而啓闢之，雖奇，而非自然之奇。才大矣，學博矣，聞見廣矣，不能守屯耐困，以馴養其奇氣，則奇而或戾於正〔一〕。太白奇而玄者也，少陵、昌黎奇而渾者也，昌谷奇而隱，東野奇而僻，玉川奇而肆者也，以有唐詩教之盛，此數家而已。後此如廉夫之品之學，嫣雌子猶目之爲『妖』，則甚矣奇之難也。吾鄉徐芝仙之詩，殆無語不奇，而無一字無來歷，而又能平實中出奇，無狡獪幻化之狀，而又原本風雅，無憤戾怨懟之音，可謂善奇者已。芝仙學詩於新城，不爲新城所樊籠；生於吾鄉，鄉之人所瓣香而尸祝者，如鈍吟、如圓沙，而戛然自異於兩家，可不謂豪傑之士與。自少至老，遊於燕，卒於燕，故人鮮知之者。然試取世所推奉之作，與芝仙較之，竟何如也。《出塞集》一卷，蓋隨安郡王北征而作。芝仙工繪事，當時以匹南田，過祁連山，見花數十種，一一圖之，於戎馬倥偬間，風趣如此，人奇，宜詩益奇也。此卷借諸鮑吉卿，曾爲校其舛譌，錄成副本。張君子謙見而愛之，爲壽諸梓，又從《海虞詩苑》、《秋坪新語》兩書掇拾十餘首附於後，曰《遺詩》，從項夢昶緝《仇山邨詩》，於《金淵集》外別爲一卷例也。嘗聞諸陶靜菴尊人約齋丈官寶應時，於某氏曾見芝仙全集，然事隔四十年矣，不知其書尚在人間否。凡物顯晦固有時，卽此卷之得傳，不獨爲芝仙幸，爲天下幸已〔二〕。

【校記】

〔一〕『庚於』，徐蘭《出塞詩》載此序作『失之』。

〔二〕此句後，《出塞詩》載此序有『道光六年七月孫原湘述』十字。

天真閣集卷四十一　文三

序

吳禮部素脩堂集序

曩余歸自上黨，出篋中行役諸作，就正於吳竹橋先生，先生驚詫曰：『仲則死矣，不意復見仲則！』仲則者，武進黄景仁字，當世所稱善學太白者也。閲五年，余得詩千餘篇，先生爲之序，其言以爲：詩者，天下之達道。道有隆汙，於是乎體有正變，有美刺，以寓懲勸。風雅頌者，所處之不同；賦比興者，所感之不同。要其發乎至情，以期無歉乎達道者一而已。後世詩道寖衰，有賦而無比興者，頌刺每溢其實；有比興而無賦者，粉飾漸離其本。其詩未嘗不傳，非天下之達道也，不可謂之詩也。先生之爲教如是，其正且大矣。而其序仲則也，則又極論其運思之則、用筆之法，與夫平奇曲直、反正開闔、抑揚頓挫之致。先生之於律，如是其精且審矣。吾邑詩人，律莫細於馮定遠，才莫奇於徐芬若，氣莫豪於錢木菴，而先生實兼之。至於昌明詩教，一歸忠孝之旨，則三君者或未之逮也。先生自辛丑歸田後，以親老絶意出山，顧其眷念國恩，繫懷時政，一篇之中，嘗三致意焉，則《小雅》詩人之義也。豈必歌《四牡》之章，賦《北山之什》，而後於臣道無歉哉？先生歿後，哲嗣阜伯昆季出全集授余，曰『子知先君子深，其序之』。夫予烏足以序先生？先生之詩，胎原少陵，而出入於香山、眉山之間，其辭麗以則，其意溫且厚，以余譾陋，何足以知之？第與先生二十年，每遇佳日勝遊，俊侶高會，余未嘗不從先生，每得一篇必屬余和，其相說以解之趣，有非嘲風弄月家所能識者。則序先生詩者，又宜莫余若也。爰撮先生所以序余詩者著之篇，俾當世知先生作詩之旨如此，至其寄託之遙深，格律之變化，先生往矣，誰與商榷而論定之。

王仲瞿煙霞萬古樓集序

天之生才不數，生奇才尤不數，積日星河嶽之氣，百年而一生。生矣，或遇或不遇，天似不能無厚薄於其間，要其得於天者既厚，必使之有以盡其才，而其所以盡其才者，不係乎遇不遇也。以賈生之通達國體，親承宣室之問，而不能不困於長沙；以杜季雅之淹博壯烈，封奏《論都》之書，而一爲郡文學掾，廿年不闚京師。又況於偃蹇阸塞，十試不成進士之仲瞿乎？嗟乎仲瞿，其才辯，其學博，其文章可以淩駕百代，牢籠萬物，以文武膽志爲略，以措置一世爲務。方其嬴然弱冠之年，於兵農禮樂、天官河渠，旁及百家蓺術之書，靡不講明切究，廣庭雜坐，抵掌而起，聽者側耳屏息，莫敢發難。雖未見於設施，而其囊括古今，爲有體有用之學，固已粲然矣。既連不得志於有司，挾其策奔走公卿間，未嘗不倒屣改席，延致上座。君畫灰借箸，指陳事宜，當事摳衣奉手，奉教惟謹。然卒未有能用其言者，而君已垂垂老矣。嘉慶辛酉、壬戌之際，名流宿學雲集京師，法梧門祭酒主盟壇坫，論定君之詩與大興舒鐵雲位及余爲三家，作《三君詠》傳播其事，君夷然不以爲意也。余乙丑假旋後，息影江干，不復踏長安塵土，君與鐵雲連轡入都，再試再黜。鐵雲侘傺以死，君流蕩江淮之間，益不自得，然氣益斂，文益奇，裒集所爲詩文如干卷，自以鐵雲而外，知君者莫余若，屬爲之序。噫！仲瞿乃今爲辭人矣。以仲瞿之才之學，俾得傾筐倒庋，盡出生平藴蓄，潤澤海内，必有奇蹟卓犖，異於俗吏之所爲者，屑屑於飾竿牘、絺鞶帨，爭工拙刀錐之末，豈其志哉！豈其志哉！君自言今夏遊雲臺山，山中多古木，皆數千年物，其材偉然巨麗，而自晦於窮厓絶壑、人跡罕到之境，殆天之有意位置之者，不如是不能輪困離奇至此。仲瞿此言，其殆自謂耶。觀於賈生雖放廢，而《治安》一疏，彪炳千古；杜季雅既得從事擊羌，旋戰殁於射姑。信乎天之待其人，不係乎遇不遇也。讀仲瞿之文者，亦可無論其遇已。若其文之瑰偉瓌麗，忽《莊》忽《騷》，若正論、若游戲，由其才大氣盛，噴薄而出，仲瞿之學固不盡於此，而人亦不當以此盡仲瞿也。

席子侃遺集序

席君子侃既殁之二年，其門下士裒集其所爲詩、古文辭，醵金付剞劂氏，屬余爲序。嗚呼，是烏足以存吾子侃哉！君天資超卓，又能好學深思，求通乎古人之意，於書無所不窺，尤精於許氏《説文解字》，嘗取徐氏《繫傳》及宋本《玉篇》、宋板《漢書》、高誘注《吕氏春秋》、陸德明《經典釋文》，爲之疏證補漏，訂譌考異。又得惠定宇手批本，錯綜辨證，較惠氏不啻三倍，而精核處過之。予欲取其書并惠氏說刻之，以費鉅未能也。生平有志於用世，於杜、鄭、馬、王之書及海防水利，靡不究心，屢試春官不第，慨然思以著述傳於後。始學爲詩，撰《詠古》十三章，雄辯駿發，一空目論。已見予所作，自以爲弗逮，乃棄去弗爲。爲古文，顧不喜歐陽子之作，而好王半山，既又病其學術不純，學柳子厚，謂文章心術無如子厚者。八司馬皆賢智，而韓退之誌柳墓，以爲不自貴重，入黨被斥，實忌其才耳。論雖過刻，要非具知人論世之識、不苟同於衆好者不能言也。所爲文滌濯滓窳，洞徹筋髓，有過高之論，而無叢冗秃屑之弊。三十後得喀血疾，操觚常不終篇，又負過人之資，每下筆恥居人後，完亦輒棄其稿，今所輯，皆其門下士就敝簏中檢而存之者。間爲樂府、長短句，歡場酒次，取其曼聲而歌，以爲笑樂，非所經意，然清蒼雄秀，往往近石帚、玉田之間。葢其高才逸氣，落筆便雋，不求工而自工者也。彙存三卷，得文十六篇，詩六十五首，詞六十一闋。嗟乎！君負跅弛之才，思以奇節偉行，一試於當途而不可得，退而爲文章以自表其志意，復困於疾，厄於年壽，後之視君者，以爲其所撰述止此而已，其命矣夫！

趙舍人詩集序

詩之作，其發於情之不容已乎。鳥之鳴春，蟲之鳴秋，非有以强之鳴也，感於氣之自然，而鼓於機之不得不然，是故其音婉以和者感人喜，其音淒以厲者感人悲。惟其發於不容已，故爲所感者，亦不自已也。《詩》三百篇，貞淫美刺，皆不容已於言而言，夫子删詩，不删鄭衛，則所删者，其殆可以不言者乎？後世依違於時俗，牽率於酬應，甚至降爲試帖，限之以韻，其心本無所欲言而强之使言，不得不以格律聲調、抽黄儷白爲工，如是而欲其感人也難矣。雖然，要豈其人之本志也哉。士人幸得一知己，寄人籬下，不得不委曲隨人以爲言，後之人讀其詩，所當諒其志而已。吾鄉趙再白先生，以雍正乙卯舉人官中書舍人，受知於鄂文端公，又嘗遊楚中丞幕，故其詩多豫楚行役之什，而代人應副諸作及試帖亦攔入焉。其風骨俊邁，音情豪宕，固出於性之自然，而求其纏綿悱惻，發於心之所欲言，則十得三四焉爾，是豈先生之本志哉。昔少陵客嚴武，義山佐令狐幕，猶不能無依違牽率於其間，未嘗不歎士之有才而不遇，遇矣而得伸其志之難也。集中《檄雨》一篇，纚纚至千言，有云『大鈞消息微，蕩析將奚徙』，又云『流亡日成羣，壑鄰蔽姦宄』，其惓惓於國計民瘼者，三致意焉，讀者可以知其志矣。袁簡齋太史作先生傳，自稱客京師時貧無所歸，依先生以食，先生同年仲永譚劾九門提督鄂善贓，超遷僉都御史，先生以爲劾人罪得美官，此位宜辭。卽先生之爲人又可知矣。徒沾沾於詩之工拙，求先生乎哉。

趙巢寄詩集序

常聞古之言詩者矣，詩也者志也，詩也者持也，持其志之謂詩，未有志不立，而可與言詩者。故言吾志之所欲言，言雖不工，而吾志存焉；抑既伸吾志矣，言未有不工者也。雖然，志豈易言哉？人之未遇也，皇皇乎有所求也；既有合也，亟亟乎惟恐失也。亦既積之厚而持之牢矣，而瞻前慮後之心，終其身在患得患失之中也。是其志詘於求、汩於欲、溺於無厭，雖使優孟三唐之製、笙簧六代之音，其去古詩人之志，不已遠哉？趙君巢寄以名孝廉出宰徽縣，時甘肅吏多揑災冒賑，自布政使以下無不染指者，君至，獨屹然不爲動。《北山》詩人所謂『或湛樂飲酒，或慘慘畏咎』，君其有焉。及事發，八郡五十州縣無得脱者，而君獨超然無所攖。《烝民》之詩所謂『既明且哲，以保其身』者，君無媿焉。上官憫其廉，調知張掖，君不樂久仕，即恬然引退，歸而授徒自給。此則《伐檀》詩人之志，尤非當世希榮固寵之徒所得而知者。君可謂始終善持其志者已。君之詩和平溫雅，足伸其志而止，無矜張踔厲之氣，故所作不多，而其志較然，可昭信於後世，此真古詩人之詩，而非近世格律聲調之詩矣。君之族子叔才既輯君尊甫再白舍人之詩，屬爲之序，復取君詩裒録之，將並付諸剞劂，以永其傳。予謂如君父子，雖不工詩，其人自卓然可傳，况詩之工，又若是乎哉！

陳筠樵遺集序

陳君筠樵既殁之五年，其孤本淳將刻其遺集，問序於余，余曰：『子先人之集，袁子才太史所定也，又得吴哲甫太史爲之序。兩先生者，海内所推服，余又奚言？』本淳曰：『雖然，兩先生所論者文章耳。子與先君子交最親，凡性情行誼，即詩而見者，非子莫之知。願終一言，亦先君子之志也。』余受而讀之，掩卷流涕，如見筠樵之爲人也。筠樵敦行好學，重氣誼，能急人之急，見人片善，未嘗不心服。余自乙巳歲獲交筠樵，筠樵於余爲舅氏行，嘗謂余曰：『余與子之親服盡矣，子第兄我，論學則且師子。』余媿不敢當，然其能自下人類如此〔一〕。性好客，雞豚近局，必主筠樵，人有求亦無弗應。憶丁未冬，吳子頊儒貧無以卒歲，僅有書一簏，筠樵以二萬錢酬之，不問何等書也。余好與友人譚古今治亂、文章得失之故，轇葛上下，往往面發赤至抗聲起，筠樵從旁一言解之，無不冰釋。自筠樵死，余不敢以故態向人，而吾黨之樽酒歡笑、論議縱橫，亦無復如曩時之盛矣。筠樵既連困省試，比再試京兆，遭母夫人喪，徒跣歸，恨不得視斂含，曰：『今而後，日侍吾父左右，出里門寸步者，非人子也。』益治經，期爲聞人，以無忝所生。取馬、鄭、賈、孔諸家註疏，讀之窮日夕，慨然有志於著述，而已死矣。所爲詩積數十卷，手自更削存十餘卷，今所刻者四卷耳〔二〕。烏虖！以筠樵之篤於親、厚於朋友，而又好學不倦如此，於古詩人温柔敦厚，庶幾近之。使天假之年，所造豈有涯量，而竟止于此，其命矣夫！抑余有感焉，世之斷斷著述，自命卓然可傳，一旦身死，其稿零落散棄者多矣。同時太倉馮仲廉能爲古文，嘗欲手刻其集，不果，未幾遂殁。鮑子子淵先於君一年殁，其遺稿存余處，謀醵金刻之，未能也。今本淳能刻其先人之集以傳，不可謂非筠樵之厚幸，抑余所感於筠樵者，又自此無已已〔三〕。

【校記】

〔一〕『如此』，陳聲和《響琴齋詩集》載此序作『若此』。

〔二〕『四卷』，《響琴齋詩集》載此序作『六卷』。

〔三〕此句後，《響琴齋詩集》載此序有『嘉慶三年歲次戊午仲秋長真閣外史孫原湘拜撰』二十字。

翁紫書詩集序

翁生二銘將計偕北行，奉其尊甫紫書學博遺集，屬余爲序。反覆諷味，慨然有感於學博之爲人，而歎其深於詩也。夫持其志之謂詩，志不尚，未可以言詩也；緣情而作之謂詩，情不摯，未可以言詩也。自世俗以功名富貴爲志，而志衰；以閨房兒女言情，而情薄。古詩人則不然。『我日斯邁，而月斯征』，《小宛》之言志也；『民之靡盈，誰夙知而莫成』，《抑》之言志也。情則《北山》之『盡瘁』，《蓼莪》之『銜恤』，以及《常棣》、《谷風》、《伐木》諸篇，靡不纏綿悱惻，入人肺腑。當其感春而思，遇秋而悲，發乎情志之不能已，未嘗有意爲詩，而其詩益工。今之稱詩者，本無所得於中也，徒取古人之聲律，句摹字仿以求其合，否則奇詭隱僻，務求異於古人。辭雖工，去詩也遠矣，況乎其未必工也。紫書束身砥行，篤於孝友，勤於問學，於身心倫紀之地，一篇之中，三致意焉。秉鐸海州，誨諸生如子弟，與唐陶山使君唱酬莫逆。集中如《喜雨》、《甲子河》諸作，悉有關於政教，其植乎詩之本者深矣。讀君詩者，以和平溫厚工於語言，謂有得於《風》、《雅》之遺，不知君特自抒其胸臆，非先有求工之心而後爲詩也，則真古詩人之旨也。二銘攜是集之京師，求當世主持風雅者進而質之，其以余言爲何如也。

五是堂詩集序

太倉顧君容堂既殁之二十年，仲嗣晞元持所爲《五是堂集》，屬爲之序。曰：『此先君子命也。某昆弟不肖，貧不任剞劂，因循負疚，以迄於兹。今幸得張鹿樵觀察念師弟之誼，許爲鏤板行世，敢以一言爲請。』余受而讀之，輒爲掩卷歎息，不能已已。猶記予年甫冠，與容堂訂交，於時容堂館於吾里，里中若吴子項儒、張子子和、陳子筠樵，並稱莫逆友，山水之游，文酒之醼，未嘗不偕。今卷中如《昭明讀書臺》、《七星檜》、《破山》諸詩，皆一時酬和之作也。迨容堂通籍後，官於京師，予以計偕過其邸舍，於時詞館諸先輩若陽湖洪穉存、遂寧張船山，相與往復倡和，其詩風格一變。卷中如《苦雨》、《喜晴》諸作，遣辭命意，駸駸乎出風而入雅矣。予因竊論詩以言志，志之所之而詩作，彼《衡門》之『樂飢』，《北山》之『鞅掌』，其辭不同，而各指其所之。若容堂之性資温厚，而居官遇事，磊落自喜，宜其前後之詩如此也。而容堂則又序余詩，以爲『詩者吾之性情，不必規倣古人，章比而句櫛之。苟以吾心之虚，運古人之實，風行水上，與水相忘，乃有自然之詩』。余於時深媿其言，今觀容堂之詩，誠無以易其平日之論矣。而余獨重有所感者，二十年來交遊零落，終日行里巷中，都非舊識。自歸田後，一時詞館倡和諸君子，俱已相繼奄逝，獨予以衰病之餘，伸紙執筆，論次容堂之詩，殆不啻聆山陽之箋，淒然欲絶也。

林遠峰詩集序

予於詩，而獨有取乎陳公甫之言也，謂『詩論性情，論性情當論風韻，無風韻則無詩』。又謂『讀古人詩，先理會古人性情，有此性情，方有此聲口』。公甫此言，詩家未發之秘也。自格律體裁之論起，而齗齗唐宋者，類多剽賊摹疑，如伶工之演曲，如木偶之牽絲，而己之性情亡矣。予讀遠峰之詩，而遠峰之性情如見焉。卽不知遠峰者，讀遠峰之詩，而其須眉意氣，躍然楮墨之上。此吾所以反覆諷味，而歎其詩之工也。遠峰固閩人，隨父宦吳，遂家吳門。少受詩學於袁隨園，顧能自出機杼，不爲倉山所牢籠。性豪飲，好聲色，清吟高唱，多出於倡樓酒肆之間。嘗以詩受知於蔣立厓，不數月，而負其金纍纍，都付狹斜遊矣。又嘗客巡撫奇豐額公幕，與尤二娛爭狎一姬，一夕待君箋奏，材官四出大索，君方醉眠倡家，不顧也。明日公下令逐姬，君憤然曰：『逐姬是逐客也。』拂袖徑出。李味莊兵備分巡上海，慕君名，羅致幕中。味莊風流四映，東南名宿，翕然歸之。君日與吳穀人、洪稚存諸公文酒酬和，風格日益上。時有俞生者，琵琶名海内第一，兵備嘗月夜泛海，命生奏海天秋曲，驚濤怒飛，魚龍出聽，座客咸賦詩，推君擅場，有『林琵琶』之目。君於諸體中尤善歌行，時稱『林七古』，篇帙甚富，晚年手自刊削，僅存百五十首。錄以寄余，屬爲論定而序之，未及報而君亡矣。君爲人伉爽有豪氣，得錢輒召客，不盡不已，牀頭不留一錢，人多以是咎君。予序君詩，特著君之生平，俾人知有如是之性情，而後有此豪宕奇肆之作，且使後之人知性情以外無詩也。

孫縣圃雪堂兄弟詩集序

古稱兄弟能詩者，代有傳集，晉之機、雲，唐之維、縉，宋之軾、轍，其最著矣。夫詩者，古之樂也，其歌也有繼，其音也有比，其唱也有歎，雖千里之外，聯辭比響。如蘇李、班傅、劉郭、顔謝、元白、沈宋之倫，以友朋之聲應，而世猶聯屬而並稱之，況乎庭隅之間壎篪翕如，其尤易感人也。毛君寶之攜其故友崑山孫縣圃及弟雪堂詩集，屬予點定。毛君之言曰：縣圃少年跌宕，其爲詩清遠而秀拔，於唐頗近韋左司，不落宋元纖靡習氣。既遊畢秋帆先生幕，得江山之助，格律益蒼，亦時露其骯髒不平之槩。吾識其人，讀其詩，如見其人也。雪堂以武科屢試駕部，不得一當，其跅弛不羈之才，抑塞磊落之志，時時發之於詩。譬諸蒚騮驥騄，郭椒丁櫟，騰山超澗，不可以格律繩尺約之。吾未識其人，讀其詩，亦如見其人也。今其家將合而鏤板行之，予老矣，不能操觚以從事，乞吾子一言弁其端。予惟詩也者，人之性情而已，各言其性情，雖兄弟不能同聲也。自世之以流派聲格爲詩者，棄我之性情，就古人之範，若圭景籥黍之無爽。傳不云乎：琴瑟之專壹，誰能聽之？夫塤篪一器也，而有《雅》、《頌》之別，及其合樂，則堂上均乎笙，堂下依乎磬。惟不出於專一，而後論倫無患焉。觀乎懸圃、雪堂之作，其性情不同，其音節亦迥异，要其纏緜悱惻，足以感人心而移人情，固無不同也。知所以不同，而卒無不同，是之謂和。知和之音，而後可與言詩矣。毛君精于詩者，其以余言爲然乎否乎？吾孫氏自新安來遷，散處於吴郡數百里間者，比比而是，縣圃兄弟其一也。惜未得序其支系，暇日當偕毛君，訪其居而一考之。

許處士遺集序

許君士良裒輯其兄處士君硯北遺集，付諸剞劂氏，而屬序於予。其言曰：『兄平生論詩極嚴，嘗取建安以來，下至中晚唐諸作，錄成十二卷，熟復而深思之。非有心得不苟作，作亦不終篇，輒隨手棄去。又不喜結盟入社，以故世之能詩者罕稱之。今就所存者八十餘篇、詞十闋，彙而梓之，萬一留傳於後，兄之性情行誼，或不盡泯没焉。』余惟詩以言志，必先有纏綿悱惻之懷，不能已於言者，然後托之吟咏。言之未盡，連章累牘而不厭其多也；無可言而强言，一篇亦覺其贅也。傳不傳各有其遇，古詩人之傳者未必盡工，而工者實未必盡傳。工與拙且不足憑，而况乎其多寡哉。今許君於其兄之遺集兢兢致意，以求永其傳，手足之誼，可謂摯矣，非處士君平日友于之愛有以感發之，能若是乎？觀其兄弟之情，而知其詩之無戾於風人《棠棣》、《伐木》諸篇，則如處士君之詩，又可以決其必傳於後無疑也。

朱蓴湄黄葉邨居集序

去昭文縣城五十里曰李墅，詩人朱君蓴湄之所居在焉。余未識蓴湄，蓴湄嘗語人曰：『孫君與余厚。』時余爲諸生，連不得志於有司，方爲人所厭棄，蓴湄特從他處見予詩而善之，遂引以爲友，即蓴湄可知矣。蓴湄嘗寄余咏史百篇，余病其純用七律。竊謂唐人惟杜陵、香山集中，多存此體，然終不及諸體之半，至東坡、劍南、誠齋，尤喜爲之，而諸家妙處，實不專在是。故詩家宜多作樂府、五七古，專工七律者，懼其風格不高，易蹈宋元纚屬軟熟之習。將作書貽蕁湄，而蕁湄死矣。君既殁之四年，子詒燕來從余學詩，因出君所手定《黄葉邨居集》，將授之梓，而屬余爲序。余始獲覩其全詩，葢無體不工，能兼取唐宋諸家之勝，其長篇尤諸諸便便，一氣委輸，而悉合法度，乃悟曩之執其一斑以槩其全豹，幾以瞿佑、朱紹輩目蕁湄，失蕁湄矣。余嘗過李墅，所謂黄葉邨居者，水木明瑟，翛然有隱居之風。詒燕恂恂執業，余方以漢魏諸體授之，勗其毋專攻七律。今讀蕁湄之詩，詒燕亦世其家學焉可也。

袁蘭邨詩集序

蘭邨袁子工於詞，所著《捧月樓稿》，汪劍潭、楊蓉裳諸君爲序而刊行之。今夏六月，過訪虞山，出所爲詩，屬序於余。反覆誦之，其音清以婉，其志廉以潔，其言情也綺麗而不靡，向知蘭邨之詞，未意其詩之如是工也。已而喟然曰：詩與詞無二理也。大抵文所難達者，婉轉達之於詩；詩所難盡者，委曲盡之於詞。故宋元詩人，無不兼工長短句，而以詞名專家如秦少遊、姜堯章輩，亦未嘗不工詩。本朝則《曝書亭》、《湖海樓》二集，詩詞幾於兩大矣。葢文章之事，不必分涂而索轍也，從其意之所近，而專致其力，方其冥心獨造，此事之外如無事也。究其極而後知所通，向之未暇爲者，爲之而輙合焉，詩詞尤易見者已。蘭邨爲隨園先生令子，人謂先生不爲詞，蘭邨爲補其闕，可無工他文。余謂先生可不爲詞，蘭邨不可不兼工詩。先生不肯分作詩之力作詞，詩之所以大也；蘭邨必欲兼作詞之功作詩，詞之所以醇也。古之善言《詩》者莫如《騷》，美人香草，卽《國風》變《雅》之意；善言《騷》者莫如詞，閨房兒女，卽美人香草之義。蘭邨以其纏緜忠愛之旨，芬芳悱惻之懷，由詞而通之《騷》，由《騷》而通之《三百篇》，其詩雖欲不日進焉，得乎？昔東坡子過，人稱小坡，以能爲東坡之詩耳。今蘭邨既工詞，而詩又駸駸乎繼其家學。阮兵曹見少陵子宗武詩，歎曰：『天下詩名又在杜氏。』蘭邨此集出，焉知天下不又以此事推袁乎？

陳蕊仙沈香郊合刻遺稿序

詩者何？各言其所志也。在朝廟則言《雅》、《頌》，在鄉里則言《風》。就《風》之中，正變各殊，貞淫並列，下至夫婦閨房之好，兒女里巷之私，美者以勸，刺者以懲，其旨一歸於『思無邪』而已。《詩》三千篇，孔子存其三百，所删者多矣，而不去鄭、衛。以桑濮之詩人而居二南，焉知不歌《江漢》？以于田之詩人而遇文王，焉知不詠《兎罝》？以北風雨雪之詩人而當周之盛世，焉知不歌《皇矣》、《大武》？適當所處之地，所欲言之情，發爲詠歌，無趨數、傲僻、燕濫之音，而有嘉美、規誨、風刺之旨，固聖人之所不廢也。唐以後詩教必推少陵，而義山以繁縟側艷之詞，後人論爲善學老杜；以韓致堯之孤忠勁節，而《香奩》一集，與《内翰集》並傳於世。詩固不可以執一論也。吾鄉陳蕊仙秀才好爲詩，所居曰董市，與其友沈香郊、蔣友雲相約肆力，其辭多緣情綺靡，間爲放言高論，亦自抒其胸臆。夫所見者烟雲竹樹之勝，所聞者漁歌牧唱與夫邨巷纖悉之議，無江山偉麗之助，無時政得失之關，所聞見至近，故言之益親，而其言亦益工。世之好爲冠冕之辭，剽竊摹擬無豫性靈者，視蕊仙竟何如也。友雲、香郊先後客閩，蕊仙獨居無俚〔一〕，侘傺以死。時友雲先歸，實經紀其喪。香郊聞蕊仙之赴，倉皇遄返，殁於中途。友雲彙鈔兩君之作，謀醵金梓之，屬爲之序。夫友雲篤於死友，固無歉詩人信誓旦旦之旨，而兩君之得此於友雲，其平日亦可想見。至香郊之詩，其與蕊仙如同同之鳥，頡頏而鳴，予故不更論云。

【校記】

〔一〕『俚』原作『理』，據文義改。

陶中丞撫吳草序

中丞安化陶公，撫吾吳之四載，政通人和，百廢具舉，以開濬吳淞江之役，紆道常熟，登虞山而望海，慨然思興復白茆之水利，以部民孫原湘於公爲館閣後輩，枉車騎臨問，入郡報謁。首詢士習文風，繼譚詩，出示《撫吳草》。受而讀之，鏘然如韶濩之鳴也，沛然若江河之決也，油油然若春風之被人，罔不煦嫗而和悅也，可謂精深而博大矣。嘗謂文章與功業無二道，而兼善則難，二者心思才力運之，心思貴專而惡紛，才力能肆而易散。《詩》三百五篇，惟尹吉甫具文武之才，其歌詩又能雍容揄揚，以自達其志；至韓侯、申伯、召伯、仲山甫，非不聲施爛然，而著作無聞焉。則信乎兼善之難也。公以道光五年移節吳中，時高堰潰流，民災，海運甫建，議無定法，宏鉅艱難，集於一身，宜乎殫精罷思，日不暇給矣，而公措之裕如，歌詠間作，其詩委曲微至，有老生苦吟百思而不能及者。蓋公之心思才力實能牢籠萬物，窮極微細，如其措事之無不當也、無不周也。嘗取古詩人較之，精能如杜，閎肆如韓，融暢如白，少陵有稷卨之志而未見設施，昌黎有致君堯舜之心而未獲其遇，香山雖有政績而用之未弘。今公之功業若是其盛，文章又若是其美，固由於平日之讀書養氣，而苟非遭遇聖天子倚任心膂，烏能從容於盤錯之中，以馴致其歌詠之樂若是乎哉！或者謂大臣功業彪炳，無取留意於聲詩，是又不然。《崧高》之卒章曰：『其詩孔碩，其風肆好。』吉甫非以自誇也，蓋謂不如是不足以風示天下而感悦乎人心。公之每事必系以詩，蓋以詩爲教，欲使後之人流連思慕，於其所以得君之心而措民於安者，皆將有所感奮焉。此古大臣之心也。原湘學識淺陋，謹就管窺所及還質諸公，公其有以教我乎？謹序。

籟鳴詩草序

《籟鳴詩草》四卷，附集一卷，黄君琴六之尊甫牧村先生作也。曩於丁卯之歲，琴六屬爲點定，時將北行，匆匆未暇卒業。今年冬，琴六復攜以見示，篝燈細讀，其氣穆然以静，其思窈然以深，其音融融然和而不流於靡，洵可謂邃於詩者已。嘗謂吳中詩教，五十年來凡三變：乾隆三十年以前，歸愚宗伯主盟壇坫，其時專尚格律，取清麗溫雅，近大曆十子者爲多；自小倉山房出而專主性靈，以能道俗情、善言名理爲勝，而風格一變矣；至蘭泉司寇，以冠冕堂皇之作，倡率後進，而風格又一變矣；近則或宗袁，或宗王，或且以奇字僻典攔入風雅，而性靈、格律又變而爲考古博識之學矣。牧村爲歸愚先生弟子，故其詩瓣香竹嘯，一洗時下叫囂之習。雖其間酬應諸作，或有過求穩適，失之骫骳，要其一字吟安，未嘗苟下。此如畫家飾色，濃青澹翠，心手調和；又如良工製錦，細意熨貼，而無天吳紫鳳顛倒補綴之迹，所謂看似易而實難也。琴六善承家學，試以先人遺集熟讀而玩索之，或不以予言爲河漢乎？

黄琴六詩稿序

言志之謂詩，而所以文其言者殊焉。有詩人之詩，有學人之詩。同一言德行，而《抑戒》學人之詩，《雄雉》則詩人之詩。同一飲酒，而《伐木》詩人之詩，《賓筵》則學人之詩。此辨之於氣息，辨之於神味，不當於字句間求之也。黄君琴六，鋭意嗜古，於書無所不窺，而尤精漢學。照曠張氏刊《太平御覽》諸書，校讐精審，君之力爲多已。又館於愛日精廬，愛日藏書之富，軼於述古、汲古，君益得肆其瀏覽，其中尤愜心者，不惜雪抄露纂。家雖貧，入其室，緗素爛然，大半皆手校本也。君不以詩名，而詩特有情味，五言古近儲太祝，五律尤近劉隨州，蓋其藴釀厚，故言之有物，言有物則文言之而宜，質言之而亦宜，豈如軨材小生，沾沾以儷青妃白爲工者哉。昔吾鄉陳見復先生，以經學名世，嘗讀其全集，詩獨清婉耐咀諷，專門名家者弗及也。因歎以學人而爲詩人之詩，往往不求工而自工，事之致力於此而效收於彼者，於此可見已。

天真閣集卷四十二　文四

序

李味霞詩序

畫與詩殊塗也，而脱去凡近，務以天機清妙爲宗，則一而已。今之言六法者，斷推文、沈。嘗取兩家所作論之，徵仲詩寓闔闢變化於和平温雅之中，如其畫也；啓南詩沉鬱老蒼，時露奇倔之氣，尤如其畫也。葢詩與畫皆得之天，有真性情而後有真詩畫，剽竊摹儗以求得當者，無論其不工，工亦優孟衣冠而已，於其人之性情無與焉。李君味霞少工畫，初學王畊烟，若其樹石堅樸，不足以發揮天趣，乃改學石田，久之而自出機杼，煙雲明滅，朗出筆情墨趣之外。故其爲詩，輸寫性靈，牢籠物態，初若無所師承，徐味其旨，時出入於劍南、石湖之間，由其天懷淡蕩，隨事抒寫，詩如其畫，畫如其人，畫不能掩其詩，詩亦不能掩其畫也。憶予初識味霞，因蘇耕虞翁，翁孤標絶俗，詩畫皆如其人，與許古初、倪閒谷稱『唐墅三布衣』。味霞後起，年甚少，翁爲之游揚，人始知有味霞。今忽忽四十年，回念蘇翁，如數百歲上人，而昔之少年，已頹然一翁，宜其詩與畫之與年俱進若此也。

林研莊詩集序

金閶闤闠之間，有歌聲出金石，琅琅然與市聲相答應者，則我林子研莊之居也。研莊弱冠時，自閩來吳學詩，其叔遠峰郎已丁當清逸，詩壇旗鼓，傾其座人。已而自謂無與於性情也，乃悉屏其聲律比偶之習，感時觸物，一以自抒其情志，而於思親懷友之什，尤纏綿悱惻，一唱而三歎焉。家故在龍巖，率間歲一歸省，往返必有詩。數往返，詩格亦數變。今年來自閩，投詩一卷，益肆力於古體，諸諸便便，涵以一氣。其中有新樂府數章，言近指遠，居然香山之遺矣。蓋其用志也專，其用力也勤，擺脫衆好，鞭迫性靈，此其所以每變而益上也。近世吳中詩學，大都宗法歸愚，閩中則喜學莘田，研莊家於閩而能自脫於閩，僑於吳而能不染於吳，此尤難已。研莊家故饒，以耽吟詠故，貲日益落，或諷以宜急爲變計者，研莊聞之而喜，曰：『若是，則吾之變久矣。』

秋爽齋詩集序

趙朗山客死蕪湖舟次，其孤允懷方髫齡，閱十八年而始得葬。葬後踰月，允懷乃裒錄其遺稿，涕泣來請曰：『先君子辱與吾夫子交，不幸而早世，詩文俱散佚。允懷童騃無知，弗克負荷，惟兹百五十篇，搜諸蟫蠹之餘，願夫子一言弁其首。』余告之曰：『子先人固富於詩者也。嘗讀書三元道院，其中修竹翳然，日招客觴詠其下，酒酣得句，輒就竹皮鐫之，頃刻盈數竿。顧嬾自録稿，有索之者，曰：「問我青奴。」已而挾策走京師。自謂攜一毛錐，牢籠萬象，揮斥八極，將使燕趙齊魯山川之瓌偉、人物之奇麗，盡入囊橐之中。既試京兆不利，浪游中州，則又徘徊路歧，咿嚘轗軻。其感時觸物，必有纏綿悱憤、悲壯激揚之作，而惜乎其不自收拾，天又厄之以死，故所存止此耳。然其音和而不靡，其意真而不漓，其言原本性情，無剽賊摹擬之病，不猶愈於捃摭以求多者乎！」允懷曰：『夫子之言是也。允懷八九歲時，先君子授以《毛詩》，必篇指其意之所在，曰：「是之謂性情，離性情則無詩。」夫子之言，深知先君子者也。雖然，其遂梓以行世，可乎？』曰：『奚而不可也？《詩》不云乎：「孝子不匱，永錫爾類。」又曰：「君子有穀，詒孫子。」子幼而失怙，長而能尋墜緒，謀所以不朽其先人，則是編出，皆將使人油然生孝弟之心焉。抑非朗山之績學勵行，有以善其詒謀，而能若是乎哉！詩雖不工，猶當序而傳之，況乎其辭固工也。』允懷於是收涕再拜去，遂書之以爲序。

秦亦園詩序

嘗論古詩人如張高、周朴、陸龜蒙之徒，隱居不仕，以嘯歌自娱，非獨其時地使然，抑亦有志力焉。彼限於天者無論已，有其天，而外物之移人、世事之相迫，皆足以摧折撓敗之，其得優游以底於成者，特稀也。去東郭三十里許，曰新市，其地稱饒沃，其俗彬彬而有禮，其人多以風雅相慕悦。余最先識者蔣子霞竹，因霞竹而識陳子遂宣、沈子香郊、秦子板橋，最後識板橋之叔亦園。諸子衡宇相望，每得一題，各樹旗鼓，標新領異，可謂盛已。未幾而板橋得官，挈霞竹以行，遂宣侘際不得志死，香郊尋板橋之約，客死於閩。霞竹舁其櫬歸，無以自存，挈妻子入郡，賃一廛賣畫以自活。當日所謂翩翩裹屐者，不數年間，散如墜籜，而亦園獨守其高曠閑適之致，婆娑於煙雲竹樹之旁，與邨謳牧笛更唱互答。卷中登臨懷古諸什，清氣宿心，時有以發其旨趣，抑何富且工也。向使亦園挾其智力，馳驟名場，逡巡於公卿之側，一旦得其意而去，以視今之所爲，誠不能無喧寂之異，其於得失究何如也。因以歎天之位置夫人者，亦人之志力有以自致之，所不可强者年壽耳。序亦園之詩，益使予感喟於遂宣、香郊者無窮已。

張雨橋焚餘草序

予十二歲時，初應童子試，衆中有少年儀幹偉然，姊婿張子和曰：『此余弟雨橋也。』時衆蠭涌至，余幾不能勝，雨橋翼余而進。已聞雨橋棄舉子業，業醫，相隔數十里，遂不復見。今事閱五十餘稔，回憶立縣門時光景，猶軒軒在目，而雨橋已下世久矣。雨橋之姪定均從余學詩，袖雨橋詩一卷示余，曰：『世父豪於飲，飲輒醉，醉必有詩。至得意處，酣嬉淋漓，狂歌殷四壁，醒後不復記憶矣。精俞柎之術，每治病必輟飲，時或中夜起，待旦往視，不效不復飲也。平生所爲詩甚富，歿後，家人同楮鏹焚之。今所錄乃拾之敗篚中，實棄稿也。定均不忍其泯没，敢請序之。』嘗謂詩之道猶夫醫，五運六氣三因十二經，非洞悉乎天地陰陽之奥，熟察夫腠理血脈之微，神貫乎心，心貫乎手，末由而施其巧也。藥有氣味形色、經絡主治、功用禁忌，猶詩家之取材也；治有君臣佐使、母子彊弱、扶抑補瀉，猶詩家之鍊詞也。

可執是以定雨橋也。

醉則發露其天真而詩之趣博，各有道焉。可以知其用心之勤矣。若夫詩之工拙，茲乃敗籬之餘耳，未投之有緩急，施之有重輕，則審之當幾而已。雨橋以不醉醫而以醉詩，不醉則和適其心氣而脈之理準，

楊當飛詩稿序

楊生當飛以其所爲詩請業於予，曰：『生於詩未嘗究心也，第自言其所欲言，不知何所謂格律，何所謂唐宋，願夫子有以教我。』余告之曰：『詩主性情，有性情而後言格律。性情者，詩之主宰也；格律者，詩之皮毛也。抑揚闔闢謂之格，緩急高下謂之律，溫柔敦厚謂之性情。性情猶人之言行，格律則應對揖讓而已。絺章繡句，嚼徵含商，極其詞之工，而不足以言詩者，有格律而無性情也。是非準乎公，好惡出於正，率其意之所欲言，無意求工而其言惻惻動人者，發乎性情者也。故曰：「詩也者，之也，志之所之也；詩也者，持也，自持其心也。」必先纏綿悱惻於中，然後卽事以抒其詞，假詞以抒其志，不言格律而格律存焉已。若夫唐宋之分，係乎時代，唐之不同於宋，猶宋之不同於元明，必斷斷焉橅唐而擬宋，是直優孟衣冠，其弊更甚於遺性情而講格律者已。今觀卷中所作，大率信心衝口，有怡然自得之趣。生第涵養其性情，充之以義理，言其所不容已於言者，卽唐宋諸名家，豈有外是哉？』

問月樓詩詞稿序

閨秀王素卿《問月樓詞》，予婦嘗爲序而行之矣。已而自悔其少作，汰去十之五六，合以平生所作詩如干章，別爲一卷。錄甫竟而病，病且死。目既瞑矣，少選復甦，屬其母曰：『必丐孫太史一言，介則某君可。』母應之曰諾，乃絶。某君者，張生爾旦也，與其弟希曾善。於是爾旦來告曰：『聞諸希曾，其姊善鼓琴，以婿有錮疾，撤去絶不彈。爲詩詞甚富，所自定止此，猶不慊，日事塗乙，雖希曾不得見也。死後母始以授曾，曾以授旦，其殆以旦稍知律，冀不擯斥於夫子，或者憫其誠而序之乎。』予取而讀之，其情怨，怨而不戾於雅；其音哀，哀而不悖於義，可謂善言哀怨者已。予觀婦人集，詩詞兼擅者，李清照、朱淑真外不多見。李詞工矣，詩中如『青州從事孔方君，終日紛紛喜生事』，不近於俚乎？朱詩佳矣，詞中如『滿院落花簾不捲，斷腸芳草遠』，非全襲端己乎？兹集吐屬必莊，詞必己出，即以近時閨閣論，能以詩勝者有矣，若詞中之《游絲》、《秋水》、《除夕》諸闋，亦不多見，宜其臨死而流連結習若此也。向使作者遭遇世福，以我佩子櫛稱其志，未必有此作，作亦必無此哀感頑豔，天殆以嗇其遇者豐其詞也。朱晦菴嘗論『本朝婦人能文，只有李易安與魏夫人』，由此兩家之名始顯。今世有晦菴其人者，素卿不當在屈指中歟？

屈子謙遺詩序

昔秀水朱先生之序《王考功遺集》也，比諸《蓼莪》之詩人，其言以爲人子至出則銜恤，入則靡至，則天下之慘莫甚於是，故以爲不如死之久也。使孝子作詩之後而死，則孔子必不以滅性非之，而仍録其詩。蓋考功執母夫人之喪，毁瘠而病，未練而卒，故先生云爾。其言可謂得詩教之本矣。竊嘗謂詩之爲道，齗齗於格律對偶、字句聲調，其末也；即取法於志趣、神韻、才力之間，猶爲末也。夫詩亦視其人耳，有真性情，斯有真詩。雖流連山水，嘲弄風月，下至閨房兒女之詞，其藹然從肺腑中流出者，必有惻惻動人之致。反是則剽擬《北山》、追摹《陟岵》，徒見陳言滿紙而已。若夫仁人孝子，零章斷句，流落人間，自足以感發人志。《南陔》、《白華》，失傳已久，而後之人猶反復思慕，從而補綴其辭，可以知詩之足傳，并不係乎詞之工拙也。屈子子謙爲竹田通判之子，通判官於粵而病，子謙夜徒步數里外籲於神，刲股和藥以進。母夫人逝，血漬縿幕，期猶哀，竟以毁卒。臨歿，索衰服著之，恐家人以常服殮也。吁，可悲也已！子謙以畫名，山水花鳥，師法宋元，爲世寶愛。詩不多作，所存餘百篇，情深韻雅，無淺俗之病。通判君將鏤板以永其傳，而屬爲之序。余謂子謙之爲人，得乎詩教之本者，其詩雖不傳，後世猶將思慕而搜輯之，況乎其可傳者自在也。

道林禪師語録序

《道林松禪師語録》，弟子明澈等所編輯也。師墮地敏慧，佛性在根，薙染於天台齊雲禪院，具戒於揚州隆覺寺。腰包重趼，到處參學，機鋒迅發，若傾河漢。久之，來吳參師林昆公，公劈頭一棒，將從前見解窠窟盡底掀翻，大事了澈。公遂付以衣拂，提正法印，坐大道場，秉彌勒之慈，具那延之力，升堂説法，雲涌雷轟。師林自天如則公開山，至杲澈註公，而宗風復振。師遠承天童密祖之法乳，近荷昆公之付託，深心弘願，鑪鞴啖肩，鞭影箭鋒，咳唾逗落，務使末法衆生，應機吸受。譬如金翅擘澥，龍子咹食，蝦蛄魚妾，咸得飲滿者也。慨自近世法鐙滅息，獅絃寂寥，法筵豎拂者，以世法爲智慧，以覸施爲功德，間有稗販詞頭，剽掠公案，自謂善知識者，大率浮根淺蒂，捕風捉影而已。此録弘邃闓朗，如水銀撒地，悉成圓珠，横説豎説，無非靈鷲，文字海中，真實義諦，洵可繼天目之法幢，而闡天童之宗旨者已。法嗣明誠與予爲方外之契，虚其首簡，屬爲導揚。自顧鈍根，盤洄教海，未能窺其津涉，烏能植彼刹竿，徒以狥明誠之請，如拾地肥人，聽光音天上人語，爲之歡喜讚歎云爾。

素修堂約課序

昔漢張君上以經術著聞，一爲郎即謝去，歸而聚徒，弟子自遠至者，著録且萬人。葢以文教潤澤廛開，君子之道，出與處無殊致也。吾邑吳禮部悊甫先生，以乞養歸，遂不復出，邑之才士就之如流水。先生於詩古文辭，教人靡不有法，而尤以制義爲國家取士之具，文體之醇僞，士習之趨向係焉，故於時下準量行墨，剽賊字句，相煽爲場屋體裁者，申戒切至。至於平奇濃淡，不設成格，隨乎人之所造，引曲導深，務各得其意而去。以故雖非門下之士，咸願就正於先生。吾邑自翁鐵菴、陶子師兩先生，以舂容淹雅之體倡導後進，不善學者，往往襲其皮傅，流爲骫骳，自得先生之教，文風爲之一變。先生之子壽胥、宓堂、筱軒與鮑君吉卿，約里中爲文課，甲寅、乙卯間，月必三四課，課至數十人。戊午以後，猶時時爲之，先生歿後始已。近亦有倣而行之者，而折衷鮮據，趨向稍歧。如先生之指示程準，剖析奧窔，豈可得哉！宓堂、吉卿追念庭箴，服膺師訓，取先生所鑒賞之作，彙而刻之，凡所評點，悉依手澤，以彰先生之教人，隨時適變，而不失其正如此。原湘亦課中人也，猶憶乙卯闈後，以文質先生，先生大署紙尾云『第二名』，或疑先生漫語耳，榜發果然。循覽是編，不勝成連海上之感矣。嘉慶丁卯夏六月，館後學孫原湘述。

李小雲時義序

李君小雲以名孝廉出宰滇粵，所至有政聲，既以報最擢欽州牧，自以適當懸車之歲，脫然歸里，僦居虎邱山塘，種花蒔竹，以山水自娛。暇取少時所爲制舉義及中雋有司、居官課士之作，約百餘首，屬余序之。夫文章猶政事也，險易繁簡視乎境，進退操縱之道存乎我。煩者節之，偏者益之，散者攝之，混者析之，多寡均之，輕重平之。隨其宜而變之之謂理，隨其變而宜之之謂法，因方爲珪、遇圓成璧者，政之上也。君之宰滇也，地曠而民野，君約之以信義，不靳其至而至焉，而民治。及宰粤也，土沃而俗淫，繩以法，束以禮，而民亦治。君之爲文，亦若是焉已。有時而驚濤拍天，有時而平波澹沱，有時而繁花滿樹，有時而老幹無枝，隨其境而宜焉，非有意於爲變化也。故自少及壯，歷大小試而無不宜，一旦脱穎而出，以其道試之當途，歷任繁劇又無不宜，則君之文，即以爲君之治譜焉可。

五經詩課序

朱君秋坪約同人爲五經詩課，每課五題，取經語近於《風》、《雅》者，賦以五言八韻，閲十餘載，積詩盈千，擇其尤雅者，存二百六十六首，屬爲之序。試帖之體，肇於唐時，至我朝而極盛，錢唐吴穀人先生最爲擅場。長洲王惕甫集九家詩課，爭華競勝，尤極瓌瑰之觀，其中亦雜見經題，顧不及百之一耳。是編於韻語之中，寓温經之意，穿穴名理，消息古義，華不過縟，雋不傷雅，以之鼓吹羣經，洋洋乎華天上揚之音已。秋坪能文善賦，試輒高等，尤工書法，酷類趙吴興，人咸以石渠、天禄期之。年逾五十，偃蹇不得志，年來隱居釣渚，絶意仕進，惟與同志賦詩爲樂。他人得題或作或不作，君則鉤心鬥角，每蓺必臻絶勝，故卷中所存君作爲尤多。夫士以詘於才而不遇，有才矣或執古而戾於今亦不遇。秋坪意主投時，既爲時所好而卒不遇，此則不能無咎於命之窮也。然是編出，予知其不脛而走，使天下咸知有才如此而不遇，則君不遇而如遇已。

論

荀楊董韓優劣論

立乎百世以下，議古人之賢否，難矣。其以行著者，吾以聖人之言律之；其以言著者，吾尤以聖人之言律之。夫聖人之言道也公諸人，後世之言道也私諸己。公諸人，故猶是道也。前人言之，後人踵而言之，言異也，言之理無異。不自以爲無異也而言之，且屢言之，期於發其藴而已。孔子、子思、孟子皆聖人也，其言各不相襲，其道足以相發明，其實則一貫而已。孔子之言曰：『一陰一陽之謂道，繼之者善也，成之者性也。』子思述之，以爲『天命之謂性，率性之謂道』。孟子益之曰：『盡其心者知其性也，知其性，則知天矣。』聖賢之言性也蓋如此。夫性猶天也，善惡譬之晴陰。今試曰：天之風雨其常，而日月者天之變。雖愚者知其不可也。不然，其深林窮谷之未嘗見天者也。或且從而解之曰：『天無所爲明，其晃朗煜爚者，天之偶然爲日月也；天無所爲晦，其陰默黤翳者，天之偶然爲風雨也。』是不必其果不知天也，陋其故而求其新，病其同而顯其異，欲求勝於古人而敢於畔道者也。道統歇絶幾千餘年，而韓子始毅然思以道爲己任，觀其《原道》一篇，語道德必本於仁義，而其分不離君臣父子，其法不過禮樂政刑。孟子而下，道之大用粲然復明者，韓子之力也。然其末曰：『孟氏醇乎醇，荀與楊大醇而小疵。』夫荀子言性惡，楊子言性善惡混，皆不知性而失其本者也，而以爲大醇，宜其《原性》既曰：『仁義禮智信爲性。』又曰：『性有三品。』一篇之中，自相矛盾也。且既以大醇稱荀、楊，何獨不及董子？仲舒之言曰：『性者生之質，性非教化不成。』疑其論性亦偏於氣質，昧於本善之旨。顧其論道之體，則曰：『天地之性，人爲貴。』論道之用，曰：『明於天性知自貴於物，知自貴於物然後知仁義，知仁義然後重禮節，重禮節然後安處善〔一〕，安處善然後樂循理。』與古聖賢言性必言天之旨，庶幾其有合焉，或者其無求勝於外之心歟。後之學者必先去其矜，而後可與明道，好爲高論以求勝於聖人，聖人卒不可勝，而離道益遠，孔子所爲嘆息於賢智之過也哉！

【校記】

〔一〕『然』原誤作『後』，據文義改。

議

完漕加耗議

乾隆五十七年，巡道督糧汪公奉天子命陳臬三吳，來代者驟易其政，於是蘇松數郡之漕仍議加耗，而吾邑尤甚。鄉民持石米到倉，率耗五斗有奇，莫敢告訴。豪强者聲言將控諸臺，官吏稍稍懼，私議搢紳以下納無耗米自十石至數百石不等，各以其强弱爲差。客有議者曰：『官之肥，民之瘠也。與其盡飽官橐，孰若使吾邑之錢，仍爲吾邑之人有也。』又曰：『彼谿壑難盈，賴豪强持其短以與之角，勢乃稍哉，不然鄉民者殆矣。』是兩説者皆不足辨，惟一二士君子素行著於鄉里，其言根據理要，若粹然出於中庸之道，而不肯爲矯情絶俗之説，此輿情之所觀向，流俗之所矜式也。今之議者曰：『漕糧者，國家之正賦。吾按額以入，而國課無缺，官吏不得侵漁其間，聖人處此無以易也。此外加耗，加於官非加於國也。在律官吏受贓者，與受同罪。加之，是自陷于罪也。』嗚呼！如其言，豈不謂然？顧所謂士君子者，將以爲民法也，今且使民盡納無耗之米，勢必與官吏爭持，至於控訴不服而鞭箠之、而禁錮之，一城而抗糧之民矣。夫事未有合於道而上下不可通行者也，彼蚩蚩者，陷于入贓之罪，而不知求免於罪，而又懼爲抗糧之民。豈不加之説出之搢紳則是，出之小民則非耶？抑豈加耗之説出之搢紳則非，出之小民則又是耶？不幸而爲今日之民，進退皆辠，良可悲已。士君子既蕭然於無過之地，當思所以與民共處於無過者，夫豈無道以處此？

駁拒姦議

臣伏讀道光七年八月邸報，旂民佟吕氏因拒姦，齩落翁廣善舌，刑部援嘉慶十七年六月邢吳氏齩傷翁刑傑唇比照科斷〔一〕，謂翁媳之義已絶，論翁罪如律而釋婦。臣竊不能無疑焉。翁誠獸行，未成姦，義不當絶也。婉轉以求，繼之以泣，不得，請死於翁前可也。請死而得不死，是幸也；請死而竟死，於婦道無虧焉。處人倫之變，不先自盡其道，激成彊暴之勢，不得謂之無罪矣，又從而肆其忍焉？律載：翁媳和姦，罪皆死。爲其同一獸行也。齩落翁舌，人斷不爲也，足相抵矣。盡法於未成姦之翁，而骫法於已傷翁之婦，未見獄之平也。臣愚以爲，科婦罪從『毆夫之親』律減一等，俾民知親不可毆，雖拒姦必死焉；科翁罪從『强姦未成』律加一等，俾民知倫不可蔑，雖未成必死焉。如是則得其平矣，平然後可以爲法。不然，少陵長、下犯上，愚民不知爲法外之仁，而以爲法固如是也，必有假拒姦以行其逆者。

【校記】

〔一〕『刑傑』疑當作『邢傑』。光緒本亦作『刑』。

説

字長眞説

六經無『眞』字，至周子始云：『無極之眞。』『眞』，正也，即誠也。人受氣以生，目最先，神之所聚，無非實也。故从目、从匕。匕，化也；从丌，氣之狀也。言眞而太極之旨盡於是矣。太極者，性命之根。二儀未生，命含性；已生，性含命。子思子言：『天命之謂性。』欲人盡夫人之終，而反於天之始，盡性則有終，至命則有始。以卦觀之，一在下爲物之命，一在上爲物之性。命，物之根柢；性，物之精華。命復於下則性通於上。命者，中也；性者，和也。中和者，眞之精也。聖人立根於太極，布幹於陰陽，分條於仁義禮知信，事事物物，無非一眞。身體髮膚，受之父母，不敢毁傷，保其眞也。形色天性，受之天地，必期踐形，全其眞也。《大學》正心誠意，《中庸》率性修道，莫非教人以眞。佛氏見性蹈於空，老氏煉性涉於强，空與强皆妄也，妄則不眞，不眞則息。

醫說

友人有博醫以治疾者，孫子憂之。爲廣其意曰：事集於壹而僨於貳，業修於專而隳於雜，心治於貞而荒於淫。委我之身，求治於不相知之人；强人之意，窺我於不可見之地。聽命於一，懼有失也。況乎朝甲而暮乙也？治病不外乎攻補，而病有虛有實，有實中虛，有虛中實。實據於虛，稀髮必梳；虛藏於實，厚垣必飾。擊而勿陣，攻辨反正；施而勿宣，補別中偏。沃膏爓謚，以補爲泄。除莠苗遂，以攻爲惠。攻裏則表固，攻表則裏蠹，順逆之不可忤也；補母則子肥，補子則母饑，先後之不可違也。不察夫陰陽燥溼、彊弱疾徐之宜，雜投而妄施，所病之腑臟未治，而所未病之腑臟已虧。且均涼也，而芩、連之性異達；均溫也，而薑、桂之性殊發。宜輕反重，滯不爲用；宜重反輕，剽不効靈。進急則塞，輕師所以敗績也；救緩則迷，失時所以噬臍也。今繁其議，紛其劑，此臆而試之，彼盲而睇之。其異也，各利所利也；其比也，相忍爲濟也。是何異攻城卻敵，無專閫大將，而任數偏裨進退以爲戲也？危乎殆哉！且夫爲治之道，莫患乎似明而非明也，其言似理而非理也。今之醫者，其說有三，曰：『先啓其閉，繼清其滯，終扶其敝。』宜守其法而無弊也。病有本有末，有從外入，有從內出。本無錮也奚闢，本無穢也奚滌，本無蠹也奚益？今之爲緩和者，吾譬之治河，塞未拔也，曰：『吾將刷其漻瀉矣。』壅未疏也，曰：『吾將灌其尾閭矣。』灌之致潰，則又轉而用其決排之智，久之壅塞如故，而元氣已憊。攻與補兩不可試矣，曰：『吾姑遲之。』人死則曰：『非吾也，病者之不受治也。』其家亦曰：『非醫也，病者之不受治也。』世之似明而非明、似理而非理者，其害中人於不覺，蠱惑人聽，使人至死不悟者，往往如此。

雜著

名實解

己，私也；人，公也。爲人，公也；爲己，私也。獨於爲學則否。澤我心於詩書之府，涵我性於仁義之途，朝取之而有得焉，莫取之而有得焉，得之而惟恐自我失之也，得之而惟恐人或先之也。私莫私於此矣，而天地不禁其取，萬物莫妒其有。無他，其所取乃其所自有也。馳我志於寵辱之場，係我情於顯晦之所，以詩書爲之餌，以仁義爲之鈎，進一解而暴之，而又固飾其所不解；行一善而揭之，而又竊掩其所不善。夫不私其有，不閟其美，其用心可謂公矣，而天地怒焉，萬物妬焉。無他，取非其所自有也。爲己，實也；爲人，名也。君子爲實不爲名。

齒對

客有當食而讓其齒曰：『余居齗齶之上〔一〕，於同列爲最長，乃堅不可齜、肥不可齧，縣縣焉據其位而不能去，吾知率天下而曠職者，必子先矣！』輟箸而寐，寥一老人齵齵齹齹，揖而言曰：『予，君之齒神也。從君齠齔，齊若編貝。䶘䶫噍堅，惟予是賴。及君既長，益饜甘肥。朝齕暮齮，行列漸稀。君今始衰，嗜欲不節，崖崖齭齭，遂成齧缺。君乃䶎之以杖，齱之以鑯，無纖介之或留，惟蕩滌之是嚴。君固以爲剔其弊而搜其巢矣，不知其弊既盡，根本亦搖。今且齞然若贅，齫然欲墜，無所利於其間，相率而爲尸位。君徒咎齒職之不敏，而昧於搜剔過盡，自拔其本。』曰：『是則然矣。位而不職，不去奚爲？』齒神曰：『唯唯。君具兩䶩，已喪厥右。存者齟齬，若齹若臼。余雖不職，衰老朽䶜，齾齾之餘，猶强揞拄。君今見辭，請從此去。嗛呥䶢齺，君脣誰附？』知幾子聞而歎曰：『弊真不可去乎？抑亦求治之過也。夫除弊必清其原，使客節嗜欲、慎咀茹，何弊之有哉！』

【校記】

〔一〕據文意，『余』疑當作『子』。

仙人篇

世尚有安期、羡門、赤松、黄石者流耶，吾安得見之？日月者，天之神也，而沉於北幽、蝕於詹諸，天不能爲之力。川岳者，地之精也，而銅山西崩、滄海東涸，地不能爲之力。人神不如日月，精不如山川，而能以血肉口鼻之軀，得與造化溟涬同入於無盡之妙。人耶？天耶？果有之耶？其别受異稟，不可學而至耶？抑循序漸進，以馴致於自然耶？夫稟至聖人而清，修至聖人而純，禮以節其動容周旋，樂以發其歌詠舞蹈，聖人未嘗一日不養生也。而重華卒殉蒼梧之野，尼山終致兩楹之奠，豈中和純粹之德，危微精一之功，不如龍虎鉛汞、抽添吐納之事與？抑所謂長生而不死者，果别有其術與？説者謂仙人逸而聖人勞，仙人樂而聖人憂，逸樂者神明壽，憂勞者精力亡。夫所貴乎人者，貴其能盡性以盡物之性也，貴其能致命以立人之命也。利於民者民賴其利百年，教於民者民服其教數百年，化於民者入人最深，極之至於數千年。是之謂不死，真不死也。沾沾於寸田尺土之間，求不死之術於必死之身，無論必不能，卽有之，必其塊然一物，枯槁於荒巖幽壑中耳，不如是則又必不能也。或者曰：仙人有妻子，飲酒食肉，無異常人，或化爲元鶴，或乘白雲，遨遊乎瀛海，淩薄乎烟霄，人莫得而識也。嗚呼！如是之謂仙，吾見之，吾安得見之？

城隍廟祀考

古者置邑立社，設廟祧壇墠而祭之，而城隍之祀，經無所考。《左傳》『祝宗，用馬于四墉』，杜註：『墉，城也。』其卽城隍之祀之濫觴歟。秦漢之代，經典闕如，惟《南史》『梁邵陵王綸祭於城隍』，又《隋書·五行志》載『梁武陵王紀將祀城隍，烹牛，忽有赤蛇繞牛口』，則城隍之祀，在南北朝時已有之，然未聞有廟宇封號也。唐時其祀始盛行。張說、韓愈、杜牧之俱有《祭城隍文》，杜甫有《賽城隍詩》。李白《鄂州韋公德政碑》『大水滅郭』，公正色抗言，禱於城隍，其應如響。乾元中，李陽冰作《縉雲縣城隍廟碑》，則其時已爲城隍立廟矣。陸游《鎮江城隍廟記》以紀信爲城隍神，吳草廬《江州城隍廟記》則云『江右列郡，以灌嬰爲城隍神』，是宋元時并以人鬼饗其祀，而奉之者，益神矣。明洪武戊申，詔封天下城隍神，在應天府者以帝，在開封、臨濠、太平府、和滁二州者以王，在凡府州縣者以公、以侯、以伯，其號或稱靈明，或稱靈佑，或稱顯佑。至三年庚戌，詔定嶽鎮海瀆俱依山水本稱，凡城隍封爵謚號一體更除，統稱某處城隍之神。守令下車，先謁神，以設誓於神前。而春秋兩祀，凡無主之祀，設祭於厲壇，以城隍神主之。城隍之載祀在典自此始。我朝祀法精嚴，凡淫祀有禁，而城隍之祀比於國社、里社，因仍不廢，亦曰某處城隍之神而已。而里俗相沿，吾邑猶有靈佑侯、忠佑侯之稱，則沿洪武之舊，而未之革也。至於春時祭賽，動費鉅萬，傾城出觀，淫風相靡，豈朝廷立祀以設教之意哉！而有司以爲吳俗尚鬼，一切淫奢陋俗，悉仍民便。烏虖！所貴乎爲民父母者，爲其教民成俗也，而因循若此，又豈朝廷設官以蒞治之意哉？誠有良有司者定其廟制，毁其神像，革其不經之謚號封爵，禁其無益之演戲報賽，立木主曰『某邑城隍之神』，嚴禁婦女入廟燒香，非春秋兩期不得瀆祀，如是則國家之禋祀嚴，而下邑之淫風息矣。作《城隍廟祀考》。

天真閣集卷四十三　文五

雜著

甲子歲水灾紀事

甲子歲春陰，自正月至四月，常在雨聲中過，屈指不及一月晴。三月初六日，夜有大星自東南墜於西北，其色白，其長竟天，約兩時許，其光始斂。五月八日初昏，月如暈，始三四圍，漸至七八圍，五色俱備，中如水銀泛濫，光若圓鑑，忘其爲上弦矣。自五月二日始，連雨七晝夜。十二日又雨，至二十日止。廿二日至廿五日，晝夜雨，其勢益大。廿八日夜，猛雨大雷電。自廿九至初四，時雨時止，無一日晴也。自廿三以後，低田盡沒，東南諸鄉悉成巨浸，東西兩湖相通，舟從田畮中行。秋報門外形勢稍高，入舍中水高二尺餘，其他可知已。稍能自結者，移牀竈於屋，以繖自蔽，既以避水，亦防飢者之奪食也。飢民告荒者，見城市中餅餌，輒行取食，官不能禁。至廿八以後，水勢益長，雨緜緜不休。於是强者遂生覬覦之心，聚衆數百人，取鄉間富戶屯積之米，刼掠一空。此風近南諸鄉尤甚，間有豪雄之家，陰豢拳勇，夜以鳥鎗自衛，僅而獲免。初一日以後，南鄉飢民悉聚州塘口，船過則肆其要取。其始不過竹篙蘆片，藉口爲築圍岸及覆蔽之計，見有錢米，亦稍稍劫奪。漸至衣服行李，無所不取，其後則幾於揭竿而起矣。初一日，觀察許自郡城回，兩邑侯郊迎於十里亭外戴渡，飢民連舟横截，請發常平積穀，又請履畮而勘，輿情洶洶，兩公幾掀於淖。觀察舟中所備膳食，頃刻有噲其饁，悉果饑腹，諸公皆乘小舠，易服而遁。自此飢民益肆無忌憚矣。布商馬姓載錢千緡，自郡城還，至吳塔見一舟鳴鉦爲號，須臾十餘舟自小港出，悉以竹竿揭白布爲旗，索取蘆篷竹篙，一捲而去，猶未登其舟也。至張家瀫，情形於吳塔相似，然席與篙既盡，至以艎板給之，猶未侵其貨也。至戴渡，則其勢益熾，以爆竹爲號炮，集衆至數十艘，悉用青布爲旗，公然登舟搜括，千餘緡頃刻竟盡，狼藉於水者不計焉。烏虖！自政教之衰，人心思亂久矣。幸而屢豐年，熙熙恬恬，相汩於淫蕩無恥。一遇灾祲，既無蓄藏，内狃於貧惰之習，外肆其黠悍之性，欲其束手待斃也，得乎？民之請發積穀也，或有詰之曰：『麥登於場，寧不足以自療？如慮籽粒無收，此秋冬之患耳，奈何遽作不靖耶？』斯言也，豈不謂然，顧特未設身處地思之耳。夫民豈盡有田可耕哉？大率爲佃者半，爲傭作者半，自夏徂秋，爲人莳灌耘穫，男婦老穉皆傭食於人。即有佃田者，或數畮或十數畮止矣，彼此更助，亦彼此更相食。稍有隙，則張網撈蝦，刺舟鬻薪，以自食其力。今麥既歉收，所收麥半爲秧種之費，盡遭漂没，僅存數斗，自顧之不暇，傭作者將爲誰傭？抑爲誰作耶？其它資食之計，室家淹没，人盡牽舟爲屋矣。柴薪溼爛，低橋悉不能通，魚蝦之利，大水則轉絀，若輩之飢餓，殆天絶之矣。非上之人周給而撫卹之，其將誰告歟？烏虖！教之以禮義廉恥，使民守死而不爲盗者，政之上也；崇節儉、厚儲備，使民遇灾而不被其害者，政之中也；若夫臨事而籌，遇灾而懼，補偏救敝，俾民知所感畏而不敢狃於惡，政之下也。余故備書天灾之時日，與被灾之情形，以告當事及鄉黨有力者。

書河南濬縣邢烈婦事

烈婦，縣農家女。適袁興旺，興旺後母任奇淫，所私牛文謹者，尤桀黠。豔婦色，使任誘之不得，則使淩虐之，婦益謹。任使興旺爲之地，婦泣曰：『死耳。若我夫不能庇我，我惟死以自庇，不能效若母爲禽獸行也。』諸奸聞之，銜入骨，謀强辱婦。婦覺，宵遁，將自沉也，遇族人某，送歸其父。父畏任，仍以歸。文謹挾其父，書『女再逃杖死勿論』。而使唐有惠代之書。夜二鼓，使任、興旺裸婦，鞭數百不死，使唐敬存助之。婦方震聲徹垣外，唐再萬聞，踰而入，以大繩縋之梁，而蹲持繩。至五鼓燈盡，敬存撲以死。敬存、再萬、有惠，皆文謹黨也。文謹令興旺刀畫婦作自剄狀。縣令廉得實，上其獄於郡，幕僚以數人償一人爲言，獄幾變。會代守者至，卒論如律。事聞，予烈婦旌。

書衛烈婦

烈婦衛氏適陳某，系以衛者，示義絶於夫也。曷爲而義絶？夫殺之也。夫之母及妹，淫而悍，所往來多胥隸，見婦咸喈曰：『此汝家錢樹子也。』百計誘脅之，不少動。母怒，縮其食，日與麥屑半升，而虐使如竈婢。一日，母女方作餦餭，使婦飪治，故偷減入竈以陷婦，而聲諸鄰。婦無以自明，雉經死，未絶也。母覺之曰：『汝乃欲陷我乎！』母女箠楚交下，且曰：『此汝自作，如學好，且與美衣食耳。』婦曰：『若是，不如殺我。』女遽以厨刀授婦，婦不得已自割，顧傷淺不能死，女手了之，乃舁諸牀作自刎狀。時嘉慶二十年七月初三日也。女與母謀，使翁持餅告其家，言婦不德，夜盡運貲重入宅。氏留老媪守婦屍，媪固婦從嫁者，頗洩其死狀於人。次日，始以婦自刎報，而媪以中惡死矣。又次日，縣官來驗，仵人報刃傷一寸七分。官曰：『自刎耶？』曰：『然。』『左手耶？』曰：『然。』婦兩兄瞠焉，但知索婦奩飾終而已。論者曰：『婦之死，姑與女殺之，翁與聞之，夫無與焉。不鳴冤，非夫責也。』孫子曰：『是夫殺之也。母之欲殺婦久矣，度不能全，則託於婦不宜於舅姑，絶之可也，絶之正所以全之也。隱忍苟安，至陷其母以淫惡而殺賢婦，不得以《凱風》之例寬之也。』『然則何以寬其兄？』曰：『愧之也。猶曰「是何足與言」云爾。』

書周伶

客有見天真閣額而問焉者，告之曰：『歌者畹卿書也。』客曰：『先生過矣，奚取乎畹卿書也！』曰：『予之名是閣久矣，未得書之之人。今始得畹卿，微畹卿不能書也。』『曷爲乎微畹卿不能書？』『書之而有愧乎天真者，猶勿書也。今之嶽嶽者、磽磽者，臨之以利而骫如也，脅之以勢而貼如也，則其所爲嶽嶽者、磽磽者，皆僞也。凡至余室者，譽我者、慰我者、規我者、服膺我者，察其辭，皆有所爲也，觀其色，非出於誠也。及退，而不能無後言也，則所謂譽與慰，亦僞也。畹卿之業，歌也，芥千金而弗盼也，藐諸侯而勿視也，拂之而無愠，娱之而勿喜，愓之而屹如，暱之而泊如，呼之不能來，推之不能去，其一歌一哭，一嚬一笑，無非天真也。其接於予也，學書、學詩而外，無所請也。嘗諷之改業，曰：「棄所習而忍寒餓，心則甘矣，如老母何？」與之金輒拒，曰：「公亦以是啗我，請從此辭。」一日醉，强之歌曰：「公猶以歌畜我乎？雖然，願爲公壽。」於是遏雲一聲，雙淚俱下，終莫測其所以然也。畹卿殆純乎天真者也。」客笑曰：『先生之所取在是？今之三尺童子，昧威利，任喜怒，其歌哭嚬笑，皆天真也。以天真取人，其爲畹卿也多矣，而獨取乎畹卿，先生其有惑志於畹卿者與？』曰：『今之嶽嶽者、磽磽者、譽我者、慰我者，皆自童子來也，入世既深，則天真汩矣。畹卿之業歌也，日以其僞喜怒、僞歌哭，肆應於外，而獨葆其真於内。是畹卿者優而士，而今之人大半士而優者也。故曰，微畹卿弗能書也。』客於是整容作色而起曰：『先生誠過矣。荀卿不云乎，「禮義者，生於聖人之僞」。彼嶽嶽者、磽磽者、譽與慰於先生者，皆禮義之教也。先生其能自外於禮義乎？何取乎其真？』曰：『誠若乎，予之惑志於畹卿也，又奚辭焉？』畹卿姓周氏，名成元，吴縣人。

跋

建炎以來繫年要録跋

《建炎以來繫年要録》二百卷，陵陽李心傳撰。心傳於端平中，嘗修《十三朝會要》，通知掌故，特就高宗一朝之事，重加纂述，以國史日曆爲主，而參之以稗史家乘。其有纖悉異同之處，臚採諸說，折衷以求其當，或云『不取』、或云『從之』、或云『當參考』，詳審精密，較之李巽巖《長編》，用心尤過之，無論熊克、張鑑也。蓋當時南北隔絶，傳聞異詞，即案牘奏報亦多失實，得心傳此編，而是非褒貶，使人尋繹自見，此卽《春秋》『傳信傳疑』之法也，夫豈繁稱博引，以自誇漁獵之富哉！至其直書張浚之事，於舉朝附和之中，存三代直道之意，可以抗劉時舉之風節，而破朱紫陽之門戶，斯尤不媿儒林矣。惜隆興以後續編，蜀亂散失，不可復得耳。

皇山人影宋刊手抄續談助跋

《續談助》五卷，宋槧既軼，世間絶少傳本。此爲茶夢閣主人手抄本，卷首有錢遵王藏書印，下有朱彝尊印，述古每得奇書，多爲竹垞借閱故也。向藏吾鄉汪東山殿撰家，後爲子和觀察所得。余過味經書屋，得以展玩，古香可挹，觸手如新，不獨奇文秘册足資眼福，卽皇山人手書，亦可寶貴也。第五卷抄李少監《營造法式》，惜乎不全，猶憶淵如屢次札來，屬覓此書，苦無以應，今於此書中得之。而今春伯淵已歸道山，子和則宿草已久，展閲之餘，不勝人琴之感矣。

影宋刊抄本營造法式跋

從來制器尚象，聖人之道寓〔一〕，規矩準繩之用，所以示人以法天象地、邪正曲直之辨。故作爲宫室臺榭，使居其中者，寓目無非準則，而匪僻淫蕩之心以遏，匪直爲示巧適觀而已。宋李明仲《營造法式》，紹聖中奉敕重修，内四十九篇，原本經傳，講求成法，深合古人飭材庀事之義。其三百八篇，亦出自來工作相傳、經久可用之法〔二〕。明仲固博洽之士，所述雖藝事〔三〕，而不詭於道如此。顧宋槧既不可得，《四庫全書》本亦范氏天一閣所進影抄宋本，内缺三十一卷木作制度圖樣，從《永樂大典》中補入，至人間傳本絶少。向聞錢遵王家有影宋完本，淵如觀察兄嘗寓書屬爲購求〔四〕，徧訪不得，閲二十餘稔矣〔五〕。今年秋，子和孫伯元以此本見示，云假之張氏，張氏葢新得之郡城陶氏者〔六〕。伯元手自抄録，并倩名手爲之圖樣界畫〔七〕，從此人間秘笈頓有兩分，爲之歡喜慶幸，惜淵如、子和之不得見也。《述古書目》稱趙元度得《營造法式》，中缺十餘卷，先後搜訪借抄，竭二十餘年之力，始爲完書。圖樣界畫，費錢五萬，命長安良工，始能措手，前人一書之艱得如此。今伯元年甚少，愛素好古，每得奇籍，輒自抄寫，即此書之圖樣界畫〔八〕，精妙迥出月霄本上。以余與子和積願未見之書，伯元能以勇猛精進之心〔九〕，成此善舉，子和爲有孫矣。爲識於卷尾，以告後之讀是書者〔一〇〕。

【校記】

〔一〕『之道寓』後，《營造法式》中此跋手蹟有『焉』字。

〔二〕『亦出』，此跋手蹟作『亦皆』，較是。
〔三〕此跋手蹟『所述』前有『故』字。
〔四〕此跋手蹟『廣書』後有『子和及余』四字。
〔五〕此跋手蹟『閲』前有『事』字。
〔六〕『假之張氏』，此跋手蹟作『假之張月霄』；『張氏蓋』作『月霄蓋』；『陶氏』後有『書肆』二字。
〔七〕此跋手蹟『名手』後有『王生』二字。
〔八〕此句後，手蹟有『費已不貲故』五字。
〔九〕『伯元』原誤作『白元』，據此跋手蹟及光緒本改。
〔一〇〕此句後，手蹟有『嘉慶二十五年七月望後心青居士孫原湘跋』十八字。

跋宋刊重校證活人書

右《南陽活人書》十八卷，宋吴興朱肱翼中撰。以仲景《傷寒》《方論》各依類聚，爲之問答。仲景，南陽人；『活人』者，本華陀語也。政和元年，肱初進此書，原名《傷寒百問》。武夷張藏作序，易此名。五年去官後，復加改正，并『證』與『方』兩卷爲一卷，八年刊成，故曰《重校證活人書》。晁氏《讀書志》、陳氏《書録解題》並載二十卷，今觀其所進表，亦云一函八策，共二十卷，則知當時原書本二十卷，後既并『證』與『方』爲一卷，或以十九卷爲奇零，更并佗卷，存十八卷也。從來發揮仲景之説者，多推《龐安常傷寒論》，而此書辯證尤悉。即第一卷經絡諸圖，經緯分明，已有洞見垣一方意。是書祇有宋刻，别無傳本。芙川得之百宋一廛，珍爲奇祕。愚謂他書可祕，此書不可秘，亟宜傳録數分，以廣流布，亦濟世之一端也。

跋元槧書史會要

陶南邨《書史會要》辨六書之沿襲，究八法之精微，上自羲軒，下逮明初，甄綜靡遺，原委畢具。吾鄉馮竇伯撰《書法正傳》，於是編多所采録。原書九卷，末附補遺一卷。按《欽定四庫全書目録》，補遺之前有《續編》一卷，爲朱謀垔撰，所載皆明人，今闕，而補遺之後，有攷詳三十人，别爲二頁，則又《四庫目録》所未載也。顧澗薲得之武林，以歸黄蕘圃，今在張生芙川處。卷末有錢竹汀宫詹讀欵。是編雖明初書，而收藏家絶少，此係祖刻，良足珍也。

李氏續通鑑長編跋

宋李文簡《續資治通鑑長編》，共九百八十卷，《舉要》六十八卷。宋代衹有繕寫本，自治平以後，未經鏤版。康熙中，徐尚書乾學於泰興藏書家得一百七十五卷，進之於朝。所載僅至英宗而止，其神、哲以下四朝，秀水朱氏稱其失傳已久。今七閣所儲《永樂大典》中録出之本，五百二十卷，自熙寧迄元符三十餘年事蹟，粲然具在，誠史部之甲觀也。里中張君月霄從錢唐何氏購得傳抄之本，以活字版排印既成，惠然以一分見貽。盡兩月之功，流覽略徧，乃喟然歎文簡當日用心之勤，而此書真一代之良史也。今卽其所舉最大事者數條考之。其於開寶之禪，首採吳僧文瑩之言，及蔡惇《直筆》，然後參以程德元傳及《涑水紀聞》，傳疑也。其於涪陵之貶，引《建隆遺事》而實之，以太宗卽位之初，廷美尹開封，德恭授貴州防禦使，與太祖傳位之跡略相似，以明傳聞之說未可全棄，著實也。於澶淵之盟，則引陳瑩中之言，以爲寇準之功，不在於主親征，而在於畫百年無事之策，向使其言獲用，不惟無慶曆之悔，且可無靖康之禍，其意直謂靖康之事，皆由景德誤之，原禍始也。於西夏之封，先載富弼一疏，復載吳育邊備之疏、田況邊兵之奏，而實以韓琦家乘之汰邊兵及分遣內臣、汰諸路兵，彰國弱之本也。於英宗之復辟，則首著韓琦之諫及光獻撤簾事，以補《實錄》所不載，而於蔡氏《直筆》、邵氏《見聞》、王氏《別錄》所載『太后不樂還政』等語並削去，明臣道之權也。至於熙寧之更新、元祐之圖舊，則尤旁參互審，辨异析同，使邪正心迹，纖豪莫隱，尤人所難言者。凡此數事，淺識既不能言，拘儒又不敢言，而文簡以宋臣言宋事，獨能繼南董之筆，援《春秋》之義，發憤討論，使衆說咸歸於一，厥功不在司馬氏下矣。生逢右文之世，獲覯秘籍，以助讀史者之考證，不可謂非至幸。而月霄能使人間未有之書，一時頓有一二百分，流布蓺林，其用意尤可尚也。輒爲欣喜識之。

跋孔平仲續世說

孔毅甫《續世說》十二卷，編唐及五代事〔一〕，以續劉義慶之書。王漁洋《居易錄》稱其書久逸，武林何夢華從宋刊本影寫，以售吾邑張氏〔二〕。其敍述之名雋，誠不如義慶原書，然所載詳於書善，而略於紀惡。至《直諫》一門，敍錄尤備，以資觀覽，誠足以爲千秋之龜鑑。錢遵王謂其爲東家之顰，未免過矣〔三〕。穀甫别有《談苑》四卷，多雜摭諸書成之，其不見於他説者，或至失實。趙與旹《賓退録》疑其爲依託，以此書証之，其説洵不誣也〔四〕。

【校記】

〔一〕『編唐』，《續世説》載此跋手蹟作『編宋』。

〔二〕此句後，此跋手蹟有『伯元從照曠抄得者』八字。

〔三〕『過矣』，此跋手蹟作『過當矣』。

〔四〕此句後，手蹟有『道光元年九月昭文孫原湘跋』十二字。

三蘇先生文粹跋

宋板大字本《三蘇文粹》七十卷，不著編輯名氏，凡老泉十一卷、東坡三十二卷、潁濱二十七卷。闕卷十一至十八、廿二至廿四、廿九至三十五、四十八至五十、五十三至五十九、七十。共抄補者廿九卷，存者五十一卷。點畫嚴整，楮墨間古香浮動，逼真宋槧宋印。惟老泉文後附詩廿二首，東坡、潁濱詩皆不錄。文章與近時諸栞本微有異同處，惜未得宋栞小字本一校耳。稽瑞樓有宋栞《增廣分門三蘇先生文粹》殘本四册，想又别是一本，則知是書在南宋時已盛行矣。張生芙川得之愛日精廬，屬爲之跋。

跋郭公言行敏行錄

《元運使復齋郭公言行錄》，福州路教授徐東所編；及《編類運使復齋郭公敏行錄》，則當時投贈詩文碑記也。黄蕘圃士禮居購得元槧本，後歸張月霄愛日精廬，張生芙川從月霄假歸，影寫完帙，而以《言行錄》應入史類傳記，另裝一册；《敏行錄》應入總集類，分裝三册。曰《言行錄》者，仿《名臣言行錄》之意也；曰《敏行錄》者，猶《甘棠集》之類也。郭公名郁，字文卿，汴之封邱人。金末避兵遷大名。由江淮樞密院令史，歷官福建都轉運鹽使。按蘇天爵《元朝名臣事略》，自穆呼哩至劉因四十七人，無文卿名。徧考《元文類》、《元風雅》、《天下同文集》，俱未之著。錢竹汀《養新錄》稱爲自來蒐輯元代藝文者所未之及，誠海内之秘笈也。

跋劉克詩說

宋儒說詩，自歐陽氏以下，無不與毛鄭異同者。然歐公之言曰：『學者迹前世之所傳，而較其得失，或有之矣。若使徒抱焚餘殘脱之經，倀倀於去聖人千百年後，不見先儒中間之說，而欲特立一家之學，吾未之信也。』是歐公特不曲狥小序，未嘗輕詆也。自朱子用鄭樵之說攻擊《詩序》，而《序》幾廢矣。淳祐中，信安劉坦刊行其父克所著《詩說》十二卷，《宋志》及焦氏《經籍志》均未之載。朱竹垞《經義考》稱崑山徐氏傳是樓藏有宋雕本，後有吳匏菴題識，而第二、第九、第十卷都闕。近年何夢華購得徐氏本，影寫兩分，以售陳子準、張月霄。張生伯元從兩家轉抄見示，余得借讀其書。大抵專攻《詩序》，以爲《序》果盡出子夏之手，則亦未折衷於聖人，况其失浸遠，大半毛公以後經師所演。如云『世族在位，相竊妻妾』，是何等語？卽果有之，豈『恥言人過』之義？如魯文姜旣謂莊公不能防閑，爲二國患，又謂齊女賢而不取，卒以無大國之助。事之粗者差舛如此，何論精微？至引《孟子》所云『詩亡』，謂『學《詩》以《詩序》爲宗，詩人之旨，雖有存焉者，寡矣。是之謂詩亡』。其掊擊可謂不遺餘力矣。而其取義新確，論議融暢，較之慈湖之放誕詆諆者，固自有間。至其論《二南》，謂『武王未勝殷以前，不敢以王化自居，託南以言化，繫以周、召者，周之至德，十亂之力，故以周公爲王者之風；召公相文武，日闢國百里，故以召公爲諸侯之風。不繫之文王，而繫之周、召，蓋所以共成周家之至德者，二公之力，故以是明文王之心焉。』其識解尤精。

跋說文解字補義

包魯伯《說文解字》十二卷，吾邑錢氏述古、毛氏汲古俱未著錄，知人間流傳者鮮矣。此本係張生伯元從張月霄假錄副本，原本乃元時舊槧，月霄得之李氏書肆者也。其書依《五音韻譜》例，分四聲編次，稍失原書面目，而音義一仍鄦氏原文，亦間引徐氏之說。其以己意發明者，別以『補義曰』別之。其言旁推交通，大旨歸於風雅勵俗，不徒沾沾於音韻訓詁之學也。其最精者，釋『仁』字曰：『仁者，人也，親親而仁民，仁民而愛物，故从二。二者，以己及也。』釋『恕』字曰：『如心爲恕，蓋以己之心度人之心，未嘗不同推己以及物也。若仁，則以己及物，不待推矣。鄦氏直訓恕爲仁，不可也。』釋『義』字曰：『美善之學皆从羊，制事合宜，則美善矣。从我，以其在我而非在物也。觀此，則《告子》「義外」之説，不辨而自明。』凡若此類，皆發揮精義，足以羽翼經傳，異於標新領異，以求悦人者也。其論書也，則謂：『上古制字，以之紀言紀事，所以垂範後世，使遵而行之，以爲修己治人之學。苟取一字，深求其義，反之於身，卽道之所在。春秋之世，猶以「反正爲乏」之類，形諸言論，以明事理。後世變竹簡木漆而爲紙墨，字益繁富，而姦僞日滋，戾乎六書之本義矣。而尤病鍾元常、王逸少變篆爲隸，使古學泯然，惟取姿媚。至造八法結構之説，浮靡相煽，以至泐碑殘墨，重帑購求，玩物喪志，德蓺消滅。』烏虖！何言之憤而切也。魯伯當元順帝末造，目覩夫綱紀廢墜，風教頹靡，憤時嫉俗之見，悉於是編發之。卷首有自序，惜僅存尾頁矣。而其悲天憫人之志，扶持世教之心，猶可循覽而得。則是書雖小學，其有裨於世道人心者，匪淺鮮也。

書柳子厚桐葉封弟辨後

公之意，不在封唐叔，戒成王戲耳。以桐葉封弟，猶戲之近禮者，故托於賀以爲戒。曰『天子不可戲』，乃公之本意。封弟自出於王，非公教之也。子厚以爲王之弟當封，宜以時言於王，不待戲而成之；不當封，乃以地以人與小弱者爲之主，不得爲聖。叔爲天子弟，當封；叔方小弱，非封之時，不得咎公不以時言於王。其因戲而賀以成之，直謂天子必無戲，與其不封而使王居戲之名，毋寧封之以明天子非戲也，所以深諱王之戲也。其深諱之，乃所以深戒之也。若叔之就封，必擇賢人爲之輔，如《酒誥》所稱太史友、内史友、圻父薄違、農父若保、宏父定辟，無患其以地以人與小弱者爲主也。此尤不足爲公病。子厚又以設王以桐葉戲婦寺，亦將舉而從之乎？弟本可封，非婦寺之比，設以成王而與婦寺爲戲，公必以不善輔王深自引咎，退而避位，使王之自悟，尚肯教王遂其過乎？以此難公，淺之乎窺聖人矣。然則曷不正言規之？封弟非禮之失，與弟戲，友愛之情可原。於此而必正言規之，是真所謂束縛之、馳驟之矣。且規之則不得遂其封，適使王成其戲也。

書斜川集贋本後

此世所傳抄之《斜川集》也。嘉慶戊辰歲，太倉馮立方以之見遺。按其題中所遊歷、所贈答，與夫詩中『子劉子』云云，疑與叔黨不合。因憶《上吳居父》二絶見《劉龍洲集》，厲太鴻《宋詩紀事》亦誤作叔黨，不知『江淮老病』及『槐花舉子』之語，與叔黨平生蹤蹟，殊不類也。既閲王弇州題跋，乃知以劉集充《斜川》，自元季已然，蓋因其名與叔黨混耳。湖賈往往以贋本鉤致厚價，好事者家置一編，而蘭亭真本，人寰絶響久矣。嘉慶辛未八月于役毘陵，趙味辛司馬以所刻《斜川集》見贈，開卷卽《侍親遊羅浮道院詩》、《和叔父浴罷詩》，其事其文，按之坡集，歷歷可考。方乾隆癸巳、甲午間，朝廷詔開四庫館，時山左周編脩永年從《永樂大典》中録出，味辛曾於翁覃溪學士蘇齋見之，未及録藁爲恨。會仁和吳君元長得之於孫中翰溶寓齋，以寄其鄉鮑君以文，味辛適在浙，見而喜極欲狂，爲之校正付梓。其後法梧門庶子充唐文館總纂，復從《大典》録得詩文如干首，定爲《補遺》二卷，合前刻共得八卷，於是廬山面目，始識其真。而此本之爲《龍洲集》，數年蓄疑，至此頓釋，不特叔黨之文章爭先快覩，而此集亦得雄長蓺林，不致桃僵李代之混矣。

跋影宋抄本陸士龍集

《陸士龍集》十卷，慶元中徐民瞻刻於華亭縣齋，與《士衡集》合爲《晉二俊文集》。正德時陸元大重刻，都玄敬頗以録本譌誤爲言，而不及民瞻序，可知宋槧明時已尠流傳矣。此本爲影宋鈔本，文休承得之武陵市，卷首有竹垞兩印。原止一本，張生伯元重裝，析之爲二。雖未得見宋本，覩此，已較明本迥勝耳。

跋擊壤集

康節先生《擊壤集》，寓《易》理於韻語，所謂『俯拾卽是，與道大適』者。其風韻勝絶處，後來惟陳白沙得其玄微。此事可爲知者道，難與俗人言也。此宋刻殘本，係季滄葦家物，僅存三、四、五、六三卷。首二卷亦季氏舊抄，黄蕘圃得之嚴二酉。自第十一卷至二十卷，以元時翻宋本補之，尚缺第七至第十卷，復假愛日精廬所藏元鍥本抄足，遂成完帙，《百宋一廛賦》所云『證《擊壤》於泰興』是也。今蕘翁往矣，此書歸之張生芙川，芙川屬爲識之如此。

跋影宋精抄足本張于湖詞集

《于湖詞》沉雄跌宕，專學東坡，嘗於建康留守席上賦《六洲歌頭》〔一〕，慷慨激昂，主人爲之罷宴。草窗選《絶妙好詞》，以集中《念奴嬌》一闋壓卷，其爲當時見重如此。汲古閣刊本以初得一卷刻成，後續得全集，故篇次不無移易。此册的係原本，洵可寶貴，惟舛譌處頗多，須一校正之耳。

【校記】

〔一〕『六洲』字誤，應作『六州』。光緒本亦作『六洲』。

跋元槧張文忠公雲莊類稿二十八卷原本

元張文忠公爲一代名臣，所陳時政疏十條，忠心苦語，不減劉安世、陳次升，風節固爲有元之冠。而其文章胎原姚牧盦，淵奥昭朗，卽不逮道園，亦當驂驔馬石田、柳待制之間。惜元刻外世無傳本。《四庫全書目録》作二十四卷，稱原本殘缺，從《永樂大典》校補，則知是集久無完本。張生伯元從月霄張氏〔一〕，從此元鍥本二十八卷完善無闕，後更有附録一卷。晴窗展玩，古香襲人，惜間有爛板處，無佗本可以校補耳。審收藏諸印，知此書閱人多矣，卷末有『堅蕉居士』，則固爲傳是樓中物也。

【校記】

〔一〕此句疑有脱字。光緒本同。

跋黄豫章先生别集

黄山谷集三種：曰《内集》，洪炎所編，所謂退聽堂本者也；曰《外集》，李彤所編，所謂邱濬藏本者也；此《别集》二十卷，文節孫嵤編刻於淳熙九年，别有詞一卷、簡尺二卷，又年譜三卷，則編於慶元五年。蓋《外集》繼《内集》而編，《别集》又繼内、外兩集而編，年譜則專爲詩文集而作也。明嘉靖中刻本有蜀人徐岱序，卷次分類，一依宋本。其他刻本，或删并卷次，或移易分類，均失原本面目矣。此本相傳是宋槧原本，與嘉靖本相校，誠屬不同。然考《外集》第十四卷《送鄧慎思歸長沙》詩，『慎』字空格注云『今上御名』，此本果刻於淳熙時，則『慎』字亦應謹避。今卷中『慎』字並無闕筆，細審紙色行列，其爲元翻本無疑，惜失去詞、簡、年譜。張生伯元云素修吴氏有《年譜》三卷，與此本絶相類，吴氏珍爲宋槧，惜未獲合璧耳。

天真閣集卷四十四　文六

跋

跋揭文安集後

揭曼碩在元時以詩名，與虞道園、楊仲弘、范德機稱四家，而其文亦嚴整有法度，一時碑版巨製多屬撰著，雖未克與道園抗衡，要當在黄文獻、歐陽圭齋之間。其全集爲夔理普化所編，共十四卷。兹《文粹》五十七篇，不分卷帙，明楊士奇所選定，黄蕘圃家藏有刻本，卷首有文安傳。此抄本係張子和家所藏，予從子和孫伯元借讀，并録其副。其中如《上李秦公書》、《與胡汲仲書》、《富州學記》、《涿州孔子廟禮器記》、《雙節廟碑》、《題昔剌使宋圖後》諸篇，皆淹雅閎肆，足以發揮至理，上窺韓、歐。按公文見於蘇伯修《元文類》者，兹數篇皆未入選，而伯修所録《桂陽縣尹范君墓志銘》、《李節婦傳》，又兹編所未及也。

蕭閑老人明秀集跋

金蔡松年撰。松年字伯堅，本杭人，長於汴都，從父靖除真定府判官，遂爲真定人〔一〕。累官吏部尚書、參知政事，進右丞相。卒封吳國公，謚文簡。明秀峰在汴梁，公與梁慎修、許師聖、田唐卿輩觴詠處，集以是名。『蕭閑老人』，其退居後自號也。原集六卷，魏道明注，今存一至三三卷。金人專集傳世者，自元遺山外，惟滹南、滏水數家。兹集久不著録，陳子準得之郡城周氏，月霄、芙川輾轉傳録，出以見示。松年詞與吳彦高齊名，稱『吳蔡體』，朱竹垞《詞綜》僅録《尉遲杯》一闋，萬紅友《詞律》祇收《月華清》一闋〔二〕。按全集目録，《月華清》在第四卷，《尉遲杯》在第五卷，俱在此三卷之外。後三卷尚有百餘闋，今所存者七十二闋耳，零璣賸璧，彌足珤愛〔三〕。即雷溪之注，雖失之繁冗，而於當時酬贈諸君，俱一一詳其仕履，亦足以補《中州集》之未備也〔四〕。

【校記】

〔一〕『遂爲真定人』，《皕宋樓藏書志》録此跋作『遂籍真定』。

〔二〕『祇收』，《皕宋樓藏書志》作『祇存』。

〔三〕『珤愛』，《皕宋樓藏書志》作『珍愛』。

〔四〕《皕宋樓藏書志》後有『道光四年歲在甲申閏七月昭文孫原湘跋』十七字。

跋定武蘭亭何氏本

姜白石言《蘭亭》本以有鋒芒稜角爲正，近世五字未損本既不可得，得東陽本便足寶貴。此本猶明季王氏所搨，鋒穎神采，尚十得三四。惟舊傳薛紹彭刻，損『湍流帶右天』五字。今按『湍』字不損，何士英跋僅云『天流帶右』，孫退谷《銷夏記》則云『羣帶右流天』，當以孫記爲是耳。

跋王獻之行書洛神賦帖

嘗於詒安邵氏見《羣玉堂帖》王右軍行書《洛神賦》，爲韓侂胄藏本，筆致古逸，真有驚鴻游龍之勢。大令此書，波磔點畫，純乎習其家學。柳公權所謂『子敬好寫《洛神賦》，人間合有數本』，固不僅小楷十三行也。按《庚子銷夏記》云：丁亥之春，於報國寺松下見右軍《洛神》，咋爲異寶。越數日，復見大令全文。昔宋董廣川最稱該博，其書跋云：『逸少此賦當爲第一，今無復存者，但子敬所書猶傳。』是廣川止見大令《洛神》，未見右軍書。余行年六十，始獲睹此，良厚幸矣。覩此則知《洛神》全文，宋時已爲藝林寶貴，特未審退谷老人所見卽是此本，抑未知此本亦是羣玉堂中物否耳？書此以俟博雅君子審定。

題雙鉤陶靖節自書詩卷後

右陶靖節先生自書《擬古》九首及《雜詩》十二首之三。真蹟舊藏沁水張一齋侍御處，此爲侍御雙鉤本。就其輪廓周規折矩不失晉人法度，令人想見廬山面目也。顧傳稱先生所著文章皆題其年月，義熙以前，書晉氏年號，今按丙辰爲安帝義熙十二年，不應但書甲子。而詩中『首陽薇，山河改』諸語，又似永初以後之作，按之文集，編亦最後。姑識於此，以俟博雅君子。

跋顧雪坡雙鉤西嶽華山廟碑

西嶽華山碑，奇古壯偉，爲漢隸中第一。顧世少完本，朱竹垞跋稱其漫漶已甚，僅見宋西陂所藏本完好耳。此爲吾鄉顧雪坡雙鉤本，起處『周禮職方氏』以下至『位』字缺二十二字，『既成萬』以下約缺百數十字，則當時所見，亦非完本矣。後附臨諸跋，第一跋已不全，玩跋語云『余家華山下』，則爲郃陽王伯無疑。其次爲趙子函，其次爲錢、洪兩家詩。卷首有『錢希穆』、『嗣公』兩印，兩跋下俱有希穆印。雪坡名文淵，工墨竹，能詩，有《海粟菴集》。余家舊藏雪坡手寫詩稿，字蹟與此恰相類。道光二年六月晦日，心青居士跋。

跋慈恩寺雁塔聖教序

此慈恩寺本也，較之同州本用筆尤輕細。《石墨鐫華》謂其『不及同州本』，然疏瘦勁健，别具一種風神，逸少所謂多骨微肉者，筋書也。《序》與《記》分刻二碑。《序》云：『永徽四年十月十五日建，中書令褚遂良書。』此本年月名款俱闕。《記》云：『永徽四年，歲次癸丑，十二月戊寅朔十日丁亥建，尚書右僕射上柱國河南郡開國公臣褚遂良書。』今年月反裝於名款之後。末有朱彝尊竹垞印、高士奇印，此二公之精審，不應疎忽至此，則兩印恐是後人所加耳。

跋原搨九成宮醴泉銘

率更《醴泉銘》，世無完本久矣。《宋學士集》云：『自貞觀至今，七百有餘歲，石剝泐已久，世之所傳完善者，多非真本。』王弇州稿云：『此帖得之十年前，文既殘缺，字亦鏌餬，視汴刻猶是未央瓦，差不蕩古意耳。』董香光云：『《醴泉銘》文字可讀者，皆後人重摹。此本雖有缺文，乃宋搨致佳，下真一等者也。』孫退谷《銷夏記》云：『向於王惟儉家得一本，僅缺數字，滄桑後失之。丙戌春復得此本，故尚方物也。雖缺廿餘字，然搨法甚精。』觀此，則完本在前朝已不可得。此本首尾不缺一字，間有漫滅處，文皆可讀。初甚疑之，細審則神彩飛動，精意古色，奕奕行間，視别本之清瘦全失渾厚者，虎賁中郎，可以立辨矣。率更正書多帶隸法，首行『宫』字左點作豎筆，正鋒一畫乃隸體，近時搨本竟作一點矣。此爲宋以前搨無疑。

跋涿搨本快雪堂帖

近代集古帖，爭尚《停雲》、《快雪》二種。《停雲》出文氏父子手自摹刻，固爲諸刻第一，而涿州之精審麗密，實不在長洲下也。此本尚係涿刻，迥出閩搨上。近日紛紛翻刻，神采全失矣。

跋王叔明書後

黄鶴山樵爲趙文敏之甥，詩文書畫，俱得外氏家法。然此書古拙瘦硬，絶不類松雪。此外所見絶少，無由證合也。玩詩意，係題《長江圖》作。第五行『三』字下『官』字上疑是『水錦』二字，然此句有脱誤。二十行『墉下』應是『牖下』之譌，廿三行『割據』誤書『割劇』，廿六行『圖』字下脱『而』字，廿七行『慮』字下脱『危』字。不知當時何以不點檢如此。按叔明於元末官理問，洪武初爲泰安州知州，十八年乙丑，以胡惟庸黨下獄死。至正二年壬午去乙丑四十三載，是書乃中年時隱於黄鶴山所作。詩中云『老夫困頓今白首』，則詩非叔明作也。

題楊忠愍公書後

右楊椒山先生《題滿城風雨近重陽卷》詩：『滿城風雨近重陽，邀約賓朋共舉觴。載得菊花迎客笑，沽來春酒撥醅香。多情破帽何須覓，沾溼簑衣也不妨。寄語高吟謝無逸，年年九日興偏狂。』先生無書名，而雄勁古直，自有浩然之氣，貫於行間，令人如對端人正士，不可逼眡，真字如其人也。向嘗見楊忠烈公手札二，一爲鮑淥所藏，一在許景誥家。蓋公嘗爲吾邑令，故其書流落桐鄉。忠愍書更如景星慶雲，不可多覯矣。嘗謂忠義之士，其手蹟雖不工，猶將寶貴之，况其書精妙乃爾乎。是可以知書雖末藝，亦視其人之德，心正則手掔應之，不狥乎世，而所得自異。彼張瑞圖、王鐸輩，何足道哉，何足道哉！

書鄒忠介公手書趙文毅傳後

右前明鄒忠介公手書吾鄉趙文毅公傳并自書後，卷藏文毅七世孫同鈺家，出以示余，屬爲之跋。按公劾江陵奪情，拜杖，江陵死，用薦起。繼江陵者忌新進建言，并忌公，公屢疏乞休。吳鎮者，執政之里人也，以附江陵爲公所絶婚，至是乘間奏訐，竟免公歸，尋卒。忠介與公同劾江陵得罪，又同起而復躓，故於禁建言事尤發揮痛切，至謂禍甚於受杖，則公可知矣。嘗謂公之生平不在劾江陵一事，而在薦起後屢忤執政，其風節尤不可及。夫江陵爲萬曆不可少之人，奪情其不得已，公之劾之，自爲扶植名教。然江陵惡公，猶有說也，繼江陵者何所惡於公，而擠排之必力乎？惡江東之、李植也，怒遷於公。公條上東南民事則沮之，公爭三王並封則銜之，摧折挫抑，使之不安其位而去，不去，則如公言『雖曾史夷由，不點不止也』。嗟嗟，忤江陵猶得直聲，忤繼江陵者，幾幾反蒙惡聲。夫至斥逐其人，而天下莫測誰爲斥逐者，其術彌巧，而身受者彌痛矣。趙氏固有文毅兕觥，爲得罪去國時許國所贈，趙氏寶之等於拱璧，海内士大夫多諷詠之。此卷則世無知者，無論此卷爲文毅表著心蹟，非僅口澤可比，且以吉水與潁陽較，其人品爲何如也。嘉慶十三年秋八月，同里後學孫原湘跋。

省身格跋後

右《省身格》一卷，前明吾鄉顧裕愍公所撰錄。分子、臣、弟、友、事、物、身、心爲八綱，綱列八目。每條先訟其過，次求所以葢其過者，亦略仿世俗所行功過格，以功、過二字別之，所以通俗而勸勉初學也。事不外乎脩齊，語必本乎經傳，間有言不該意處，則以通俗語疏列於下。義該而辭約，迹粗而理精，淺而言之則婦孺可行，進而求之雖聖賢有所未盡。程子謂《大學》一書，爲入德之門，此更就《大學》而分條布目，示人以入門之徑，洵爲羽翼經傳之書，不可以其近而忽之也。裕愍公以熊芝岡獄，牽入汪文言案，與楊、左、周、魏、袁稱六君子。在鎮撫獄時，諸公皆怨憤切齒，公獨談笑自如。及諸公皆被拷掠瘐死，公獨從容就義，以視季路之結纓、蕭望之之仰藥，殆有過焉，則其平日之得力於是書者深也。公所爲詩、古文，散佚不可求，僅存公弟仲恭先生所爲公年譜及是書，急聳同志爲之刊布。猶恐俗士小儒，罔識精義，以是書夷之世俗所爲功過格，特爲撮其大旨，綴於卷尾云。

書前明張修撰待漏圖後

前明吾鄉先哲之蓄道德而能文章者，以張止菴、吴思菴兩先生稱首。兩先生俱不由科目，而其學原本經術，俱能發揮理要，要與立身行己之道相証明。此止菴先生《待漏圖卷》，系先生歸田後，清江鄭克脩所寫贈，先生綴以自序一篇，暨《論語》、《大學》、《中庸》、《孟子集解》、《易》、《書》、《詩》、《春秋補傳》序各一通，卷尾後序則思菴作也。讀此，先生之品學可槩見矣。先生少年坐累戍雲南，以薦爲王府教授。在永樂時，浮沉於行人者二十年。仁宗卽位，召入翰林。宣德初，旋乞歸。爵秩未顯，無赫赫之功，故《明史》無傳。其在滇也，纍然一戍卒耳，一言定策，而蠻夷靖亂者數十年。及使緬，緬人嘗以賂，不可則鴆之，先生恩威慰諭，卒定其亂而還。非才德兼備、威利不屈者，而能若是乎哉？嘗謂有明一代專重科目，士不由此進身者，不得列於顯要，而張、吴兩先生俱以薦起，俱能以文章、品節，卓然有以自見。今四百年來，吾鄉之掇巍科、歷顯宦者，求如兩先生之品學，有幾人哉？此卷在先生後裔子和觀察家，觀察嘗屬爲題後，卒卒未暇爲。觀察之孫伯元授經於余，復以爲請，因書數語，俾其世世子孫永珤焉。夫世家巨族，其先之遺蹟夥矣，不爲子孫所棄者蓋鮮也，而况數百年之後，使人展卷慨慕其爲人者，抑又鮮也。世之欲託翰墨以傳於後者，可以思已。

跋祝京兆草書梁紹甫善政記及孝友堂記長卷

祝京兆草書，直逼王大令、張長史，宋元以後莫之與衡也。此卷前半，爲梁紹甫官淳安時《善政記》，後半爲吾家休寧《孝友堂記》，縱横變化中，雄渾而謹密，洵爲作者極用意之筆。婁東舅氏陸潤之先生，以有吾家《孝友堂記》，以歸先太守。張子和姊夫爲先太守愛婿，館甥之日，授以此卷。子和寶而藏之，自乾隆壬辰迄今，四十有六年矣。子和之孫伯元，又吾姪女之所出也，能讀書，喜古人名蹟。伯溫甥以家傳字畫俾其守，余偶過其讀書樓，出此卷屬爲題識。展卷而先大夫之手澤、子和之氣誼，觸緒紛來，曷禁悲感之交集也。伯元善藏之，比於范喬之祖研可已。

跋綏寇紀略

按《曝書亭跋》稱先生於順治壬辰舍館嘉興萬壽宫，蒐輯是編。久之，其鄉人僅雕十二卷，而《虞淵沉》中下二卷，未付棗木。《明史》開局，求天下野史，有旨勿論忌諱，於是先生足本出，竹垞曾抄入《百六叢書》。顧世究罕有傳本，余既購鄒刻，終以未見全璧爲憾。適婁東蕭君子山稱有司成手錄原書三卷，因丐借校勘。及展卷，適爲所缺之中下二卷，并後附錄一卷，則所紀殉難諸賢始末。爲之狂喜，勝獲殊珍。其字迹頗不類一手，顧皆妍整中有帶草率而極蒼秀者，當係原筆，題爲《鹿樵紀聞》，發雕時方更今名也。原著十五卷，蕭君夫人爲司成女曾孫，分授遺書，適得是三卷，其末卷，雖竹垞當日亦未之見。此固先生文章精氣，鬱久必光，而亦諸公之忠魂毅魄，有以憑依而呵護之，假手數人，以合延津之劍，區區翰墨因緣，其所係豈淺鮮哉。惜尾頁闕如，此則《蘭亭》七字損本，不無小恨爾。

跋邵味閑贈公書蘇文忠桃花源詩卷

邵環林孝廉出其高祖贈忠憲公書蘇文忠《桃花源詩卷》，屬跋其後。吾邑以書名者，贈公居首，嘗與汪杜林宫允結伴入山，臨池十年，盡得古人窔奥，奄有衆長。諸子咸禀承家學，各臻絶詣。長亶承庶常工楷法，次叔亠編修善草書，次松阿中翰以古文名家，次闇谷太守善擘窠大字。獨中翰不以書名，而書亦絶古雅，蓋皆得之庭訓者深也。贈公此卷結搆似蔡忠惠，而筆法直逼晉人，本朝惟王良常近之。中翰珍儲墨琘，以圖繪連綴成卷，而題跋繫詩於後。圖無款識，玩其石法、樹法，頗類王畊煙。中翰稱其煙雲變化，岡巒廻互，有超然物外之意，以『桃花源圖』名之，猶之東坡夢仇池，而神會於桃源也。通人慧解，不爲迹象所囿，往往如是。而其實意主先人手蹟，奉持而不能釋，乃發爲無聊之想，附之以圖，又申之以詩，無非寄其彷徨求索之思，而又未可宣諸人，觀者當會其意於筆墨之外也。中翰於書不自滿，詩成命哲嗣錫禹孝廉書之，孝廉蓋學書於闇谷太守，絶類蘇文忠，故中翰使之書。款識乾隆戊子夏五，孝廉卽於是科發解。明年春遽歿，無嗣，嗣太守之孫廣融爲後。廣融字匏風，與予爲同年生。予少時受知中翰最深，省試文中翰決予第一，榜發名在第二，中翰爲不平曰：『誰當勝之者？』今循覽此卷，不第前輩之風流謦欬不可復得，即匏風亦已宿草，而予以瓠落之餘，僅得於楮墨之間，想見孝思之深至，爲之流連終卷，不能已已也。今年歲在戊子，葢距中翰作詩時，已六十年矣。道光八年四月，後學孫原湘跋。

題朱文正師與蘇園公尺牘後

蘇君蘭圃潢治其大父園公先生所存朱文正公尺牘二十一通、詩三首，彙裝一册見眎，展誦數四，爲之惻愴不能自已。憶原湘九歲時，隨先君子寓京師楊梅竹斜街，公家之餘宅也，時公與哲兄竹君學士，同以文章道義傾動海内，與先君子交契，原湘時時得親丰采言論。閱三十年爲嘉慶乙丑，原湘中式禮部試，出公門下，入翰林。公適掌院事，公喜甚，於稠人中呼某名曰：『此予故人子也。』假旋之日，公觴予邸第，期勉甚摯。及歸，旋丁母憂，未服闋而公薨。原湘自此絶意仕進，葢傷知我之無人也。念自髫髮時識公，蹉跎至四十，終獲身親受業，不可謂不幸，然苟且懷安，迄無成就，今垂垂老矣，負公之期望，終無報稱之日矣。瞻仰公書，能勿怦怦心動耶。此册公爲山西方伯時，園公適主晉陽書院，故多短札往來。其第二札所云子建者，指學使曹劍亭先生。劍亭，名錫寶，高宗時大學士和珅家人劉全兒横甚，曹公特疏劾之，珅亦爲之氣沮，時方視學晉中也。

跋葉涵峰臨米海嶽字卷

葉君莪生將赴官山左，迂道來取别，攜其尊甫所臨米海嶽字卷，揖予言曰：『某少孤，先君子手澤散亡略盡，此卷從敝紙中檢得潢治，攜之行篋，子爲我識之。』予奉卷，感嘆不能已已。嘗思世之入仕版者，丐書要路，以游揚於上官之前，不足則益市珍玩，務求古人法書名畫，捆載以行，苟得當意，通顯可立致。莪生一不措意，汲汲焉暴其先世之手迹，謀以誦揚其清芬，又不急投諸名卿鉅公，而首以示予，其用心爲何如也。古之孝者，一舉足不敢忘父母，故曰：『資於事父以事君，而敬同。』莪生之官之日，而能不忘其親，由是而試於當途，思貽親令名，其爲廉吏必果也，思貽親惡名，其爲貪吏必不果也。漢張武每節持父遺劍，祭醊而泣，爲太守第五倫所知，表薦於朝。莪生之於此卷，較之武用意相類，當世豈無第五倫其人者歟。書此以贈莪生之行。至書法之妙工，書家自能識别之，毋俟予之贅述也。

跋蔣文肅梅卷

畫梅判兩種：變化屈曲，動合矩度，而疎密布置，若有一定法者，畫工筆也；疎枝直幹，縱筆所之，若無意爲畫，而自然和洽生動者，士夫筆也。畫工所作，多富家庭院剪裁束縛之梅；士夫所畫，乃寒山偃蹇絶無人看之梅。意趣不同，神理迥異。余見文肅梅卷二，其一在竹田别駕處，縱横繁密，若山坳雪消，生氣獨得；此卷則孤瘦挺秀，如水濱籬落，忽横一枝，風神尤超絶也。胸中無數千卷書，脱去凡俗，未有不落畫工窠臼者。持此以鑒别古人畫法，卽以爲我輩畫梅法，且可爲天下後世法。

跋王石谷畫册

嘗聞梁山舟前輩論書云：『人書如面目，自少至老，只是一副面目，但由嫩而漸蒼耳。』畫理亦然。或疑此六幅骨格未蒼，非畊煙筆，予謂非畊烟誰有此筆者，特少作耳。按畊煙生於前明崇禎壬申，此册作於丁酉，係順治十四年，才二十六歲，正其精思冥造、刻意仿古之作，故衆妙具臻，而町畦未化。既遊婁東，爲廉州奉常所賞，得所指授，造詣益微，晚年遂臻神化之境。豈知其堅蒼渾厚，奄有宋元諸家之勝，卽從此闢實顛撲中脱化而出。一葦渡江，是達摩神通，九年面壁，是達摩修持，不得謂渡江者祖師，面壁者非是也。吟樵精於鑒别，與余坐聞濤軒中，雜取畊煙中晚諸作，一一印證審定如此。

書張母曹孺人孝略後

張子鑑堂既以女弟蘭森孝行聞於朝，復念母夫人壼德弗彰，撮其事實，以徵文字。余授而讀之，其相夫以莊，其事尊章以敬，及爲未亡，常齋布衣，三十年不變，舅姑之喪葬祭，盡其哀禮。姑嘗患疽，潛刲股以療，尤人所難者。因而歎孝女之孝之有自來也。嘗謂門内之行，非督促責勵之所及，其潛移默化，有莫之致而至者。觀乎賢母之行，而女之孝益彰，所謂以言教不如以身教，亶其然矣。鑑堂既不死其妹，復欲歸善於親，其用意肫摯，亦非世俗所能及，此益可以徵母教也。

書吳節婦傳後

吾友吳君頊儒，間出太倉馮偉人所譔其母夫人傳見示，俾書其後。頊儒吾畏友也，於經史罔不淹識，而尤究心於程朱之理，平居布衣疏食，一編外澹然無營心，知其學之有自來也。及觀傳所載，夫人教信力學務節儉，讀稍廢，輒呵之曰：『汝家孤貧，讀書不成，卒爲人下乎？』又嘗謂：『人生所重，不在服用華豔，兒異日無忘斯語。』信斯言也，吾固知其學之有自來也。世之教其子者，亦孰不勉以力學務節儉，懼其卒爲人下乎？顧力學欲其致貴也，節儉欲其致富也，懼其卒爲人下者，正恐子之安義命、樂貧賤，不得窮宮室之美，侈服御之華，以大快其欲也，而豈真能審所輕重哉。今信不以俗學誤其趨，不以口體累其志，處編氓之列，而一二搢紳先生，且抑然下之，非以服用華豔之外，别有其足重者與。嗚呼，爲人父者，號爲讀書知禮，而於義利之介、名實之辨，有不能申之庭訓者，況敢求之巾幗中哉。豈不難哉，豈不難哉？若母之節操禮度，馮君序之詳，謹擇其言之可傳者書於後，以復吾友云。

跋歸氏義莊記

天下之人情，未有無所維繫而卽安也，而其道必自近者始。禮敬宗故收族，收族故宗廟嚴，宗廟嚴故重社稷，重社稷故愛百姓，愛百姓故刑罰中，刑罰中故庶民安，庶民安故財用足，財用足故百志成，百志成然後樂先王之重宗法也。如此，葢君之於民遠矣。立宗子以維繫一族，則勢近而情易通，故古者世禄之家，必有田里以贍其族，誠使士大夫人各贍其族，而一國之中失業者鮮矣。後世宗法既不可復，人心無所維繫，目不睹族燕族食之禮，高曾以下已如路人，如是則風俗安得淳哉。欲效宗法於今日，惟義莊庶幾近之。學博歸君銜與其弟衡，秉母夫人之教，承贈君景洴未竟之志，割田一千畝有奇，爲贍族田。田有莊，莊有規宗祠在中，義塾在西，教養、婚嫁以迄衣藥、棺槥、冢墓咸備，可謂盛舉矣。錢唐吴穀人、儀徵阮芸臺兩先生並爲文記之，學博屬余題後。嗚呼！余於歸氏，何敢贊一辭哉。昔先大夫患族繁而貧，慨然思效范莊之舉，篋中僅有千金，先以畀族人權子母，歲給貧者。既宦遊燕晉，遂爲族人所乾没，嘗以爲恨。今余因循病廢，不能竊升斗之禄，繼承先志，使先大夫常抱隱恨於九原，清夜自思，不可以爲人子，觀學博兄弟所爲，益滋余愧也。

書

與張子和書

頃所商，始亦以爲無悖於理，既思之，則有決然大不可者。請爲足下言之。夫彼不有疾痛死喪之慘，何至狂悖迷惑，自陷於盜賊？是尊隴旗竿，斷爲某所鋸毁無疑。足下爲保護祖塋計，欲鳴之官，誠仁人孝子所不能自已者。竊以爲祖塋宜保，而人死尤可念也。盈天地間，理、氣、形三者而已，君子持理，理足則氣充，氣充則陰陽不得而奪，小人蠢蠢，恃有形耳，一入形家之説，而其氣愈餒，氣餒則中無所恃，而形有時而勝。今某以疊見死亡，慢然計出於此，尤小人之至愚者，其爲陰陽所顛倒也宜哉。顧其所遭，則可憫矣。當此而猶執君子之説律之，不已過乎？墓有封有樹，此外皆無益之壯觀也。墓之有旗竿，視華表、翁仲尤無謂矣。祖塋之藉以保護者豈在是？足下之光顯先人者，又豈在是？夫有益於己而害於人，君子猶不爲，况無益者乎？一經官府，勢必懲之以法，鄉愚無知，直以爲必欲盡死其家，是足下重蒙惡而某重受禍也。頃足下言鄉人聞此事者，咸以爲且得死罪，是足下之威，既足以懾服鄉人矣，必欲恃勢立威，罔顧怨懟，焉知此輩無識之徒，不反以怨懟之至陰，肆其侵損之術，甚非所以保護祖塋之計也。僕則謂爲先人示威，不若爲先人示德。今若因而去之，雖愚民亦當感且媿，而不復肆暴於邱隴矣。必若不悛，然後治以有司之法，乃其自取刑僇，而非於我心有歉也。願足下更察之。

與子和農部書

子和閣下：三接手書，知閣下拳拳於鄙人者甚深且摯。屬以歲内北行，既可省車價之半，且及閣下未出都時，可謀朝夕歡。甚感甚感。既而思之，閣下之意，豈在是哉？巷有麗者，絜貞自守，顧貧不能舉炊，其左右居皆齞脣歷齒，靡不漿酒藿肉，歌笑以爲樂。麗者乃稍稍近之，左右居皆引以爲伍，其後頗自給。巷之人皆笑之，謂其所得者小，而所失者大也。閣下殆懼某之爲麗者也。某聞報日，即有以漕規之説進者，某未及答，老母厲聲曰：『以甘言誘吾子者，老婦必唾其面！』其人慚沮退。某乃與同志約，有以足迹踏倉場及用名刺投縣官者，擯勿與齒，與其仰面看吏胥，寧弗計偕耳。曰唯者，惟子侃、匏風耳。匏風家頗温飽，固無藉此，堅守此志者，惟某與子侃。然兩家典質一空，逋負俱纍纍，公車之貲無所措，徧告諸戚友，舉行會事，得錢才十一萬，未及具費之半，行將更貸諸疎屬遠戚，顧濟與否，未可知也。閣下望我甚切，萬一糗糧不具，竟弗克行，大懼負良友意。既又思之，閣下望我之意，豈在是哉？士君子得行其道與否，要與氣數相關，不可强而求也。今日之進身，即將來之行己。如急科名，趨勢利，宛轉求貸，以期必得，亦與漕規何異？枉尺直尋，古人所不爲也，況試於禮部，未必成進士乎？況成進士後，未必得行其道乎？今之勸駕者必曰：『不成進士，不足以愜親意。』某獨以爲不然。夫勢位富厚，豈有窮盡？幸而登舘閣、歷清要，洊至尚書侍郎，必又曰：『不入閣，人子之孝思，猶未致其極也。』此直以貪鄙勢利之心，測度其父母，稍知義理者忍爲此乎？天下惟仁義之所在，一豪不可讓人，有進着無退着，其餘則量力而進，知難而退，任乎自然而不强爲，其所不必然，雖終身由之可也。故能行則行，不能行則不行；可取則取，不可取則不取。其行與否，則憑之天也；其取與否，則衷諸義也。聞閣下歸養之志甚堅，將於明歲春融回籍，此時賢所依忍不能决者，閣下毅然行之，且諱言終養，而托名於暫假，簡齋先生所謂『終之一字，人子所不忍言』，尤足見閣下愛親之心，永永無已。此意閣下未嘗宣之於人，某以私意測度，固知閣下必出於此無疑也。已爲布之戚友，導揚仁孝，閣下能不許爲知己乎。

復顧容堂都門書

容堂足下：辱來書，謂宜留意舉業，毋專事古學。僕雖頽惰，敢不承教。雖然，僕之舍舉業而不爲者，非能甘貧耐寂，與時乖忤，以爲名高也。蓋嘗聞諸夫子矣，『誦詩三百，授之以政，不達；使於四方，不能專對。雖多，亦奚以爲？』而謂僅僅通之時文尚不可，亦安在其爲能詩乎？僕固不能詩，而於作詩之道，竊嘗聞之。棄舉業而言詩，是失忠孝之旨也；舍學古而言舉業，是求倖進之術也。而又實無可兼及者。一念學古，一念作時文，此兩失之矣。夫誦詩讀書，期于明理，理明自無所不工，而何有於時文？惟專於時文者，於理必不明，亦必不工。今之挾兔園册者，且曰古學足以妨舉業。竊以爲古學者，世俗之説也，所以别於時文也。吾輩直學而已，不知所謂古學，又安知所謂舉業耶？足下貫穿古今，明體達用，此理奚待僕言？而不得不言者，恐世俗誤會足下之言，謂士子宜習舉業，不宜學古，失足下立言之旨，且以貽學者羞也。用敢不避譴責，瀆奉清聽，幸垂鑒焉。

天真閣集卷四十五　文七

書

與邵虛中書

承示《易説》及《揲蓍法象》，淺學蒙昧，何足以窺見萬一，微特問道於盲而已。惟以象傳移置彖傳之前，此誠千古創見，使讀者眉目一醒。然檮昧之見，竊終有所未安者。葢彖者，文王所繫之辭，而孔子釋之。象者，周公所繫之辭，而孔子釋之。大象傳統論卦象，故不得不列於爻辭之前。其寔卦象、爻象皆因周公之爻辭而發揮之，文王以前不言象也。尊見以卦象爲贊宓犧所畫之卦，是誠然矣，然夫子當日繫《易》，要自先作彖傳，後作象傳。緣彖傳專所以釋文王卦辭，而象傳固周公爻辭，皆言象。故先總釋於前，而件繫於後。夫子自云『述而不作』，彖者，述文王也；象者，述周公也。如謂象傳所以贊宓羲之卦，以世次爲先後，則必且躋之文王卦辭之前而後可矣。先儒非不知移大象於卦辭之前，眉目更爲清醒，而斷斷不敢者，以序彖繫象，乃夫子當日手定之次序。如移大象於彖傳之前，不特將文王所繫之彖辭與傳隔斷，且以釋周公者置之釋文王之前。周公子不先父，而謂夫子敢以釋臣之辭置之釋君之前乎？《易》卦首乾坤，示君臣之義也。躋象於彖先，有臣先乎君之象，故夫子不敢也。如謂大象因贊宓羲而作，勢必更躋於文王卦辭之先，尤夫子所不敢也，且非『述而不作』之義也。

答某孝廉書

比因餘杭之役，留西湖十日，歸見案頭手札，知以代作某翁壽言見委，且謬採虛聲，必以韻語。僕自痛遭祖母之喪，不作詩四閲月矣。《禮》：『大功廢業。』近人三年之喪，多有飲酒食肉者，非不通達世故，然問之此心，恐未必安。先儒云：『勿以過小而爲之。』期服作有韻之文，過非小矣。雖違衆，宁守此硜硜之義耳。且僕之不能代人作詩，不自今日始也。足下見僕向亦曾間一作矣，不知向之所爲，皆出于不得已，或尊長之命，朝征暮斂，不復可耐，又萬萬不能辭，乃命六歲兒子阿安綴葺成語，爲之間爲點竄一二字而已。今春此子已夭，痛入心骨，大兒年十二，僅能作五七言短句耳。僕自失此捉刀人，遂畏聞乞詩之請。悵觸舊事，益痛慧根不祿，泪涔涔濕衫袖也。今將別乞吾友爲之，藉以塞責，僕且不耐人乞，又安能轉而乞人乎！况足下徒以鄙人之名耳，他人爲之，無論不工，即工亦必不當足下意。如掠人之美以爲己有，是欺吾友以欺足下，尤僕所不爲也。聞足下所壽某翁，乃富人也，富人必不知詩。足下能自爲之固佳，不則以半斗麫供其家作湯餅足矣，何必屑屑于此？徒以他人之詩往，是欺某翁也。盍以僕不忍欺足下之義，行之某翁可乎？足下古道照人，昨見僕衣紫繭袍，謂非期服所宜，聞命即敬易之。直諒之德，佩且弗諠，又何忍以足下故，陷僕於不義哉。

答釋大乘書

來書以地獄有無爲問，夫地獄者，浮屠之説也，師爲浮屠，乃不自信其有，而致詰於予，予又惡能決其有無哉？無以，與師言聖人之道乎？所謂地獄者，謂補王法之所不及也。先王設肺石入鈞金，聚罷民而置圜土，所以慎刑罰也。獄詞成，史以獄成告于正，正聽之；正以獄成告于大司寇，大司寇聽之；大司寇以獄成告于王，王命三公參聽之；三公以獄成告于王，王三宥然後制刑。詳且慎如此，安有無罪而反收，有罪而得説者哉？噬嗑之辭曰：『噬嗑，亨利用獄。』象曰：『雷電，噬嗑，先生以明罰敕法。』賁之象曰：『山下有火，賁，君子以明庶政，無敢折獄。』豐之象曰：『雷電皆至，豐，君子以折獄致刑。』旅之象曰：『山上有火，旅，君子以明慎用刑而不留獄。』四卦皆言獄，皆取離象，噬嗑、豐則兼取震，賁、旅則兼取艮。非震則無斷，非艮則無節，而皆取離象，要以明照爲主。夫離，日也，君象也。日光無乎不照，有不照者地之下也，地安得有獄哉。地獄之説，其起于衰世乎？日既西傾，墜于重淵，人世幽如漆城，斯時日之光在地矣。衰世之君，無明德以明天下，刑政不修，賞罰倒置，奸邪讒佞之夫僥倖苟免，而忠臣良士悲憤抑鬱無可告訴，譬如幽晦之夕，瞢瞀罔睹，乃思地下日也。聖天子在上，臨下以簡，御衆以寬，德威惟畏，德明惟明，如日之麗乎中天，與萬物相見，所謂『大人以繼明照于四方』也。舜之時〔一〕，流共工於幽州，放驩兜於崇山，竄三苗於三危，殛鯀於羽山。不仁者遠，天下咸服。離之彖曰：『重明以麗乎正，乃化成天下。』《書》曰：『重華協于帝。』人君明明德於天下，好惡得其平，則民日遷善而不知爲之者，人世之獄，且可以不設也。

【校記】

〔一〕『舜』原誤作『愛』，據光緒本改。

與言雨香書

昨兩邑尊似乎拘泥部文，必俟哀詔到日，始行成服舉哀，愚意以爲非也。龍馭上賓，普天臣民宜如何哀痛，豈有聞信之後，不過摘纓素服，泄泄然靜以待之者乎？計算詔書到日，必得一月以外，此一月之中，臣民哀痛之情，將抑而不申乎？且聞省垣中丞以下，無不成服哭臨矣。豈大臣得盡哀痛之情，而下邑臣民獨非？大行皇帝所休養生息，而能恝然强制，徐以待詔書之至乎？部文云云，不過一時議私未定，倉卒馳告之文，不足爲典禮。須知此番之上諭，便是即位之詔書，初四之部文，卽同頒告之哀詔，復何遲疑觀望乎？普天之下，莫非臣民，忠孝之情，發於本性，部臣能禁抑天下臣民哀痛之情，鬱而不發乎？如以詔書未到，成服哭臨爲非，則中丞以下先當其咎矣，又何獨下邑乎？鄙意以爲，宜再商之兩邑尊，遲至明日，必應舉行成服典禮。如邑尊堅執部文，則我紳士耆老應就書院中恭設大行皇帝龍位，先行成服舉哀，以盡臣民螻蟻之誠。確守部文者，當官之事，不能自已者，臣子之情，不妨各行其心之所安也。如何如何？望亮詧示復。不宣。

上巡撫侍郎韓公書名文綺浙江人〔一〕

閣下容保爲懷，仁風普被，近追清恪，遠紹文襄。比者屬邑水災，常昭尤甚，田疇淹没，廬舍漂流，閣下軫念民瘼，定已飛章入告，災黎喁喁觀聽，引領而俟救援矣。顧竊謂議賑議蠲者，一時之策；以蓄以瀉者，久遠之圖。常昭三面傍湖，一面傍海，湖資灌漑，海備宣洩，而凡蘇常諸水，東北出海之第一要河，則白茆港是也。蓋太湖之水，自長元、錫金而下者，既東注於蠡湖、陽城、傀儡、巴城諸湖，而江、錫諸邑，接受宜、溧諸山之水，又迴環而聚於昆城、華蕩、尚湖等巨瀦，咸賴白茆滙歸以入海。故白茆通，則長元、錫金東注之水，咸有所洩，太湖底定，而七縣爲樂國。白茆不通，則常昭固爲鄰壑，而長元、錫金諸水皆無所洩，而太湖不定。故曰：『三江既導，震澤底定。』三江無定説〔二〕，前明耿橘以爲吴淞江、婁江，其一卽白茆也。自乾隆三十五年前巡撫薩公奏請開濬，歷今五十四年，而其實淤塞者，已五十年矣〔三〕。現在沿海三十餘里，久成平陸，東洩之道既絶，西來之水日瀦，昭文之低區一帶，幾於歲歲遭淹，一遇大潦，如嘉慶九年，已極沉竈生鼃之苦，至今歲，而被災更甚矣。推原其故，不得不歸咎於前次挑濬之不善也。大凡沿海之地，多沿邊高而腹裏低，潮汐拖泥夾沙，能入而不能出，所以白茆故道，向本紆回曲折，又層層建閘築壩以爲之防。蓋曲則泥沙不能直入，閘則隨時宣洩，而潮勢不能冲涌而進。前人講求水利者，立法至善。自乾隆三十五年以糧道朱公之議，閘壩之有碍潮汐者則拆除之，灣漲之被民侵占者則取直之〔四〕，潮泥晝積夜浮，遂成平陸。不及十年，前功盡廢。此白茆固不可不開，而開尤不可不亟復故道也。閣下目擊災傷〔五〕，留心水利，業已委員查勘，居民又喁喁觀聽，引領而望畚鍤之興矣。某幸托仁宇〔六〕，仰體慈懷，誼關桑梓之間，敢獻芻蕘之末，並呈《白茆水利圖》一紙，以備省覽。伏冀博採輿論，詳察地形，確估工程，實規經費，繼救荒之奏，而請水利之修。俾蘇常兩郡之州郡〔七〕，均沾蓄洩之宜，而常昭四境之低區，永免沉滯之苦〔八〕。國家所以委任閣下，與閣下所以上報主恩者，在此一舉矣。冒昧干瀆〔九〕，死罪死罪，惟閣下亮之〔十〕。

【校記】

〔一〕殘稿本題下無『名文綺浙江人』六字小注。

〔二〕『無定說』，殘稿本作『古無定說』。

〔三〕『五十年』，殘稿本作『四十餘年』。

〔四〕『取直』，殘稿本作『徑直』。

〔五〕『閣下』，殘稿本作『聞閣下』。

〔六〕『某』，殘稿本作『原湘』。

〔七〕『州郡』，殘稿本作『州縣』。

〔八〕此句下，殘稿本有『則仁人造福，勝於郭衍之渠號富民；　凱澤流長，奚止白公之人歌禾黍』二十七字。

〔九〕『冒昧干瀆』，殘稿本原同，後復抹去，改作『介恃厚愛，干冒尊嚴』。

〔十〕『亮之』，殘稿本作『亮察』，後并有『不宣』二字。

與李中耆書

申耆三兄同年：足下睽别廿載，音敬久疏，比聞主講旣阳，動履清吉，著述益富，懷想之積，逾於陵阜。計同年中志趣各殊，升沉迥異，出處之際，差相近者，惟我兩人耳。雖學業判途，地士之卮言，不能攀天人之清尚，要其自得之致，所謂求足於己而不移於物者，竊有同志焉。張君月霄攜示尊製《兩漢五經博士考序》，傷絶學之晦盲，歎俗儒之陋劣，扶持經術之意，溢於言表，所謂有道者之言，不應如是耶？顧末學鄙見，竊有未安者，中間議鄭學一段是也。康成氏爲漢學之宗，自來説經家無不俎豆奉之者，今一旦謂之望文穿鑿，謂之輕侮道術，且謂之漢學之大賊，發人之所未發，言人之所不敢言，所以扶持經術者，用心甚深且摯。鄭氏如『平王之孫』、『不顯成康』等注，謂之穿鑿，誠穿鑿也。如『亦既覯止』、『以其婦子』諸解，謂之輕侮，誠輕侮也。賊本訓害，猶言妨於漢學云爾，然世之能識此意者，鮮矣。俗眼見駱駝猶稱馬腫背，今以千秋尸祝之康成，而直比之害苗之蟊賊，有不走且駭者哉？昌黎氏有云：『仁義之人，其言藹如。』竊願足下渾舉其義，而微隱其詞，舉其義以明經術之必醇，隱其詞以使讀者之自悟。譬如爰書定案，正不必戟手痛詈，而論始定也。月霄將以其書鋟諸梓，藉有道之言，以傳信於後人，某非敢於尊見有異同也，正惟深然其説，尤願後世之人皆尊而信之，無復遺議。用敢布其區區，語狂且直，幸賜裁答。不宣。

與平叔弟書

外臺之職，在於平獄，而今日州縣所上之獄詞，舉失其實矣。有關於考成者則避之，有碍於參罰者則諱之，有防爲上司駁斥者則改之，有心爲同寅回護者則遷就之，有關處分輕重者則必避重以就輕，有係罪名出入者則多救生而置死。獄詞之情節，訟師之刀筆也；犯人之口供，幕友之文章也。雖使廉吏清操，能員敏斷，以上諸弊在所不免，而况苞苴詭法，胥吏舞文，更不可問？然則臬使所據，以平反自分，爲廉平仁恕者，果足恃哉？鄙意以爲已定之獄詞不足信，而現在之口供可憑也，但核其情節可疑者，虚心鞫聽，翻駁一二案，則州縣畏其神明，不敢誣罔矣。更密訪一二豪猾訟棍，發其實蹟，畀諸遠方，則含沙射影之徒，聞風而遁矣。然後予之以蘇息，興之以文教，禁革違禮之事，刊行訓俗之規，務使民知禮義而獄訟不興，蒸蒸焉治近於古，而後爲吾道得行，而後無負於讀書明理。此雖迂拘之論，近於老生常談，其實古聖賢服官行己之道，不外乎是。願吾弟垂覽而采擇焉，幸教。不宣。

與昭文臧邑侯書名新芝，山東人

閣下胞與爲懷，恫瘝在抱，凡屬被水之區，已蒙詳報災荒，飭查饑口，窮黎卽日可邀撫卹矣。而高區木棉之地，自七月以來風雨漂摇，鈴朵黄落，屢經削草，竟不成花，功本全拋，人力告竭，現交白露，而苦雨不休，花地與稻田，同歸於盡矣。父臺軫念民瘼，親經履勘，定已洞悉情形。但花與禾苗，微有不同，禾則一望汪洋，其荒立見，花則鈴朵已空，而其葉如故，内有荒之實，而外不見其荒之形，實則無所收成，高低則一也。目下高區之差勝低區者，屋無冲塌，民不病涉耳。其婦子嗷嗷，饑寒交迫，與低鄉無以異也。現在撫卹事宜，稽查已定，自難遍及，而將來放賑時，自應仰體皇上無使一夫失所之意，凡屬被災之區，一體普賑。但賑務定於災分，欲使賑卹之咸周，先須災分之廣及。災重則澤可普被，災輕則勢有偏枯。父臺仁心爲質，自必預事綢繆，而某等蒿目如傷，竊敢再爲請命。現報各啚災分，自五六分至八九分不等，統計昭邑，總在八分有零。然此係木棉未經全荒之時所定分數，今災既有加無已，事須隨步换形，仰懇父臺將連日履勘情形，愷切禀報，務使上臺洞悉下情，定災至九分以上，則賑可加展，而恩無不周。彼水鄉饑雁，固可免中澤之哀，卽高地窮黎，亦不致向隅之泣。涵濡德澤，沾被無窮，某等誼切維桑，亦代深感泐矣。

與臧邑侯書

前日所送匿報富户之梅李鎮地方張啓榮，昨知已蒙訊明釋回，仰見老父臺體恤地保，勝於赤子。爲地方官者，存心固應如是，敬服敬服。但事有不能遵辦者，尊諭將經造所補開八户，着落經造往捐。夫前日父臺所傳開報富户者，地保也，非經造也，此事原與經造無涉。今地保匿報，爲八家之所感，經造補開，爲八家之所怨。必須將匿報之人治罪於前，然後可着補開之人立功於後，使各富户咸知匿報之非而補開之是，則經造方能着力。今既將地保釋回，是父臺方且以匿報爲是，則富戶焉得不怨補開爲多事？此八富戶者，方切齒痛恨於該經造，今反着其往捐，是以必不可行之事，責之必不能行之人。及至勸之不靈，適以全地保並非匿報之名，而陷經造以挾嫌妄報之罪。在父臺曲護地保，刁難經造，此番作用，誠非愚昧所能測識。但所開八富戶，原非經造自開，乃局中押令開出者也。與其往勸不靈，徒顯勸捐之多事，不如不往勸之爲妙矣。業將所補開八戶悉行扣除，恪遵地保所開之七戶，卽請地保往捐，以仰體老父臺重託地保之至意。特此致明，謹啓。

與臧邑侯書

謹啓者：頃於廟門照墻上見有揭帖，以請平花價，求公局代爲呈請云云。今歲荒田，籽粒無收，貧民全賴紡織以延殘喘。不意七八兩月以來，花地連雨歉收，木棉僅存十分之一，花價自八九十漸長至乙百一二十文矣。貧民買花一斤，去子彈熟，僅得五兩以外。以乙百二十文之本錢，費三四日之功夫，紡紗五兩，而賣紗每兩不過十八九文，本錢虧折。是以城鄉貧戶，盡行失業，饑寒交迫，流丐滿途，實有目不忍覩者，揭帖並非虛語也。葢凶年布不流通，紗價不能不賤，所賴花價得平，則紡織之人，尚可稍沾微利。今富戶花行，居奇積塌，以春間三四十文一斤之花，倍而又倍，以困貧民，非求出示平價，何以安失業而慰災黎？查本年米價，疊荷老父臺勸諭平糶，禁止出境，如此荒歉之年，不至分外騰貴者，皆出自仁心惠政，布置周詳，萬民無不感戴。今富戶花行以昂價致民失業，與米行之囤積病民，厥罪惟鈞。米價可平，則花價自應一體均平貿易，况計其春間所塌之本錢，卽賣至八九十文，已屬倍價。仰懇父臺軫念民瘼，立卽出示曉諭，俾貧民於寒風凛冽之時，仍得藉紡織以救凍餒，則感戴鴻慈，不獨身受者已也。再近日米價，每石驟長三四百文，其勢漸增，亦不可不慮。應否如何示禁，并候尊裁。

與臧邑侯書

前日一函奉啓，蒙父臺俯從所請，立將花價減定至八十文，出示曉諭，仰見軫念窮黎，剔除牙弊，仁心惠政，沾被無窮，實深欽服。無如奸牙詭計，法立弊生。向來秤花多用廿兩秤，所謂烙秤是也，卽零星拆賣，亦用十八兩秤。今自奉定價之後，花行悉改用十五兩三錢秤，價則遵官，秤則私縮。貧民買花一斤，較之未定價以前，驟少至四五兩，而藉口減價，選用大錢，較之乙百一二十文之價，貧民轉更受累。似此陽奉陰違，病民漁利，災年惸獨，何堪此奸儈之盤算？仰懇父臺再行出示禁諭，令各花行一遵向來所用之烙秤，毋得私用小秤，庶幾法立令行，俾小民實沾惠政之恩，而不受奸牙之困，以安失業而惠災黎，實爲德便。

與楊觀察書名本昌，雲南人

今年水災田没，窮民無籽粒之收，常熟西北高區，雖稍有成熟，不過十之二三，明年兩邑饑民，藉以苟延殘喘者，即此高區一隅之米。業蒙各大憲念切民瘼，奏准常昭兩邑一律緩征，誠爲地無所產，不得不稍留餘粒以濟饑民也。茲聞有寶山縣奉憲文移，來常熟採買白糧者，聞之不勝駭異。本邑應辦白糧尚且緩征，不得不籌款於異地，豈有反資鄰邑採買之理？若鄰邑採買，則慷慨放行，國課征輸，則轉行停止，是既荒國課，又奪民食，雖愚者知其不可也。况太屬之荒，減於蘇屬，豈有反向極荒之區，作此移粟之計？寶山即欲採買，儘可向不緩征之鄰縣，以圖裒多益寡，若於敝邑因糧，則松、太諸邑，皆可聞風而來，常邑一隅之收成，其能供四處之採買乎？在憲臺一視同仁，自可無分畛域，而某等情關桑梓，斷難兼顧鄉鄰。非敢爲遏糴之謀，未妨援閉戶之例。伏乞憲臺收回成命，堅謝鄰封，俾兩邑災黎，不至即填溝壑，某等亦感戴仁慈於靡既矣。

贈送序

送張子和會試序

余九歲時，聞里中有賢而才者，曰張君子和。閱一年，君來贅余家，里中人以羊酒來賀，咸稱先大夫能擇婿。先大夫亦深自負，謂此君不十年，當致身青雲。及余己亥應京兆試，與君同爲國子生，試于大司，成名或相上下，余始慨然念君之不遇久矣。癸卯復同試北闈，丙午同試南闈，時君已歷九試，余亦歷三試。報罷後，予扼腕歎息，君惟蹙然自咎，以爲士不通經，文雖工不足用，益發篋讀書，大肆力于根柢之學。歲戊申，約同北上有日矣，會余遭祖母之喪，先大夫以成都別駕隨征巴勒布，不獲時歸家，無期功之親，余不果行。而君卽以是年獲雋，計君浮沉槐市中，蓋二十年矣。報至蜀，先大夫已哀毁致疾，令人代作報書，紙尾附一行，云『病不能書，期于勉力』而已。烏虖！方君新婚之夕，先大夫對客自喜時，所期望于君者，不料二十年後始驗，而又適當從戎萬里之外，終不獲親見之也。今年正月，君將赴計偕，臨別索言爲贈，猶憶癸卯夏五同自上黨入都，先大夫置酒德風亭，指君與余曰：『使二人爲同年生，余復何恨！』今君猶得慰期望于生前，而不肖且無以慰先人于地下，如余者復何言哉！顧予獨念君成進士，先大夫意始愜，而惜乎并不得如舉孝廉時，尚得于萬里之外一聞君之遇也。故于君之行，感極而悲，蓋不獨離別之爲念矣。

送督糧巡道許公之任江西按察使序名兆椿，湖北人

嘉慶九年夏五月，江南淫潦，田疇漫淹，吴郡諸屬尤甚。鉏耰就閑，雞犬漂沒，市民縣餔而食，野外數百里無炊烟。于是鄉里無賴呼召輩類，操白梃横食于貲豪，居民大恐，郡將發卒勾捕，則纍纍如豕羊，一日至數十案。常昭爲大都會，爲比郡資糴，奸民酤販，復潛載出海，謀重利。富家無越歲之藏，不幸水旱，則轉就市乞米，市亦爲空。民無食者，相率呼號縣官，饑餓愁冤，閭巷相屬。當是時，兩邑之人殆無生理，漢陽許公觀察此邦，慨然曰：『天其降凶罰，懲我，吏民則奚辜？』飭邑令，嚴市禁，杖諸少年，而貸其死。親行諸鄉，察其災之等差。請中丞聞于朝，天子下詔，議蠲地丁錢，更議所以撫綏民者。

秋八月，中丞下其議于吏。時公監省試入闈，就闈中啓事，力言緩丁錢不緩漕米有不可者三。故事，南米遇灾則緩，今不緩米，破歷代成例，貽天下後世口實，不可一。民既納上忙錢矣，徒緩其下忙，使易米而納，而江南賦米三倍錢，民必無力，有力者轉以藉口，不可二。民負則官徵益急，使民無佗徙，取民怨而無補國計，萬一鄉農效諸少年而起，何以靖之？不可三。爲通倉計，應請户部合天下籌之，奚獨取盈於灾黎？十數萬之米，於通倉爲數少，於江南爲害大，非仰體聖主愛民之心。啓上，中丞動容入奏，天子再下詔，蠲緩江南漕糧如干石。命有司發廩賑災，民大悅，遂進徒吏里胥詔之曰：『朝廷傾府藏拯民死，若曹敢匿飢口，減豆區，使一夫不獲者，罪與盜公帑埒。』皆頓首謝不敢。進士大夫耆老而告之曰：『上之德意至矣，推大究通，豈不在鄉黨？』遂開捐賑公局，踴躍助者八百餘人，得錢三千五百萬有奇，領以謹愿之士，俾次第授民，非明年麥大熟，勿罷。部署甫定，天子命公陳臬豫章，瀕行，民道遮公，曰：『公活我，奈何棄我而去？』扶攜老幼，送公境上。昭文孫原湘進曰：公之惠我民者大矣，惜不獲終事公，然公亦何能忘我民也？自公之來，盜賊屏衰，市無奸宄，使既公之任，清寧恬愉，民食公之德，而不知所自來，公所樂也。今者勞神焦思，挽回非常之災，出溝壑衽席之，而後民乃知公活我，斯則公所蹙然以為不幸，而享仁人之號者也。夫人至疾痛慘怛，而後父母之恩見，豈父母之所能樂哉？雖然，民則幸矣。近世官與民雲泥然，位至監司，則去民益遠，今公愛民，民亦愛公，上下之間，藹然以真意相接。我民繼自今耕作以時，年豐而人和，其能勿思公？設不幸而復有今日之事，其能勿思公？是公雖行，而公之留於民心者無窮也。

贈胡綬溪序

胡翁綬溪隱于畫，于山水、室屋、翎毛、花卉，百不能也，獨能爲人寫真。自項背以下，又不能也，以俟人足成之。邑中無老幼男女，無不願得翁畫，畫亦無不肖。所得值，間以濟貧乏，隨手散盡，恬如也。以故士大夫益樂與翁遊。予嘗一日至其家，見丹青者數輩，操器侍側，翁曰：『某作亭榭如式，某爲雜花布置之，屋以外一邱一壑，則某事也。』皆應曰：『唯。』退而思之，翁之所能者少，而人之能皆爲所用，翁不可謂不能矣。夫小智之徒，沾沾自喜，務以其能掩人，而不知事之無成，未始不由於此。君子則不然，因天下之材，任天下之事，使天下人人各盡其能而已。不尸其功，故以濟天下而無難。《秦誓》曰：『若有一个臣，斷斷兮無他技，其心休休焉，其如有容焉。』古之爲大臣宰相者，蓋如此翁之道，近之矣。夫自知其不能兼衆人之長，降而至于寫真，又降而至項背以下，皆棄去不爲，翁可謂能下人矣。夫惟能下人，故能用人，然非審知人之所長，則亦不能用以有成。然則翁之智，蓋尤在知人哉。

贈馮偉人序

本朝之能爲韓柳歐曾之文者，魏叔子、汪堯峰外，如方望溪、姜湛園、邵子湘、計甫草諸公，皆能根柢經傳，規矩理法，以蘄至於古人之立言。自乾隆中葉以後，通儒上材，咸修賈、鄭之學，束韓柳諸家之文不觀，能爲散體文者，惟定興王芥子、江都汪容甫及太倉馮偉人而已。觀察吾不及見，見其文十餘篇，雄偉奇恣，有班、馬之風。容甫吾識其人，然其文不多見，見一兩篇耳。識其人，讀其文，與上下其論議者，惟馮君一人。君淡于榮利，避世俗華膴若避鉤棘，鄉舉十五年，未嘗上春官。予自上黨歸，錄所作詩，呈吳悊甫先生，君從吳先生處見余詩而善焉，自此遂定交。示予文一卷，曰：『吾非能效古人之立言也，言吾之所欲言而已。』余受而讀之，昭昭然若耳所習聞也，目所習見也，徐而察之，浩浩乎莫能窺其涯涘也。既卒業，嘆曰：昔昌黎《與李翊書》曰『非聖人之志不敢存』，曰『行之乎仁義之途，游之乎詩書之原，氣盛，則言之短長與聲之高下皆宜』。今君爲古文於舉世不爲之時，志既定矣；不志乎利，窮經以終其身，氣益充矣。故行文理以爲宰，而氣輔之，昭昭然者理也，浩浩乎者其氣也。理氣自在天地，天地自有理氣與人，唯君能勿失耳。君之所以自樂而不厭者，其在斯與。君嘗語予：古文間架最難識。吾於歐曾，識其具體矣；於韓子，吾識其面；於司馬遷，如隔帷而望其影；於左邱明，望之若在霄漢。能辨其腠理血脈者，惟歸熙甫耳。顧君文不盡類熙甫，而其言若此，予惡能測其所至也。

壽序

代家大人壽張母錢孺人七十序

乾隆五十年冬十一月，余由潞安守左遷通判成都，親老矣，家貧非祿不爲養，而又不忍奉親遠涉，煢煢一身，孑然萬里，自念不如老而貧賤者，終身得奉母以居也。客自南來，得余壻張爕書，明年爲母錢孺人七十，乞余言爲壽。其言曰：『爕少孤，賴吾母教之讀書。年已逾壯，不得一第以爲母懽，將於明年二月北應京兆試，而於正月之吉，稱觴於家。』噫，余葢重有感矣。以余如爕之歲，筮仕已久，始宦涿鹿，繼遷瀋陽，皆未奉吾母，以道之遠也。比守上黨，始迎養官舍。去年解組，吾母旋南歸。溯自遠宦二十年以來，承歡膝下，二年耳。其間或適百里，或數百里，猶未能晨昏無間。今爕以逾壯之年，日奉北堂，復有薄田百畝，甘旨無缺，雖長貧賤可也，復何戚戚焉？慮無以爲母歡哉？設使其年未及壯，致身通顯，一官萬里，南望白雲，家有倚閭之人，室無視膳之子，未有不翻然自悔其不如貧賤者也。或者曰：『顯親揚名，孝之大者。』夫名孰爲大？孝親爲大。孝親何先？養志爲先。固未聞有寢門之地，歉然未盡，而能立身行道，以務乎名之得者也。爕其勉乎哉！春氣暄妍，春酒馨洌，正壽母之日也。牽衣笑語，扶杖含飴，天倫之樂，有不可量者。余故不覺蹙然自咎，以爲凡爲人子無如余者，而爕亦將有遠離之思，其以余爲鑒也。

天真閣集卷四十六　文八

記

捐賑記

嘉慶十九年夏亢旱，吾邑西北高塍禾不得插，秋蟲生，東南之穀敗，歲大祲。於是劉侯復三、王侯晉川屏騶從，踵門謀所以賑民飢者，則應之曰：『惠災恤貧，鄉黨之責也。微侯命，敢不黽勉從事？』乃擇公所，設簿籍，登樂輸之數，兩侯主之。吾黨之好事者，號呼於四鄉，遠近聞侯之賢若是，鄉黨之急人之急若是，咸慕義麕集。廪無所出，以錢折輸，自百石以迄一二石，視其力爲差。不兩月，所輸錢值米七千石有奇。乃稽戶口，核其冒濫者，補其隱漏者。分設八廠，察飢民之遠近，而居其中。辰給午散，勾稽維謹。自十二月始，訖於明年正月，民無逃亡，道殣以免。中間王侯受代去，黄侯兩峰實終其事。至是，劉侯乃慨然曰：『哀多益寡，起溝瘠而肉之，諸君之力也。願爲文以詔來者。』予應之曰：『不忍之心，人皆有之，願無伐善，無施勞。奚以文爲？』劉侯曰：『雖然，不可以不記也。夫人輸而我領之，人惡知我之何所施也？我施而人受之，人惡知施之何自來也？昔子貢贖人而還其金，孔子以爲自今無復贖人者。一人之所爲，猶取其可以教導風俗而不務高行，况施出於衆，而可無以徵信乎哉？』不獲已，勉承侯命記之。凡入所輸錢若干，賑户口若干，胥役飯食銀若干，舟車奔走之費若干，條繫於石。司事者某某例得附書，俾後之遇災者知所備，而慕義者觀感而起焉。若夫徵信於人，在平日之信乎人者何如，而不在區區文字間也。嘉慶二十年三月孫原湘記。

横塘鎮賑飢平糶記

道光三年，邑淫潦，四境淹没，東鄉樹木棉稍高阜宜無災，秋霖不已，災均。於是當事率紳士籲於衆，爲裒多益寡之舉，横塘鎮好義者三君，請自賑其一鄉。地不穀產，則賑以泉，而各出其廩積，減價以糶。已復買諸楓橋之市，貴入而賤出，源源以濟，如是數往返，則麥熟矣。當此時，流亡滿邑，道殣相望，而横塘一區獨全。被義者相率請記其事。夫吾邑所資者，白茆之利，旱則溉，澇則洩，縣名常熟以此。舊志稱白茆深三十六丈，廣倍之，今則僅如綫，且自張市至横塘不復通矣。吾恐又數年潮益横，并如綫者田焉，吾鄉之民將日在旱澇中也。三君居是鄉而能拯其一鄉之災，則夫受司牧之寄者，當思所以興其利而備其災，宜何如振奮耶。三君者，唐虞世、瞿玉璋、錢邦基。始終經理其事者，張鏞、徐尚德。事聞，得旨議敘有差，勒諸石以告來者。

昭文縣重濬城河記

吾邑五城皆河，西北環山而城，自昔山水由焦尾溪下橫港，七派東注運河，《吳郡志》所云琴川是也。而運河實爲之幹，故溢有洩，警有備，外則城濠已。雍正初，析縣爲二，西南北隸常熟，東隸昭文。運河則分隸兩邑，自顯星橋至山塘涇合流，出翼京門，隸常熟；自顯星橋至醋庫橋爲合界，自醋庫橋至通江橋北木橋，隸昭文；自木橋至鎮海門又迆北矣，亦爲合界。顧在闤闠中，濁流僅通，稍熯卽膠淺。舊志河濶二丈五尺，今不及二丈耳。乾隆戊辰，前令張君曾事濬治，今又七十餘年，其不湮塞者僅矣。邑侯劉君治縣之三載，政通人和，時維暮春，農務多暇，乃捐貲以爲民興利。畚鍤既舉，近河居者相率輸助，淤者疏之，淺者浚之，不兩月頓復舊觀。自鎮海門、賓湯門以達迎春門，舟楫暢通。當此時，天久亢旱，而人需河潤。父老感侯之惠，請紀其事。夫吾邑城河本四達而不悖，今山塘涇、西涇既塞，琴河存者，惟學士橋、倉浜橋兩絃，餘不可盡復矣。所賴運河以及支河，若以時疏導，則無轉運不通之處，而備鬱攸之警。蓋邑東濱於海，潮汐由東北穿城而出，清流不敵濁泥之滓，故不以時浚則日淤。加以民居之侵占，灰瓦之傾擲，更十年，悉爲陸地矣。事莫患乎因循，畏難之見橫固於中，委地利之順，徇人情之便，輒謂已廢者不可復，夫豈朝廷所以設司牧之意哉？觀侯之驟興徒役，舉欣欣然荷鍤而來，於以知吾民之易使也。然自戊辰至今，更令多矣，僅有一張侯，而張侯之業廢敗，又已數十年，無有議及者，然則侯之功豈不偉歟？侯爲金門少宰之子，年方富而寄任日隆，惠利之政，當更有卓犖大者。

然即此一事，能復前人廢墜之績於數十年之後，又事集而功迅若此，則繼侯而永保此利者，其能無望於後之人也？所浚河一千一百六丈八尺，爲工七千一百六十，用錢一千八百六十餘兩。一時奉公助役者，悉載於石，以告來者。

常熟縣李侯疏濬城河記

吾邑環山以爲城，穿城爲河，以洩山水。自福山塘入鎮海門，南達顯星橋，爲運河。自山前塘入阜成門東注，折而南，爲山塘涇，此城之幹河也。自范公橋南注城濠爲西涇，自望仙橋折而北，又折而西，又北沿虞山之址，爲小洋子涇，此山塘涇之支也。運河則以琴河爲支，諸河分貫邑中，溢有洩，警有備，古人位置經絡之宜，不誠深且遠哉。雍正間析縣爲二，運河及琴河分隸兩邑。涇則專隸常熟，顧水行闤闠間，大半爲民廛侵占，或覆屋其上，或塞而成陸，邑脈梗搤，熛潦無備，居民側足於水火之中。乾隆初，昭文張侯約常熟分濬運河，張侯之用力也勤，去年劉侯復濬之，故事集而功迅。涇之塞，殆數百年矣。考舊志，宋政和間，李侯濬山塘涇；嘉定間，葉侯濬小洋子涇，自後無聞焉。葢欲興復舊蹟，民不謂便，故旋議而旋抑。今夏邑李侯下車之三載，政通人和，不以事之難，奮然思復其故，乃與民約涇之上，家自挑濬。貧者鄰近協濟之，不足則官爲之資。堙者闢之，屋者撤之。功始於道光二年仲春之月，迄五月，而諸涇悉復舊觀，運河之隸常熟者及縣橋下琴河之第三絃，無不通焉。功既訖，邑人咸樂觀厥成，相率請紀於石。慨夫因循積習之弊，委利而忘害，守土者率狃于目前之見，熟視夫民之疾苦顛連而不一措意，漫謂復古則戾於今，民且大困。予向固疑其說，觀侯以數月之功復數百年之廢迹，而民力之可用，若是其易。然自宋迄今，歷賢令多矣，曾無有議及者，豈皆畏難而憚事與？抑旋濬而旋毀其功與？事之廢興，天爲之耶？人爲之耶？可以思矣。或者謂琴河尚堙其四，焦尾溪未通，慧日寺以西洋子涇支流猶塞，似復古有未盡。吾則以爲此誠善於復古者也。良醫之治病也，必審夫先後緩急，有治於此而漸達於彼者，受治之始不知也，久之而後知醫之良也。今自西南以迄東北，脈絡既通矣，其未通者緩以俟之可也。吾所望夫已濬者之永保其利焉，而無亟亟焉求多於未濬者也。道光二年五月日孫原湘記。

唐左執金吾上將軍嶺南道節度使始遷新安祖萬登公畫像記

公爲新安孫氏始祖，歷今三十餘世，世世食公舊德。顧歲時祭享，末由瞻仰儀型，如在之誠，于何以致？先大夫訥夫公於乾隆丁亥歸，謁黄坑宗祠，得展公像，係景定元年吳興胡廷暉重畫，上有浦城章得象題贊。按景定係唐度宗年號，而郇國在仁宗時已歿，當是重畫，後補書前贊，非章筆也。絹紙逼真南宋時物，惜年遠神脱。奉歸，命金壇周匡來重臨，而以舊像敬謹藏弆。按家乘，公于唐咸通十四年自青州來南，建審坑天王堂。故有碑，今斷闕矣，碑首存八十三字，曰『雄姿嶷然』，曰『分營捍禦』，曰『排難卻患』，謂公也。今瞻遺像，與碑語所稱脗合。吾子孫其世世寶藏，于春秋祀事，展拜英表，共知水源木本之意，且以誌訥夫公之不忘祖德也。

宋滕章敏公祠堂碑記

滕氏自宋龍圖閣學士章敏公以諫議政績著天下，嗣後代有名人，靖康時則有忠節之艱貞，紹興時則有忠惠之義勇。子姓繁衍，其自越遷吳者，或居無錫，或居蘇州。而章敏專祠，實在門内宫巷，勝國時所建也。先是洪武中，有忠愍公諱某者，奏請而未行。至崇禎時，始度地創置，以忠節、忠惠配，而忠愍亦得附焉。國朝乾隆初，曾給帑重修，歷今八十餘祀矣。雖烝嘗罔闕，而荒圮摧剝，幾不足蔽風日。裔孫某慨然興修葺之志，謀諸宗人某某，僉曰：『此而弗事事，其何以妥先靈而示子姓也？』乃各出白金如干，以裒木石，以庀徒衆，而以族人某董其役。隘則廓之，傾則易之，凡幾閱月而工訖。於是崇閎修拱，丹堊壯麗，焕乎其改觀矣。某某等將於某月之吉，陳牲薦醴，肅將祀事，而屬昭文孫原湘撰辭，以爲麗牲之碑。謹按公之建樹，其載諸史乘者，既炳如日星矣，獨念公以公忠密勿之志，值神宗虚衷納聽之時，言朝政，言邊事，言朋黨之禍，侃侃鑿鑿，可謂知無不言，言無不盡矣。獨言及新法之害，遂遭忌者之擠，黜爲池州，再貶筠州。前此言地震致災，亦嘗中執政之忌矣，而秦州之命，神宗特留不遣，何至是而樂羊之謗甫入，卽墨之代旋至，十年流落，終已不召也？嘗謂進言之道，釋疑易，祛蔽難；祛蔽猶易，沮欲更難。神宗以中主以下之資，挾秦皇、漢武之志，日思克復燕雲，恢宏前烈，所躊躇者，兵饟之不足耳。安石一出，而富國强兵之計決矣，新法之行，將以求吾所大欲也。夫秦孝變法，而甘龍、杜摯之言廢，漢武興利而顔異誅，自古未有言利之朝，人主可以一言悟者。然明知言之且重得罪，而不忍苟默以自全者，人臣之道然也。不言而得罪於天下，孰與得罪一身哉？厥後元豐五年，公已自池州改安州矣，猶言採買紅花浮數，乞寢其事，則公之敢言，雖至廢棄而不悔者。千載下登其祠，猶想見其人。公諱元發，初名甫，以避高魯王諱，改字爲名。忠節諱茂實，忠惠諱某。修祠之歲，則道光七年也。

前明副都御史吴文恪公祠堂記

前明副都御史吴文恪公祠，舊在縣治東北，傾廢已久，十一世孫東潮別搆屋若干楹，礱之椽之，新其塗墍，奉公木主祀焉。祠成，謁余爲記。按公諱訥，號思菴，爲永樂宣德間名臣，事載國史。没後，祀于鄉賢，又祀于言子祠。其流風餘韻，鄉之人猶相與尸而祝之，况爲之子若孫者耶？是舉也，有數善焉。自宗法不明，子孫數世以下，有老死不相識者，而吴氏在邑之東鄉，世世聚族而居，號稱吴市，歷三四百年如一日。是公能以宗法教其子孫，而子孫奉公之教者春，秋族食兹祠，別長幼親疏，孝弟齒讓，敦睦之風，庶幾復見也。吴氏自公之孫厚伯舉進士爲御史，嗣後久未有顯者，然世之薦紳家，率鮮及百年，方其强盛，烜赫震耀里閈，一旦凌夷衰微，子孫有不可問者，而吴氏自前朝以來，愿者農，秀者儒，又三四百年如一日。是公之世德有以及其後人，而後之邀惠于公者，方且綿延勿替，皆將履公之祠，而慨然以思焉。公生平非聖之書不讀，文非有關世教不爲，所著《小學集解》，當湖陸先生跋其後，稱有明一代常熟人物，公爲第一。先儒云：『爲常人之子孫易，爲賢人之子孫難。』令公之子孫時時念賢人之後，思有以砥行立名，信于鄉黨，則兹祠之爲益多矣。夫禮以祀其遠祖爲僭者，以其道德無可紀，而世系未明也。《禮》：有道有德于教學者，死則爲樂祖，祭于瞽宗。鄉先生歿，則祭于社。所謂鄉先生而有道德者，公非其人與？然則公之祠，又豈特其子若孫所當保護而經久之也哉？祠成於嘉慶元年九月，經其事者東潮，襄之者上林、璋，例得備書。

山西道監察御史張公祠堂記

侍御張公墓在縣西南嚴塘莊，墓之側翼如翬如者，其祠堂也。張氏別有宗祠，在城東北老屋之右，自侍御祖天扶公以下，凡仕者皆得袝此，則爲公專祠。屋凡四層，堂寢門廡如干楹。子大鑑請予作記。予惟古諸侯之支子爲卿大夫，謂之別子，起自甿庶，致身卿大夫者，亦從別子之義，得立爲宗，宗得立祠。王者教民報本追遠之意，以飲食之禮，親兄弟宗族，自天子達于庶人，所謂本立而道生者此也。公起家進士，歷刑曹，擢官臺諫，值純皇帝政化嚴肅，朝野清晏，公從容乘驄馬風示寮采，不汲汲有所彈奏，有亦人無知者。方疑公將大用，聞父疾移歸，遂不起，人咸惜之。沒後二十年，予官京師，京師人以予公同鄉，問張侍御後宜有昌者，即公可知矣。古者鄉先生歿，則祭于社，近世之有鄉賢祠也，然非子孫大有力足以致奧援，雖文章直節，傾動朝野，如吾邑陳司業祖范、王侍御峻，猶不得入也。葢身後之榮名，亦係乎幸不幸，雖有賢子孫，無如之何。而一家之祠，以享以祀，隨其力之所可爲，不禁人之自爲之也。公名敦均，字二聞，乾隆庚辰科進士。祠成於嘉慶某年月日，不辭而爲之記，非獨塞大鑑之請，亦願邦之人知所觀感焉。

華秋槎司馬建祠西湖記

杭西湖有白、蘇二公祠，創自阮芸臺中丞，而經營締造之者，金匱華秋槎司馬也。湖自乾隆四十九年以後，崇臺飛觀，金碧黤默，而兩祠獨水木明瑟，雜花繽紛，則司馬之整葺而扶植之也。於是司馬殁矣，同人過祠下，低徊慨惜，謀以蘇祠西廢屋三楹，葺而新之，設栗主以奉公祀。昔漢朱邑爲桐鄉吏，臨殁戒其子：『後世奉嘗我不如桐鄉民。』蓋自信有遺愛於桐鄉也。司馬初令瑞安，繼官象山，調繁臨海，所至有惠政。祀之者宜在三邑，不於其所治，於其窮老無歸流寓之地，於以歎司馬之留心於國是民瘼，不以用舍移其志者，其感人深也。公罷官後，僑居西湖二十年，先後大吏慕公之才，事多倚辦。履勘温州水災，日行汙澤中，至脛股浮腫，不以爲病。海寧飢，公監賑峽川，經理獨善，他邑以爲法。南沙地斥鹵，民多私販鹺，使徵入官，衆洶洶，公爲立煎法，竈戶便之。公狀短小，視之書生耳，而膽略過人。嘗行段橋，見兩僧搏，一被按，伏地呼盜，公直前擒其按者，果太平盜亡命淨慈爲僧。發寺中地，贓具在，以畀錢唐令，而不居其名。嘗隨中丞吉公剿賊，寧波大風，賊舸驟至，公方立鷁首，一賊躍過，手刃之，賊稍卻，繼至者遽發礮，礮擦於桅，離頂纔數寸，公不爲動也。中丞將上其功，辭曰：『此行以報知己耳，如欲得官，前畀錢唐者可矣。』其恬退如此。公居西湖久，熟悉湖中水利，阮中丞至，尤倚之。再濬湖，倣兩堤意，以所挑淤實湖心亭西，雜植桃柳與兩堤偏，俗呼阮公墩是也。中丞欲祀公湖上，會去不果，今諸君子，猶承阮志也。公諱瑞潢，字涇陽，秋槎其號。由鹺官擢令，遷同知，被論去官。遺書有

《寶雲山館詩草》、《海寇紀略》、《湖山泉石録》、《北山小志》。年月日，孫原湘記。

嚴君逸峰家祠記

去縣治北三十里曰王市，爲常熟、昭文交壤之處。其土高下適均，宜畊；其水耿涇環絡，多菰蘆葭葦之蔽，宜隱居。嚴氏世居焉。其先江陰人，始祖志道，官大理寺正。大理之子雍徙吾邑，雍子芸，父子俱有隱節，俱工篆隸，事載邑乘。芸子畊讀，舉賢良方正，不就。畊讀二子，東溪、西溪，並爲鄉飲賓。東溪五世孫仲謙，明季爲糧長，嘗捐數萬金代貧民輸糧，鄉里德之。逸峰，仲謙五世孫也，名桐，以急公授登仕郎。醇行孝謹，好施與，世其家風。嚴氏自東溪、西溪以下，或居王市，或居趙市及花莊。敘其族則兩支，計其傳則十五世。無奇節詭行，而德及於一鄉；無巍科顯仕，而世爲士族；無銅陵金穴之藏，而佃漁足以自給。以視富貴烜赫，不數傳而澌滅者，其世德抑何綿遠也。逸峰嘗營生壙於市東偏閏字圩，愛其面山臨流，曰：『必築數椽，死後妥我魂魄。』既歿，子于蕃奉君柩及配陸孺人窆之如禮。於是就塋旁建祠，爲門、爲堂、爲寢室，奉栗主祀焉。更闢隙地爲園，有亭、有广、有齋閣、有池、有阿，名之曰『莪園』。走書幣，請余爲記。按祭法：大夫三廟，適士二廟，官師一廟。先儒以爲祭，則自高祖以下，有服者皆不可不祭。廟則一廟者止於考廟，定於分也。嚴氏之祠不及祖以上，深得古禮之意矣。或曰：一廟，視大夫而殺其二，而門堂室寢猶大夫也，曷爲殺其數而不殺其制也？夫門堂室寢備，而後可名宫，命士以上，父子異宫，推其事生事存之心，不得而殺也。祠旁之有園，何説也？

曰：此逸峰之志也。逸峰嘗遊其地而樂之矣，于蕃既營享祀，則將于是思其笑語，思其志意，而於其生前之所樂，不有以繼承先志，毋乃畫然心傷矣乎。善乎園之名以『莪』也，詩云：『蓼蓼者莪，匪莪伊蒿。』嚴氏粲以爲莪始生猶可食，至蓼蓼然高大爲蒿，則不可食，喻人子長大無用，不能終養也。于蕃其有孝子自怨之思乎。則凡世世子孫之履是園者，皆將怵然有『匪莪』之懼焉。嚴氏之世澤，又自此靡窮已。

節孝祠營置歲修田記

入冀京門折而西，又折而迤北十舉步，古巷蕭寂，節婦祠在焉。世宗皇帝御極之始，詔訪天下孝行節義，俾郡縣設立祠宇，有司以時祭祀。於是縣令喻宗奎請撤女天主堂以祀節婦，雍正辛亥祠成後，令張嘉論記之。閱歲浸久，屋宇隤廢，祀典闕焉。乾隆五十六年復次辛亥，邑人陶廷塏約同志葺而新之，凡門閭堂廡齋廚以及簠簋籩豆之具，視前益加整，慮無以經久者，復謀同志醵錢以營祠產。事未就，而廷塏病且死，以授其友錢用棐曰：『必成吾志。』閱今廿年，積四百餘緡矣。顧產未置也，用棐之言曰：『公產與私產異，必負郭之腴而後可，不則寧有俟也。雖然，用棐老矣，懼負吾友之諈諉，請子文諸石，以昭信後人。』原湘聞命嗟歎，作而言曰：事不計遠久，雖朝廷之大經大法，十年而變焉，又數十年益敝矣。方建祠之詔下，部議停給坊銀，旨謂祠以備坊之廢，非爲節財也，給如故。烏虖，世宗皇帝之立教垂遠者至矣，然奉行一不力，幾至廢墜。幸而復之，其可無以詳審毖謐，以蘄至於久遠，而後無負在上者作法之始意。而吾又以歎國家法良意美，能使廢墜之後，觀感興起。有如廷塏、用棐諸君之好義者，則後之慎守者，宜何如也。是不可以無記。

錢節母祠堂祀田碑記

自宗法廢，而族燕族食之典不行，一姓不相恤者多矣，范文正於是有義莊之舉，所以聯宗族而繫人心也。然有力者或弱於志，有其志矣，又絀於力。故自宋迄今，踵范氏之風者不數家。監生錢鉞，爲節母周孺人之子，母既得旌，建專祠以祀母，而割腴田百三十畮入祠，春秋享祀外，悉以贍其族人。鉞之言曰：『此吾母志也，母之命固在義莊。鉞老矣，懼志大而事弗成，則寧就力能爲者，植其基，以俟式廓焉，終必有以竟母之志也。』既陳于當事，介其婿趙生元凱謁余記之。節母之嬪於錢也，家綦貧，疊遘荒疫。翁與夫相繼逝，君姑在堂。子二，鉞其次也，纔四歲，賴節母紡績以活。嘗雨雪斷火，至解緜椏錢，以辦一餐。鉞兄弟既長，節母命之賈，賈輒贏。稍裕矣，而節母操作如故。嘗遘疾，進以蔘苓，泛之曰：『汝父病時未嘗有此，吾其能下咽乎？』一日呼鉞而命之曰：『汝憶某年寒食向人貸百錢不得，母子攜紙錢上冢，煙縷縷相對泣時否？』對曰：『不敢忘。』曰：『盍營義莊，則子孫族姓，無如我與若之失所者矣。』鉞既承命，經營十年，乃得爲此。孫子聞而慨然曰：『此則善之大者也。吾邑仿范氏莊者有楊氏、屈氏、歸氏，皆置沃產盈千，益以義塾、義冢，未嘗不歎其立法之善，用心之勤也。今錢氏未及三家，十之一耳，且享祀取於是，振恤取於是，其爲霑溉也幾何哉？予則以爲善莫大于此矣。』夫人孰無孝弟慈惠之心，方其有所感發，奮然思效古人之所爲，及絀於力，則志爲之衰，雖賢者往往蹈此。錢氏以纖嗇起家，非有所濡染鏃礪，隨其力之可爲而爲之，則凡聞其風者，較錢氏而減之又減之，皆得以自行其志，而無絀於力，則其惠之及於一姓者有數，而所感被爲無窮已。

金節婦祠堂碑記

出鎮海門五十步，有綽楔巍然、丹堊爛如者，曰金氏節婦祠。節婦孫靜軒，與余族子笠舫善，介笠舫觴余於祠之小軒，三釂，跽而請曰：『祖母之歸我祖也，八年而寡，又四十年而歿。歿後十八年，而始得請旌於朝。又二十三年，而某始得承先君子之志，葺故廬新之，以表於門。而盡室遷於城，讓故廬爲祠堂焉。蓋苦節之難顯如是。敢請吾子之文，勒諸石，以示某世世子孫，享祀勿替。』予惟國家旌節之典，錫之榮名，復給以帑金，用以廣教化，勵風俗，其典甚鉅。而子姓貧乏，或力不能請旌，或旌而不能建坊立祠，辜朝廷之恩，没先世之德者，無論已。吾邑節婦祠多在秋報門外，余十數歲時，春秋佳日，泛舟三橋，如雲連，如櫛比，顧或百年而圮，或數十年而圮。有犂爲墓田者，有改爲佛廬者，成之難，而守之尤難也。金氏老屋，地僻而近市，不如秋報門外可以游息，故爭之者少，自其高曾以來，居百餘年矣。靜軒既克守祖父之業，而又善體先志，寧僦他屋以居，而讓其居以妥先人之靈，其用心固非人所及也，又寧患其守之不力耶？且是屋也，節婦四十年中，風饕雪虐，飲冰茹蘗之處也，今且檐楹式煥，俎豆聿新，霜淒露白之時，魂魄猶應戀此，雖更數百年，吾知節婦之靈，必能呵護其子孫，使永永守之也。

去祠堂數武，有通淮、聚福兩橋，節婦歿時，遺金命其子在田建之，以便商旅，今衢路猶有能説其事者，即其善行可知矣。其佗節孝事蹟，載之邑乘者，不備書。節婦姓蔡氏，在田名見龍，靜軒名椿。嘉慶十一年十月，邑人孫原湘記。

華翁遺像記

指揮華君吟霞，奉其尊甫松林翁遺像册，屬余題識。其言曰：『先君子之歿也，小子甫十餘齡，易簀之夕，呼予兄弟而詔之曰：「我華氏世有隱德，汝祖尤善，事父母終身不娶，余以次爲之後。每出，人呼華孝子之子，余心竊喜又愧焉。思欲以汝祖事狀之當途，而未嘗讀書，不能搦管以揚先人之德。有老宿高君漢，曾爲余家作傳，旋失其稿。余之抱隱痛而不得伸者數十年，卒以是得疾。今無及矣，苟先德終弗隱沒，是有望於小子。」余兄弟泣誌之。一日詣堂兄某，偶繙所庋書，則高君傳雜置架上，狂喜如獲拱璧，遂據以爲狀，請旌于朝。痛念先君子數十年未償之志，今始得償，而已不獲見。而尤懼世之以表彰先德，稱余兄弟，而先人之志弗彰焉。將以是册乞言當世，以明小子敬承先志之意。子爲余記之。』余曰：『善，是誠不可不歸親也。』遂書其語爲記。

小石洞創寺置田碑記

虞山之最高者曰鵜鴣峰，峰之下有石屋焉，陸堅《吴地記》稱爲太公望隱居處。傅會不足辨，要其説舊矣。屋上鋭下廣，衺延約二丈許。泉踞其半，氣蓬蓬上蒸石壁，光若露珠，還滴池中，琤瑽可聽。盛夏暑霧毒蒸，循級下三數武，涼氣沁入肌骨，冬則反。是葢二氣伏藏爲之。旁故有佛廬一廛，陋且湫。乾隆十九年春，先大父朝議公挈季父震遠公遊而樂之，三峰僧蓮溪者，工詩有辨才，介季父請于朝議公，公乃出家財以哀木石，以庀徒衆，就其遺址而門焉，更礲石爲大殿。殿之西爲客堂，榜曰『雲半間』，入爲『員照堂』。折而西，室如舫焉，爲『旅泊』，取客舟偶繫之義。殿東爲『蒼雪堂』，堂以外爲菜圃，爲湢池。由殿而北爲重樓，廣五楹，榜曰『天風海山』。樓前小山若拱案。環寺叢木蓊翳，遇天晴，則海上諸山羅列可指，寺之最勝處也。樓之東有小閣，閣下今祀震遠公及蓮溪像。循樓西而下，即爲石屋，寺僧取爨汲之便，就而廚焉。此闔寺之大略也。自乾隆乙亥八月至辛巳某月，閲七載乃成。中間以震遠公病歿，事幾寢，蓮溪丐于朝議公，卒成之。已復置田若干畝，其後蔣君某捐田若干畝，僧紹休、監超捐田若干畝，尼妙通捐田若干畝，皆蓮溪之力有以致之。而法嗣德風，克守成焉。寺成垂四十年，香火寖盛，而殿閣廊廡，以及榱楹欂櫨之具，金碧黯澹，日久懼即傾圮。德風以爲言，且請余記。余兄弟皆貧，不能葺而新之，且一家之中所當爲者，尚不能爲，而烏能及此也？夫浮屠氏之興廢，何可勝慨，而兹則吾先人數年心力在焉，一旦將遂湮没，是不可不引以爲己戚也。

重修小石洞添建泉亭記

虞山多石屋，在西山鵓鴿峰下者二。其一稍寬，黝而溼，不適於遊，故小石洞特著。廣可容兩榻，清泉注其側，味甘而洌。其上兩厓對峙，藤蘿蒙翳，雲霧吐吞。陸堅《吴地記》所謂太公望隱居處者，此其近是。先曾祖朝議公遊而樂之，購精廬五十楹，授詩僧蓮溪。惟大殿供佛，兼奉太公像，餘則飛樓複閣，曲榭層軒，高高下下，資眺覽之勝。不別立寺名，名小石洞。創建於乾隆乙亥歲，迄今垂七十稔。中間蓮溪之徒德峰稍事修葺，旋以事被逐，自後僧徒益衰，寺亦漸圮。嘉慶乙丑，余自翰林假旋，始別授僧擾龍。擾龍能勤苦，余爲籌之錢秋槎學博，裒集得五十金，補其滲漏，寺得不廢，然卒無力興修之。己卯春，偶偕言雨香刺史往遊，雨香謂余紹先修古子之責也，余告以故，因相與慨息。及庚辰秋，余歸自旌德，則朽者新，傾者植，榱桷宋霤，桓楹檐杙之屬，焕然而改觀，則皆雨香之力也。洞之旁，寺僧向取爨汲之便就而廚焉，雨香以謂寺之勝，在洞與泉，不有亭以臨其上，則風泉雲壑之致，無以坐而收之。於是斥其舊材，增庳益狹，繚以飛簷，敞以明窗，而後洞之幽邃，泉之清冷，日月之蔽虧，烟霞之出沒，軒軒然皆在我目睫之下。自來佛寺多以福田利益，傾動士女，鐘板一鳴，施捨雲集，小石洞以古蹟著，無諸天莊嚴，足以震眩世眼，所處又僻遠，遊跖罕至，故屢呼無應者。雨香獨能違世俗之見，慨然以興復古蹟自任，而又有氣力以號呼衆人，俾事集而功迅若此。於以知奥區之靈秀，不有人以拂拭之則不顯，拂拭矣，無以護持於後，則雖顯而旋晦。無如世之布金捨寺者，大抵惑於求福之説也，然如余之仰跂先志而一籌莫展者，抑又爲求福者之所笑也已。刺史名尚煒，弟尚炯、尚熙，學博名朝錦。其他施者姓氏，悉載於碑陰。

重修破山興福寺記

吾邑虞山北境多古刹，各擅風景雲壑之勝，而破山興福寺尤爲之冠。其地去北郭僅五里許，又居山之麓，遊者便焉。故自齊迄今千餘年，屢廢而卒興。寺最古，亦最巨麗，余少時遊寺中，讀唐人常建詩，悠然如有所會。尋古碑刻，絶無存者，惟石梁外兩石幢，一陸展書，一全貞書，猶唐刻耳。及讀邑人顧鎮記，明以前弗詳，自嘉靖以來，廢興者屢矣。國朝雍正時，僧通理者整復舊觀，記稱其有披荆斬棘之功。宗安繼之，至通理大弟子宗聖，益加修創焉。時乾隆二十八年也。今距作記時，又五十餘稔矣。中間宗聖弟子象高，以病不事事，嗣席性善者，瞿然曰：『此非吾責乎？』於是發精進願，奮廣長舌，傾動遐邇，檀施雲集，乃鳩工庀材，命監院圓亮董其役。傾者易之，隘者廓之，黯黮者金碧之。凡殿堂五，戒壇一，亭閣寮舍，廊廡門楹，以次煥然。復增建大悲殿，因皮日休《破山龍堂記》作龍神堂，以備雩祀。就其前闢放生池，造救虎閣，以祀高僧彦偁。可謂百廢具舉矣。功始於嘉慶某年月，蕆事於某年月。蓋施捨非一姓，落成不一時，故事難於前，而功亦倍之如此，而吾獨慨然於其志之專且勤也。吾儒遇一二所當爲之事，始未嘗不鋭，然及應之者少，則悻悻然去之，而彼獨積之以漸，持之以久，使衆應而事集。子固所謂『豈獨其説足以動人，其中亦有知然也』。觀此，吾道足以媿矣。性善，太倉人，陸姓，介余中表昆弟陸君來請記。夫自齊梁迄明，更變多矣，而文字無所於考，獨襲美一記，雖不見於珉石，猶存集中。於以知彼氏之教，託於文章者至重，而文之傳世久遠者，何寥寥也。性可謂知所重哉。

天真閣集卷四十七　文九

記

重修福城禪院聚奎塔記

出迎春門一拘盧舍，有浮圖曰福城禪院，亦曰聚奎塔。取宋《天文志》語，以爲文明之兆。吾邑依山爲治，右隆而左坦，故於城東峙兩塔以勝之。其在垣以内者，制方而九成，宋時縣令李閬之建。聚奎塔剏於明萬曆間邑人蕭應宫，甫五成而應宫殁，崇禎初厥工始蕆，凡七成。俗稱新塔，以揀方塔也。本朝順治間，楊承祖增建大殿，康熙時蔣伊重修，至於今，葢百餘年矣。余少時過其地，多荆榛瓦礫之場，惟塔巋然獨存，闌楯朽壞，塼埴零落，惴惴焉覆壓是懼，求佛宇、僧寮，無有也。嘉慶三年，僧性通至，慨然有志於興復，顧材費而役鉅，度非口説所能致。先令僧可正鳴魚板號民間，不應。性通乃以轆轤升木籠浮圖之顛，誦經其中七晝夜，謂之天關。復穴身土龕，僅漏小孔如指，亦七晝夜，謂之地關。於是遠近響應，施捨雲委。首立大殿、方丈、重門，以次及諸殿、講堂、客舍。獨塔工尤鉅，中間以歲之不登，屢作屢輟。自嘉慶七年至十六年，設天關二，設地關三，十年而役始既。凡用民錢若干，匠役物件若干，司其事者徐鳴岐、吳紹遠、浦天元、程漢陽。於是金碧丹艧，高下煥然，四方來瞻，罔不嘉歎。性通請爲之記。嘗謂吾邑政令所宜先者，水利、學校，白茆塘堙塞數十年，疊遭旱澇，未能脩也；學宫大成殿，至上漏旁穿，未能脩也。豈其地土之瘠，民力之不贍歟？及觀此塔之成，在頹廢百餘年之後，而一人倡力，卒致材用具足，則又非盡瘠與不贍之故也。昔南豐曾氏記菜園佛殿，謂佛之徒凡有興作，其力勤意專，不苟成，不求速效，故其所爲，無不如其志者，非獨其說足以動人，亦有智然也。余故性通記〔一〕，不惜詳著其事如此。

【校記】

〔一〕此句疑有脱字。光緒本同。

重脩普仁寺增建殿堂記

邑西北界山而城，普仁附北城外隍而寺。明萬曆間開山者，斯瑞法公也；入本朝募建大殿者，截流策公也；募鐵二萬斤鑄如來丈六金身者，身葉萃公也；募置常住田者，鶴臞立公也。詳載於康熙四十二年督糧道馬公記。閲三十年，爲雍正十二年，時京師法南勝禪師方被尊寵，主杭之理安寺，名播江浙，叢林巨刹，得其掛錫爲榮。如鎮江竹林、宜興磬山，皆分遣其徒主之。主普仁者，爲一輪月公，開堂豎拂，四衆嚮附。寺苦無水，一僧闖然入，自稱竺仙，以杖卓地，遂鑿石取泉，泉汩汩至。覓竺仙，已失所在，因名竺仙泉。其感召靈異如此。自後爲慧空祐公建齋堂，造客堂，樓闞山場，稍稍式廓矣。及繼僧儒公嗣席，發宏願大力，而山門殿宇，樓閣廊廡，庳者崇之，黝者新之。增建大悲殿以廣法筵，建報本堂以供衆檀越，而寺以内，規制略具。復念福緣廣布，别於北郭建培心堂，以施衣棺。與高足性千度城南之西莊，建存仁堂，面山臨流，以資禪悦之所。佛法既昌，善果悉應，雖布金締搆，施委雲集，要非知圓行密，感發善因，其能若是華嚴法界諸妙湧現哉？公既示寂，性千奮龍象力，肩荷未了，改建韋馱殿，塐四天王像，移建泉亭。至是而規模益宏整矣。功既訖，以授其徒德新，而退居存仁。念自康熙癸未迄今百二十甲子，創建之蹟，無文字紀述，懼卽湮沒，請余爲文勒諸石。予按舊記，捨山者某某，捨田者某某，營殿閣者某某，今子姓或振或不振，獨彼氏歷勝國至今，代有振興，豈非付託之得其人歟？然不有人焉奮筆於其間，則後之人無所於考，震川歸氏所謂文章爲天地間至重也，予故撮其舊記大略著之於前，而詳載自月公以來，俾後世知彼教中能以智力自振若此，抑以嘉性千之知所重也。道光五年八月，邑人孫原湘記。

長真閣藏書記

乾隆丙午夏四月，由城南老屋徙居城北，取先大父所藏書，析而三之，余得其一。釐其卷帙，分插四架，庋諸長真閣。其中自經史外，子不過數十種，集不過百餘家，擴而充之，將俟諸異日也。雖然，業貴乎精不以多，志貴乎壹不以紛。夫子云『博學以文，約之以禮』，所謂文者，《易》、《書》、《詩》、《禮》是也，卽博，亦不出乎四者而已。四者之中，《易》最深微而難曉，夫子有『加年』之歎，教諸弟子，亦未嘗一言及《易》。所雅言者，不過《詩》、《書》、執禮。然且曰：『誦詩三百，授之以政，不達；使于四方，不能專對。雖多，亦奚以爲？』則書之不務乎博，可知矣。今人束髮入家塾，即受《易》、《書》、《詩》、《三禮》，其能記誦以熟者，十不得一焉，又況能記者未必通其義，通其義者考諸實行，未必能與所讀書相發明。如是，雖六經而未之能讀也，尚暇旁及乎哉？予二十以前厄於疾，二十以後困於奔走，此後之不能卒讀可知。顧存而不忍廢者，謂是先人之手澤存焉耳，子孫賢，取而讀之，余之願也；其不能讀，尚其念爾先祖，守而藏之，亦余今日之志也。

困學齋記

陸君固亭少負文譽，年四十絶意科舉，肆力于古文辭者十年，又棄去不爲。約同志爲省身之學，一舉足，一話言，輒自點檢。夜則舉晝所爲，筆之書以考得失，或告以過，則再拜謝。顔其齋曰『困學』，而屬余記之。君之言曰：『某非能學也，亦求夫處困之道而已。』余曰：『君之志大矣哉。按困卦，水居澤下，坎剛爲兑柔所揜，窮而不能自振之象。惟二五剛中，而不失其貞，故雖困而可以无咎，雖劓刖而可以受福。此樂天知命、窮不失義之君子也。君之志大矣哉。』君又曰：『某非能如是其處困也，亦求免於非所困而困焉而已。』予曰：『非所困而困焉者，妄進之象也。六三陰柔不中正，乃欲推乎四以上進，反爲四之剛所壓，故曰困於石也。君既絶意科舉，并所好古文辭亦棄去不爲，是無干進之心矣。有過則書，聞過則謝，得用晦之道矣。所患乎有言不信者，爲其居困，而欲資口舌自免也。君既無名之見存，又何患乎名之辱也哉。』君曰：『雖然，某終懼夫困而不學也。』予曰：『古之學者，修身踐行，反其過不及以進之中，始于慎獨，終于遯世，不見知而不悔，如是已耳。君有才不遇，絕不以榮穎攖其心，日求夫闕失，以期進於寡過之地。此險而說，困而不失其亨也。天下之學孰大於是？所爲君惜者，向使早得賢師友之教，不以科舉辭章耗其心力，所得必更有進焉。因以歎俗學之誤人而困而知返者之難也。然以君之所爲，而使游君之齋者，跛倚之容不設，邪僻之說不聞，實學之能感人如此，況乎朝廷教化之行，其興起當何如乎？』

卷石勺水軒記

卷石勺水軒者，余友陸子固亭之居也。軒面陽負陰，直六弓許，廣容一榻，坐可三四人。窗南一小庭，得其直之半，廣如之。中列一峰約五尺許，無離奇夭矯之狀，對之穆然而靜。石下一窪，類古罍，可貯泉半升，盛夏不竭，雖遇淫潦，亦未見盈滿。軒以是名。客有語固亭者曰：『子何見之小也？夫峰有横有側，有俯有仰，有樹木之箐密，有雲霧之蓊翳，其險者有若奇鬼猛獸，千變萬化而不可測；水有波有瀾，有潮汐，有渟瀠往復之致，有奔騰澎湃之觀，隨乎人之所得，顧而樂焉。沾沾焉，一卷一勺之是取，不已陋乎？』言未既，主人笑而起曰：『舍所有而企所無者，貪也；忘其内而馳其外者，妄也。五嶽太山爲高，齊崑崙則爲土壤；四瀆河爲大，入滄海則爲溝渠。而太山不失其爲高也，河不失其爲大也。且吾聞一簣之覆，積厚則成；九軔之井，不及則廢〔一〕。人患失其守耳，失其守，則雖吾之所固有，轉睫而亡之，又何外之可求？』客唯唯退，余遂書以爲記。

【校記】

〔一〕『不及』疑當作『不汲』。光緒本亦作『及』字。

詒經堂記

六經之道同歸，而漢儒說經，謂之家法。所謂家法者，非必父子相傳一門之業也。顧如梁邱氏之於《易》，歐陽氏之於《書》，賈氏之於《左氏春秋》，父子繼業，或至累數世，則學者傳之以爲盛事，要亦不數數然矣。吾邑張子月霄，博學嗜古，積書至數萬卷，病錢遵王《敏求記》多小說家言，而詁經之書多所未備，嘗編次所藏書籍，於宋元諸儒經解，儲蓄尤富，擇其中世鮮傳本者一百餘種，庋諸所居『詒經堂』，而屬予爲記。詒經堂者，尊甫心萱翁所命名，取《漢書》『遺子黃金滿籯，不如一經』也。翁於經學甚邃，嘗採輯《禮記集注》教授子弟，見有古書插架未備者，必手自抄錄，至老不輟，月霄葢根柢於家學者深矣。夫自科舉之學盛，而六經之書，名存而實亡。方漢武之初，置博士弟子，射策決科，經學於是始盛。而班孟堅以爲祿利之路，則兩漢之傳經，已難言矣。今月霄年未四十，卽厭棄舉業，博極羣書，所著《白虎通注》、《廣釋名》，證引該洽，裒然成帙。由此而益務潛心經術，以發明先聖之道，雖從容蘄至於古作者無難，豈特如毛氏、錢氏沾沾誇儲蓄之富而已。嘗考元明之際，吾邑之列儒籍者，僅三姓，曰言氏、張氏、林氏。言氏爲先賢之裔，於今世有官祿，而林氏無聞焉。月霄之先，自前明正統中始登科目，而有司表之曰『儒英』，故至今爲『儒英張氏』。月霄誠能念其先，服其教，日涵濡諷詠於兹堂之中，俾子若孫世世勿輟焉，所爲張氏之家法在是矣，而又何求焉。

淡成居記

余友吴頊儒自何市遷城三十餘年矣，凡六七徙，而定居賓湯門内顧家橋，其以是爲安宅矣乎。屋負隍而面堞，纔十數楹，門逕蕭寂，隔遠市囂，頊儒著書其中，意泊如也。屬余書『淡成居』顔其室，而并爲之記。夫天下之味，孰有逾於淡者哉？玄熊素膚，肥豢膿肌，不登於清廟之俎，而大羹玄酒，可以薦鬼神而格上帝，豈徒以其質而已？《列子》云：『啜菽茹藿，自以味之極。』荀卿云：『祭齊大羹而飽庶羞，貴本而親用也。』淡固味之本也，味孰有逾於淡者哉？頊儒覃心經史，多所著論，奮然欲追杜、鄭、馬、王而起，不屑爲詞章之學。然見人雄辭俊辯，未嘗不低首折服，引爲同志，遇富貴人，則望望然去之，其意以爲交以求吾志之同，非於志之外有所求也。今之爲甘言以悦人者，求在利者也，利盡則交猶不交也，交則未有不淡者也。故凡與頊儒交者，商榷文史外，相對殊落落，賓朋雜坐，籩豆號呶，頊儒獨莊坐塞默而已。膏粱文繡之中，固無頊儒交，人亦不樂交頊儒也。顧吾獨謂屏聲華、遺榮利，猶淡之迹也。漢末管寧與華歆相友，俱有高世之名，其後出處既殊，志節乖異，非其存於中者有固有不固與？有味哉子思子之言曰：『君子之道，淡而不厭。』惟不厭，而後成其爲淡也。

張氏聞濤軒記

聞濤軒者，前明建寧守張公所居。張氏甲第緜亘城東北，廳事曰『詩禮堂』，堂之西北爲軒，枕川而屋焉。川以北咸其別館，世所傳東澗老人半野堂，其先實張氏業也。滄桑以後，盡屬之他姓，至七世孫東巖贈公，僅數椽矣。公立志恢復，既重建詩禮堂，已又得聞濤故址，而鼎新之。落成之日，陳司業祖范爲之記，黄□□之雋、王僉憲材任暨一時名宿〔一〕，咸著歌詠，軒額卽司業書也。余妻席爲贈公外曾孫，妻父常依外家以居，軒之南爲一木樓，余妻生於是。余既婿席氏，時時得游聞濤。予妻外大父巽園翁，娶於陳，爲司業之孫，與予母爲姑姪行。每歲木樨時，觴予軒中，余妻爲陳孺人所鍾愛，至今猶時夢見一木樓也。軒之東爲傳望樓，道光辛巳不戒於火。時贈公之曾玄吟樵、煦菴謀欲別居，會鹿樵觀察以母夫人春秋高，從河東乞養回籍，觀察於贈公爲本生曾祖，以重建傳望樓自任。於是鳩工庀材，五閱月而樓成。東名曰『恩賚』，其他亭館齋閣，悉新而名之，『一木樓』今爲『萬卷樓』矣。獨『聞濤』舊額如故，著先德也。吾邑前朝以第宅誇耀者，錢侍御岱、蕭兵備應宮，今錢氏僅存達順堂，所謂『小輞川』者，大半鞠爲茂草；蕭氏自迎春門至方塔，猶稱蕭家廊下，屋則屢易主矣。而張氏自建寧至觀察十世，獨世世居之，傾則植之，毁則新之，抑何代有其人也！余家舊居學宮之左，自余始遷步道巷，與張氏隔一垣，鬱攸之夕，慄慄有池魚之懼，方嘅息以爲數不可强，乃不數載而跂如翬如，視前且益壯麗，未嘗不歎觀察之克繼前烈，而張氏之世德未有艾也。獨余不能無感於聞濤者，昔吟樵之祖若父觴予於是，吟樵觴余於是，今觀察又觴余於是，昌黎所謂『久不死而觀居此世者』，俯仰今昔，其能無慨也？

【校記】

〔一〕『黄』字後原闕二字。

洋川毓文書院記

毓文書院，譚院予文所建也，於是翁歿五年矣。翁之子惠采走書幣，延余主其席。其地泉香而土堅，其樹木蔚然而秀，其屋宇隨山以爲高下，居游爨汲，咸得其所。有田以穀，有資以脯，有書史以資講誦。其規畫，視都會書院有加，翁可謂能爲人所不能爲矣。人之善，天地所寶貴。玉必蝕益瑩，珠必沉益精，松柏經摧折而後成。挫之愈甚，爲之愈力，則報之也愈遲而愈厚。不然，無以顯其異於有爲而爲之者也。翁以纖嗇起家，得貲不可謂不艱，不以遺子孫，而以公四府一州之士，不可謂不奇。事聞於朝，予四品之階，不可謂無所獲。然亦以是得謗，卽身後猶未息。今人以數百金無端而公諸人，未有不駭且怪者，以其必有爲而爲之也，故所爲愈公，則愈疑其私。宋大中祥符時，應天府民曹誠卽楚邱戚同文舊居，造舍聚書，博延生徒講習，府奏其事，詔賜額『應天府書院』，以誠爲府教授。其事與翁絶相類。然誠猶有所基，且在都會，事易集，則翁之舉爲尤難矣。雖然，翁豈以是求名哉？惠采述翁之言曰：『厚貽子孫者，適以損其智而益之毒，予寧薄之而已。』翁豈以是求名哉？然使翁不以是得謗，則人皆知善之可爲，而爲善不足貴，今事成而謗隨之，至於身後猶未息，天之所以挫之者甚矣！然則爲之愈力而報愈厚者，不於其身，必於其後之人。今惠采兄弟恂恂克守父志，修敬無缺，繕葺以時，惟蹙然以先人得謗引爲己咎，余懼其自持也淺，且疑其道不固，不能無言。至其剏始之勇，規制之善，洪先生亮吉、朱先生文翰言之詳，不具述云。嘉慶二十三年歲在戊寅五月五日，昭文孫原湘記。

吕氏謨觴山館記

予講授旌德毓文書院，每歲春至秋返，至則遠近捧書，北面者升堂成列，誠彬彬乎績學之區矣。顧三年中或來或不來，或去來無常。蓋邑多聚族而居，族各有塾，不常來也。吕生廷儲歲必先至，間去，不踰日。生家廟首鎮，去書院十五里，徒步往返，於諸生中業最勤，然偃蹇厄塞，亦無如生者。豈窮達固不係乎學？抑天之所以困其學者，別有在也？今夏忽數日去，去則捧一卷來，曰：『此吾祖耀廷公及祖母高孺人之遺訓也。吾祖勤學勵行，終不得志於有司，因析産之半，公其息曰：「吾子孫讀書者取於是，不讀者無與焉。」孺人於是奮然曰：「吾夫子爲子孫讀書計誠遠矣，敢不黽勉以相。其以吾軒績所貯，別取息以佐膏腊之需。」閱今三十稔，所操益贏。吾諸父念無以聚學，則先志終隱，取其半，搆屋近山之麓，以徠族之學者。命小子眂其礱斲焉。工既竣，願夫子錫以名而記之。』予詔之曰：『田疇易而求實，雖耕矣必薅，既薅矣必勤其壅。子之先植其基矣，兹復從而穎秙焉，則所以溉沃之者，不可緩也。雖然，必相其宜畟者實之，堅者柔之，潟者澤之，黏者疏之。反是，則雖勤而無功。是故耕者必備其物，學者必備其文。考據疏通，一有不至，非學也；圖史典籍，一有不備，又無以學也。子之鄉多重山互嶺，嵳峩岰嶫之間，必有異書如鄉嬛宛委之勝者，子其求而實諸，然後屏棄俗學，芟其枝葉，掇其菁英，以淑其性而厚其情，惡知先德之所貽，不在於子也？ 且子誠盡其力矣，外之得與勿得，又何計焉？』因名之曰『謨觴山館』，而顔其堂曰『承志』，嘉呂氏之善承其先也。

芮氏碧琅玕山館記

予館洋川之三載，將有事太平，道經椶山，愛其石縝密鮮潤，停輿覽焉。二芮子揖予道旁，因得過其所謂碧琅玕山館者，則向所見猶非其至也。館據於崖，因石以爲屋。盤而大者，軒以進之；廉而鋭者，齋以聚之；竦列而岩峼者，閣以面之；屈曲而蹇嵼者，廊以繚之。由外而入，宛如壺中，不知若爲山而若爲屋也。最後有嶟嶟然獨峙者，曰玲瓏石；曲氿以爲池，曰寒翠泉。石最巨麗，不可以屋，垣而門焉。亦限於崖也，屋無多楹。雲歙於床，霧歕於室，重嶺複壑，爭奇競秀之致，可閉戶而得。夫人營一墅，必匠而山之，太湖、羅浮不可致，則不擇地而採，膠紾斧鑿以爲璘珣，累歲始就，一山之費恒數千金。以此眡之，其何如也？ 然後知奇巧之發乎人者，仍因乎天，百其智千其力，以求一肖天而不得，純乎天者，不蘄巧而巧至。而又因以歎奥區靈境之不易得，而得而棄之者爲可惜也。往陽湖洪先生爲予道碧琅玕山館之勝，心遥慕之，越十五年而始得遊歷，讀壁間先生所爲記，雄辭奥句，潤色其事，山川之靈，非得偉人奇士以發其槩，則亦湮没而世無知者已。抑予觀記語，諷主人於館之北樓焉，以盡收月山、雲嶺、幽竹、虹落諸峰之奇，先生豈徒以眺覽之樂，其謂因天以成者，吾既無負乎天，而天之資乎人者無盡，沾沾於目前之所成者，猶棄天也。此則先生之意也，二子其有味乎斯言哉。先生名亮吉，二芮子曰俊、曰組。昭文孫原湘記。

張家墅王氏捐置義冢記

張家市王君雨巖推所有附近之田，以設義冢。冢計十畮，以三畮半供族葬，以六畮半公諸里之貧者。别推田十一畮有奇，以輸國課，以備祭埽之需。而自述其緣起曰：『此非小子霖之能也，予先人之志也。癸未歲之災，先人出粟以賑七啚之人，既得先生之文，垂諸家乘矣。惟是被災以後，敗棺遺槥，纍纍然在目也。先人臨殁，諄切以爲命。日月奄忽，苟一日暴露，則先人之志一日未償。用是不敢緩，敢請記之。』予惟國家涵濡百餘年，所以謀澤及斯民者，至纖悉也。邑有廣仁局，方春之時，駕小艓以收暴露者，四野相望，豈猶澤有未徧與？而敗棺遺槥，所在皆有，子孫既不欲以祖父骸骨官爲掩埋，而又詘於力，此澤之所以雖徧而未徧也。古者墓大夫之職，令國民族葬而掌其禁令，使皆有私地域，其亦以掩骼埋胔之舉，澤及於一時。而官之澤之不若民之自爲澤也，是故族葬之法行，而世無不舉之棺。今王君更能廣其惠於里人，所以推宣聖天子澤及枯骨之至意，而益衍先人之德於無窮，其用心之摯，又何如也。使聞王君之義者，咸觀感而則效之，由是而行之一鄉，由是而行之郡邑，由是而行之天下，是卽《周禮》相葬相救之意也。然則君之是舉，其澤遠矣。道光六年三月，孫原湘撰。

墓銘

贈刑部主事四川蒲江縣知縣張公墓誌銘

姊婿比部張君燮衰絰踵門請曰：『余先人之葬二十八年矣，未刻銘於幽宅，今將奉吾母錢太宜人合窆焉，願得吾子之文納諸墓，以昭示後世。』予辭不獲已，乃按狀誌之曰：

公諱應曾，字若谷，號荻洲，世籍常熟。曾祖永禧。祖翀，國子生，考授州司馬。父見龍，字覲光，隱德不仕。兩世俱贈如公官，覲光公以孫貴，晉階奉直大夫。公高才而好學，少遊陳見復司業之門，補博士弟子員，試輒高等。既連抑省試，慨然思見諸設施。乾隆乙亥，江淮大饑，詔許入賑荒錢，公得蒲江知縣。蒲爲漢臨邛地，境僻多盜。公至，偵得巢窟，捕七十餘人寘於法。縣民錢某，贅大邑劉姓，簡州傅某誣爲奴，且言曾行竊于大竹，劉因請離異。公折以錢籍蒲而云簡州，卷言黥矣頰臂無驗，是必劉所使，民得白。治蒲十一年，多所興利。蒲水源出名山縣，名山民壅水擅利，公爲濬龍爪上下二堰，引入境，又濬張公等堰十六道，溉旱田一十八萬二千畝，增墾田八十二頃有奇，縣以是饒。其他厚積貯、修城垣、端士習，守土之職，靡不具舉。近世以進士起家爲令者，其盡能如公之政教否也？俸滿入覲，假歸得疾，卒於家，年五十有六。方易簀時，比部猶垂髫，錢太宜人持之泣曰：『側室之子，卽吾子也，請勿以爲念。』故太宜人訓比部特嚴，而陰語其副陳太宜人曰：『若爲慈母，吾且爲嚴父矣。』及比部成進士，入詞垣，太宜人曰：『吾今始不食言於夫子。』公以嘉慶元年覃恩贈刑部主事，原配陸氏，繼娶錢氏，並以孺人蒙恩晉太宜人。子一，爕也。女一，適長洲陸肇堅。墓在常熟縣北之頂山。銘曰：

學焉而不得仕也，仕焉而不得徙也。噫嘻命也，志未竟也。有子之令也，天所以報其政也。頂山之陽，枌榆菀兮。既安既固，子孫衍兮。我銘公藏，無溢善兮。

外舅應辰席公墓誌銘

乾隆五十七年十一月朔，妻弟席世昌奉外舅應辰公窆於縣北山桃源澗之西，葢距公殁十四年矣。余初爲公婿，值江陰蘇珩來館公家，與余酌酒賦詩，意相得，公抱幼子旁睨，頷之。余有瀋陽之役，臨別，公向余泣下，意公以余年少不任行役，而不悟爲永訣也。臨殁，顧女曰：『婿後當貴，第性剛，恐易折耳。』明年南還，公殁已一載。余妻向余述之，相視流涕。公性仁懦，遇人呴呴，恐傷其意。拙于治生，田百晦，租入不自主計。嘗一日至公家，鄉人男婦雜至，持籌者上坐，責逋甚急。公從旁爲之緩頰曰：『某田瘠，今夏且旱，盍減之。』上坐者揚目視公，公默計其所入，褎錢還之，其長厚多類此。公殁之九年，幼子世奇亦死，而蘇君者老且病，不復能來城市。余自顧頹然一諸生，回念曩時，忽忽如夢寐，不知何時能副公之望也。公先世自關中徙吳之洞庭，曾祖虞部公，諱啓寓，始遷虞。祖封翰林公，諱永恂，爲陸清獻公高弟。父中書公，諱鏊。晚歲得子，誕之夕，夢流星入漢，名公光河，字曰應辰。公生于乾隆六年十月二十一日，卒于乾隆四十四年七月十四日，年三十有九。配張孺人。子二，長世昌，邑諸生，有文行；次世奇，殤，今附公穴。女四，已嫁二人，孫原湘、吳璋。銘曰：

仁而天兮，莫測其理兮，寧豐其德而嗇其齒兮。生無悶兮，死有憾兮，誰與叩蒼蒼而問兮。

誥授中憲大夫河南開歸陳許河務兵備道一亭蔣公墓誌銘

公諱果，字華林，一亭其號，世居吳之常熟。曾祖伊，康熙間官監察御史，出爲河南提學，奏減蘇松浮糧，世稱莘田先生者也。祖廷錫，文華殿大學士，謚文肅。父洲，以廕累官山東巡撫。公生長世閥，折節力學如寒素，不屑屑於章句，手鈔前代名臣奏議，思一見諸設施。爲國子生，連試不第，以貲爲縣令，授河南襄城。調汝陽，又調洛陽，調祥符，遷許州牧。擢守懷慶，調開封。明年擢開歸陳許道，以緝匪不獲，吏議落職。相國阿公方行視河，惜公才，奏留效力，遂以勞遘疾。會方有旨起用，比入都，而疾不起矣。其在襄城也，值金川用兵，襄城地當孔道，公預購民間牛車，多儲芻茭牢廩，兵至咄嗟辦，一不累民。洛陽縣界北邙山，東漢諸陵及唐宋名臣墓在焉，雨久傾圮，民因緣發冢，骨暴原野，公至，悉爲掩埋，捕奸民李林等寘之法。及任郡監司，大府倚公如左右手，遇疑獄，問令鞫讞。公敏決詳慎，多所全活。柘城王立山挾左道聚衆，令以謀叛聞，公輕騎赴之，謂民毋恐，直入賊巢，縛其魁以歸。令猶株連無辜，公言于大府，悉得釋。公前後在豫二十七年，於河務尤諳練。官許州時，以事至省，值紅沙閘暴漲，公聞，立出三千緡，募役堵築。或以越俎爲言，公喟然曰：『國事民命，寧有畛域耶？』河勢南趨，改南岸爲北岸，公于大柳寨開濬引河，別築南堤。先是，公嘗請修黑堽壩，中丞何公以時過秋汛，欲緩之。公言今深冬水落，大溜直逼埽根，一經春漲，恐溢溢不可治，力爭得請。明年水陡長，他埽隨廂隨蟄，獨增修工巋然，何乃歎服。至是以開濬委公，公估計調發，費省而功倍，于是有開封之命。此公居官行事之大略也。至性醇篤，事後母如母，門以内融融怡怡。從父、舅弟以下，有不給者，析產贍之。置敦睦田如干畝，分潤宗族，多寡以服爲差。年五十有七。子四，光祖，戊申科舉人；光弼，丙午科舉人；光顔，太學生，先公卒；光庭。孫二，懷坦、懷城。諸孤將奉公櫬窆于縣治西六里支家浜某字新阡，以狀來請銘，爲序其世次、官閥、治行之實，而係之以銘。銘曰：

侍御清節在洛川，繪十二圖如監門。惠澤綰綽衍曾孫，聿繩祖武官河南。河湯湯兮激潺湲，魚弗鬱兮柏冬辰。公一呼兮徒雲屯，洪濤砰訇萬杵震。奪赤子命憑夸宮，蛟龍俛首不敢吞。金隄鞏固狂瀾安，萬戶尸祝公之功。性資清强復寬仁，藹然孝弟敦彝倫。盤錯未展中道迍，光厥遺緒望後昆。摛詞刻石垂千春，思公清芬視此珉。

河南鎮平縣知縣曾君墓誌銘

君諱涉，字自牧，牧庭其號。先世居晉江，宋靖康末，觀文殿學士懷始遷常熟。曾祖善瑞，祖元復，考立誠，並縣諸生。君年四十餘，舉南京鄉試，又十年，始成進士。先以會試大挑二等，例得校官，除江寧府教授。會截取知縣檄至，曰：『上既畀我民社矣，就閑曹以自逸，非分也。』謁選得河南鎮平縣。先是，君兄濟官羅山，民愛之，鎮平民聞君至，爭相告曰：『此羅山君弟也。』舊例縣胥分轄四鄉，遇事則持之，君爲罷其例。鹺商楊姓素横，誣某劫奪，前令如楊指，某誣服。君至，察釋之，豪右咸怗怗。每鞫一詞，務得其情，疑則歷訪數十里不憚。竟以勞瘁得寒疾卒。民爲罷市，父老擕麥飯來奠者，道相望。貧不能歸喪，邑生劉純德、曾繪藻出車脱驂爲賻，郊外素冠送者數千人，純德、繪藻復裹糧走送百九十里，揮涕而返。道出新野，觀者喈曰：『此非所謂「好官不要錢，歸去没盤纏」之鎮平君耶？』其得民心如此。君以嘉慶十四年五月之官，十月卒，爲政百四十日。明年，其孤福謙始得奉君柩還窆於虞山西某字之阡，衰絰奉行狀來請銘。君與予先後領鄉薦，並出羅源阮先生之門，余好論議，君顧呐呐如不出諸口，然雅相善也。余遣兒文杓從君執業，君亦令福謙來學。福謙在吾門最醇謹，未嘗妄言，予故采次其語。君平生於《周易》一書，精力頗殫，著有《易説》、《四書精義》及詩文集如干卷，藏於家。先孺人錢氏，後孺人張氏。子二，福謙、祐謙。女一，嫁翁人鏡。孫女二，俱幼。憶兩載前君嘗語予，夜夢白鬚吏持刺促君歸政，醒而詫怪，政與鎮通，殆有前定耶。銘曰：

六十而服官，民曰來何暮也。服官而五月，天胡奪之遽也。吁嗟曾君澤民未深，何以得此於民心？秦坡之東，鬱林葱葱，此古循吏之幽宫。

長蘆都轉鹽運使司鹽運使前署湖南按察使司按察使李公墓誌銘

公諱世望，字蘭臺，號玉樵，系出宋忠定公。其後由梁溪徙崑山，遂爲崑山人。曾祖鳴球，祖緝熙。父惇，歲貢生。舉鄉飲大賓，皆贈如公官。妣皆淑人。公少績學，受知於尹文端、錢文敏兩公，名噪甚。

走書幣延致者，趾相錯。年四十七，始成進士，授刑部主事，充提牢。時捕繫山東亂民王倫餘黨，又金川逆酋就俘，囹圄爲滿，公襆被值宿，宣勤最著。遷員外郎，總辦秋審處，引律比例，如衡之平。先後掌部務者，爲劉文正公、舒文襄公、英文肅公，皆倚公如左右手。純皇帝知公名，授雲南迤東道。丁父艱，服闋，補湖南岳常灃道。旋調鹽法長寶道，擢長蘆鹽運使。乾隆丁未庚戌，翠華兩幸津淀，公疊蒙召對，賜宴，賜克食，賜貂皮、大緞荷包等物。公以一書生受天子特達之知，不十年官至監司，位三品，恩接備厚，禮賚優縟，人咸爲公榮，而公冰兢淵惕，益矢勤慎，處膏腴之地，而淡泊一如寒素。其在長寶也，平鹺價，清鼓鑄，脩江隄以衛民田，勘水灾以請民命。其在長蘆也，儉以恤乏，商惠以寬丁力，謹出納以杜侵漁，嚴關防以絶饋送。任楚時，先後三署臬使，多所昭雪。興寧某甲誣乙謀殺其子，公廉得子，論甲如律。桂陽民女爲惡少圖姦致死，陰賄女家寢其獄，公立寘之理。其發伏擿奸，多類此。所至興復書院，好獎飾士類，遇事盤錯，殫心焦慮，不敢稍有苟且。朝廷方嚮用公，而公遽得疾引還，詠歌林泉者十二年，教子孫以禮法，處婣族有恩惠。以嘉慶八年九月卒，年七十有八。配王氏贈淑人。子以健，乾隆辛丑進士，山西鳳臺縣知縣，刑部河南司主事。孫三，存厚，光祿寺典簿；培厚，郡庠生；增厚。曾孫二，德郊、德祁。以健將於嘉慶某年月日葬公於某原，來請銘。銘曰：

學早成，名晚達。四十七，始釋褐。魚縱壑，鴻遇風。衣繡豸，七載中。汝分藩，汝陳臬。領鹽官，置飛雪。瀟湘水，渤澥波。李使君，惠澤多。賦歸來，闢梅窩。閱一紀，怡嘯歌。垂八秩，始返真。子隆隆，孫振振。馬鞍山陽吉壤新，我銘公藏勒貞珉，蟠根奕葉垂千春。

誥授奉政大夫浙江寧紹台海防兵備道張君墓誌銘

張君子和，以嘉慶十三年春由刑部郎中擢浙江寧紹台兵備道，蒞任甫一月，卒於官。越四年，其子定球等將奉君匶窆焉，來請銘。君爲予姊婿，贅予家時，予方數歲。不一載，姊殁，君視予如姊存時。稍長，以文字結懽，過從尤密。予侍先君宦瀋陽，移上黨，君皆與偕。應試同舟車，及官京師，同邸舍。四十年中，親密欵洽者莫如予，審君志行學植者莫如予，銘非予誰屬？

君諱燮，字子和，世爲常熟人。曾祖翀，國學生，考授州同知。祖見龍。父應曾，增貢生，四川蒲江縣知縣。兩世並以君官戶部主事時，贈奉政大夫，如君官。君少工駢麗之辭，乾隆戊戌、庚子，兩獻賦行在，召試二等。年三十六，始舉京兆。四十一，成進士，入翰林。改戶部廣東司主事，補刑部雲南司。坐辦直隸司事派秋審處，陞本部江蘇司員外郎，轉陝西司郎中。四次扈蹕木蘭，一典試江西，得士梁崑等九十四人。三讞案喀爾沁、天津，所至稱廉平。君爲京朝官十年，未嘗一夕得安寢，雞鳴而駕，日昳脱轅，夜燭治官書，甫貼枕，聞雞鳴又出矣。予始寓君舍，以爲適然耳，久而知其勤於官，終歲如是也。及擢觀察，道由吳門，或諷暫歸省墓，君念海疆重任，揚帆遥行。予追至途次，君握余手，曰：『寧紹台地皆濱海，官之者，如戚南塘、唐荆川能舉其職，予何人斯，予死是土耳。』欷歔而别。時海盜蔡牽方時時窺寧波，提督李長庚禦之，久不克。君書生，思以一麾澄清海甸，上中丞阮公書，以海氛未靖，由於内匪之通綫接濟，此時惟有重保甲以嚴稽察，懸賞格以待告捕，禁買米以杜影射，遴委員以專責成，使奸計不售，盜源自絶。又自念言之易，行之艱，一月中章皇疲瘵，疾大作，寢四日而歿，春秋五十有六。君狀貌短小精悍，内實溫謹，遇事恒過於勤慎。少時思以辭章名世，下筆纚纚數千言，自謂無足存者。欲注《晉書》，徧購六朝文集小説，雪抄露纂，久之迄不就。及官刑曹，則又屏棄研削，勞心案牘，一獄未成，恒廢眠食。葢君之精力，實已中槁矣。既膺外擢，日以曠職爲慮，雖設施未究，然觀其論議，慷慨以盜戢民安爲己任，則古循吏之志也。使世之君子盡如君之存心，亦可以無曠厥官矣。君嫡母錢，性嚴，君奉其生母陳，與繼配吳事之甚謹。錢有姪，早亡，君撫其女，擇配刑部主事林縣劉華峰，爲資遣焉。官刑部時，再遇覃恩，請以己封典貤封叔父某，皆事之可書者。自奉儉約，惟積書至數萬卷，丹黄雜施。詩境冲和，自少經歷蜀道，及西上太行，南探禹穴，以及塞外諸奇，悉被歌詠。著有《味經書屋文集》如干卷，藏於家。子定球、定珣。女五人，適李孝曾、吳憲澂、姚肇堅、李文沅、楊希銓。孫男六人，蓉鏡、芝鏡、蒲鎮、恭銘、華鑣、菖錄。於嘉慶十七年十二月廿一日，與原配孫宜人、繼配吳宜人，合窆於虞山桃原澗之阡。銘曰：

繡衣使者控瀕疆，夜登招寶籌南洋。頭戴天星髮蒙霜，誓清盜藪絶盜糧。横刀賦詩慨以慷，瓣香私淑荆川唐。力不逮志神傍徨，福莫易秀蘭摧傷。君才五色追王楊，殿前作賦殷瑶閶。既習吏事空文章，竟賫壯志歸孝芒。方今瀕氛埽雷硠，告君魂魄應激昂。復真北麓氣鬱蒼，我銘紀實無慙惶。

天真閣集卷四十八　文十

墓銘

文學高君墓誌銘

君諱崑源，字河宮。先世本燕人，唐初遷晉之霍，尋又徙汴。宋高宗時，諱世則者以南渡功，官至太尉，賜居臨水。太尉公四傳至通議公，諱志端，避兵沁之格碑里，始家焉。其後十二傳至處士公諱鍍，以孝行聞，君之考也。生二子，長卽君。君爲人和易坦衷，内外如一，有媒孽之者，置弗較。遇戚友禍患，則又如身受之，不爲排解，弗能已也。少讀書甚衆，以博士弟子員，兩試卒困去爲兵刑錢穀之學。客河陽數年，念處士公老，決然舍歸。友愛其弟，愉愉怡怡，老而益篤，人謂高氏能以孝弟世其家。卒年七十有奇。配張氏前卒，繼配張氏。子三人，長朴，先君卒，次維桓，次維栻。來請銘者，桓也。余惟高氏自通議公下，幽光累葉矣，君又畜德勵行，宜有以顯於時，而卒不顯。豈天不欲貴賢者耶？抑將養其根加其膏，遲之又久，而後報耶？狀稱君晚年學益勤，氣益下，惡所居囂，别搆一椽，顏其額曰『恕』。噫！恕，吾知其免于怨也夫。是可以銘。銘曰：

亨其德，屯其志。屯一時，亨百禩。勒幽宫，詔來嗣。

署廣宗縣知縣袁君墓誌銘

今上御極之十有二年，詔下所司，將以明年二月駕幸天津。於是直隸總督檄所屬，下江浙籌備舟楫。署廣宗縣事袁君，實膺其任，炎蒸載途，兼程南下。於道遘疾，抵蘇郡而卒，時七月十五日也。君爲吾邑蔣氏婿，與予有文字之契。君妻弟蔣君繼焆，率其孤修敬衰絰踵門，請誌其墓，予不能辭。

君清臞玉立，風度嫺雅，爲文有華貴之氣，世皆以館閣期之。乾隆己酉，以拔貢廷試二等，授靖江縣學訓導。教士有法，監龍城書院，捐俸以助膏火，生徒益盛。浮沉冷官者十二年，大吏交章薦，得旨以知縣用，然非君志也。分發直隸，咸以爲書生不足恃。適奉臬使檄捕盜山東，單騎往，不匝月卒擒以歸，上官始奇其才。俾攝廣宗，廉明斷決，吏皆讋服。涖事三月，未嘗輕用笞杖，曰：『刑以懲奸，一不慎，則無罪之民先困矣。』會南行之役，民遮道泣，追送數百里外。先是，往歲六月，總督知上意將幸津門，檄君行，既集事，奉檄停止。君經理有方，千艘往返，一不以累民。然君之疾實中于此，至是疾復發，遂不可爲。烏虖！君以文章淹雅之才，折腰爲吏，又不能從容簿書之間，至賫志以没，良可悲已。

君諱斯麟，字厚堂，號筠亭，世居華亭之洗馬橋。高祖國梓，順治己丑進士，嘉興府知府。祖琫。父秉直，今官湖北按察使。母徐，繼母查。君四歲失恃，事繼母至孝。配王，繼配蔣。子一，即修敬。女二，適吴傑、郭某。君有遺集五卷，吴傑手輯之。銘曰：

文也而未顯於時，治也而未竟其施。非無植之，非無翼之，而命止于斯。天或者不豐其本而蓄其枝，我銘幽宮以詔來兹。

敕授文林郎廣東欽州知州李君小雲墓志銘

余年十二三，過張子和，有褐衣敝屨據高座譚文者，其辭滚滚可聽。子和曰：『此余中表李小雲也。』自是遂爲忘年交。及余入翰林，君適需次京師，同寓舍、同車而出。及君解組歸田，同遊天平玄墓諸勝。嘗登西山，君指湖光煙靄間，曰：『此中埋我骨，他日志吾墓者，君也。』未意一轉睫間，其言遽驗。勝游如昨，人之云亡！余雖不文，其敢不踐前約！

謹按狀：君姓李氏，諱書吉，字敬銘，小雲其號。先世自中州徙吴，十二世祖贈承德郎諱乾，占籍常熟。承德生遇春，嘉靖戊戌科進士，工部屯田司主事。自後潛德弗耀。祖璜，精於醫，著有《仲景傷寒論集成》行世。子三，鑑、鎮、詮。詮字鈍菴，君考也。祖、父並以君貴，贈文林郎，如君官。鈍菴習刑名之學，嘗陰活人，臨殁謂君曰：『努力讀書，食報當在汝矣。』君舉乾隆庚子京兆試，以三通館謄録議叙，授雲南宜良縣知縣，署雲南縣，兩署永北廳同知。丁母憂歸，服闋，揀發廣東，署豐順縣，補龍川，調澄海。以秩滿，升欽州知州。欽州瘴厲之地，君既屢膺遷擢，屢不果。至是，始晉一階，而年已七十二矣。決計引疾，遂不復出。君精明練達，所至務有以自見。永北爲迤西奥區，轄五土司，號難治，君悉意撫夷，而懲漢奸之入夷者。井里羅漢水田畮爲麗江木土司夷寄居佃種，田久易主，而麗江猶徵其丁賦。乾隆時緬甸用兵，協濟永平夫馬，沿例歲索代雇銀。土練自康熙時裁撤，一逢徵調，猶飭召募。三事皆爲民害久，君上書制府，悉禁除之，積困以甦。粤尚械鬭，事發則買凶，君請照聚衆傷人例，以主謀者擬抵，餘釋不問。凡盜得財者皆斬，粤例入室者斬，接贓者戍，于是彊者卸罪於弱。君按實論罪，盜始畏法。生平膽略自負，維西栗粟夷煽逆，君從覺羅琅公往勦。雪山上下六十里阬谷皆白，人馬淖入，立斃。君手竹竿率先探險，軍士乃得成行。大軍駐瀾滄江，命君日過江偵賊。瀾滄江者，黑水發源，飛湍迅流，渡以獨木，會大雨陡漲，不得渡。君以木筩貫巨絙，繫對江兩大樹，後高前低，縛軀於筩以溜，將達，則前反昂，俯視跕跕欲墮，賴溜接乃免。抵岸，峭壁竦立，賊伏毒弩以伺，君購綫深入，悉得賊情。大軍依方進勦，事以平。是役也，人咸謂得殊擢，而君以母喪急請歸，不言功也。君雖勤於吏治，酷喜文字，嘗謂俗之不淳，由教之不先。所至振興書院，尤以養正之功童蒙爲亟。在粤時，徧設義學，十五以上曰志學，八歲以上曰幼學，悍鷙之俗一變焉。所著述有《寒翠軒詩集》六卷、《文集》三卷、《澄海縣志》二十六卷。卒年七十有六，配氏徐。子二，孝曾、華曾，俱前卒。孫男二，昌構、昌楔，來請銘者構也。以嘉慶二十五年十一月，葬於巴西南茭湖之北字號新阡。銘曰：

成偈睒，哀牢賓，蠻花犵草霑仁風。朝横堂背琴，暮揮盾鼻豪。心存報國身鴻毛，拂衣不自言功高。酌貪泉，抱廉石。造適心，終不易。滇山粤水二十霜，霜髯拂拂還故鄉，至今夷童蜑女蘆管吹甘棠。宛山東，茭湖北。碧水一區瘞清白，千春摩挲眂此石。

徐君墓志銘

蔣君因培之甥徐禄昌，攜其舅氏書，衰絰踵門而請曰：『禄昌天地間之罪人也，先君子之歿也，禄昌方在襁褓。閲八年，世父窆先大父於無錫縣治麻家壇舜柯山之原，而以先君子附。時禄昌纔十齡，隨母依舅氏山東，不獲親負抔土。煢煢孤露，所恃以鞠育教誨者，惟先夫人。乃年垂三十未能謀升斗之養，而先夫人又歿。兹奉母喪南來，將謀合窆於先兆。無所盡志於吾親，敢以銘幽之文，介舅氏以請。』予惟世之論人者，上必取諸豐功偉烈，其次奇節異行，其次高才盛名。若夫至行醇備，循循倫紀之間，道足以淑世而厄於時，量足以濟衆而詘於財，學足以顯名而嗇於遇，而又不欲爲矯俗驚世之行以震眩耳目，此潛采晦昧爲子孫者所爲撫膺流涕於先德之弗彰也。昔先王以六行教人，曰孝、友、睦、姻、任、卹而已。此而弗稱述，則德罔勸，俗之日媮，豈不以是哉。然則予於徐君，其能已於銘？

按狀：君諱汝蕃，字西園，世籍崑山，爲刑部尚書諱乾學之十世孫。以内閣供事議敘府經歷，未及選而歿，年僅四十有二。少受業於姊婿楊芳燦，爲詩文有法度，所與游皆知名士。好急人之急，坐困無所悔。游幕千里，以贍其親，歲時必歸省。凡志力可爲親盡者，靡所不至。嘗與諸名流醼集，舉有唐詩人各言所志，或李杜，或王孟，君獨曰：『吾慕邱爲。』衆莫測所謂，曰：『慕其行年八十，猶得事親也。』卽君之至性可知矣。卒以奔走勞瘁得疾，年不逮中壽，是可悲也。配蔣孺人，子一，卽禄昌。孺人爲因培之姊，黽勉承順，於孝行尤篤。姑病，目既瞑矣，恍惚至一廨，有神趣之出，曰：『天許爾婦減算益爾矣。』醒而病若失，果及十二年而歿。有康嫗者，嘗爲孺人售鍼黹，與之錢，輒弃而不用，曰：『此孝婦之錢，將以示子孫也。』銘曰：

名不遂，行無悔。捧檄而違親兮，孰與負米之貴。如影響，有淑配。孝恐人知帝則謂，同穴雙雙閟幽邃，我銘其藏庶無愧。

光禄寺署正席君妻陳安人墓誌銘

往予居學宫之左，與席芳谷、席子侶俱隔一牛鳴地，然予未識芳谷也。嘗一日天寒，過子侶飲，有長鬚持陳孺人赴入。子侶曰：『此予族兄芳谷之偶。芳谷負才不遇，孺人能以道義相慰勉，以故芳谷屢躓而學日益進。好聚古書名畫，賓客文讌無虚夕，孺人多出奩貲助之，族中人皆稱其賢。』語未既，予妻母張孺人至，詫曰：『芳谷喪偶乎？是能善事其姑，姑性嚴，小不如志，輒被詬責，獨此婦得其歡心。吾嘗謂安得娶婦如芳谷婦？今已矣。』時葢子侶猶未娶也。又數年，予始因吴頊儒識芳谷。時芳谷已再娶，猶出其悼亡之作示予，其伉儷之情如此。中間予奔走南北，與故鄉親戚稍濶。及予假旋，芳谷時時過從，時已俱非舊居矣，而蹤蹟視前轉密。葢席氏自子侶殁後，予無可詣者已。今年夏，出所撰陳安人行狀，將以明年□月□日葬於虞山北麓廣字號新阡，乞爲幽宫之銘。冋念與子侶飲酒時，忽忽已四十年，距子侶之殁又已十五年。而予與芳谷當時兩少年，今已皤然兩翁，其於今昔之感爲何如也。則銘又奚容辭？

按狀：安人姓陳氏，父永復，附貢生，母徐孺人。年十九歸芳谷，逾年生一女，以産疾卒，年二十。女亦旋不育。今男子三人，女子二人，皆後娶楊安人出。芳谷以續增土方例入貲，爲光禄寺署正，故得贈安人。銘曰：

結褵一載，緣何短也。閲四十年，葬何緩也。非久殯也，惟其慎也。生不逢，死得封。烏虖！其亦可以無恨也。

墓表

封儒林郎翰林院編修寶應學訓導陶公墓表

封翰林學博陶先生，於道光元年十一月某日葬於邑大河鎮先塋之次，未及具銘幽之文。明年，其子貴鍈、貴鑑具狀請余表諸墓上。陶氏於前明嘉靖間，自崑山來遷。五傳曰世澤，以篤行載邑志。子元淳，康熙戊辰進士。廷試對策，請减東南田賦，當軸者抑之。除廣東昌化縣知縣，治行爲天下最。歿後，祟祀名宦，世所稱『子師先生』者也。昌化子二：貞一，康熙壬辰進士，官翰林院編修，旋以母老乞歸，世宗朝被薦與修《明史》；正靖，雍正庚戌進士，歷官太常卿，多所論奏，直聲著朝野。編修子承勛，國學生。子五，長廷垿，次卽先生，次廷塏、廷堉、廷垣。廷垣早卒。先生兄弟四人，並以能文著聲膠序。邵叔宀先輩嘗作詩扇爲贈，落句云：『爲文我欲從先進，最愛君家有典型。』先生出入懷袖六十年，紙墨如新也。乾隆乙酉，與廷堉並舉於鄉，屢試不第，授經以養親。辛丑大挑二等，選寶應縣學訓導。校官無論府州縣之副，皆曰訓導，不掌印事，皆倚於其正。先生曰：『是於某宜。』縣有喬侍讀縱棹園，具水木之勝，就其中與諸生考校德蓺，士咸奮於經術。如劉水部台斗、朱孝廉彬、宫詹士彦，其尤著者。尋以母病去官。母喪服闋，而截取知縣之檄下，先生眷戀松楸，遂不復出。家居以讀書課子自娱，評點漢魏唐宋諸名家集，旁行斜上，丹黄爛然。取先世子師先生以下文集，校刋行世。吾邑濱海地僻，而飲食服御，奢靡與郡城埒，子弟藉父兄之勢，往往鮮衣怒馬，豪飲縱博以爲樂，而先生家子弟獨恂恂禮法，足跡不涉家衖。凡教其子者，輒舉陶氏以爲法。子貴鎮，與廷堉子貴銘，同舉乙卯鄉試。兩代兄弟同榜，士論榮之，而先生意泊如也。已貴銘與貴鎮先後卒，而先生獨以敦龐淳固，年躋大耋，重遊泮宫，可以知其所養已。嘉慶二十四年，恭遇仁宗睿皇帝六旬萬壽，推恩中外，先生以外孫楊希銓官貤封儒林郎翰林院編修。二十五年七月龍馭上賓，先生聞報，北向長號，遂得疾，比哀詔至，而先生殁已十數日矣。年八十有五。先生名廷墀，字玉立，晚自號約齋。配潘安人，孝子太液之後，履周之子。子三人：貴鎮，乾隆乙卯恩科舉人，充實錄館謄錄，議敘知縣，前卒；貴鍈，邑庠生；貴鑑，嘉慶己卯科舉人。女三人，長、季俱未嫁卒，次適刑部主事楊景仁，希銓父也。孫男三人：景淵，貴鎮出；景治，貴鍈出；景鴻，貴鑑出。孫女五人。先生之妣席孺人，余妻之姑母也。貴鎮又余同歲生，稔知先生之行誼，遂摭其大略，勒之於石。

吴素菴墓表

前史有隱君傳，余嘗讀之輟卷而歎，世之抱幹濟而不顯於時，湮没於荒陬僻澨者多矣，其得列於史，百不一二耳。若吴素菴者，非其人與？去郭東北三十餘里曰吴墅，明洪武初，有士良者，自城徙居。士良孫訥，爲都御史，謚文恪，而其族始著。吾邑邨墅以姓著者，若徐墅、何墅、周墅，其子姓俱他徙，獨吴氏世世聚族居。自文恪至今，幾四百年矣。其地土高而沃衍，樹吉貝爲業，宜種花。牡丹有火輪者，移他處輒不繁，而吴氏特盛。素菴尤勤於種植，喜購經史圖籍，花時延客評賞。取陶靖節詩意，顔其室曰『賞趣』，暇卽讀書其中。頗留意經世之術，然足不踏城市，世亦無知之者。乾隆二十六年，合河康茂園先生宰昭文，慨白茆水利之不脩，歲多旱潦，操小舟相度咨訪，沿李墓塘入周涇口，望吴墅烟雲竹樹之美，隱隱蒼莽間，喟然曰：『此中大有人在。』逕造君居，詢以應濬諸河。素菴出前明耿侯《水利書》，口講指畫，極言今昔形勢不同。白茆外口昭慶沙横亘海中，高内河數尺，浚白茆則旋浚旋淤，且功鉅而民擾，宜開許浦以洩尾閭，濬梅李塘以通大浦之道，而導白茆北港口，使歸徐六涇以入海。康侯韙其議，欲挈至署，以督辦任君。堅不可，會侯去，事亦已。又十年，而糧道朱公始興其役，灣者徑之，壩者撤之。於是渾潮闌入支河，不數年，白茆卽淤。蓋素菴往來徑浦，熟悉原委支幹，於耿侯書條分縷析，一以紅簽標置其處。而又與詩老王柳南善，講貫規畫，瞭若指掌，非沾沾執古書以肆論議者也。素菴名汝謙，字尊光，文恪十世孫。以乾隆四十八年九月二十四日卒，年六十有二。娶瞿氏，生若木、南極、騰蛟，俱夭。繼娶王柳南從妹也，有賢行。生錦棠，夭；璋，太學生。女七，適許作梅、胡廷榮、鄭士泰，瞿出；適許士良、高棨、司馬泗、朱文熯，王出。孫二，來復、天一。璋娶於席，爲余僚婿，來復又予婿也。故于君之行，知之詳。璋既於乾隆五十七年奉君柩合窆瞿孺人拜字圩新阡。後十六年，而王孺人卒。又七年，祔於君之兆，以葬君也。少事不備，請爲文以揭諸墓。予嘗病諛墓者率縷孝友睦姻套語，故皆不書，書其可稱者。

封奉直大夫刑部湖廣司主事原任浙江浦江縣知縣言公墓表

吾邑言氏自聖祖朝準設五經博士，以先賢七十三世孫德堅承襲。德堅弟德基，贈奉政大夫、山西保德州知州。奉政生鈞，鈞生如洙、如泗。如洙嗣大宗。鈞得貤封翰林院五經博士，晉贈知州。如泗由恩貢授山西垣曲縣知縣，歷官至湖北襄陽府知府。生子四，公其長也。諱朝楫，字耐偲。以乾隆壬午科舉人，授安徽婺源縣知縣，調知貴池。會襄陽公罷職歸，公亦移疾歸養。比再起，知浦江縣，不逾年又乞還，遂不復出。襄陽之罣吏議也，以直道忤上官，而公亦喜才猷自見，不能委曲承令，故再仕再退，卒不竟其設施。公固善書，歸田後，惟以古帖自娱，竟日揮翰不倦。襄陽好遊覽，公闢漁隱外莊，水木明瑟，相隨釣游其中。襄陽夫婦年九十餘，公亦年七十，嬰婗孺慕，人爭羡之。好酒，時以縱飲寄其抑塞磊落之概。嘗一夕會飲，酒酣，自循其髮，歎曰：『僕衰矣，復何求？所懼不獲終侍父母耳。』襄陽年九十八而終，妣衛恭人九十九而終。公以蒼顔白髮，盡孝養飾終之禮，吴中士大夫家，未有若斯之盛也。公爲人明敏有才幹，在婺源日，俗好訟，公立一告一訴法，訟以簡。貴池民鬭毆，誤傷其弟婦，繫十九人，踰年而獄未具，公至，察其誣繫者，盡釋。居鄉遇利濟事，不避嫌怨，與諸弟友愛無間。家產悉以推弟，僅取鄉間老屋數椽。以弟朝標官貤封奉直大夫、刑部湖廣司主事。嘉慶二十一年九月二十八日卒，年七十有八。配屈宜人，景州知州成霖女，來歸之日，翁方任垣曲。宜人事封翰博夫婦，能得其歡心。既隨公歸，養事翁姑，承顔順志，四十年如一日。襄陽夫婦得優游以屆百齡，宜人孝養之力爲多。後公一年卒，年七十八。子男六人：尚煐，廩貢生，前卒；尚焞，舉人，廣東瓊山縣知縣，升儋州知州；尚炯，恩貢生；尚照，恩貢生，前卒。屈宜人出。尚燦，州吏目，前卒；尚熙，浙江候補通判。側出。女七人，孫男五人，女七人。曾孫男一人，女三人。公墓在邑南鄉桐涇橋之新阡。公嘗病世俗諛墓之詞，自序戒諸子，勿乞銘於人，故未有銘。茲以嘉慶二十四年十月二十七日，尚焞昆季奉屈宜人合窆焉，禮也。狀公行事，屬余書其墓上之石。余少以文字受知於公，既從京師還，過從尤密，自謂知公深。書之如此，俾後之人知公有濟世之志，三爲令而未竟其才，所得自盡者，倫紀之間而已。

楊玉山墓表

楊生希濼捧其尊甫行狀，踵門請曰：『希濼之父窆有年矣，時希濼童騃，未及具幽宫之石。今願得我夫子之文，表諸墓，俾先人志行，終不泯没焉，則感且不朽。』余重違其請，按狀書之曰：

君諱景崑，字玉山，世居常熟恬莊。祖光祖，父于京，並國子監生。君年十七侍父疾，不貼席者累月，既歿哀毁，遂得羸疾。母管孺人以少子絶愛憐之，而君以祖宅讓其伯兄，與仲别就河陽山小屋以居。既又以兩世未葬，謀諸仲，斥所居爲塋兆，餘以爲祀田，遂無一廛。仲、季俱寄食親串，顧時時至兄家，奉母甘脆，母疾，徒步數十里入城求醫藥。歸則晝夜侍，盛暑牖户鍵，密蚊如雷，不敢摇箑，以棉衣裹體，暑氣内蒸，血喀喀不絶，詭以飯溢紿母，亟起滅之，不令母見也。母殁未再朞，竟以毁卒，年二十有五。垂絶，屬其妻曰：『母喪未終殮，我以衰，必祔我親墓。有公産在長兄所，他日兒成立，勿與較。』故希濚恂恂於族，如其父也。爲之銘曰：

古人有言，毁不危身，懼其滅性。吁嗟，楊君先以父毁，卒爲母殉。末世孝衰，得此勵俗，而無詭乎禮禁。我揭諸阡以示行路，以愧夫釋衰之行。

墓碑

重修梅李鎮漢尚書令孝子黄公墓碑

吾邑梅李鎮有漢孝子黄香墓焉，相沿宋乾道初，居民蘇忠翊卜葬得古碑，其文曰：『延陵慈父，葬子博嬴；孟光貞曜，窆夫于吴。』會稽東郡都尉張紘誄。又薛综修祠日月題刻可辨者八字曰：『子瓊孫琬，位登三事。』定爲公墓，然碑不可考。元盧鎮《琴川志》載入故蹟，明吴寬郡志仍之。邑黄氏皆稱公後裔，薀邑之人尊而信之久矣。舊免地糧一十八畝有奇，雍正間，黄雲章訴族人侵占，前令漢陽勞君必達爲復其地，勒碑文表之。經今七十餘載，子姓之貧者，又從而覬覦焉。嘉慶四年，仁和顧君德昌來治昭文，孝廉黄泰等以履勘請。治具既張，會署尉澧州黄君璵亦公裔也，請代往清晝四界。縱横丈之，計四千三百八十七步。其中有盜葬者，有犂爲田者。據報，悉爲恢復。案既定，顧君請余紀于石。或者以爲公安陸人，據范史免官後卒于家，不應遠葬吴地。余按《寰宇記》，公墓在房陵縣東，《九域志》及《德安郡志》俱稱在雲夢縣，是宋時已無定處。必達楚人也，自言嘗詣雲夢，求公墓不得。自東漢迄今，陵谷之變遷多矣，而數千里外海濱寂寞之鄉，此冢巋然獨存，非公之孝行有以使人愛慕弗衰歟？自古如子路墓有三，澹臺墓有四，王祥墓或在沂州，或在睢寧，其實蓋不可考。而世猶尊而信之，莫有疑者，流風餘澤之感人，固如是也。方今聖天子以孝治天下，凡孝子列在祀典，令有司春秋展敬。守兹土者，誠思體上之意，以廣教化而勵風俗，于公墓宜何如愛護也。

墓碣

徐節婦墓碣

節婦姓范氏，嫁徐絅文，絅文遭父喪哀毁，未半載卒。又五日，姑歸氏亦暴卒，胸前微溫，婦抱持之三晝夜，復活。兩世煢煢相倚，力作潔養者凡六年，卒以勞死。死之日，召徐氏黨告曰：『未亡人偷息人間，徒以姑耳。今卒不得終養，天也。死吾不惜，惟兩棺在堂，未營窀穸，敢以累宗親。』于是絅文從兄映宸任其事，爲營兆北山普福寺之左，奉絅文父子窆焉。而以節婦附其旁，兼謀所以不朽婦者。映宸誠篤人也，其言信，爲按其狀，書之如此。

國家設旌典以待殊節，凡守不逮十五載死者，例不得予，謂其事死養生之道有未盡也。節婦以勞遘疾，所以事其姑者力既殫矣；死後三月而翁得葬，送死之義盡矣。雖使絅文在，何以加焉？夫女子不幸遭大故，又值親老家貧，於子職未盡者，毅然以婦道成之，所以盡其性而已。至于烏頭綽楔，朝廷自以其禮廣教化勵風俗，又豈婦所望倖邀以爲榮哉？

行狀

先府君行狀

府君諱鎬，字豐謀，一字芑溪，晚自號訥夫。謹按我孫氏本嬀姓，系出陳敬仲。敬仲五世孫書爲齊大夫，伐莒有功，賜氏孫，食采樂安，今青州地。書孫武爲闔閭將，子孫居吴。十二傳而東漢天水太守夐，還居青州。更十九傳爲萬登公，唐咸通間，嘗從嶺南節度使康承訓平南詔，拜金吾衛上將軍，爵新安伯。黄巢陷池、歙，公屯兵休寧之唐田，遂家焉。吾族新安支，皆以公爲始祖。六世孫宋忠烈公諱天祐，生十二子。大公者，遷坑口之雲溪邨，是爲雲溪遷祖。至二十八世忍齋公諱岐福，卽曾王父也，奉父公棟公諱世柱，客常熟。公棟公殁，遂占籍焉。生王父贊天公，諱永埏。娶邵氏，生府君及仲父襄綺公，季父震遠公。曾王父及王父並潛德弗耀，卒贈如府君官。府君八歲，五經俱成誦。十三四時喜觀涑水《通鑑》，慨然有用世之志。乾隆十九年，江淮大饑，詔許入賑荒錢，府君得官中書，旋改河南睢州牧。初涖事，吏民以少年易之，府君剔弊除奸，吏民並讋服。二十年河南水災，中丞以睢稍殺置之。府君力爭曰：『災有偏，而被災則一。某業已發常平倉穀矣，謹聽劾。』中丞愕然曰：『爾不及待耶？』對曰：『民不能待耳。寧某失官，不敢使民失命也。』中丞韙之。檄署歸德府篆，丁曾王母憂。舊例，祖在，孫不得爲祖母承重。府君念忍齋公年開八袠，仲、季俱早喪，誰爲服齊衰哭泣，慰老人心目者？毅然以奔喪請，啓三上，情詞哀慘，中丞爲請於朝，竟得旨回籍。祖在，孫得爲祖母承重例，自府君始也。服闋，請終祖父養，閉户讀書者十五年。起爲直隸保安州牧，兼權東路同知，俸深量移奉天治中，尋轉山西潞安府知府。請訓日，上垂詢奉天吏治民瘼，府君奏對詳悉。天顔忻暢，命速赴任，曰：『汝老吏，好爲之，知府不易也。』府君聞命益感激出意外。下車日，召郡司馬以下，置酒堂上，府君首舉觶東向釂曰：『某敢負皇上取小民一錢者，絕我脰有如此日。』已復啐酒，遍釂諸客曰：『有不與某同此約者，亦如之。』潞故晉省衝會，百貨駢集，税入多羸。府君覆案簿籍，計供正課外，裁去百餘條，貨益通，商民兩便。黎城令寵於上官，暴民，民將爲難。府君先摘印而後上其事，以是忤中丞，被劾，左遷四川成都府通判。府君念親老遠宦，將乞終養，禀命於邵太恭人，太恭人厲聲曰：『汝出白屋，履黄堂，竊升斗祿以養我，不思報朝廷厚恩，顧以稍不得志作悻悻態耶。』府君不得已，單騎入蜀。制府素稔府君賢，會寧遠地震，檄委安撫。府君首發倉穀，賑恤有差，懽聲涌道。不旬日，而輿梁涂軌悉復舊觀。調權嘉定府，尋調眉州。五十三年春，巴勒布與西藏搆釁，上命將軍鄂統兵衛藏。巴勒布距成都九千餘里，峪路岍岈峭嶮，懸絙上下，轉輸不易。上僚交推府君，六月從眉州檄調至省，總理軍需局事，八月從將軍出打箭鑪。府君自念身受國恩，藉是得稍效犬馬之報，然後乞歸養，奉太恭人享田廬之樂。不意甫抵第哩喉古軍營，而太恭人訃問適至，號泣請奔喪。將軍、制府交章奏請留任守制，報可，府君不得已，墨衰將事。自是遂不食，從者强進粥，啜半甌輒吐。五十四年正月病喘逆，廿九日猶强起，檢册籍，視芻茭牢廩諸物惟謹。會天寒，賞軍士肉糜，午後益綿惙，猶手作啓上將軍。三十日卯刻坐土室中，以手指衷服麻袴者三，遂卒。從者會府君意，以衰服殮，軍士咸哭失聲。地故無從得棺，爭舉佩刀斫大樹削板爲之，倒持棍槍柄，以薄刃磨礲之乃成。復爭先肩送歸成都，與之金，不受，曰：『某等猶憾不及送公南歸也。』將軍以聞皇上，垂念微勞，賞復知府原銜。府君自奉太恭人諱，黽勉從戎，羽書旁午，念親恩，籌國是，俯仰一身，進退維谷，泣謂將佐曰：『某天地間罪人也，既不能事親，又不能報國，何以生爲？』卒之戮力行間，以身殉國，距聞赴纔九十日。維忠維孝，府君可謂兩無所虧矣。府君遇事勤敏，案無留牘，所至尚教化，好緣飾以儒術。官睢州時，有一家七口被殺，按驗畢，徧集其邨人曰：『殺人者手必戰。』劉耕孟者，其家族孫也，直前奮袁曰：『果爾，請先我。』府君視其袍袴，内外皆斬新，次第閲畢，命各散。揚言將按户搜藏匿，而陰使守邨口，有宵遁者縛以來。夜半吏果縛孟至，檢其家，血衣在焉，一鞫而服。某甲者，死三載矣，其婦以仇殺控，發屍果然。詢婦已婚某乙，府君擊案怒曰：『汝膺大逆，而敢誣人耶？』婦不服，折之曰：『夫死三載而控，前此何不言也？仇未復而醮，汝心何安也？此必求某不得，借此以圖陷耳。』某乙遽前跪泥首，呼婦曰：『神明在上，何辨爲？』獄遂定。回人某以膂力爲鄉患，前官笞之，益横。府君命烹豕肉雜犬羹飼之，以腸胃繫其項，令徧歷都市，羣兒戟手笑詈，已卽縱之去。翼日，回率其屬他徙矣。時府君才弱冠，美丰儀，民多稱爲『白面龍圖』云。保安州治瀕桑乾河，夏水暴漲，城不没者三版，百里内無炊煙，府君禱於神，一夕水盡，復捐俸以恤灾民，全活者以萬計。境故多盜，仿十家爲甲之法，令每甲自糾其甲内之人，不得容匪類，匿不報者坐。三載，境内帖然。官奉天時，奉檄監查郡縣屬吏，備呵騶、盛供張悉屏去。有裒金饋者，正色曰：『君恇怯耶，老孫非可買也。』自是所過肅然。少司農全公嘗語僚屬曰：『使我自往，不如孫君之簡而能。』廨故多狐祟，前官百計遣之不得，府君至，吏見物從牆後纍纍去者，前後八年，寂無影響。中間以事解職去，祟如故，人比之鱷魚之避昌黎也。及守潞安，一以養士化民爲務。首捐資修文廟，葺書院，甄别高才生，佐以膏火。每朔旦，進而告之曰：『讀書毋專攻制蓺，制藝，文之末也。爲士毋徒事讀書，讀書，行之末也。』士子咸感奮。或有頌府君廉幹者，辨之曰：『廉，士節也；幹，吏才也。二者均非政體所尚。廉而不仁必隘，隘則民情壅；幹而不貞必刻，刻則民生蹙。吾所知者，清與勤耳。上無所求於民，而民自食其力，惠斯大矣；民無所待於上，而民不違其時，政斯舉矣。』時以爲名言。政務之暇，手未嘗釋卷，尤熟於《天官》、《河渠》諸書。晚年究心《易》理，輿中亦置一編。詩不多作，作必有關風教者，風格略近元次山。書法自虞、褚以下無不學，後乃跌宕於蘇、米之間。草書法孫過庭《書譜》，山水師麓臺，繼學吳仲圭，後乃獨出己意。以巨指蘸墨，作米家山，濃澹相間，烟雲變滅。或效雲林竹石，蕭疏幾點，紙上颯颯有秋意。間亦寫生，初似無意作畫，末添一兩處，頓成禽魚花卉，栩栩欲活。顧不欲以詞章、藝術鳴於世，隨手散去，無復存者。性豁達無城府，與人交，不爲翕翕熱。家居時，遇里中事，無不力任勞怨。雲溪族人惑堪輿家言，殯多至五世者，解橐金悉爲營窀穸。購鴻臚第爲義學，置千金權子母，爲通族教養計。中外戚屬，待以舉火者嘗數十家。廉俸所入，供施與猶不給，嘗謂原湘曰：『吾族不下千人，皆貧不能自立。歸田後，當仿范氏置義田，以贍吾族。』烏虖！言猶在耳，而府君此不得伸之志，何時得慰也？府君年五十七歲，子原潮、原湘、原濤。湘嗣仲父，後奉所後母家居，隨侍府君日淺。故於府君服官蒞政，僅能就所知者詮次之，冀當代立言君子垂覽而采擇焉。

弟婦李孺人事略

弟婦李氏，宛平人，左都御史諱綬之第七女。年十六，歸吾弟原濤。是時我本生考訥夫府君出守潞安，遣弟就昏於李，遂挈以至潞。祖妣邵太恭人時方就養官署，於諸婦中最愛弟婦。及訥夫府君左遷入蜀，弟婦隨邵太恭人南還。吾弟後故叔父震遠府君，叔母汪安人家居，至是始行廟見之禮。汪安人性嚴峻，弟婦婉轉承事，猶不當意，往往長跽受教。少未親庖廚，及是躬自烹飪以進。汪安人甘之，每食，非弟婦手治不食也。汪安人患瘍於頭，困甚，弟婦夜藉以手乃寢，易他人輒不得寢。吾弟生母陸孺人既寡，從弟居，弟婦事之，亦如事汪安人也。余嘗過弟，值其方沐，弟婦捧匜沃盥，盥畢，持衣帶候伺維謹。以爲偶然耳，既而每見無不然。小不如志，輒加呵責。或慰之，謝曰：『夫子教我以禮也。』會弟家中落，弟婦有姊嫁韓氏，其甥宦於浙，吾弟往依之，客死温州。訃至，弟婦一慟欲絶。汪安人撫之而泣，曰：『吾老矣，汝兒未成立，而汝死耶？』乃謝曰：『不敢。』然自是，家無旦夕儲，而撑拄門户，婚嫁兒女，形神日以勞悴矣。四年以來，頻遭汪安人、陸孺人之喪，營殯營葬，黽勉盡禮。去年冬，余婦病，弟婦素相善，因來省視，曰：『姒善自保，若吾，則可以死矣。』已而果病，子進藥，揮之曰：『吾疾非藥可療也。』以道光四年六月二十七日卒，年五十有八。子三，文梓、文檀、文枚。女二，適姚文基、錢煒。孫男三，傳煜、傳烈、傳煋。

亡次媳趙氏事略

子婦趙氏，明文毅公九世孫。曾祖考貴彤，乾隆戊午順天舉人。祖考本皤，乾隆甲戌進士，官潮州府知府。父元鼐，字羹梅，太學生。母氏許。婦生而淑婉，父母愛之，名之曰珍。年十七歸予次子文樾，甫匝月，予適病瀕死。時陳太孺人亦病，凡治藥裹、滌廁牏，婦佐姑更代爲之，不帖席者十五晝夜。居常婉容柔色，定省無缺。處娣姒以和，視幼叔、小姑如弟妹。卑尊内外，悉稱其賢。文樾體弱善病，性躁急，婦婉曲承順，病賴以安。生一子，甫周歲以痘殤。婦哭之哀，以是得疾，父母憐之，并予子迎以歸。患暑疾，翼日彌劇，予夫婦往視，已不能言。但以目注視，點首流淚，遂卒。予子自喪婦，神傷骨立，過矣。顧念婦實賢，自入吾家三載，貌言必莊，動止有則。待媪婢有恩意，死之日，皆哭失聲。就其容貌情性，法俱不宜夭，而既奪其子，復凋其年。天道固不可知耶？豈所謂栽培傾覆之理，視其人之彊弱，不係乎賢不賢耶？予方咎予子之過，悲而爲是言，抑又予之過也已。

天真閣集卷四十九　文十一

傳

浦孝子傳

我國家設旌門之典，以彰孝節之行，苟有其人，有司以聞，朝奏夕報，可用以式靡起懦，意良厚也。然節婦每歲下禮部者不下千人，孝行數人而已。蓋節有年例可據，孝則自飭於無人之地，非有奇節詭行，足以震炫里閈，人恒忽之。而有司又慎重采訪，不輕信也，故舉之尤難。然吾謂風俗之偷，由於無所觀感，無所觀感，則獨行而寡和，不自知其相率而入於浮薄也。然則苟有其人，尤當思以廣其傳，非士君子居鄉之責與？邑東北鄉曰福山鎮，瀕海而俗獷悍，浦氏獨柔愿，至孝子，尤恂恂如不勝衣。家貧，販於江北，一夕心悸，曰：『吾父殆病矣。』急航海，颶風陡作，檣帆摧折，前舟俱覆。榜人不知所爲，孝子自操舟逕渡。父果病亟，孝子事醫禱，目不交睫者十晝夜。刲股進之，竟獲瘳。又數年乃卒。孝子縛草墓側，日負販養母，夜則宿草舍中，值風雨，嚴坐達旦。人多憐之，孝子弗顧也。孝子年六十餘，每祭奉桮棬，未嘗不泣下。嫁其兩妹，析家具三之，曰：『女弟猶弟耳。』方父病亟時，鄰夜火，既延及矣，孝子以身蔽父，風猛甚，火忽越廬而過。左右鄰蕩如，而孝子家獨無恙。孝子名恒，字近倫。

贊曰：吾聞孝子父士瑜善事母，數歲時，侍母食，日止粥一餐。士瑜食故緩，所持實空器，母察而憐之。近倫之孝，有自來矣。荒江僻澨，禮義之教所不及，浦氏父子，人以販夫目之而已，然一門之内，獨以孝行相繼，謂無所觀感而然，豈其然與？

蔣秋涇先生小傳

先生名□□〔一〕，字敬持，浙之秀水人。所居秋涇橋，自號秋涇。雍正乙卯科舉人，連會試不第，恥北面於後進門下，遂不復試。肆力於詩古文辭，而於詩尤專。客揚州，與錢塘厲鶚、陳章唱酬，鋭意磨鍊，規與角立，遂得喀血病。乾隆丙戌歲，膺觀察楊公聘，來主游文書院。先生曾館邵太史齊燾家，覽虞山樂之，既主講席，益跌宕自喜。與楊公逃暑湖上，從舟中眺劍門、拂水諸勝，披襟當風，寒襲腠理。翌日寢疾，遽卒。先生性伉爽，能面責人過，論文奇正短長，不設成見，期於宣暢經旨。病諸生根柢不固，言於楊公，購書貯院中，自經史及唐宋以來詩文略備。主書院甫半載，今之就院肄業者，皆未嘗識先生，然輒思先生不置也。

論曰：書院所以表裏學校也，今天下縣有學，學有師，顧弟子自釋奠一謁外，有曠歲不相接者。書院則月必兩課，課有等差。人皆舍學校而就書院，何也？校官未嘗無魁奇博碩之儒，山長不必皆淹雅宏通之彦，徒以文字之虚名，膏火之微利，不問其可師與否，羣然師之。吁！可歎也。如蔣先生者，豈易得哉，豈易得哉？

【校記】

〔一〕底本二字闕。

張克猷家傳

嘗讀歸震川先生張自新、張元忠等傳，爲之掩卷而歎。士不能以功名自顯，又無奇節詭行震眩當世，徒務讀書累德，爲鄉里善人，歿後子若孫不知發揚前人之幽，泯泯於巖壑草莽之中者，可勝道哉。去吾虞二百里曰珠街里，地在九峰三泖之間，往予謁司寇王先生，泊舟其處，覽其煙水幽深之致，以爲宜有高士徜徉其間，惜無由見之耳。今讀張仁錫所撰其先人事實，恍然如遇其人，爲敘次其語，作張克猷家傳。

克猷名振基，其先陝人，爲先賢明公後。其後由陝之浙，由浙之吳。曾祖洵，崑山縣學生。祖樹範，奉祀生，始遷珠街里。父焯，國學生。克猷以累世不振，期爲聞人以自達，補學宫弟子員，讀書澱山湖，削迹家衖。再試不第，幡然曰：『吾家理學傳世，奈何爲科名故，荒身心性命之本！』益屏棄世務，取《西銘》、《正蒙》、《近思錄》、《二程遺書》，下逮薛氏《讀書錄》、胡氏《居業錄》、羅氏《困知記》諸書，溯流窮原，心解而力行之。又旁及《素問》、《難經》、《甲乙經》、《傷寒論》，以爲儒門事親所不廢。間爲人療疾，輒應手愈，然絶口不自言。會方厲疫，所知爭招致之，竟以勞得疾，逾年而卒，年五十有五。克猷事親孝，年五十鬚髮已白，猶作嬰兒之慕。友愛弟妹及從兄弟，無間言。每月朔旦，懸歷世遺像，肅衣冠展拜，雖盛暑無倦容也。

贊曰：自科舉之學盛，而士不復知有書，至於五子之書，雖通人碩士，束之高閣久矣。克猷獨講絶學於舉世不講之時，可謂難已。觀其臨歿，自爲楹聯曰：『生惟戰戰兢兢，如臨如履；死甚明明白白，全授全歸。』抑豈漫無所得者？惜無人倡導而扶翼之，又中壽以死，不使之竟其學，可悲也已。

蘇孫瞻傳

蘇瞻字畊虞，少育外家孫氏，又名孫瞻。家貧，以繪事自給，人物花卉，悉有師法。既隨族叔汝礪宧游入楚，覽西塞、大别、空泠、雲夢之勝，胸次開朗，遂工山水。嘗作《楚江幽思圖》十二幀，模奇範險，蒼秀獨出，卽未能上攀石谷，亦可伯仲唐蔡。見者願以明珠繡段易之，未屑也。汝礪歿官，子幼，爲經紀其喪以歸，遂不復出。所居城東老屋數楹，雜蒔花竹。婦孫亦高致，有鹿門偕隱之風。一樵青供薪水，足不履闤闠。有扣門求畫者，必審其人可與乃延入，否則雖達官富人，具厚幣以致，卒弗納。已而人病其簡傲，數月無一顧者，意亦泊如也。晚年益困，自號耐寒叟。著有《耐寒居草》、《耐寒雜錄》。邑人吳蔚光、毛琛爲選定詩數篇，皆清遠可傳者。

孫原湘曰：孫瞻蓋隱於畫者，顧晚年益自重，非其人不與，人求之亦益少，以故畫亦卒弗顯，斯真以畫隱者矣。閒亦爲人寫照，畫輒不似。畫古聖賢仙佛，神理獨得。人或以爲言，孫瞻曰：『貌者，心之表。吾不能以古心度今人，吾烏能貌今人哉？』然從孫瞻學畫至數百人，皆學傳神者。

褚文洲小傳

嘗問吴下詩人於袁隨園，公曰：『長洲吴玉松，上海褚文洲，華亭張子白，客而僑吴者林遠峰、方大章，皆一時眉目也。』玉松、大章余識之，其三君者轆轤胸中。已而於李味莊備兵席間識遠峰，由遠峰得交文洲。文洲凋疎落拓，不事生人產。所居老屋，蕭蛸網户。性不近女。入其室，垂簾閉目，如退院老僧。時游酒肆，跌宕於歌褭舞褏之間，則又酣嬉淋漓，極嘯傲魁壘之致。與予一見傾倒，拉入酒家，予不勝杯杓，君連釂巨觥，酕陶竟醉。朗誦其己未新春書事諸作，引所佩刀擊案，且擊且誦，座皆駴爲狂生，有避去者。時備兵主持東南壇坫，士翕然歸之，而吴穀人、洪稺存諸先生，亦時時來游，文醼無虚日。文洲韜精沉飲，無蚤莫醉，不一載，竟以醉死。君童齔，卽以詩受知同縣曹畏壘，爲之延譽。今集中古樂府及詠史諸什，皆少作也。薄遊吴越，與諸君子濡染鏃礪，詩格益雄放，阨窮連蹇、思慕侘傺、無聊不平、可喜可愕，悉於詩焉發之。其奇崛處似昌黎，其汗漫處似東坡，亦間爲朱絃清氾，近大曆十子。葢其清氣宿心，發於妙指，非以學而能，故無學而不能也。所著有《賓書堂集》、《海防輯要》、《木棉譜》、《水蜜桃譜》、《硯譜》。殁後無子，書多散佚。其友改七薌謀諸李筍香光禄爲鍥其詩，僅得八卷。烏虖，文洲可以勿死矣。君名華，字秋萼，文洲其自號，上海諸生也。

孫原湘曰：予過黄浦，其水涎迤而潛沱，宜有雄奇恣肆之才踸弛其間。及觀備兵開閣延士，一時裘屐風流之盛，希風珠履矣。文洲死後二年，備兵亦亡。重過其地，登觀海之樓，但見洪波漭泱，雲水蒼涼。問曩時賓從，俱已散而之四方，況如文洲者，烏可得哉！烏可得哉！

趙涵泉傳

趙元凱仿范氏義莊，置贍族田一千畝有奇，既請於當事具題，而手其父涵泉翁所定規約來請，曰：『先君子抱數十年未竟之願，今幸獲仰成親志。求所以發揚先人之德莫如傳，敢以屬諸夫子。』予受而讀之。田有莊，莊外有塾，族有墓，墓有田。教養婚葬無缺，親疏有差，其用心可謂勤且摯已。夫無其力而虛有其志者多矣，卒償其志於身後，豈偶然哉？翁名同滙，字涵泉。其先自宋朝請君居江陰，十四傳至松雲，由江陰徙常熟。松雲子二，城居者其次，再傳而生文毅公，子孫科第不絶。長曰月坡，早世，其妻挈孤移城外報慈里，遂世居焉，是爲報慈趙氏。自松雲至翁十世，世業農，間有讀書者，試輒不利。至翁之子元紹，補博士弟子，又以攻苦夭。翁於是益慨然慕讀書之樂。報慈里在虞山之北麓，遶翁居多古木蓊翳，庭中老桂殆百年物。翁又雜植花木，闢梅圃，廣可數晦，顏其居曰『總宜山房』，益市圖籍充牣其中。邑中名宿如邵松阿、吳竹橋兩先生，毛壽君、陳筠樵、席子侃、鮑景略、受和昆仲，咸造焉。翁善釀酒，取水桃源澗，香味清洌，名桃源春。客至，輒令元凱行酒，曰：『與現在古人酬對，勝如故紙中求之也。』翁遇事精敏彊幹，所當爲者，力任之；不爲，雖勢力莫能彊也。修北門街，開塘以資灌溉。乾隆五十年旱，獨力振其里，咸經畫有方，事不假手。徽客負翁錢二千緡，焚其券，更以二百緡資其喪，尤人所難者。少時父殁，躬自負土造墳。既葬，廬墓一年，松楸皆手植之，三年，濃陰蔽天矣。

論曰：予嘗過翁家，值翁方醉，元凱長跪受教，時元凱亦爲學宫弟子矣。視其恂恂若無能者，逮翁殁十年而總理操切，遂克繼成善志。其精敏彊幹，何其酷似翁也！昔馬廖嘗謂其子：『皎皎素絲，所在染也。』骨肉性情之間，固有相喻以微者。翁之所以教其子，殆異乎世俗之所云者與？夫人孰不欲顯其親之善，顧吾謂苟非出於誠，然則亦誣其親而已。

趙羹梅傳

羹梅姓趙氏，名元鼒，明文毅公九世孫。父本嶓，以名進士守潮州，有惠政。羹梅少讀書刻苦自勵，經史靡不宣究，屢試京兆不售，歸而發憤。得疾，醫藥無可爲。雜取《素靈》、《本草》諸書讀之，忽有神悟，自爲方藥，治之效。乃日走都市，遇貧老厮養羸疾者，雜與丸散，無不效。數歲之中，活人無算，然秘不自言。已而人稍稍知之，走名幣求療，堅拒不應。予嘗北行得疾返，醫者雜治罔效，家人環侍泣，羹梅自請試其術，立效。余少子有奇疾，女病瀕於危，羹梅治之皆效，於是求療者日踵門矣。然羹梅療之，或效或不效，羹梅之言曰：『病者，天時地氣人事，非通天地之化以參合于人，不可療。今之求療者，一方恒易數手，任不專也。骨節柔脃，不耐攻達，法不盡也。攻達未及，輒更其治，功不究也。調御乖宜，令不壹也。我能測天地之機，而不能悉人事之變。向者如吾志以行吾術，故效。今吾術猶是，而不行吾之志，故不效。』然羹梅卒以奔走療人勞苦致疾卒，生平不名一錢也。

孫子曰：羨梅豈有意爲秦越人之術者，不得志於時，聊以其術小試之活人，不幸而輒中。古人如蘇軾、沈括，皆不以醫名，而通於醫。醫固非盡讀天下書，不可爲也。觀其論醫數語，抑豈醫者之説哉。

太學生吴麟書傳

邑東北諸鄉曰何墅者，以何鈁得名；曰徐墅者，以徐栻得名；曰吴墅者，以吴文恪公訥後人得名。徐與何俱式微，子姓亦他徙矣，而吴氏自明宣德間迄今，繁衍如故。環墅而廛者率其族，否則其僮奴或佃農，其餘落落數姓而已。而吴氏特醇謹，未嘗敢豪其鄉。麟書者，以才能爲衆所推服。地故瘠而民閑，諸少年羣博於市，君屢戒不聽，出不意聞諸官，聚而械繫焉，因與約『能更行，爲若脱之』。終君之身，市無博者。歲歉，羣不逞丐頡於市，有不嗛，輒毁屋壞垣，勢横甚。君乃懲諸當事，而飯其饉者，遠近帖然。君之以德制人類如此。君遇事喜獨任，規畫周至，卒亦無能撓之者。乾隆五十一年亢旱，首捐千金濬貴涇河，獨往來監眡，夜乘馬墮水，水淺得不死。是歲吴墅獨有收，灌溉之力也。其他如脩關壯繆廟，復最勝禪院田，皆關係里之形勝，悉力任之。於族誼尤篤。邑城北向有文恪祠，久廢，君鳩其族人，别建屋置田，歲時致祭合食焉。族人產爲豪右所占，力爲復之。族之貧者不戒於火，爲庀材新其廬。有姊不克葬，舉其窀穸。其孝友又如此。君絶意仕進，而好讀書，曰：『不讀書，事無所措也。』頗厭薄拘學繩尺之士，曰：『書乃爲若輩讀！』君名上林，號禮園，麟書其字，國子監生。

論曰：昔文恪公爲《尊經閣記》，以荀子譏子游氏之儒媮懦憚事爲戒，則知習俗相沿，自明代已然。韓子曰：『緩急，人所時有也。』而世俗拘于咫尺之義，惟知苟且自便。如麟書者，庶幾一灑媮懦憚事之恥與？夫木之自植者，枝葉必茂，宜吳氏之緜延勿替也。

吳卓信傳

吳卓信，字頊儒，其先出自新安，而家于昭文之何市。少孤，遺產頗自給。一旦盡鬻去，購書數萬卷，坐臥其中，且讀且著書。時或斷炊，家人借米爲具食，食已，亦不問也。太倉馮偉造其廬，見所著述，大驚，爲之延譽。已而棄其故廬，僦城東小屋以居。邑先輩邵齊熊、吳蔚光咸折節與交，齊熊嘗贈以金，笑謂曰：『某吝於財，未嘗妄與人，願君勿卻也。』卓信於書無所不窺，尤好經制之學〔一〕，奮然欲追杜、鄭、馬、王而起，獨不喜爲時文。年三十餘，猶困童子試。合河康基田陳臬江蘇，寓意邑令投置第一，得補常熟學博士弟子員，自是益厭棄舉業。思壯遊以證其所學，從康公淮徐間最久，已游齊魯，登泰山之日觀峰。走京師，公卿爭欲羅而致之，卓信意不樂也。嘗一至秦中，徧覽其山川邊塞之險阻，古今成敗之形勢，作《漢三輔考》，盡拓漢唐金石以歸。會康公歿，慨然曰：『天下無知我者已。』遂杜門不出。少學古文於馮偉，春容濬沱，由震川而上溯廬陵，視世之艱深詰屈以爲古者，鄙棄不屑道。獨與陳揆、孫原湘善，嘗語二子：『海内足當吾文者三人，李長庚、洪亮吉、李毓昌耳，吾將各爲一傳。』因不得其事實而罷。晚年手定其文四十篇，凡志傳稍涉泛應者，悉删去，存者耆老韋布及閨閤貞淑而已。性高簡〔二〕，與人交落落。好飲酒，召之飲輒醉。遇達官貴人，不交一語〔三〕，至爭辯事理，則氣上涌，面發赤，目炯炯直視，不伸其說不止。死之前半月，原湘過其居，時值大水，四野淹没，責原湘偷懦不能言諸當事，聲達户外，行者竚立駭聽。未幾竟以肝疾死矣，年六十九。所著有《讀詩餘論》、《儀禮劄記》、《喪禮經傳約》、《釋親廣義》、《漢書地理志補注》、《漢三輔考》、《三國補志》《補表》等書，并《澹成居文鈔》若干卷。其《喪禮》一篇尤善〔四〕。

孫原湘曰：卓信非忘於世者，特以簡忽人，人以此遠之。昔何墅有何季穆者，少可而多否，人聞其履屐聲，皆摇手避去。卓信所學，與季穆絶相類，而性情亦近之。烏虖！古之不宜於今久矣，不如是，何以竟其志哉。

【校記】

〔一〕『經制』前，《吴郡文編》載此文有『典章』二字。

〔二〕『高簡』，《吴郡文編》作『簡亢』。

〔三〕此二句，《吴郡文編》作『達官貴人，遇之不交一語』。

〔四〕此句後，《吴郡文編》有『道光三年秋八月同里孫原湘撰』十三字，而無『孫原湘曰』後一節。

陳子準傳

子準諱揆，系出前明昌邑令啓元之後。邑陳氏著族，有六子，準爲子游巷陳氏，獨以爲善績學見稱里黨。祖永復，父瑩，並諸生。君生而羸弱，讀書氣不自勝，然能默識成誦。弱冠，補博士弟子員，省試對策，纚纚數千言，以踰格被斥，遂絶意進取。購訪古籍，窮日夕讀之。目短視，燈下則倩人讀而聽之。每得一書，手自讎勘，丹黄爛然。遇前人校本，必羅致之。嘗論書貴舊本，非獨校勘之爲貴也，夫古人遠矣，今得其所讀之書，如接其謦欬而見其手澤，展卷以思古人之所學如彼，而我何以不能也？其論如此，即其用心可知矣。所藏書尤備於地志，嘗以酈氏《水經註》詳於北而略於南，著《六朝水道疏》，鈎稽精密，惜未之竟。幼失怙恃，遇前人孝義事，尤流連不置。嘗輯宋躬《孝子傳》、蕭廣濟《孝子傳》，於趙善括《應齋雜著》中得邑中孝子三人，爲自來志乘所未載，狂喜累日，而終以未得謝謌《孝史》爲恨。平生不妄交一人，往還惟吳卓信、張金吾三數輩。卓信死，爲刻其遺文。君自念無用世之志，惟文章一道，猶得盡志於鄉黨。凡邑中著述，自宋元迄今，搜羅殆徧，庋諸破山寺之捄虎閣，不下□百餘種〔二〕。輯《琴川志注》，以每句爲綱，蠶眠細書，條繫於下，搜採贍博，較原書倍之。其《續志》稱始於有元，然無傳，君采《元史》及桑、鄧諸志，下逮碑記文集，別撰十卷。又蒐輯自唐迄元，邑中文字及他文集之有關吾邑者，爲《虞邑遺文錄》十卷，《補集》五卷。又欲盡搨邑中宋元金石，作《虞陽金石錄》，未就。君之拳拳桑梓，可謂盡心矣。所居曰『稽瑞樓』，日手一編，足不履户限。稽瑞樓者，君嘗於書舶得唐劉賡《稽瑞》一卷，爲向來藏書家未經著録者，因以名其樓。君於唐以上諸書，儲蓄略備。方欲取其傳本較稀而有裨學問者，刻爲《稽瑞樓叢書》，草創甫就，而君死矣。爲文宗法震川，不苟作，作亦不存。存者，説經之文數篇而已。

孫原湘曰：予之識君也由卓信，每爲文，輒就商兩君。而君少予二十歲，每見，執禮甚恭，獨論文不少假借。今人中直諒如君者，蓋僅見矣。君嘗語予少時事，肆力於考據之學，考據之得失，於身心無與焉，文章則吾所自得。方思從容含咀，以蘄至於古人，而天遽奪之年，不逮中壽，可悲也已。

【校記】

〔一〕此處原闕一字。

龐隱君傳

隱君諱文源，字溯潢，號直夫。先世自吴江遷常熟之塘橋，六世祖繼美以直言受怨家誣陷，盡傾其貲，始得白。繼美生承榮，承榮生燾，燾生心培，心培生全錫，全錫生三子，隱君其少也。年二十，父授以田廿畮，地固磽瘠，君以稌菽更易休種。首戴萌蒲，身衣緼襏，與亞旅均勤苦，十年之間，業贏數十倍。濱海多產木棉，俗以紡績爲事，抱布而貿者，夜半輒起，往返數十里外，風雪凍餒，恒不得達。君卽里中通易錢布，遠近便之，其後閩商聞風而至，成墟市矣。君雖以樽節起家，然赴義若渴，里有荒歉，有某河未濬，有某橋道未修，有某死未殮葬，以告罔弗應。所自奉布衣蔬食而已，家人進以輕煖甘脆，屏弗御。嘗謂利如水然，不蓄則易竭，壅則潰矣。其明達如此。配陳氏，有賢孝行。隱君所以能力田造家，任恤里黨，類陳孺人助成居多。君之孫燦若，曾孫元堉，皆遊余門，故於隱君行誼知之也悉，爲著之如此。

孫原湘曰：東漢有龐君者，苦居畎畮，以耕耘自給，嘗謂『人遺子孫以危，吾獨遺之以安』。君其苗裔耶？君明於陰陽，自度兆葬其父母。相祖墓有蟻患，發之信。善相人窮通壽夭，然不輕語人。其殆逢萌、李子雲之流耶？ 謂之爲隱，庶幾無媿焉。

王芑伯小傳

道光三年，夏淫潦，東南諸郡，田禾盡淹； 秋霖，木棉亦盡。歲大祲，道殣相望。當事以聞朝廷，發帑金巨萬，振恤有差，吾邑好義者亦相率輸錢助振。張家墅災，獨差振不及，王君芑伯慨然曰：『同被災，而使之向隅乎？』請於縣，自振其鄰近七啚。縣令韙之，造其廬，君益感奮，復輸續振錢如干緡。於是遠近聞風者，如響之應矣。《禮・大司徒》以六行教萬民，曰『孝、友、睦、婣、任、恤』。州閭族黨，則使之相賙相捄。自教化不行，而風俗亦寖衰矣。今者蠲振之詔下，王君能踴躍赴義若此，固由於天子仁聖，有以潛驅而默率之，而君之居心行己，不於此而槩見哉？ 君諱文瀾，字起八，自號芑伯，系出宋合州守詔加寧遠節度使堅第十七世。堅子常州都督安節，與節度同殉國難，事見《宋史》。弟安義，始徙居常熟之六河鐺腳，又自六河徙張家墅。高祖楨，曾祖世熙，祖旋吉，父銘，俱潛德弗燿。君以儉嗇起家，布衣蔬食，一冠必數年乃易，於他物悉類此。或譏其矯，君曰：『某福命薄，如是已過矣。』而於喪葬祭祀之禮，必誠必豐，遠祖之墓，以時修葺無缺。年七十，諸郎將爲開筵召客，君獨召諸佃農，減其租額，人稱長者。性好讀書，以所居宅分授諸子，別築一椽，取淵明詩意，顏之曰『還讀』。日手一編，陶然自得也。

論曰： 癸未歲之災，吾邑陳翁象明輸助最力，其次則君。未幾而陳翁歿，君又繼之。人咸謂爲善不獲報，如勿爲也。烏虖，此世俗之見耳。善者，人心之所固有，君子特葆其初而已，豈預夫修短之數哉？

吳生小傳

生吳姓，名樹堂，字蔚深，號北安。先賢文恪公之裔，世居吳墅。甫生之歲，父蘊輝膺痼疾，賴母氏力作以養。十三學操觚，出語便雋。念母氏勞苦，不專學，力能代母者，悉任之。旋遭父喪，哀毁骨立，益不暇學。年二十四，始補博士弟子員，試輒冠其曹，食廩餼。省試連薦不售，入貲成均，冀北游以得一當。屢辦嚴，以戀母屢輟，嫛婗孺慕，出於形聲眂聽之外。授徒横塘，資館穀辦甘脃。横塘去吳墅十數里，每一念母，輒徒步歸。觸炎風，犯霜雪，肉皸瘃，趾腌薾，不自知勞也。有祖姑早孀，迎養致敬，窺伺所欲曲承其志，尤人所難。死之日，宗族婣黨，下逮儓𠪚，罔不失聲，卽其素行可知已。年三十有六，子二，曰鈺、曰錞，俱幼。

論曰：世多尚魁閎奇詭之士，否則文彩彪炳，最下紆青紫。生之行，庸行也，莫爲闡幽，則草木腐耳。故亟詮次其行，以勸世之飾外而遺内者。抑嘗訪生横塘，生方讀《史記》，襍舉疑義數事，如《司馬相如傳贊》何以引楊雄語〔一〕，《佞幸傳》籍孺、閎孺明是兩人，何以《朱建傳》稱『孝惠有閎籍孺』？知生之讀書，能自得間，其不以文顯，亦異乎世之以文顯者已。

【校記】

〔一〕『傳贊』原誤作『贊傳』，據光緒本乙。

姚心香小傳

姚君朗坡，喪其愛子心香，悲思不已，謀所以紓其哀者，曰：『必得吾子之文，勒諸家乘，先零之質，或藉以不朽焉。』朗坡生子二，長者以疾不能學，故尤憐其少。心香生而穎異，在髫髻時，卽不好嬉弄。六歲出就外傅，彊記雒誦，過于凡兒。年十二，爲舉子業，搦管衮衮不能自休。試有司輒不利，益自刻勵，寒暑無間。所居與吾弟僅隔一垣，予嘗止宿弟家，漏四下，聞咿哦徹西壁。老僕欠伸曰：『此姚家讀書聲也。』至性孝友，十歲時遭大母喪，哭泣如成人。既冠將婚，親迎有期矣，值大父病，止勿行。友愛其兄，出入必偕，歌場酒社，未嘗涉履絇。疾既篤，猶手一編。惟以不獲慰親志爲恨，可哀也已。心香名肇奎，號應星，卒時年二十五。

孫原湘曰：予未識心香，其從兄綺堂，予姪女夫也。爲予言心香平日雅慕予，尤好余詩，手抄成帙。病少間，輒就床頭取諷。自謂學力未充，不敢執弟子禮。易簀之夕，猶請朗坡必以其所爲文就正，不可謂非好學者已。嗟乎！微綺堂言，余惡知心香，况如心香之慕余，而予不及知者哉！

王三傳

王三，其先故旗籍，隸京口營，以裁旗分隸常熟，役游文書院。院月兩課，諸生列坐咿唔，三竊睨其旁，久之，頗識字。竊購唐詩讀之，遂通四聲，操筆爲韻，語有思致。喜蒔花，藉以爲生計。嘗植名蘭二種，可百金值，一夕失之。凡名種，無過三四葉，葉皆可辨識。偶入市，蘭宛然在也，叩所自來，則某所售。言未既，某適趨過。某者，三所習士而寒者。三故爲締審狀，曰：『吾誤矣，此非吾故物，吾誤矣。』笑謝而去。生平詩外無所好，每院課試帖，亦必擬爲之。院鄰石梅磵，名其集曰《梅隱》。今夏李生卿華下榻書院，三喜甚，願供薪水，暇輒以詩求爲點定。臨別泣下，曰：『承教三月，今別矣。區區覆瓿物，願以相托。』李怪其不祥，未幾竟卒。李哀其志，掇其詩之雅潔者登諸梓，且請爲之傳。三名茂森，自號雲浦，人但知爲王三云。

舊史氏曰：三，賤役耳，而所好與流俗異，且其遇人卑以謹，未嘗敢以技自炫也。斯亦難矣。及觀蘭草一事，雖古君子之用心，何以過焉，詩其餘事哉。

張孝女傳

邑有張氏女，以侍母疾致死者，其兄請爲之傳。其言曰：母遘奇疾，終歲臥牀，女視膳飲，滌厠牏惟謹。母惡寒，常以身熨母。雖盛暑，蠅蚋交集，未嘗一揮扇。病亟日，抱母號泣。一夕忽失所在，蹟之，潛伏別室，呼天叩頭逾時。起有喜色曰：『神許我矣。』衆皆誕之，天將明，忽顔色慘變，呼阿母聲詻詻不絕，遽瞑。及斂，臂有創痕，血猶殷，乃悟先刲肉雜藥餌中弗效，乃籲天以身代也。越日，母病竟差。

孫原湘曰：女之死，蓋死于勞也，而其家以爲籲天代母而死，其然豈其然乎？籲天以代死，與侍疾勞而死，均死于孝，而理之孰是孰非，必有能辨之者矣。或者謂《宋史》稱劉孝忠母病心痛劇，孝忠然火掌中，代母受痛，母尋愈。《中庸》所謂『神之格思，不可度思』〔一〕。其理至微而至顯也。烏虖！是說也，吾不敢辨。要之，與致命遂志之義無涉焉。

【校記】

〔一〕『度思』原誤作『度里』，據光緒本改。

范烈婦傳

烈婦姓范氏，邑處士志煌女，歸曾茂才敬謙。敬謙績學致疾，入省闈，喀血數升，迨歸，幾死矣。婦侍疾惟謹，病賴以少差，越兩年迺卒。婦誓以死殉，家人强進粥糜，潛和金屑咽之，爲婢所覺，急解，得不死。自是遂病，日啜粥半盂，瘠如柴。兩家父母爭憐之，醫者踵接于道，古方湯液，歷試幾遍，究未審何等疾也。坐臥喪次，三年，未嘗一日不飲泣。已而疾益亟，與之粥輒吐，如是十日竟死，距敬謙死甫二十七月。家人于臥處得赫蹏紙書：『喪服將除，吾死日矣。』乃悟向之疾，托疾也。

孫原湘曰：《柏舟》之詩云：『之死矢靡佗。』《禮》云：『一與之齊，終身不改。』女子喪其所天，至飲冰茹蘗，苦節自勵，義亦盡矣。至於首陽之節，乃遇君臣之變，出于萬不得已，非所以律常行也。觀婦之死，似非甚不得已者，遲之歲月之久，隱忍托疾，卒以身殉，可以爲難矣。《困》之象曰：『君子以致命遂志。』婦其庶幾焉。

天真閣集卷五十　文十二

傳

誥封太宜人阮母黃太宜人傳

原湘鄉舉出宜興令羅源阮先生之房，先生不以湘譾劣，命至署齋，論古今治蹟利病，常累月不出。因得熟知先生治行，皆禀承於封公魯邨先生及母氏黃太宜人者爲多。封公以鎮靜，母氏以恭儉，先生本親之教之者教民，民喁喁如也。嘉慶五年秋，調任吳江，甫三月，即丁内艱。士民遮道泣送，凡謳思令者，靡不追頌太宜人之賢。先生以湘爲門下士，稔知懿美，乃手奉行狀，涕泣請爲之傳。湘何足以傳太宜人哉？徒以先生之命，不敢辭，謹按狀書之如此。

太宜人黃姓，福建羅源人，歲貢生諱清光公女。性至孝，幼即能得親歡。于歸之歲，封公遭父喪，哀毁幾不勝。賴太宜人勷事，無失禮。姑黃衰病，太宜人與同臥起，夜治棗栗，聞雞聲則以進。體素盛，以勞漸致羸疾，然事姑益謹。凡扶掖搔抓，下訖澣溉溲溺之役，必躬必親。姑始不知其疾也，一日眩暈不能起，勢已殆。姑聞，乃槌牀泣曰：『婦以侍吾疾致病死，與見其先我而死也，寧我先。』令數人曳而起，跪中庭請代。越宿，疾頓减，姑體亦漸康，其孝慈相感如此。先是，伯仲姒更番佐家政，以均勞逸。太宜人至，則皆身任之，築里之間，和若穆羽。封君同祖兄弟十六人，子姓至百餘，待之皆溫惠有禮法，内外無間言。訓先生兄弟慈嚴交盡，有小闕失，督誡不少貸。而馭婢僕特寬，終身未嘗有疾言遽色。先生之初宰陽羨也，太宜人以君姑在堂，未獲就養。姑歿，襄封君治喪葬，咸中程式。既免喪，來江南，先生禄養豐腆，太宜人不色喜曰：『自吾爲汝家婦，躬自操作，食粗糲而甘之。今晏坐而食，常思食之所自來，不如家食安。方今天子明聖，吏治謹飭，汝第潔己愛民，毋貽汝父憂，所養志多矣，奚妄費爲？』天性慈惠，聞皋人呼號，夫婦相對廢食。問决獄有所平反，輒色喜。以故，先生歷治宜興、金壇、武進諸邑，所至皆有政聲。以嘉慶元年覃恩誥封。宜人年六十有三。子二，升基即先生也，次培基。孫四人。

贊曰：《繫辭》云：『默而成之，不言而信，存乎德行。』余至吴江，民思舊令不去口。及觀先生所爲母夫人狀，乃知先生之克稱其官，即其孝於親也。其孝於親，則太宜人之以孝率也。史稱崔寔母有淑德，常訓寔以臨民之政，此猶有其迹也。若夫閨門之内，潛移默化，其藴藉有深焉者矣。人亦孰不欲揚其親之懿美，然或所爲不善，人并其親之善，疑之者多矣。烏虖，如太宜人之所遭，豈易得哉？

梅母王安人傳

安人姓王氏，九江人，處士維周女。生而淑嫕，動循禮法，通《孝經》、《内則》諸書。年十九，歸同邑梅處士中洲，不逮事尊章。歲時奉臘，襄事必誠，酏醴腒臛，皆躬自潔治。處士性剛，友愛于弟，而遇安人嚴。安人奉匜舉案，彌盡莊敬。乾隆辛亥歲，處士嬰滯疾，至癸丑以歿。安人侍疾三載，未嘗弛衣帶，湯藥未嘗假手他人。貿奩具以飾終，不詒諸子以畢生之悔。長子佳幹，元配周出；次佳楨、佳植，安人出。鳲鳩嫛婗，撫之如一。聘名師督課，飲食供張，視處士時有加。禁諸子入市觀燈劇，浮囂纖靡之習，咬哇厖褷之音，不接於耳目，故諸子皆馴謹率教，卒有成立。性樂施與，癸丑冬，江右二麥不登，邑大饑，命佳楨出廩穀，日給貧乏，至明年麥熟始罷，所全活甚衆。戚里有告急者，默脫簪珥給之，不令人知也。紉箴澣濯之事，至老不以假子婦，曰：『吾昔未盡婦職，敢享汝曹服勞乎？』嘉慶己未春卒，年五十有五。以佳楨貴，覃恩贈安人。

孫原湘曰：予識佳楨於京師，見其至性煦煦，爲文章有根柢，心欽遲之。久之，述母行屬爲之傳。嘗謂爲國家儲育人材，匪獨父兄師友之教，抑亦有母訓焉。《禮》：子初生，祗見於父，父咳而名之，曰『欽有帥』，母對曰『記有成』。若是乎教之敬肅持循，而馴至有成，實賴母氏之力爲多。蓋父嚴而母慈，每見人子侍父，必改容，而隳節墮行，惟母氏察之最詳。故古來聞人，往往出賢母之後。佳楨其勉之哉。

林孺人傳

林孺人，國學生長洲陸元炳之繼妻也。林氏自閩遷常熟，父像黃，所居鄰毛氏汲古閣，多購奇書祕籍。孺人少敏慧，目肆流覽，至十八九時，猶手一編，縹緗之外，意弗屑也。既歸陸，三日即操家政，内外秩然。精會計，課婢媪勤惰如燭照。築里咸歎服，以爲老於持家者弗如。元炳卒，子女裁數歲，陸氏故素封，孺人屏鉛華，勤紡織。以不逮事姑章，祭祀必躬親烹飪以進。爲子延師，自食粗糲，而以甘脆奉師。撫前妻女厚於己出，子莊、春、臺，俱補博士弟子員，孺人曰：『吾死，可以下見汝父矣。』孺人自適陸氏，勤苦四十年，未嘗一涉文史，家人罔知爲女博士也。六十以後，精力漸耗，以家事授之子婦，輒發舊籍讀之。暇則令諸孫背誦經史，遇舛誤處，口講指授，有經師所未究者。晚年奉佛，日持齋疏，曰：『亦以撙節也。』垂殁，召子女環列，曰：『生，寄也，死，歸也。吾死，毋遽哭亂我神。』從容整襟而逝。

孫子曰：予聞林孺人之賢，不獨其才識也，抑亦含咀於詩書之澤者深矣。《斯干》之章曰：『無非無儀，惟酒食是議。』後人遂以讀書識字，爲非婦女所宜。夫以緣情綺靡之作，如李清照、朱淑真輩，貽後人口實，誠有所不必也。至如孺人之敏達，婦女亦烏可廢書哉。

周孺人傳

周孺人，邵鴻逵妻，孝廉樹德母也。四歲時鄰火災，盡室避火，屋幾燼。孺人爲巨木所蔽，不得出，卒亦無恙，人以是奇之。爲婦，事舅姑盡孝，病則日侍湯藥，喪則盡哀。遺兩叔兩姑俱幼，孺人爲之謹寒暖，悉出己奩具，以齎婚嫁。次叔仲南早逝，仲姒汪慟而絶，鴻逵經營弟喪葬，孺人以十指佐之，命叔子樹績爲之後。鴻逵貧，以醫療人，人輒活，日撤己事療人。孺人獨與諸子居，每夜篝燈火，令從旁誦讀。鴻逵自外歸，聞書聲與刀尺聲相應，則囅然喜。及鴻逵歿，樹德已登拔萃科，孺人教之，視鴻逵時益嚴。樹德舉乾隆戊申京兆試，明年歿於京，孺人撫長孫恩多泣曰：『汝父賫志以歿，讀書一脈，今在汝矣。』故課恩多尤嚴。及恩多補博士弟子，孺人曰：『吾今始可見汝祖矣。』治家有法，每事躬率子婦爲之。生平不佞佛，尼師、巫媪，不得入門，而待疏戚屬，咸有恩意。

孫原湘曰：予與樹德遊十年，恩多兄弟又從予學詩，故知孺人最悉。女子之行不出閨閫，語人，人輒不信。予之傳孺人，皆就可徵信者書之。苟如是，是亦足述已。恩多又言孺人平昔未嘗製一新衣，見人服御華豔，必諷戒之，曰：『非徒惜物力，亦免於誨淫之謗也。』吾邑近歲以來，女子競以華飾相炫，雖貧不具宿舂者，出必羅綺，習俗之移人，蓋如是矣。味孺人之言，爲之三歎云。

屈孺人傳

趙同鈺子梁妻屈孺人，祖畢節令曾發，以算學見稱當世，亞宣城梅氏〔一〕。父國子生某，蚤世。孺人生有夙敏，甫毁齒，畢節君授以經史，略皆上口。卽工小詩，世所傳《柳枝辭》十五章，蓋髫鬌時作也。既嬪於趙子梁，固風雅士，閨房之内，琴鳴瑟應，人比之明誠之於清照，孺人聞之雅不喜。余嘗過子梁所謂『易安閣』者，蓋取淵明『容膝易安』之意，余偶舉李字相戲，孺人遽命女奴持素牋乞易其額，余瞿然謝過。奴復傳命曰：『名本不佳，固思所以易之。』其詞婉而嚴，可以識孺人之志行矣。詞翰靡所不能，最工白描花鳥，豪柔挽勁，神致超逸，於李因、陳書外，別出一奇。顧所專志篤好者尤在詩，於唐宋諸名家，尤瓣香義山。與余婦席道華爲詩友，嘗遺書論詩，其略曰：『詩之爲道，以不著論議、自抒情感爲工。顧言情必先練識，練識必先立志。擺落世事，抗心羲皇，濯魄咸池，晞髮銀潢，詩人之志也。無其志而仿竊，明貞禾黍，表潔白華，優冠學敖，隋綵翦葩，嚼徵含商，無理取譁而已。僞體別裁，么絃獨唱，振衣霞表，安目頂上，詩人之識也。無其識而撏撦，活剝江爲，生吞賈島，芻狗雜陳，紫鳳顛倒，騁博鶩華，愚若燕寶而已。吐棄塵芽，發露天根，碧雲獨往，素春無痕，詩人之情也。無其情而叫囂，號哀雨雪，誓心皦日，丹粉失和，金玉違節，或哭或歌，譬諸狂疾而已。』又曰：『少陵如大海迴瀾，魚龍博戲，不敢學。太白如朱霞天半，絶人梯接，不能學。乃所願則在玉谿耳。』余婦難之曰：『碧城銀河，思涉幽玄；楚宮聖女，詞多詭秘。璇閨貞靜，焉取乎爾？』則又答曰：『義山以跅弛之才，流浪書記，洊受排笮。其志隱，故其辭曲。《無題》諸什，括東方之讔謎，爲秦客之廋辭，婉而多諷，風人之遺也。至於甘露之變，忠憤填膺，冤廚車之狗，悲下殿之走，託言石勒，自比賈生，斯則《離騷》之變聲，《小雅》之寄位矣。奈何以無稽嗤謫，蹐其詞於《香籢》《玉臺》之亞乎？』孺人之論如此，卽其詩可死矣。其死，子梁哭之悲。將盡梓其所作，而痛深未之能及。女子死以才，使丈夫悲之，未有如孺人者也。孺人名秉筠，婉仙其字。

贊曰：趙氏有老媪，往來余家，嘗爲余婦言，孺人事姑至謹。姑疾，孺人方病，腫脛如股，姑之患瘍也，不能枕，孺人足措腰際，以手承項。如是七晝夜不食，亦不勌，脛水涔涔流，腫良已。人以爲孝感云。是固然無疑，然世之所重孺人者，不在此。

【校記】

〔一〕此句原衍一『宣』字，光緒本同，今據文義刪。

吳貞女傳

貞女吳氏，昭文吳家墅人。父長松，諸生，母項氏。貞女幼而喪母，其父不再娶，一切烹飪縫綴之事，即能任之。兄晴烜娶於王，王氏死，遺兩女皆髫齡，一男在襁褓中。貞女提攜保抱，所以調護之者甚至，晴烜忘其爲無母之兒也。或有爲貞女媒者，女知之，泣曰：『兒去，誰爲吾父烹飪縫綴者？』父以是因循久不决，及父殁，年二十九矣。同邑周隆基喪偶，遺子並幼，聞貞女賢，能撫其兄嫂之孤也，遂聘爲繼室。既有吉日將婚，而隆基死。訃至，女慷慨請行，曰：『聘婦以撫孤也，既許之矣，可以生死易哉？』遂往。如周氏，視二子世鏞、世英，撫養教課，無異所生。及長，各爲娶婦。又督其子爲隆基擇吉壤，偕其前妻窆焉。凡養生送死之節，皆曲有恩紀。□□某年，年四十有□卒〔一〕，守志凡若干歲。

孫原湘曰：昔震川歸氏著《貞女論》，以未昏守節爲非禮，引《曾子問》『婿亡父母死』一節以證其失。吾友吳項儒又據《禮》駁之，以爲先王制禮，以順人情，不以守節律未昏者。蓋不欲責人以所難，而非謂能爲其難者之非，至引王蠋、龔勝爲喻。然震川記湖州張氏，引孔子之論三仁，固已變通其說矣。愚嘗以爲女子之聘，受於父母，父母既殁矣，婿死不改適可也，是猶父母之命也。若父母在，而以身許人，則歸氏前論爲不可易矣。吳貞女之聘，雖非受於父母，然父母既殁，獨行其志可也。此蠋、勝之說也。

【校記】

〔一〕此處原闕三字。

張月霄妻季孺人傳

張月霄明經金吾喪其耦，悲之甚，謁予言曰：『余妻不逮事舅姑，不敢言孝；有子未成立，不可言慈。惟是結褵二十年，黽勉聽從，無有違失。予好施，助予施；予好書，助予購書。坐是家日困，書亦旋化爲煙雲。予妻彊慰藉而心實殷憂，以抑鬱致疾死，是可哀已。願得吾子之文，俾先零之質，不遽泯没焉。』辭不獲已，乃詮次其語，爲之傳曰：

孺人姓季氏，名景和，字靜芬，爲邑望族。生而令淑明慧，既嬪月霄，琴鳴瑟應，雝雝如也。月霄連試不得志，自奮於古，慨然思爲杜、鄭、馬、王之學，日購奇書讀之，遇宋刊元槧，不惜多方羅致，積書至八萬卷。孺人濡染既深，遂能別識。月霄撰《愛日精廬藏書志》，其中去取，頗資商榷焉。月霄郭氏姊寡而貧，歿後喪葬，取諸月霄，孺人力贊成之。月霄有從妹少孤，孺人撫育，齎嫁奩具，皆手自辦集。其敦本慕義，固由善承夫志，亦所性然也。居恒儉約，殘絲賸縷，必儲以適用。遇媪婢慰姁，未嘗加以色。其初，月霄每重價購得秘籍，必相對鑒賞，孺人知其難爲繼也，從容進曰：『蓄之富，何如讀之熟耶？』其明識婉順如此。卒年四十。

贊曰：世所稱賢婦者，類能佐其夫以吝嗇起家，苟有所嗜好，或任揮霍，必箝制之。業隆隆起，宗族戚黨，翕然譽其能。此亦恒情乎哉。然予觀鄭衮妻曹氏，衮爲司空，所獲禄秩，曹氏悉班散姻親，家無餘貲。李衡妻，衡欲治生產，妻輒不聽，曰：『人患無德義，不患不富。』史皆以爲賢。烏虖，由今人觀之，其果賢也與？

祭文

祭邵松阿先生文

嗚呼！先生死矣！先生之文可以不死，而又奚悲？然而傳者或以其文，而所不傳者，豈徒區區之文辭？今海内稱有道德而能文章者，朱石君司農、錢竹汀宫詹外〔一〕，必先生是推。顧兩公皆爲顯官，先生以孝廉入薇垣，自知性與時忤，拂衣而遽歸。本經術以爲文，期振起於既衰。於本朝之作者，獨推崇夫望谿。然文體絶不類，好馳騁論議，暢其意而無遺。自歸田四十年，於朝章國是，靡不宣究而深窺。時發憤於文章，思獻諸當途而用之。今天子御極之四年，振乾綱於南離。埽虺蛇之毒霧，擢鳳凰於九逵。先生聞之而感奮，願納忠於昌期。朱公以皖江開府，入爲大冢宰，先生篝燈削牘，備陳江南漕糧河工諸弊政，命孫星馳而入京師，冀不得於其身者，終假手於當時。冢宰答書謝先生之教言，謂已見諸設施。則先生之言雖未爲當世采納，而其可以爲世用，抑又何疑？然而先生死矣！仲秋之吉，余過先生，相與講論世務，猶慷慨而掀髭。何音塵之未終，遽凶疾之是罹。或謂先生之文雄厲駿發，如少年盛氣，不類將死者之所爲。寧氣之見于文者，固不可憑耶？抑氣未盡而誤於藥耶？烏虖，是俱未可知。予性豪蕩，時歌酒而酣嬉。先生之性剛介，復不喜夫歌詩。顧獨以予才爲可用，而不可以繩尺羈。感知己之古義，獨臨風而涕洟，所謂上以爲天下慟，而下以哭其私者也。嗚呼哀哉！尚饗。

【校記】

〔一〕『石』原誤作『君』，據文義改。

祭張子和觀察文

維年月日，翰林院庶吉士充武英殿協修官孫原湘，謹以庶羞清酌之奠，祭於故分巡寧紹台兵備道張子和仁兄之靈：

烏虖！君爲監司，里黨咸喜。持節南來，賓賀錯履。予亦乘舟，晤君水涘。謂君盤盤，展布伊始。君殊愀容，雜坐歔欷。予竊疑君，不樂外仕。欣戚失時，殆將病矣。握别數語，軺傳遂行。予亦赴闕，輕裝北征。中道攖疴，沉綿遽返。伏枕驚聞，君卒捐館。始謂譌傳，制淚姑緩。君狀短小，精悍有神。清修慎欲，寡疾謹身。孌童崽子，遠而勿親。雲母鍾乳，退屏勿陳。霍霍巖電，雙瞳逼人。默想形貌，殆無死理。年雖始衰，未變髮齒。憂或致疾，疾詎不起？且悲且疑，莫究所以。僕人陳安，先來告台。甬無良醫，攻補雜施。信如斯語，非命曷追。吾弟子澄，從君甬上。歸君之喪，翔實死狀。之官一月，未嘗展顏。既憂萑苻，復籌海關。嘗語予弟，恐負斯職。棘聽奇請，雲司素習。然策眴算，如冶摘埴。鈎稽偶疎，適濟蠡賊。矧聞李帥，死爲國殤。艨艟不駕，孰禦蜩螗。覼蒙仞積，絫息致病。藥石不及，豈曰非命。嗟乎子龢，竟以憂殞。官職聲名，石火之頃。或誚君愚，桂木自煎。萬事不理，一官九遷。惟我知君，心乎國事。駿馬負軛，反懼蹎躓。敢蹈時賢，蕭杌自肆。凜凜隕越，實符古義。此亦捐軀，能無貫涕。君我姊婿，相狎卬虛。並轡太行，連輦巫閭。君官刑曹，予試禮部。予入翰林，就君爲主。借乘而乘，易衣而衣。君飲食我，我僕不饑。三載銜恤，音塵稍缺。一晤吳門，千春永訣。烏虖子龢，古誰不亡。竹帛未顯，猶賴文章。將從兩甥，取付剞劂。壽子之心，俾毋泯没。君愛予文，諷不釋手。揮淚製詞，侑此尊酒。尚饗。

祭沈思葵夫子文

惟重慶之遺烈兮，誕賢哲於天衷。資純懿而淑靈兮，道幽浚以閎崇。固百行之姱修兮，亦六學之淹通。鄉人溉沬於顧及兮，膠儒仰仞於衡嵩。翳韻宇之邃深兮，奥乎不知其所窮。既有此内美兮，又厚之以蕃殖。窺大航之書兮，索九師之易詩。剖析夫嬰倉兮，記鈎考乎普德。探舊史於壺盧兮，括羣籍於積石。服食奇氣兮發爲雄文，上薄扶風兮下該子雲。雜徐庾之流麗兮，掩曹劉之博聞。獻大禮之三賦兮，詞鏗耀而玢璘。投延恩之銅匭兮，陪屬車之清塵。胡時命之不遭兮，經屢奮而屢蹶。蔓賨菉之縝紛兮，蔽揭車之咇茀。鳭鶚翕習而廻翔兮，長離伏竄而撞柲。乃息志於林巒兮，謝青雲於華闕。

彼纓緌而岌冠兮，爭扶策而停車。慕嘉聲而響和兮，附芳塵而影趨。璗岝嶺而探琨兮，涉盤涹而采珠。若部嶁之景日觀兮，猶百谷之委歸墟。開龍門以纂言兮，坐虎皮而講德。埽狐穴之篇章兮，示斯文之正則。胃眵賴以祛蔽兮，窕摦因而釋惑。懿收朋而勤誨兮，不自知其血枯而頭白。洎伏勝之晚年兮，賁洪磧於湲郊。際右文之聖世兮，優稽古之榮褒〔一〕。邪叟忘其西昃兮，龍邱狹其東皋。而我夫子振孤風之絕侶兮，舒逸翮而獨翱。肆蕭杋於雲壑兮，貞婉瘱於蘅蒿。世徒慕夫文譽之硼磈而磳硊兮，又烏知其委辭召貢之高。庶幾遊心於溟渤之浩漾兮，絕景於嶰谷之聊嶆。某以舞勺之童齔兮，負行幐於雪廬。訪河東之三篋兮，敂金根之七車。識雞次之奧典兮，授禽冢之秘書。俾銜華而采實兮，擷經訓於菑畬。藉啓迪之劬劬兮，獲備官於史氏。拜几杖於春風兮，爲重輷啟而有喜。謂庸行以孝先兮，勗酬德於怙恃。陳賢親之高節兮，築巴臺於嵬涘。命小子以賦詩兮，揚胡繩之纚纚。承嘉命而濡豪兮，忽愴怳而洿泶。感余親之苦貞兮，委茝芬於棘枳。亟表請於當途兮，夫子聞之而逌爾。悟嚮者之用心兮，非徵夫窳圜之辭也。使之誦《柏舟》之篇兮，以通乎《蓼莪》之詩也。譬取瑟而歌兮，俾孺悲之自知也。胡善誘而善導兮，年既老而不衰也。天憖遺此淑德兮，示矜式於莊馗。拜禹床而執經兮，載侯尊而問奇。方萬流之仰鏡兮，倏緜惙乎霜露。豈桑輪之既昃兮，抑飀炬之難護。悼神理之緜緜兮，去恒幹而彌固。猗全歸之無憾兮，悵後生其誰附。

亂曰：崇蘭萎矣，金虀頹兮。華柯摧矣，銅烏冷兮。翦紙爲招，瑶閶迥兮。馬策銜悲，銀灣哽兮。

重曰：宅掩兮雲亭，寂寞兮玄經。靈椒漿兮涕零，冀來格以冥冥。嗚呼！其委化者，雜然之流形；而不可泯滅者，終古斯文之一星。尚饗。

【校記】

〔一〕『褎』原誤作『褏』，據文義改。

祭伯兄文

嘉慶十七年十月之晦，伯兄以疾卒。閲一月，弟原湘甫能忍痛定志，具時羞以祭告兄之靈。嗚呼！我先君生余兄弟三人，兩叔父早夭無嗣，余與弟爲之後。三人者，各承一祧，以是相愛敬，視他人兄弟轉深。余少兄十歲，六歲入塾，從兄寢。方讀《論語》，兄每夜於枕上口授《毛詩》、《左氏傳》。兄既婚，嫂歸寧，猶時呼余同被。余年十一，兄從先君北行，始知相別之苦，前此未嘗旦夕離也。及兄宦江西十年，擢汝寧通判，過家數日留。既遭先君之喪，嫂又歿，同堊廬處者二年。服闋，補汾州通判，旋奉母恭人諱，自是不復知人世有歡笑事矣。兄疊遭哀毁，目失明，年四十，遽以疾廢，貧乏不能自存。十八年中，喪三子、兩孫、三女、二女孫、一妾，極坎軻顛沛之境。竊意困其遇者舒其年，從此優游以至於老，雖敝衣藿食，兄弟白首相對，至樂存焉，而孰意天之并此靳之也。余不及知兄之宦蹟，兄又蹙然恒自咎，然余在翰林，同館蕭君者，兄舊所治興國人也，稱先後治邑者，孫君最。以是知兄之居官，有以感人也。兄以家督自任，事有不諧以行者，輒加譙讓。雖戚友家，亦好爲區處，人每怨之。兄率性如故，久亦共諒之。此可以見兄之行誼孚於人也。嗚呼！兄今死矣，事雖欲諧以行，不可得矣。向之就商兄者，轉以諮余，余不能決也。而後歎兄之才不可及，而余之夐夐孑立，益失所依倚矣。兄雖盲，心未忘當世事，好聞邸抄，間日約余至其居誦之。遇斷爛處，予方攣腃，兄接讀如見。向嘗語兄枕上授書時光景不可復得，今又回憶讀邸抄時，烏可得哉！烏可得哉！兄長子栻早喪，桂、檩俱幼。君歿時未有孫也，今以余孫爲栻後，兄無孫而有孫矣。所遺破畫一篋，窯器數百事，分授栻妻、桂、檩，如兄病中之言。桂、檩能讀書，則教之讀書，不能，使之治生。栻之妻，檩之母，不任其凍餒而已。嗚呼！余之告兄者止於是，而所不能告者無窮也。尚饗。

言母屈太宜人祭文

嗚呼！太宜人中和聖善，玉温其也。聰哲明敏，鏡不疲也。擷蘭頌椒，孝無虧也。寶釵素琴，順有儀也。母則嚴而姑則慈也，敬於長而宜於卑也。奉榮惟約，而孔惠好施也。方笄而結褵也，時重闈在堂，能稱娖婉瘱，以悦於龐眉也。及唱隨而西馳也，見於尊嫜，而色怡怡也。脊蕭燅俎，季蘭尸也。鳬臇鵠酸，中饋司也。諸叔小姑，寒燠時也。臧奴獲婢，外内治也。相我耐偲丈，昕庀家督之政，而夕下董子之帷也。及察孝廉，而縣令爲也。萑釵象揥，以佐挽鹿之貲也。琨蔽笄耳，以供烹鮮之炊也。初辛龍尾，民瘠羸也。沉冤之獄，剖蓄疑也。潎劾之徒，寬榜笞也。蝻災胜戾，賑恤靡遺也。流庸闔賦，蠲貸有差也。是乃太宜人之内助以贊成夫，保障而不繭絲也。賢譽上騰，移貴池也。得民之心，如婺原之時也。適襄陽，公納祿而賦歸兮也。道經秋浦，民熙熙也。民不知爲令君之父，而相縶維也。稱頌令君之賢，由内助以成之也。公聆而笑掀髭也，謂非此賢婦，孰與佐我兒也。耐偲丈之疾遽移也，猶二疏之先後相隨也。逮起官於浦陽之湄也，爲辟書敦促而不可遲也。海塘之役，手胼胝也。山陰之調，勸諄辭也。固陶靖節之不樂折腰而念東籬也，亦王仲卿之妻屢進夫止足之規也。於是築養堂之閑敞，疏輞水之淪漪也。植孝竹之檀欒，蒔雜花之紛披也。耐偲丈采卷心之施也，太宜人擷芳澤之蘺也。耐偲丈賦蓴鱸之詞也，太宜人歌弋雁之詩也。奉襄陽公、衛太君，几杖以娛嬉也。周覽林氾，謹扶持也。蒼顏白髮，效娩嫛也。二老人乃蕭杋常洋，以屆於期頤也。爰自管香之宦於東陲也，瓊崖⿰山殳⿰山巤，雜華夷也。重洋瀸瀾，萑苻窺也。太宜人慮初政之遺罹也，冒蠻煙蜑雨，涉七千里之嶮巇也。管香稟承母教，張弧伏戎，殲鯨鯢也。桴鼓息鳴，撫黎岐也。⿰犭典⿰犭韡⿰冫⿰方力⿰黍力，冺瘡痍也。澴瀷瀤淑，化演迤也。海外樹頷蛾伏之嫗，咸仰慈色而悽愴也。蓋太宜人之仁，匪特下逮於子姓毒妮也。賓客之至，潔饘酏也。媚黨之乏，豐餽貽也。寒者被之以絁也，饑者哺之以糜也。惠心淑問，述之而纚纚也。歲在龍蛇，折偕老之仇嬰也。銜寡鵠之深悲也，摧肝脾也。致顯痗也，覓矯醫也，乏肉芝也。嗚呼！太宜人四德具矣，五福備矣。熾矣昌矣，哀矣榮矣，方之於古，幾莫與之儷也。某與管香昆季撫塵而游，辱親知也。登堂而拜，祝維祺也。聞哀訃之忽至，曷禁霑裾而漣洏也。牲實於鼒也，酒陳於匜也，俎腒臛而盤明粢也。鞠卺於几筵之前，而慨德音之不可追也。愧告哀之不文，聊搦管而吁嚱也。冀靈旗之降格，庶式享夫葵菨也。尚饗。

祭弟婦李孺人文

嗚呼孺人！薊門山高，蘆溝水長，而遠嬪於窮海之鄉。蘭臺閥峻，鐵鑪族昌，而甘隱於霸陵之陽。方其軺輧而入晉也，端操其蹤，幽閑其容。既三卯之宜吉，亦四禮之柔從。值板輿之南來，謹莒蘭之是供。啓太姑之慈顔，悦新婦之婉容。洎乎舳艫而南下也，始見宗廟，始識威姑。甕而出汲，燧而入廚。揚豚霜鷄，雋燕晨鳬。餦餭粔籹，牢丸淳母。非深閨之夙習，乃手狎而芳腴。昕而縏袠，爲姑紉補。昳而籩筐，爲姑纂組。雖勝事之功業，因祇之絲縷，不足以喻彼精能，方茲勤苦。然而鍾家禮峻，葢母性嚴，縱婉娩以寡過，或喜慍之小嫌。脫簪珥兮長跽，被涕泗兮襟霑。聆箴言以自貶，絶怨懟而彌謙。及侍姑之疾也，昌陽豨苓，手湯液之。中帬厠牏，躬澣滌之。起則掖之，臥則藉之。自朝及夕，疇能代之？回衰起廢，帝實賚之。我澂之弟之食貧勵志也，劉凝之之耐寂，郭家能相；袁汝南之棄華，扶風何讓？具椎玉之賢明，兼卻金之貞亮。規州橘之纖營，佐陔蘭之潔養。韓芸昉中丞者，孺人之甥也。持節南來，登堂展謁。企孫晷之高風，請偕游於甌越。柯遇飈以旋摧，芸凋霜而遽歇。赴音忽至，中閨慟絶。念庭闈之闕養，勉從容於殉節。時則龍鍾兩姑，危乎朝露。伶俜諸子，飄若風絮。升堂而乳也，涉江而釣也，弱媳而兼子之孝也。衣袷以見也，辟咡以詔也，慈母而兼父之教也。魚菽之祭，季蘭其尸之。閭左之役，健婦其持之。逮執姑之喪也，苴絰骨立，而致烏之傷也。既卜幽而穸也，持衣負土，而奠真之宅也。夫有唐夫人之烏哺，而享芝蕙之賢，有盧少君之後彫，而引松柏之年。和氣應乎嘉祥，精誠感乎地天。胡日南之昃影，枯西嶽之井蓮。以孺人之孝也，而未食其報也。以孺人之淑也，而不予之祿也。天遽奪其算也，世何以爲勸也。酒之清也，蘭之馨也，俎有腒而鉶有羹也。陳於筵几之前，以冀夫來格之靈也。愧告哀之不文，未足以當蘭成之筆，而抵恒國之銘也。

天真閣集卷五十一　駢體文一

頌

聖駕臨雍頌謹序

稽古帝王，仔肩大統，光紹顯懿，達天地之序，協神人之龢，湛恩厖鴻，禔福中外，未有不覲明堂，踐璧池，揚緝熙，宣皇風，下舞上歌，蹈德詠仁，俾前聖之緒，布濩流衍而不韞韣，所以被六幽，育萬類，施鴻號於不泯，緜蕃祉於罔斁。殷周之前，敻乎尚已，饗食之典，豐鄗之制，載籍可考也。秦漢迭興，禮樂闕失，河間三雍之對，犍爲古磬之議，營表未定，班政靡彰。中元永平之世，循圖按讖，盛節遞舉。晉則泰始，宋則崇寧，皆降萬乘之尊，修北面之禮。優崇躬榮，充逢之耆碩；周集輔英，康延之姱脩。對揚天人，開闢前訓，加休溢慶，稱壽上觴。遂欲媲虞匹夏，軼殷紹周。樹高下之標準，布君師之極軌。潤飾道奧，揚扢風雅，郁乎繽紛，豈不克自神明哉。然審其言行，美不盈眥，徒以馳騖往牒，震曜緜祀已耳。故元符黃瑞，嘉祥易應；濮鉛觚竹，殞紘易開；鬐首卉裳，聲教易入；紈牛露犬，奇物易致。惟夫炎景洪輝，萬禩一日。堯舜之命咨，而繼體家庭；文武之克肖，而躬親嬗代。揆厥往初，終都攸近，未有如我朝者也。洪惟太上皇帝垂拱六十祀，仁覆無外，義征不譓，元功闓澤，逢涌源泉，滭浡沕潏，遠邇游泳，滋液滲漉，靡生不頤，政康時和，垂統理順。於是刻昭華之玉，箸運衡之篇，乃命重離攝茲震位，儀型乾則，化成天下。皇帝下武基命，紹文懋績，旁作穆穆，旦明不寐。恭己執中之源裕，官人立政之紀陳，惇睦辨章之序定，懷保綏靖之惠浹。是以景星出翼於纏次，嘉醴貢靈於沃野，澂濆滙硨砐於河，靜潗潪消沖於海。奇珍極瑞、應圖合牒者，俶儻譎詭，窮變盡倫，洋溢乎九垓，鋪衍乎八埏。非聖聖授受，其疇離之？卓哉煌煌，真亘古未有之會也。歷稽古昔，內禪之君，惟宋室高孝，艷稱當時，然優柔偏安，倦勤畀政。時邁之威，不及震乎河嶽；肅雝之化，不及究乎庠序。而欲建三宮之文質，衍道德之宏富，不其難哉！方今太上皇帝，乾體行健，巽位養龢，卑黃帝訪道崆峒之惑，陋伊耆栖心姑射之蔽，綜理庶政，聖謨洋洋。皇帝本誠敬仁孝之意，以篤祜承慶，兢兢業業，欽承罔懈，用能德威遠暢，覃及四表。凡逆苗弗率，幺麽保聚，皆相繼授首。窮山阻海、負險介恃之衆，埽若輕塵，執如拾遺。桴鼓息於塗，大風斂於隧。離身反踵之君，踰沙軼漠之旅，重譯雷應，抱珍雲集。四面內嚮，喁喁如也。夫武功不宣，則覺德不愷；文化不敷，則修道不著。皇帝攝政之始，班詔令，發號榮，金科玉條，懿律嘉量，渙汗炳燿，畢究宣臻。豐賚予以惇族，崇階秩以優功，錫封章以廣孝，錄任子以恤後，復貶秩以勸善。抑興賢舉能，懋典也；嘉惠成均，洪化也；旁招遺逸，美政也；欽修百祀，鴻慶也；耕藉訓農，治本也；大閱講武，化權也。若蠲租稅、減罰鍰、免徭役、赦囹圄、勵農夫、恤兵校，褒榮孝友爍德懿龢之家，贍給衰老癃疾呰窳之民，春臺之風滋，康衢之謠作，郁郁乎煥哉，天人之事備矣。中外之望允塞，太上皇帝猶穆然興思，厪念澤宮庶士，未睹新天子之光，謀所以宣德化、流教澤，特下敕旨，命修臨雍眂學之典。於是宗伯定儀，大予備懸，司空眂塗，太史筮日。惟嘉慶三年春二月，同律克龢，條風發候，登光辨色，纖塵不蜚，皇帝乃升祕駕，陳九斿，揚和鑾，擊明鐘，天動神移，淵旋雲被，以降於行所，遂釋奠於先師，禮也。下拜登降，睟容有穆，升觴折俎，駿奔秉德。煌煌乎，優優乎，禮備樂舉，幽明氣通，神保爰格，祀事告具。既而宸暉臨幄，百司定列，振鷺之容充庭，鵷鸞之儀塞階，韶奏導龢於前，司儀辨位於繼。爰進講官，陳說經義，皇帝稱制，臨決宣示。臣工披精一之閟，闡中龢之則。璧水無止，圜橋轉清。危冠空履、扣筵測蠡之士，彯搖武猛、扛鼎揭旗之徒，咸屏息聳聽，若仰昊庭而睹景曜。濟濟焉，翔翔焉，此實亘古之盛業，生民之壯觀也。臣沐浴元化，遭遇徽典，誠欲光揚太上，參天貳地，垂統之大昭，紀皇帝盛德至孝敬承之烈，以鋪彩流耀，諷動眎聽，而經術淺薄，識方庸瑣，數蒙渥恩，徒滋赧懼。竊惟漢晉已事，德不稱禮，而班固、李尤、傅休奕、王廙之徒，猶相與畢力竭思，作爲歌詩賦頌，以藻被金石，樹聲長世，矧我朝邁三皇、越五帝，巍巍蕩蕩，垂慶無極者哉。臣誠不自揣，輒覃思慮，遠希《訪落》、《振鷺》之什，爲《臨雍頌》一篇。詠《雲門》者難爲音，聆鈞天者難爲樂。思塗猥局，懼不足以發天光，奮地豫，區區之愚，冀有述於萬世。謹再拜稽首以獻辭曰：

虞姚握璣，建上下庠。夏姒誕圭，序東西張。皇朝闢統，遠軼陶唐。重熙疊華，聖道大昌。於赫太上，允文允武。南服金川，西定回部。懷柔德仁，及諸蒙古。甌櫝相尋，車書率土。爰命禮臣，辟雍載建。規圓矩方，清流四徧。遹觀厥成，乃備嘉薦。闡繹聖功，文教丕變。篤生我皇，奉宸繼體。濬哲在躬，寵錫延喜。稟承乾令，出震殿陛。輯瑞受時，聿修典禮。乃練良日，臨於西雍。湯湯其流，融融其風。鼉鼓震庭，鷺幬植宮。百辟卿士，星羅雨從。罍洗既陳，尊篚既設。降禮師臣，以奠以醊。匪肴斯馨，匪酒斯潔。天子之誠，達於先哲。乃延台保，乃命講臣。抽演閟册，啓發道真。馳辨濤波，摛藻華春。鏗鏞鏘石，逵駭晏眴。天誕聖聰，精義獨闢。下闋闕麟，上掩羲畫。震聲發聾，羣響慴息。圜橋纓佩，雲拔景覩。祁祁學生，莘莘髦士。化若仆草，術猶蛾子。物情熙熙，仰企休禮。告於寧壽，載色載喜。文思欽明，太上之德。文命誕敷，皇帝之績。於萬斯年，永建皇極。若日月光，垂奕禩式。

聖駕東巡盛京祗謁祖陵禮成恭頌謹序

臣聞報本追遠，禮莫大於敬宗；錫類推仁，事莫隆於孝治。占邰禾之穟穟，周詠生民；仰景柏之丸丸，商歌烈祖。神軒櫰桷，申洞屬於霜晨；寢殿笙鏞，奉憑依於雲闕。饗祀之典，古昔備矣。若夫象耕靈隧，護玉匣之虹光；龍鼎幽宮，閟珠鐙之星彩。附禺妥魄，未聞議禮於顓儒；畢隴升馨，僅覩脩儀於姬籙。計百寮而飲酎，紛煩東觀之文；準九月而薦衣，偃蹇開元之紀。祭不欲數景龍之奠，實以褻神；典不可祧司馬之朝，終爲闕德。蓋非聖人不制禮，惟孝子能饗親。其祀較秋嘗夏禴而特隆，其儀爲虞典周詩所未備。伏惟皇帝陛下，仁如九天，孝治萬國。纘列祖之懿緒，造羣生之康和。握鏡陳樞，奠九功於纁地；寢繩抱表，齊七政於銅渾。蕩三省之妖氛，虎貔解甲；息八溟之濁浪，龍馬呈圖。干呂雲青，西母貢環之應；抱戴日紫，南車獻雉之徵。皇乎敻哉，固已道隆姒氏之敬承，德邁姬宗之肆靖矣。顧迺秉玉維沖，凝旒若慕。凜紹庭之志慮，企陟降之神靈。懿惟履武開祥，俔天錫慶，重光列聖，繼序緝熙。苞桑永固，星虹湛白水之鄉；瓜瓞綿延，雲物蔭珠邱之地。跨幽營而表域，瑞孕黄祇；應箕尾而分垣，秀鍾青帝。渾河浩蕩，陋公劉皇澗之洄；長白嵯峨，壓亶父高山之作。爲王迹肇基之所，是號留都；念祖宗荒度之區，用歌時邁。往者前星拱極，侍玉輦以巡行；少海朝宗，奉瑶函而告廟。主器久臨於震位，重輪早麗於東方。逮宅位於天地之中，時動心於霜露之感。特以神宫静謐，無數舉之馨香；閟殿森嚴，恐非時之褻越。洎乎堯閏四置，姬朔十頒，乃奉天而順乎時，亦率祖以循其典。時維八月，有事三陵，命禮官諏吉日，巾車飾路，同伯選徒。天子揚鑾太紫之庭，指旆中黄之宅。嵐敷木葉，承玉軑以葳蕤；江澮松花，漾翠旂而滑笏。華平朱草，桑梓依然；古柏神榆，橋山在望。形如龍虎，雲煙霏五色之煇；守以熊羆，風雨效百靈之衛。於是問裳衣而追慕，撫弓劍以永懷。齊祓倏虔，質明視事。奠椒漿於銀甕，露浥真人；焫櫄燎於瑶壇，光分太乙。擷甫田之仁粟，實玉豆而香升；酌豐水之圓渟，潔珠盤而盥薦。音鏗雷澤，九磬八闋之樂成；酒酬雲臺，三詔十倫之禮備。儃佪兆域，樫椐伐木之塲；眷顧靈衣，鞞琫容刀之飾。展威弧於寶篋，巨黍猶張；策石馬於彤墀，神鬌欲奮。金貂赤芾，駿奔肅顯相之儀；翠葆朱旂，豹尾隱淵祥之氣。天地穌而鳳麟舞，風雲際而鵷鶴翔。於斯時也，憂慤咸致，幽明互通。比於在廟，而僾愾尤親；推及感生，而禘嘗可做。洵足以騰嫣籙而明禋，跨周庭而作頌者矣。既而莅舊都，覽荒作；採遺俗，存高年。廻省斂之前驅，御總章之行殿。扶笻擊壤，歡聲騰萬歲之呼；負版迎鑾，生齒紀十年之聚。書銜紫鳳，薄征偏貸於冬郊；竿揭金雞，疎網并除夫秋獮。靈珠神草，蕃鼇凝德產之精；樺屋糠鐙，熙皞著皇風之豫。展玉觴而錫宴，豳館歡騰；會金鳥以班朝，箕疇衍福。況九邊萬里，六合一家。有血氣而共識尊親，合歡心而肅將祀事。爻閶捧表，僬僥登王會之圖；毳幕來賓，僸佅備蕃方之奏。比沛邑歌風之日，禮樂加隆；視南陽置酒之年，德威更暢。煥天章於雲漢，思遺烈之珠囊；灑晨露於山川，示守成之寶册。然後廼移麾靈嶠，轉蹕皇衢，申恩賚於元寮，薦慶成於文祖。醲膏滲漉，達庶彙之蕃昌；和氣薰蒸，景天庥之滋至。臣沐浴元化，遭逢盛儀，慶過從郊，歡逾陪禪。夫形容美盛，昭聲實於崇今；綜纂見聞，揚休明於遐葉。臣誠淺薄，輒有諷吟。繪日月之容，獸皆率舞；狀乾坤之德，民莫能名。結想卷阿，竊附矢音於春牘；陳詩清廟，聊隨播響於轅童。謹拜手稽首而獻頌曰：

維清緝熙，道光列聖。載啓文孫，誕膺成命。政闡璿圖，功參金鏡。聿展純思，用延鴻慶。巍巍三陵，在瀋之陽。神榆獻瑞，朱果開祥。横甸闢宇，鄂多啓疆。豐水攸同，豳居允荒。法乾貞運，繹祖勤思。仁皇御宇，三巡舊畿。純皇膺圖，四舉上儀。永垂實籙，永固璿基。皇帝嗣武，善繼善述。十稔憂勤，四澥寧謐。偃伯靈臺，秉鬯太室。紹休承緒，夔夔齋慄。粵稽載典，廼協靈辰。望舒夾轂，羲和扶輪。松山渥翠，榆塞清塵。駟虯沛艾，鑾輅東巡。啓運嵯峨，丕基始造。肇祖首出，三聖是紹。僊鳥珠銜，天龍鼎統。來格來歆，神旂羽葆。繼謁福陵，載瞻天柱。勢拓九邊，師陳一旅。奠集大勳，指揮率土。緬企軒威，肅將武舞。昭陵閟殿，隆業神皋。威弧燮伐，勍甲秉旄。中成獨督，靈囊大包。昆臺龍去，帝業崧高。載仰蒿宮，載瞻柏城。蕭芳合莫，黍稷奉盛。庶旄委佾，鋗玉竚聲。鑾列靜慕，璜塗秉誠。大禮既洽，隆貺承天。蘿圖瑞襲，瓜冑純緜。恩沛九有，澤覃八埏。孝孫有慶，於萬斯年。

聖駕東巡盛京祇謁祖陵禮成恭頌謹序

維清七世，祚啓聖皇，嗣武十載，懷下土方，將纘舊服，紹休承緒，東巡乎盛京。展純思，延鴻慶。粤稽載典，協靈辰，屬堪輿，列鉤陳，千官景從，萬騎駢闐。靡太常之蕤緌，騰駟虯之沛艾，偈明月以爲候，捎格澤而承旆。紛紛裶裶，容容裔裔。若雷起猋駭，雲迅霧集，魚頡而鳥哘。鸞鳳紛如，棽麗和衡，隱轔鬱律，星陳天行。軼浮景而羾清霄兮，溯裨瀛而凌高閶。是時未夫營平也。望層山之岌嶪，馳景行之繹繹。界長白以爲維首兮，鎮醫巫閭以爲宅。混同巨流，襟縈欱吐以環衛兮，實維地之奥區與神皋。仰福帝居於日所出兮，建金城萬雉，棧齴嵒齬，桔桀以焘冥。肇正域而立民極兮，仰規恢乎億萬載，赫聲靈而爲萬國宗。固將眇東峯之昭武，眄南頓之原功。於是乘輿迺登夫鳳皇兮而歷英莪，睎屏京之瑞麓，臨直北之星河。羡思列祖傳統，延祚久遠，迄乎台兹，斯神靈所咸宜。誦《生民》之雅章，陳《七月》之豳歌。頫仰遐慕，亹亹穆穆，吟德而懷和。維我大清之肇造丕基也，横甸闢宇，鄂多毓祥。徂殷憂而啓聖，叶五世其允昌。上帝元命，集我高皇。奮神武而肆伐埽，旬始而靖欃槍。海邦是若，大東遂荒。爰暨文皇，中成獨督。靈囊大包，思寧求莫。綜名核實，崇淳示樸。訓諭諄諄，章於實錄。是以列聖受之，法乾元而貞運，繹祖德而勤思。雖休勿休，匪康匪居。仁皇御宇，三巡舊畿。純皇膺圖，四舉上儀。緬世孝之成孚，展我皇之型式。允寤思於上陵，越十年如一日。陟閟寢之崇嚴，彌蒸蒸而釁肸。蓋天子穆穆，周廬次殿，星幨露幄，淵蜎蠖濩之中，惟夫所以錫羡通類，體神懷精。祇對靈保，右饗嚴馨。迺考徵協卜，緝御希旌。會乎蒿宮，登乎柏城。庶旄委佾，鋗玉竚聲。鑾列靜慕，璜瑬載誠。松草承顔而變色，蕭芳合莫而通明。憑霄見，華龍鳴。紫雲蔭，黑丹生。懿聖智慈，理抱表懷，神珍黄之德，有以默契上靈者，早符乎撫軍衹告、藏璧壓紐之年。是以瞻几筵而如在，接僾愾而有聞。訓藹紫房，星躔上微。鈒瓊鏤德，金籥傳徽。聿稽功宗之載胥，隆親酹之儀。望祀咸秩，山靈降衹。川后允翕，方衹懋機。百禮既洽，皇心永綏。爰整法服，駕飛軫，藻綍黼黻，葩瑤韅靷。樹翠羽之高蓋，建辰旒而奉引。斧扆玉几，次席粉純。供帳置乎雲龍之庭，序百官而列千品。受四海之助寶，集萬邦之酎珍。稷慎執壤而和會，濊貊奉籍而來賓。總僸侏與兜離，奏德廣之所及。命膳夫而大饗，班玉觴而歡浹。舉欣欣以樂康，逮陪臺而誠翕。既下雕輦，卽乎射宮。張大侯而設三乏，厞旌獲而彀唐弓。起伯夷而爲正，坐后夔使司中。騶虞闋，王夏終。發鯨魚，鏗華鐘。施筍簴，縣金鏞。陋夫角觝與丸劍，詎足論曼衍於魚龍。皇皇乎帝者之丕觀，固已邁三五而冠卓犖矣。然而天子升大政之殿，緬景運之朝。櫟然長懷，紹庭陟降，未嘗不思聖圖締構之勤勞。念戎功而慎儉德，延疇福而叶泰交。仰廸光與敬典，承松茂與竹苞。臨神軒，訪機政，羨問公卿計吏，勤恤民隱，而思除其眚。觀納風謡，清微延聽，雖蹕路無煩知頓，而猶蠲復而沛殊恩。五校七萃，飽飫咸勤。葢天子所隷謂之幸，故懷生之族，冠帶之倫，靡不延頸舉踵，晞日月而矚皇慶也。於是陰陽交和，庶彙亭育。卜征考祥，終焉允淑。直萬寶之告成，乃迴輿而言復。睠先皇之舊墟，悵長思而懷慕。過大淩之垌野，見糝驔之牧馬。登澄海之層樓，粲天章之廣賦。遵皇衢以寧歸，薦慶成於文祖。入璿室以釋勞，膺蕃釐而安悆。然後御前殿而覲羣寮，和寅雅而申恩賚。宗臣羣輔，侍子陪位。臚讚芳徽，圖寫王會。相與稱萬壽於彤廷，陳五輅而表瑞。小臣不敏，敢拜手稽首而獻頌曰：

皇祖起焉，列聖倈焉。積厚流遠，懷桑梓焉。瞻原陟構，靈庥竢焉。精誠昭假，介緐祉焉。孝思錫類，垂萬禩焉。

擬平定川楚告成頌謹序

臣聞不殺之謂神，止戈之謂武。惟雷霆之威，震八紘而皆讋；惟乾坤之量，甸四海而能容。欽惟皇帝陛下，紹文懋績，下武基命。秉天樞而理庶政，握地軸以御遐方。靈風舉則黿鼉成梁，濁浪息則江河如鏡。烏弋黃支之地，盡入版圖；紈牛露犬之鄉，咸脩職貢。久已金輪光湧，鐵轄痕消。赤縣鶉居，蒼黎蛾伏。乃有逆匪某某等，氣假蟲沙，魂游鹿疃。衆不盈於一旅，兵未習於成行。敢懷青犢之凶，坐肆赤眉之悍。憑上庸爲巢穴，阻宕渠爲陸梁。起兩省之烽烟，作二江之殘賊。此天地之所不載，人神之所共憤者也。皇帝聖德如天，仁心覆物。念小醜之易盡，憫愚氓之無知。屢用矜全，未加殲滅。夫苗民逆命，益彰文德之化神焉；鬼方難克，無損中興之郅治焉。兹者皇赫斯怒，我武維揚。默運神機，潛籌睿算。聚米而兵形在掌，畫灰而要地成圖。特命元戎，肅將天討。軍圍紫蓋，搗其蟻附之巢；陣鎖銀盤，斷彼烏飛之路。飲馬於空泠之峽，鞭斷西流；淬兵於卭筰之峯，鶴驚南詔。同心誓衆，尅日進師。十萬齊呼，四面皆入。自使兔忙失穴，鹿險迷林。有地投戈，無舟掬指。鯨鯢授首，紅巖之木石皆腥；狐鼠逃踪，玉壘之風雲變色。皇帝惻然動念，止勿盡劉。謂彼潢池，皆吾赤子。窮水仙之餘寇，祇殺盧循； 散黄巾之黨人，但收張角。 網開一面，功配三朡。 廓清蠻郡之煙，蜀江如錦； 埽盡漢皋之籜，湘草重香。 伏念我高宗敬授遺謀，厪思餘孽。 皇帝纂成鴻業，嗣啓雄圖。 擒車鼻於金山，紹文帝箕裘之志； 還三矢於太廟，慰雁門堂構之心。 可謂如神如天，允文允武者已。 爰命禮官，歷吉撰良。 致燔瘞於昊蒼，奉牲玉於列祖。 自此兵爲農器，革作軒車。 武功告成，文治斯備。 緑圖洪範，邁三古之殊猷； 玉檢金泥，答百神之靈貺。 臣沐浴元化，遭遇太平。 輒敢仿相如封禪之文，效韓愈平淮之體。 用以昭示萬世，諷動九圍。 謹拜手稽首以獻其辭曰：

於鑠皇清，化被區宇。 揭竿潢池，始於川楚。 於赫純皇，德威遠服。 垂統六旬，中外禔福。 我皇繼體，篤祜承慶。 重華廣被，四夷來王。 蠢爾么麽，敢作不靖。 至於七年，干戈未定。 皇帝純孝，諒陰是遵。 薄伐西南，聽之虎臣。 皇帝純孝，善繼先志。 命彼虎臣，遂訖厥事。 惟此虎臣，克勤以忠。 底天之罰，匪圖厥躬。 漢江之深，蜀山之阻。 如雷如霆，陳我師旅。 螳臂當轅，云胡不亡？ 鴟巢孔完，我摧孰當？ 皇帝曰吁，蠢兹黔首。 殲厥渠魁，釋其羣醜。 匪折我矢，匪缺我斨。 皇帝至德，以安四方。 皇帝至德，告爾赤子。 載櫜爾弓，載新爾耜。 王師整旅，言歸於京。 虎臣稽首，告功之成。 告此武功，於郊於宗。 楚蜀既安，侯農侯工。 功烈熾兮，大孝備兮。 高廟之靈，於胥慰兮。 藻彼金石，以播厥勳。 我皇神武，式是後昆。

賦

秋海棠賦

毓文書院繞砌皆秋海棠，隱於叢緑之下，貞靜自花。凉颸乍起，渺渺予懷矣。感而賦此。

有佳人兮獨處，懷君子兮天涯。灑相思之清淚，幻絶色之奇花。氣芬菲以感植，情鬱結而生芽。抱秋心之宛轉，殊春色之夭斜。方其似花非花，欲放未放，小朵半含，嫩葉微障。撫幽姿以自憐，怯初涼而誰傍。若淚點之乍彈，趁秋風而飄颺。清氣坼曉，新妝竟朝。微笑實怨，輕顰益嬌。珠以愁而結胎，玉以情而受雕。惟至性之所化，入深土而不銷。烟霏霏兮乍斂，露零零兮尚寒。屏鉛華兮表獨，試羅衣兮怯單。玉容舒兮强慰，檀心吐兮增酸。避衆喧兮趨寂，羌無人兮倚闌。若夫空庭既闃，重門始關。月流素於砌曲，雲弄陰於牆彎。斂霧髩，嚲風鬟。影敻敻，致閑閑。秉幽貞之素德，禁涕泗之潛潸。至於冷雨宵滴，哀螿夜膺；空階葉覆，幽檻寒凝。低頭兮不語，迴身兮倦凭。乃紅珠之錯落，抑清怨之難勝。夫其鍾大造之秀靈，稟曠世之窈窕。宜令舒明豔於春初，挺神仙於物表。何假託於海棠之名，而遲發於清秋之曉。春借夫八月之中，山隱於一卷之小。不知秋者氣之凝也，得秋者爲清品；名者實之浮也，忘名者爲高格。守清質之娟娟，抱迴腸之脈脈。望天末兮雖遥，心與君兮不隔。與自炫於春風，寧退藏於蘚石。

書

擬曹子建與吳季重書

植白：季重無恙。往者辱侍清醼，流連極懽。雖陽阿不足以娛目，東野不足以順耳，至於傾衿聯襼，情有無量。夫鮮鱗引於詹何，清酤發於范武。肴脩扶寸，匏爵片羽。足下虎眂鳳翥，睥睨四席。噓噏則風雲入座，咳唾則星宿落天。固當銘勳景鐘，書爵衞竹。屆戹鄭懿之蹤，驂驔衞霍之駕。志雖有逮，不其雄哉。僕愧無平原折節之雅，殊有孟公投轄之志。將欲臛靈淵之潛鼉，臇丹穴之鳴鶵。使閭娵揚袪而起舞，杜連按節而理音。徒恨醼樂始酣，驪駒載促。馳西宛之駿，不能追濛汜之馭；決東瀛之波，無以益挈壺之漏。歡洽未究，音塵遽乖。追惟清操，迄於旬日。適承惠訊，情辭爛然。春葩在樹，未足方其藻采；秋水赴澗，未由喻其委曲。反覆省覽，不能已已。諸賢所述，想還治悉諷采之也。

夫文章之道，微乎微矣。崇標格者，每皮傅之相因；擷芳腴者，多臾詬而忘節。間或激之以波詭，矯之以靡宕，分流僢馳，於道益偝。且詆訶易起，真賞或淆。具南威之麗，而世黯東家；抱明月之珠，而人懷魚目。敬禮有言：『後世誰相知定吾文者。』三復斯言，以爲至論。足下下車所蒞，正墨氏回車之邑，固應家謠黃竹，巷賦白雲。塤篪激於繞霤，靈鼓殷於莊馗。足下綰綬餘閑，提唱其際，何嫌儒墨之不同轍乎？且聲音之道與政通，古之君子，斯須不可以去身也。足下雍容絃歌，優優布政。循轍而往，無俟改塗於馬跡；擊鮮而治，何妨借喻於牛刀。孤凰一鳴，良驥千里，勗之而已。地遐情邇，苔異岑同。悵望晨風，努力自愛。曹植白。

與同學諸子書

原湘頓首諸君足下：伏聞獨行之士，不求諧俗；知命之英，惟冀遂志。非好爲瓌瑋絶特，而甘於貧賤衰朽，誠以守人事、順天命，道腴則世味澹，内重則俗慮輕。竊見諸君自聞報罷，嗒焉若喪，悄然以憂，旁觀熟計，竊以爲過矣。夫重瞳之勇，詘智垓下；屈原之忠，飲恨楚濱。仲舒言道德，見妬於公孫弘；李廣奮節匈奴，終排於衛青。自古雞羣詠鳳，蝘蜓嘲龍，志士灰心，忠臣雪涕。然而嫫母衣錦，親者不能掩其惡；西施負薪，怨者不能毁其美。卽或詘於一時，靡不伸於千載。苟抱至德，豈慮終窮？今挾隋侯之珠而彈黄雀，託驊騮之足而逐蒼蠅，以爲操必勝之具也，童子過而笑之。一泥丸之彈，一枯竹之枝，恢乎有餘，而所欲暢遂。殆有天焉，豈人力哉。且夫瓦缶而登明堂，不如黄鐘之毁棄也；碔砆而貢清廟，不如良玉之善藏也。行潦暴集，江海不以爲多；飛塵塞途，大塊不以爲厚。方其勢盛，耳目震駭，及於消滅，若固未有。而江海之含泓，大塊之凝重，自若也。説者謂獨智不容於世，獨行不畜於時。以天之高，而不敢仰首；以地之厚，而不敢託足。庶幾蹈甕之河，負石入海，形消影滅，而魂神尚在，奈之何哉？嗚呼噫嘻！何見之淺也。飛鸞剛罫，不能制太空之纖羽；金鉤玉餌，不能亂九淵之沉鱗。昔者伊尹負鼎，太公鼓刀，百里自鬻，甯子飯牛。幸而遇合有時，富貴自致，化溢不容於世，而何患世之不容？且以六合之大，匹夫之一身，何必離世絶俗，以爲高哉？士患夫撓直爲曲，斲方爲圓，畏患苟免，君子之恥也；大智若愚，深藏若虛，和光同塵，聖人之德也。四表，風行萬方。使其不遇，豈遂莘無可耕之土，渭無可漁之磯？伏雌之願不終安，扣角之歌不復作。

與友人書〔一〕

來札委以代墨《貞女傳書後》，妙事妙文，何敢辭？雖然，竊有説焉。自昔王朗之文，乞書梁鵠；湘東之作，假手中郎。將傳玩於千春，必求工於兩美。足下以含任茹沈之筆，寫方陶駕董之操。文藉事而必傳，事得文而益顯。賦出《三都》，已紙貴於洛下；勒成片石，定價重於韓陵。僕八法未嫻，三真莫辨，重以見委，不稱甚矣。抑聞之擅孟賁之勇者，不能爲烏獲執鞭；負鄭旦之色者，未甘爲西家擣練。豈兩賢之相厄哉？誠恥乎其名也。今乃策驊騮之逸足，追騏驥之後塵，則寧渥洼棄之矣；琢卞璧之奇珍，飾隨珠之故櫝，則寧太璞藏之矣。僕少拈芳翰，蚤飲香名。同袍多賈董之倫，倒屣得祖袁之重。曾亦思諸君子之殷勤款曲於僕，與僕之親昵契洽於諸君子者，果何在乎？區區此心，足下亦既洞鑒矣。紙尾云云，爲某君代請，寔爲僕解嘲耳。竊思未工筆札，漫試鉛刀。直以有事爲榮，譬之未同而語。士羞自獻，女愧無媒。僕縱不才，竊所深鄙。况聞某君此舉，第求益於菜傭，至不遺夫駔儈，而獨無片言及僕，其果以僕之文不易得乎？僕倨傲性成，疎慵天付。即來諛墓之金，當返連城之璧。今兹見置，乃分之宜。然而牖下之女，爲人壓綫；床頭之客，辱以捉刀。揆之鄙衷，未見其可。阿買固固知足下之愛僕私僕，而欲得僕書爲重也。既已愛僕私僕，何不思所以尊顯之者，顧使之操楮墨以從事哉？他日某君攜此册於大人先生之門，俾見者謂君之友技止此乎，是濫交也；謂君之友技不止於此乎，是失人也。僕不敢依違奉命，而不惜播唇掉舌，以求一白於足下者，誠自愛，亦以爲足下地也。

不識字，退之許爲知書。未敢應也，非所甘也。且足下誠鄙僕賤僕，則何取乎僕之書也；

【校記】

〔一〕『友人』底本作『人友』。據文義改。

天真閣集卷五十二　駢體文二

啓

徐孝子孝行徵詩啓

夫火惟土事，成養而弗名；文以綸終，引緒而莫解。自昔篤行，不蘄咸知。而籬涌十鍾，天與七年之賜；門樹六闕，國彰三世之旌。俾户詠履霜，斯家敦愛日。故左盲削牘，先歌潁谷之風；疎晳肄笙，首補南陔之什。孝子徐氏，名金霖，號漱坡，長洲縣增貢生。棘薪抱懷，樂木在性。推轅養志，不耽毛檄之歡；闔牖傭書，深以温裾爲戒。固已行孚犬乳，邨改烏傷，族無間言，庭有降瑞。既遭父明經君之喪，鶴助鳴哀，雞同骨立。居廬有法，惟遵涑水之儀；讀禮無違，悉屏秖陀之教。太夫人嚴氏以悼喪所天，遽攖沉痼。手調湯液，饑不知餐；躬滌厠牏，宵無弛帶。嫛婗膝下，親爲雛鳥之娱；宛轉泥中，代緩蠐螬之怒。蚊噆膚而卻扇，冰墮指以求魚。卒致東海迴波，竹延枯節；西山駐景，草戀餘暉。蓋疾既革矣，復甦者旬日。哭殷瑶極，天彰淚海之誠；事類金縢，神許血書之籲。此尤靈武二孝，遜厥精虔；關中一龍，無斯誠感者已。至若棠花均茂，荆樹齊榮。麾卜式之羊，代償驢券；移儁庭之誰，通入烏巢。徐卿二雛，爲季江立後；　姜氏一被，與仲海同眠。引領寄大雷之書，燎鬚進防風之粥。化燃萁而輟泣，諷斗粟於毋謠。凡厥植心，悉根至性。配邱孺人早卒，終身不再娶。單鸞舞鏡，謝非吉甫之賢；　獨雁呼雲，悲甚德宫之戚。屏琴心於在御，防意如城；　却眉語於登墻，持身似玉。虧體之戒，無誚乎鄠人；　孝門之銘，奚慙於柳子。夫射父所過，草木盡香；　青女一飛，鐘簴悉應。觀豺獺之祭，而古禮可求；　聆豹駒之音，而新聲斯振。矧夫道禀先王，德符曩哲！高矣美矣，衣與繆與。匪徽淹雅之辭，曷備輶軒之録。綸綍五色，既焕旌門；　蓼莪三章，尤善導俗。所冀松聞柏悦，瑟應琴和。抽彤管而揚芳，嗣白華而製詠。俾牛徽古烈，被之雅絃；　猗子前休，播諸樂石。庶幾太湖三萬六千頃，化成孝感之泉；　莫釐七十有二峰，長偏卷施之草。

徵刻詒經堂續經解啓

通志堂之刻，集學海之大成，爲經庫之總滙，收摭津逮，厥功鉅矣。顧天口聖譯，代啓新機；　戲谿姬經，不絕家法。蘭臺秘寫，綈袠珍儲；　蓺林莫窺，流播終闕。張君月霄，獵楹壁之遺，鳩箱軫之積，施架排次，鉤心校讐，得人間希有之本七十五種，爲卷乙千四百有奇。古人之菁英聚焉，微學之津梁繫矣。不以詅癡，許窺秘奧。其中如仁山《尚書注》定『許』爲『鹵』，訓『卞』爲『禮』；　季友《蔡傳音釋》繫『艱』於『播』，釋『要』作『拘』，皆能自出新意，不囿陳說。至如信安《詩說》以《卷耳》爲太姒傷羑里之難，以《蒹葭》爲秦襄卑洛邑之遷，以《正月》爲國人憂篡攜之亂，以《綢繆》爲曲沃兆分晉之機，尤能目炬千秋，心抒獨斷。間有穿鑿，可備參稽。若夫楊氏《春秋穀梁疏》，零璣斷璧，久與賈氏《儀禮疏》並爲世所珤貴。張洽《春秋集傳》，王元杰《春秋讞義》，謹案《欽定四庫全書總目》，一稱遺佚已久，一稱脱補無從，今俱抄自原録，燦如完璧，洵可稱墨莊之秘笈，策府之殊珍已。惟勝袟既繁〔一〕，剞劂甚鉅，月霄志公同好，力絀獨擎。將永汗竹之傳，必藉布金之助。昆吾之鏐晨集，語兒之木夕刊。用告儒林，蘄襄盛舉。上佐聖朝之崇學，下踵東海之傳經。庶幾祕發嫏嬛，六際咸游乎淵海；道垂蠹籥，百家盡獻其奎琛。

【校記】

〔一〕『袟』原誤作『袟』，據文義改。

引

募修兩邑城垣引

重門設險，周官嚴掌固之修；營室程功，月令戒孟冬之事。是以嵾峭繩直，西都鬱其金墉；嶙峋雉排，北使偉其銀鑄。莒人恃陋，終貽君子之譏；仲幾不供，莫掩大夫之罪。吾邑城垣，自雍正戊申昭文勞公修其東北，逮乾隆癸未常熟敬公葺其西南，迄今六十餘祀矣。涉歷星霜，漂搖風雨。女牆剞倒，粉堞傾危。睥睨頹邊，但有鷙烏之集；麗譙缺處，幾成竄鼠之途。雖斥堠消烽，無虞外寇；而濱江控海，誰障中吳。宜未雨而綢繆，及清風而修葺。不可緩也，其能久乎？夫起徒均力者，有司之賢；增埤浚隍者，往役之義。爰仿鼛號之意，以代鼛鼓之徵。誼共切於州閭，事何分夫畛域。在國在野，總屬郊圻封守之中；實壑實墉，豈容菅蒯絲麻之棄。功須萬計，壘土可以爲山；夫起千家，衆擎不難舉鼎。雖肥磽異轍，自有上地中地下地之分；而彼此同舟，應無貴者賢者老者之舍。惟期赴義若渴，樂輸如雲。築早聽夫登登，墉復還其仡仡。城郭溝池以爲固，所期義出同人；篤實輝光而日新，行見筮之大畜。

序

邵古太守行看子序

夫清規懋賞，與白雲俱潔；抗志高蹈，以黄松爲心。襴衫小馬之計，入市何嫌；臺池引賓之娱，無田足樂。顧烟霞可期，日月不借。峰指五老，而議悔少年；亭名三休，而病迫餘歲。建勳有言：『自知非壽考，欲求數年閑適。』詎可得乎？古音先生近伏生授經之年，高薛苹懸輿之志。片石不載，一廛未營。角巾翛然，商樂鏗爾。觀察李公飭厲雅化，傾心文儒，以禮聘主游文書院，敦請至再，乃勉就席。鄭虔家具，槖青氊而來；威輦妻孥，就白社而處。地故名石梅，梁昭明讀書臺在焉。擅香雪林巒之勝，具煙雲竹樹之美。清嘯則明月鑒帷，高枕則丹霞入牖。龍門著書之暇，清娱侍旁；鄭鄉治經之餘，小同應側。時或據石聽雪，鉤簾看山。牧馬在郊，愛其神駿；啼鷽坐柳，藉以鍼砭。蓋柴桑之松菊，並此堅貞；中條之猨鳥，同其暢適也已。某與先生爲中表兄弟，而年齒懸絶。士龍髫髻，便識閔鴻；沈約晚年，乃交何遜。撫塵既洽，出所繪行看子，屬爲題識，循覽感歎，不能已已。先生以名進士握符劇邑，把麾雄郡。歷仕滇南，晚調西粵。蠻花犵鳥之鄉，箐雨嵐煙之路。渡八筐之水，則魚龍交飛；越鵶咋之山，則鴻雁駭墮。方其星軺課俗，露冕行春，傳檄武侯之臺，題名伏波之柱，寧復計喬鳬返溯，忭鶴歸攜，嘯傲蓴鄉，婆娑枌社，有如今日者哉。是以遺榮止足者，必期乎喬松之年；守福無虧者，先務乎虚靜之養。有白鬚之樂天，而後香山入畫；有耆英之彥國，而後妙覺繪圖。方先生家居時，嘉姻勝侶，至今羽化殆盡，而先生以華顛一老，閑話三朝。銅狄摩挲，不知年歲；幔亭樂飲，半是孫曾。不亦可掀髯自豪，遯世無悶矣乎？按圖無款識，無歲月，未必作於此時。而花木參差，人物點綴，與今所處，若合符節。季真歸來，非有鑑湖之乞；摩詰眷屬，先入輞川之圖。君在畫中讀畫，幾忘一角家山；我從題以尋題，如爲二疎寫照。

江城侍膳圖序

陳小雲秀才示余江城侍膳之圖，而告曰：某遭逢重慶，隨宦三吳。湖蓴可搴，陔蘭足養。凛白華於晨露，心不遑留；撫翠中於春暉，日彌可愛。圖因此作，子序其由。夫紅旌啓路，碧油建幢。材官趨前，妖冶侍後。將牛渚之命，絶裾便行；省雁門之親，信宿即去。喜盈捧檄，徒瞻嶺上之雲；悲感鳴騶，空憶溝中之水。前史已事，略可鑒已。就使膳兼二部，娛備三珪，將吏羅迎，公卿上壽。而笨車屏道，反樂蕭閑；鼓角行田，維娛衰老。容臺簫管，不如勸猨子之餐也；御座葡萄，不如懷陸郎之橘也。惟是三觚堪冷，八襊衾單，茅屋半間，韭花二月。叔褒賣筥，究缺甘鮮；江革推輭，終搖筋骨。未免參乎歎志，由也傷貧；而況偕老重闈，同堂四世。天之所靳，數豈能齊？小同在掌之文，先凋乾蔭；伯鯀捧手之硯，未識翁顏。拜壁上之畫圖，撫省中之磐石。愍孫誰恤，述祖空歌。孰是代有佳兒，環侍蒼梧之笑；天貽耆壽，親看嘉樹之榮者哉！秀才以名父之子，有乃祖之風。味道含腴，處華抱素。尊甫雲伯大令，既申祿養之志，秀才敬承佐餕之歡。如火樂木，大令之愉愉也；視土事火，秀才之扶扶也。兼以廡下鴻妻，能爲椒頌；膝前驥子，早就蘭筋。洛花開而砌紅，江筍茁而園綠。水木明秀，足娛覩聞；禽鹿擾馴，咸識融洩。斯圖也，其以負米身閑，懷冰賦暇，而託深情於豪素，寓至愛於鉛黃者乎。以彼看花愒日，對草忘年，息捕鯉之勤，忽弄雛之樂，而徒情移解帶、夢拂連環者，觀此可以興矣。他日登公瑾之堂，捧太邱之杖。蟠松設幄，癭欏作輿。鶯花一庭，珠玉四座。元方授几，季方將車；慈明行酒，文若著膝。爲君振袂而歌曰：覆舩巍兮珊枝蟉，金輝麗兮瑤波流。子能致之解百憂，衣與繆與其何求！

吳進之采蘭圖序

夫服勞奉養者，孝子之分；致命遂志者，達人之節。觀夫躍鯉寒冰，涌泉竭澤；披裘炎夏，抱甕漢陰。碩德清風，異代同揆。郡邑上奏於彤廷，遷董類書於青册。誠欲勵末俗，激頽風，豈必動峻太常，名垂彝器？揚庶人之行，極諸侯無以加；表匹夫之志，雖三軍不可奪。庸非先王之所垂教，君子之所樂稱者與。進之先生系出世胄，性耽高尚，寄情鴻隱，絶意冲飛。慕仲長統之卜居，清曠以樂妻孥；效陶泉明之結廬，窮僻以謝車馬。爰有先業在九峰三泖之間，據茂林脩竹之勝。於是定子舍，開北堂，奉慈顔，樂壽康。秋蔬足以給膳，春秫足以代耕。問其所好，則四腮之鱸進；時其輕煖，則三梭之布具。何止虞潭養堂之榮，無復周磐《汝墳》之歎。融融洩洩，樂在其中。猶復閑居之暇，馳情翰墨，假彼絹素，寫兹風神。義有取乎循陔，情彌惕於陟屺。名曰《采蘭圖》，以見志焉。昔者崔邠導輿，猶資禄養；潘岳作賦，終慚解職。纖屨於陵，寔虧溫清；賃舂廡下，祗慕倡隨。以今視昔，殆復過之。且自俗尚梯榮，人希宦達，以安貧爲不德，以禄養爲尊親。微論嚴嫗迴轍，溫母絶裾。識富貴之不祥，歎乾没之致禍，良可慨已。卽有八座奉其起居，五鼎隆其牲膳。而皇華駱驛，望白雲者伊誰；苞杞雝翔，乞烏哺於何日？是以毛義之檄，不如季路之米也；陶侃之鮓，不如茅容之雞也。夫易得者一品之服，難致者三春之暉。臯魚泣風，令伯愛日。日磾拜甘泉之像，百年卻思遠之被，亦已晚矣。觀斯圖者，可以興乎！於是宗黨慕義，士林嚮風，抒寫篇章，形容潔白。不揣庸虚，忝爲序引。糠粃在前，匪自托于於卜氏；笙詩可補，還有待夫廣微。

趙孟淵秀才遺集序

趙子叔才哀其哲兄孟淵所爲詩一卷，將付諸梓，屬爲之序。夫毉彌之木，遭折而猶奇；青嬰之珠，未圓而有耀。不能濯扶桑之赤枝，養明月之素彩，凶鳥遽下，吉光僅遺，可慨也已。猶憶花濃雪聚，雁早鶯初，每過北山，輒扣茅屋。嵐雲四壁，拂琴自鳴；水竹一房，映字皆緑。尊甫含泉翁出其宿醞，佐以時蔬，命子行觴，爲賓投轄。浣花驥子，不墜詩名；眉山小坡，時有佳語。甌北先生爲君家之宗衮，主海内之騷壇，君親承指授，益變風格。倚樓之吟，名句可摘；非熊之集，一卷足存。又多乎哉，善斯可矣。叔才懷春草之昔夢，憫荆花之早萎。淚與風飛，毫隨雪纂。南昌四洪，龜父附弟而傳；《雞肋》一編，謙之輯兄之作。後之覽是集者，可以生孝弟之心，增孔懷之重，又微獨詩之可永也。

程南邨清心園題詞小序

南邨主人遺千時之榮，躭高隱之癖，埽元亮之徑，闢蘭成之園。疊石作峰，飛雲盡緲；疏泉爲沼，甃月皆圓。烘染丹青，多費柿葉之紙；唱酬元白，時抄桐花之篇。昔倪迂清閟，占雲林之幽；仲瑛草堂，據玉山之勝。以今方古，何多遜焉。丁卯九秋，扣辟彊之扉，看子猷之竹。横槎貫月，鑿洞穿天，如蟻穿珠，若蛇行壑，曲折之致，怵目駴心。緬彼崇情，愜余勝賞。主人於是出金粟之編，索鐵崖之序，循覽羣製，率題弁言。寔有託乎雅懷，匪直慕夫佳作。小山隱就，他年續剡曲之遊；曲水詩成，此日愧瑯邪之作。

銷寒雅集詞序

吾邑自竹橋儀曹主長湖田，喁于樂府，而後家脩簫譜，户擫箏絃。先生之族子瘦青，尤能力抗前塵，别標新旨。往往循蹊獨走，窮求窈渺之琴；踏葉孤尋，刻寫荒寒之畫。會予考槃多暇，得生吟屐相從。寄情樵谷之歌，託興漁家之笛。時值殘冬景仄，穰歲風清，小市魚肥，深缸酒熟。瘦青招寒鷗之侣，開煖室之筵。新聲競流，高醼迭主。猛燭忘夜，緩爐自春。敲冰而玉筯雙盤，灑雪則梨花一硯。相與裹渾脱之帽，擁蒙茸之裘。避席撚髭，泥鬟呵凍。天雞號而猶唱，月兔落而忘疲。一字初安，窗外之孤梅欲笑；九宫既叶，籬頭之悲築皆鳴〔一〕。良會易終，古歡未已。昔人云『相和若琴，聊以寄心』者，其斯之謂歟。或以曉風殘月，技陋雕蟲；寵柳驕花，音乖大雅。有慙真宰，何當文章？不知蘭抽弱幹，自足殊芬；桐挺孤枝，便饒仙韵。與其摹天繪日，徒務好龍之名；何如縫月裁雲，獨擅射雕之手。且大晟宜究，匪徒按譜填腔；抑小道可觀，尤貴知人論世。宫商高下〔二〕，半黍難移；子母陰陽，四聲必合。白石之借梅弔古〔三〕，環珮魂歸；碧山之託月傷今〔四〕，山河影缺〔五〕。苟非律求精審，旨寄遙深，其能井水皆歌，人沾膏馥；野雲無迹，世奉瓣香也哉？而況鳧鷺閑盟，雞豚近局，遣心燈畔，送日花間。大白浮來，小紅唱起。檀板敲而紙醉，銅琵按而玉頹。謠自比於轅童，歌適儕夫壤叟。不求人解，聊樂我員而已。時歷三月，會惟九人。凡一十七調，計六十八闋。其中工拙，不具論云〔六〕。

【校記】

〔一〕『皆鳴』，《銷寒詞》載此序作『皆和』。
〔二〕『高下』，《銷寒詞》作『徐疾』。
〔三〕『吊古』，《銷寒詞》作『寄恨』。
〔四〕『傷今』，《銷寒詞》作『傷情』。
〔五〕『影缺』，《銷寒詞》作『影老』。
〔六〕《銷寒詞》篇末有『心青居士孫原湘』七字。

平原諸子銷寒集序

草端肅月，野罄人間，緹籥勁序，泉香酒熟。軒轅道士，戲呵石鼎之豪；開元詞人，賭畫旗亭之壁。此平原諸子消寒之所由集也。時則嚴雲覆庭，深雪礙徑。簾垂卻凍之骨，爐爇減衣之膏。徽絃初扣，瑒花早胎；羯鼓不鳴，冰筋自落。於是俠嘉夜，羅英賓，蘭芬屈卮，蕙馥彫俎。猛燭燒而忘曉，偏提行而偏春〔一〕。相與擁丁零之裘，著渾脫之帽。鉤心鬥險，織網摛華。寶帚花生，一縣之梅欲放；金城絮熯，雙湖之柳疑香。歌仿八能，圖歷九辯。觴浮椒而春入，編束筍而景新。幾於人握驪淵之珠，家分縣圃之玉矣。夫暎盒金迷，甜羹玉沸，肥妾如陳，妖童列圍。室則春矣，而所述華淫，祇以厲我。冰敲太白之頂，香炷寶雲之谿。腰笛吹而鶴來，角琖繫而月墮。致則高矣，而不有佳作，何申雅懷？兹則佳墨在御，義樽應時。數比香山，而人皆年少；事同佳得，而客盡能詩。辱以識途，屬爲别擇，録存如干首，哀而序之。較月泉之吟社，敢誇皋羽之評；視漢上之題襟，竊比成式之序〔二〕。

【校記】

〔一〕『偏春』，殘稿本、《圍爐小集》均作『偏春』。

〔二〕《圍爐小集》載此序，篇末有『道光三年四月心青孫原湘序』十二字。

海虞賦鈔序

今將溯丹丹盤盤之鄉，剖蠬蜄之胎，擷嬰垣之華，重鑓鴉忽，堂夜黎難，頓牟蟕蠵，珂珹雖貝，殊形詭狀，充艫壓舳，竭天地之精英，而不足爲異也。朵山角海，淵旋陀盤。搜蝦瀨於沙中，相寶苗於樹底。舉網而獲，麾琟而還，而江歷徑寸，元真度尺。佩諸衣帶，則明月滿堂；叩以金鋌，則清聲殷壁。斯足以奪陸賈之裝，駴商胡之目矣。海虞下邑也，環海爲境，而乏湏濘潗潪之隧；負山爲城，而鮮嶤嶷岧嶂之險。地秀而土卑，氣清而質薄。故自嬴鐳以降，齊梁以前，聞人不彰，著作罕覯。顧欲極荀宋賈馬之奇觀，追班楊鄒枚之餘烈，不其難哉。若夫游魚非淺沼所能窮，而淺沼有遊魚之樂；嘉卉非芳園所得盡，而芳園有嘉卉之奇。葢材無無地而不生〔一〕，風閲時而不變，要在挈瓶者就海求波，操斧者因山度木而已。吾邑人文，自宋始著。公巽大雅之作，欽道處一之篇，時代既湮，著録未顯。明桑思玄《兩京賦》，顧仲恭《後蝨賦》，淹雅弘麗，上薄漢魏。而蒐采既隘，掛漏恐多。今之所撰，槩從略焉。惟是皇朝文化，滲漉瀣壖，户襲風鈞，家摹禮智。述邑居則敷奏承明之庭，擬畋游則拜獻鉤陳之次。下逮托興風雲，紀懷魚鳥，靡不御蘭芬於芳序，繡鞶帨於華年。譬諸越吟楚些，土音而氣備乎八風；粤鎛秦廬，方物而功通乎九野。雖偏隅之風，略可觀矣。王君蓺齋與胡君吉山、景君閬仙及不佞，端居多暇，陋巷餘閑，博采零璣，窮羅碎錦。取諸先哲之集，附以時賢所爲。自孫扶桑殿撰以下，得七十四人，賦乙百四十九首，都爲四卷，名曰《海虞賦鈔》。登崟山而眸眩，涉濰水而神疲。沙汰既清，華華益挺。所以擷芳仙苑，惟求積石之珍；拾翠神洲，徒取吉光之片。匪獨驪腸之易滿，抑亦鼠腊之都捐。倒海傾崑，俟諸來者。

【校記】

〔一〕此處疑衍一『無』字。

虞山試律鈔序

王君蓺齋既偕同人輯《海虞賦鈔》，以次及試律詩。皇朝以來，作者二百七十二人，詩五百五十六首，不録佗體，專爲帖括計也。官韻率以八，間收六韻，童子科以此試也。别鈔七言排律一卷，爲館閣地也。四韻亦稱律，胡以不鈔？非試體也。律以統氣類陽，故訓分；以其定分止爭，故訓法；以其萬法所出，故訓常；以其係累人心，故訓累。國家以排律試士，所以示人常軌，束縛之使不敢犯，降其心，靖其氣，而后其聲和矣。以蒲稍之逸足，使之倚輈軛，則凡馬不遜；以韓杜之魄力，使之鬥沈宋，則拙行立見。故作此體者，若大將之執旗鼓，極五花八門之變，而進退疾徐疏數，不違矩也；若老吏之持綱捕，極五聽八議之繁，而虛實輕重淺深，不差黍也。兹之所錄，和而不骫，新而不靡，衆響繁會，而布指度寸，不失尺咫。雖瀨角土風，足以鼓吹休明，導揚盛美已。

吕慎齋學博八十壽

今將演熊經鳥伸之術，餌鳳芝麟朮之方，長養雪芽，配合嬰奼，始得接跖客耳，希蹤火低。此强振之寂郵，非自然之徵應已。蓋必有醇固敦龐之氣，而後集介純夏膴之休；有清靜貞正之娱，而後備綰綽延洪之景。我慎齋先生者，斯其人矣。先生一代清才，三生哲匠。探陸廚之典，通伏壁之經。文陣雄師，置曹劉於眼角；長河東注，以屈宋爲衙官。徒以協律工文，舜民援衍，甘居吏隱，樂就經師。授易書詩者千人，歷郡州邑者五就。風清馬帳，爲學者之楷模；望重龜山，視諸生如子弟。然而華陰矮屋，不因閑曹而廢公；安石東山，能以蒼生爲己任。在滁州學正日，委勘災者一，委查饑者再。嚴霜被體，猶歷威夷；朔雪侵塗，不辭皸瘃。卒使鳩民鳧藻，胜遇失威。繪監門之圖，而千邨得活；上人旱之解，而萬竈生煙。方知仁不需位，尊不在秩。呼三輔大人，不道蘇純儒士；號杜陵男子，誰知蕭育卑官。苜蓿一盤，稻脂四野。雖畟畟之思未竟，而槃槃之才略申已。既除廬江教諭，以憂去官，遂絶意仕進。清規懋賞，以止水爲心；高蹈遺榮，與白雲俱潔。謝家封羯，聯吟春草之池；陸氏機雲，雙笑棠花之下。取圍棋而賭墅〔一〕，疊奇石以成倉。入室則五千餘卷俱通，開門則三十六峰可數。衣上之煙霞一襲，杖頭之雲水雙清。有逍遙遂初之風，極跌宕文史之致。及來安教諭之檄下，而先生年已七十矣。以爲子與三釜，樂其逮親；毛義一官，心乎祿養。豈有身經脫繡，重辭鱸膾之鄉；年已懸車，再赴鶴書之召。封軺晨至，讓表夕陳。此非弘景陶玄，子真養素，其能若是之黃鵠高舉，孤雲自飛也哉。或者謂披裘釣澤，客星可招；安車蒲輪，枚生終至。捨鐘阿之紫蔘，膺效穀之玄纁。麴蘖王風，軒甍帝載。焉知不書玎公之竹帛，刻璜水之玉符。不思閣上麒麟，何如山中之猨鳥也；戟門鼓吹，何如幽壑之風泉也。先生風高萬石，亭築三休。松石爲朋，山池作宅。黃花徑僻，可留真率之賓；綠野尊香〔二〕，便作耆英之會。蓟子訓不知其年歲，華元化人以爲少年。以視足韡彳亍，手板龍鍾，夕治官書，晨趨公府者，其得失何如也？今年春，訪先生東山別墅。入華陽之館，松竹如仙；游廣漢之園，禽魚皆壽。謝家蘭草，露蕊承歡；王氏竹林，風枝挺秀。先生斟彭鏗之雉，作薁飫之書。韓軌留賓，宵分不止；陳遵投轄，醉止無休。此尤足徵摩狄之精神、杖鳩之矍鑠者已。賢孫文博，以先生八十攬揆之辰，徵文爲壽。紫芝瑞茁，爭歌綺里之詩；玉稻香清，齊進中山之酒。家近琴高水碧，仙鯉爲羹；屋鄰蕊票山高，綏桃自熟。午橋展宴，正賢人應聚之期；亥字添籌，值聖壽臚歡之歲。公如春氣，開顏看百歲齊眉；我掛秋帆，回首望一星躔角。

【校記】

〔一〕「賭墅」原誤作「睹墅」，據文義改。

〔二〕『綠野』原誤作『綠墅』，據文義改。

王雪河七十壽序

嘗瀏覽前牒，博稽懿規，見夫延介糜之慶，極相羊之虞者，類皆孝友培其本根，任䘏廓其求應。川觀巖處，愷觴詠之懷；玄蹟梵塵，契昭曠之旨。樂荃蕙之彙征，匹藷蔗以甘節。然而逢吉者有繇，得全者良匪。若夫惇八行之景鑠，綽五福之阜康，弓裘載傳，鮐耇未艾，其惟雪河先生乎。先生烏衣清門，馬蕃令胄，自爲童子時，嶄然已見頭角。豐歲瑾瑜，寒年纖纊，識者器之。文園善疾，遂輕官爵。賡士衡之世德，敭安仁之家風。其後於荆溪公也，嫡兄遠宦，二室之懽，一人承之。絜南陔之華，情殷河獺；洒防山之涕，魂斷皋魚。就養無方，誠感行路。至於樹萱堂上，黄髮怡然；讓棗室中，白首無間。繄積善之有慶，洵太和之致祥。追配古賢，撫範末俗。先生之孝友也。且夫盤錯不匱者，智士之上材；忼慨喜施者，達人之高致。先生千金脱屣，片言解紛。焚積年之券，囊底無錢；延滿座之賓，樽中有酒。大裘徧覆，回窮乏之歡顔；初地重開，繪莊嚴之珤相。凡諸檀施，弗悋解推。是以游龍流水，望劇孟而如歸；雀角鼠牙，得文通而自息。上自當事，遠逮殊方，靡不奉以南車，欽爲北斗。所謂稱物平施，而千里應之者，不其然乎。先生之任䘏也。抑聞之浸漬名教，不廢嘯歌；陶冶性靈，必資邱壑。六合之瓜步，山水最佳處，先生家焉。挹娥眉之秀彩，嵐翠可餐；攀桃葉之崇峰，江流在望。固足以啓思古之情，愜探奇之志矣。於是調素琴，擕芳榼。響泉再鼓，相賞松石之間；藜杖偶扶，自得羲皇之上。以優游之歲月，寫金玉之德音。宜其翔鳳擒才，騰蛟布譽已。又況香山禪悟，超蘭闍之四城；淨土薰修，證蓮臺之九品。黄花紫竹，示極樂因；山色谿聲，即壽者相。迺開士之素襃，契真常之妙旨。奚事引伸猿禽，服餌芝朮者哉。夫其制行也如彼，其頤性也如此。重以倫紀之樂，自古斯難；履戩之庥，於公爲盛。雖簪花已謝茂漪，而佐箵寔偕絡秀。螽斯美瑞，家分三鳳之行；鵲起英聲，人有六龍之目。穆家羣玉，遞進蘭鐩；竇氏聯珠，行登桂苑。擊鮮可茹，分甘是娛。乃詒謀已逮孫曾，恆言不稱耆耋。循雁行之序，尚有伯兄；竭烏哺之忱，依然孺子。假年惟永，陋一首之計旬；愛日方遲，卜九齡之屢錫。是則蓬瀛之求，無勞涉海；期頤之兆，信之樂山已。某獲交諶紀，飫粗太邱之風；遐企佺期，輒效吉甫之頌。麗星輝於南極，游戲地行；裁寶樹於西池，皈依無量。謹以壽人之九章，爲先生誦之。

林母吴太夫人七十壽序

蓋聞松柏之承也，翠蕤鬱倪，虬幹敷菜，可以蔭衢暍，芘馴雛，乃根節之勁固，而飛節之芝毓焉；衡嶽之峻也，衍脈轔軞，列陬連纚，可以蔚谷荂，擒巖繡，乃岡陵之安貞，而文虎之瑞韞焉。矧夫陽春煦和，必先資於愛日；澍霖渥潤，尤待覆以慈雲。有劉夫人之著訓，而紞紐之教，政成五原；有湛太君之封鮓，而運甓之勤，勳茂晉室。古誠有是，今復見之。林母吴太夫人，毓粹延陵，播芳欈李，早茂徽華，夙彰榮耀。修詩書而賁道，稽圖籍以照言。柔嘉有文，朗慧善鑒。締良媚於哲士，配嘉耦以閑家。

禀圭璋則樂歌雜佩，受蘭茝則虔賦采蘋。夫其善心爲窈，美言爲窕，經訓之緒言；敦幪以固，勸勉以貞，子家之微旨。以宜吉，以福多，兆貞乎焦《易》；謂寬和，謂持久，箴奉乎班《書》。故其相夫子也，安於儉而習杼機，有薄笨之乘；其訓諸子也，從所好而陳俎豆，有矩步之容。是以幼卑謹爾，時借溫顔；中外秩然，從無遽色。宜乎頭龍季虎，並著美於蘭芬；鳳舉鴻騫，蚤騰聲於桂苑。玉潤則歐王偕貴，華穠亦邢譚分輝。福固膺紫誥之榮，德莫罄青鏤之述矣。長君桂舟明府，賈逵説經，久擅無雙之譽；和凝傳鉢，獨高第五之名。綰綬江南，分符吳下。築養堂以種樹，御板輿以迎親。而太夫人自躭家園，不樂官舍。親戚情話，孫曾滿前。遠眺湖山，得黄鸝鸜鵒之勝；近周林氾，有紫房赭鯉之奇。此尤高識遺榮，慈徽邁俗者已。今歲六月，明府公來治吾邑。下車伊始，善政畢張；款襟既深，懿行斯悉。鄭善果之聽獄，必禀慈箴；張遂清之訓廉，尤尊母教。兹於十月下旬之吉，爲太夫人遥稱七袠之觴。大年之兆，久頌乎慈仁；餘慶之徵，斷推於聖善。豫飭烹鮮之政，勤卹民衷；遥傳剖鯉之書，無須官物。於是明府公仰體慈隱，悉辭賓獻。一篇魯頌，但徵壽母之歌；三尺吳綾，自製尹何之錦。原湘托公瑾之醇交，未獲升堂而拜；揚義成之至行，先爲拭琬而鐫。分來仁核，卽獻冰桃；酌取廉泉，便成甘醴。遥想晴川掛綵，紫鸞揚九節之簫；定知經幔開筵，黄鶴賚十華之券。謹序。

邵母馬太孺人六十壽序

邵子蘭風謀所以娛其親者，以壬申十一月朔，爲母馬孺人誕降之辰。賓客拜於其家，蘭風具春酒，烹羔羊，止衆賓而觴之曰：『某貧賤，不能捧毛義之檄，御崔邠之輿，羞恭武之鮓，築虞潭之堂，足以開慈顔、益壽康，願得諸君子之一言，以爲母壽。』言未既，有酌而祝者曰：『噬魴捕鯉，束皙之所以補詩也；宴林禊汜，安仁之所爲作賦也。方今清冬如春，日麗霜皦。丹楓參差，靈果匝繞。借錦峰以爲園，環隱湖以爲沼。駕輕舠之夷猶，覽崇林之窈窕。亦足以宣勞節、和慈抱矣乎？』孺人曰：『非予志之所樂也。』又有酌而祝者曰：『寒山之桐，慈母之竹。鳳凰巢其顛，雷雨鳴其腹。斲爲琴簫，飾以珠玉。使修容爲淥水之歌，屈庭奏元靈之曲。輕儵浮波而出聽，寒鳥驚枝而起宿。於是張廣幕，列重茵。壽觴既舉，仙樂載陳。神融志暢，怡然天真。』孺人曰：『非予志之所樂也。』客有洗觶而前者曰：『二客所陳，華則華矣，於克昌厥後之義，無聞焉。蘭風昆季，負跅弛之才，隱而未遇。一旦待詔金馬之門，奏長楊羽獵之賦，天子爲之動容，公卿爲之傾慕。蟬冠貂冕，列拜於張酺之庭；麟趾褭蹏，充積於顧雍之庫。又奚啻章服進九樹之釵，潔養供三牲之具乎？』孺人曰：『榮名不可以倖邀，富貴不可以强致。所樂不在是也。』又有洗觶而前者曰：『衣錦繡者懼夜行，樂鼓鐘者嗟日昳。今將割崑崙之禾，採女胡之實，擣之以蟾杵，丸之以鸞蜜。蘭脩授靈飛之符，青要示長生之術。使華髮墮霜，眊視審日。撫九世以婆娑，樂千春而逢吉。』孺人曰：『何言之誕也！抑所樂固不在是。』於時四座停觴，莫知所指。予爲端竦執爵而起曰：『古者王教修明，内外順則，女子無過，執懿筐，治絺綌，采卷耳，議酒食。形諸詠歌，被之聲律。王化於以章明，壼範於以矜式。後世盛稱巴婦之丹穴，豔述虞母之金章。而閨閫之庸行，罕史傳之流芳。匪特王化之不明，抑亦後之人喜其異而忽其常也。今孺人足不履堂，言不踰閫；蘋蘩薀藻之是脩，織紝組紃之是謹。無表表之奇節，無赫赫之勢榮。爲燕喜而作頌，將何辭以稱觥？而入其門雍雍然，登其堂秩秩然。少長以序，籩豆罔愆。與蘭風昆季交者，飲其慈易直諒之風，而知其有母之賢也。爲之歌《小宛》之章，釋《斯干》之旨，以著其幽閑貞静之美，而王者之化，亦無踰於此矣。』孺人曰：『善。吾聞頌無諛辭者，君子也。請録諸屏，以爲我壺右之銘。』

林母蘇太安人七十壽序

葢聞四照之花萬品，植丹林而光蔚爲霞；九衢之草十洲，環翠水而氣蒸成碧。猶是丹臺之日月，偏駐瑶京；依然紫府之笙簫，恆娱金母。果銜靈䔢，瓊筵之棗如瓜；曲侑雲璈，玉斝以花爲酒。當火樹星橋之夕，正銀屏綵帨之辰。緑萼敷英，清勵冰霜之操；黄柑送煖，春生竹柏之姿。恭惟林母蘇太夫人，武功右族，夏伯名家。佩蓀禮嫺，季蘭詩美。五松衍秀，歌少女之祥風；八桂揚蕤，降仙娥之寶彩。麻姑指爪，偏工織素閨中；蘇蕙心思，早燦流黄機上。洎乎鏘鸞賦就，弋雁歌成，降穠李於連波，配芳梅於君復。時林君策南陽之車騎，法宛孔之雍容。玉臂清輝，頻年望遠；布帆明月，竟歲忘歸。太安人落葉添薪，牽蘿補屋。蕉紅十丈，廚羹勞洗手之調；香紫雙煙，箴管寄同心之語。封龍川之鯉，頌獻椒花；擘剡水之牋，譜成荔子。抑且劬勞親疾，支雞骨於三秋；經紀姑喪，集烏傷於一境。瞻少君之荆布，人本宜家；薦季女之蘋蘩，婦尤循職。俄而劍飛單匣，半銷牛宿之光；琴悴孤桐，獨泠繭絲之韻。然而膝前驥子，早騰奇氣於蘭筋；掌上龍文，已露清神於鶴骨。雖雙虹久化，不無少子之尤憐；而七葉相承，共識是兒之必貴。柳仲郢篝燈丸膽，亦勤午夜之思；黄文彊扇枕怡顔，足慰丁年之志。哲嗣研莊，未逾弱冠，久作壯游，每顧客衣，時懷母綫。慈暉草緑，心隨海燕先歸；春酒珠紅，香與江梅並發。萊庭戲綵，雛鳥增歡；蘭譜拜牀，鳴鷺起敬。觀夫鬐龍綺歲，集隼詞場。將見騰躍鴻逵，日影瑶窗之麗；扶摇羊角，雲程銀漢之高。竚紫誥於三霄，宣文媲美；頌紅閨之五福，樂府徵歌。所以山川歷覽，曹大家遊此賦心；童稚駢羅，潘安仁述其養志。杯擎七寶，常酡緱母之顔；笄飾六珈，未矐素娥之首。金僊勤禮，繡佛證盟，推到翳桑，惠先戚屬。憫兹撲棗，愛及勾萌。兹者值寶婺之降辰，慶長庚之不夜。蹁躚翠鳥，傳來卻老之方；瀲灩紫鴦，釀出長生之醴。問衺則花逾周甲，七十爲稀；計時則月在上辛，三五而滿。洵乎籌添十屋，爲今日之權輿；潮湧八閩，似方興之福履也。某與研莊夙申蘭茝，幸託葭莩。慈愛温良，四德久欽於内則；升恆承茂，七籤請籙於上元。地隔銀瓶，未附簪纓而洗爵；書同雕管，聊隨羔雁以稱觥。惟願廣莫風清，壽人曲進。振秀飛華於魯册，佐觴宜紀實之篇；介祺騰茂於周詩，按節聆步虚之唱。

記

蘊玉樓記

趙子梁丰度瑶林，文章玉樹。神清來衛玠之目，語妙得君房之風。兄弟孔懷，無分第宅；神仙在骨，尤好樓居。爰整閨房，以安琴瑟，與賢配宛仙夫人昕夕其中，有順矣之歡，有終焉之志。夫人蘭質雕瓊，苕華刻瑄，吟追謝雪，筆染班香。蓺不假夫師資，德自成于天性。貯金不可，蘊玉斯宜。偶得舊題，遂顔新搆。以予與子梁有鬻求之誼，雁序之盟，於嘉慶元年七月七日召登此樓。夫人避於別室，命小婢春燕給授筆札，俾予記之。按樓廣七楹，兩楹居西之最，不廓而敞，非危自明。繚以紅闌，間以綺疏。繪棟霞飛，雕題景曜。粉壁霜皜，湘簾水澄。陳設圖書彝鼎，爲夫人唱酬之所。素琴高張，紋楸在局。爐煙裊案，襍花扣絃。内則爲臥所，窈而稍曲，疏寮翳之，但聞幽香襲人，如蘭如楳。葢心可得而會，目不可得而覩也。子梁與夫人鰈比鶼駢，喁喁酬和。誓百年之好，樂四序之新。春之日，則曉景弄妍，芳風遠傳，憑高極目，思與花鮮；夏之日，則鳴鳥變哢，緑陰染棟，紈扇常懸，銀床自夢；秋之日，則露白山青，當窗展屏，一聲長笛，遙天鶴聽；冬之日，則簷靜雪滿，幄深香煗，缾有鮮枝，硯無冰管。至于種蕉雨來，洗桐月上，陰晴異景，晦明殊狀。則斯樓之美，棲息之樂，偕老無違，庸可既乎。夫重樓複閣，連雲接霄，龍獸撫柱，虹蜺亘薄。高則高矣，高而易危。廣厦細旃，我佩子黻，粉黛成幄，笙歌繞叢。華矣華矣，華而易雕。若夫鹿門偕隱，未遂依親；廡下賃舂，不聞將母。茲則闌前埽逕，潔采白華；樓上吹簫，歡承黄髮。比歸來堂上，無雲散之悲；較松雪齋中，有天倫之樂。所謂慕古遺榮，順時適志者，其庶幾歟。韞櫝而藏，有類賢人之隱；守身如執，允協女子之貞。

天真閣集卷五十三　駢體文三

傳

周春波家傳

君諱鳳池，字春波，家邑之蔡涇，寧國府學訓導諱昂之長子也。生挺殊姿，幼禀至性，襁褓失恃，卽異常兒。法謹母疾，號而却乳；公著親喪，踊如成人。事繼母曹，尤以孝聞。丹奈抱樹，飄風勿搖；霜鱗供餐，積日不盡。旣歿哀毁，一如前喪。連理之瑞，自下於庭階；友于之聲，罔間於宗黨。司訓公以懷田納祿，卻軌躅疴。授勤臒於庭趨，委良裘於家督。君鈎稽蠹册，料簡鱗塍。勤以克家，惠能逮衆。貸監河之粟，而稼獲如雲；寬仲郢之逋，而農輸若水。司訓公晚年疾益甚，君孝養益謹。問其所好，則四海之鮮具；時其輕煖，則八蠶之緜進。賓抗侍疾，束衣帶者十旬；韋溫嘗藥，絶勺飲者七日。周氏鐵鑪族大，鈒鏤姓繁。司訓公嘗慕郡城范氏義莊之舉，欲析東眷之產，以均南咸之貧。彀謀未成，桑輪遽昃。易簀之夕，遺訓載申。君矢志述紹，盟心應諾。事歷六稔，功成一簣。葢其敬承之志，有倍難者已。夫有嘉賓之豐積，乃克成郗愔之仁〔一〕；有李勣之雄饒，而後彰父葢之德。君家非好時，産薄肥鄉。一囷之指易空，千斛之施曷繼。此難之一也。踰窗得免，因小忿失歡；掩户自撾，以分財致懟。君上奉寡嫂，下撫弱弟。或全琮散粟，分義穀於隱人；而高陵訟田，爽家肥於天顯。此難之二也。乃仁能化睦，義不恤私。割美業於一成，均餘田於九族。弟友而順，同乎許武之家；嫂助之施，勝彼駱統之姊。置義田一千一十五畮，義冢六畮，計值一萬五千餘緡，規畫盡善。以司訓公名上諸當事，事聞予旌。施而不德，司城無假貸之書；善則歸親，鄭展託子罕之命。敬宗收族之義，繼志述事之行，君無愧焉。兩娶於顧，生一子嗣兄，後繼室又卒。有慕王駿之書，常嘉華元之善。雖志存似續，不無方朔之旁妻；而恩重德宮，未違管寧之夙約。淵脩既茂，高才益醇。循例入貲爲縣令。卜式助邊，未甘雌伏；毛義赴辟，將烹小鮮。乃單父之琴未鳴，尚書之舄遽化。嘉慶庚午八月，無疾而逝，春秋三十有七。昔思邈委化，顔如生時；遠知仙歸，狀若酣寢。乃知仁不必壽，而壽在人心；仙不可求，而仙在君骨。斯可異已。君之從弟彬執業於予，時時邀予泛舟涇上，以此心知，熟聞操行，謹徵行狀，著諸簡端。述好施於仁里，聊以風夫鄉人；傳獨行於汝南，將有待乎來者。

【校記】

〔一〕『郗愔』原誤作『郤愔』，據文義改。

國子監生黄君妻屈孺人傳

黄少莪上舍抱騎省之戚，守公著之義，六稔不娶，孤居灑如。輯其妻屈孺人事狀，索余撰次。會悲引泣，情生於文。故知合歡之木，獨榮不競；舞鏡之鳥，孤鳴益哀。非管彤高秀，綦縞貞賢〔一〕，其何以感動德宮，思深廬杖也哉？

謹按孺人屈姓，懷生名，石蘭其字也。方在母懷，卽失所怙。甄夢則片月方墮，曙没則一星始輝。宜以愛憐，損其婉淑。乃孺人則覩雁傷單，瞻烏思孝。撤其環瑱，學男子之裝；繡出斑衣，作嬰兒之舞。母言遘疾，金縢一卷，身叩圓靈；玉版十行，手抄方術。棘心之善，由夙根焉。既館甥於室，慈顔得侍，威姑異宮。去則寡鵠誰依，住則特豚虧奉。孺人身心兩繫，子婦兼修。筐承蘭藉之肴，筒獻椒花之頌。著代未顯，婦順已彰，窈窕之稱，兩家翕如也。每值燈窗漏暖，鏡檻珠涼。髻溼蘭烟，釵横梨月。孺人爇沉水之炷，張落霞之琴。緑茗潑而笑來，碧觴抽而歌起。盤周四角，無非慧業之辭；管鬭雙聲，盡是同心之調。宜乎分涼熨體，得荀粲之深憐；愛玩終身，使高柔之心折。抑其明識，尤越恒流。嘗執蘭一枝，顧而歎曰：『萎謝靡常，使人惋惜，如花不落，與草同腐耳。』味其玄譚了了，慧悟超超。視恒幹如浮漚，等修期於一瞬。故應來從月闕，去逐風輪。雲不依根，花空賸蒂。生一女曰留珠，以産疾卒，年二十有五。飜身謝世，便登叔姪之邱；撒手生天，定在摩耶之座。臨殁，執郎君手曰：『婦職不終，母德未報，願爲我補之。』烏虖！紫玉成烟，猶唱姑恩之曲；韋真仙舉，終依母氏之宫。撫嬰涕洏，蒙被訣語，生死之際，何分明也。少莪開鏤金之故箱，檢鞶鑑之舊蹟，既寓哀於畫手，復求永於文心。僕與屈氏故世交。中郎家裏，早識文姬；濟尼座中，時聞謝女。芳華誄素，深慙希逸之才；端操昭彤，徐俟蔚宗之册。濡豪吮墨，次之云爾。

【校記】

〔一〕『綦縞』原誤作『綦鎬』，據文義改。

壙志銘

邵氏外女孫端琇壙志銘

端琇邵氏，吾壻淵懿首女也。生在十旬，即能言笑。察人識物，口齒自清；授色知心，眉目如畫。既卽免乳，度若成人。屏騎戲而弗觀，對肉汁而忘味。孤桐初把，琴德在心；淑蘭始胎，芳靄其性。是以靈通百節，慧悅重親。其得曾王母、大父母歡也，挽衣必笑，撰杖則莊。怡色辟於弄雛，嬌語勝於連鎖。雪衾蘊火，傾身讓溫；園果摘鮮，奉手爲壽。至於朗心聰警，柔質溫文，傷鬁無辭，絶絃能辨。鞶絲學繡，便擬鍼神；彤管習書，先排字母。剪寒月之綵，枯樹生春；歌離亭之雲，雛齡能賦。方諸記載，何以喻茲？胡天降凶，俾爾嬰孺？寢沉痾者七日，痛永逝於百年。以嘉慶二十載五月朔乙酉日殤，甫七歲。前死數月，嘗語人自憂不祿。韋真示疾，豫識化期；妙女夢天，早知仙去。非緣夙世，詎解前因？至是上自周親，下逮臧獲，涕不輟目，哀無廢心。其淑慧可知已。予每過壻家，端琇依依侍立，敬問起居。明珠耀懷，亦爲宅相；和璧在抱，比之道生。而今已矣，能勿悲哉。死之日，瘞於北郭報慈橋，邵氏祠堂之側叢殤冢也。爲之銘曰：

嗟我端琇，性姿淑美。膚理凝雪，瞳神翦水。颶彼風輪，彫兹玉蘂。娟好秀慧，未秋先零。蒙倶鷙盩，長世康寧。祥殃顛倒，孰叩圓靈。中春初旬，夢汝來側。簪花滿頭，有慘其色。一角祅徵，九旬應驗。北岡黝土，永閟苕芬。白楊翳天，碧草如雲。淒淒霜雨，尋汝孤墳。

調元座銘

嗚呼！此吾邵氏第二外孫調元殤塚。誕於嘉慶二十四年十一月二十一日，殁於二十五年十月初七日。秀傾衆愛，慧解親憂。未周一歲，遽爾千秋。銘兹瘞玉，俾後之人，憐此童烏而永保荒邱也。孫原湘誌。

誄

延陵姨君席孺人誄

歲在彊圉，斗維指酉，吳君温如以其配席孺人之喪來赴於余。恒幹不居，濛陰易逝。繩牀不輟，王給事之心摧；繐帳空懸，潘黄門之淚滴。此固芝房萎秀，霧遏邊簫；蕙路香沉，風鏘楚挽者矣。孺人系出安定，予妻之仲女弟也。蟬嫣門第，冠冕中吳；嫻靜儀容，禀承内則。弄藥爭花之歲，能讓梨拳；施衿結帨之餘，兼徵栗典。迨乎總髮，歸於延陵。摻摻筐筥，用芼蘋蘩；肅肅衽襹，彌工纂組。羊燈佐讀，樊通德擁髻宵中；鴻案修儀，孟德曜齊眉廡下。吴君維摩善病，支父膺憂，宛轉牀婆，沉綿椅妾。孺人身親藥臼，手錄蘭臺。索瓊茅以筳篿，虔呼季主；緘金縢而禳禱，誠叩圓靈。威姑憫其神臞，宗黨聞而嘉歎。至於姜泉崔乳，思媚承先；鄭絡秦篝，殫劬燾後。婦德婦功，允垂家乘已。以母張太孺人齒逾八袠，道阻雙湖，縑素頻通，甘鮮時進。去年太孺人没，喪葬盡禮。蓼莪隕涕，巾幗有王哀之風；風木銜哀，閨閣抱皋魚之痛。猶欲龍松植墓，偏棲傷口之烏；馬鬣培封，好代銜泥之燕。人之云亡，嗟無及矣。吴君嘗欲倣范氏義莊，捐西疇之産，恤北阮之貧。孺人臨殁，諄諄以此事爲念，願以女紅所出，置田若干畝，助成善舉。餘資分杼柚之間，原多衣被；義澤佐稾砧而布，能劑盈虚。行見煙騰芳甸，待舉火者千家；慶溢清門，繇本支於百世。此尤花姑感泣，共式徽音；茗玉騰華，可鐫懿德者也。善氣方凝，厲氛遽集。胡香已滅，憾西域之使稀；靈草無根，悵瓊田之路隔。銀蠶永送，金棗長含。嗚呼哀哉。吴君悲深長簟，痛甚絶絃。乞舊史簪毫，爲女宗載筆。余與吴君既爲僚聟，孺人之子，又余女夫。婚媾再申，徽孅習聽。仰徂音於珩珮，敬撰德於旒旗。其辭曰：

瑤媊毓秀，琯朗舍章。光啓昭憲，誕鍾姬姜。玉度曜潔，蘭儀韞芳。象應圖畫，節諧瑀璜。友棠無間，樹薆勿忘。曰嬪延陵，簫鸞並羨。如藹方春，若風在扇。織雲爲裳，調瓊作膳。賓澡承禋，俎豋設奠。戚里咸稱，尊嫜交抃。撫育嫛婗，丸熊醴雪。婚嫁屢經，教養有别。鉥璧摫圭，儲蘭秉荺。繭館春秋，鱗塍作輟。勾稽裕如，纖微洞徹。女子有行，實遠母氏。帶水瀠洄，瞻望曷已。迨飾其終，躃踊不止。夜臺火青，泉扃苔紫。今可相從，升靈尺咫。嗚呼哀哉。

在昔范氏，首創義田。倣而行之，其澤溥焉。爰贊夫子，以希古賢。鴻溝待晝，鶴糈將捐。永懷内助，心傷九泉。嗚呼哀哉。

欲手驅夫二豎兮，苦百藥之難攻。恨六祈之輟滲兮，歎八頌之違融。盼雲霓而結想兮，羌桂旗之在空。何遐齡之不假兮，遺塵世之匆匆。梁鴻爲之雪涕兮，薛鳳因而淚窮。嗚呼哀哉。

風桂兮齊飄，秋草兮同悴。雲衣兮黯華，月儀兮掩媚。撫蕭晨兮肅殺，悲舜華兮既墜。幸瓊範兮可垂，將貞珉兮刻翠。念通親兮維余，爰執簡而泫淚。嗚呼哀哉。

問藥無對，蒸丹不成。香填柏槨，路閉松城。傳續中壘，神遊太清。明徽如月，永永光晶。嗚呼哀哉。

祭文

祭鮑銘山文學文

嗚呼！星隕吹臺，風淒索水。子敬琴亡，文康璧毀。嗚呼哀哉。永惟右族，本富聞人。排龍掩陸，突鶴摧荀。原鴒振采，沼雁調馴。季尤挺秀，品實軼倫。綺歲嶔崎，清標俶儻。月儀詞成，風氣日上。白馬繼聲，野鶩嗣響。譽邀張延，音愜鍾賞。甫逾弱冠，得舉茂才。超躍屈宋，茹吐鄒枚。奏鸚鵡賦，登鳳皇臺。寶光摩漢，劍氣徹魁。文憎命達，才替身災。駑馬逸足，鯨魚暴腮。鬱鬱久居，忽忽不樂。王粲離家，陸機入洛。油碧迎幢，蓮紅啓幕。地勝辰良，賓酬主酢。偶思二别，遂浮三湘。胸吞雲夢，名題岳陽。明月赤壁，春風武昌。哀猨忽嘯，幽蘭自香。招屈剪紙，奠賈命觴。登臨懷古，涕泗霑裳。夜譚華峰，朝理輕策。玉女在前，明星可摘。詩變秦聲，碑摩漢跡。越舃嚘咿，羲娥掎摭。循彼孟門，至於積石。歲屈重光，月丁中吕。鳥鼠山高〔一〕，狪鶻烽舉。舋起跳梁，界難畫斧。孤城如丸，百雉集弩。過鳥不飛，遊魚在鬴。賓僚散星，僕從淚雨。廼挈鑾榼，廼陟麗譙。西眺賀蘭，北望隗嚻。黄河洶洶，黑風蕭蕭。生入玉門，死葬寒潮。舉琖更酌，何魂可招？勁氣沮敵，歌聲應刁。軍門仗策，戎幕進蕘。竟從譚笑，獲解氛妖。西羌既平，南冠久滯。忽懷舊遊，兼仰夙契。言秣其車，湍臻於衞。陳榻握謀，桓帷遮說。愈風思神，賦雪聲脆。士慕瓣香，令投束幣。學廬開榛，皋比擁毳。文藻式林，詞瀾溉藝。洛水津絲，伊川脈繼。鄉書雪至，客淚風揮。荆枝萎秀，棣萼潛輝。春草斷想，秋鴻失依。牀驚蟻鬬，帳入鵩飛。殷楹夢慨，曾簀涕欷。臨終自悼，飲恨無歸。嗚呼哀哉。鸞質冰清，鳳姿玉耀。價本十城，貢應九廟。終息溟鯤，甘藏霧豹。魂滯天涯，名沉鄉校。難問者命，可延者年。貧能結客，俠肯招賢。委縑難贖，市絳交全。緘盃化羽，燹卷成煙。壽應躋嶽，福自種田。藥難駐老，夢遽遊仙。君未壯年，痛遭銜恤。酌酒呼兄，爲文祭姪。憔悴行吟，幽憂遘疾。天實爲之，斯人早卒。同鄉締戚，異姓稱兄。盧劉媢誼，孔李交情。荆門解榻，梁苑攀旌。芝蘭蚤挹，葵藿頻傾。恩分逾極，哀思交并。尚約他年，或從息駕。琴席歌筵，藥欄花榭。並暢春襟，俱陶秋暇。短景既頹，休辰不借。鬱結深衷，淹淪大化。錦峰峩峩，琴水湯湯。魂兮可知，先歸故鄉。謝蘭齊茁，燕桂皆香。臧孫有後，魏萬必昌。旴承鳳誥，爭入鵷行。弓裘願慰，圭衮計長。執紼悵阻，生芻寄將。馬蹏蹤跡，鴻爪行藏。困兹騏驥，竝此鸞皇。蓉花泣露，薤葉晞霜。靈旂颯降，羽幬紛翔。盤桓桂室，卒奠椒觴。

【校記】

〔一〕『鳥鼠』原誤作『烏鼠』，據文義改。

祭張子和觀察文

嗚呼！番島之舶浮如豆，方資鄭曉之謀；舟山之星隕如盤，遽報朱紈之死。守陴盡哭，思次生哀。而況風繫蘿陰，雲連梓阪。步兵逝水，江東之魚菜非春；莊武摧柯，上谷之鶯花減色。飈輪電轂，能免巨卿死友之號；鳳翮龍脣，可勝子敬亡琴之痛。維我子和羈貫夙成，岐嶷幼挺。黄子炎七齡對日，馬容卿六歲酬賓。隨宦臨邛，綵筆絢相如之肆；歸帆吳下，瑤輪探蕭統之臺。固已文章無雙，神采第一。駒齒未落，蘭筋已成。爾乃器貴於屢磋，才老於歷試。充觀國賓者八，獻大禮賦者三。日色眼迷，人爭爲方叔謝過；宮花樣改，世盡惜玉川東歸。而君金鍊彌堅，璞焚益瑩。每於雪照三白，螢流一青。豪颯颯而飛晨，哦伊伊而課夕。博聞幽討，學如雞蹠之貪；孤詣冥搜，射必蝨心之貫。洎乎春回黍谷，翅擘蓬山，步東觀之花磚，聽西清之鈴索。蓋君已年逾四十矣。凌雲一賦，天子幸其同時；晝日數行，朝列歎爲巨手。著粲花之論，經疑悉訪乎載憑〔一〕；抽摛葉之詞，制草咸咨乎陶穀。專集未出，雞林之行賈傳鈔；短歌甫成，鸞闥之嬋媛爭繡。此君之名也。已而官除郎位，綱奉仙曹。握椒墀之蘭，襆粉省之被。柱題鳳字，繼京兆之光輝；省伏雞香，識馮郎之奏對。戴星而出，朝衣常拂乎嚴霜；休沐以還，客座不言夫温樹。此君之勤也。且夫金正持衡，秋官執憲。深則礙恕，縱則生姦。道兼乎四難，察窮于五聽。君則法星在手，鈞石從心。唐律二千條，參定大中之典；漢家三尺法，蠲除廷尉之苛。黄沙靜職，允矣爽鳩；黑土生春，猗歟獬廌。白雲司署，遇峻法以必爭；紅燭官書，恨求生而不得。此君之仁也。一持玉尺，衡多士於章江；再給銀符，决平反於畿甸。夫九邊軺傳，恒誣馬援之珠；八月輶軒，或謗胡威之絹。君則提衡允望，砥節首公，竿牘不行，苞苴無謁。畊柱遊楚，餽金必辭；正禮在梁，饟錢爲怒。是以陸賈南役，未有千金之裝；貢禹西征，反損百畝之產。此君之清也。若夫十載綱曹，三間板屋，駕無駿馬，門止髯奴，都下黻冕所興，豪奢相尚，大酒肥魚之社，西音東舞之場，獨能清淨自娱，塵喧不染。止水一石，爲右座之箴；落葉半床，入小園之賦。鄭都官雲臺閣筆，并戒吟詩；袁聿脩晝省焚香，先辭送酒。於是薦剡交推爲第一，清郎上契夫九重。雞廉稱職，先書北闕之屏風；豸服分藩，遂簡南溟之保障。君得不表色，寵益驚心。尺書下天，單騎就道。時屯雲島嶼，識妖祲之未消；横海樓船，報將星之先墜。君封軺甫下，巨艦先脩。既悼國殤，兼籌邦賦。未免武侯抱疾，兼程犯霜；伍員搔頭，一夕戴雪。遂沉緜於美疢，致嬰戚於中年。繡衣甫照於翁洲，丹旐已臨於剡曲。盖蒞事甫匝月爾。烏虖哀哉！軍中一韓，纔破横山之膽；長城萬里，未收道濟之功。浙民惜繪像之無從，痛福星之易失。悲殷雪竇，淚灑梨花。某誼切末莩，心驚噩夢。齎南州之芻束，迓元伯之輤車。傷崔寔慈親，誰慰據牀之哭；幸蘇瓌有子，能傳肯搆之書。蕙化芝焚，裂素牋而增愴；椒馨桂釀，盼翠葆之來歆。他年國史館中，定爲陽休作傳；此日天童山畔，先看羊祜立祠。

【校記】

〔一〕『載憑』疑當作『戴憑』。光緒本同。

祭瞿生夢香文

烏虖！青琴摔地，素月流天。東阿之芳榭塵凝，子敬之靈牀葉滿。祠堂種柏，膏煎召白叟之嗟；陋巷遺書，壁毀下黄門之涕。而况子文尊酒，尤賞彭宣；元則門牆，最憐雕武。抱奇才而廢棄，司馬無辜；膺美疢而沉緜，伯牛有疾。其能無淒迷永逝，怊悵先零，輟春銜寢次之哀，投箸效中庭之哭乎？君生而秀慧，長益清純。演志書楹，削迹家衖。尅樹汁而爲墨，筆冢增隆；隨松陰以讀書，板牀減鋭。剛日柔日，躭枕葄於學林；今人古人，樂居稽於文圃。一篇賦出，爭懷安石之金；五字吟成，競賞邱遲之錦。遂乃抽豪横宇，拔幟圜池。孔休源州辟茂才，後生第一；杜正元官試方略，才辨無雙。固自謂河海千言，倉卒而題鸚鵡；風雲萬里，扶搖而化鯤鵬者矣〔一〕。賈生年少，陸子才多。小挫鄉書，薄游京邑。郭有道一身作僕，灑埽躬親；蘇季子百里負書，關河足繭。秋霜灑背，遽罹支父之憂；暑雨霑衣，未免崔家之瘦。謝客於車雷聲裏，杜門於人海塵中。值槐市談經之日，范式猶眠；臨棘門校蓺之秋，子由獨病。都下冠裳所集，蘭鮑難分。競窺陸賈之裝，欲飽劉調之壑。君獨避黄鸝之請，守枯蠹之編。赤日三竿，黑甜一枕。於是排闥而入，來仰視之寒鴟；媒蘖而成，發潛機之水弩。因才召怨，以善受誣。謗書曉投，飛禍夕至。南冠鹿夢，淒涼蘇子之詩；西陸蟬聲，惻愴駱丞之句。

幸鳴鴉之挽索，得飛鳥之開籠。授筆札於白雲之司，撥烟霧於青天之上。八叉立就，五木旋除。絶勝鄒陽之一書，不假絳侯之片牘。此固聖朝寛大，優容生萬物之春；亦緣羑里文章，宛轉動五聲之聽也。金雞甫下，黄鵠遂飛。慶刀環之更生，喜湖山之再覩。自此青鞵布襪，爲不求聞達之人；紅粉香籢，作自放頹唐之計。鶯花一世，風月三生。題詩滿蕩婦樓頭，脱帽卧酒家胡側。蕭思話戲纏腰鼓，豈恤人言；謝征西好佩香囊，奚傷禮法？蓋玩世本佯狂之志，而辱身實求死之心。自傷蠶室之餘，勳名流水；并笑菟裘之拙，家計浮雲。絃管千場，係子畏放歸之日；琵琶雙髻，乃用脩投竄之年。後之知人論世者，亦可以憫厥行藏，哀其遭際也已。猶復枯桐半死，日弄清吟；修竹一庭，時延佳士。每當蘭韶菊秀，雁候鶯初，相與松柏悦心，弦韋合贄。彈玉琴而寫韻，擊銅鉢以催牋。譜秋聲於西子湖頭，刻春翠於靈威洞府。梅屋竹屋，前喁後于；葵窗草窗，此唱彼和。亦謂嚼花吹葉，猶不廢我嘯歌；失槿收榆，夫豈禁人著述？將以補其往過，樂此餘生；何圖長吉嘔心，相如消渴？瑤輪晚仄，璚樹秋摧。豈芙蓉玉城，遽迎主者；抑水仙王廟，專候詞人？大江東去，誰彈天上之銅琵；殘月西傾，竟歇人間之檀板。遺命以道士服斂，銘書曰：『吹月填詞館太瘦生』。烏虖！化形之鶴，猶舞羽衣；將死之禽，尚歌布袴。可哀也已。某自憇擁絳，夙謝成藍，智喜戴崇，遊偕禽夏。痛雀言之得禍，其罪原非；憤蠅玷之爭讒，此才可惜。臨風欲慟，立雪何人？用製哀詞，以嘉幽魄。焚香在鼎，難酬師道之瓣香；奠酒於尊，聊答侯芭之載酒。

【校記】

〔一〕『鯤鵬』原誤作『鯤鵬』，據文義改。

祭署黃州府通判季君真巖文

嗚呼！星隕黃笳，山摧赤鼻。方城落蔭，遺雙舄於人間；沔水訛言，把一麾於天上。風淒大別，白驥悲鳴；雲黯臨皋，蒼黎輟相。霜蒿露薤，悼神理之茫然；沅芷澧蘭，折芳馨兮嗟若。想移舟而莫極，路隔官湖；願執紼而身遙，塗由帝渚。斯則論金契在，慟一諾之無聞；照玉顏凋，罄千言而莫輓者也。維君列宿迴文，德精降祉。慧由天悟，岐嶷表羈貫之年；秀澈風神，通敏羨鳩車之歲。對奇鸚鵡，不數家禽；頂異麒麟，何誇宅相？門高通德，璵璠徵紅鬣之騰；座滿賜書，騏驥卜蘭筋之奮。時尊公絅齋先生，望重西清，名宣中禁。羹調玉糝，拖紫紱以隨班；炬撤金蓮，飛翠緌而歸院。坐童烏於膝上，即預玄經；課雛鳳於燈前，便通懸解。孝綽方十四歲，語傾其座人；開明誦二千言，世目爲國士。豐臺花發，詩仙鬼兮同參；窰廠雲高，酒聖賢兮命酌。固已擅妙譽於日畿，蜚英聲於雲路已。洎乎分陝滹沱，專藩句注。翩翩能御，人欽堂構之光；咄咄逼人，天與河山之助。關開雁嶺，落塞上之風雲；綫急龍門，隱地中之鼓角。浣紙於居延之水，古色一囊；揮毫於回樂之峰，秋聲萬里。彈來碁局，白登紫塞之圍；寫入丹青，馬邑龍堆之勝。拓心胸於萬古，了才藝於千人。宜乎入幕之賓，即屬趨庭之子。榜開金鹵，隨棨戟以頻移；地漉霜沙，執鞭箠而近駐。譬之僚佐，襄厥賢勞，綽有父風，關乎慧業者矣。及夫開府滄溟，移旌渤澥。心依橋蔭，攀去轍於炎洲；念切蘐村，奉歸艎於琴漵。煇煌舊蕐，闢蔬圃以調蘭；蕭散閑居，御版輿而行藥。鑒精誠於子懋，瓶呈蓮蘂之祥；感祈禱於叡明，函啓芝泥之瑞。侍疾則溫床扇枕，蟣蝨生衣；承歡則置酒絃琴，虎雌舞綵。遂乃遙承庭訓，誕發千函；近藏楹書，博通羣藉。掉鞅文囿，勵旆辭林。瓜當鄭灼之心，板減佛奴之坐。淬鋒武庫，縱橫五兵；洗筆天河，璀璨十色。方謂鵬摶直上，目無制舉之科；何期鶚薦頻膺，身負太常之屈。斯則羅隱何須一第，劉蕡自足千秋者已。旋且悵噩夢之宵徵，痛訃音之旦至。望澎湖而雪泣，奔球嶼以星號。神駕東還，天退庾公之險；靈輀南返，海填精衛之波。負墳而一縣烏來，廬墓而半天鶴弔。猶幸起居八座，差堪報答三春。豈知庭掩枯梨，繼以窗虛慈竹。心摧窆石，未酬湩乳之恩；力瘁蒧宮，永切焄蒿之慕。非其纏綿至性，惻愴大倫，而能如是之五貝無虧，三虞盡協者乎？猶記運丁陽九，歲乏餘三。伏雨闌風，家浮宅泛；登巢椓蠃，陸處舟居。君推贍族之仁恩，普捄時之良策。計里書呻吟之數，訪遍窮簷；按圖立賑恤之規，惠均僻壤。裒多益寡，人皆載米之梁高；察貳廉空，守盡開倉之郭默。晉無滯積，門門書魏絳之賢；鄭有貸施，户户載子皮之德。葢雖斯人不出，而其利已溥矣。爰抒向日之誠，展籲雲之志。策名吏部，踐列端僚。贍知宏才，自是南金之選；飛牋草檄，不輸東觀之英。餞安石於新亭，相推劇郡；辟子柔於京兆，妙簡名疆。北夢南雲，周景切題輿之勸；三湘七澤，士元圖展驥之能。於是綬章於君了泉邊，繖笠於聖人湖畔。縱寵白臬，挹此秀靈；演迤黄岡，轄其衝要。上綱任重，王祥之四境不空；別駕名高，趙軌之一清如水。赭衣悉返，仁風翔洽於元膺；白望誰誇，德教從容於杜牧。勵禹偁之風節，標映州端；軼任汲之溫文，光榮上府。料其材諝，劉穆之未足稱奇；測彼神明，陳仲舉焉能爲役。宜其堂開映雪，軒啓留鴻。綠楊橋畔，看得意之花；翠竹樓頭，傾延齡之酒。豈意晨曦運甓，夕魄投籤。呱呱弗視，七旬重孝水之悲；慘慘多勞，半剌瘁忠葵之志。三刀未益，待留去後之思；二豎旋侵，早卜治中之淚者哉？僕憶加冠之歲，君方總角之年。嶽嶽乃公，觥觥吾友。春明杯酒，曾蒙王粲之知；日下裘裾，得結冬郎之契。及歸梓里，益悅松盟。閑暇輟相思，類披衣於彭澤；得錢卽相覓，擬痛飲於杜陵。詩徑同探，吾谷雲深之樹；畫船共載，尚湖春煥之花。此尤耿耿予懷，軒軒在目者也。及君畫熊南國，分虎西行。攜琴鶴於一官，播弦歌於三户。輕苔遠損，秋風沔口之魚；深樹遙思，春日武昌之柳。識馬周之顯貴，聳必鳶肩；懷宋璟之端凝，行如鵞步。孰意桑輪不借，蓉露遽侵。六品頭銜，已了畢生之遊宦；四旬强仕，便爲厭世之神仙。搴漆木兮何從，遲遲蜃綍；望晴川兮曷極，渺渺龍幰。定知陳蹟尚多，莫殫安仁之誄；應有楚魂未散，爰爲宋玉之招。

惟君敦悾，令問望些。門崢層搆，嶫崇堂些。紹悳胖兢，騁江湘些。緹油曲翳，鞍馬光些。愻愻謹度，海沂康些。美冒衆流，德澤章些。忽焉旗鶴，下廻翔些。超登九鴻，極孝芒些。瑶席玉瑱，醑周觴些。蕙肴蘭藉，吹咀芳些。麒麟山高，連鳳皇些。魂乎歸徠，無四方些。尚饗。

祭蘇小園明經文

嗚呼！大赤天低，隨藍飈緊。高士峰摧，何童星隕。訏梁敲稷，失丹餌於商芝；露薤霜蒿，委榮華於朝菌。論金契在，撾馬策而聲撤金鋪；照玉顔凋，對虎賁而悲深玉軫。惟君幼而岐嶷，長益清純。神朱霞以矯矯，躬白璧以恂恂。秋月詞高，不受延年之玷；春風氣藹，爭需公瑾之醇。方尊公園仲先生挈之晉豫也，五齡就塾，九歲工書。借紙札於藻井，畫塵沙於綺疏。換得羊羹，綽有小坡之號；臨成狸骨，早延雛鳳之譽。已而捧杖耑歸，下帷講授。采珠玉於休文，挹英華於范岫。賦奇鸚鵡，杜郎冠童子之軍；頂異麒麟，裴秀領後生之褎。自是試居高等，氣壓羣才。祿入上庠之轂，名升東序之槐。孔休源策究天人，無慙於標準；崔慰祖學窮地理，競服其淹該。固自謂鸑鷟文章，摩聲霄漢；鯤鵬變化，應手風雷者矣。爾乃椿樹不靈，蓼莪早廢，共被肱寒，同聲塤碎。傷仲海之遠行，嗟家山之獨對。遂絶意於希榮，聊棲心於恬退。於是南軒蒔竹，東沼疏泉，西窗雨話，北牖雲眠。傾遺囊於金石，標健藥於圖編。字重一豎之紙，文珍五鳳之甎。揭嚼扁而摩挲，於焉永日；展鴉叉而賞玩，可以忘年。夫晦奇不耀者，必食報於期頤；息影自榮者，必養和於淵默。抑且惠以行仁，施而不德。付折券於爐灰，化銀盃於羽翼。宜乎老聃玉局，如魯殿之獨存；子訓銅人，比商盤之是式。今歲值君五十降辰，嘉媚擬五嶽圖屏，良友取百花釀酒。喆嗣洗爵，將謀孟疾之娛親；賢兄賦詩，亦爲卯君而稱壽。而君則堅辭賓客，靜掩扃扉。顧斜暉之昃影，示老衲之先幾。花塢紅沉，難料重輪之東起；蒲團漏盡，先知隻履之西歸。於時一座皆驚，六親咸詫。比門際之逍遥，怪鏡中之悲咤。方謂文翁語讖，聊謝親朋；庸知思曼風流，遽捐館舍。嗚呼哀哉。憶我還吳之日，適君辭洛之秋。登樓而逢王粲，看竹而識子猷。既松盟而柏悅，亦蕙臭而蘭投。吾谷秋丹，時疊敏彪之騎；尚湖春煖，便同李郭之舟。交歷卅年，歡同一昔。命二子以來游，開三徑以求益。問字載侯芭之酒，佐以盤飧；束脩供博士之羊，副之殽核。臘頭譏客，社尾迎神。必招邀以盡醉，惟脫略而彌真。擬痛飲於杜陵，風隨步屧；類披衣於彭澤，月洗陶巾。時值秋杪，日惟小惡。就董奉以投林，訪慶孫而入洛。托雙魚以問訊，猶未傳書；

盼一舸之歸來，方期勿藥。廻帆乍卸，病益甚夫懸蛇；寢席未安，門已臨夫弔鶴。嗚呼哀哉。君有懸河瀉水之才，而命慳一第；無伐性戕生之行，而壽止五旬。天道寧論，徒扣虹梯而夢夢；善人有後，惟期麟角之振振。爰采蘭肴，爰陳桂醑。冀羽葆之下翔，願凫尊之載舉。嗚呼！賡靈均之楚些，重爲宋玉之招；製武仲之誄詞，莫罄安仁之語。

祭邵蘭風少府文

維年月日，翰林院庶吉士兼武英殿協修官孫原湘，謹以清酒一尊，北望灑淚，致奠於蘭風少府之靈：

嗚呼！蘭風死矣！去年之春，周生還里，述君病狀，勢殆不起。急擘箋以寓君，願扶疾以歸休。胡堅志於客死，乃置書而勿酬。檀姪北行，載陳簡牘。君執書流涕而已，不能卒讀。蓋書到甫十日，而君登鬼籙矣。君之意氣，可籠罩乎萬類；君之文章，可僵走夫儕輩。然而千金一擲，十試不第。聊入貲以爲郎，僅掛籍於右尉。君之蹭蹬若此，亦可以知命而止矣。猶復違衰親，棄妻子，九死無歸，萬事都已。魂如有知，能勿望故鄉而隕涕矣乎？嘉慶壬辰之歲，予上公車，同行者有子侃，君亦聯鑣而並驅。釃酒荆卿之里，題詩憤王之墟。登黄金之故臺，結燕市之屠沽。當是時也，豪情逸氣，可以凌五嶽而跨天都。視功名於掌握，薄金紫如土苴。及庚午報罷而歸也，君之跅弛，亦已少衰矣。然猶手斟北斗，氣吐虹霓。嘗偕吾弟澄之，赴蔡涇周氏，主人出玉巵，可容升許，君立賦牡丹詩十首，傾酒十巵。座客相視，咸斂手以讓之。而君之精力，亦往往好勝而日疲。君詩文無所不工，而尤工樂府。予近年與諸子爲銷寒之局，按姜張之譜，未嘗不把酒思君，日望北雲而延佇也。而今已矣，君真死矣。其溘埃風而翔於廖廓耶？抑爲白雲而棲於巖壑耶？其披髮而上訴天帝之旁耶？抑轟飲而酌天瓢之漿耶？其逍遥兮搴杜若於芳洲耶？抑悲吟兮龢山鬼之啾啾耶？其昏昏冥冥而猶戀京洛之緇耶？抑魂兮歸來而在尚湖之湄耶？其操翰以唱酬者爲子侃，而舉琖相屬者其吾弟澄之耶？疇昔之夜，嘗夢見君手執一卷，屬定其文。予攬其裾，化爲烟雲。嗚呼噫嘻！是耶非耶？其賫志於生前者，猶冀虛名於身後耶？排閶闔以四望，杳不知其何所。扣九地以招魂，音寂寞而無覩。搴淒淒之素幃，尊有酒其載醑。願掀髯而來酌，若生平之晤語。嗚呼哀哉。尚享。

祭屈竹田通守文

嗚呼！鱷溪水惡，璧星招韓愈之魂；鳳嶺雲寒，鐵漢表元成之節。則有歌騷華裔，遺雙舄於金城；酌水仙曹，把一麾於瑤極。風清銅鼓，白驥爲悲；霜灑花田，素馨如泣。豈况塗由百越，願執紼而身遥；路隔三瀧，歎移舟而天遠。元伯入巨卿之夢，歡會如生；彥先好張翰之琴，哀音莫罄。惟君中台降祉，列宿感精，秀澈風神，慧由天授。童烏失恃，墓門回冬月之雷；雛烏銜哀，里社罷春風之鼓。愍孫孱弱，遭太尉淑之云亡；令伯零丁，賴祖母劉之鞠養。驥足卜蘭筋之奮，志渺青雲；龍文決駒齒之騰，頂稱甘露。花林夢熟，恒映月而橫經；槐市名香，每凌雲而作賦。於是豫州側席，爭題仲舉之輿；徐郡辟書，早達休徵之薦。安石爲蒼生而起，暫舍東山；子柔綰半刺而來，聊依南斗。固已吏民愛敬，地誇珠海之清；詩酒從容，壁記香山之勝。爾乃三刀未益，二豎偏侵。思歸下潠之田，乞解上綱之職。秋風一櫂，鱸魚菰菜之情；夏屋雙扉，猿鳥藤蘿之興。時繼配葉夫人道昇能畫，泥新藁於漚波；卿子知詩，鬭長箋於別業。丹粉得佳兒之助，四壁煙霞；青琴來嬌女之歌，一門風雅。每當繡囊花早，鏡檻鶯初，焚衙溼之香，擘陟釐之紙。調鉛殺粉，商成聲鑑之圖；鬭角鉤心，製出宮眉之譜。神來得句，則叔黨傳箋；興到欲書，則左芬展卷。固自謂逍遥谷口，子真無仕矣之心；愛玩家人，高柔有終焉之志已。抑且耳鳴好善，履道樂施。石室丹成，一市散韓康之藥；山城雪凍，千村被王望之衣。咸謂澤厚者福自流，身修者家必吉。豈意天違人欲，樂往悲來。柿葉明時，慘遘德宮之變；桐花落處，哀吟元九之辭。郎君以雞骨支牀，姊妹並蛇懸致疾。隋璣一碎，既痛抱夫西河；楚蕙雙凋，更悲深夫金瓠。從此蘭堂寂寞，名花皆墮淚之容；桂室淒清，璧月盡傷心之色。由是山中司馬，轉興雌伏之嗟；物外屏星，頓作雄飛之想。乃北游乎燕市，遂東達乎羊城。道擁金吾，識寇恂之復至；兒騎竹馬，喜郭伋之重來。時程江以叢劇之區，致圜土有滋豐之獄。君以表臣之明敏，兼仁壽之寬平。奉檄星馳，單言雪釋。水中兩日，推冤夢於渡河；市上一縑，息爭端於遇雨。斷疑獄四百案，棘林無夜哭之聲；釋待罪數十家，梧邱有雪冤之頌。遂貳潮陽之郡，允推上佐之材。開講院於黄岡，仿學規於白鹿。王前盧後，親爲月旦之評；秋實春華，坐鎮風塵之俗。靖妖氛於海甸，赤白丸毋許交馳；埽秋葉於鴻溝，東西堡咸如安堵。斷繒爲炷，茆簷悉誦其清風；伐鼓窮歡，珊網盡羅夫才士。陸象先之慈惠，標映州端；高士廉之神明，光榮上府。何圖星軺問夜，不勝鞅掌之勞；露冕行春，竟盡鞠躬之瘁。雒邑報士元之殞，百贖奚辭；桐鄉聞朱邑之喪，萬民俱慟。某誼託葭莩，悅同松柏。雞豚近局，暇輒相思；鷗鷺閑盟，久而益密。同舟入畫，尚湖春煗之花；連襼尋詩，吾谷雲深之樹。猶憶攜琴北去，載鶴東遊。日慘慘兮西郊，草萋萋兮南浦。方謂河梁惜别，雙鬢猶青；彭澤歸來，十年非遠。乃三橋楊柳，即人天判袂之期；一曲驪駒，是蒿里悲風之唱。望練江兮杳淼，剪紙空招；盼丹旐兮迢遙，歸棺何日？折疏麻以致奠，聊同一束之芻；泚斑管以抒詞，竊附九章之些。此日留衣亭畔，無由素車白馬而迎；他年遂步橋西，敢忘斗酒隻雞之誓。尚享。

祭季因甫州佐文

嗚呼！長星壓脚，神君無續命之絲；天樂當頭，仙骨有委牀之蜕。雖漆園作達，譬巨室而偃歸人；句曲譚玄，謂頑仙不如才鬼。然而蓮凋玉井，百卉淒其；芝燬銅池，千林惋惜。賫隻雞而赴弔，客不通名；聞五羖而停舂，鄰皆隕涕。豈况失中郎之玉貌，難禁虎士之悲；撫武子之靈牀，詎免驢鳴之慟。惟君來從忉利，降自犍陀。飲光感宿世之因，摩詰示前身之夢。是以生而瑰異，幼即靈奇。有任嘏不再問之風，負禹玉志千里之氣。年十七，隨尊甫觀察公之任臺灣。趙犨兒弄，便壘方營；子產童牙，能籌國政。時值盗連雞泊，孽起狐邱，驂路人搖，鯨波鼎沸。君隨觀察公勦捕斗六門。子明十五，鄧當驚擊賊之雄；張奮少年，步騭訝攻城之壯。不旬日，而巨魁咸服厥辜。黑丸電埽，人詩白馬之書生；赤嵌風清，盗避朱暉之劒術。葢方其駒齒未落，固已虎氣上騰矣。設使松杉合抱，經大匠以程材；鶡鶚垂天，凌高秋而直上。則士衡入洛之歲，早建功名；仲華拜衮之年，何憂青紫？而乃巽飈不順，乾蔭旋凋。濬冲則雞骨支牀，徐憲則鳩巢集户。宣秉卒官，尤勝龔公勵節；子瞻渡海，惟聞叔黨相從。獨能含殮盡禮，簿書中程。慰寡鵠之嗟，切皋魚之慕。安神蔞翣，利涉滄溟。藉非忠信孚於水伯，純孝格於陽侯，烏得疾如飛羽，疑遠知仙術之奇；穩若浮杯，獲幼安神光之祐乎？窀穸既畢，旋遭許太夫人之喪。服雖從降，恩重所生。三載銜哀，壯齡已屆。同釋之之減產，恐鄧禹之笑人。亦謂藉展驥足之長，終著鳳毛之譽。時哲兄真岩通守，分符江夏，佐郡齊安。治譜方成，脩齡俄促。君爲撫左思之弱女，痛伯道之無兒。往載其喪，命長君成銑爲之嗣。改字曰喬，讓作武鄉之後；擇賢以植，敬承祐甫之祧。嫂氏遘疾，處方維謹。翠幃言傳，復甦道韞；青衣贍奉，爰感顔含。孝友之稱，洵無愧已。既通仕籍，仍擁書城；雅貫文林，尤精韻府。受桐君之秘錄，得鮫室之禁方。張機思密，預識落眉；彦伯濟人，爭趨列竈。豈非合通儒之目，參良相之功者歟？而且氣高湖海，義薄雲天。通九族之財，火恒待舉；燔千石之契，粟不須償。等陰德於耳鳴，實善人所心折。吾邑自甲子至癸未，頻遭旱潦，時艱水毀，歲異金穰。比户鴻嗸，連邨鼠劫。雖楓宸綸綍，疊開東郡官倉；而桑土綢繆，猶待慕容私廩。惟君運其慧舌，而聚米成山；化此苦心，而布金滿地。遂克十場並開，千室以活。餼子皮之粟，稻蟹休嗟；披白傅之裘，衣鶉羅結。青秧甲坼，漸泯魚勞；赤籍鈎稽，弗爲蠹飽。是惟數千斛之稻粱，黄香能給；六百人之姓氏，陸續皆知。所由同儕服其精勤，當塗資其經畫者爾。猗韓家之雛鳳，備溫氏之六龍。小齋課讀，移嘉樹以成陰；別室觀摩，製銅槃而具饌。謀詒燕翼，韻協鸞音。世欽孫晏，賞其志氣非常；我見崔瞻，定爲後生第一。信高門之建福，維德量所鍾祥。

卽或寶瑟絃僵，綺牀簟冷。香銷永歎，葉落增欷。亦可因有後必昌，解潘郎之悼；爲善最樂，錫何掾之符。何意咎先庚日，竟徵飛鵩之占；厄際酉年，遽應見雞之兆。同葛洪之睡化，召思邈而上昇。蘭蕙閟芳，芙蓉迎主。嗚呼哀哉。某荅岑結契，車笠盟心。閔仲叔之延周黨，夔輟樵蘇；尹幼季之與班彪，談忘昏旦。鶴蓋團雲，效陳遵而投轄；蛟壺傾露，擬文舉以開尊。以君銜杯中聖，荷鍤佯狂。箴景山之沉迷，諷巨源之茗艼。亦恒承夫嘉納，詎已中夫沉痾。流連酒德，何時飲公瑾醇醪；奉揚仁風，難再望穉恭儉穀。黃罏之痛斯深，鄰笛之聲彌咽。聊陳薤露，式侑椒漿。想像靈斿，庶其歆格。

天真閣集卷五十四　駢體文四

祭文

華母楊孺人祭文

春暉一寸，夜臺百年。孝養之期易窮，嬰慕之心罔極。臯魚茹痛，空號風木於九秋；曾子銜哀，惟絶水漿於七日。死無以禮，仲繇發傷貧之嗟；祭則徒豐，永叔有薄養之歎。罷社之感，賢愚一情；瞻屺之吟，古今同恨。華母楊孺人聖善爲儀，中觚備德；承慈以遜，厚下曰仁。因辛得甘，占閑家之吉；易枯爲菀，著焘後之艱。固已惠問川流，芳猷颷樹。媚黨服其神智，閭里奉爲女宗。顧仿子政之册書，幽華累牘；展蔚宗之敍傳，高秀連篇。與爲采厥虚聲，曷若徵諸實行。昔在渾敦之歲，邑有歷陽之災。市盡縣炊，河多沉竈。鴻流徧野，鼠巢蔽空。時長君雲友，以好善之聲，應當事之請。俾襄荒政，以勸施稟。仁流胏肝，義顯眉睫。炎風被體，不辭襏襫之行；暑雨霑衣，常在泥塗之徑。呼庚與癸，自夏徂秋。予亦肩隨行列，目擊情狀，歎賢勞之不易，媿僕病之未能。而雲友蹙然以爲命出慈闈，事由老母。問活人之數，同於雋氏之考平反；懼陰德之鳴，勝於趙姬之戒爲善。然後知茅容孝行，悉本於義方；　崔實賢名，都成於母德也。已而節邁授衣，令傳行粥。孺人急開倉廩，分貸鄉鄰。頓生九里之烟，獨罄一舟之麥。仁人有粟，何勞託鉢沿門；　老佛布金，不待聚沙成塔。於是一家向善，萬户從風。枯疇生薺麥之青，闔邑有人烟之慶。此非具聖賢學問，菩薩心腸，而能若是之智水高流，慈雲廣被也乎？夫大德曰生，祥降之徵也；　仁者必壽，祐應之理也。以孺人之見義勇爲，樂善不倦，固宜摩挲銅狄，笑傲金仙。開九袠以方長，躋百齡而未艾。而乃丹蒸不驗，藥對無徵。霜華降而芳蕙枯，飇信寒而慈竹折。活萬人之命，偏靳以九疇；　去八十之期，終虚其一歲。鵑號徹夜，聲停隔巷之舂；　烏餔終天，痛絶壞牆之踊。某誼託通家，情殷拜母。景閨儀而志切，聞婺隱而心驚。猶憶去歲歸來，秋風蕭瑟。孝忠母恙，恨然掌之難醫；　全啓親衰，愧刲胜之不急。次君吟霞，足音見過，問疾頻臨。話及高堂，知減餐之同病；　占來大耋，冀勿藥之長延。相與怊悵秋暉，躊躇冬愛。撫萊衣而欲淚，懼江鱠之空調。何期逝水終頽，浮雲易變。未及旣周之歲，同爲無母之兒。嗚呼！將欲勒端操於翠珉，紀芳徽於彤管。而麻衣伏處，難爲竹册之書；　塊枕餘生，不稱石渠之載。仰義成之遺範，謦欬如聞；　悵公瑾之登堂，音容不再。聊斟桂醑，冀神御之來歆；　載仰蘭陔，效左楹之致奠。

吴母王孺人祭文

結璘墮瀣，何童收八朗之芒；　始影沉淵，阮樂掩四游之彩。屈庭之筳竹裂，舌澀銀簧；　辟非之笈塵封，淚霏珠琲。猗猗翠失，恨威屑之無情；　攝攝紅彫，痛隨藍之不待。朱百年羽號卻被，響直殷於提婆；王武子雪泣馮牀，訴自通於真宰。仰絳紗而企範高門，竊繫夫蔦蘿；瞻瓊島而揚徽薄奠，敬陳夫藻茝。孺人通華胄望，淑慎閨儀。古籍流連，吉甫清風之頌；長言婉娩，女師德象之辭。精算術於五曹，滅燭下盤中之子；擅神鍼於十指，幻形挑天上之絲。況復孝徵封臂，事取刲胜？號泣呼天，至性過先雄之傳；悲哀搶地，人言當曹女之碑。迨夫花盛李桃，笄陳棗栗，視弋雁之明星，聽鳴雞於朝日。梁春有耦，案横偕隱之琴；冀饁相莊，野奏同心之瑟。時則陶母衰齡，焦親痼疾。上堂而乳，崔家之後必昌；奉藥先嘗，莊淑之容不櫛。加以臧宣有子，看賈蔦之先生；劉表諸兒，審琮琦之異出。孺人覆鸚爵於安巢，撫鳲鳩於同室。曹家金瓠，病費葠苓；薛氏孟嘗，甘分梨橘。市肉糜而式穀，都忘離黍之歌；添繡綫以縫衣，詎綻蘆花之紩。是非宅心聖善，幽閑禮協乎女宗；其能異腹均齊，慈惠福流於尹姞也乎？且夫婦順夫顔，挽鹿之風易見；母兼父職，丸熊之教尤勤。素菴未畢向平之志，先修卜子之文。衛玠孤兒，痛金昆之盡失；戴良五女，選玉潤以誰聞。孺人親授經書，鄭絡秦箏之畔；摒擋嫁具，竹笥木屐之分。而且於菟慧早，落唾皆珠；長吉功深，嘔心是血。鬻釵買藥，磬桓氏之雕奩，破產求醫，損巴臺之丹穴。以視斷葱之教，遜此辛勤；即方畫荻之賢，無斯困竭。況復慈能逮下，惠必周鄰。木少千頭，撲棗墮白英之實；煙生九里，翳桑分紫石之緡。龍媪鴉孃，被賢雲而誓骨；花姑竹母，飲德水而皆春。猶憶歲在攝提，律中夷則，爲孺人八十壽辰。令嗣謀介眉之觴，博慈笑之色。爾乃先期戒殺，延禴祭於東鄰；開籠放生，修梵齋於西國。禮竺皇之寶典，香滿孤園；施須賈之綈袍，溫生窮閾。至於奉榮惟約，蹈禮必堅。嚴義方之則，陳女誡之編。每至市頭春熯，陌上花妍，聽踏歌之緩緩，殷社鼓之闐闐。白板雙扉，不知綠女紅男之隊；朱書一筴，只在金仙繡佛之前。其或折來瑶簡，招以瓊筵。謝我諸姑，莫混侏儒之戲；嗟予季女，何心捍撥之絃。此尤罄子政之册書，幽華未揭；補蔚宗之敘傳，高秀宜鐫者已。何圖蔗境方甘，松飈遽惡。春芝神頳，番禺乏菖節之珍；冬草心枯，月氏缺桑香之藥。奉遺言之縷縷，穀佩長貽；慟神理之緜緜，萱暉奚託？某夙聯末契，申附高嫺。設饌感茅容之母，登堂拜子敬之親。初讀秘書，裂素以揄揚淑德；預修惇史，濡彤以紀載慈仁。神馳西閬之征，酌桂醑而芬馨是式，禮備左楹之奠，盼珠旗而肸蠁宜申。

吳節母衛孺人祭文

嗚呼！青腰降而梵寶增寒，赤鳳來而女牀失翠。問靈蹤於曇誓，空盼雲軿；掩神彩於蘇摩，難攀月駕。員淵冬沸，煙枯樹背之萱；藥水晨飛，淚灑寒胎之筍。雖柏舟峻節，鸞儀位復夫申林；而桐杖哀號，爵踊聲憑夫亥市。能無紀端操以輝彤，緬芳徽而裂素？恭惟太孺人平陽右族，安邑高門。稽圖訓以照言，禀詩書以賁道。圖名筆陣，簪花含明鏡之春；詞賦木蘭，倚竹寫閑階之月。教十年而奠牖，蘋藻初嫺；歌二月以盈門，李桃維盛。左階榛㮚，彰龢順於合升；右佩袠槃，謹湢清於佐餕。時則崔姑老疾，陶母頹齡。奉藥先嘗，籲孝芒而請代；上堂親乳，禮身毒以祈年。焦懷肅負土成墳，力由内助；馮子華穿塋築室，贊出中閨。方謂挽鹿偕宣，花開緩緩；偶鸞得孟，鳥翼鶼鶼。豈意月玦旋分，鏡奩早破。靡笄長慟，投鴛枕而無生；斂被永號，割鶡絃而自誓。代郡孀娥之痛，碧華峰傾；莒城嫠婦之悲，黃笳色慘。祇以鵷雛羽弱，鵲卵巢危，俛仰留身，歿存并命。水漿七日，置叢棘於回腸；淚睫三年，借流珠以洗面。爾乃冰寒蘗苦，方爲嬰鴟之歌；蕙折蘭摧，又遘童烏之戚。於是穀求並穗，芽取同根。藏敕楹書，申嚴庭誥。晨芟湛髫，市玉膾以延師；夜剪仇機，映金螢而勸學。課佛奴於牀版，喚起雞窗；飼公綽於篝燈，丸來熊膽。卒使佃漁六籍，鼓吹五經。鸚鵡賦成，三河領後生之袠；龍駒齒落，一鳴冠童子之軍。太孺人覩柳沐染襟，撫金泥報帖，壽觴載舉，慈顔一開。此子能讀父書，聊以慰重泉之望；有兒克承家學，差可伸廿載之眉。若夫履厚彌清，處膏若素。吳鹽浙米，握牙算以鉤稽；鄭絡秦篝，和書聲而徹曉。嫁女以禮，竹笥木屐之裝；選婿必佳，玉樹瑤林之度。至於慈能逮賤，惠以周親。筠篚分貽，六婣河潤；瑤筐饋問，九里煙生。憫撲棗之鄰家，疏籬不插；慰黐羹之竈婢，逢怒無唫。是以龍媪鴉孃，感慈雲而誦佛；花姑竹母，被廣蔭以稱賢。然而境菀者遇枯，德豐者神悴。掌珠忽碎，痛荀女之先亡；潤玉偏凋，惜文姬之早寡。華井之蓮重跗，不語心傷；淇園之篠千萌，非秋籜隕。丹蒸不驗，番禺乏菖節之珍；藥對無徵，月氏失桑香之寶。運丁陽九，液雨零寒；晷仄冬初，春暉匿影。某謀關中表〔一〕，心景柔嘉。仰霜操於巴臺，方書銀管；聞星沉於漆室，空悵璇霄。挺同蕪章〔二〕，竊附蔚宗之敍傳；表貞華德，終慙子政之册書。

【校記】

〔一〕「謀關」疑當作「誼關」。光緒本同。

〔二〕「同」字原爲墨等，據光緒本補。

文學趙君妻屈孺人祭文

維嘉慶十五年，歲在上章，時維元月。某官謹采芳蘭爲肴，搗古桂爲醑，以告於宛仙屈夫人之靈：

烏虖！瑄朗收陰，結璘掩彩。西風夜哭，白露晨零。黄門永逝之文，淚承簷霤；希逸圖芳之誄，挽遏邊簫。世覆沖華，古今均慨。豈況夜珠明月，亡玉尺之宗師；滄海孤琴，失埽眉之鍾子。予獨何心，能勿悲乎？夫人玉耀爲姿，珠淵秉性。工傳三絶，慧辨四聲。華鈴都捐，惟捧琉璃之匣；橐盒暫解，全裝瑀琩之書。既歸趙君子梁，覿諱齊吭，完山儷影。衿縭婉娩，蘊藻清嚴。曲號姑恩，髫佩南宮之訓；書脩女誡，管熏東觀之香。築里之和若春，壺閾之清如水。葢采蘩弋雁，無以喻其婉嫕矣。霜裹幽蘭，生原善病；海中仙果，根本離塵。乃恒幹不依，蕣華遽萎。珠旌雲導，竟登女媭之邱；虹節烟飛，已在衙城之洞。嫈娸雨泣，嫗監星號。某獨以爲迷榖林中，抽身是福；華鬘天上，撒手如歸。夫造物忌才，每靳文人之壽；閨房好學，尤非女子之祥。夫人彫刻七情，牢籠萬態。鏤雪團香之字，嚼花吹葉之詞。儻獲珠笈與齡，瓊籤授籙，將使筆補天而媧駴，毫脩月而娥驚。宜死一也。左嬪無色，鴻婦乏容。慚彤管之三章，虧曲臺之四德。夫人明姿迥出，神質殊倫，歌窈窕於周琴，賦山河於衛翟。朝霞翠羽，望若神人；迴雪驚鴻，儀空塵世。宜死二也。劉家阜莢，阮氏緋桃。擊壁何嫌，刻眉尤甚。夫人泉邱代聘，曾删卓女之吟；帷幕兼徵，最喜洛神之賦。引小星而替月，捧側荔以如花。凝神則秋水爲瀲，嘘氣則春雲布暖。言容若彼，德又若此，宜死三也。兼以奇資蕚發，異穎飈飛。繡不燭而鍼神，璇無圖而絲絶。偶臨衛帖，便結蕉菴；問發甄書，能箋栗典。背花枝而寫照，寒壁生香；搨蛺蝶以成圖，春屏欲活。靈心九竅，纖手一雙。巧奪百家，智殫六蓺。宜死四也。若夫俊辨流泉，清言屑玉，破連環而解悶，施步障以攻圍。婿比秦嘉，才輸旗鼓；客如劉柳，服到心形。此尤智濬遙源，早洗六根之土；心空慧鏡，全開四照之花者矣。宜死五也。且夫庸行無儀，盛名非福。德宮之芳易歇，綠窗之稟僅遺。爾乃塘上歌成，家稱博士；合歡詠就，女喚相如。賓從西都，問長信曾成之賦；賈人東海，求惠班近著之書。種德弗濃，飲香太酷，宜死六也。蔡笳遭亂，班扇捐秋。淑夢驚飛，媚幃寂颺。每唱離鸞之曲，難尋雙燕之梁。夫人則里號比肩，樓名寫韻，抽蕊書而賭茗，排蕤簡以分箋。蛾黛含春，秀供高柔之玩；鴦漿汎齊，賢留趙勝之賓。素魄圓長，紅顔命爽。宜死七也。夫人有七死，而某則有三感焉。自愧撒鹽，久拚覆醬。何圖孤唱，忽被清矑。妍製烏闌，寫羅隱江東之集；濃熏雪帊，繡道園春雨之詞。巾幗叔牙，香籢師曠。可感者一。堂萲髩衰，山荆體弱。夫人迎年遺佩，饋歲承筐。衈萊子之親，獻檉枝而作杖；呼蘭英爲姊，贈梔子以連詩。可感者二。公車屢困，計吏難偕。悵須捷之不留，羞行縢之罔治。夫人歌詩諷駕，將伯辨裝。楊柳春風，苦送將垂之翼；櫻桃活火，重溫已死之灰。可感者三。是用歎焚芝蕙，撰德旗旒。鮢清淚於管彤，報知音於裂素。嗚呼！玉樓塵冷，即同帝女之臺；瑶徑苔封，便是麻姑之石。屈庭疏影，竟撤文簫；趙嘏音情，空淒長篴。然而蕊珠宫闕，應忘聲鑑之圖；阮樂天長，別有靈妃之壽。三生石碎，九子鈴空。夫人不且拔火宅於千春，視塵寰而一笑已乎。某悲歌楚些，非敢招璚户之魂；敬薦萎餘，或可冀璇霄之格。哀哉尚饗。

邵媏母顧太孺人祭文

嗚乎！梵寶笳悲，華鬘曇謝。娥魄沉宵，婺精韜夜。蜺節誰招，龍梭遽化。慈蔭全空，佛幢猶掛。騰悲嫛姊，馳弔夸娥。鴉孃縻綆，龍媪滂沱。暈添湘竹，溼涴庭莎。髽而致祭，誄亦成歌。猗太孺人，慈祥貞壽。琯朗降芬，結璘誕秀。東箭名門，中吳貴胄。玉度自啓，蘭儀天授。柔徽既茂，孝德尤推。頳雲未綰，靈椿蚤摧。幼能備禮，弱不勝哀。慈帷婉娩，織室徘徊。旭日待賡，慈暉欲斂。藥對無徵，丹蒸失驗。臂肉刲霜，血痕凝綫。輝駐秋明，寒回春健。冰池乍泮，玉鏡旋催。花迎齊贅，月佇秦臺。錦瑟晝響，素琴晨開。一鐙佐讀，雙聲共裁。君舅召公，一麾出守。澤霈龍湫，政崇凰阜。爰挽桓車，往奉越帚。榛栗承顔，蘋蘩試手。爰贊威姑，内政以齊。闈闥整敕，簿籍鉤稽。郇厨玉饌，陶甕金虀。咄嗟立辦，朐沫咸宜。柔之乍來，衮師尚幼。撫是嫛婗，裹之錦繡。鳲鳩飼均，消熊丸就。蘆雪無裝，竺雲遍覆。夫何賢守，移節餘杭。湖開明聖，江渡錢塘。賓僚輻湊，冠蓋相望。實佐君子，隨侍尊嫜。中饋益繁，靈心始瘁。奉上惟恭，逮下以惠。禮習柔嘉，儀脩衿帨。玉華遠曜，蘭熏爭被。淒淒丹旐，蕭蕭系帷。桐鄉淚盡，柳翣喪歸。琴河春漲，虞峰夕暉。清門一掩，凉陰四圍。井臼辛勤，饔飧經紀。西崦田租，北堂甘旨。錦段晨裁，玫砧夜起。羊婦沉幾，鴻妻燭理。赤熛扇虐，惟酉之年。羣季居室，蕩爲雲煙。藻井再刻，芝楣重鐫。費由公出，心無怫焉。葛翁之几，壺公之杖。石氏屏風，王家步障。幼安黎牀，中郎書帳。悉以情推，咸關義讓。秉坤之德，吝嗇爲常。懿太孺人，任卹不遑。施靡脱釧，分貝傾囊。九里河潤，七族風祥。時值君姑，兩膺危疾。厠牏親浣，衣帶常結。雀感幕飛，獺銜冰出。曲號姑憐，孝由慈述。素飈忽起，黄鵠遽單。靡笄慘裂，截髢汍瀾。飛蓬爲妝，苦蘗當餐。匪以高堂，從君玉棺。既稱未亡，遂委家政。蠶效愁絲，鸞封淚鏡。貝葉棲心，優曇皈命。一串牟尼，六時清磬。貞筠既矢，慈蔭旋枯。哀徹九泉，禮備三虞。築里雁序，羣從皃趨。閨門禮範，無改君姑。還念武陵，睠予顧復。丙舍匪遥，庚泥誰築。胥水之濱，靈巖之麓。淚泫愁紅，酒澆淒綠。沙哥久逝，阿買早亡。三世宿草，雙雛扶床。加之撫卹，訓以溫良。毋忘弓冶，勿墜縹緗。歲紀木榮，年逢豕渡。碧澥籌添，元冬景駐。花發金蕙，芝承寶露。錦屏欲開，霞觴將具。慈顔轉戚，莞爾有云。生辰張飲，古昔無聞。刀砧狼籍，燔炙紛緼。既縻物力，亦寡仁恩。當此苦寒，窮簷凜慄。玉樓傈生，重繭龜坼。蕭局誰貽，桑輪易匿。春陽尚違，冬心空迫。節其冗費，盡此婆心。吳綿厚疊，越布細紝。和生慈抱，暖襲仁襟。施惠必實，種德於陰。華髮延春，蘭階愛日。奉杖鶯晨，扶輿蟾夕。長樂百年，臚歡一室。羣仰母儀，咸欽嬪則。正月始和，春風忽勁。步履偶顛，膏肓遂病。八頌肩和，六祈輟滲。月馭旋歸，飈輪難頓。家失慈覆，世喪女宗。胡香塵滅，靈草雲封。皋魚繼血，薛鳳搥胸。歌停里社，相輟鄰舂。某於博陵，實爲中表。智仰牙先，禮欽鍾紹。及與仲嗣，同察孝廉。欣瞻絳幔，肅拜彤幨。賢孫蘭筋，新婣蘿施。益稔裴帽，習聞陶髮。掩槽巖明，椎環敏智。服到形神，傷兹殞逝。敬拭彤管，用綴蕪辭。范書贊續，劉册蹤希。腒臛實俎，醍醴陳匜。靈其降格，仰駐雲旗。尚饗。

跋

跋陸淳春秋微旨淳字伯冲，啖助之弟子。

右陸給事《春秋微旨》三卷，其鋟於開封者，爲皇祐本。南渡後，久已失傳。袁清容得北宋舊槧，其書復行於世。顧袁本近亦尠覯。余所得兩本，皆舊抄本，互有脱失。因手自讐勘，其所引三傳，譌字漏文，悉爲補正。左氏本从删節，復經傳寫脱落，至有文義不貫者，竊以鄙意取原文增入。間有漏引錯引之條，亦用原文注釋于下。至所引叔佐、伯循之説，有散見于御纂《春秋》及胡傳者，竝爲訂正。其餘一仍原書。惟案自序謂三傳並存，其義當否，以朱墨爲别。《四庫提要》以爲汴本用嘉祐本草例，别以陰陽文，後人艱于雙鈎，於應用朱書者，易以方匡界畫。今殿版仍其式。籠筲簡陋，既無宋槧可校，山城荒僻，覓殿版又不可得，莫知的从已。自來説《春秋》者，除鄭學、杜例外，陸氏爲最古。雖孫直講之峻法，未免濫觴；而胡文定之折衷，頗爲藍本。發明簡當，不可謂非素王之功臣也。

跋袁仁胡傳考譌仁字良貴，號蓤波，蘇州人。著有《尚書砭蔡編》及此書，與季本同時相善。

右袁蓤波《胡傳考譌》一卷，計四十一條，惟會防條與傳無涉。自元延祐二年頒胡氏之書於校官，明永樂因之，經生家罔敢齟齬。洪武間，張以寧曾著《胡傳辨疑》，其書久佚。陸子餘出，始昌言駁正。是書踵以論辨，頗出新裁。如謂齊桓捄邢，不詭尊王之正；高子盟魯，斷微兼國之私。郟敖之卒，禍始養癰；髡頑之亡，釁由悖禮。誅許止無君之心，罪浮於嘗藥；寬晉人應兵之獄，咎歸於殽師。悉能引申大義，發揮微旨。至於周朔之不冠夏時，議根志道；蔡侯之勿僭公禮，論出伯恒。歸田不必歸功于夾谷，沿陸氏之餘；獲麐不必應瑞於尼山，采《新論》之旨。即非心得，不謬是非。雖吹毛洗垢，間傷於刻深；而握瑜匿瑕，不掩其密栗。竊以無多卷帙，嘗得一臠；有功經傳，助可比翼。固非妄爲論甘忌辛，是丹非素者已。惜無善刻精讐，僅從延陵氏假得抄本，就管見略校一過云。

皇祐新樂圖記跋

右《皇祐新樂圖記》三卷，宋阮屯田、胡安定撰述進御之書也。本以李照樂下三律，詔胡、阮改造，止下一律。當時房庶力闢其說，以爲照以縱黍累尺管，空徑二分，容黍千七百三十，固失之長；瑗以横黍累尺管，容黍一千二百，而空徑三分四釐六豪，又失之短。夫截竹嶰溪，元音斯得；實葭緹室，中氣自應。漢制累黍之法，特以較絜度量，執黍求律，本乖古義。然而倫琯房準，樂府失傳；周鬴漢尺，法物滋僞。今欲撒黍求度，廢度審律，辟之策杖索涂，扣槃捫燭已。夫以竹作管，而竹之巨細失均；以黍定分，分定而管之徑圍自得。今按所造，原本《周官》，兼采漢制，尺寸不詭乎度數，形模悉洽乎禮圖。惟大黍累尺，小黍實籥，未免矛盾。而較之庶說，欲以千二百黍亂實管中，長短隨之、縱横莫辨者，孰有當乎？夫范蜀公以律生尺，而太府樂尺，實下舊樂三律矣。魏漢律以指布度〔一〕，而大晟樂器工人不能成齊量矣。故知師心愈巧，準施彌失，累黍之法，猶爲近古。雖亡勖咸之精微，尚尋峴朴之墜緒。未可執義叟害金之論，遽訾大安子穀之制也。沈約云《樂經》亡於秦，《隋志》『《樂經》四卷』，葢新莽時所立，今亦不傳。雖有竇常令、言文收之徒，箸作罕覯，則是書實爲《樂經》之繼別矣。從清河氏借得舊抄本，載陳直齋、吳壽民、趙清常三跋，因并錄之。

【校記】

〔一〕『律』原作『津』，據文義改。

跋孫之翰唐史論斷後 之翰名甫。

右《唐史論斷》三卷，宋孫諫議撰。原其短遷紀之破體，病昫書之冗繁。法取編年，事綜實錄。成書七十五卷，得論九十二篇。仿筆削于麟經，備是非之龜鑑。誠足以發揮幽沫，黜正繆悠。惜乎原書久入於禁中，副錄罕傳於天下。惟茲《論斷》，略見風徽。觀夫中宗紀年，守公在乾侯之例；武氏實廢，援夫人遜齊之文。辨思道之下請室，譖豈河南；坐睢陽之陷孤城，亡由次律。寬文成之不言，事殊于穎考；責臨淮之擅殺，勢異于穰苴。悉能斷取心裁，見空目論。至于長慶失守，病及先朝；大中儉勤，称爲小節。闢朋黨肅賢奸之路，重宰相繫安危之根。彌足藥石君心，苞桑世運。比于淳夫之鑑，更切事情；譬諸縉叔之書，尤中竅要也。按《曝書亭跋》語是書一鋟於南劍，再鏤于東陽，歲月既深，流傳益寡。茲從心葵吳君處借得抄本，卷首有曝書亭珍藏印、竹垞先生名印，又雪莊張氏鑒藏印，卷尾敘寬山重校。蓋其珍逾尺璧，惜若兼金，自廬陵、涑水、眉山、南豐諸公，固已然已。世傳有別本、先列唐記者，較此倍之。竊謂洛陽笥篚，東坡未睹其全；內府縹緗，北狩盡亡其籍。當時已有烟雲之慨，近代反獲金石之藏。以秀水之淹通，何未之寓目也？且拾羽得翠，亦何取乎吉光；采蚌獲珠，可竟遺夫海月？寧從古本，未敢求多。爰與吳君重加讎勘，著之於錄，并附諸賢所爲志狀序跋於後。庶幾李花之盛衰十八葉，指數螺紋；貞觀之政治二十年，手分龜策。用著千秋之金鑑，微特一家之寶言已。

高似孫子略跋

續古氏取鬻熊以下三十八家，著之論說。其卑法術，拒刑名，黜玄虛，埽捭闔，可謂卓然絶識矣。惟能決洞靈之妄，而樂治丹經；能戒黷武之殘，而侈言陣法。未免目淆五色，見涉兩歧。至謂殷楹既奠，子思未生；竟忘泰山未頹，伯魚早卒。偶疏檢點，未足訾謷。要其頫首孟氏，折衷孔經。揚子有云：『好書而不要諸仲尼，書肆也；好說而不要諸仲尼，說鈴也。』高氏其免於此議歟。宋槧久廢，茲從《百川學海》中錄出，爲校正脫誤四百餘處。復取漢、隋、唐諸志，及馬、鄭兩家之書，核其篇目，悉爲釐正，稍還匡廬之面目云。

跋龍筋鳳髓判後唐張鷟撰。字文成，號浮休子，深州陸梁人。

右《龍筋鳳髓判》，唐張文成所撰。紫文入夢，氣早著夫凌雲；瀋墨書名，第遂高乎調露。舉青錢而充選，有萬簡萬中之能；摛丹筆以垂仁，比五聽五聲之允。宜其甲科八舉而無雙，選判四參而皆最。譬馳鹿塞，價重雞林。微特覓舉者戴若《名經》，秉讞者珍爲藍本已。或者謂瀤惟助治〔一〕，刑以教中；辭貴明徵，體尚簡要。採林華之豔，不切霜威；撏枝葉之繁，何關雷勅？不知先王議事以制，君子明慎用刑。折獄必據乎經文，定讞直根乎史斷。方朔重鹿之風，究近滑稽；張湯磔鼠之文，殊嫌兒戲。寗成乳虎，終少一卷之書；郅都蒼鷹，徒知三尺之律。是以兒寬奏上，非俗吏之所爲；不疑平反，惟經術之是用。延英叩閣之諫，置笏引經；昭陵斧柏之爭，盜環述史。但論適中乎平準，即言不病其敷腴。固當與白樂天之文集，西曹並尊；李元紘之判章，南山同鎮。况乎《文選》備制作之奇，獨無讞藁；《英華》見搜羅之富，不著撰人。既涉獵乎百家，寗偏枯于一體？詞翔藻耀，猶不失駢體之宗；件繫條分，兼可補義疏之闕。原書上下二卷，劉敬虛益之以注，離爲四卷，雖勤採掇，頗失冗煩。兹本一仍鷟書，無取鵬輯云。

【校記】

〔一〕『瀤』原誤作『瀌』，據文義改。

跋趙氏欹器圖後

右《攲器圖》，趙君鳳山宰晉江時得此器於曾工部家，後以獻張蘭渚中丞，而別命銀工仿製一器，繪爲圖册，哲嗣玉汝出以見示者也。溯自古皇尚象，聿陳勸戒之卮；宣聖述聞，益昭宥坐之訓。制傳閟侐，洛東猶奉典型；劫閱桓靈，征南始以意造。厥後宇文二器，曹邸五觚，法物昭垂，代有仿作。洎乎宋室，尤秉周模。邇英御閣，公雅首覩其規；宣仁垂簾，欽之獨蒙其賜。流傳以迄螽嗣，輾轉而入閩州。趙君於琴案生春之餘，發《嘯堂集古》之興。天鳳銅料，遂入韓家；景山酒鎗，得歸何點。物聚所好，事非偶然。夫立器生禮，因象著型。父癸母辛，盤匜之歡宛爾；叔彝伯卣，籩豆之樂翕如。姒書讒鼎，栞丕顯之箴；姬籙豆觴，勒憍逃之戒。考父三命之鼎，循墻益恭；孔悝六月之銘，纂服罔懈。咸足以羽翼名教，砥礪綱常；此則中正懸規，满盈示損。方諸稷廟之象，致謹於涓涓；譬彼商衰之文，彌防夫嗛嗛。是以居高思危，無忘自遏，兹器維則，常與善人。矧復辨亓非所，釋兴爲兕。兼足以繹夫夫之借，審亞亞之殊。匪徒民俗之令儀，抑亦蓺林之鴻寶已。趙氏故有文毅公兕觥，世藏家廟，既得此器，用以爲配。黄流在中，神保是饗，兩美必合，子孫允臧。雖沖之舊藏，已入竟陵之座；而君餘別製，猶符博古之圖。玉汝撫先人之手澤，表廉吏之清風，重付裝潢，徧徵題詠。岐陽石鼓之作，將有繼乎昌黎；碧山銀槎之歌，是所望於秀水。聊疏短引，以導先聲。糠粃在前，主臣而已。

跋張孝女傳册後

嘗謂廢櫛徹琴，孝子之本性；嘗藥減膳，侍疾之恒儀。故銜哀絶粒，賢者自知過情；取急刲胜，議者謂非中道。金縢之書，斷屬附會，非聖人所作也。孝女力殫湯液，魂飛牀笫，因勞遘病，積憂致亡。乃其搶地之誠，匪出瞻昊之命。俗儒臆説，比請代於三壇；鄉里喧傳，道通神於八柱。不知直書憂疾，彌見忘身；托迹玄虚，轉誣至性。宜急爲之論正，固不憚於表微。諸公所作，存而不論云。

書陳雲伯大令河東君墓碑後〔一〕

自昔蒼梧高殉節之雲，祠崇斑竹；新息誓復讐之水，廟祀桃花。緑珠一井，圓潔渟波；紫玉孤墳，貞香沁土。匪獨標其勝蹟，抑亦勵彼頽風。河東君者，當建封化舄之年，矢代國靡笄之志〔二〕。時則狐蜮含沙，鼠牙肇釁；鵩鴞入室，鵲卵瀕危。君念碧玉留身，則承嗣之覬覦不絶；元英碎首，則嚴武之恚憤方消。於是帶掛貞枝，粉書堊壁。芟夷族難，解散仇謀。雖使莒婦報夫，荀女就義，曷以過焉。或病其書校枇杷，曾填樂籍；歌迎楊柳，本隸章臺。生已含瑕，死寧論節？不思梁家桴鼓〔三〕，比洗氏之知兵；毛惜蛾眉，學貴兒之罵賊。白圭尚可磨也，青樓豈無人歟？黄鵠七載，未聞夜半捐生；燕子十年，終欠樓頭一死。如君者，可謂蓮花不染，芝草無根者已。或病其投刺黄門，催妝畫舫，恥同帷幕，事類桑中。不思珠貴投明，禽須擇木。紫衣虞候，識李靖之英雄；綠綺當壚，爲相如之佳耦。但使節高晚蓋，何容議刻泉邱？彼盧江既敗而入宫，阿紀不言而終嫁，杜秋孃詩題金縷，沈阿翹曲奏涼州，視此爲何如哉？或又病其捐軀不早，引決已遲。與其殉夫身後，看譙叟之簽名〔四〕；何如誓死君前，當朱游之和藥。不思蕭傅將裁〔五〕，夫人入阻；疊山尚在，李氏敢先？君指劍瀝誠，握繩諷義。而蓮池水清，庭芝求死而不得；梯雲火滅，應獯墮地而猶生。遂使沈約懟妓師之言〔六〕，張谷負新聲之諫。至於朝雲說偈，伴白髮之坡翁；潤玉長齋，授青園之梵行。識者可以悲其遇已。君葬所相傳在秋報門外拂水莊故址之側，末裔式微，叢冢摧敗。嘉慶庚午之歲，錢唐陳君文述來宰吾邑，百廢具修，爲政多暇，乃偕同志海寧查君揆、金匱華君丽植，披茀荆榛，哀益沙壟。武擔攢鍤，五丁表石鏡之門；靜樂叢鄉，一抔掬牆陰之土。於是礱文石碣，昭示來兹。所以表義烈，重風教也。段橋芳草，客澆蘇小之魂；香逕紫蘭，人設真孃之奠〔七〕。信都道上，寵奴可呼；蘭昌宫前，雲容斯在。况才節如君者，而聽其黃茅烟鎖，青燐風飛，金盌飄零，玉鈎沉没也耶〔八〕？湘忝隸兹鄉，樂聞勝事。竊慕青綾之義，用題黃絹之碑。庶幾絳雲遮處，霜楓連齊女之墳；紅豆生時，春燕識玉京之墓。

【校記】

〔一〕《國朝駢體正宗續編》錄此篇，題作「書陳雲伯重修河東君墓碣後」。

〔二〕「靡笄」，《國朝駢體正宗續編》作「摩笄」。

〔三〕「桴鼓」，《國朝駢體正宗續編》作「金鼓」。

〔四〕「譙叟」，《國朝駢體正宗續編》作「江令」。

〔五〕『蕭傅』，《國朝駢體正宗續編》作『太傅』。
〔六〕『妓師』，《國朝駢體正宗續編》作『婢帥』。
〔七〕此句，《國朝駢體正宗續編》作『人莫真孃之樹』。
〔八〕『也耶』，《國朝駢體正宗續編》無『也』字。

考

玉磬考

原夫制器尚象，義有取乎磬折；審音立辨，度不乖乎中矩。是故周官磬氏，必嚴勾股之分；商頌樂章，特著依聲之律。此磬之所以重於衆樂也。粤自毋勾有特縣之造，位法西乾；后夔循以詠之聲，鳴應上帝。涇水所產，未適陰陽之中；泗濱所浮，終少清越之致。是以特選天球，以爲歌磬，制則殊編而特殺，音則和笙而間鏞。葢玉產西方至清，兆人君之德；磬爲主樂惟龢，導民事之先。登之清廟，非諸侯所能僭；縣之東序，匪衆音所得先。齊侯賂晉，藉厚賄以止兵；文仲如齊，資重器而告糴。雖或一時輯民之計，已失先王制樂之心。沿至後代，漸亡其制。漢武誇輕玉之聲，隋文喜翟泉之獲。蘇夔解律而造獻，賀循脩簴以奏歌。擬之古音，要非法物。至於藍田綠玉之采，鈿珠珍怪之飾，製作愈精，音聲愈敝。有道之主，庸有取乎？夫宮縣十二，鼓博三分，有升降隆殺之等，有親疎貴賤之別。明堂宣響，王道於以教成；四野聞聲，萬族因而情暢。所以開皇垂庭，徒招神人之怪；華原代石，卒致范陽之兵。樂以龢人，磬尤示德，可不慎與？用是博採前規，折衷衆説，揆之古義，庶無戾焉。作《玉磬考》。

天真閣外集卷一　詩一

大家

風格天然是大家，不施金翠不鉛華。眉彎只仿三分月，心曲常期百合花。早喜嬌兒工蠟鳳，每嗤小婢學塗鴉。羅衣怕惹薰籠息，自有生香勝辟邪。

形影相隨語意關，調琴弄瑟兩都嫻。心如江漢交流水，夢在羅浮合體山。承露綺蘭雙箭起，凌波羅韈一弓彎。春晴不敢樓頭望，恐被桃花妬玉顏。

七情雕刻玉瓏玲，光徹玻瓈一座屏。約伴綵牋書日子，試兒錦字認風丁。愁聽謝豹啼殘月，苦諷牽牛覓小星。倘得閨房清福勝，不教鸚鵡念心經。

也願紅顏也白頭，一分慧帶一分愁。恐妨歸燕常開箔，怕見飛英不下樓。綺語尚耽平素癖，芳情早謝踏青游。簪花寫幅蘭亭帖，便當初三禊事脩。

乍嫁

冰肌雪腕藐姑仙，乍嫁還如未嫁年。通脱轉饒風格峻，低徊剛映日華妍。胸前草佩添丁喜，髻上花刪過午蔫。卻笑並船諸女伴，明珠壓得翠鬟偏。

畫舫

畫舫相排若比鄰，不曾珠箔障香塵。一家語笑情初洽，半晌沉吟態更真。紈扇偶擎非掩斂，羅衣欲換且逡巡。憑他萬目青天看，幾見嫦娥要辟人。

一分才調一分情，全是玲瓏不是輕。傾國偶逢須福分，守宮纔退更鮮明。裙邊蝴蝶郎持定，裒上花枝姊唾成。仙骨未容人仿佛，自臨春水照盈盈。

左倚蘭橈右桂旗，驚鴻影落碧玻璃。生成細骨輕軀好，悉聽横看側視宜。恕我狂名簾不下，厭人諛語榜潛移。幽蘭自是深閨種，許蝶聞香禁蝶知。「簾不下」一作「船許並」。

亞字紅橋折向東，櫓枝搖曳太匆匆。雲多離合晴難定，花有陰陽致不同。逼近更聞香盪越，薄暝猶勝月朦朧。明眸焉肯輕回睐，自覺微波面面通。

層城

望徹層城坐徹宵，苦將心眼記丰標。生來仙骨非丹换，摹擬神情勝白描。牛女若逢應妬巧，鶯花相對敢爭嬌。丹誠欲寄何由達，吹煞燈前碧玉簫。

别來追憶總模糊，秖悔當時領略粗。妄想自知須懺悔，閑情何礙屬虚無。款門甘袖三年刺，展畫拚將百口呼。願化木蘭舟上楫，供君穩坐玉纖扶。

仙才

閨房林下譽難偏，一副身心兩副妍。不道聰明尤絶世，即論光豔合生天。容教佛見拈花笑，詩到神來脱草傳。我欲諷卿鍵繡閾，放他霜月鬬嬋娟。

蘭信

傳來消息是耶非，錯認湘妃作宓妃。標識幸餘青玉佩，隨常愛著白綃衣。鴛鴦早誓横塘偶，蛺蝶遥從外幕飛。怪道碧桃花獨豔，只貪顔色子猶稀。

動是飛仙靜是神，不容窺破意才真。深情何但能容妾，絶色無須更妬人。揑土互攙夫壻像，隔幃曾屈小郎賓。尋常喜愠都藏過，還恐全家學笑顰。

玉問

誤觸晶屏獺髓敷，一絲霞氣透雲烏。久知白璧推瑜瑾，肯把黄金屬畫圖。妬口悉憑同列謗，高情轉避俗人諛。山河倒影銀蟾裏，曾累姮娥絶色無。

草草梳頭烦玉搔，青銅秘鑰手輕操。析來文箸湘妃竹，製就銀杯阿母桃。風雅最能傾女伴，雪花親自𧷤兒曹。烏絲掌籍煩書寫，落筆先題一字糕。

阿閣

阿閣三層碧玉支，紅闌剛倚綠梧枝。偷窺雲母圍屏薄，潛伺星妃步輦遲。隔座微聞花氣息，繞廊暗想雪丰姿。明知璧月朝難見，癡對青天立幾時。

明明可見似銀蟾，只禁疎狂逼畫檐。縱少猜嫌宜引避，偶貪遊戲實矜嚴。輕衫着後無心換，團扇題成信手拈。倘許朝朝窺素影，未妨常隔一重簾。

新晴

丰姿瞥見更傾城，衆裏纖長最著明。翠袠羞攏金釧影，畫簾驚墮玉釵聲。貴人原自肌盈實，妃子何慚骨細輕。一種大家風範在，暫來門巷看新晴。

和美人扇頭韻

人似青天近實遥，相思早暮兩回潮。風偏有力香親染，水最多情影慣描。車響乍通雷隱隱，簾痕斜劈月條條。巫山更在蓬山頂，雲氣纔容到半腰。

紀遇

驀地嬌羞不自禁，銀鈎卻下繡簾深。尋常難得花枝笑，咫尺微聞玉佩音。半面向人猶掩斂，回身何事獨沉吟。眼波便是秦臺鏡，照徹狂生一寸心。

桃谿重到月痕移，簾眼參差望眼癡。鏡影難憑方士覓，閨情曾訪濟尼知。蓮須水落纔逢藕，柳爲風狂已亂絲。此是昨朝相見地，悄無人在立多時。

藏卻深情露卻才，綠窗鬟影太低徊。度詞竟被全猜着，眉語偏乘不備來。蠟燭乍燒心已見，魚書臨發口難開。從今緊閉看花眼，每到卿前展一回。

意外逢歡倍可歡，小屏山角路漫漫。月依眉樣初三細，春減腰圍尺六寬。背影乍搖珠絡索，笑聲徐近畫闌干。九天咳吐隨風落，那得傾身化玉盤。

一折回闌亞字雕，綠荷風引見雲翹。半遮蜥蜴金跳脫，小立蜻蜓玉步搖。不爲聰明爭解怨，絕無羞澀是真嬌。持裙尚恐終仙去，更倩紅鸞繫紫綃。

一日何妨見百回，一回經眼一心開。平生已願低頭拜，險計猶拚折齒災。敢道看花非好色，早知擲果爲憐才。遠山眉黛天然秀，那是相如畫得來。

病耗

一春吟苦病懨懨，步屧新聞出畫檐。笑賭秘書常潑茗，戲拈險韻反題鹽。清歡久謝雲爲夢，素豔真疑月滿簾。識得檀郎情性活，略通私昵便矜嚴。

寫真

曉鏡勻黃特地妍，風神追寫未笄年。見人偷眼頻低首，爲我回身恰比肩。明慧最諳姑性格，溫柔曲體壻矜憐。阿侯姿貌渾相似，些子爭差笑靨圓。

蕩舟小秦淮

幽谿曲折蕩蘭橈，夾岸花深路一條。秀麥時光猶擁背，及瓜年紀正垂髫。半鬆雲鬢眠初起，屢受星眸意欲消〔一〕。忽憶真人天際影，此心已恐負丹霄。

【校記】

〔一〕『屢』原作『履』，據文義改。

題扇

水晶簾捲鏡臺安，曉起簪花露未乾。衣藴奇香防母覺，面留真色儘人看。輕軀細骨偏持重，齲齒愁眉也帶歡。偶憶郎詩愜儂意，泥將小字寫冰紈。

蓬山處處月淒迷，夢覺流鶯恰恰啼。杜牧看花曾有約，冬郎吟草半無題。宿緣最喜蘭爲字，歡緒從拚絮作泥。換取定情團扇子，春風常似玉纖攜。

消夏詞

小謫人間蕚緑華，墻頭愁見石榴花。洞房如雪簾如水，爭及瑤池阿母家。
粧臺花露尚沾濡，趁箇朝涼雲髻扶。生性梳妝非草草，不嫌妨卻睡工夫。
隨意疎花插戴成，花枝顫顫若風傾。玉搔頭上雙蝴蝶，翻教人看作像生。
翠紗衫子雪玲瓏，坐背風前意態慵。猶恐玉肌人看見，輕綃一尺袜當胸。
蘭窗午倦夢回遲，對鏡花删半蟬枝。一綫枕痕紅未退，怪人半晌看儂時。
細喘嬌吁出浴初，雲鬟依舊似新梳。香融汗粉羅巾拭，越顯肌膚雪不如。
荷風幾陣引新涼，吹滅熒熒畫燭光。恰好紗窗開半扇，額邊斜月注嬌黄。
人語花香辨不清，水明簾捲夜雲輕。行來仙骨姍姍甚，暗裏遥聞玉釧聲。

情苗

月華如雪露華濃，尋徧闌干隔歲蹤。秖覺東風蘇病體，難遮西日駐歡容。燈花刺眼雙苞結，帶子驚心一寸鬆。除卻寒衾温舊夢，春來無事不嬌慵。
玉梅花下乍回嗔，卻悔頻年跡未親。出意爲卿書扇子，傾心喚我作才人。枕函私結聯環帶，香餅潛薰蓺角巾。從此一泓清澈水，東風吹起綠鱗鱗。

寒夜

縞衣初出洞房門，比玉生香比雪溫。星眼暗擡人不覺，風情略逗語無痕。晚粧偷得玄蟬影，春夢迷殘粉蝶魂。何處着卿蹤跡好，梨花滿地月黄昏。

簾櫳悄悄月冥冥，斜背銀釭倚繡屏。四面圓渾金跳脱，一心穿透玉瓏玲。罏香細熨寒衣煖，茶霧濃薰睡眼醒。猶恐夜深人苦讀，故拚風露隔窗聽。

密意

待不消魂不自禁，乍黄昏又閣輕陰。背燈佯溜搔頭玉，隔座親舒纏臂金。竹小苦無棲鳳力，花含先有許蜂心。九天屈注銀灣水，抵得恩多未抵深。

意外歡期意倍開，雲輧忽降九層臺。正愁漢使乘槎斷，卻訝神娥浴雨來。衆裏庋詞偏捷悟，人前嬌眼不輕擡。明知相守原無益，且得留卿坐一回。

新年詞

新年和氣護窗紗，寶鏡臺前落彩霞。低髻恰籠如意玉，高情秖插素心花。妝梳雅澹偏傾國，禮範從容本大家。暗自喜懽佯面靦，紫蘭爭祝早抽芽。

剪燭春宵射覆工，相思骰子賭玲瓏。眼波敏捷迴身溜，眉語聰明對面通。險計欲拚孤注博，良媒擬策賜緋功。此生定有雙飛分，落手全盆轉六紅。

九天珠玉墮雲端，花裏潛蹤路渺漫。僥倖下風蘭氣息，低徊昨日畫闌干。笑聲尚帶紅絨落，瘦影應憐翠袖寒。甘爲立殘虛幌月，待他徐照面痕乾。

靜志

有時歡笑有時顰，畢竟相親可算親。愛極并忘容絶代，情深始覺禮拘人。生生世世卿憐我，暮暮朝朝女是神。不及畫闌東畔樹，花開常傍髩邊春。

幽窗

靜掩紅窗鎖綠筠，烏龍高臥雪貍馴。飛花幾誤魚吞影，密葉纔容蝶過身。得伺機緣情轉怯，肯擔驚恐愛方真。風帆開到中流轉，也勝江干坐守人。

五更

洞房春暖萬花香，半似分明半渺茫。燭影乍遮金翡翠，簟紋親展紫鴛鴦。停雲低閣三分雨，飛雪深投百沸湯。正是五更寒徹骨，月華如水滿匡牀。

小印

瑤臺何處著纖塵，着箇飄然咏絮人。天上碧桃偏帶雪，洞中珠樹不知春。閑情屢說元才子，雜事羞提漢秘辛。偷下蟾宮脩鳳牒，自鈐小印號長真。

夜深

南斗參横北斗闌，熏鑪幾遍爇沉檀。依依送别花間暗，怏怏歸房露下寒。乍拭粉痕肌愈白，暗騰酒暈頰微丹。玉郎何處潛蹤到，重剔銀燈一晌看。

繡鞵

六曲圍屏换晚妝，倒提金縷學南唐。鮮明乍脱春葱手，滑膩猶聞玉笋香。合德雙趺偏宛轉，窅孃半月費裁量。單凫分與郎收拾，省得摩挲滅燭狂。

密札

緑窗親寄砑紅箋，十顆明珠抵萬千。秘字不教留札尾，開函先囑背人前。團香作炷要盟久，刻玉爲錢卜事圓。若使常娥推不管，上頭還有碧青天。

别恨

懽愛方濃别恨牽，三生秖結十宵緣。香絲剪後雲鬟亂，羅帊封來粉淚鮮。花裏俄延悲悄悄，夢中尋覓路緜緜。遥知此後紅窗月，一度思量一惘然。

仙降

九疑仙子七香車，親降羊權處士家。風起路傳花氣息，日高簾射玉光華。詩纔入手眸凝水，酒略沾脣臉泛霞。贏得墻頭邨婦滿，竹籬茅舍見瓊葩。

書窗即事

妝成手整藕絲裳，立到琉璃硯匣旁。腕玉特因磨墨健，口脂頻度念詩香。誤翻古帖尋花樣，偷接私緘解佩囊。同學二王書法媚，被人猜是仿檀郎。

半睡

鐘聲催月轉堂坳，殘髻拖針綫未抛。暗曳衣衿知密約，輕鉤履舄訂先交。梅陰已落更番子，豆蔻猶含百結包。一朵紅雲看不定，纔移眼尾又眉梢。

紀夢

昨宵春夢太分明，乍領懽娱乍喫驚。華褥妥時釵暗墮，羅襦解後燭羞擎。心忪早樹啼烏影，膽怯虚廊步舄聲。奇絶大都危絶處，仙游纔得到蓬瀛。

辟寒香煖緑熊茵，滑稱凝酥轉側身。枕畔昭儀珠作月，幃中甘后玉生春。歡稱何止卿憐愛，低語還防婢欠伸。回憶向來翻似夢，矜嚴意態是何人？

碧桃珠露潤無痕，一夜仙源百夜恩。斜月預通花徑路，輕風偏打畫樓門。衣聲綷䌨褰帷緩，香氣氤氳戀被温。玉洞明知難再返，且申密約近黄昏。

立夏日作

簾前春事柳緜飛，簾内春人較瘦肥。趙后身輕宜入掌，沈郎腰細不勝衣。弓鞵窄得無三寸，錦帶量來減一圍。天賜良緣憑玉秤，雙雙輕重恰投機。

新妝

素娥新換紫霓裳，十二珠簾盡放光。骨節非關金珮響，花枝翻借玉肌香。夜珠神彩能離合，春柳苗條不短長。内裏輕衫齊揭起，天生原愛澹梳妝。

洗卻濃姿更出塵，十眉圖樣自翻新。從來窈窕傾城色，定屬聰明絕世人。三起三眠知柳重，一顰一笑比花真。爲卿别製閑情賦，要與陳思賭感甄。

可人

春思春愁攪不和，櫻桃花下一回過。即看背影難描畫，卻露神情教揣摩。圍帶早從歡日減，衣香偏出靜時多。卿心如柳儂心水，其奈東風蕩漾何。

邢尹誰當第一儔，最矜嚴是最風流。語緣性巧常傾座，酒怕顔赬略舉甌。乍展畫屏微着眼，卻拈羅帶旋低頭。黄昏幾陣芭蕉雨，又被遷延半晌兜。

慰詞

回廊一角海棠陰，罥住低枝碧玉簪。險計極歡惟握手，驚魂無淚更傷心。耐煩莫廢磨鍼鐵，剖誓休忘約指金。記取博山爐内火，百年温暖要如今。

同病

日來同病更相憐，靈藥偷將玉合傳。不比懷香防易洩，只難量水爲親煎。情絲宛轉牽如藕，心薏分明苦似蓮。若許玉容偎貼久，神方何必艾三年。

嬌妬

驀地生疎背畫闌，二分推避一分酸。妬情纔顯真恩愛，莊語能通暗喜歡。踏月要防中婦覺，眼風休對小姑看。乍來花下低聲問，昨夜新涼可着寒。

要試檀奴一片心，忽然調笑忽深沉。花中望見佯佯去，月下聞聲緩緩尋。徐斂歡容渾不采，屢排冷語故相侵。此身恰與風鳶似，直被柔絲七縱擒。

妬媒

燕妬鶯猜要避嫌，近來行止倍矜嚴。描成花樣慵針黹，鎖定眉痕對鏡奩。倚柱有時情怏怏，扶牀終日病懨懨。明知窗外檀郎過，反託關窗一捲簾。

只隔歡娛不隔情，隔牆苦苦送鶯聲。奇香透體聞先醉，輭語關心聽倍清。紅紙浪裁書百幅，黄昏空剪燭三更。朝來百計圖方便，纔得簾前一度行。

一對聰明小鳳凰，憑他猜作野鴛鴦。行間字裏心心印，眼角眉梢面面防。飛語難禁人偶中，廋詞休認婢無妨。金堂妬目如城遶，始悔從前太審詳。

忍笑

丰神林下態河洲，不爲情迷骨豈柔。窺到雪肌微掩斂，引開翠靨漸風流。兩行燭暗人聲細，一陣香濃佛手揉。提起去年今日事，紅腮無處躲嬌羞。

曉露

湘簾窣地綠雲裁，寂寂鸚哥幾遍催。侍女偷攜團扇去，小郎私泥解圍來。夢中喚起星眸灩，背後驚回秀靨開。最是殘粧難得見，暫停梳洗向妝臺。

生辰曲

錦瑟華年似水流，赬顔猶帶嫁時羞。褎中蜥蜴歡痕褪，髮後蝤蠐齧印留。戶耿玉繩逾半夜，簾霏金粟近中秋。盟香共拜如環月，穩取團圞在後頭。

蹤跡

畫簾鸚鵡偶疎防，偷近粧臺看晚粧。鬬葉互翻雙陸譜，簪花教寫十三行。嬌瞋偏喜逢卿怒，歡醉難禁對婢狂。熟徑不愁行觸瑟，等他秋月下迴廊。

瑤緘

玉郎苦索定情詞，幾拂花箋下筆遲。女伴忽來當面笑，儂家那有背人時。私書頻向窗中展，秘藁偷從枕上思。只是尋常調笑語，一經香口便成詩。

玉恙

藥爐烟裊篆絲斜，壓體濃香翠被紗。繡枕卸頭猶擁髻，銀匙顫手自擎茶。犀株鎮定恇還甚，蝶夢潮迴熱轉加。雪白梨花凝兩頰，從中一朵泛桃花。

小堂

小堂秋氣不勝寒，待得人眠月已殘。燈下剪刀聲未放，窗前指甲響輕彈。料卿步屧關心聽，知我房櫳躡足難。猶恐旁人猜妬起，隔宵先自坐更闌。

阿侯

驚心妬眼列東西，幽約心齊事不齊。恐益悲愁顔愈冷，遥猜蹤影首先低。私緘微示紅牋露，密坐懸將翠袖攜。戲逗阿侯啼笑起，卻探繡褓挽柔荑。

可恨辭

中道風波暫毁粧，紡聲淒咽近長廊。小憐著布光迎面，蘇蕙回文曲寫腸。玉色要防西日曬，雪膚争受北風凉。可知一寸相思意，隨著車輪百轉忙。

垂簾作節雨蕭蕭，苦隔相思又兩朝。弱綫定隨情緒亂，寒燈應帶淚痕拋。坐來自分身難近，别後無如骨暗銷〔一〕。記否去年飛雪夜，鴨爐心字共香燒。

擣麝爲烟玉作塵，當時形迹悔教親。姊歸空唤春江渡，姑惡方鳴暮雨津。盡道得愆由薄倖，翻稱無福近才人。隔窗聽得消魂語，越不相逢愛越真。

不見含愁見耐驚，一波纔息一波生。王郎已占癡頑福，石尉偏多恚怒聲。轉爲情深招分淺，自蒙恩重覺身輕。明眸兩剪如秦鏡，那用牋書表至誠。

宜男小像供難真，供箇維摩示疾身。蕭女精誠惟繡佛，靈芸指爪是針神。巧憑翻譯傳情事，頻屬詩詞避熟人。心似水沉香一縷，隨風委曲幾時伸。

刻意防閑斂翠襟，隔簾消息太沉沉。諛辭未必非讒口，詭計何曾是吉音？身在妬叢潛制淚，人來歡處默關心。自從聽徹琴聲夜，已把相如當稾砧。

破除纔盡又縈牽，如此相思命在天。趣入形骸能解脱，欲關情性最纏綿。蠶絲自縛重重繭，蠋空熬寸寸煎。回憶未成歡愛日，一泓清澈在山泉。

欲扣瑶閶問夙因，醉中心膽近天真。千秋恨事花三月，四海知音玉一人。無可奈何身向佛，不曾真箇夢爲神。抽刀欲斷東流水，又被風吹漲緑鱗。

【校記】

〔一〕『别後』原作『則後』，據光緒本改。

蘭舟紀遇

半欲天晴半未晴，百禽鳴處變春聲。樹離圓嶠珠先落，月見方諸水自生。愛極翻教成怨恨，悟來始悔忒聰明。無情最是隄邊柳，眼看桃花帶雨傾。

只在波光澹蕩中，櫓枝無力忽西東。難從白日迴驚電，反恨青天轉順風。燕子逼簾時遠近，桃花隔竹更玲瓏。如何十二峰巒遠，只與闌干一抹同。

丹誠

桃花輪豔雪輪明，説阿侯時便説卿。恐露悲愁增别憾，强爲歡笑狗多情。矜持已被人猜料，疎遠還防事變更。一任浮雲翻覆手，總難離間到丹誠。

豆蔻梢頭月一鉤，照人歡喜照人愁。三年已受登墻愛，九死終拚抱柱謀。敢望犀帷充面首，空分鸞鏡掛心頭。贈卿一把珍珠淚，好作金釵鈿合收。

玉樓

一聲玉笛倚瑶臺，風蕩珠簾扇扇開。秪恐君看猶約略，不關儂影太低徊。遠聞香氣和花亂，微接音辭帶笑猜。欲覓仙人來往迹，石堦無縫長春苔。

已聞春病與花疎，又值楊花撲面初。怨極夢魂思越禮，愁來情性悔知書。蓮含苦意才成實，竹有深心可奈虚。欲寄綵牋消息去，侍兒誠僞定何如？

紅滴臙脂翠滴螺，有人清影獨凌波。似從明月飛來遠，卻比輕霄豔得多。珠箔儘教花掩歛，畫闌偏受玉摩抄。春蕪一被傾城體，應使人間薄綺羅。

五銖衣薄剪玄綃，越襯肌膚雪易消。静裏忽參眉黛活，笑時反助鬢花嬌。無言早信丹誠達，着迹纔須綠綺挑。但使常娥心暗許，未妨白日對青霄。

即事

梳勻纔了畫闌憑，雙鬢安花百媚增。爲是玉郎親折贈，碧桃除卻換銀藤。
小園春早露華香，偷掐晨葩助曉妝。如雪花枝如漆鬢，碧紗窗裏翠衣裳。
眼耳叢中分限清，敢將平視效劉楨。低頭只作枯禪坐，暗看蓮花貼地生。
拜月盟星坐徹宵，日長神倦苦無聊。雙眸忽地清如水，對著芳姿睡思消。
簪花楷格似人妍，下筆明珠箇箇圓。除卻答郎詩句外，不曾輕易落雲牋。
淚珠和墨寫成書，詞令風華綽有餘。但使玉臺司筆札，也應喚作女相如。
水晶簾下恣窺張，半臂纔遮菽乳香。姑射肌膚真似雪，不容人近已生凉。
鴨鑪心字守香盟，一紙私書百種情。放著今生緣未了，思量又要訂來生。
願作鴛鴦夢未成，肯擔驚恐始真情。忍將絶世才兼貌，草草相思過一生。
情絲細剪與檀奴，纖輭纔離膩玉膚。何物生香堪配取，梅花心裏數莖鬚。

無題

青粉墻頭日易沉，每來一刻抵千金。眼波頻遣魂搖蕩，眉語能通思款深。覿面歡愁先在意，病軀寒燠總關心。此生脱屣功名想，願學雙飛水上禽。

偷贈新詩妙絶倫，平時拈管卻瞞人。才偏不露方爲大，情到能癡始信真。欲表素心頻送睞，難通私語只含顰。何愁團扇秋風起，比目雙身是一身。

火繖當空不可行，别來十日抵三生。可能眠食如前勝，略覺風姿比昔清。縞素衣裳逾嫵媚，尋常言語盡聰明。幽窗儘許俄延坐，飽聽青荷洒雨聲。

恩重惟拚一命酬，狂心那復恤嬌羞。行雲神女難爲夜，奔月姮娥自耐秋。夢好惜無痕可記，香消還有誓長留。兩情但使如金石，不作鴛鴦死不休。

慰箇人

已苦鴛鴦錦翼分，祇留弱息慰文君。罡風又奪明珠去，從此孤身似片雲。往事前塵付逝波，何須清淚滴銀河。仙家瑤草原無種，不似桃花結子多。

維摩示疾誌感

天女雲軿下碧空，維摩丈室頓春融。悄移畫屧防驚枕，微揭綃幃恐透風。有淚但看含脈脈，無言祇索去匆匆。再三珍重臨行意，只在横波一轉中。

無題

天女淩華婉，神人韓子湘。奇緣逢漢浦，宿分阻高唐。交甫曾投珮，雲英可乞漿。屢通姜氏信，總恕阮生狂。目語當窗送，琴心隔座商。事雖殊卓女，情早許劉郎。佳約常敲月，幽期每犯霜。步聲纔蹀躞，簾額已飛揚。欲露全身影，先舒半面妝。來時窺了了，見後走佯佯。實怨身難近，聊稱禮自防。潛裁紅錦袜，偷送紫羅囊。好句奩中繡，私書袖底藏。他生期蛺蝶，來世效鴛鴦。瑤札頻催試，緡錢暗潤裝。臨歧顏黯慘，遠送意傍偟。歸夢縈珠帳，輕身到玉堂。暫回辭弱水，小住覓柔鄉。芳意寧知變，仙蹤不可望。無由排邃闥，空自繞脩廊。寒霧迷金屋，飛泉障石梁。摩挱存舊物，思憶啓緘箱。戚氏彄環重，麻姑指爪長。青絲封一握，素紙擘千張。烏鯽盟猶在，紅鸞願豈忘。卿誠薄韓壽，我肯負蘭香。文胄針雙縷，縶欽淚兩行。明星昭密誓，皦日鑒廻腸。剖腹難陳訴，題詩倍惋傷。丹誠如不滅，片語報王昌。

内人指甲

不愛匀黄不染丹，生來偏喜近豪端。只因久慣拈花後，落剪依然氣似蘭。

附録 席佩蘭

摻摻指爪脆珊瑚，金剪脩圓露雪膚。付與檀郎收拾好，不須背蝆倩麻姑。

書所見

環珮璆然臉暈潮，露華噴著海棠嬌。愁他燭影摇紅裏，映得梨花暖欲消。

重認

重認天台路不差，花中豔煞碧桃花。人間無此嬌紅色，除是青天一片霞。

別悰

九十鶯花日日忙，行歌到處識清狂。曾無齒受金梭折，舊有才蒙玉尺量。仙籍可能通弱水，詩名早已播柔鄉。終拚奪取芙蓉鏡，送喜粧臺玉鏡旁。

九州纔得一知音，況是聰明絶世心。直謂才華無我敵，每將詩句背人吟。私書縱寫愁空閣，別淚難流恨始深。只有丹誠期報答，不逢君更不彈琴。

寄遠

畫樓煙雨潑雙湖，六六鴛鴦對岸呼。爲問語兒亭畔柳，春波綠似去年無？

舟中月夜

蓬窗深閉奈愁何，恐見姮娥愁更多。此際夜明簾底月，有人無那注横波。

題閨人團扇

秋天薄如紙欲飛，秋雲亂卸秋羅衣。碧空無人紫簫響，靈風來往皆真妃。月中素娥面如月，青女霜中帶霜骨。清氣都乘白帝凝，冰心共守青天活。相對嬋娟秋夜長，看他織女度銀潢。月作明珠來贈嫁，霜爲鉛粉助新妝。須臾花發黄金粟，玉杵搗香香萬斛。紈扇遥開三界聞，霓裳舞散諸天馥。分明擎出一枝斜，要與人間富貴家。嬴得少年齊仰首，不知若箇得簪花。仰家扇子清風發，潔若秋霜皦如月。欲識雲中縹緲仙，先參畫裏芙蓉闕。霜月同時藻鑑開，一雙仙影下瑤臺。意中早有探花客，故著青衣仔細猜。

天真閣外集卷二　詩二

燒香曲

紅窗十二扇明紗，喜鵲催成兩鬢鴉。背影玲瓏俱絶世，才情宛轉總宜家。工詩慣削檀郎草，解語親擘繡佛花。手爇水沉香一縷，月輪心事鏡年華。

紅樓

聞聲覩影盡聰明，心似荷珠滴滴傾。新月痕留眉際澹，幽蘭香自骨中生。呼爲才子名俱豔，供作觀音畫不成。隔着紅樓親下拜，可憐情重覺身輕。

附録原作

樓際秋光分外明，簾波裊娜帶風傾。未甘綠鬢隨時改，辛苦黄花太瘦生。搦管比人偏緩就，買絲繡佛喜初成。朝來親把爐香爇，煙篆縈衣一縷輕。

九月見碧桃花

記得花飛洞口天，重逢又值小春前。芳心更比儂情熱，那忍相離到隔年。

書悔

過後思量百悔遲，昨宵當面錯良期。玉盤諫果親傳出，瑤札情悰密遞知。躡蹟潛教人靜後，卸頭明示睡來時。如何誤會消魂意，半晌綢繆只論詩。

夏曉

似聞蝙蝠拂簾旌，手攬銖衣笑出迎。一種風情初睡起，半偏雲髻未梳成。眼波鉤去魂先蕩，心火然來膽易驚。身願化爲珠露點，天風吹向玉盤傾。

林下

洞房香霧罨朦朧，喚起惺忪淺夢中。直與春風俱澹蕩，若臨秋水更玲瓏。前身合是沉檀化，到眼能教粉黛空。纔見蕭然林下品，一經芳澤便雷同。

環珮珊然落九霄，珠圓心事玉華雕。生成仙骨非丹换，朗徹神情要白描。浴罷不愁雲鬢亂，燈前還怕雪肌消。料應除卻盤龍鏡，那得人間有二喬。

徹底聰明藕共蓮，情深何礙舊生天。吹來語氣香如佛，倏到身旁坐亦仙。絶色也敦名士品，奇才只受美人憐。佗生願化雙胡蝶，一繞裠邊一鬢邊。

錦瑟年華似水添，紅蛛送喜鵲巡簷。春痕宛轉裠雙幅，秋影澄泓月一簾。戲咒燈花佳讖卜，楷書貝葉小名簽。芳心託付消魂處，只在眉尖與指尖。

憔悴秋容怨小春，碧桃花裏露丰神。乍褰繡幕容通語，略近粧臺卻斂身。莫訝至情翻似客，可知相敬本如賓。無端一點關心處，還恐旁人看得真。

驚才絶豔總緣情，百節疏通百媚生。便到中年仍絶世，但留小影足傾城。月安眉際三分曲，秋在心頭一字横。長笛自吹花自落，不知何事又干卿。

意中人

萬樹夭桃百囀鶯，意中別有最傾城。神樓縹緲身難到〔一〕，心地空靈目已成。水月鏡花偏可戀，衣香人影總多情。掃除倚翠偎紅念，消受相思過一生。

樓前花放下樓行，態自矜嚴體自輕。語出眉梢須領會，波生眼角定聰明。羅襦難掩肌香透，紈扇猶緣臉暈擎。越近中年人越豔，半關風韻半關情。

畫堂前後寂無人，逼近丰容看箇真。那料窗中先着眼，卻逢簾底乍迴身。爲卿來意情應會，教婢傳聲語實親。平日持家風格峻，不曾輕易露微嚬。

不是琴挑卓女絲，不關天壤恨凝之。若論才調原如壻，秪覺聰明獨讓伊。過眼風情俱是約，真心恩愛本非私。愁來只怨天多事，偏有今生見面時。

【校記】

〔一〕『縹緲』原作『縷緲』，據文義改。

索書

玉纖親舉墨隆隆，索寫簪花仿帖工。着意防閑簾幙外，關心燥溼硯池中。深情暗託雙鉤遞，私語潛憑一字通。絶妙人前留客計，教儂端楷莫匆匆。

芳姿

憑闌千里渺相思，說與西風總不知。一片落花人去久，二分明月客眠遲。事經可喜皆如夢，情到無聊便是癡。青粉墻高在天上，卻書團扇寄芳姿。

寒繡詞

一點芳心不忍瞞，買絲親繡與君看。金針竅本玲瓏透，綵綫紋都宛轉盤。燈影挑殘花絡索，釵痕刻到月闌干。拈毫呵盡冰壺墨，未報寒窗十指寒。

曲題

曲闌風定雨初晴，瞥面花光識是卿。弱腕一雙金釧重，頹雲十二玉釵横。芭蕉儘可藏人影，鸚䳇剛無喚客聲。不敢搴簾通一顧，恐教着眼太分明。

疑悰

千呼萬喚隔簾旌，未肯回眸一笑迎。此地不應猶碍婢，平時始悔錯憐卿。偎依轉傍生人熱，恩分翻緣熟極輕。那怪幼輿遭折齒，東家鄰女本無情。

仙蹤

十二瓊樓境宛然，杏花親折玉臺前。愁痕秖覺雙眉重，春氣偏增兩頰妍。別不多時看越好，悄無人處見猶憐。東風一覺流鶯夢，又報紅窗柳脱緜。

明珠捧出價難論，築玉丰姿剪雪痕。小字呼來仙有骨，雙眸着處佛消魂。偶臨淺水教花妬，若化輕雲定月奔。一粒江南紅豆子，還依芳草長情根。

遠歸奏記粧樓

紅樓咫尺是蓬瀛，手展文窗扇扇明。褭帶早徵三日解，羅衣特爲一人更。花陰匝地常如水，雲氣漫天忽漏晴。坐久思量才省得，分明來便出簾迎。

經過瞥眼畫樓中，來是無言去又空。情在不言須領會，事除有迹盡通融。自描素影花雙箭，難縮藍橋地一弓。但得朝朝見明月，也如身到廣寒宮。

贈春燕

覆額輕雲覆體綃，風前搖曳正苗條。儂心自爲香蘭醉，嗅得蘼蕪意亦消。染翰朝朝侍鏡臺，簪花仿格許親開。鄭家枉誦葩經熟，未帶溫柔福分來。

衣香

玉雪貍奴感主恩，當簾深護洞房門。柳腰入抱疑無骨，梨頰偎人怕有痕。何處星辰移碧落，此時風露近黄昏。歸來不敢人前坐，衣上餘香一月溫。

聲影

一聲玉笛海天空，十二樓臺面面通。人影與梅同隱約，月光兼雪更玲瓏。生香忽起疎簾外，私語偏聞小閣中。真箇消魂原是假，賺他燈蕊結雙紅。

心香

十二紅窗手展遲，眉能爲語目通辭。柔鄉福分輸卿壻，絶世聰明足我師。水底更無容藕處，泥中或有見蓮時。丹誠一片何由達，願捧心香拜茂漪。

夏夕

蟬翼輕衫杏子紅，紗巾浴罷出簾櫳。風扶綠水蓮初起，雲讓青天月正中。香氣似傳肌細膩，光華翻逼眼朦朧。無端惆悵無端喜，一度憑闌幸不空。

盛暑

徹夜難安小閣眠，消魂人處尺書傳。緣知弱質支離苦，卻累深情宛轉憐。蠟燭有心偏煩熱，藕絲無孔不纏縣。分明一紙相思字，抵得清涼萬斛泉。

惆悵

當年小住鬱金堂，一折屏山近曲房。夜月潛踪聽響屧，晨葩偷掐供梳粧。百愁對我歡成笑，十索瞞人苦要償。今日藕絲風剪斷，相看單道莫思量。

昨朝仙佩下江皋，贈我丁香百結縧。似訴隱腸難解繫，不辭纖手爲親繅。纏緜正好籠梳髮，宛轉何從落剪刀。一綫深恩重掛起，鬢絲撩亂玉頻搔。

曉睡

桃笙難得一宵宜，偏是郎來妾起遲。連夕可曾成穩睡，此時何事觸炎曦。花浮磁盎霞猶溼，鏡掩粧臺月未移。翻把羅幃低放下，玉肌消減怕教知。

晚粧

最高樓閣倚雕闌，一種光華射月寒。心有幽期要佛證，身從明處任郎看。芙蓉墮髻連雲重，蕉葛裁衫映雪單。恰是不曾當面錯，料應歡意似儂歡。

病訊

日炙紅酥汗體香，玉人小病倚銀床。心如蓮子中間苦，面帶葵花一半黄。小婢那知窺喜怒，庸醫枉自臆溫涼。君身便作靈芝藥，只許儂看不許嘗。

贈花

小朵華鬘向夕開，玉纖親摘賜粧臺。要君魂夢都香透，似我肌膚得傍來。倘置仙鬟蔫亦好，便將佛座供應該。他時憔悴終憐惜，况捧鮮妍雪一堆。

恩波

受恩容易報恩難，難在深情事事瞞。憐我病軀如㾏弱，要郎珍重使儂安。語經述口猶香氣，影亦消魂耐細看。今日露華濃似酒，始知身自作荷盤。

仙人

姑射仙人碧玉家，一泓秋水托輕紗。常緣養病兼鋤藥，偶罷燒香爲護花。垂帳怕聞燈氣息，懸珠自放月光華。饒卿靜極難遮豔，臉際横波接媚霞。

翠萊

翠萊新看一瓣生，鸚哥喚後獸環鳴。羅衣耐熱皆緣我，茗椀先涼最感卿。衆裏眼波潛送媚，閑中口角總關情。炎風如炙雲如火，值得今朝觸暑行。

天台圖

桃花流水影參差，剛是胡麻飯熟時。笑語暗聞天上落，星辰偷向月邊移。授來靈笈須頻檢，捧出雲漿未忍辭。身到人間增悵惘，石梁臨渡合遲遲。

梳頭詞

委地香雲散不紛，何曾露盥與蘭薰。風前自把輕紈扇，扇與檀郎仔細聞。

炎曦不耐挽雲堆，巧髻分梳蝶翅開。自出儂家新樣子，要將名色試郎猜。

孏梳雲髻太峩峩，挽箇家常髻似螺。一幅白描南海像，只差蓮瓣瘦凌波。

玉色瓊梳兩不分，鏡奩都作月波紋。水晶簾子風微卷，一樹梨花一朵雲。

咏協蘭閣茉

濃香五百朵齊開，繡閣分移到玉臺。自是芳心工選擇，更逢仙手善栽培。晚風勸插高堂鬢，餘雪從教滿案堆。聞道城南秋水婢，寄書翻爲索花來。

謝女

五尺輕綃曳珮裾，天然清水出芙渠。人緣傾國光常斂，仙亦宜家俗自除。曠世一空脂粉黛，中閨三絶畫詩書。若將玉尺量才子，正恐相如愧不如。

懊儂

最好無情最苦情，思量百恨總情生。恩深要斷他人寵，癡絕求堅隔世盟。月爲速圓翻易缺，風纔微順又兼横。閑揩一縷沾泥絮，曾向樓頭赴蝶輕。

知己

彈徹峩眉響雪琴，三生石上少知音。一雙仙珮殷勤下，十里桃花曲折深。授我神方皆上口，負他鬼謗亦甘心。酬恩剩有瓊瑰淚，灑作秋空片片陰。

秋懷

仙露泠泠滴晚蕖，隔江消息近何如。天長秖許同看月，路遠還防錯寄書。蝶夢人耶人夢蝶，魚知我否我知魚。凌風欲趁如船藕，一叩瀟湘帝子居。

露立

西風刀尺幾時休，盼煞青天月一鉤。燕剪原知多宛轉，蠶絲秖恐太綢繆。言無人達難成信，秋上心來盡是愁。苦立夜深涼露下，遥陪燈火玉樓頭。

香夢

月華如雪滿瓊樓，樓上齊懸翡翠鉤。雲氣空濛連渤海，花光離合是羅浮。洛神自許遮須國，織女曾逢博望侯。身惹玉爐香不散，醒時翻普夢時愁。

夜過妝閣

相思不見還相覓，三日休嫌兩度來。無月且將明燭代，有花須趁好時開。冰盤捧出經仙手，綵筆吟成自主裁。爲報維摩秋病起，願隨天女進霞杯。

玉臺

玻瓈爲障玉爲臺，一點靈犀自辟埃。花片欲隨雙管落，詩情都傍九天來。粧臨秋水清無染，夢與湘雲撇不開。事事要如明月滿，昨宵眉影畫剛裁。

附錄原作

鮮妍秋色映樓臺，那用文犀爲辟埃。半世閑身詩裏過，十年清福病中來。蘭窗紗影和香坐，雲鬟花枝對鏡開。未覺人間羅綺好，布裙喜是嫁時裁。

皈依

綵雲飛下十三樓，悄立屏山最後頭。離客香風纔一尺，照人秋月是雙眸。癡聲臨去訛中婦，笑靨微圓認阿侯。我已皈依仙座下，見花無那轉含愁。

秋九卽事

雲母屏開曉鏡移，綵鸞如與玉蟾期。花依瘦骨工摹影，酒入歡腸不透肌。仙珮遠聞鳴琥珀，神光早見徹玻璃。深情要似香爐火，熱太心焦煖最宜。

再奏粧樓

管夫人畫易安詩，二妙能兼冠一時。清淨福還分壻享，溫柔情恰與家宜。樓高碧落心同寄，秋到黄花影獨知。自有閨中千古在，漫勞王母賜金巵。

常娥

本是常娥一輩人，木樨開日作生辰。大江南北無其偶，明月中間着此身。筠管著書偏自富，荆釵絶口不言貧。直將冰雪都消淨，秋水空靈爲寫真。

隔水樓高

思君不見且尋君，隔水樓高未夕曛。正欲與言三夜夢，秖餘迎面一窗雲。竹陰深護湘簾碧，蘭氣微沾茗盌芬。手拂銀墻留句在，好教惆悵到宵分。

懷遠

吳山青接越山青，愁思如雲入杳冥。鏡影已看虛一月，香盟猶憶對雙星。揉殘詩草書難寄，挑盡燈花兆不靈。夢裏相逢了無益，秋來況是夢蘇醒。

花影

水中花影太夷猶，香不能沾影自留。咫尺直須論萬里，終朝何止似三秋。月臨窗紙將穿眼，風透簾櫳未上鉤。此是最消魂境界，蓬山何處海西頭。

衢寒

相見明知枉斷腸，相違無奈便思量。來如江上潮通信，人似天邊月放光。風勒暗香穿小閣，花迷清影轉迴廊。玉池常賜雲漿暖，那惜衢寒度石梁。

護萱

畫閣沉沉閉寂寥，藥爐煙影伴昏朝。潛來外院金錢卜，暫撤中厨玉膳調。圍帶已隨秋月減，芳心休逐夜香焦。仙人手護忘憂草，歷盡冰霜定不凋。

秋夕即事

越到朦朧見越真，暗香霏霧細如塵。烟中搖曳還生玉，月裏依稀定有人。花爲遥看須正面，山從低處得全身。此情不料卿能會，始覺蘭香果是神。

翠袖

翠袖亭亭倚暮寒，手裁慈竹護平安。臨風玉臂嬌難舉，平日金條約漸寬。霜杵敢辭親和藥，銀匙還要勸加餐。暫偷半晌支頤坐，綵筆無心拂素紈。

瑤池

珮聲何日返層臺，十二文窗絶點埃。寶鴨暗燒心火熱，銀蟾清對眼波來。觴飛靈液和雲擣，褧拂仙葩帶露開。辛苦瑤池陪阿母，芙蕖雙頰減丰裁。

畫廊

鬱金堂北畫廊深，雲弄秋光月弄陰。殊色芙蕖偏並蒂，異香蘭蕙本同心。吳宮自漾珠簾影，楚水都含玉珮音。畢竟昭陽誰第一，尹夫人在不須尋。

道是

道是才人是美人，前身端是屈靈均。心思有孔皆生慧，眉睫無愁亦帶顰。愛極難將詩句寫，緣慳只許畫圖親。分明一片瀟湘水，莫爲驚鴻誤洛神。

寒阻

霜肅風淒不可行，轉緣情重似無情。脩成蛺蝶原孤夢，訂定鴛鴦是再生。銀燭幾曾知喜恨，金錢空爲卜陰晴。分明見面仍河漢，卻費相思到五更。

姤菊

鸚哥見客喚簾櫳，乙字銀鈎漾好風。屏影欲翔花宛轉，窗光先映雪玲瓏。情辭遠托雙眉遞，羞暈微添兩頰烘。瓶菊如星看漸減，每朝僥倖上釵叢。

三婦豔

佩環宛轉下瑶京，五百仙中第一名。大地寒消春豔冶，中天雲淨月空明。欲求髣髴還形影，愛讀離騷見性情。除卻瀟湘煙水上，人間何處着卿卿。

翡翠簾櫳透日華，窗光迎面泛朝霞。清癯未稱金爲屋，朗徹原應月是家。百竅含香非豆蔻，一生偏愛屬梅花。慧心那有纖塵起，脆雪分明在齒牙。

風韻飄飄落半天，左芬才調本如仙。聰明解道因風絮，瀟洒真同出水蓮。潑茗偶同開口笑，擁書常不卸頭眠。一春花下芳蹤少，只在琉璃硯匣邊。

病訊

向晚飛鴻報遠音，玉人秋病爲誰深。肝虛枉自煎銀葉，背冷應嫌壓繡衾。樓下人行還側耳，瓶中花落漫經心。丰容回想清癯甚，耐過重陽又到今。

寫就私書欲寄難，燈前翻覆自家看。靈方未必全關藥，軟語何勞更勸餐。況隔重門如夢裏，應防孤枕觸愁端。緘成依舊潸燒卻，兩字單留是問安。

寒況

淒寒事事易消魂，況是西風雨打門。擊楫誰迎桃葉渡，捧心又病苧蘿邨。魚鱗剖去空無信，獺髓塗來怕有痕。吹滅幽窗樺燭坐，不教孤影伴黄昏。

有答

佩響簾櫳屧響苔，嫣然一笑百花開。光生殿角鶯同列，慧辨宫商歎異才。交頸鴛鴦親繡出，隨身蛺蝶自飛來。新恩暫渴金盤露，已是椒房中選材。

次韻再答

翠錦秋生玉砌苔，瑤緘湘帙對香開。吟成檢點無邪思，曲罷傾輸有善才。抱石自盟心不轉，買絲非繡佛如來。綠窗一樹孤桐影，知是琴材是瑟材。

玉尺詞

何人玉尺敢量詩，樓上昭容字婉兒。秋月剪眸書萬卷，春花着手筆雙枝。捧來香氣含薇露，評出芳心費藕絲。卻笑衛家風調別，秪將八法授羲之。

秋樓

一樓秋氣太蘇醒，病起新粧出畫屏。花入瘦來偏旖旎，柳經眠後更娉婷。食單尚飭中厨禁，繡剪應知小閣停。愁絶綠窗風影裏，遠山早靚一痕青。

玉階

望影猜聲已斷魂，况容平視近中門。楚天含雨常疑碧，湘水和雲不着痕。仙要幾生脩得到，佛因無爾敢稱尊。玉堦秋草臨纖步，翻許親承足下恩。

疊韻三答

壓髩花鈿翠似苔，文窗窈窕竹間開。風情别有三生契，月旦能空一世才。身爲聰明常病擾，光因親合覺神來。幽蘭帶得騷人性，合是靈均作賦材。

疊韻四答

樓中鳳屧不沾苔，樓上珠簾颺日開。無目亦應知絶色，有情方許得兼才。衣翔輕影愁仙去，鏡迸圓光訝佛來。朔雪梅花春月柳，是卿身分是身材。

展畫

西風渺渺洞庭寒，環珮聲虚罷采蘭。巫峽峰巒偏側好，楚天雲雨欲晴難。翩翻翠鳳旗空下，縹緲蒼龍瑟自彈。一片澄泓湘水在，不如歸展畫圖看。

誓約

寶鴨添香徹底温，思量一遍儘消魂。金針刺繡連詩贈，瑤札焚灰和酒吞。年與冰波看漸長，事如花影過無痕。鴛鴦只誓來生約，拚負深情不負恩。

疊韻五答

綠窗閑閉錦紋苔，落盡春燈鎖未開。怕聽子規添舊恨，偶翻花樣見新才。玉屏罷算圍棊劫，瑤札偏期鬭草來。□抱雪猧猶膽怯，當熊終竟是粗材。

迴廊

迴廊曲折遇芳蹤，髻影低圍釧影鬆。西子紗衾閑自浣，小憐玉杵偶親舂。憨來略比司花女，癡絶求爲賣菜傭。深院日斜簾幙下，泥人剛道是嬌慵。

新病

近如蟾亦遠如蟾，心自通融迹自嚴。極檢點時惟手札，最分明語在眉尖。乍中年紀花三月，不定情悰絮一簾。纔是幾朝貪染翰，綠窗又報病愁添。

寒悰

一寸工夫一寸金，不多時別更情深。相看消瘦還如舊，孤負清秋直到今。悲喜此時難露面，寒暄常語亦關心。茶甌暫作留君計，不是臨行不教斟。

爐烟搖漾奈風何，似妾心頭委曲多。擔得虛名招嫉妬，悔因堅約致蹉跎。雙關語秘瞞青鳥，一尺身懸抵絳河。剩有悲愁相對分，不忙時節定來過。

病述

十二文窗扇扇關，清眠消受病中閑。强將笑語酬夫壻，拚得摩挲累小鬟。蓬鬢簪花翻更好，叢箋堆草倦加删。別饒心事常溫處，銀葉甜香炷博山。

不知嗔燕是嗔鶯，病頰紅潮一縷生。有甚薄言偏往愬，無端失手又翻羹。幾曾喜怒輕顰笑，轉爲溫柔鬱性情。究意深愁難料着，檀郎枉自負聰明。

忍姑

月有方諸鐵有磁，不容相近轉相思。爐灰至死中心熱，蠟燭難燒一味癡。别後思量偏噫覺，來時歡喜只腰知。憑他妬眼應無計，剪到柔腸寸寸絲。

偶然相見鬱金堂，收卻聰明斂卻狂。茗椀未妨留熟客，熏爐何患洩生香。秖餘典午清言習，那用倉庚療妬方。若許天台長借住，桃花翻看得尋常。

解嘲

蠶眠小字絲箋投，絳帳遙開白玉樓。自是上官真慧眼，非關内史肯低頭。栽將桃李成香閣，薰到芝蘭借翠篝。值得旁人姗笑起，勝他長跪見公侯。

寒閨

小窗寒意晚來嚴，瘦玉腰支半臂添。睡思不堪將茗破，病懷偏覺與香嫌。閑和鏡影論心曲，秖許爐熏着指尖。正是撲簾風信緊，爲誰輕立到瓊簷。

曉堂

曉堂風格太矜嚴，强起佯佯倚繡簾。隱語百無關妬忌，靈心一半避猜嫌。河深未許填烏鵲，天澗纔容見素蟾。卻憶小屏山角事，燭花昏暗雨廉纖。

銀潢

紅樓隔雨似瀟湘，梅額纔呈半面妝。絶不擡頭心自會，早知着眼願都償。雲行水上原無迹，風過花中已得香。脩到神仙夫婦分，未妨長是隔銀潢。

書憤

絶無波處忽生瀾，如此情場涉歷難。本不嫌疑何用避，果然禮法那須攔。花緣香極能招蠹，酒爲甘多易致酸。只隔一重欞檻地，青天碧海路漫漫。

晨粧

玉樓清曉整嚴粧，坐到花陰轉曲廊。乍聽舄聲先認□，纔窺釵影已聞香。偏逢外院開金鑰，未許中門度石梁。嬌鳥漫歌泥滑滑，從來辛苦做蕭郎。

屏山

門外鸚哥喚客來，金堂親揭繡簾開。重裘不改纖腰柳，低髻初圍磬口梅。暗炷甜香籠麝火，潛催苦茗拭螺盃。此身貪與郎依傍，纔轉屏山又折囘。

賦得吹氣如蘭有贈

之子如蘭質，天然勝麝芬。一絲清氣吐，四座妙香聞。舌有生花本，心原得蕙熏。轉喉先馥郁，粲齒便氤氲。呵罷疑成露，吹來欲化雲。人宜湘水住，風自謝庭分。莫認秋英佩，非關午篆焚。餘芳還竟體，沾惹到同羣。

春感

淅瀝西風透晚寒，畫屏前事憶漫漫。抱香蝴蝶魂猶顫，承露芙蓉淚未乾。緣阻自憐生我早，情多方信做人難。願將心化中天月，不是知心亦與看。

雨

一聲清脆玉鈎鳴，手整鸞釵笑出迎。是甚好風吹得至，如何微雨滑能行。花陰匝地都成障，雲氣漫天未定晴。可奈流鶯啣不得，紅欄的的綻朱櫻。

新粧灼灼比花嬌，隔雨看如隔霧綃。知我欲來開小閣，累卿久立倚疏寮。鶯聲自教雙鬟度，燕睇先偷四目招。可是玉樓天半迴，湘簾更復障條條。

縛筆詞

翠羽離披漸不才，素絲纏縛荷粧臺。幾成鬢髮蓬鬆候，卻費心思約束來。墨要濃時如意態，書須瘦絶稱身材。從今只作蘭花蕊，任爾縱横莫放開。

春游

雲葉爲帆藕作舟，一雙神女弄珠游。堤邊柳亦爭舒眼，艫後山多欲掉頭。環燕任人施月旦，尹邢各自占風流。侍兒一種傾城色，已是桃花見面羞。

仙人

姑射仙人縹緲間，乘風一片彩雲還。眼波自注瀟湘水，眉黛遥分宛委山。夢好已拚星獨宿，情深能使月連環。分明只坐芙蓉裏，隔着輕煙不可攀。

手札

一紙私書密語温，緘封猶自帶啼痕。願郎自保風霜體，勝妾親承雨露恩。隔世有盟須結髮，今生無益枉消魂。淒涼那忍低徊讀，燭下焚灰并淚吞。

病耗

深晝閒垂窣地簾，雙鬟又報病懨懨。已妨聽雨三宵睡，還是看花一日添。鳳子魂靈空澹蕩，鸚哥聲影亦沉潛。廻廊值得移時立，翻恨今朝莫避嫌。

曲意

無意鶯啼恰恰啼，曲闌東畔畫廊西。未知人影香先至，得近花光目轉迷。略罥簾旌釵欲溜，似拈裙帶首旋低。相逢已是空惆悵，况更相逢未必齊。

天真閣外集卷三　詩三

花下

碧桃花下定相尋，道我消魂恐不禁。豈有容如明月好，秖緣情比綠波深。癡雲未散終成雨，頑鐵能磨尚作鍼。就使春殘秋更豔，莫添無益秖傷心。

情悰

惻惻東風透骨寒，羅衣映雪五銖單。焦心守定香邊誓，忍淚偷從燭後彈。淒婉笛聲三五夜，玲瓏花影一重闌。蜘蛛送喜鵲啼恨，此刻情悰恰兩難。

邂逅

絶不相思思轉深，隔年看見到如今。飛花着雨猶粘樹，殘綫臨風强度鍼。事秘怕人偏料得，夢醒還自費追尋。如何邂逅翻羞澀，心在郎邊眼在心。

病訊

茜子紅衫水樣柔，輕寒惻惻下簾鈎。肌膚越顯嬌如雪，丰韻偏宜瘦似秋。爲我關心猶强笑，妮他回首卻微羞。但令蜜味中邊滿，幽恨原非藥可瘳。

青粉墻頭

青粉墻頭碧玉檐，柳條金嫩罩纖纖。似無人在空飛絮，疑有風來忽卷簾。清脆鈴聲兼語細，糢餬花氣雜香甜。情深那用多相見，猶恐金堂未免嫌。

雙豔詞

一樹垂楊一畫船，綺羅叢裏鬬嬋娟。香雖異種聞皆醉，鶯有回聲囀各圓。比作花枝應姊妹，脫離煙火便神仙。心頭不是天人影，如此傾城亦可憐。

初夏

鬱鬱紅樓過卻春，傳來消息昨方真。月宫尚懶仙梯下，天女還須病榻親。拒藥自含深意思，畫蘭偏露瘦精神。卷簾早見櫻桃熟，莫爲飛花又損身。

病中苦憶

金堂侵曉寂無人，簾底偷窺沈約身。消渴已聞中酒日，衝寒猶犯落花晨。就嫌濃睡宜過午，便事清游亦耐辛。别有願郎珍重處，卻無一語自沾巾。

屏東閣後遇臨邛，細叩文園病裏悰。懸弩急須尋樂廣，生芻且莫詣林宗。窗疎着眼人私聽，竹密驚心婢躡蹤。翻折花枝歡笑去，已防愁思上眉峰。

花箋封題小印嚴，玫瑰香酤蔗霜甜。禁方雖載中心補，飽食終愁内熱添。小别光陰紅雨盡，相思滋味緑餳粘。爲郎手解煩襟渴，别製新茶碧玉尖。

曾覓幽房晤一巡，燭花如豆雨如塵。鏤金香枕虚長夜，屑玉清譚是慧人。誤觸寶絙猶窸窣，任鋪湘簟太因循。思量好景都成夢，只恐當時已不真。

無題

雙銅環響噪栖鴉，特揭金堂淺碧紗。瀟洒自如胸有竹，聰明相照眼無花。香含幽極方爲祖，豔透甕中是若耶。璧月在天光在地，認來雖遠不曾差。

秋夕

碧天隱隱紫雲歌，金粟香霏染袖羅。此地更無塵世想，滿身秖覺露華多。呼來小字同明月，卷起輕簾即絳河。應笑麗華璚樹底，教人强喚作嫦娥。

真真

眼福輸他老畫師，碧桃花下對明姿。竟容平視如公幹，悔不前身作愷之。潑茗偏邀當面笑，含毫還要點睛遲。十年枉號平原客，纔有樓頭一見時。

一泓秋水影玲瓏，捧出生綃綵霧籠。相識似曾鸞鏡裏，分明差勝蝶魂中。溫柔恰許傳神得，供養真應繡佛同。畢竟是煙還是玉，卻愁神物化遙空。

薔薇露浣晚粧成，别倚瑤臺弄玉笙。綵鳳自來剛翼比，銀蟾可到是身輕。人擔豔冶原須福，天賦聰明必有情。不畫幽蘭定梅萼，更無他物着卿卿。

懊儂

花下明粧囑寫真，轉於調笑致嬌嗔。濟尼失口稱閨秀，伯玉無心誦洛神。似畏窗光旋頫首，乍拈鏡影欲迴身。畫師解道愁尤好，卻倩蛾眉更一顰。

誰將消息報重簾，偷寫崔徽入素縑。未是描摹嫌仲朗，秖因唐突怪無鹽。鳩媒已恨胡香洩，鶴鑰從添屈戍嚴。可記鏡中歡笑語，要圖雙影學鶼鶼。

冷眼斜睼爾許時，臨行卻又教遲遲。呼鬟别進先春茗，掠紒重刪過午枝。薄怒始知深似笑，嬌憨尤愛近於癡。比肩半晌嫌都釋，那用燒燈密咒辭。

感舊

青梅一樹暗疎欞，桂戶銅鋪晝亦扃〔一〕。映日簾波搖細細，隔花香霧起冥冥。前塵恍惚曾遊月，昔夢依稀是謫星。竹密枝繇迷路久，不關容易動金鈴。

【校記】

〔一〕『晝』原作『畫』，據文義改。

春社

六街簫鼓任闐門，寂靜瓊樓睡思昏。躡迹忽來飛鳥影，幽期不負刻花痕。羞無可掩全呈媚，香莫能名但覺溫。回憶向時驚鸖味，已消魂尚未消魂。

小樓

唐梯徐點屧聲嬌，立定驚鴻臉暈潮。羅帶乍鬆先色戰，玉釵將墮最魂消。關心恐被雛鬟覓，側耳疑聞彩伴邀。欲去未能留不可，且申密約待明朝。

背影

削玉雙肩秀絶羣，遥從背影識文君。衣裁藕色偏如雪，窗透蘭香可待薰。別後金堂剛半月，望中珠箔抵重雲。明知小立青苔久，喚徹鸚哥似不聞。

幽檻

貪依幽檻立花陰，忘卻冥冥細雨侵。替整蓮巾防折角，代障葵扇示同心。憐卿秀色調飢慰，知我清姿病渴深。戲語他年身後事，帶嗔和笑未沾襟。

曉妝

水晶簾射日曈曨，茜子裩襠八尺紅。羞對熟人呈暈月，笑持雛婢作屏風。梳頭慣學輕雲立，頮面纔將豔雪融。偷掐珠蘭籠袖底，覷人方便擲匳中。

晚妝

輕雷隱隱過池塘，珠押風開換晚粧。碧玉奩梳清徹水，紫荊釵股暗通香。燭邊玄髮光堪鑑，浴後冰肌近自凉。日對遠山眉一角，未妨四壁自清狂。

依夕

月波裁剪作輕綃，著向風前水樣搖。謝女襟情原雪澹，蕭郎踪跡比天遥。曾勞花勝同同結，枉盼瓜期昔昔邀。輸與鬟師偏逼近，豪犀親見撥雲翹。

一鈎黄月最多情，斜影侵眉喜氣生。出浴衣香如昨日，斷腸書約是初更。偷窺竹徑原微掩，驚避花叢卻緩行。蹤跡自疎心自密，玉環須認隔簾聲。

午晤

越桃花發小闌偏，香氣撩人易破眠。八尺琅玕凉欲雨，一層紈縵薄於煙。鬟因睡起偏尤好，粧爲慵來洗更妍。纔是折花苔逕滑，連環纖印玉階前。

暮雨

聽盡蓮花漏轉遲，黄昏偏又雨絲絲。寒輕那禁重簾襲，夢遠惟應薄被知。瘦影定憐秋水隔，良緣空與碧雲期。紅樓已恨如天上，更有天難望見時。

二妙詞

楊柳陰通白石渠，繞渠多種水芙蕖。小姑家具紅牙管，大婦妝奩碧玉梳。愛仿簪花傾逸少，工題歡果號相如。何當辟作雙清子，掌我詩筒替我書。

曲闌

隔墻花氣隔墻風，知是釵叢是露叢。粧罷定應重顧盼，語來先認獨朦朧。能教妬女甘居殿，羞對癡郎驗守宫。行過曲闌還竚立，水晶簾罥玉蓮蓬。

桃源

桃原流水帶花香，飛瀑通身度石梁。仙掌忽開青菡萏，神樓剛曝翠衣裳。難將隱影傳張碩，誰許同來挈阮郎。翻趁出山泉水活，寄流清淚教君嘗。

天生

天不輕生是美人，每逢佳節始生辰。香偏耐冷霜爲骨，影只宜秋月是神。肌雪愈添眉上翠，眼波微透意中春。玉杯澆取雙紅豆，不化湘梅定楚筠。

清齋

繡閣清齋薦露盤，近來小恙愛吳酸。甜香共爇名宜愛，佳果親投是合歡。扇底簪花題拂暑，尊前箸玉勸加餐。要知憐惜恩深處，只與王郎一例看。

暑窗卽事

鏡鵲晨開象簟清，乍梳粧後又釵横。風姿偏是慵時好，儀節多緣熟極輕。障扇自通眉款曲，簪花也露性聰明。儘留真色教人看，一洗檀郎錯愛名。

風日闌干曉露稀，嫩炎輕襲碧羅衣。蟢蛛偏愛當窗挂，蝴蝶猶貪繞扇飛。含怨笑言終鬱鬱，鍾情形迹莫依依。無端慧舌酬清辨，又道關心替解圍。

無題和竹橋丈韻二十四章〔一〕

洛神一賦誦迴環，宛在盈盈一水間。色爲兼才偏覺秀，情何累德未妨閑。魚箋細摺同心勝，鮫帕牢收別淚斑。每到黄昏更淒絶，慢憑月色洗愁顔。

羊脂玉白碾連環，只繫裠腰一寸間。欲報手書嫌語瑣，爲懸心事怕身閑。鮮妍未透蛇醫迹〔二〕，娬媚翻留獺髓斑。薄怒深愁看更好，傾城原不在懽顔。

象牙梳似月彎環，鏡檻釵奩曲尺間。幽夢思量心暗喜，低鬟商略性多閑。裠花那禁郎持綰，袖碧寧嗔姊唾斑。多和燕脂輕傅粉，怕人看出病中顔。

天半微聞響佩環，紅墻銀漢在人間。徒勞翠鳥殷勤探〔三〕，難伺烏龍一隙閑。卓女調琴囊瑟瑟，衛孃拈管竹斑斑〔四〕。可憐枉負如花貌，輸與桃花有笑顔。

緑陰宛轉小廊環〔五〕，日暮佳人倚竹間。細步最憐幽草弱，渺懷偏寄去雲閑。花如傾國何關笑，玉果連城不諱斑。一種乾坤清氣在，秋顔須識勝春顔。

晶簾不隔洞如環〔六〕，淺澹眉峰隱約間。自讀郎詩書盡廢，翻邀姊繡綫都閑。鏡奩圓浸蟾蜍影，硯匣香生翡翠斑。周昉描摹應未到，才人風格美人顔。

絳闕宸妃字阿環，雲軿小謫鳳城間。神光離合隨方變，仙夢淒迷竟夕閑。凝雪自穿衫縷瑩，纖塵不上襪羅斑。玉樓咫尺如天遠，何況樓中潤玉顔〔七〕。

麗質休猜燕與環，穠纖脩短適中間。小鬟戲學晨梳嬾，中婦偷窺午睡閑。書角暗搔纖指暈，墨痕微舔絳脣斑。不知憶着何年事，半晌粧臺獨解顔。

一年小夢事循環，又值秋分白露間。十洞三清皆阻礙，六張五角每空閑。訴將幽怨鵾絃語，替得悲啼鳳蠟斑。鎮日畫圖中看殺，何如暫許對芳顔。

妬眼如城繞一環，屧聲遥認桂堂間。燕來暫撤中門禁〔八〕，花落潛行外院閑。身隔畫絲邀絮語，手提金縷怕苔斑。教人陡識平時意，暖在心頭冷在顔。

訶梨新剪片雲環，人在爐熏鏡影間。困倦未容雙鬢嚲〔九〕，聰明肯放一心閑。歡情漸引眸無縫，羞暈微烘頰似斑。七分桃花三分雪，是郎詩句是儂顔。

手解嬰年舊弄環，帶郎第五指中間。幽期誤約心非活，啞謎旁猜語總閑。乍冷慢緘紈扇素，再來須驗繡衾斑。此情要比天長久，那在多貪識面顔。

環痕約指指如環，預種芳緣隔世間。論閥未甘魚媵賤，處囮何用雉媒閑。花開豔極偏無子，筍出尖多易有斑。只合化身明月鏡，笑顰都得照卿顔。

柔腸蚤暮鹿盧環，只在郎行左右間。誓密記曾邀月證，情多恐又愛花閑。占晴可奈時時變，踏溼還防處處斑。作計惱伊佯怒去，明朝相見看何顔。

海榴花下脱金環，小病剛剛一月間。食味本來當暑斷，睡眸還得徹宵閑。頻驚石鼎松濤沸，細展羅衾藥瀋斑。輸與衙推偏得見，捧心時節最真顔。

紅闌干角緑蕉環，竹色茶香閣半間。簾押迎風抛繡亂，枕函送日賴書閑。長來指爪逾脂印，濃得眉痕透黛斑。人自慣看儂轉訝，鏡中消瘦甚人顏。

銜耳明璫小鳳環，戲擒胡蝶出花間。紺珠黯事星星記，碧玉芳時日日閑。曉霧迷成三里障，秋雲巧作五銖斑。厭人絮問將雛近，贏得羞顏似醉顏。

一曲明河列宿環，佩聲遙在碧雲間。生逢獨立人難得，除卻相思事總閑。仙字早憑心勒印，神光翻逼眼成斑。直須褻念都消盡，纔許親承水月顏。

欲把名花當屋環，只宜蘭畔與梅間。心思手口三般巧，坐起眠行一味閑。黯雪題成寧有對，香雲剪與並無斑。常娥尚自多情甚，偷下雕梁爲照顏。

蛇報靈珠鵲報環，深情難報隱微間。香投異域嫌輕褻，絲繡平原只等閑。素約敢消烏鰂誓，丹誠空漬杜鵑斑。酬恩自保千金體，搗藥拚爲悅已顏。

玉扉清響小銅環，履迹衣聲眼耳間。預礙茶槍消吻渴〔十〕，細聽蓮箭耐身閑〔十一〕。草蟲戲捉還謀對，花蝨親除更拭斑。頃刻歡愁千百變，作秋天氣似卿顏。

左手除來右手環，珠胎盈滿月輪間。柳經眠後蠻腰重，果到垂時蝶影閑。喜搯茶膏津化液，怕拈花樣汗生斑。劉楨莫恨難平視，竚看嬌兒似母顏。

梔子銀墻面面環，依稀仿佛玉樓間。通融恰許行相近，分別仍教坐各閑。薙葉雙鈎新墨搨，菱花七出古銅斑。夢中歷歷分明記，難記偏生絕世顏。

洞房簾箔水晶環，偷看香籠繡篋間。書卷縱橫風揭轉，簟紋斜整日拋閑。乾藏鳳子芙蓉粉，馴養貍奴玳瑁斑。真箇到來翻不見，夢中情事意中顏。

【校記】

〔一〕《香奩詩》載此詩題作『香奩詩二十四首疊用環韻同竹橋太史作』。
〔二〕『鮮妍未透』，《香奩詩》作『隄防未褪』。
〔三〕『殷勤』，《香奩詩》作『千回』。
〔四〕『斑斑』原作『班班』，據《香奩詩》改。
〔五〕『小廊』，《香奩詩》作『畫廊』。
〔六〕『晶簾』，《香奩詩》作『晶屏』。
〔七〕『潤玉顏』，《香奩詩》作『好玉顏』。
〔八〕『暫撤』原作『暫撒』，據《香奩詩》改。
〔九〕此句，《香奩詩》作『輕薄任翻雙鬢巧』。
〔十〕『預碾茶槍』，《香奩詩》作『預備瓊漿』。
〔十一〕『蓮箭』，《香奩詩》作『銅漏』；『身閑』，《香奩詩》作『軀閑』。

自題二十四詩後每句藏二十四意

吹簫橋畔月如環，亞字闌干對照間。寫遍烏絲三頁滿，彈來雁柱一條閑。清波雙現金釵影，和氣全飛玉瑱斑。慢說荷花共生日，十年年減麗娟顏。

豔體一章每句戲藏十六意

十二闌干花四環，美人二八倚中間。蛾眉那厭重新畫，象戲剛抛一半閑。兩度界箋書錦字，更番排卦灸香斑。嬉遊二九還初七，生過嬌兒尚玉顏。

閨人養痾辭

工愁善病女相如，暫徙瑶齋檢道書。一縷藥煙清似水，雲屏隔斷廣寒居。

小庭花木費平章，終日琴鳴古研旁。卻下水晶簾一扇，仙肌冰雪自生涼。

南窗置榻北窗寬，一曲書廊鏡檻安。那有紅塵飛得到，綠芭蕉映雪闌干。

雙扉閒鎖一階苔，屈膝銅鋪晝不開〔二〕。只有常娥推不去，夜深還近小窗來。

刺桐清影拂簾長，鼎沸松風藥透香。親把銀匙調一過，同心甘苦願分嘗。

暫廢椒花格律新，繞床書卷尚逡巡。臥中聽得秦嘉詠，一字推敲又損神。

竹床冰簟鎮相親，吟瘦身看病瘦身。聽説蓮塘遭雨打，今年花更瘦於人。

疎雲先作一分秋，添得窗櫺綠更幽。幾點雨彈涼葉上，紅心枯草又新抽。

隔年情事記分明，雪椀冰盤夜話清。昨日到門親聽得，小鬟偷學誦詩聲。

粧樓晝靜屧聲無，畫稿叢殘墨未枯。等月再生人病起，拜雙星夜玉梯扶。

【校記】

〔一〕『畫』原作『晝』，據文義改。

小閣

簷際凉雲水樣浮，果然小閣勝瓊樓。竹陰滿榻清如埽，花影移簾漸上鈎。守禮敢煩郎熨體，倦粧還喚婢梳頭。病餘偶揭閒書卷，本爲消愁卻惹愁。

七夕再疊環字韻

水玉蘭釵火齊環，隱然黄色透眉間。十分月有三分過，九孔針無一孔閒。心巧素嫻牛女慧，指尖紅沁鳳仙斑。不消始影重祈禱，越病深時越麗顔。

新凉

小窗幽夢昨宵凉，寶簟重移繡榻量。樓閣自開秋世界，雲霄原近月家鄉。竹枝浪認釵鈿影，花氣猶含語笑香。六曲屏山移不去，是曾親照玉容光。

玉恙新起

病餘眠食强支撑，秋暑宜逃味要清。侍女且教鋪象簟，廚孃還忌進魚羹。極關情語惟珍重，不避嫌時更至誠。如此相思天亦許，兩邊心似玉壺明。

晨晤

木樨香裏海棠陰，四面秋光照此心。情在不言方是契，眉如爲語轉非深。玲瓏日影穿丹縠，𩆜䨴爐烟裊翠襟。爲我强支晨倦坐，未須一刻已千金。

長廊

别久相逢眼倍明，疑驚疑喜態俱生。蝶穿花去偏多碍，燕避風來轉似迎。非意事原同在意，真情人必近無情。回身翻使全身見，索向長廊更一行。

秋瘦

並蒂芙蕖比翼鴻，經秋瘦骨也相同。簪花久謝雲鬟豔，印簟時看粉頰紅。清淚定緣何事落，深情翻托正辭通。仲宣愁思相如病，早入芳心宛轉中。

別院

別院秋花秀不濃，蘼蕪新長逕蒙茸。密香自奉青鸞使，小玉閑尋粉蝶蹤。漸近衣聲猶綷縩，折回釵影乍瓏鬆。分明有意搴簾出，卻似驚成意外逢。

箇人睡

小窗疎雨綠蕉彈，低語聊貪傍曲欄。我自道來嫌太絜，卿偏聽得勝如蘭。煙籠乍覺鶯聲倦，香細應知蝶夢安。心欲避嫌情未肯，碧紗親爲障輕寒。

當門

當門風日掩罘罳，隱約神光在合離。山近轉疑雲隔礙，花多終覺樹參差。蘭堂忽度驚鴻遠，桂棟偏依乳燕遲。應笑慧根原不慧，簾波着眼枉多時。

惱人

金粟香霏滿院多，玉人生日近常娥。照秋清影同明月，卜夜深情抵絳河。定後驚魂消淺暈，靜中微笑托橫波。惱人不會卿憐惜，如此新涼尚薄羅。

微波

如雲羅綺萬花前，衆裏纖長獨逞妍。住近浮圖光似佛，幼餐沈水體俱仙。梳勻信手人爭學，調笑無心語可傳。半晌眼波嬌不溜，待人臨別卻嫣然。

豔緣

鬱金堂古麝蘭熏，掩過銀屏露翠裠。倉卒似驚生客語，纏緜猶與小鬟云。花迎斜日翻舒蕊，月過中天卻漏雲。偏是徐行容細認，豔緣真悔阮郎分。

遊仙辭

洞門翠莢暖生煙，微叩瑤扃謁上仙。任誕偏逢方朔過，勝常惟許密香傳。雲漿未識何花氣，星漢空思在月邊。暫緩碧桃三日放，可知人世似經年。

神樓縹緲接瑤京，八面紅窗對八瀛。花頂佛光留髻影，畫中仙指落琴聲。天空不許雲留迹，潭淨偏容月印明。此是消魂真境界，最高情又最深情。

重簾

洞房深晝卻寒垂，朱鳥窗明未許窺。着眼預防人見我，關心早識影爲誰。綠翹進茗纖纖手，絳樹添香瑟瑟帷。情到神仙情更好，紫蘭親自護葳蕤。

銀灣

翻喜疏檽扇扇關，黄姑親得渡銀灣。沁人肌息如沈水，煐我心腸似博山。極慰離情惟握手，偶思前事轉低顔。欲將梔子連詩贈，恩意還須託令嫺。

深秋

玉恙經秋輾轉深，上池清水漬羅衾。莫緣知己真披膽，可是吟詩欲嘔心。魚目那堪通夜醒，犀株枉自辟寒簪。黄花慢想傾城顧，病過荷花直到今。

紀舊夢

纖袿一抹限紅墻，暗裏温柔別有鄉。浴室喜無通德侍，壁衣偷把彦回藏。蓮房久禁閒蝴蝶，桐樹新栖小鳳凰。今日分明轉惆悵，雙峰如雪射窗光。

露立

合既無緣竟別離，可堪相見又時時。風來水面非關約，月上梢頭未可期。厚施恩情消薄福，淺嘗滋味耐深思。明知取冷難身熨，癡立空庭任露滋。

今生

舊事思量歷歷明，拂簷蝙蝠悄無聲。忽驚月自懷中墮，猶喜雲從夢裏行。離恨有天終古漏，愛迷填海幾時盈。多情隨處看花好，可奈今生是寡情。

婉兒

樓上昭容是我師，天教玉尺爲量詩。直空四海才人望，獨許千秋幼婦詞。青眼或來溫嶠目，素心難定叔牙知。感恩若仿平原例，先買紅羅繡婉兒。

衛孃

綠梅花下有人居，正恐梅花秀不如。每恨王郎癡似叔，獨憐鄒忌美於徐。盤周四角辭難畢，漏盡三商夢竟虛。欲表同心心迹處，右軍能亂衛孃書。

爐灰復然

簾外西風埽翠苔，已寒重煖玉爐灰。草書結體聯無斷，花勝同心解不開。纔欲見時先震蕩，是曾立處定徘徊。尾生自抱千秋信，莫管佳人果否來。

同心曲

一寸窗光一寸金，暫邀歡坐綠紗深。戲攙甌茗脂香度，偷掣簪花粉本臨。縱使旁撓無計遣，但留前約有時尋。郎今莫問儂心事，儂與郎心是一心。

步虛辭

三生辛苦搗玄霜，口嚼梅花齒盡香。鶴背幾時邀子晉，蝶魂無路上高唐。卷中還恐非仙影，㲄底空疑是佛光。采采玉芝何處好，秖留雲氣滿虛筐。

驚疑

傾國何曾定有方，情波照玉玉生光。聰明眉黛先天秀，宛轉香絲委地長。巧語猝投工應變，笑容先見道勝常。背人偷握春葱好，一種驚疑味乍嘗。

密緒

兜羅緜手罷花拈，親爲檀郎熨指尖。背地暫將鳧藻讓，耳邊低勸翠裘添。轉參莊語教人聽，徐斂明眸覺婢覘。離席不妨端坐好，莫因匆遽召猜嫌。

纔欲回身卻斂身，鬱金堂上暫逡巡。同心那在相逢數，半面何嘗不看真。儘可端詳餘背影，斷難描畫是丰神。臨行尚有消魂處，未敢題詩浪示人。

繡屧

繡屧纔圍縫合歡，無心偶置畫闌干。量來新月還形窄，裹盡春雲定覺寬。可許玉尖親試着，未妨香屑代裝安。紅幫殘綫拖鍼在，低囑檀奴仔細看。

幾度

幾度尋花花不開，今朝花影下瑶臺。天教生日同霜菊，人喜臨風似玉梅。隔院圖郎聞笑語，當窗借婢共徘徊。博山爐火情常煥，值得衝寒犯雪來。

水晶簾下卽事

逋髮初撩待畫眉，鏡臺偷傍立多時。熏香乍喜眠嬌女，傾水剛逢遣侍兒。皓腕先攘容捉搦，朱唇欲嗋費矜持。幽情未了餘歡在，留作今宵翠被思。

朝來

朝來座客向余誇，親覩紅粧展碧紗。秋水神凝如有待，早梅光映兩無瑕。關心偏在屏風近，錯眼真成薄霧遮。辜負臨邛深愛意，翻教人得見如花。

獻果

檀郎何處得嘗新，翻作粧臺擲果人。入手已知仙味美，分甘先懼妹心嗔。笑君懷核寧無意，獻佛將花早有因。一幅定情羅帕在，輕紅雖退認猶真。

問訊

斜門風逆送氤氳，簾卷金堂裊水紋。幾度空來應怨我，此時强坐半緣君。早拋眼媚紅窗裏，那惜脂香碧盌分。嬌語平安親問訊，芳姿傳出已先聞。

熏爐

新寒跨火辟邪爐，藕覆雙鳧色色殊。蘭篆靜看烟似水，梅花親點筆爲圖。比肩可許充佳壻，擁背何妨借小姑。推就煗香熏一過，留仙裠底按纖趺。

臨去

來何緩緩去匆匆，朱角門西小院東。一剪晴波勞遠送，兩番平視竟通融。神情意致都閑雅，坐立行時不茍同。那似小家羞澀態，見人先自下簾櫳。

簪梅

蘭房曲折透幽香，繡褓親擎小鳳凰。笑靨乍看兒絶似，廋詞相謔婢無妨。粧交二九梳頭懶，裘襲雙重觸手忙。袖籠玉梅三百朵，爲卿低插鬢雲傍。

評花

桃花不及李花妍，一笑欣逢縞袂仙。同是無言芳獨擅，從來絕色秀爲先。中天皓月人爭看，委地春雲我最憐。拈出退之詩句好，漁郎應悔武陵船。

下樓

樓上斜陽樓下行，鸚哥消息透前楹。雲鬟偏覺家常好，花氣原從坐處生。瞥見玉光驚又喜，乍迴釵影避還迎。雙星但隔秋河照，眼自饃餬意自明。

乳香

幽香一縷透羅襦，親乳桐花小鳳雛。密室喜無樊嬺侍，潛身悔與阮郎俱。良期每被驚心誤，堅坐還防妬口誣。卻憶獨來時節好，同羣又礙阮咸姑。

雲軿

宛轉香車繞綠谿，一泓秋水徹玻璃。良緣對面誰能阻，好事無心比約齊。似惜蕭郎門外立，幾將小宋路傍提。箇人巧笑尋常見，不似今番易着迷。

窄徑

邂逅重門窄徑偏，翔風衣鬢總嫣然。花從轉側看尤媚，雲爲夷猶態更妍。暖語兜來心坎裏，柔魂鈎去眼梢邊。何因卻把雙鬟遣，緩住弓鞵一細憐。

芳筵

隔座芳蘭一點心，潛憑傅婢語知音。杯行喜聽斟時淺，燭換愁看坐夜深。力爲加餐須自努，飲當微醉莫教沉。擁爐默計君歸候，忍比君先到繡衾。

密意

柳様春濃絮様顛，輕雲無迹過青天。人前第一須留意，莫把雙眸注妾邊。

天真閣外集卷四　詩四

金堂

初日曈曈上畫梁，珮聲釵影鬱金堂。蘋蘩久誦葩經熟，薑橘親調豆實香。方朔暗窺思割肉，裴航消渴願分漿。此生許作花間活，甘奉王褒約數行。

松實

新羅松實剖芳鮮，親把朝飢療偓佺。尚帶靈芸香唾湮，定勞鉤弋玉纖妍。小姑卻訝晨饈早，雛婢空猜夙嗜偏。偷遞袖中銀合子，佯佯走過鏡臺前。

詠雪

雲母圍屏儼畫圖，一奩秋水照凝酥。未堪仙子藏金屋，如此樓臺便玉壺。髩影泊風尤綽約，鞵尖印雪已饃餬。笑他癡叔同清賞，解賞因風柳絮無。

寒妝

今朝且不繫香纓，覆額貂冠襯髮明。趙姊丰容燈下好，謝孃神味雪中清。泥人更比香鬟媚，隔座終聞畫屧輕。笑把手抄詩一卷，問郎堪否號書生。

春憾

西風吹月滿高樓，樓上珠簾盡下鉤。蘭病未蘇梅欲褪，二分春色十分愁。

舟中書感時阻風暨陽

無數新愁并舊愁，暗風吹雨入孤舟。寒梅未肯藏金屋，清夢先疑到玉樓。花落忽聞天女病，珠寒偏值洛妃遊。封姨苦把歸期阻，想殺多情是石尤。

美人家飲花露飲畢而餘香在盌

瓊漿滴滴入詩喉，香氣猶沾碧玉甌。恰似髩邊花落下，芬芳常在美人頭。

一朵仙霞捧九霄，散花天女手親調。玉甌本是無情物，入骨濃香不肯消。

有兩美人見小影而相愛者

松歡柏悦總前因，心自相親迹未親。我見猶憐何况汝，卿如欲下定疑神。湘雲湘水原同夢，秋月秋河是比鄰。認得邢家真國色，從來只有尹夫人。

瓊花閣春醮

瑶臺縹緲接空冥，面面湘波作翠屏。詩夢一天如雪豔，酒花二月有蘭馨。碧雲界斷忘人世，紅豆拈來盡性靈。風卷玉簫聲緩緩，羣真都在上頭聽。

冰盤行炙月輪擊，多是芳心結撰成。花氣一樓難辨種，食單三日預商名。新歌乍學狂何惜，罰琖雖寬醉亦輕。贏得歸家爭問訊，酒香還似玉梅清。

攜眷屬遊山

魚朵輕雲覆綵軿，佩環聲到半空停。幽香自雜松花落，細語難兼瀑布聽。樵客盡疑仙眷屬，侍兒都帶佛精靈。豔情證取西來意，螺髻蛾眉一樣青。

玉樓供花辭和樓中人韻

摘取晨葩曉夢中，玉樓分插小窗紅。人間風雨應無恨，天半園林別有叢。頻囑侍兒新水換，不嫌供佛淨瓶同。暫時收拾薰罏起，自有香雲護梵宮。

名花四座鏡當中，映出深紅間淺紅。着水宛如新沐後，披香疑入古書叢。鉼緣放膽春能管，燈替傳神夜不同。面面湘簾圍夢住，枉他粉蝶效秦宮。

玉樓清福

不通融處似通融，飛絮游絲撲繡櫳。三月詩情多豔冶，一樓春夢太玲瓏。略嫌琴脆貪微雨，自惜衣香愛逆風。十二簷鉼花四面，神仙清福坐當中。

懷箇人歸寧

月白江空鶴一聲，美人香夢可曾驚。瑤臺自劃天爲界，玉笛空飛雪滿城。春有去時誰定例，潮聞來處敢相迎。藐姑只合羅浮宿，金屋如何好貯卿。

望仙樓上望朝霞，隔斷瑤池阿母家。蛛網有絲縈屋角，鵲巢無喜報簷牙。難將芳訊通行李，未必歸期準及瓜。曾是往時攜手處，綠窗開煞碧桃花。

美人病目

夢覺空聞百囀鶯，一簾香霧未分明。詩成只泥同心寫，琴罷偏猜落指生。慢託微波通款曲，任抛殘局自縱橫。萬花應是羞相見，暫借輕雲障太清。

評畫

絶色休從畫裏看，須知落筆繪天難。描摹西子憑凡筆，顛倒明妃在素紈。身到岱峰諸嶽小，花開若木衆星闌。妍媸只把丹青定，何限人間老試官。

題蘭絶句

只合離騷一卷書，水仙相伴住清虚。詩人眼底花如海，除卻寒梅盡不知。
楚雲旖旎水纏綿，生就珠胎玉骨仙。昨夜瀟湘明月下，意中人恰似卿妍。

並船紀事

花光相映並頭船，竟有珠聯璧合天。一水香交通笑語，兩家簾卷見神仙。清波照影尤增豔，好事無心轉得圓。偏是情深偏分淺，何時邢尹卻駢肩。

春蕪婉仙夫人侍兒也風致婉妙年甫及笄其父將爲擇耦夫人送之以詩余爲繼聲

來是嫣然去黯然，盈盈未是嫁時年。鳥猶帶綫方呼熟，草亦如花要趁鮮。曾學大家羞更好，便爲貧婦德須賢。遥知此去蘆簾下，魂繞璚樓玉鏡前。

移巢

翡翠移巢曉出城，多情先往等雲英。明知此客來緣我，無計教伊得見卿。紆步欲從花逕過，迴身圖向畫廊行。芳心苦被王郎覺，甘受無端恚怒聲。

水嬉同泛

卷起東風雀舫簾，戲臨春水照鶼鶼。比肩暗學雙星渡，放膽明欺萬目瞻〔一〕。濃笑索花頻恃愛，清談聞曲轉生嫌。延捱別有消魂計，只等船梢上素蟾。

【校記】

〔一〕『瞻』原作『瞻』，據文義改。

心招

蘭堂寂靜裊游絲，舉手相招目送辭。事到極歡情轉怯，態無纖匿禮猶持。竹聲疑雨驚秋早，花影如雲出夢遲。蹤蹟自忙心自細，教人重整鬢邊枝。

小病

小病纔回午汗潮，爲誰强起倚疏寮。作秋庭院花含怯，過雨簾櫳日放嬌。密約縱虛心有蹟，深情欲吐語無聊。坐來莫恨如天遠，轉眼銀河又昨朝。

自持

未須惆悵但聞香，脩到香中願已償。欲報深恩難著迹，每窺微笑越周防。花前苦勸耽詩瘦，燈後堅辭被酒狂。除卻衾窩同夢外，儘拋心力效鴛鴦。

不矜風格轉超羣，委地湘波拂拂裙。逼眼光華花上月，蕩心儀態水中雲。任教離間情終合，儘意綢繆界自分。深感琴心通委曲，自憐無福作文君。

偶將讕語抵清狂，底事前盟苦索償。極婉轉時心自許，暫通融處眼猶防。茶甌密度櫻桃味，衣釦牢緘豆蔻香。傾吐蘭胸豈無意，玉樓何日去梯桄。

雨窗

綠梅花下坐卿卿，神與梅花一樣清。得意事須防失意，深情人肯浪多情。心挑祇益羞顔熱，眉語還遮姡眼明。欲去尚留留未可，恰來絲雨灑簾聲。

横波

百巧千靈藕孔多，泥人全在兩横波。如愁如喜還如怒，媚態三番一刹那。

雙紅豆辭

種出雙株紅豆紅，暗將心事卜東風。意中人病朝朝減，夢裏歡歸夜夜同。翡翠樓高天共遠，鴛鴦湖判水難通。春愁化作楊花點，半入清波半碧空。

去年消息望今年，及到今年轉憶前。扶病尚因花强出，歸寧差喜事遷延。機緣半爲忙中錯，滋味都從過後鮮。懽笑要期來日補，卻愁追想更茫然。

知是藍橋是鵲橋，一雙解下佩瓊瑶。情同滄海無深淺，緣比浮雲有近遥。花縱可攀容易別，月雖頻望手難招。不如身化王餘片，分屬江東大小喬。

心中眼底與眉頭，積得離愁又病愁。小玉瘦來眠反側，飛瓊歸去信沉浮。緣慳莫要真成玦，癡絶難甘枉下鉤。每到幽窗閑把翫，團圞一對鍊金彄。

疊箋書恨秖焚灰，剪紙酬神枉費財。一半聰明知誤用，兩無消息肯傳來。漫憑問卜蓍歸妹，悔不能醫藥作媒。願學維摩行脚狀，替人擔病覓人回。

雙珠托出水精盤，欲定高低兩字難。論歲參差原姊妹，比花先後似梅蘭。泥中爾我應三分，林下神情秖一般。對面看來形與影，切休分作尹邢看。

喜蛛靈鵲滿簷前，道是佳音卻浪傳。炙罷艾香心愈捧，占殘花信眼徒穿。他鄉未必全無恙，久臥何如各一天。如此思量人易瘦，又愁相見定淒然。

人竟歸來病竟除，極尋常事卻疑虛。愁他慈母留偏強，怨到庸醫術太疏。欲剖素心潛和藥，想呼黄耳妄傳書。從知一面難消受，休說鴛禽與鰈魚。

閒裏尋思太認真，最癡情卻最傷身。挽車陌上誰迎汝，取冷庭中自有人。弱體枉禁風五夜，柔腸偏轉日雙輪。漢皋明月天台樹，不是今生是夙因。

紫袖昭容玉尺溫，青綾步障粲花論。手抄羅隱江東集，心訂韋皋蜀道婚。極恍惚中煙有影，最纏緜處夢無痕。不妨說與青天曉，卿自憐才我感恩。

七夕惆悵辭

天上相思有了時，一年一度一佳期。人間只有相看分，也要迢迢遠別離。

曉晤

畫檐鸜鵒喚人來，一扇湘簾自蕩開。微露丰容教瞥見，熟聞聲息故驚猜。雲含疎雨頻延佇，水遇輕風又折回。還恐未曾親切看，玉樓天半重徘徊。

借得

借得神仙七寶牀，夢魂先到白雲鄉。鄂君繡被真奇煖，荀令熏爐是異香。花氣襲人如二月，竹聲含雨似三湘。青天定有星辰影，暫宿銀河便渺茫。

情詩

一分消瘦一分嬌，玉羞纔聞起昨朝。膏沐脩容還自強，羹湯親手爲誰調。願將郎作鴛鴦繡，曾把花同蛺蝶描。情比博山爐更熨，那須炙盞始寒消。

無題

就使樓頭響珮環，娟娟秋影隔銀灣。如今影也無從見，學到雙星夙分難。

別有所感

瑤京曾侍阿環旁，熟習雙鬟郭密香。若論風姿真絶似，爭差笑靨要端詳。親煩記曲拈紅豆，巧值移巢過海棠。宛勝相逢在天上，相憐何況是同鄉。

新年即事

中門夜靜不驚厖，魚𢲸樵青病一雙。卻喜箇人猶健在，小樓燈火自關窗。

懨懨春瘦强支持，定累多情百遍思。特向窗中傳數語，要人知道未眠時。

憐才

九州四海一傾城，獨感憐才出至情。絳帖願稱詩弟子，紅樓許拜女先生。隔簾遥授簪花格，立雪微聞咏絮聲。佛意仙心多占卻，最慈悲又最聰明。

滿樓明月滿樓詩，獨賞江東第一枝。書罷便誇王逸少，吟成定壓沈佺期。擎荷儘有生憐意，浮麥終無見麫時。空忍兩行知己淚，碧桃花下雨如絲。

病起書寄箇人

情到無聊淺愈深，暫抽書傳卜佳音。古人絶少癡於我，舉世誰能諒此心。一自病軀親藥石，終虚俊眼盼泥金。臨邛配後天緣改，鸞鳳參差直至今。

疊韻再寄

自分情無似我深，深情除是我知音。髮膚以外皆君物，眼耳叢中罄妾心。死去定成雙抱木，生憐親贈四知金。天然守禮矜嚴甚，不爲因循誤到今。

真意

似無關涉似心交，一縷輕雲曳柳梢。小影常將花供養，新詩曾授札親抄。聲名拚爲君微損，心力知緣我盡拋。只合預脩來世果，玉梅枝上結雙苞。

幽懷集蘭亭序字

蹔同幽晤暮陰天，坐次因知室又遷。言帶一絲蘭氣在，情猶九曲水流然。觴脩故事娛生日，竹遇春風亦少年。會得管夫人靜致，今人殊類古人賢。

幽蘭清氣極於斯，靜坐春風自得之。左右無人初目遇，死生相感在情知。一言領悟由當地，萬念悲欣集此時。形迹雖殊懷可述，托將流水作絃絲。

珮聲

珮聲歸自楚雲邊，金粟香中拜玉仙。略帶病容尤窈窕，每臨高處更鮮妍。九天早遣眉傳語，半日懸知眼欲穿。偏我來時偏得見，不應如此巧因緣。

薄遊陽羨探張公善卷諸勝舟中書寄粧樓

此間原不是湘湄，無奈平生讀楚辭。雲雨易猜神女夢，煙波多似水仙祠。馨香何處吹蘭葉，哀怨頻年寫竹枝。小別珮聲猶在耳，偶拈紅豆又相思。

瑤臺縹緲楚雲端，翠袖亭亭念客寒。宛轉自循梔子佩，清虛應減菊花餐。預占歸日繙書吉，替卜晴天聽葉乾。那得紀遊詩百首，盡將蹤蹟寫卿看。

萼綠

萼綠華來竟體芬，絳紗高揭拜宣文。詩篇露借薔薇浣，衣袖香嫌豆蔻熏。皓月不遮雲一點，寒梅常帶雪三分。才名豔福誰雙占，冷對風前妬此君。

從美人家折得桃花一枝歸供膽瓶

折得天台頂上枝，爭開已近十分時。秖緣來自傾城處，頓覺生成絶世姿。物但關情皆可愛，事真入手不嫌遲。人間多少嬌紅色，不種伊家不耐思。

自題筠翠山房

四山流水應宫商，風細吹來籜粉香。生就幾枝斑竹好，被人猜道是瀟湘。梅語蘭香若箇温，好將紅豆喚山邨。美人欲識相思苦，但看枝枝竹上痕。

釋猜

休猜青鳥浪傳書，久畏仙鞭褻念除。豈料懸弓疑未釋，便攜團扇計原疎。星盟那忍抛中道，雲氣何曾累太虛。一朵瓊花天上影，定無人采似芙蕖。

梅

月落參横近曉時，人間何處寄相思。道人自入羅浮夢，除卻梅花總不知。

昨夢

昨夢冥冥夕照黄，清宵歸臥細思量。人因顛頷連書瘦，曲爲淒迷比話長。指水要盟心一片，對花親授法三章。幾多密誓何由記，隱括新詞貯錦囊。

水仙

花如梅萼玉爲肌，葉似蘭苕翠帶飛。若與二花同供養，便應猜作古三妃。

昔夢

圓紋碧浪小紅槎，笑倚東南看日華。醉殺九天霞一朵，那知人世有桃花。

風輪小劫病天魔，一枕積雲散髻螺。龍樹藥王醫不得，手拈紅豆示維摩。手解嬰年舊簸錢，勝如條脱贈羊權。兩邊小字綢繆印，盡鑄鴛鴦萬萬年。

湘妃曲

縹緲三湘瑟，空靈八月槎。碧天無界限，秋水是人家。奇玉雌雄佩，幽蘭姊妹花。君山蕩空翠，散作洞庭霞。

一片瀟湘水，春情比我深。雲爲神女夢，月是美人心。眉黛將秋畫，衣香弄夕陰。三星光豔絶，不與夜珠沉。

楚雲

楚雲飛破洞庭秋，應是神娥夜出遊。樂府定誇三婦豔，仙家猶帶一生愁。眉如翠羽天難學，手解明珠水共流。腸自九迴湘九曲，通辭何處托横眸。

題周昉背面美人圖

驚鴻瞥見又逡巡，珠壓腰裾穩稱身。絶似簸錢堂上事，忍羞和笑避生人。
小朵櫻桃折得不，無人窺見綠蛾愁。玉階喚殺紅鸚鵡，不是歡來不轉頭。
臉波藏卻媚霞痕，只露雙肩削玉溫。心自向君身自背，省他一見一消魂。
只量錮尺認腰支，那有春風見面時。會得李夫人意態，背人翻是耐人思。
妙句青邱最有情，傾城雖見畫難成。詩人設想還癡絶，要看回頭百媚生。
不用傳神阿堵中，畫師妙手只空空。累他多少旁觀眼，相背人人學蒯通。
幾時回首眼波橫，枉費千呼萬喚聲。畫裏未容人省識，如何妄想作劉楨。

新年紀別

梅花如雪凍簷陰，閣住斜陽不肯沉。顔爲避人溫似玉，語因惜別重於金。莫雲未定緣離合，春水難知分淺深。坐久翻催君速去，帶香和笑已沾襟。

有寄

苦被東風柳色催，紅窗辜負玉梅開。相思寄與清淮水，流到長江莫打回。

生辰曲

賣冰聲喚小窗眠，夢想江南遠似天。記得年年今日事，並頭花下拜雙仙。
鷗波仙館即蓮臺，繡佛爐香熨不灰。應有兜羅綿樣手，笑持荷葉捧觴來。
小阮風情記我家，與君同日好年華。而今顛頷相如病，孤負芙蓉臉際花。
更有參軍小妹清，藕花生日一齊生。無端吹折同心蒂，零落紅衣畫不成。

寫梅寄箇人

畫梅多畫影姍姍，一種蕭疎耐遠看。我道至情須領會，疎時容易密時難。
澹著胭脂澹埽螺，亭亭瘦影照橫波。由來絶色人難畫，只畫梅花便當他。
也知眼孔小於紗，守定西溪當若耶。天上縱然花絶代，老逋只解愛梅花。

平生空說愛南枝，一歲相逢得幾時。自拂銀箋寫來看，勝如閒坐苦相思。

讀史

心頭眼底一真真，料得人間定絶倫。讀盡史書佳麗傳，何人如我意中人。

自題橫霞仙館

萬樹梅花水一郵，春山如夢月如魂。只消一角橫波翠，闌住詩人不出門。
四禪天上住人家，手札青鸞埽落花。收拾紅香到仙枕，一生同夢是朝霞。

深恩

一綹輕雲落剪香，緘題和淚報王昌。並頭私願知難遂，束髪深情誓莫忘。綰住同心須不亂，祝將恩分愈加長。從今添入潘郎鬢，勝捧仙鬟一作『夜夜濃芬』嗅枕旁。
畫簾鸚鵡語呼茶，天女親擎一朵霞。味美那消添茗葉，香清渾似帶梅花。早知郎性涼須忌，不避人嫌愛越加。我卻貪癡還未足，比卿芳乳略差些。

玉壺春色比花妍，纖手親斟與謫仙。情到十分如酒满，緣徵百歲似杯圓。爲卿拚死何辭醉，知我沉酣屢勸眠。餘瀝互攙蓮子琖，分明合巹繡床前。

百花誰似玉梅妍，動是飛仙靜益仙。絶色驚看天不老，同心癡望月常圓。三年儘受迴眸愛，一夕曾邀恣意憐。素女若容緣再續，今宵雙拜桂花前。

仲冬十一日紀事

紅入雙顋四體蘇，繡幃沉醉不勝扶。玉郎悄地潛踪到，細看楊妃美睡圖。

絶世

意態濃纖世所稀，梅花嫌瘦海棠肥。媚生一笑能蘇病，秀出雙眸可療飢。髮美儘人分作髢，肌香從小罷熏衣。衛風借作卿圖影，纔得形相欠入微。

閑房左右寂無人，偷齧櫻桃一點春。事後思量猶錯過，忙中驚顫已逡巡。防閑暗許鬟尖覺，偎傍遥貪袖角親。十五年前常意態，消魂此日勝嘗新。

密字

密字珍珠側理裁，問郎何處恣徘徊。終年細數無多見，隔日幽期不定來。鳳響誤猜搴繡箔，花陰閑看過妝臺。芳心一寸芸香瓣，爐篆成灰未肯灰。

雙歡曲

一雙瓊佩盡殊珍，湘水妃兼洛水神。無價名花偏屬我，有情飛鳥總依人。嫩寒曾記消魂夜，奇煖難禁觸手春。拋卻大羅天上夢，碧桃仙洞老劉晨。

春病

接䍦倒著醉難支，隨意敲門去看詩。卻憶有人憐我病，滿天風露太歸遲。
病容强作笑顔開，爲送花枝到玉臺。早被意中人看出，怪儂何事忍寒來。
相看不語又沉吟，女伴防閑太計深。各自病愁渾不曉，枉教人說是同心。
暗風吹雨入疎欞，眼似雙魚徹夜醒。一片塔鈴清脆語，不同卿住卻同聽。

水嬉

龍舟搖曳綠楊煙，小艇如梭往復還。料得玉樓斜照裏，也應錯認幾人船。
危檣燈影碧霄寒，畫舸中流酒未闌。卻憶去年舟一葉，滿河星月並肩看。

幽歡

涓涓溝水暗無聲，如霧疑煙洞未晴。半晌花陰潛候久，何人解道此時情。
低鬟風致暗徘徊，小立廻廊暝色催。趁著銀鐙剛未上，佯佯偷近玉郎來。

新妝

翠羽明璫出洞房，春風新褪縞衣裳。冰開碧沼花憐影，雲埽青天月放光。坐處微聞金釧響，行來遠覺繡鞵香。玉郎相對渾無語，閑教靈禽話夕陽。

蘭語

日來顴頷瘦腰身，蘭語當窗囑付諄。隨意清游聊遣悶，韜精沉飲恐傷神。蔗梢細嚼終無味，桃核雙歡別有仁。每到花叢須記憶，東風岑寂倚樓人。

箇人

箇人第一是青絲，委地春雲挽髻遲。記得刺桐花下等，水晶簾外日斜時。

箇人第一是雙蛾，澹埽春山不費螺。自識玉郎心事重，展時偏少蹙時多。

箇人第一是星眸，載得聰明又載愁。只許消魂人自覺，暗傳心事不擡頭。

箇人第一是雙頰，酒暈微渦笑靨堆。一縷睡情支不住，紅雲飛上眼梢來。

箇人第一是朱櫻，匿笑搴帷皓齒呈。翻道詩人蓮舌好，願通花氣過聰明。

箇人第一是蘭胸，菽發凝脂隱約中。一袜紅袿嚴結束，卻逢郎手自通融。

箇人第一是春纖，親替檀奴熨指尖。丁囑避嫌心事切，人前卮酒莫同拈。

箇人第一是雙蓮，風韻行來步步妍。可記暗中金鈿落，繡鞵香氣泊人肩。

燈夕即事

千枝燈火一枝花，十二瑤臺聳翠霞。仙去偏愁郎有伴，月來如夢姊爲家。微聞人語疑清瑟，近隔天河只片紗。應被市中吹笛者，遥占珠斗貫浮槎。

蓄蘭一本數年始得花

幾年珍重護春寒，一箭纔逢白玉闌。靜色能消粗氣味，異香不是古旃檀。半生心力全抛與，萬事艱難倍可歡。真到眼前偏認作，畫中看又夢中看。

嬌女

左思嬌女似嬌禽，來道勝常送好音。書是宣文親口授，花令小玉上頭簪。學分繡綫宜纖手，解辨琴絃有慧心。一點櫻唇留墨在，曹娥碑字甫橅臨。

品花

花裏三傾國，梅蘭及海棠。可餐皆秀色，不斷是生香。春思依依夢，秋陰寸寸腸。何時滿人意，都植在瀟湘。

花朝

碧雲特地破新晴，小閣玲瓏即玉京。花影盡如人窈窕，語香多帶佛聰明。思量過此春非淺，歡喜來時病亦輕。倐到羣芳緣恰好，不同開日卻同生。

寒宵紀夢仿會真體

青粉墻高接半天，黃昏風緊月娟娟。斜門寂靜推敲細，曲巷陰沉伺守堅。乍聽鐘聲空外動，忽驚人語暗中傳。朱唇微嗽來屏角，纖指輕彈近閣邊。預啓閑窗教側足，偷開秘鑰許容肩。中途幾被監奴覺，內院纔聞采伴眠。入戶衣裳防綷縩，牽幃步屧屢蹁躚。卸頭別綰攏鬆髻〔一〕，熏被猶餘虁韃烟。展側冰肌如水滑，偎依粉頰比花姸。一彎雪臂玲瓏藕，三寸紅幫窄小蓮。脂熟櫻桃鸎飽啄，香披豆蔻蝶深穿。流蘇悄擊銀鉤宕，密炷潛吹寶鼎然。眼媚横流微靦覥，喚聲低徹恣纏緜。當胸袜繡堆茵軟，銜耳環璫墮枕偏。驚顫芙蓉承露重，狂飛柳絮逞風顛。幽歡放膽終虛怯，濃笑迴身忽涕漣。長恨赤繩愆夙分，自嫌錦瑟過華年。鴛囚難卜重逢日，魚膢甘圖再世緣。可奈晨雞先促迫，尚貪宿蝶暫留連。釵分紫玉酬深愛，裯擁青綾耐細憐。剪髮早申偕老願，抽毫索記定情篇。前遊歷歷明於鏡，迴憶茫茫墜似鈿。姑射神妃原幻夢，維摩天女本空禪。覺來襟袖霑霞氣，贏得人呼是謫仙。

【校記】

〔一〕『攏』原作『瓏』，據文義改。

深恩

手緘瑤札報知音，昨夜雲窩昨夜衾。蝶夢正酣香萬頃，雞聲偏斷刻千金。花緣露重翻含淚，燭爲風流盡吐心。自把深恩酬至愛，如何轉說受恩深。

續美人詩二首前首續上二句後首續下二句皃脛接鶴狗尾附貂兩美同心並蒙印可

浴罷輕衫出洞房，尋尋覓覓費思量。梧桐月色炎如晝，憶著郎來便覺涼。

手甕勺藥坐凝思，地久天長在後時。只寫靈飛經數字，無人知道定情詩。

瑤窗

羊燈未上月如絲，偷出中門步屧遲。拂檻衣聲疑竹韻，窺窗鬢影誤花枝。乍嘗險味情逾怯，强定驚魂力不支。蹤跡怕人猜料著，暗中歸去朗吟詩。

把酒祝東風辭

龍盤鏡子鳳頭鞵，屢卜幽期總不諧。七澤三湘途易阻，六張五角事多乖。花如可折難擡手，月豈能探卻墮懷。只種相思無結實，東風相祝酒如淮。

淑意

人前苦囑莫留情，無奈情深態越輕。蹤影已離君座遠，眼光偏注妾邊明。廋辭縱許同心會，羞暈難防兩頰呈。非是恩濃情轉淡，可知妬眼繞如城。

滿願

雙峰雪映日華妍，八尺龍鬚乍起眠。甘后有心呈煥玉，楊妃無力出溫泉。低容不作嬌羞避，緩語翻教恣意憐。若使小家拘束態，定應匆遽失天然。

病暗

扶定寒香冉冉來，輕雲纖月共徘徊。罷妝風韻全關慧，鬱性溫柔別是才。微露隱腸知我解，頻支倦態厭人猜。相看一種悲愁味，畫盡宣鑪寸寸灰。

天真閣外集卷五　詩五

天水

如天儀度水年華，天水由來是外家。百病盡捐霜後籜，三生自懺雨中花。瓊樓寫韻人誰到，玉尺量才事可誇。笑我會稽王内史，十年弟子隔屏紗。

畫梅寄情人

人間難畫是相思，只畫瑤臺絶世姿。脩到佗生須記得，謝孃庭院雪來時。
玉姿清瘦不禁風，縞袂依稀薄霧籠。記得小紅闌角事，滿身香雪月明中。
青粉墻高欲度難，暫將緑萼當珊珊。燈前寫幅横斜影，貼上屏風恣意看。
畢竟天姿畫不成，拈毫心事更縱横。明知卿貌花難替，只要卿知我畫卿。

紫雲樓話月

三生石碎四禪空，情夢重溫雪上鴻。貪傍一株紅豆樹，不知清露溼懷中。
櫻桃小火鴨鑪溫，簾影條條蕩水痕。樓下月明樓上語，人生能得幾黄昏。
燈昏月瘦已三更，聽盡瀟湘過雁聲。修作佗生真姊弟，相憐未必似今生。

贈別辭

寄語瓊樓仙子知，寒潮已放鶼雙枝。重看正恐添惆悵，徑去翻教省別離。縱憶嬌兒須强飯，便逢佳客少題詩。留將不壞娑欏果，會有華嚴再見時。

閑情

走馬尋春得得忙，嫣紅姹紫儘芬芳。歸來靜對寒梅嗅，始覺閒花帶草香。

佗生

一寸相思一寸箋，真珠密字淚珠穿。侯門空守黄昏約，仙洞難期碧落緣。錦帨尚愁厖欲吠，銀橋那有鵲能填。留將玉潔冰清體，好作來生並蒂蓮。

一紙情書訂夙因，妙蓮香裏證明神。姻緣注定他生簿，才貌脩如見在身。說到死期心轉快，記來前世事須真。風輪小劫隨飄墮，佳耦先逢絕代人。

瀟湘樓雜憶

湘簾跨出尚逡廵，要使郎看要避人。立近小紅窗一角，半容嬌眼半遮身。

聞郎聲息畫樓過，偷露梨花半面多。莫恨全身看未足，情辭都已在微波。

扇囊寵賜九天霞，上繡蓮蘭兩種葩。不獨愛佗高品格，花中此是並頭花。

碧甌親自擣雲漿，暗度華池玉液香。口口頤郎都吸盡，莫留點滴與人嘗。

銀灣渺渺隔雲端，誰道恩波天樣寬。膏露暗施花葉上，不留痕迹教人看。

公然青鳥下蓬瀛，瞞過雙鬟與長卿。纔算聰明真絕世，別無一字自分明。

樓上聞聲樓下行，樓前妬眼已成城。隔簾微露雲鬟影，料是王昌眼最明。

下樓風恰繡裙掀，偷見弓彎窄更纖。乞與重臺蓮一瓣，朝朝枕上看紅尖。
郎來紅日已銜山，采伴兜留苦不閑。終日相思能幾見，累佗一度又空還。
略掀簾子露微顰，卻恐消魂看未真。儂有小鬟郎有伴，一般俱礙作閑人。
鸚鵡能呼燕子猜，中樓那得久徘徊。胡麻飯罷當窗繡，郎若來時過午來。
樓窗蛺蝶繡將成，樓下鸚哥喚客聲。半日盼郎郎不到，教儂錯認幾人行。
兩情相敬久如賓，卻隔重樓迹未親。望見佯佯先立起，旁人只道避生人。
倒身我欲拜慈航，卻恐卿嗤阮藉狂。暗向神光微點首，心頭自爇妙蓮香。
無計留行且送行，畫闌特地倚新晴。難將此意教郎會，兜語雙鬟送笑聲。
茉莉香迎出浴遲，歡來是妾晚妝時。一番走馬看花去，添得消魂幾首詩。

指爪

粉印脂痕尚宛然，温柔如捧手兜綿。調蘭雪藕曾消受，握雨攜雲未結緣。聊當搯膚成密誓，儘堪搔背遣清眠。麻姑鳥爪親封寄，不怕方平浪下鞭。

委曲辭

方勝紅箋達粉匳，公然妄想學鶼鶼。梅花肯嫁林君復，喚作卿卿儻不嫌。

忍把旁妻喚小喬，封還兩字筆親標。羅敷已有鬑鬑壻，辜負琴心著意挑。

錦字收回自悔讔，甘心鞭背謝麻姑。願天罰受維摩病，消得閨中薄怒無。

郎病根由細揣量，料應未解妾柔腸。重題數字緘封去，抵得盧醫肘後方。

封就鸞書少雁傳，託題紈扇送君邊。如何枉負聰明煞，自把機關錯眼前。

互鬬聰明似奕棋，同心消息少參差。昨宵爲怯旁人看，算到卿心一着遲。

晨窗翠鳥忽銜將，小疊花箋扇角藏。只有萬千珍重字，青絲一綹裹中央。

人世婚媾定自天，爭如才色自相憐。勸郎莫認夫妻好，認作夫妻轉嚼然。

手捧雲箋病已差，欲脩報札轉遲遲。連朝心事從頭寫，當取家書莫當詩。

郎書隱語字分明，妾自關心記得清。無限深情難下筆，只描蘭蕊並頭生。

蘭舫紀遊

纔傍仙舟語未交，星眸早已隔簾招。有人先我停蘭槳，半晌何曾見阿翹。

一春玉恙閉罘罳，聲息何曾外院知。今日花前扶病出，教郎知道減輕時。
標格矜嚴漸覺寬，水天閑話倚闌干。笑容也怕人猜料，無奈逢歡意自歡。
畫舫潛移傍曲池，烟波何處覓西施。玉清縱使重追著，錯過良緣已片時。
綵雲重見蓼花灣，可奈斜陽送客還。蘭櫂漸移人漸遠，碧紗猶自露春山。
春遊歸去病兼愁，又是經旬不下樓。特爲消魂人彊起，綠窗風日控簾鉤。

秋詞

相如病骨怕秋寒，那更臨風慘不歡。千萬爲儂休自苦，君身安始妾心安。
風清露白已涼天，樓上燈紅尚未眠。如此夜深羅袖薄，爲誰猶立繡窗邊。
仙人生就骨清癯，誰識豐容是病餘。那得纖腰真入抱，玉肌親切看何如。

紀緣盡日

未通眉語已通情，只隔湘簾不隔聲。臨别回眸重一顧，累人惆悵過今生。

悼詞

驚傳神女已生天，獸鼎盟香息穗煙。妄冀因緣酬再世，難追魂魄到重泉。封題密字三千札，擔受虛名十五年。賸有瀟湘圖畫影，一回展禮一潸然。

自憐身世太淒凉，幸遇知音玉秤量。直道此才無敵手，每稱難得有情郎。遺文序早求張說，誄筆詞還屬謝莊。癡欲憑棺成一慟，深恩豈是淚能償。

霜裏幽蘭雪裏筠，可憐摧折不成春。七情雖就顏如玉，百病磨來性出塵。仙樹逍遙無結子，慈雲縹緲是前身。彎弓欲射銀蟾落，追轉姮娥作世人。

影堂重過不勝情，無語低頭一徑行。只當箇人還病在，若聞來客恐心驚。詩篇狼藉收難盡，畫稾叢殘半未成。檢點巾箱舊鈿盒，玉環知否有來生。

拜梅

青蓮才思九州橫，獨對梅花傲不成。七貴五侯供一笑，滿身風雪拜卿卿。

元日

鶯啼燕語報新年，親拜紅妝玉鏡前。絶豔人如初透日，乍中年似嫩春天。芳心密取明瓊卜，茗汁遲催小玉煎。手剝瓜仁傳吉語，願郎瓜瓞更緜緜。

蘭房

當初握手尋常事，誰道如天不可攀。齧頸尚留纖齒印，搯膚同驗炙香瘢。持裙偷搦蓮雙瓣，伏枕勞舒藕一彎。今日隔窗窺午繡，一層雲紙萬重山。

蘭房寂靜臥烏龍，翻促郎行坐不容。非是熱腸偏小膽，衹緣妬眼慣潛蹤。言當要處尤宜少，情果真時豈在濃。留得清名相見好，並頭曾已學芙蓉。

横霞仙館雜事

佛容光豔世無尋，供養端宜紫竹林。我願將身化童子，朝朝合掌拜觀音。

只道粗才定品差，幽蘭偏比別人家。回瞋一笑思量著，原是梅花第一花。

爲恐狂奴思不禁，朱櫻宛轉避春禽。星妃微露蓮花舌，未許霑脣已許心。

畫堂相見倍矜嚴，眼角眉梢盡避嫌。六幅湘裠風不動，暗傳心事與鞵尖。

郎來深坐緑窗紗，看我梳成兩鬢鴉。當著小姑留不得，待伊臨去喚煎茶。

含情低首不輕擡，還恐當窗女伴猜。趁著金鍼重度候，看郎偷眼看儂來。

相邀姊妹出花前，人自徐行我轉先。閃過小屏山一角，任郎偷搦指尖妍。

春社如雲紫陌過，重簾窣地注嬌波。誰知簾外蕭郎立，促膝溫存半晌多。

戲取茶甌當酒杯，手拈紅豆教郎猜。怪人料事偏奇中，手握雙鈎不肯開。

欲度櫻桃味與郎，背人離坐走佯佯。玉甌一點波羅蜜，分付消魂自去嘗。

問郎底事病雙眸，可怕銀燈可悶愁。好避緑窗風日燠，如何還寫字蠅頭。

仙骨珊珊響佩琚，遥來檀几泥相如。玉纖替按雲藍紙，只道貪看倒薤書。

情鍾

伊人雙頰秀芙蓉，自識相如帶病容。頻躡幽蹤忘露冷，互穿衵服漏香濃。恩深不記無心過，語密親除有用封。薄倖自慙兼薄福，如何消受此情鍾。

錦袜

寶袜親裁翠錦鮮，關心脱贈早涼天。重緜託裏情深厚，密綫縫圍手巧妍。但許貼胸如妾抱，無由輸意伴君眠。佗時認取斑斑迹，莫棄香籠繡篋邊。

嬌瞋

熱腸冷面兩難猜，越是依依越颺開。卻憶乍成歡愛日，滿身香霧近人來。錯認真情是雜情，難將心蹟剖分明。只消自看凌波影，更有何人比得卿。

奏記妝樓

自遷樓閣可清寧，可怕高寒可睡醒。可想玉郎聲息到，推窗悄倚畫屏聽。平時行近繡簾前，一笑雙眸語早傳。今日怕掀簾子看，隔層樓似隔層天。聽得鸚哥喚客不，屧聲已到玉梯頭。心嫌女伴私猜料，只説看花偶下樓。

初夏

綠陰濃染合歡牀，花裏潛蹤入洞房。幽怨襟情難細語，驚疑滋味勝初嘗。不知金鈿何時落，誰識羅裾別有香。道是分明原是夢，風光瞥去耐思量。

牡丹下醮集

錦幛圍雲五色齊，八窗都展綠玻瓈。名花一種春無賽，卻見傾城首亦低。
斜背花枝坐綠紗，恐花羞見面如霞。反教奪盡花顔色，人對花來不看花。
女伴藏鈎賭玉杯，聰明十度九贏回。就中偏是郎心活，卻費沈吟半晌猜。
郎拈梅子出花陰，剝贈梅仁示意深。故把玉纖摩弄久，教伊知道會伊心。
席罷香輿散畫闌，感卿花下獨來看。比肩立盡斜陽影，相見非難別總難。

記憶卽書

社鼓喧喧殷六街，東風搖蕩畫簾斜。萬花叢裏偷睟看，始信梅花第一花。

一閃横波抵萬金，乍掀簾已見芳心。瓜犀贈自摻摻手，情比當年擲果深。
聞郎聲息翠簾開，連日潛踪著意猜。知道袖中藏數字，百方圖便近身來。
待來何事卻來遲，已近花陰月上時。口自怨郎心自喜，暗中情味没人知。
病中消息恣窺覘，悄揭羅幃按玉纖。平日未容親近處，今朝不道儘無嫌。
投瓊鬭葉兩無猜，衆裏横波不肯擡。挨到上燈移坐近，一鉤新月暗鉤來。
盈盈緑水出芙蕖，嬌韻纔如二十餘。昨日女兒相並立，風情翻較阿孃輸。
臨别貪看月下姿，黄昏風露下階遲。知郎尚有流連意，特向明蟾立片時。
心性年來倍耐愁，沉潛聲影坐樓頭。輕風任擊簾鉤響，不是郎來不下樓。
此生百念已灰寒，薄倖休疑會合難。賸有丹誠心一點，可憐無計剖君看。

曲房

青桐一樹瘦摇涼，最密簾櫳最後房。細雨暗催眉黛緑，晚風微度鬢花香。悄聞步屧推屏起，略近粧臺觸瑟忙。一種乍嘗驚顫味，清宵歸臥細思量。

釋妬

寒暄數語出金堂，一字無由漏隱腸。越是空來情越好，當時容易轉尋常。

夏詞

綠窗迎夏夾衣更，玉秤稱來並體輕。人笑同心是天定，一回歡喜一回驚。
投我靈瓜美似飴，分明冰雪箇人肌。早知鄭灼然心火，此物清涼可暫醫。
鸚鵡當窗不敢呼，玉鈎響處卷簾無。風前冉冉輕雲影，一幅楊妃出浴圖。
小姑新製碧筩香，彊捉檀奴盡一觴。親剝蓮蓬瑩似玉，背燈佯置鏡臺旁。

秋詞

小病懨懨過暑天，嫩黃姿色謝華鉛。今朝薄傅芙蓉粉，省得郎看瘦可憐。
紅牆綠篠謝孃家，金鳳開齊五色霞。樓角一鈎黃月澹，麻姑爪上看桃花。
洗空脂粉晚粧成，真色看來倍有情。更喜一彎心字月，玉人眉額照秋清。

洞房輕把玉扉推，手握青絲下鏡臺。知爲阿儂生日到，多情先日送花來。

午夢

長日因循候，閑房寂靜時。倦辭樊嫕侍，計遣阿侯嬉。委地垂銀押，當窗隱畫絲。近前來冉冉，卻立故遲遲。佩任湘裠妥，釵從翠鬢欹。蒙茸珍火齊，綽約獻冰肌。側耳風聲過，關心竹影移。喜多翻震蕩，力弱爲驚疑。婉轉花頻就，闌珊蝶已疲。暫推无妄疾，深負有情癡。吃吃思前度，惺惺訂後期。難成偏好夢，惆悵定如斯。

中秋

雀鑪烟穗裊黄昏，月過迴廊乍掩門。蟲覆葉深栖迹穩，蝶藏花小受香溫。風鬟細閃珠燈影，雪腕微霑玉露痕。如此風情如此夜，一回相見一消魂。

縫履

緑華仙履製玲瓏，珍重寒閨妙手功。曉篋豫分金綫碧，夜窗頻剔玉釭紅。迴腸默轉迴鍼處，密意潛含密縷中。著向閑堦須護惜，衹緣縫綴費春葱。

評梅

東閣南枝第一春，阿誰配得藐姑神。無心自譽梅花品，半晌低顔不應人。

雨阻

黄昏獨自下簾櫳，挑盡銀釭不肯紅。有限清歡好時節，可堪抛擲雨聲中。
料卿知我憶卿真，繡被難安轉側身。聽盡漏聲還聽雨，緑窗同是未眠人。
閉户沉沉長緑莎，隔條街巷抵銀河。一宵兩處芭蕉上，不敵相思淚點多。
兼旬梅雨苦如年，霽後晴雲火欲然。雨既阻人晴亦阻，天公難作是情天。
相期隔日到妝臺，苦被金閨女伴猜。如此炎官張火繖，連朝觸熱爲誰來。

書憤寄所思

怕檢羅衣舊日香，怕登樓閣睹斜陽。眼前事事皆堪哭，特借飛花慟一場。

旁撓歡計阻良緣，中道風波豈偶然。我痛世人皆欲殺，不如卿有一人憐。

仙夢

燈昏如夢月沉沉，曲折仙源許恣尋。細草生香迷洞口，片雲含雨閣花陰。搗霜玉杵愁輕重，濯錦銀河試淺深。十二萬年今夕事，一回追憶定霑襟。

絳蠟生珠淚未挑，石雞無奈應春潮。合歡慢揭青綾帳，圓聚從吹紫玉簫。洞草尚含仙露溼，峽花猶帶夢雲搖。風光瞥去饃餬甚，纔著思量似昨朝。

答怨

百尺紅樓一寸誠，願隨飛絮入簷楹。焚山終想求毛女，抱柱何辭作尾生。薄怒音詞深似笑，過防心膽易成驚。佯推故卻應須會，不負初盟肯負情？

附來作

終愁青鳥漏丹誠，莫屢傳書到繡楹。握手尚嫌逾夙分，並頭原約待他生。爲君已致全身病，念我那堪小膽驚。非是受恩翻報怨，祇緣無以止深情。

答羞

千金一刻價無酬，斗帳明姿映燭羞。峽裏雲行原是夢，洞中霜煐不知秋。抱香眠蝶忘朝莫，罥樹飛花惜去留。誰把鴛鴦顛倒配，青天易補恨難休。

附來作

數年幽願一宵酬，及至承恩反覺羞。豆蔻花殘方著露，梧桐葉瘦易驚秋。枕邊密字綢繆印，被底濃香靉靆留。倘作鴛鴦知不易，此生甘死未甘休。

答疑

陽臺聲息誤傳聞，苦寄連波錦字文。蓮座久皈香一瓣，梅花敢議白三分。有星偶近天邊月，爲雨原無峽外雲。溝水東西羞薄倖，錦衾長守卓文君。

附來作

風語華言屬誤聞，忍將私意度雙文。畫圖縱被丹青混，棋局終須白黑分。昔日感郎情似海，今朝疑我薄如雲。妝臺那得秦宫鏡，肝膽分明照與君。

曉妝

水精簾下曉風涼，委地春雲五尺長。容易偷窺殊出浴，最難親見是殘妝。願爲花朵依鬟側，想到釵聲墮枕旁。待與侍兒商略取，紅梳梳下幾絲香。

小字

謝公最小女偏憐，小字呼來定絳仙。一月迴懸珠樹朗，百花都讓玉梅妍。療饑自喜忘并日，消渴何辭爲損年。每向畫眉窗下見，匡廬只在鏡臺前。

排次

姊妹行中最下肩，女兒星次斗牛邊。數來指節螺紋徧，翻到眉圖月暈妍。遼后香詞書宛轉，丁嬢麗曲索纏緜。宋宫謝女原排十，傾國偏推第一仙。

生辰

十日清和未改春，玉厨櫻筍作生辰。問年愁誤波斯女，降日應推洛水神。屈指浣花須下九，當頭弦月尚初旬。金盤香露前朝貯，浴罷如來浴美人。

病悰

得遂幽期病轉深，梅花開日到如今。香盟縱結鴛鴦帶，好夢難温翡翠衾。千尺水深通素札，一重山遠隔羅襟。料無靈藥能醫治，願化西天並命禽。

秋窗

紙閣蘆簾玉放光，朝朝綫帖與鍼箱。腰間歡喜潛鬆帶，骨裏鮮妍任毁粧。畫檻凭時禽注眼，繡鞵行處蝶隨香。太真瘦了春風面，一種秋魂化海棠。

佳人

玉梅花下訪雲窩，坐對春山蹙翠蛾。幽暗房櫳聽雨久，暖香屏障避風多。論詩反索郎吟絮，作計閑教婢補蘿。蹤蹟自疎情自密，趁人回首注嬌波。

妬阻

妬眼如叢集滿身，祇容相見罷相親。私書拌滅懷中字，幽恨難瞞鏡裏顰。豆蔻含苞香觸手，櫻桃垂熟味霑唇。當初只道尋常事，猶苦消魂未得真。

幽窗紀事

洞房清晝似黄昏，卻下重簾掩上門。威閃星眸含薄怒，妬傳風語表深恩。鬢梢花朵防欹側，舌本茶香恣吐吞。容易鈴聲驚蛺蝶，已消孤悶未消魂。

記言

膽孃小膽卻多情，鸚鵡纔呼便喫驚。錯過今生好時節，泥人苦苦訂來生。

今生也算宿緣深，花縱分枝卻一心。倘作人間真伉儷，相憐轉恐不如今。

春雨代所思書悶

藍橋咫尺水盈盈，錯過花朝月又明。如此相思容易老，一生幾度見雲英。

夢隔心懸又十朝，緣窗風雨坐無聊。九天屈注銀灣水，那得憑空現鵲橋。

悶掩窗紗盼曉晴，幾回錯認畫簾聲。玉階細數沈沈滴，怨了東風怨薄情。

泣別

屢揀行期未有期，者番不道果臨歧。縱教齧臂堅盟約，無奈驚心重別離。蘭弱詎能勝遠道，橘移還恐變芳姿。一尊拌醉花前死，魂魄隨卿好護持。

寧教生死隔幽關，遠別情懷較死難。人到去時看越好，淚無揮處忍尤酸。卽防永訣誠多慮，聊訂前期强自寬。留得兩身顩頷在，相思衹隔路漫漫。

媪鬟催送上屏軒，折向空房又幾番。十步九回猶道速，一辭千囑未嫌煩。鬟梢花朵從欹墮，奩側緘書任亂翻。最是關心裠帶繫，玉郎親贈别時言。

深閨從未涉關河，送上扁舟恨若何。忍淚翻將詞勸慰，耐心須保體安和。相看每覺消魂盡，屢見原愁折福多。暫别留些緣分在，鏡臺佗日細消磨。

箇人生日

紅藥年時照綺寮，箇人生日是今朝。留賓每取頭綱試，拜佛親將意可燒。蘿屋補苴原不易，蘭閨行役太無聊。重來響屧迴廊下，竹影禽聲總寂寥。

舟夜

尋常小别上蘭舟，回首山城見玉樓。今夕依然開畫槳，前行不覺過芳洲。如何枕上醒孤夢，翻憶閨中作遠遊。聽盡船頭風與水，緑波東下淚西流。

小别

送遠悲猶在，離情此又并。暫迷三里霧，如隔一重城。密意傳眸子，歸期訂尾生。臨行手三反，知我定知卿。

如約誌喜

臨行堅說莫歸遲，只許匆匆半月離。不道芳心偏記得，果然不負玉郎期。
爲探消息過卿居，果見明粧出綺疏。衆裏相逢先問訊，别時清恙近何如。
守約如山定不更，玉蟾三五證前盟。笑郎枉抱癡情在，準備橋頭作尾生。
别不多時話已多，香肩斜倚注横波。問郎佗日天涯去，儻負歸期待若何。

病起

一番偎傍一淒其，若箇深恩得似伊。憐我病餘宜自愛，怕儂情重轉相離。無由湯藥親身奉，只是衾裯徹夜思。見面但知郎瘦了，爲郎消瘦卻誰知。

妄語

綠窗癡語太無聊，妄想重生比玉簫。便等十年卿穉小，可知雙鬢我飄蕭。浮萍縱記前生準，並蒂終嫌隔世遥。留取悲愁緣分在，且圖一見一魂消。

幽蹤

湘簾窣地護幽房，更借屏山一曲傏。爲□狂心須自斂，漫云私語儘無妨。潛蹤尚恐衣留角，側耳頻猜屧過廊。重揭鏡奩看髩影，黄花手整綠雲傍。

漫把秋花較若何，祇應入月比姮娥。日華映面空脂粉，雲葉裁衣厭綺羅。骨秀未容粗領略，情高常苦費猜摩。今生幸不諧鴛牒，暫遇猶愁折福多。

長恨辭

穠華一樹委千春，頓失蛾眉絶代顰。嘔血但知呼負負，迴身猶想抱真真。温柔儘折三生福，驚恐虚勞十載神。一慟靈牀還未敢，自憐終近薄情人。

病中密誓淚紛紛，細喘如絲語不分。到死未能忘子建，佗生應得配參軍。玉簫果許常爲媵，神女何辭暫化雲。只是費伊方寸血，相如親誄卓文君。

聽到傷心伏枕辭，如何忍得淚千絲。六州已鑄今生錯，萬劫難消此願癡。眼看神娥奔月去，魂愁天女下凡遲。不關貪守重生約，正恐輕生轉負伊。

花香月色舊闌杆，不忍重經況忍看。是我心知天必忌，爲卿淚滴地無乾。渾如夢裏還尋夢，虚被歡稱未盡歡。從此一雙紅豆顆，抛沉碧海恨漫漫。

總悼一首

王夫人與管夫人，湘水神還洛水神。身到碧空齊解脱，手拈紅豆獨酸辛。愁絲日繞詩中絮，淚迹時霑畫裏筠。欲報憐才恩似海，此生情海願沉淪。

閣筆

知音難得況蛾眉，手捧瑶琴謝子期。宋璟怕提梅萼賦，杜陵悲撤海棠詩。抽豪作誄循遺教，分俸營齋託詭辭。我亦憐才非好色，料無人識有天知。

天真閣外集卷六　詩六

無題和蕭百堂

鏡中春浪洗朝霞，抛閃風情與月華。不道負心真似鐵，從來薄命定如花。橋頭誤問巡官卜，江上虛猜估客槎。簾卷西風還悵望，蕭蕭落葉滿天涯。

三年一信盼歸遲，消息傳來總可疑。箏柱忽移哀雁調，釵梁偏罥喜蛛絲。連宵夢好都無準，竟日粧成轉自嗤。小婢不知前計左，只催開鏡畫新眉。

再和百堂

鬟剪湘雲珮紫霞，春風消息露年華。愁來不忍看殘月，癡絶還思葬落花。有器難收傾地水，無程可紀上天槎。姻緣衹好如鴻燕，海北江南各一涯。

果然重到不嫌遲，無奈空言衹益疑。癡願莫真成馬角，愁身早已入蠶絲。强爲排解翻添恨，待覓商量恐受嗤。聽得鄰娃倚夫壻，教依新樣畫娥眉。

帳簷梅花

一重霧縠一重紗，寫出前身萼綠華。畢竟帷中看不見，依然暖玉當梅花。
羅帳春風偷揭開，壽陽粧額尚慵擡。玉鉤掛起分明看，也當巡簷索笑來。

金陵女校書謝玉獨居秋影樓洗粧謝客余與張香嚴秀才訪之煮茗清譚殊有高致王脩微卞玉京一流人也臨别留贈

美人從古怕妝殘，邀寵爭妍到此難。要卜傾心誰妾愛，獨將真色與人看。輕身祇恐奔歸月，清氣偏宜坐近蘭。我有無窮天壤恨，爲卿鴛牒也心寒。

咏美人屧上絮

托迹紅幫繡綫邊，步來香土欲成蓮。此生不作沾泥相，慧業能參白足禪。

感蝶

莊周幻夢爲蝴蝶，畢竟風流夢是空。爭似青陵臺下魄，一生酣夢萬花中。

美人初度

如君竟體似芳蓮，生在蓮花一日前。詩主性靈空倚傍，情緣洒脱愈纏綿。巧思幾越銀河界，好夢常依璧月邊。繡佛燈明齊下拜，比肩人恰是同年。

有悼

優曇鉢裏現芳華，秀在丰神慧齒牙。吟雪尚留新起草，清霜偏折未開花。認來小影烟如玉，歸去秋魂月是家。身到銀河休悵恨，依然完得一匏瓜。

折桂寄人

碾金爲雪鑄秋芳，合助瑶臺素女粧。此是蟾宫親折得，滿身風露尚天香。

一笑

滿身花片打漁郎，贏得樓頭一笑償。豈是裂繒能博取，若爲射雉始酬將。漫誇城北徐公美，早識街西小杜狂。卻顧五陵裘馬客，千金猶自費商量。

戲凌客

聲價空論十斛珠，羊車竟自返璠瑜。花飛尚作隨風颭，鶯去猶聞隔谷呼。叔寶衹應爲小友，仲卿原不是人奴。鍾情自古招閑妬，團扇風流一例無。

雜事

閣翠燈紅酒似潮，人間第一可憐宵。綠熊茵展風都穩，赤鳳車來雪未消。别院簫聲催月上，隔屏香氣雜花飄。蔡經得噉麒麟脯，已是麻姑指爪調。

此中洗面淚痕多，伏枕空持斷袖羅。北地自工操井臼，東屏何敢按笙歌。羊車歷鹿聲初杳，雁柱參差調未知。莫勸春江桃葉渡，真花還恐易摧柯。

留仙褰子石華裾，一種柔情玉有餘。肯負平時酬芍藥，祇宜生日近芙蕖。款賓親設文犀箸，送遠空思小犢車。休抱王郎天壤恨，琴心未必遇相如。

綠紗窗緊掩罘罳，肯放輕風透一絲。微笑豈因茶潑後，不言常似扇障時。貪看花影吹燈早，愛受蘭熏出浴遲。未必長卿真病輭，强邀纖玉爲扶持。

玉映

水様簾櫳玉放光，語香未了雜花香。竟邀映柱來窺伺，恰喜斜門得掩藏。歸去忽移青雀舫，重逢剛在碧雞坊。匆匆一笑天台路，知爲劉郎爲阮郎。

花醼

仙手調羹巧，香涵玉盌春。妙來無過熟，鮮極自生新。座各貪嘗飽，歸猶樂道津。嘉肴盡佳果，花醼謝花神。

花燭辭調張子和比部納姬姬靜海人

剪錦爲帆桂作橈，渡江桃葉自吹簫。儂家丁字沽邊住，生小垂楊鬬細腰。
銀燭生花漾翠屏，桃枝扇底玉瓏玲。一雙同應天邊宿，郎是郎官妾小星。
五更紞鼓聽鼕鼕，熏罷朝衣宿火紅。獨抱雲窩貪美睡，賣花聲過小胡同。
紅條三尺署銜頭，新拜都官屬小秋。左畫蛾眉右書判，果然張敞最風流。

蕊宮花史圖并序

柔兆執徐之歲，百花生日，宛仙夫人招集女史十二人，宴於蘊玉樓，謀作雅集圖，以傳久遠。患其時世粧也，爰選古名姬，按月爲花史：以江采蘋愛梅，梅花屬焉；蘭有謝庭之說，以屬道蘊；梨花本楊基『蛾眉澹掃』之句，以虢國當之；牡丹有一捻紅，本以太真得名；榴花屬潘夫人，爲處環榴臺也；西子有采香涇，蓮花系之；秋海棠名思婦花，開於巧月，採蘇蕙若蘭故事牽合之；麗華有嫦娥之稱，以之司桂；賈佩蘭飲菊酒駐顔，宜令主菊；芙蓉稱蜀主，錦城最盛，故屬花蘂夫人；惟子月山茶絶少典要，以袁寶兒爲司花女，屬焉；水仙則凌波仙子，盈盈微步，其洛神乎。分隸既定，作十二圖，各拈得之。自正月至十二月，爲謝翠霞、屈宛仙、言彩鳳、鮑遵古、屈宛清、葉茗芳、李餐花、歸佩珊、趙若冰、蔣蜀馨、陶菱卿、席佩蘭，長幼間出，不以齒也。爰命畫工以古之裝寫今之貌，號《蕊宫花史圖》。兩易寒暑乃成。重集畫中人，置酒相祝，命余題詩以紀其事。

非非妄想入諸天，管領羣芳合衆仙。按月不關分甲乙，愛花原各種因緣。九霄或有真靈在，萬事都從傳會傳。比作詩家操選例，六朝唐宋一齊編。

十二釵痕十二闌，萬花深處珮珊珊。改除時世梳粧儉，脩到神仙眷屬難。點筆盡驚傾國豔，披圖還認合家歡。美人本是花真影，只當宣和畫譜看。

玉樓張出朵雲新，占斷瑶臺四序春。仙樹參差寒燠候，神光離合古今人。好花難得同生日，明月須知有化身。留取埽眉真姓氏，後人應又託傳神。

蕊珠宫殿月茫茫，我道分明卽故鄉。花裏便爲仙世界，雲邊堪想古衣裳。衆香國煖春常笑，羣玉山高夜放光。願得畫中人不老，年年只作畫中粧。

雜紀

昨夜簾櫳事渺茫，花前贏得客清狂。聽歌誤認回心院，映燭貪看半面粧。簫史慢圖聲引鳳，相如空奏曲求凰。玉纖剝取青蓮子，別想人間擲果郎。

仙人畫舫列瑤京，漢使乘槎犯太清。相背已嫌如蒯徹，平看竟自學劉楨。未妨惆悵原無益，少得團圞便有情。不道微波萍末起，菱枝柔弱晚風傾。

觴政清嚴石尉行，分曹射覆太縱横。借花獻佛開瓊閣，將酒驕人鬭玉觥。幸喜聞名知小宋，密教不飲救公榮。憐才自是傾城意，恩怨何勞着眼明。

歸去銅龍咽漏遲，歡孃偏唱惱公詩。盛名早慕羅昭諫，狂態寧嗤杜牧之。竹葉翻時鸞獨宿，桐花落處鳳相思。鄂君繡被香熏久，心悦夫君卻未知。

詠美人所製楊妃舌用梅汁搗餹霜裹玫瑰瓣爲之取其形似也

薄似銀簧炙乍清，小紅尖瓣本生成。自從香口親題後，應笑江瑤浪得名。

西施舌好味嫌腥，新剝雞頭肉比馨。一種妙蓮花氣息，是曾親口授心經。

一捻分明玉手將，宛然檀口吐丁香。天生慧舌工翻案，不是楊梅强屬楊。

清品須陪雀舌茶，如酥滑膩欲膠牙。三郎見此應微笑，親喚玫瑰解語花。
入口甘酸滿上池，芳津直許透詩脾。華清當日真滋味，只有寧王玉笛知。
紅得嬌柔嚼未堪，香如雞舌帶微甘。恰宜小病貪酸日，一點櫻桃細細含。

李松雲陳雲伯郭頻伽諸君各以蕊宫花史圖題辭見寄戲書其後

碧城十二幻諸天，吳下因緣越水傳。豈有神人真示影，本來姊妹慣隨肩。司花故事原應女，脱草新詩果似仙。傳到蕊宫香口讀，一時紅紫盡嫣然。

疊韻簡顧虹橋秀才

一紙瑤章奏綠天，花臺詩史早分傳。虎頭筆果工添頰，蟾影圖真夫人小影，君曾以索題合比肩。清福自來關智慧，奇才方許賦神仙。眉山疊韻還能否，更博羣芳一囅然。

虹橋疊韻見示以不得見圖中人爲辭余請以蓮花代之

曾埽瑤臺隸洞天，才名誤被十洲傳。敢教王遠嗔搔背，偶得洪崖戲拍肩。迦葉悟時心卽佛，藕花香處影皆仙。何須親見凌波影，身到銀塘定宛然。

陽羨寒辭和張椒卿

綠波紅舫即天台，花不知名爛漫開。我比劉晨更無賴，此番瞞過阮郎來。時在阮昉巖師署。

輕衫如水剪柔藍，占得烟波玉女潭。自受東風披拂後，桃花紅煞小城南。

清脆鄉音略帶蘇，七條絃上住羅敷。望仙橋北垂楊路，認得當鑪翠袖無。沈四，常熟酒家女，聲色爲諸伎之冠。

解畫開元桂葉蛾，能酬主簿定情歌。尋常一朵紅蘭影，已勝粗桃俗李多。

張緒依依最少年，墨花狂汚薛濤箋。風情恰似靈和柳，搖曳輕寒二月天。

杜牧尋芳歲宴時，柔情消得鬢如絲。秋墳欲喚陳髯起，重唱迦陵絶妙詞。

從張椒卿問沈四消息

明知相見原無謂，消息尋來卻甚真。漫向謝三呼四字，謝三孃不識四字，宋時謠也。只將蘇小問鄉親。桃花那記春前度，萍葉原爲絮後身。別有關心忘不得，莫猜渠是意中人。

松陵有舊家子賣笑以養親孫子憫其志爲成四詩

上弦月出兩頭纖，雙笑花枝揭畫簾。不似小家拘束態，自然通脱自矜嚴。
酒龍喝月笑如雷，贏得桃花上玉腮。生小頌椒吟絮手，紅酥渾未慣行杯。
滎陽第宅舊平泉，券寫簪花記昔年。莫話東山絲竹事，惹儂雙淚落尊前。
博錢酒券替親償，燕玉還求煐老方。儂自白華親潔養，任人調笑野鴛鴦。

豔體聯句

楚地人雙豔子瀟，盧家燕並棲。恰當春煐熱凌客，轉憶夜淒迷。剗韤驚初見子瀟，傾襟語尚低。肌凝姑射比凌客，眉蹙女峰齊。笑索香蘭媚子瀟，閑貪杜若擕。神光離與合凌客，仙手挈還提。密誓膚親掐子瀟，犓才眼得鎞。心知圓有鏡凌客，身願捏成泥。咫尺紅樓近子瀟，尋常素簡稽。每偏恩雨露凌客，許吐氣虹霓。豆顆相思種子瀟，花名遠志題。浮雲指直北凌客，弱水溯流西。濁質慚晨肇子瀟，清狂稱阮嵇。來占乾鵲噪凌客，靜惱乳鴉啼。隱語芙蓉妙子瀟，新詞芍藥詆。折茗留翡翠凌客，攀樹引蝤蠐。小字唐宫顯子瀟，哀絃蜀國悽。窗幽飛野馬凌客，房暗鎮文犀。怕聽風聞撰子瀟，虚傳海誓齎。紙空猜鯽墨凌客，分阻奪鸞飽。偷祝坤靈扇子瀟，佯扶月窟梯。問桃酸自釀凌客，圍棘苦難栖。詩繡羅巾幅子瀟，書緘絳箧綈。畫圖纔仿佛凌客，琴調是端倪。美疢求丹鼎子瀟，芳年想玉笄。喜蛛絲網盒凌客，威鳳羽裁袿。寫竹鈐螭印子瀟，團香剔麝臍。性靈魚縱壑凌客，踪跡鹿循蹊。要訂三生石子瀟，休虞百丈溪。秋情枯瘦柳凌客，宵夢握柔荑。栩栩園迷蝶子瀟，膠膠枕報雞。聯函千萬語凌客，無路達瓊閨子瀟。

有女郎臨死自焚其詩稿者

一方紅淚滴瓊瑰，拚把生香换死灰。留下人間誰解讀，除非儂再返魂來。
爐灰撥盡尚沉吟，身死何須要賞音。還恨有情偷記去，無從灰得此人心。

贈秀卿

鎖斷瓊樓與赤城，求漿只合問雲英。呼來小字珠無價，聽到新歌月有聲。細搦豐肌容瘦削，偶妝憨態越聰明。寒宵稱意熏爐畔，笑看雙烟一氣生。
低窗窄檻易黄昏，湯沸茶爐瑞霧噴。寂静互傳眉角語，清寒頻度指尖溫。人疑胡蝶依依夢，春逗梅花淺淺痕。坐到月華如雪滿，若吹銀燭更消魂。
瑤臺飛下玉無塵，天與寒梅作替身。姑射肌膚原處子，孤山婚嫁待詩人。細論心曲宜長夜，親說年庚恰嫩春。怪底生香香不斷，百花生日是生辰。

屈指春光到畫闌，玉郎車馬上長安。歸期縱説相逢早，隔歲先愁欲別難。夢雨願隨行李去，淚珠偷共燭花彈。才人標格知多少，不似伊家耐細看。

爲蘭風題天上人間圖卽以誌別

聘玉盟虚玉化烟，生天小像寫嬋娟。儂心別有蘭香影，知在華鬘第幾天。
何必仙山縹緲踪，人間樓閣怕雲封。只消一片桃花紙，便隔人天萬萬重。
索性神娥化玉京，磨刀割斷藕絲情。如何同在人間住，拚得參商過一生。
就使飛身入廣寒，常娥還許夜深看。卿家更在青天上，要把瑠璃揭去難。
借君圖畫寫儂詩，各種情天各樣辭。亦有天台同夢處，殺花聲裏呪相思。
碧浪紅槎事渺冥，楊花未必見浮萍。分明掌上珍珠顆，何處天宫作小星。
春明好夢易蹉跎，掣淚同聽小玉歌。他日霓裳天寶曲，又添公案一重多。

贈初蓉

澹雲微雨日西斜，細語輕憐隔淺紗。簾影低迷妨燕子，衣香清遠襲梅花。洛靈久斷黄初夢，漢使難通碧落槎。只當忘年真小友，出門動卽到君家。

玉梅花下寫朝雲，更比梅花瘦幾分。儘許眉間傳月彩，難從骨裏繪蘭芬。高情未稱金泥屋，真色惟應雪浣裠。俗眼但知濃豔好，相如羞對卓文君。

題謝孃秋影照

謝名玉，所居秋影樓，卽以爲字。乾隆庚子、甲辰，江左兩攀翠華，目不覩荒歉，耳不聞金革，風氣日競華豔，而金陵爲尤。曲中有名者，指不可屈，秋影獨浣妝謝客，以自高聲價，爲隨園先生所賞，一時名士翕然譽之。先生死，秋孃亦老矣。同年陸甫元中翰沅藏其舊影，屬題。展北里之臙脂，撾西州之馬策，爲書三絶句。憶謝耶？弔袁耶？有心人自能辨之。

心多力弱篆烟微，隔着天河見影稀。柳絮無情偏有福，因風還向謝家飛。

一重香霧百重門，月過閑堦不記痕。落盡桐華深院鎖，爲誰風露立黃昏。

秦淮昔夢散如塵，太傅池臺宿草新。我是東山舊賓客，可堪重對卷中人。

滬城花事絶句

千叢玉樹萬叢蘭，曲折紅橋四百欄。不是道人騎鶴去，也應迷路出花難。

桂葉雙眉秀絶塵，飛觴喝月鬬千巡。彥冋枉殺髯如戟，沉醉東風讓太真。秀真色藝雙妙，尤豪於飲，褚文洲負孔思遠之量，見而拜倒。

仙吏栽花繡滿園，風前唱煞護花幡。一枝偏賞瓊林樹，聽報沿街女狀元。萬廉山大令承紀製《護花幡》傳奇，遍賞曲中，以玉林爲冠，一時有狀元之稱。

士龍才思枉如龍，拋得明珠墮海中。虧我摩抄雙醉眼，親擒明月水晶宮。去歲陸祁生寄書，豔稱擎珠第一，今來祁生已歸，囑七香、遠峰招致之。

俞生絶調太縱横，不數杭州蘇老兵。博得如皋輕一笑，當筵親拜女門生。陳淑娟，如皋人，工絃索，頗高聲價。曾於席上聽俞春浦琵琶，乞爲弟子。

調鉛殺粉寫珠孃，誰似華亭改七香。喜字親書三十六，他生脩作紫鴛鴦。改琦字七香，工畫美人，出仇寔父上。所識四喜，有玉簫之約。

老我清狂杜牧之，紫雲吹散海棠絲。東風牽惹閒枝葉，又值傷春病酒時。兩年前，有秀芝者傾心於余，爲東諸侯劫去。今來滬城，見其妹玉芝，爲之愴然。

酒龍意氣顛如雷，一飲直須三百杯。孤山處士果癡絶，醉插金英當玉梅。金寶亦曲中著聲者，遠峰最賞之。

香海花天酒滿池，鐵公繞指化柔絲。玉皇勅賜雙飛寺，醉殺偎紅倚翠師。鐵舟僧寓南園，工書畫，能歌小令，酒場無鐵公不歡也。

鳳尾紅雲海上開，連宵清夢宴瑶臺。黑風吹墮生羅刹，也有消魂李赤來。爲夫己氏作。

小隊羊車窄袖身，銀燈照耀玉精神。張家世有蓮花貌，也入花叢鬭早春。張氏子名湘春者，風致絶韻，諸公宴賞必及焉。

小部霓裳舞柘枝，春燈斜映斷紅姿。替他小史然眉急，偏是英雄李藥師。慶升部小伶鶴松，味莊觀察所賞，演燈劇火然其眉，公爲之疾呼。

重來

重來碧玉舊情人，認取燈前窈窕身。百媚生成無若秀，七情流露莫如真。眼波能剪魂搖水，肌雪全消酒入春。應笑桃花未開日，何曾洞口見劉晨。

湘簾高揭字如丁，認得秦樓小鳳翎。十索歌成嫌夜促，四絃彈徹當秋聽。偶提往事顏微赤，偏遇才人眼最青。珍重海棠休易落，楊花猶得化浮萍。

爲子和姬人題圖扇

皎潔齊紈妙剪裁，畫眉窗下影徘徊。分明一箇天邊月，偏落嫦娥素手來。

洞房秋暖不知寒，莫取班姬古傳看。自製合歡新樣子，更無一日不團圞。

石闌點筆稱題詩，樹底輕涼拂面時。誰唱畫屏團扇曲，侍兒猶是謝芳姿。

歌女

一曲檀槽語若絲，十三年紀太嬌癡。分明不解人情思，也有千攔百就時。

戲贈羅仙

人前絶不避嫌猜，身似飛花墮我懷。底事昨宵燈暗後，隔筵伸過鳳頭鞵。
春浮香雨灑曼陀，一寸横波抵愛河。不是散花天女使，如何能起病維摩。
硯匣濃香拂翠裾，泥金扇索瘦金書。迴身又掣宣毫去，憶着相如病未除。
推去偏來近又離，摘花擒蝶戲難支。無端誤觸歡孃惱，翻得温存爾許時。

懊儂

懊惱傳呼老畫師，生綃苦要寫芳姿。低頭已怕窗光逼，對面偏逢筆性遲。何惜天人留本相，恐勞塵世惹相思。切休刻畫西家貌，暗屬當筵顧凱之。

羅浮

羅浮山頂有飛仙，不就梅花不肯眠。雙眼防教禪欲破，一生喜與俗無緣。沉機翻覺情懷澹，薄怒偏增意態妍。閑對春風成一笑，儘人評泊恣人憐。

送菘疇歸

一丸冷月片帆開，無計留君且送回。明日紫荆花樹下，有人還望折花來。

贈別羅仙

安榴花映淚斑紅，別緒都含不語中。佛願縱慳成並蒂，仙蹤何苦類飄蓬。掐膚淒切盟沉水，捉臂矜持護守宫。金鎖暫籠么鳳去，此生心已掛梧桐。

囑郎珍重要郎安，收拾啼顔强作歡。新月儘留圓後想，好花尤耐別時看。傷心且説相逢易，行跡終愁自定難。玉手親除金纏臂，願天重與鑄團圞。

暫時小别尚縈牽，况是分飛各一天。流水倘然終不返，浮雲何似竟無緣。香濃自古留難久，夢好從來續未全。贈我青絲纔一綹，如何穿盡淚珠圓。

同心穩抱此情芽，緣到春深會發葩。大海有時逢斷梗，小星甘自守匏瓜。果營金屋先量地，若到銀河定有槎。手寫紅箋教記取，碧桃花塢第三家。

別有所贈

四條絃索酒雙尊，記得離筵月一痕。今夜綠紗窗外雨，又因桃葉念桃根。枇杷花裏小門關，金鴨香消玉柱閒。纔是卸頭鴛枕畔，無聊擁背話虞山。

贈徐雪園女史

虹橋西去謝孃家，舊有才名出絳紗。頻典荊釵酬藥物，自闗茅屋種梅花。綵毫得意能消福，玉佩當心最辟邪。寄語江東徐小淑，清琴好好伴秦嘉。

雨中同菘疇小霞泛舟至羅仙家送春

湖山如夢雨如塵，道是尋春卻送春。畫漿雙枝天上水，紅樓一角意中人。難遮去路惟青草，不定來蹤是緑蘋。究竟爲誰惆悵煞，閑愁纔洗又重新。

立秋日得羅仙問

青鳥殷勤下碧城，藍橋重許見雲英。書隨梧葉先秋至，人比荷花隔水迎。百恨盡抛雲外釋，雙眸豫洗月邊明。卻愁好事臨期阻，抱柱依然作尾生。

喜羅仙至

桃根持楫渡江來，匳具親攜玉鏡臺。小别丰容看較瘦，浪傳情事見先猜。微聞密坐芝蘭息，細驗重襟豆蔻胎。整掠雲鬟照秋水，蓮花羞對妙鬘開。

供蘭圖

三生公案證幽蘭，珍重殊香白玉闌。除卻此花無當意，春風笑折一枝看。膽缾欲插費商量，愛好天生事審詳。位置一花非草草，才人文筆佛心腸。

水軒紀事

銀塘急雨響颼颼，水濺荷衣萬葉愁。一朵玉蓮波上立，天風吹殺不低頭。

憐卿消瘦惜卿貧，肺腑深譚字字真。卻被芳心成一笑，始知洗耳有高人。

悔恨詞

無端打鴨誤驚鴛，竟作孤飛綵鳳騫。西子難追乘月艇，東君空豎護花幡。情緣過愛翻成悔，事爲沈幾易受冤。此夕秋燈風露裏，誰憐顛頷病文園。

一紙相思兩鬢絲，渡江桃葉竟無期。薄言縱使逢卿怒，消息終應寄我知。猶恐再圓仍易缺，果然重到不嫌遲。崔徽圖畫分明在，癡把銀釭照幾時。

重九即事

相逢巾帔喜飄揚，雙鬢寒花滿屋香。細雨幽窗低語處，人生能得幾重陽。

歸舟

艫枝搖出荻花灣，隱約船頭露翠鬟。料得箇人鴛枕上，夢魂先我到虞山。

金鳳曲爲周生菘疇作

迷香小洞曲瓏玲，衣染幽蘭葉葉馨。脩到今生兼福慧，親題詩上照春屏。乍抛眉眼整雲翹，顧曲心魂已暗消。不索泉邱帷幕聘，只圖夫壻會吹簫。手拈紅豆記琵琶，的的親封捉臂紗。儂自願栖金井樹，不知郎可是桐花。雙飛心事比鴛鴦，誰改嬰蘭小字香。怕聽躍龍宫裏曲，九華深帳貯歸郎。果然公瑾似醇醪，情比秋江八月濤。學賦梅花篇未了，又彈清淚賦離騷。

戲集唐句

抱膝燈前影伴身白居易，少年曾遇洛川神韋莊。相逢相失還如夢元稹，傾國傾城不在人唐彦謙。更被東風勸惆悵吴融，静留遲日學因循張佖。須知此恨消難得温庭筠，豆蔻花紅十二春。

溫夢

高唐原是夢生涯，綠水紅樓第四家。北地臙脂中婦豔，南朝玉樹後庭花。漁郎潛混秦人服，織女偷邀漢使槎。驚覺風流真一霎，惱佗鸚鵡喚煎茶。

重次前韻

洞門回首即天涯，碧樹深藏碧玉家。三度事成三夜夢，一番寒減一分花。頻來得似穿簾燕，欲近難如上水槎。賸有顧儂心迹在，玉纖親賜鳳團茶。

黄花比瘦圖友人屬題亡姬照

栴檀風裏散雲英，薄命黄花悟此生。願作鴛鴦難比翼，怕聞鸚鵡尚呼名。玉簫舊譜盟猶在，錦瑟華年續未成。借取斷腸詩一句，紅兒小照雪兒情。

簾卷西風蝶夢孤，瘦秋人已化曼殊。難求粱革回生藥，祇賸崔徽臥病圖。蠹帙縱横籤罷整，象牀零落簟空鋪。髯翁手製朝雲偈，一字分明一淚珠。

謝雪卿挽辭錢子霞姬人

逝水年華悼總笄，雪堂前夢太淒迷。生憎點點因風絮，纔上梅花便墮泥。
芳姿格韻本如仙，了卻春痕玉化烟。手把定情團扇子，九原辛苦尚流連。
晴雪難留短命身，秋風訣別太酸辛。要郎記得營齋日，每到生辰是忌辰。
我有傷心不可言，年年腸斷木犀天。借他溼翠啼紅恨，自證幽蘭院裏禪。

紀遇

綠梅花下記調笙，有箇人人酷似卿。天分不關儀彷彿，風神都在思聰明。回眸宛爾偷成笑，熟視幾乎錯喚名。愧我閒情如薤草，春風纔到又重生。

醉贈

皋橋西去美人家，絕世聰明沈婺華。消瘦身材宜倚竹，玲瓏指爪擅簪花。雙聲叫出雌雄鳳，兩頰烘成早莫霞。我醉欲歸歸未得，任他急雨灑窗紗。

秦淮秋夢録

秦淮秋夢録

序

盈盈一水，秦淮安織女之居；　杳杳三秋，奎宿啟文昌之府。將搴芳於舊院，東西樓翠繞紅圍；　看角藝於當場，上下江珠聯璧合。板橋月旦，知文戰有外篇；　水榭風流，悅傾城惟名士。則有枕流公子，七絃和錦繡之胷；　打槳名姬，三泖瀹玲瓏之性。始因賃廡，一笑簾前；　繼遂移巢，比肩樓上。花雙身而並蒂，宵一刻以千金。蓮子裹巾，擲作定情之果；　蔗漿沖酒，斟成合巹之杯。朝復暮暮復朝，雲雨戀楚王之夢；　我憐卿卿憐我，溫柔老漢帝之鄉。況乃絶世丰姿，芙蓉三變；　可人標格，楊柳初眠。烟草同心，許口脂之暗接；　冰紈障面，求手跡之親題。祝魚尾之燒成，石榴裠換；　識鼇頭之折早，金粟毬分。骨虎魄以能鳴，心鹿盧而善轉。仙人洞祕，愛他阮肇頻來；　幕府筵開，妒煞天游真箇。無何槐忙倏忽，慘贈將離；　藕折須臾，悲纏夜合。柔眸遠望，冰紋欄便是銀河；　皓腕難招，之字帆催流鉛淚。人比黃花還瘦，憔顇堪憐；　自拈紅豆相思，低徊欲絶。于是蕩春心之脈脈，寫秋夢之茫茫。本事詩字字傳神，横雲曲篇篇入妙。香生九竅，銷魂别有奇香；　豔動七情，觸目都成絶豔。杜樊川秋娘詠，遜此清新；　白江州商婦行，同其悽惋。嗟乎，魚非比目，愛河那許同游；　樹即連枝，慧劍終須截斷。屈正則之芳草，半是寓言；陶淵明之閑情，豈真好色。伎誇謇姐，修牋何損繁欽；懽結宓妃，作賦適傳曹植。昔既然矣，今何異乎。凡物不平則鳴，吾人因寄所託。美人遲暮，不無怨懟之辭；季女斯飢，大約悲哀爲主。令我不能卒讀，欲泣欲歌；知君自有會心，即空即色。見小鬟而下拜，誰憐騷客悲秋；非我輩不鍾情，莫向癡人說夢。乾隆歲在柔兆敦牂涂月上絃，子和張燮題。

柔兆敦牂（丙午，一七八六）

即事二首

紫羅衫子墨羅裠，情思春波態度雲。初度恰當逢七夕，小名端合喚雙文。扇遮額角修蛾見，帶解腰支暗麝聞。半晌座中無一語，眼光何處不看君。

密空相邀意倍親，低窗窄檻最藏春。薰香荀令真名士，滌器文君是慧人。暗嚼蔗漿沖酒味，細排瓜子記杯巡。坐中若箇消魂最，早被芳心認得真。

何夕

酒闌人散獨盤桓，重剔銀燈一晌看。皓腕圓搓紅玉軟，明眸細剪碧波寒。心當醉後狂何惜，魂到銷時病亦拚。欲抱朝雲花底宿，不知芳意可留歡。

斜背燈光笑眼通，抱衾先自付薰籠。凝酥略露珠衫薄，暗麝徵聞繡帶鬆。出浴卸粧真草草，下帷滅燭太匆匆。朦朧今夕知何夕，多恐巫雲是夢中。

題壁

楊柳門庭鮮客敲，綠窗多是赤欄包。瓌瓏水閣鴛鴦社，窈窕雲廊翡翠巢。日出新粧窺鏡底，夜深私語聽花梢。自矜方朔偷桃熟，錯走何愁小婢嘲。

水窗

嫣然悄立水窗前，瘦影臨波更可憐。略示生疎知鄭重，總因嬌惰喜遷延。貪翻睡鴨冰肌冷，戲唼游魚碧唾鮮。贏得兩河狂客眼，隔隄爭繫木蘭船。

題扇次近柳韻

豔即天神慧即仙，心何靈巧舌何妍。閑燒鳳腦娛韓壽，細碾龍團飲玉川。猛雨頻欺風裏絮，慈雲誰拔火中蓮。慢誇瓊樹朝朝見，璧月終須剩一弦。

别緒

斜風細雨又黄昏，放下簾櫳閉卻門。明月照來空有魄，彩雲飛去竟無痕。燭緣淚落光全掩，香爲心焦氣不温。十里秦淮嗚咽水，爲誰恩怨向誰論。

鳥散同枝蝶散羣，西廂何處寄雙文。粧臺翠剩前朝試，繡被香餘昨夜薰。近水有樓偏礙樹，隔花無夢得離雲。從來奇福天皆妬，好事難圓十二分。

客懷

客懷無故着淒涼，斷卻風流斂卻狂。渴覓雉羹嘗苦筍，閑煨鳳炭試甜香。看花草草難當意，吟艸叢叢總斷腸。秋夢欲醒醒未得，碧梧疎影又斜陽。

銀波杳杳月茫茫，花氣偏濃獨客牀。蹤跡自憐蛾赴火，心情真苦蟹將糖。尾生抱柱難開手，羅什吞鍼不刺腸。薄倖聲名冤抑語，那堪閑坐細思量。

戲集王次回句

鬟影鬖鬖髻影低《别自所贈》，見人無計隱殘啼《微詞》。長途願作雲隨夢《别緒》，懽緒今成絮墮泥《車中再贈》。綺語難從開士戒《春閨》，絳仙曾是玉工妻《别夢依依到謝家》。荆王夢境模糊甚《可嘆》，門隔桃溪怕蝶迷《懊離》。

本事詩三十首

費盡揚州十萬錢，二分明月一分圓。銷魂别有桃花路，不是雲間不洞天。時與七齊名者，有阿八、阿九，俱廣陵人，惟七隸雲間。

遠覺衣香近卻無，紗窗蹤跡最模糊。波心偷見驚鴻影，猜是甄妃洛水圖。余初不識七，於水窗一見，遇客則避去，故《醉太平》詞云：『者番我亦魂消，化巫雲去遥。』皆紀寔也。

正月垂楊二月花，解人自省妾年華。不妨識面生疎甚，風範居然是大家。初見客甚落落，叩以姓，答云：『松江王。』問其年，不答，徐云：『二十四矣。』然七私語余，寔祇二十也。

丰姿宜笑態宜嗔，對着愁人韻帶顰。怪底七情都是慧，兒家七七是生辰。以閏七月七日生。

王郎持楫舊風懷，桃葉桃根姊妹偕。卿字桃枝更宜稱，天生便合住秦淮。七系陶氏，歸王後，以姓自字曰桃枝。

仙骨飛來一朵雲，袖中蘭麝不關薰。衣香衹許檀郎嗅，脱與花球衆客分。每日粧竟，衣上繫木樨球數枚，分遺諸客。

碧波紅鯉影雙雙，手弄輕絲倚水窗。誇説鱸魚滋味好，阿儂生小住松江。秦淮多魚，暇輒倚水窗而釣。

泥金扇子乞新題，豆蔻胷前捧硯低。最後數行濃更好，親磨香墨累柔荑。出金扇索詩，余爲題『横雲曲』其上，喜極，每見人輒誇示焉。

瘦腰常妬小鬟肥，倩曳湘裠怕便飛。翻謝子京持半臂，已嫌仙骨壓羅衣。常着單衫，雖晚涼不加，而肌膚溫其如玉。

病瘦非貪馬板腸，萬錢空自付廚娘。天生不食人煙火，蔬筍緣君破例嘗。每食衹讓客，雖精饌未嘗下箸，强之數四，畧食蔬笋而已。

軟角紅芳帶露蒸，茘支聲價合同增。爲卿打槳前打去[一]，秋雨秋風唱采菱。喜食菱，終日賴以當餐。

席間觴政太縱横，琥珀香濃皓腕傾。斟到君前蕉葉淺，又教人説是關情。七嘗語余：『蘇學士能飲三蕉葉，君可一蕉葉耳。』

燭花深綠酒光寒，君罰雙杯妾飲乾。對客怨儂佯作色，背燈私語勸加餐。余每犯觴政，必倩代飲，七亦慨然以爲己任。

酒闌春入四支紅，蘭氣猶聞咳唾中。已是海棠扶不起，故摇花影又東風。偶被酒離生痛哭[二]，盖其自傷身世，美人而有名士風焉，斯亦可詩其志矣。

京兆情深不避嫌，人前强挽玉纖纖。何妨肌肉相溫貼，一點芳心自戒嚴。近柳頗鍾情於七，七亦慧黠，故泥之，然終不及亂。

驚座風流耳不靈，玉人情性最瓏玲。花前故故邀私語，賺得推窗半晌聽。東生重聽，七多方調之。

焚香潑茗鬭清談，此外風情百不諳。博得君懽從客謗，妬儂矜貴笑儂憨。七日契余，客謗沸起，七知之，亦不顧。

羅衾偷放暗香濃，滿眼春嬌睡起慵。昨夜桃花潮有信，人前羞理褥芙蓉。

毁粧驚避淚沾腮，門外鸚哥數遍催。脱下弓鞋煩貯好，莫教雙鳳兩分開。初七日，忽傳飛語，官禁甚嚴，諸姬悉逸去，七臨行留鳳頭鞋一雙。

家常愛着白生綃，腰細難禁一束絛。今日爲君添喜兆，羅裠顔色换夭桃。十五日晚，忽换桃紅裠，叩其故，曰：『君試事畢，妾爲預添喜色耳。』

小病貪眠晝閣深，晚來疎雨作秋陰。夢回不覺寒侵骨，壓體濃香有繡衾。偶中寒臥，七私以重衾覆余體，夢覺而汗，霍然起矣。

樽前脈脈蹙雙蛾，萬唤千呼始一歌。唱到花殘人老句，不知情思向誰多。七不耐歌，彊而後可，然多自傷之詞。『花殘人老』，其最得意句，每歌及此，淚涔涔下矣。

花底簫聲月滿梢，珠喉度曲字推敲。他時追憶如天上，乞授清歌手自鈔。余每學七歌聲，輒不似，因令授數曲，目烏絲欄書之。

休誇聲伎壓崑班，失約尚書亦等閑。想到千金纔一刻，忍分半晌與雙鬟。吳江趙藥亭、史赤霞邀觀女樂於梁家水榭，余以七故不赴。

聽到秋風已斷魂，别離人最怕黄昏。釵金劃盡閑階月，留得相思一寸痕。余每清夜出遊，七劃釵痕記月，以驗遲速之度。臨行之前夕，拔以見贈焉。

雙淚明明兩頰垂，對人懽笑背人悲。生憎帳底窺紅燭，尚結花枝卻爲誰。七問何時行，答以明日。忽捲面笑，舉燭照之，淚痕滿袖矣。

明明璧月已如鈎，白下秋光一片愁。惟有多情數株柳，替人惜別也垂頭。

十二樓中十二宵，一回月上一聲簫。西風吹墮秦淮夢，博得風流話幾條。自廿七日至十七，中多間阻，相聚纔十二日。

愛惜餘香把枕函，手彈紅淚濕青衫。憐他兩點星眸定，看盡離人幾葉帆。十八日午後，始登舟。七送余水窗，涕泗交頤，舟過文德橋，猶見倚檻凝眸，惘然若失。

【校記】

〔一〕『打』字疑誤。

〔二〕此句疑有誤。

十五夜即事

西風吹上木蘭舟，蕩入波心萬頃秋。倚袖家家非舊院，吹簫夜夜似揚州。花枝照徹三千玉，燈火爭輝十二樓。如此繁華如此月，客心祇益故鄉愁。

題畫

樓臺横斷赤城霞，應是仙人碧玉家。一朵芙蓉江上月，和烟和水籠輕紗。

豔體

櫻桃樹底逗風情，偷隔窗紗看箇明。小玉定宜呼小字，雙鬟恰解度雙聲。蘭心更比鸚哥慧，花骨應同燕子輕。爲語梳粧停半晌，亂頭粗服最傾城。

瓊樹新歌

瓊樹新歌

昭陽單閼（癸卯，一七八三）

瓊樹曲

春來十月春易消，花過揚州花不嬌。孤雲飛波太行脊，十分月賸三分白。雪舞梨花鬬月寒，酒闌愁煞江南客。風流宋玉住長沙，作令河陽滿縣花。競說安仁能好士，況逢住客是張華。石家富貴裝金屋，瑇瑁筵鋪錦繡褥。揀得如花三兩枝，箇中有箇人如玉。窄袖輕衫稱短長，何綏新作婦人裝。未掀雲幔先移影，纔出珠簾便送香。燈紅漸淡盃綠淺，有酒頻斟燭頻翦。爭將醉眼盼迴波，博得迴波剛一轉。座中莫禁客狂呼，此刻聞聲咳唾無。幾度停盃寒琥珀，者番擊節碎珊瑚。酒酣若箇銷魂最，不醉不醒昏欲睡。無情輕作有情人，相逢便墮相思淚。重向蘭房索楚雲，挑燈細認石榴裙。春山翠淡相如畫，晚袖香濃荀令熏。酒過百巡燈數換，馬馱殘醉宵分半。月裏人移夢裏來，柔情不逐謌聲斷。一見偏生再見緣，人圓剛值月初圓。朝朝花影移筵上，夜夜花香繞枕邊。寧廢一宵眠，願得伊人憐。寧廢一餐飯，恐見伊人晚。晚食携雲上楚臺，雲容不展雲情嬾。酒欲黏唇唇不黏，綠蒲萄底手纖纖。長齋只許持杯勸，不放脂香透舌尖。奪嬌妒豔同時兩，減短增長難舞掌。陽城人獨惑陽城，爭不風魔到張敞。移床促坐近簾櫳，身置巫山十二峰。雪後不知寒徹骨，月中且喜正朦朧。月圓不可久，花香不常有。早知此日便分襟，悔不當時莫携手。雲髻重梳粉薄勻，小蠻一捻小腰身。總然別緒縈眉鎖，及逞愁容更殢人。月憐將缺雲光掩，花惜將殘風力顫。半規消到不如鈎，一朵分成無數片。前身端合是蓮胎，興慶池頭爛漫栽。天付六郎風格好，重披鶴氅翠裘來。又道臨春嬌恃寵，月宫桂殿恩逾孔。麗華妖血碧凝烟，一枝又長銷魂種。蓮花落盡蓮子稀，舞散嫦娥五色衣。本是同枝今合璧，那堪合璧復分飛。曇花一現如炎蕚，深負君恩妾命薄。賸得儂家柳一枝，靈和殿上魂無着。別離剛值歲寒時，待得春風花信遲。祭酒曲中王紫稼，陳髯詩裏小楊枝。同遊況有蘇門客，曾向碧雞坊落魄。兩般嬌合並携歸，只恨盈盈湘水隔。多情京兆莫多愁，鏡裏花枝水上漚。我醉海棠花下醒，君魂瓊樹樹梢頭。

小伶玉林，晉產也。丰姿綽約，望若藐姑射仙。元默攝提格，余遊上黨，見之長治宋明府席間，纖手侑觴，令人神往。然性傲兀，有大力者欲得之不能。於吾輩獨見傾愛，自是遂數往來，未及月餘，忽爲東諸侯邀去。雖蝤蠐暗齧，曾約重來；而風散彩雲，珠還何日。因囑子瀟作《瓊樹曲》以寄懷，後之覽是詩者，可想見其人于楮墨間耳。子和跋。

懷瓊襍詩

料峭春寒凍柳枝，杏花時節草青遲。眼前事事皆堪哭，特借行人灑別離。
日暮東風挾雨來，落紅如豆點春苔。春花依舊春收去，何似從前莫遣開。

山亦如眉翠鎖尖，傍人啼鳥晝懨懨。一簾疏雨和花落，打濕春愁處處粘。

者番花落太無聊，乍起還眠暮後朝。料得新粧粧鏡裏，臉波横處長春潮。

杏子紅衫織翠裾，深深拜月下階除。垂楊也是銷魂種，裊斷纖腰總不如。

桃花潭水接春潮，緑到垂楊舊板橋。客夢如舟渾不繫，好憑柔櫓一枝摇。

淡烟無跡月無痕，風漾游絲比客魂。收得秋來紅豆子，落花時節種愁根。

遠樹高低緑不匀，魚鱗雲片襯斜曛。山光釀得濃如酒，還比儂情淡幾分。

早憑顔色媚風前，轉眼楊花作雪天。我痛世人皆欲殺，不如卿有一人憐。

簫聲吹暖賣餳天，纔到清明斷紙鳶。水面桃花波底月，從中認取好因緣。

擬把菱花當月明，更臨秋水照空情。憑誰悟出真消息，問取空從何處生。

寸寸相思積日長，殢人眉眼斷人腸。淚如筆畫春前柳，抹卻千行又萬行。

懷瓊九首用青邱梅花詩韻

一枝仙種傍蘭臺，仙吏河陽爛漫栽。名士愛從花下飲，美人剛向月中來。藕彎舒玉題紅葉，蓮瓣藏香印緑苔。今夜爲君輕一笑，三年不放兩眉開。

不是飛仙定謫仙，無雙亭北舊因緣。珠生滄海原由淚，玉種情田易化烟。梅子撚酸經雨後，鸚哥解語背人前。漁郎未識秦時種，强說桃源别有天。

月圓圓上樹梢頭，珠露盈盈帶淚收。紈扇有香緘蓋篋，錦帆無水滯扁舟。風來楊柳千枝活，秋到梧桐萬葉愁。說着別離魂已斷，不如拚作醉鄉游。

窺簾踈影隔簾痕，不及生香小玉溫。燕子飛歸郎去國，杜鵑開遍血成村。鹿邊蕉葉癡人夢，波底桃花倩女魂。浩蕩春光寬似海，東風容易到侯門。

杏子輕衫映守宮，心香憑杖暗香通。愁如山重鸞釵困，夢與雲踈蝶帳空。翠袖暮寒修竹裡，朱顏春老落花中。芳心捲向芭蕉葉，知在紅闌第幾叢。

滚滚香浮紫陌塵，眼中誰是意中人。別離對酒皆成淚，貧病看花不當春。錦帳空雲飛片片，銀釭炎萼剪頻頻。一篇秋水窗前讀，萬事休憑假作真。

天邊一月迥無依，輪與人間絳蠟輝。書借雙魚真不脛，身非么鳳阻于飛。剖開蓮子知心苦，掩過菱花見面稀。好片相思隨逝水〔一〕，瓣紅流出竟忘歸。

麗華身價重昭陽，真箇溫柔別有鄉。諫果入喉方轉味，蘭花離鼻始聞香。百篇李白新詩在，三徑姚黄舊種荒。認得真時真總假，何如鴻爪印玄霜。

憶着新知與舊知，楊花不定冒何枝。燒殘蠟燭條條淚，折斷蓮莖寸寸思。巫峽行雲飛去日，羅浮曉月夢來時。縱橫心緒渾拈出，當取回文數首詩。

【校記】

〔一〕『好』字疑誤。

後瓊樹曲

春色帶人來，人到春無色。人不與春爭，春自爭無力。誰言鶯燕嬌，不如仙樂奏九韶。誰誇楊柳腰，不如張緒姿妖嬈。妖嬈復妖豔，去歲河隔官署見。今年春思撩梅花，一枝又上靈和殿。別樣溫柔別樣妍，紫雲風致泥陳髯。人從別後相悲喜，情到真時各愛憐。春雲漸散月初上，綠水紅蓮嬌舞掌。細眉人對月如眉，天上人間新月兩。暮暮復朝朝，丁香月生梢。京兆風流翻琥珀，參軍俊雅醉葡萄。楚雲忽報蘭臺喚，脈脈情波中目斷。喜鵲朝來報畫簷，綵鸞夜半回銀漢。賓客詼諧笑鬨堂，屢掀雲幔索王郎。關情欲睹全身舞，偷眼纔窺半面粧。回身潛入吹笙院，桂殿麗華新打扮。八字眉分翠兩邊，弓字鞋裝香一瓣。露滴芙蓉粉薄勻，箇儂親爲綰烏雲。善才競進黃金釧，狎客爭持白練裙。新粧已竟催花燭，燭影紅摇衫影綠。頻拍檀槽始出來，乍移蓮步猶羞縮。旖旎風光嬝娜姿，斷腸春色小楊枝。憐卿淺酌還低唱，任爾無情也有思。當場忽地笙歌悄，失卻當筵人窈窕。花深曲折强扶歸，月黑朦朧憑看飽。閉戶重燒絳爐高，倚床細認鄭櫻桃。爭偎玉暖籠香袖，共惜春寒脱錦袍。芳姿生小含蘭澤，怕到人前羞見客。雙彎藕玉半舒明，兩頰桃花輕泛赤。傳呼又上綠莎廳，强送花枝出畫屏。星眼暗擡嬌殢泥，玉肩佯嚲倦娉婷。蓮花漏急催天曙，一派笙歌賓客去。月下潛歸小玉家，花中頃失朝雲處。私語喁喁坐小窗，玉階驚起隔花尨。綠珠潛逸虛金屋，碧玉羞藏撮酒缸。風流畢竟輸仙吏，綺閣重開歌舞地。脈脈春雲態作妍，盈盈秋水情傳意。酒人狂喜主人賢，席上呼來第一仙。翠袖深藏香氣重，碧裙薄污酒痕鮮。移床促坐纖纖綰，脂香滴落紅螺琖。自是佳人窈窕身，非關詞客模糊眼。個裏誰人最賞心，茂先才調舊知名。已拋此夕纏頭錦，更許他年纏臂金。狂呼豪飲銀燈炧，立殺門前欵段馬。疑假疑真醉欲眠，不情不緒慵難捨。歎息花枝委地紅，春光不許玉關通。此時人坐黄昏後，此際魂來夢寐中。欲書花葉傳情愫，恐爾斷腸腸斷句。漫說蛾眉不讓人，蛾眉翻被傍人妬。幸得嫦娥放月圓，重來整理舊花鈿。丁冬佩響依稀聽，子夜歌聲宛轉憐。前番相遇今相識，露洗花枝經拂拭。幾回眉語暗舒青，一座眼光全閃黑。綽約偏生近玉籠，未曾身接已心通。衫如蘋果欺眉綠，粉帶桃花傍酒紅。紅紗掩映蘭膏灼，瘦腰人似芙蓉削。不關奴舞太低佪，祇恐君看嫌約略。銀燭高擎出畫堂，何綏不改婦人粧。金釵已奪花魁首，珠翠空挑玉兩行。暗紅調笑渾無礙，浪拍香肩羞作態。憐卿多福更多情，消受風流吾輩愛。願借宫袍當碧紗，春風護取紫蘭芽。海棠瓊樹皆仙種，一樣收藏兩樣花。

後懷瓊三十首

水岸桃花一樹空，枝頭分作浪頭紅。不關老去銷顔色，簾外春寒昨夜風。

綠窗睡起鬢雲鬆，春思還嫌酒未濃。觸着花香心更亂，倚闌須不爲春慵。

怕見燈花結蕊雙，先將金剪剪銀釭。一枝梅影如人瘦，月帶疎鐘夜到窗。

步月翻疑影是誰，月沈影去悄生悲。窗間銀燭知人意，不待風摇淚已垂。

蘭湯浴罷試羅衣，著拜星光氣力微。兩兩侍兒扶未起，如山愁重不關肥。

去年相別看花廬，又值碧桃開放初。
傳語花枝留半待，昨宵夢得報歸書。

記得桃花映雪膚，今年多病困春臞。
殷勤粧罷逢人問，還與桃花一樣無。

太行高接玉繩低，人在行山西復西。
自是夢魂飛不到，非關曉樹亂鶯嗁。

別君時節緘粧匣，倩作封題小字佳。
爲惜手痕開未得，不惟羞覩合歡釵。

燈花蕊落揀香煤，留掃眉尖置鏡臺。
欲倣春山纖指怯，畫來恐縐綠城堆。

羅衣寬窄稱腰身，上有離時淚點新。
今日著來渾欲褪，悲秋强過又愁春。

玉爐煙煖報香勻，怕說昏黄有夕曛。
望到相逢如望月，者回纔得兩三分。

鐘聲隱隱報黄昏，花返離魂月送痕。
小犬底須空吠影，隔重花不隔重門。

垂簾思月卷簾寒，簾卷簾垂底事難。
欲語恐妨鸚鵡睡，背鐙看影淚偷彈。

亂雲如帶作彎環，一任風吹送不還。
遮卻羣峰無限好，自移新樣學春山。

東風吹暖賣餳天，怨綠愁紅又一年。
春色自歸花自落，斷腸人卻恨嗁鵑。

屏山夢斷臉紅潮，背倚薰籠整翠翹。
燕子不來風雨到，可憐人度可憐宵。

拚將心緒累眉梢，欲寄相思自解嘲。
我似身爲紅豆子，年年秋日被人拋。

睡起飛篷墮玉搔，雲鬟不整豈無膏。
珠簾半卷銀鉤押，羞見墻頭一樹桃。

珠簾初卷玉鉤斜，紅雨和烟委碧紗。
打濕春愁無著處，隨風捲向落來花。

心字烟銷寶鴨香，愁容滿鏡强梳粧。
惜花又怕東風惡，偷隔窗紗看海棠。

一簾花影未分明，幾个參差竹又横。
坐久渾忘春去遠，蟬聲隱約當啼鸎。

半欲醒時半未醒，芭蕉夜雨不堪聽。驚迴萬里尋人夢，只在蕭蕭幾葉青。
睡去衾寒薄似冰，起來衣重弱難勝。眉山兩點無多綠，深鎖愁痕幾萬層。
君上孤舟妾上樓，眼中帆影意中愁。楚江如解相思苦，一夜東風水倒流。
細雨愔愔畫閣深，倚欄無那惜芳心。雙鴛敢怯春泥滑，明日池塘是綠陰。
時禽兩兩樹三三，日上幽窗睡思耽。欲與梅花比貞白，春風吹夢到江南。
一夜春寒繡被添，薰爐慵出玉纖纖。卷簾怕見飛花入，燕子歸來宿畫簷。
淚痕點點上春衫，雲影迢迢認去帆。欲識相思滋味好，解人須不在酸鹹。

天真閣集棄稿

天真閣集棄稿

失題七律四首〔一〕

棗枝盤轉颺飛塵，雲蕊雷書示夙因。素女圖中參冉冉，紫姑乩畔降真真。一雙幻相原無相，十八前身又後身。吹下步虛聲縹緲，幾回癡□月如輪。

香車油壁想轔轔，十里西泠草似茵。松柏同心泉下跡，芙蓉嬌面卷中人。鸞臺乘霧空歌怨，獺髓癡霞別寫真。風月錢塘佳話在，未妨隔世認鄉親。

枉費紅箋百首新，落花難返絳池春。蝶裙碧瘞斑斑血，鴛枕珠飛瑟瑟塵。眉黛未消千古恨，指環空締再生因。仙雲已脱情天劫，何處西廂訪太真。

當年風格比元真，一笠滄浪把釣綸。南國雨雲都入夢，東山高臥自隨身。蟠根仙李原同譜，閬苑桃花又隔塵。十二萬年情世界，碧城公案任翻新。

【校記】

〔一〕此四首見殘稿本卷二十六。

夢至一小樓靈秀迴非人境得花間十四字醒後追憶續成之〔一〕

古翠抱雲雲抱樓，銀河低挂碧簷頭。花間月魄淡將去，水上山痕頹欲流。鶴夢一襟仙露冷，琴鳴萬壑松風秋。佩聲隱約不知處，疑有弄珠人出遊。

【校記】

〔一〕此首見殘稿本卷二十六。

題畫蘭〔一〕

與花寫照悟花禪，幾筆紛披態欲仙。筆外靈機看不盡，瀟湘雲氣洞庭烟。其一

所南一卷擅春風，西谷仙豪亦化工。世愛〔二〕因緣燕姞夢，都歸公案畫禪中。君家舊藏鄭所南畫卷，茲復得文肅畫，是年正月，君兄獲一珠。其四。

【校記】

〔一〕此二首見殘稿本卷二十七。又據小注，此詩當爲人題畫作，然不知何故，而刪去其名，又刪其詩，惟存二首。

〔二〕其旁又有『香祖』二字，當是改而未定。

金陵懷古八首〔一〕

金陵王氣是神京，碧眼親看霸業成。一面東風燒赤壁，半天西日墮烏程。黄旗空造興吴讖，青蓋終羞入洛行。算比曹家差耐久，降幡遲建石頭城。

一龍五馬應謡歌，賴有聞雞客枕戈。天子未嫌稱白版，中原無奈隔黄河。朝供名士談玄慣，家苦纖兒撞壞多。轉眼新亭如洛下，依然荊棘滿銅駝。

龍行虎步豈人臣，五色龍章夢覆身。一起義師成操懿，兩擒天子滅燕秦。射蛇自喜同高祖，偷狗誰知有後人。司馬家兒成例在，東堂東邸總霑巾。

亭亭華蓋宅南桑，生是天公十九郎。首著白紗虚遜讓，身騎赤馬早騰驤。龍兒不愛盤中肉，犬子先遭肘後狼〔二〕。消得金蓮華幾步，樂遊笙管易斜陽。

高臺花雨太繽紛，玉座禪心付夕曛。百萬金錢爭贖帝，一家韜略但能文。搕鹽肉爛人雖快，索蜜聲淒佛不聞。酸絶西陵歌未了，金城回首已煙雲。

瓊枝璧月夜沉沉，江上俄傳鐵騎臨。解事麗華空置膝，求官叔寶本無心。長繩竟引三人上，廣座難爲十客吟。千古秦淮嗚咽水，不應單自怨韓擒。

統接宏農是霸才，楊花落後李花開。九華已放歸山去，一佛誰教出世來。枉負重瞳如項羽，不容鼾睡奈香孩。憑闌天水鱗鱗碧，無限江山事可哀。

宮中紫焰燭黄昏，紅篋謁傳遁鬼門。繼禰出公終遜國，輔臣姬旦自稱尊。早迎代邸真長策，竟削吳封亦寡恩。贏得金川門卒淚〔三〕，新蒲細柳爲招魂。

【校記】

〔一〕此八首見殘稿本卷二十七。

〔二〕此聯旁，又有『酒香濃起宫中市，柳色深藏閲武堂』十四字，當是擬改者。

〔三〕此句，原作『惆悵年年寒食節』，後抹去。

鍾映淵得姬人陳淡宜作刀尺侑觴圖索題戲成四絶句〔一〕

十年不見鍾三老，畫裏須眉□眼明。旁有芙蓉雙頰秀，可嫌平視學劉楨。其一

【校記】

〔一〕此首見殘稿本卷二十七。

陸靜香撫劍談空圖〔一〕

劍本非劍，空亦非空；空中無劍，劍外皆空。憑空說劍，如海寄水；憑劍說空，如石盛水。是智慧故，是煩惱故，是非想非非想故。惟槃陀伽，惟大啖肩，如鉛善割，如濕能燃。咄！是解脫故。匣中

勿作蛟龍嘯，四大虚空自在眠。

【校記】

〔一〕此首見殘稿本卷二十七。

夢遊天姥圖〔一〕

客邸思親客夢孤，白雲横斷翠饃餬。詩魂託與瑶臺月，一夜回風度鏡湖。

夢騎胡蝶勢翩翩，本是前身小謫仙。手攬碧天霞萬丈，朗吟飛上赤城巔。

雲霓明滅路非遐，一笑穠桃萬樹花。卻怪劉郎花下住，但思仙境不思家。原批：三詩不必録稿。

【校記】

〔一〕此三首見殘稿本卷二十七。

失題三首〔一〕

歸去蕊宫珠露冷，碧漢碎摇環佩影。塵寰回首事如煙，聲隱隱，重思省，一片□霞紅不定。留得畫中妝□靚，仙骨果然冰雪映。有人青簟感涼風，燈欲燼，更初静，淚眼手揩重細認。〔二〕

□□菱茯俟閬風，乘鸞仙去□樓空。畫師偏有通神笔，一寸秋波活卷中。

姍姍玉佩寫風神，是也非邪看不真。只當返魂香一縷，綃帷重見李夫人。

【校記】

〔一〕此三首見殘稿本卷三十。又塗抹較多，不能辨識。

〔二〕據此首平仄，當爲《天仙子》詞。

失題五古二首〔一〕

斯人爭望澤，澤果被乎人。如雨行當夏，爲霖沛勝春。墨雲蒸綠野，銀漢瀉蒼旻。大慰丁男願，剛符甲子旬。隴看泥沒踝，畦覺病蘇身。飛綫縈青柳，跳珠濺白蘋。一犁生意足，萬戶嫩涼均。盛世恩膏徧，何論霸者民。

入夏甘霖霈，斯民望澤均。公私歌雨我，霡霂詠風人。奮起神龍力，全消野馬塵。歡聲千戶動，生意一犁匀。臺笠霑都潤，耰鋤力盡陳。未嫌塗足苦，頓慰病畦身。惟此油然作，堪思霸者民。聖朝無破塊，膏雨四時新。

【校記】

〔一〕此二首見殘稿本卷三十。

今昔贅辭〔一〕

惆悵秋花若此妍，霜中偏不受人憐。空林落木蕭蕭夜，幾陣□□綠似煙。其五

又破禪迷結客場，可堪閒坐更思量。匆匆五十年中事，時有落花吹過香。其六

【校記】

〔一〕此二首見殘稿本卷三十。

小雲司馬兄寄示湘煙小錄情文交摯使人不忍卒讀才華衰減勉題四絶以博破涕之笑〔一〕

匆匆小劫散鴛鴦，贏得全家爲斷腸。天遣文章新樣出，班姬史筆傳丁娘。

【校記】

〔一〕此首據《湘煙小錄》補錄。其三首見《天真閣集》卷二十八。

甘州 山居〔一〕

甚仙人削出秀玲瓏，不道是人間。被千巖萬壑，重重鎖住，翠冷蒼寒。一種乾坤清氣，清極竟忘還。太古元非古，只在深山。　三十六峯峯缺，聽半空語笑，飛落銀灣。任閒雲來去，還遜我心閒。況西風、幾多塵客，便夢魂、歸不到煙巒。呼明月，倒隨天影，浸入寒潭。

【校記】

〔一〕此詞據王昶輯《國朝詞綜》二集卷五補録。

題小倉山房斷句〔一〕

黄初詞賦空千古，白下江山送六朝。

【校記】

〔一〕此聯據梁章鉅《楹聯叢話》卷六補録。

聯語〔一〕

天極天工，人極人工，廿四番風信，九十日韶華，還虧一面朱旛，護持著萬紫千紅，願教青帝長爲主；陽司陽令，陰司陰令，七八座亭臺，三百株錦繡，衹借二分明月，掩映得六離五色，只道花神夜出遊。

【校記】

〔一〕此見殘稿本卷二十七。

陸蕙纕小傳〔一〕

蕙纕，名安和，邑諸生陸君秉中女。生而敏慧，有至性。四歲即知讀書，祖西園翁授以《孝經》，至『生民之本』句，泫然曰：『翁老矣，耶僅有兒，女耳！』翁亦爲淚下。及翁歿，哭泣至嘔血。九歲通吟詠，聞同邑屈宛仙夫人有女博士風，遂往執業。夫人授以漢魏六朝諸家詩，輒得神解，字之曰蕙纕，鐫玉印一遺之。性婉順，母呼夫人，翰墨鍼袵，惟夫人教是從。夫人所居韞玉樓，樓中多庋書史，及古碑名畫，蕙纕每過輒累月，因得瀏覽，神悟益開。顧家貧，歸則佐其母紡績澣濯。少暇，輒假書籍，且讀且鈔，卒以勞得疾死，年僅十有五。所爲詩，音情淒惋，惻惻動人，亦間有出世語。自宛仙外，罕有見者。

疾亟時，悉自焚棄曰：『徒以傷親心也。』殁後，家人從篋底檢得集唐詩如干首。宛仙爲余述之，屬爲傳其梗槩如此。原批：一小閨女耳，敘得雅潔，無明人佻褻煩蕪之病，當是震川所首肯。

【校記】

〔一〕此篇見殘稿本卷三十。

跋王介祉詩鈔〔一〕

黃琴六携示《王介祉詩鈔》五卷，寒牕無事，細讀一過，選録古近體詩一百首，中如《蘇臺紀事》、《沅江陳氏》兩篇，皆本事詩也。己巳十二月十三日，長真居士識。

【校記】

〔一〕此篇據上圖藏《王介祉詩鈔》補録。又按《蘇臺紀事詩有序》見《王介祉詩鈔》卷四，《古詩爲沅江劉能陳氏女作》見卷五。

跋後村先生大全集〔一〕

後村集文勝於詩，然詩亦有新雋不可到處，在讀者分別求之耳。世所傳本多六十卷，張月霄從天一閣抄得一百九十六卷，爲《後村大全集》。此集當是全集中分類録出，僅十五卷，而五、六、七、八卷已闕，弟十五卷亦未全。然古香溢於楮墨，零璣碎璧，彌足珍也。心青居士孫原湘記。

香瓣西山憶盛年，獨蕿湯液苦熬煎。南園一記應同憾，八十詩人老更顛。心青記後又題。

【校記】

〔一〕此篇據上圖藏《後村先生大全集》補錄。又《滂喜齋藏書記》卷三亦載之，惟無詩。

跋宋蔡忠惠墨蹟草書冊〔一〕

先君子愛素好古，收藏宋元以來真蹟，不下數十種。庚寅歲，謁選都門，得蔡忠惠公行書，尤極珍賞，與雲間徐又次先生定爲書林墨寶。自後宦轍所至，恒以自隨。壬寅、癸卯之間，出守上黨，政多暇日，於廳事西偏葺堂三楹，顔曰『歐陽畫舫』，排列法書名畫，忻賞竟日，興到輒濡豪點染，以終其餘幅。此冊尤不輕落墨，閲數月，僅成三幀。旋有西蜀之命，不獲蕆事，及從征巴勒布，裹尸而還，錦軸牙籤，悉如星散。此蓋幸而存者。展讀之餘，猶如覩臨池染翰當日趨庭時光景。孤臣賫志，手澤長新，徒懷栝棬之思，曷禁蓼莪之感。後有識者，當與忠惠筆墨珍爲合璧云。嘉慶元年正月望日，昭文長真外史孫原湘謹識。

【校記】

〔一〕此篇據方濬頤《夢園書畫録》卷三補錄。

致翁心存書札四通

一

二銘足下：禮闈榜發，知以佹得而復失，爲之扼腕，既聞決意留京，固喜此志不衰，亦愁居大不易。得手書，知膺問山前輩之聘，賓主相歡，教學相長，甚慰甚慰。春風失得本屬偶然，如文章學問卓然有以自立，原不以科第爲重，不然三十六餑餑，獨非芙蓉鏡下人哉。吾弟文字骨理清雋，辭采亦斐然矣，特人患詞窘，君患詞富，人患意竭，君患意繁，未免肆而不醇，然割愛二字甚難。僕少喜讀臨川文，於《原過》《禮論》諸篇，識其下筆一步緊一步處；及讀廬陵《五代》諸論暨《尹師魯墓誌》等作，始悟其間架，終未之有得也。今夏盡讀震川集，於張季翁、東園翁、筠溪公諸傳，乃恍然於文章用意之妙，全在無字句處。世人多於實處求之，正如奕者之着着下死着也。制義與古文要無二理，歐王不易學，學震川可矣。至於作詩之旨，在自抒其性情。山川花鳥，比興之資也；餞送贈答，賦之體也；隨時隨事，有個我在，便是真詩。至言之而足以感勸諷戒，存乎其言之工，是有天焉，不可以强而致也。李、杜、白、蘇諸集具在，以我言求之，古人之性情見矣。尤有喫緊一着，總以立品爲先，言者心之聲，未有心地不光明而能立言垂後者。足下天姿卓犖，好善而近道，所以第一義諦爲吾弟言之。僕明年膺旌德譚氏之聘，即稚存前輩舊席，藝翁所推而見讓者。千里設帳，究竟在時文中覓生活，自笑亦自憫也。鮑叔冶爲吾邑才人，而客死於外，此養氣不深之故，吾輩當以爲戒。足下與金山札已代交常熟官封寄遞，風便望時寄尺書，以慰遠念。原湘手書。二銘賢弟足下。七月廿九日。

二

接閱手書，具紉存注。南宫之捷，玉堂之選，在吾弟固意中事，然從此著作承明，備禁署之頗牧，不能不爲朝廷慶得人也。館課想多得意之作，又爲館閣中增幾許佳篇。時帆先生所著録者，當又有續刻矣。愚今歲謬承愛軒前輩薦主通州講席，未意爲病魔所困，自春徂冬，半在床褥，課卷以郵筒往來，力疲評點，所喜文風頗佳，差堪寓目耳。南闈秋試，吾鄉竟至脱科。杓兒文固不佳，而主司頗加賞識墨批云。竟以額溢見遺，殊爲扼腕，此是分校諸君語，不謂出自主司也。去年吾弟所見慧日寺匾，竟爲李侯撤去，亦一善舉，而所開山塘涇諸河隨濬隨淤，未免有名無實，致啎躁諸君有歸咎及此者，亦可見公事之難也。承惠諸件，俱已收到，欣謝欣謝。乘惠欽之便，匆匆布詢近履，風便望惠我好音，以慰懸憶，不盡。原湘手書，二銘館丈賢友。臘月廿五日。

三

去冬得手書，具紉諄注。吾弟以研《京》練《都》之才，奏《長楊》《羽獵》之賦，果蒙特達之知，超擢内允，閭里榮幸。昔伊川居此職，專以正心窒欲、求賢育才爲言，務誠能端本，經訓隨事敷陳，古今人何遽不相及也。長安米貴，誠不易居，知南望白雲，久深陟屺，今得安輿迎養，從此入調蘭膳，出掌桂坊，國事庭歡，俯仰無愧。令嗣髫齡岐嶷，神用清審，他日定爲偉器，小試皆屈，不足爲神駒病也。杓兒浮沉鄉校，意氣漸即頽唐，拔萃一科，本非駑足所望，秋闈姑令再應故事，如仍被落，從此棄書作耕田夫矣。愚頻歲在崇川紫琅書院，藉免家食，新中丞至，別有屬意，遂爾賦閑。然以此轉得削迹家衖，娱情典墳，偃仰蓬廬，頗以爲適。拙集刻至二十四卷，尚有詩八卷未刊，其三十三卷以下爲樂府、雜文，索觀樂府者衆，先刊四卷以應時賢之求，惜鍥工尚未斷手，不及寄覽，散體文十二卷，駢體四卷，尚須從容改定。世有韓、歐陽其人者，願以就質耳。匆匆布復，仰願珍宜，諸惟覽察，不盡覶僂。孫原湘手復，二銘賢弟足下。乙酉中春下澣。兒輩侍筆道候。

四

月初以一函托令嗣帶呈，想入清覽。比惟慈輿安抵春明，石渠著作之餘，侍奉曼福。陳生偉齋，吾弟當所素識，人極温雅，制舉義鯨鏗春麗，斷爲中才，而騂角未用，家難日興，不得已避至閩中，於秦板橋大令處依栖兩載，今隨板橋入都作秋闈之計。苟得一當，則難端或冀可解。第板橋挈之之京，引見後即便南還，偉齋人地生疏，夐夐無倚，吾弟同鄉誼切，古道照人，望爲代謀一館地，俾之得所安硯，無旅食之憂，庶得潛心下帷，圖文戰之勝。吾弟交遊至廣，定能不吝吹嘘。若館地未易驟得，而板橋先已出京，並懇暫借廡下小作留頓，未識可否。憐其才而憫其遇，爲作此札。吾弟素敦古誼，定能鑒諒也。陳生行甚急，匆匆數行，順問堂上萬福，不盡覶縷。原湘手書，奉二銘内允弟足下。三月廿九日。

金陵懷古樂府十首〔一〕

鍾山草堂

草堂草堂鍾山陰，中有隱士周彦倫。一朝徵書下，白衣走紅塵。解我簪冠，服我朝簪。休沐歸來，山中白雲羞爲鄰。空山非無人，山人入山深不深？

雨花臺

八十三，四有四。雨花臺，出善世。登壇講經天下治，身以社稷爲兒戲。淨居殿中索蜜時，何不天廚獻珍味。自來亡國不足異，快哉自得復自棄。

燕脂井

奈何帝，吾自有計，美人相抱井中避。玉皋誰轉轆轤聲，銀床空染胭脂淚。死不作井中泥，生復到青溪地。且飲酒，莫介意。江山不易一女子，如此江山良可棄。

【校記】

〔一〕此三首據上圖藏《白門唱和集》補錄。《天真閣集》卷四《金陵懷古樂府十章》此題三首，文字全異，爲後來重作。

白門柳枝辭〔一〕

青溪柳葉不勝黄，青溪柳枝依舊長。柳葉似儂别歡面，柳枝似儂望歡腸。

【校記】

〔一〕此首據上圖藏《白門唱和集》補録。

贈隨園太史〔一〕

先生小謫玉堂仙，宦海抽簪五十年。屈指已無前輩在，及身早共古人傳。險搜奇境歸詩卷，老著新書當俸錢。先生每著一書，購者如市。持較樂天應一笑，曾經少作達生篇。

歲歲梅花夜夜簫，才人奇福竟能消。黄初詞賦空千古，白下家居愛六朝。地有文星爭快睹，客如明月不須邀。誰知陶令歸來日，反使公卿盡折腰。

看盡名山面目真，一園丘壑更翻新。飛橋界水成雙鏡，放竹爲雲護四鄰。健筆獨撑詩世界，鴻才小試野經綸。從知地亦難消受，着個文人作主人。

【校記】

〔一〕此三首據袁枚《續同人集》補録。《天真閣集》卷四此詩題作《呈袁隨園太史枚》，凡四首，文字改易較多，故録於此。

屏風辭十首選六首〔一〕

西河詩老絳帷清，一個昭華獨擅名。公闢玉壺詩世界，三千天女盡門生。

都知錄事也聞名，萬樹桃花帶笑迎。眼底心頭公盡有，東山女妓盡蒼生。

雁宕天台恣冥搜，武夷匡谷又羅浮。華顛獨立羣峰頂，山也輸公出一頭。

【校記】

〔一〕此三首據《隨園八十壽言》卷五補錄。另三首見《天真閣集》卷九，題作《寄壽隨園先生》。

摸魚子小湖田樂府題辭

且休論、功名著述，偷閑聊作詞客。已經十七年林下，獨對西湖澄碧。還蠟屐。把入畫家山，題遍春雲濕。飄然自適。笑瑣闥曹郎，鑾坡學士，多少易頭白。

其中最，石帚老仙遺格。翰林如此風月。一聲鶴唳長松頂，蛩語鶯啼都默。求以寂。似碧海青天，冷露秋空滴。呼來蟾魄。欲問取常娥，瓊樓玉宇，此曲可聞得？

【校記】

〔一〕此首據上圖藏吳蔚光《小湖田樂府》補録。

玉壺山房詞跋〔一〕

錘鍊之中，自能清遠疏快，此詞家正宗也。如《紫藤》、《噲鈴》、《泖湖》三闋，儼然嗣響樊榭矣。《詠鷹》作收縱聯密，能用事不爲所使，尤爲奇搆。壬申清明雨窗，長真居士孫原湘讀。

【校記】

〔一〕此篇據國圖藏改琦《玉壺山房詞選》補録。

翁心存石室詩鈔題識〔一〕

大製樂府追橅漢魏，五古亦在晉宋之間，風格骨理，駸駸乎入堂奧矣。七古鯨鏗春麗，雲委波譎，體製已具，而骨幹未蒼。五律學杜，亦間似劉文房，七律高唱入雲，時近明七子。加之以爐錘，涵之以義理，可以卓然成家，非時下獵取古澤，虎賁中郎者比也。間有獻疑，等於狂瞽，高明諒之。孫原湘識。

嘉慶乙亥十月心青居士讀數過，爲之加墨，并綴評語。

【校記】

〔一〕此篇據國圖藏稿本翁心存《知止齋遺集》補錄。

宋張洽春秋集傳跋〔一〕

張文憲《春秋集傳》二十六卷，《綱領》一卷，元槧久佚，兹所抄亦僅存十九卷，其第十八至二十、第二十三至二十六亦不可得完矣。其書與所傳《集注》無甚大異，特此更條晰，蓋先有是書，後更撮以精要，詮次其說，以爲《集注》，故有詳略而無異同。其他春王正月爲周建子之月，足訂胡安國之謬，《集注》但撮舉其要，而於經傳之錯見互異處未盡證明，此書反復辨晰，多至八百餘字，寔《集注》所未備，以資考核，則固善於彼也。道光元年辛巳四月，心青居士孫原湘記。

【校記】

〔一〕此篇據傳增湘《藏園羣書經眼錄》卷一補錄。

跋吴漁山墨井草堂詩〔一〕

漁山詩分四集：曰《桃溪集》，錢牧齋、唐半園序之；曰《從遊集》，陳確庵序之；曰《寫憂集》，余澹心序之；曰《三巴集》，宋既庭序之。總名曰《墨井草堂詩》，陳客園序之。此冊僅得《桃谿》、《從遊》兩種耳。然吾見陸上游所刻者，與此互異。此冊所録，大半陸刻所無。如《八燈》詩，僅有書燈一首，且起結與此迥異；而《哭王煙客》八章，此僅有四；《讀西臺慟哭記》三章，此僅有一；《弔孫太初墓》作七律，而此作五古。此冊乃漁山手書，筆跡與題畫款識，確然一手。不知是當時定本，抑或晚年別有增刪，然不應歧轍至此，豈上游未見漁山此本耶？吟樵寶藏此冊，以俟續刻。世豈無有力而好事以嗣陸君之後者？道光二年臘月，心青居士孫原湘跋。

【校記】

〔一〕此篇據容庚《頌齋書畫小記》補録。

跋青箱閣詩集〔一〕

王君菽園所著《青箱閣詩》，先後寄來，凡閱十卷。近體温雅新麗，時有警策語，可以追踪青邱、漁洋；古詩洋洋灑灑，取材甚富，抑且音節琤琮，筆機圓熟，知君沉酣于斯道者有日矣。惟解人自能意會耳。因擇其古近體之尤勝者，略加評語而歸之。辱承下問，獻其狂瞽，惟亮詧，不備。道光甲申冬杪心青居士孫原湘拜跋於天真閣。

【校記】

〔一〕此篇據南圖藏王廷楷《青箱閣詩集》補録。

吴漁山仿古冊跋〔一〕

漁山與石谷齊名，而王司農謂其迥出石谷上，未免偏論。然此冊十二幀，雄渾奇秀，無所不有，誠咄咄逼人矣。道光六年嘉平月，獲觀于鹿樵觀察齋頭。心青居士孫原湘。

【校記】

〔一〕此篇據張大鏞《自怡悅齋書畫録》卷十四補録。

蘇州府志孝義傳識語〔一〕

新修《府志》，間有譌處。即如此傳，景珏與景崑撤所居爲父祖墓，脱卻『祖』字，并脱卻景崑事；『祀田』譌作『祠田』；景珏、景崑同懷兄弟，譌作『族弟』；『未二年』譌作『一年』，皆不可不更正也。予嘗爲景崑作墓表，可以爲證。道光八年二月，孤希濚屬予識於此。心青居士孫原湘。

【校記】

〔一〕此篇據楊希濚《恬莊小識》補録。景崑墓表，見《天真閣集》卷四十八。

致海門繡谷書〔一〕

昨晚不知如何歸院，天明甦醒，乃知身在炕上，豈不可笑！投瓊之舉，醉後偶爲，已覺不類，嗣當戒之。綉弟亦不應再往。愚夜獲異夢，殊爲惴惴，容日晤罄。先此道意，並候海門七弟、繡縠大弟早安。湘拜啟。

【校記】

〔一〕此札據《中國書札賞玩》補録。

附录

附録一

序跋題識及其他資料選輯

重刻《天真閣集》後跋

强至善

少嘗聞鄉先輩孫心青庶常以詩鳴嘉道間，所刊《天真閣集》詩古文詞六十卷，其配席道華夫人《長真閣集》七卷附焉，風流文采，輝映一時，輒心嚮往之。厥後獲從步青師遊，師庶常曾孫也，文課之餘，間出家藏本示至善，顧以板燬於兵，無力重刊爲憾。至善竊維風化之移，存於詩教，文獻所繫，責在後生，矧附師門，淵源有自，爰命剞劂，重爲栞行。卷數次第，一仍舊本。至其詩格，諸家俱有定評，第就至善肄業所及，以爲意境飄忽似太白，運化事實似坡翁，《外集》緣情綺麗，間入溫李一流，或以韋柳擬之，則未敢附和也。刊成，偕内子茝芬、景姬麗雲復爲讎校。既卒業，因志其緣起，并附芻見，以質當世。時在光緒十有七年重光單閼之歲荷花生日，邑後學强至善謹跋於南皋草廬。

《天真閣集》題識

李慈銘

光緒癸巳七月，及門昭文孫師鄭同康以其曾大父子瀟太史《天真閣集》見詒，其詩清雋而有骨力，在同時與郭頻伽、陳雲伯、吴蘭雪三君緐麗相近，而健特出其上，蓋可與彭甘亭、楊蓉裳相驂驔也。駢文亦雅馴無俗氣。集前有小像，其配席孺人詩才爲林下之冠，惜詩詞集尚未刻。余曾見其小像於隨園老人花下授詩圖卷中，時年已五十餘矣，竹裏彈琴，危坐磐石，風流猶可想也。師鄭旋於九月舉京兆弟二人，余監試内簾，填榜時，與常熟尚書相對掀髯。慈銘記。

《天真閣集》卷首像贊

李兆洛

是古臞，以道腴。時虎觀，而鵝湖。趨一耳，胸淵珠。鬱琳琅，充孔揚。豁性情，摶宋唐。用不光，詩之昌。同歲生武進李兆洛製贊。

《天真閣集》提要二則

《天真閣集》五十四卷、外集六卷，孫原湘撰。原湘字子瀟，又字長真，江蘇昭文人。嘉慶乙丑進士，翰林院庶吉士。臣謹案：乾嘉之際，袁枚論詩主性靈之説，人以爲詩可無學而能，原湘以根柢濟性情之論救之，其爲詩，亦硜硜然不離此旨，洵可謂中流砥柱矣。（《清續文獻通考》卷二百七十七《經籍考》二十一）

《天真閣集》三十二卷，家刊本。清孫原湘撰。原湘字子瀟，號長真，又號心青，昭文人。嘉慶乙丑進士，改庶吉士。歸里後，終身未赴散館試。主講毓文、紫琅、婁東、游文諸書院。所著詩詞古文駢體文及外集，凡六十卷。世尤推其詩爲可傳。當時蒙古法式善主京師壇坫，聚海内詩人之作，貯之詩龕中，推原湘及大興舒位、嘉興王曇爲奇才，爲作《三君詠》。案陽湖李兆洛爲原湘作墓誌，稱其論詩之旨，以爲一人有一人之性情，無性情不可以言詩，無風韻亦不可以言詩，若徒以格律體裁規摹唐宋者，則失己之本來面目，而性情亡矣。有真性情，然後涵泳百家，以培根柢，自古大家名家，何嘗不以學力勝，要之必從性情來也。斯説發明原湘得力之處，觀其所作，皆出以自然藴藉，不必矜才，而自足以籠罩一切，非如舒、王兩家之横使其才，炫博矜奇，反致華過於實，其品格固在兩家之上也。（《續修四庫全書總目提要》第十冊二六九頁）

附録二

傳記資料選輯

皇清敕授文林郎賜進士出身翰林院庶吉士武英殿協修官加一級顯考心青府君行狀

孫文杓、孫文樾、孫文楷

府君姓孫氏，諱原湘，字子瀟，一字長真，晚號心青。始祖萬登公，唐咸通間官金吾衛上將軍，封新安伯，黄巢陷池歙，屯兵休寧，遂家焉。六世孫宋忠烈公，諱天祐，生十二子。大公遷雲溪村，是爲雲溪遷祖。二十七世候選州同知公棟公，諱世柱。二十八世贈潞安府知府忍齋公，諱岐福，即高王父也；妣戴恭人，繼妣畢恭人。康熙間，忍齋公奉公棟公遷常熟，後縣析爲昭文，遂占籍焉。曾祖贈潞安府知府贊天公，諱永埏，早卒，妣邵太恭人。贊天公生本生祖誥授朝議大夫、山西潞安府知府訥夫公，諱鎬，事詳行狀，妣陸恭人。次祖考襄綺公，諱錦，贈如府君官，妣陳太孺人。次震遠公，諱鐘，贈汾州府通判。本生祖生伯父山西汾州府通判直齋公，諱源潮，及歸張氏姑，次即府君，次叔父澄之公，諱源濤，國學生，嗣震遠公後。府君生而穎異，誕彌月，即失本生生祖母馮孺人。編者按：疑衍一『生』字。是時陳太孺人與叔祖母汪太安人俱嫠居無嗣，妯娌若姊妹，奉邵太恭人，以孝聞。訥夫公命府君爲襄綺公後，太孺人視如己出。

府君三四歲即喜讀李杜詩，背誦如流。太孺人更授以漢魏兩晉詩，旁及涑水《通鑒》，府君口詠指畫，即能曉大義，以是尤得堂上歡。甲申，府君年五歲，從陳森玉舅祖、邵光音太舅祖授讀。五年中，四子書及五經、三禮，無不兼通。太舅祖恒語人曰：『此子非凡，異日學問文章，必能傳世。』故時有神童之目。己丑，專治舉業，從錢先生諱祖安、族伯祖諱旂蔭，俱當時名宿，府君悉得其指授，爲文必根柢經史，試輒前列。

丙申，娶吾母席孺人。孺人明達有士行，兼長詞翰，有《長真閣集》四卷行世。府君定省之下，相與商榷古今，挑燈聯句，迭爲唱和，詩學日進。

戊戌，不肖文杓生。是時訥夫公官奉天治中，欲府君銳志功名，因命至奉天。府君稟命陳太孺人，三日即就道，出山海關，歷醫巫閭諸勝，靡不見諸題詠。己亥，入成均，北闈被黜，仍回奉天。瀋陽郡城有西樓，遼太祖時所建，長白繡嶺、木葉諸峰，隱見樓際。訥夫公與全穆齋侍郎、李杏浦府丞時時登眺，府君恒隨侍，曾於重九日得句云：『一海遮秋去，千山拱秀來。』兩先生極爲擊賞，詩名日噪。初冬旋里。

辛丑，從沈思葵太夫子遊。不肖文樾生。壬寅，訥夫公擢守潞安，命府君攜眷赴晉，所歷山川名勝、土俗風景，悉著於詩。冬，曾祖母邵太恭人自萬安丞署就養上黨。癸卯，應順天鄉試，主司諸城劉文清公閱府君卷，已擬魁選，額溢掣去。寓法源寺，與淵如族伯、張子和姑丈連床賦詩，作《鏡月詞》以見志。秋杪出都，仍還潞安。府治在萬山中，府君捫蘿躡翠，賞詠殆遍，名滿晉陽。是年三弟文榁生。

甲辰，黎城令某席上官寵，暴於治，民將爲難，訥夫公先摘其印，而後白中丞，以是忤意被劾，左遷四川成都别駕。將入蜀，命府君奉嗣母侍邵太恭人南旋，秋初抵家。其時吳表祖姑丈竹橋太史告養在籍，府君以所編在晉時詩稿就正，太史驚爲青蓮復生。日與太史及邵元直、敦夫兩表伯、毛壽君丈、王次嶽丈、范東叔丈宴遊湖山間，春秋佳日，分韻聯吟，時羨爲神仙中人焉。時表叔祖邵松阿中翰爲古文作手，同輩則有吳項儒丈暨太倉馮仲廉丈。府君作詩之暇，相與討論，因肆力於韓柳歐蘇諸大家。是冬，叔父澄之公奉陸恭人歸自上黨。

乙巳，春夏亢旱，民輟耒耜，市米翔貴。府君目擊情傷，作《禽鳥》六章，托物寓諷，當事感焉，出示平糶，以紓饑困。季秋，風雨寒凜如嚴冬，民有路斃者。府君謀諸竹橋太史，募捐棉衣，徧施窮乏，全活者無算。是秋，四弟文樞生。

丙午初夏，由學士橋移居步道巷。陸恭人、汪太安人奉邵太恭人居溫家弄。時訥夫公宦蜀中，尋從軍西藏，伯父直齋公宦江右，叔父澄之公甫弱冠。府君請於陳太孺人曰：『太恭人春秋已高，父兄又遠宦，家貧不得已而分居，視膳問安之職，宜兼任之。』太孺人聞而嘉許。由是朝夕往來，雖嚴寒盛暑無間。七月同子和姑丈、陳筠樵丈赴金陵。時隨園先生爲海内詞宗，夙知府君名，推爲今之元白溫李，折柬相招，遂訂忘年交。揚州汪容甫丈爲古文名家，下視儕輩，獨與府君稱莫逆。省試仍被黜。

丁未春，讀書西湖寓樓，秋後始歸。戊申天行時疫，文榁、文樞相繼亡。文榁四五歲即解音韻，學作篆隸，府君曾以太白『雲想衣裳花想容』句命對，即應聲曰『水如碧玉山如黛』，其聰敏類此。夜侍府君寢，授以歷朝典故，必尋究原委，因是尤鍾愛之。痛其早殤，取羊叔子故事作《重生圖》以自遣。時不肖文杓患咯血，文樾亦患痧症，府君因兩弟繼歿，而不肖等又病，母孺人悼念切，至形神傷悴，府君銜哀勸慰，至太孺人前，則未嘗稍露憂色焉。春杪，隨園先生來訪，流連旬日，相與讌會，暇輒山游，歸即倡和，悲思之懷，藉以少解。六月，邵太恭人病篤，府君見陸恭人、陳太孺人、汪太安人侍疾勞頓，偕叔父澄之公奉侍湯藥，摒擋雜事，必躬必親，未嘗假寐。七月初，太恭人歿，府君念訥夫公遠在西蜀，未得視含殮，益深哀慟，黽勉治喪，動無失禮。

己酉三月，府君奉訥夫公寄諭，方謀舉襄而西藏訃音猝至，府君居喪毁瘠，然以陸恭人悲哀不止，仍强顔侍奉，由是得咯血症。少差，即編次訥夫公行狀，文載集中。十月，長妹筠安生。庚戌夏，訥夫公靈櫬歸自蜀，府君素服即次，以申未盡之慕。時伯父直齋公病目，府君以公數千里風霜辛苦，代爲庀治家事，俾得静養，疾以漸痊。辛亥，奉邵太恭人暨訥夫公靈櫬安葬贊天公穆穴，直齋公信形家言，將改舊所定向，府君以三年毋改之言進，乃已。迨直齋公服闋，謁選入都，家事仍府君任之。秋，赴金陵，隨園先生招集上下江名流，張燈設讌，府君即席呈詩，先生賞歎不置。試又被黜。

癸丑，府君與文杓業師陸固亭、朱學虚兩先生、席子侃母舅力行修己養性之學，日記省身格以自勵，太孺人喜曰：『此讀書人實學也。』府君益爲加勉。五月，次妹若霞生。陸恭人猝患風痺，府君侍奉湯藥，不離左右，晝夜無倦容。三日驟歿。是時直齋公在都，從兄文栻甫弱冠，府君與叔父澄之公料理喪事，哀毁迫切，而禮無或缺，一如喪訥夫公然。

乙卯三月，爲文杓娶婦陶氏。府君念門戶中落，陳太孺人期望心切，商於母孺人，盡典簪珥，四月趁解銅艘赴都應試。水涸船重，日僅行數里，六月始抵寶應。不得已僱驢車，觸暑兼程以進，辛勤焦慮，至山東血症復作，臥土室中。僕進藥餌，府君堅不欲飲，恍惚夢一老人，囑『移種桂樹，須擇向陽處，與馬三手植之』，因是決意南還，行千餘里，僅六日已抵家矣。延陳耕陽舅祖療治，四旬方愈。七月赴金陵試，中式亞元，出宜興令福建阮公房，座主爲禮部侍郎後官大學士長沙劉文恪公、翰林院編修後官侍讀學士嘉興錢公。榜首李公賓，第三則馬公名廷燮，『植桂馬三』之夢，已預定之矣。報捷後，府君以陳太孺人四十年飲冰茹蘗，教養兼至，今得成立，意稍寬慰。太孺人戒之曰：『我家以讀書爲根本，既得寸進，尤宜勉力，禮闈至近，望汝聯登，盈滿非吾志也。』府君由是愈形惕厲。冬，不肖文楷生。府君自去春入都病回，母孺人衣飾已盡，盤費無所出，有以非義來試者，府君厲色拒之，乃將所居屋契押，得五十金。

丙辰正月，與子侃母舅入都應禮部試，被黜。四月抵里。冬，隨園先生及雲間陳古華先生來，唱酧甚富。丁巳，謁阮公於陽羨，留連兩月。歸，應邑侯顧潤亭先生諱德昌之聘，稍得館貲，奉養太孺人必豐腆，語母孺人曰：『養志實難，即養口體，亦可藉以博歡，毋稍拂吾母意也。』母孺人謹遵無違。暇時與竹橋表祖姑丈、鮑凌客丈、子侃母舅醵趙子梁丈粼淬閣，過從頗密。

戊午春，爲文樾娶婦趙氏。秀水王仲瞿丈，倜儻奇士也，聞聲來訪，相得甚洽。己未，公車至京口，抱痾引還。五月，文杓生子傳熲，府君初得含飴之樂，甚快意焉。冬與太倉張椒卿明經游宜興善卷洞、玉女潭諸勝，所歷佳境，皆有詩紀之。

庚申春，滄州李味莊年祖備兵上洋，愛重府君詩文，薦主玉山講席。課士之暇，與呂叔訥、杜梅溪、徐孏雲諸先生吟詠無虚日，遠近執贄者踵接焉。維時伊墨卿先生守揚州，致書來招，府君往謁之，因得縱覽蜀岡、禪智之勝。辛酉，仍主玉山講席。歸佩珊夫人，府君表姊，適上洋李安之丈，伉儷皆能詩，江左以子昂、道昇目之。府君以其才而貧，請于味莊年祖，延夫人課其箴室學詩，以給貲用。初，王蘭泉先生素服府君學識，採輯《湖海詩傳》，敦請府君共襄選政，行有期矣，而以病不果。六月，文樾婦趙氏亡。

壬戌，會試仍被黜。法梧門先生見府君詩，傾倒甚至，投贈詩章有『江梅如爾瘦，樓月爲誰新』之句。留京月餘，與戴金溪、楊蓉裳、張船山、劉芙初、吴蘭雪、樂蓮裳、錢金粟諸先生、邵蘭風表兄日集梧門先生詩龕，一時文酒之會，稱極盛焉。壺關申南村丈爲訥夫公守上黨時門下士，時方擢御史，話舊之餘，歷敘訥夫公在官政績，府君感愴忘味者累日。將出都，斧資且匱，族叔古雲襲伯解驂以贈，乃與王仲瞿、舒鐵雲兩丈南下，五月抵家，文杓遊於庠。六月，文杓婦陶氏亡。八月，至上洋謁味莊年祖，文杓隨侍，時年祖爲詩詞壇坫。武林吴穀人先生、何春渚先生、毘陵陸祈生丈、龍巖林遠峯丈、松陵改七香丈、鐵舟上人相繼至海上，讀畫論詩，每有醼會，府君即席賦贈，諸君無不斂手推服。華亭俞君春浦善琵琶，銅絃鐵索，音響激昂，府君爲長歌紀之，穀人先生謂『白傅復生』云。九月，爲文樾娶婦徐氏。洪稚存先生由伊犁赦還，雪中過訪，府君與譚西域山川風俗物產之奇，酒酣耳熱，憾未短衣疋馬偕往，一新耳目。癸亥春，遊虎阜，寓仲瞿丈七十二公草堂。梧門先生以府君與仲瞿、鐵雲兩丈鼎足詩壇，作《三君詠》寄書適至。八月，爲文杓娶婦林氏，即遠峯丈女也。

甲子夏水災，田禾盡淹，民情恇擾。府君致書兩邑侯，與邑中諸紳士設局城隍廟，勸紳富捐貲，計口散賑，覈實分給。有以災年煮粥之議進者，府君力持不可，謂設廠散粥，胥吏因緣爲奸，和以礪灰，編者按：『礪』疑當作『蠣』。斗米可倍，飢黎食不宿飽，且傷腸胃。乃改米爲錢，五日一發，飢民即沾實惠，且免寒飢守候之苦。人皆服府君籌策之善焉。是年，三孫傳熤生。

乙丑，入都應禮部試，中式第二名，出司業蔡公房，總裁大學士大興朱文正公、戶部尚書後官大學士大庾戴文端公、吏部侍郎蒙古恩公，戶部侍郎後官協辦大學士滿洲英公閱府君卷，僉謂理正詞華，氣韻古雅，非專工時藝者，遂中魁選。廷試二甲十七名，恩賞白金文綺。朝考第三十六名，欽點翰林院庶吉士。秋，聖駕東巡盛京，祇謁祖陵，禮成，府君恭紀古樂府十章、七律三十首，繕冊進呈，極蒙睿賞。十月請假歸，太孺人訓府君曰：『吾寡居薄德，豈能致此？是皆祖澤積累，得以科名顯，益宜自勵。』維時太孺人體甚康健，十一月十二夜忽患中風，府君哀禱益算，醫藥罔效，遂于十三日午時壽終。府君以太孺人苦節五十餘年，未遂祿養而欻焉棄世，哀慟幾不欲生，黽勉治喪，豐約中節，鄉閭皆觀禮焉。丙寅，守制廬居，不履戶外，廢筆墨者一年，小祥後始復作詩。夏，命文杓與同輩之秀出者爲文會，府君時加啟迪，多所成就。四孫傳烺生。

丁卯春杪，偕母孺人遊武林，謁梁山舟先生，乞書三節婦祠匾額。先生書法冠時，留府君論晉唐名家碑帖，竟日忘倦。次日先生詣舟，令曾侄孫紹壬執贄學詩。毛壽君丈從粵東旋里，貧無所依，爲謀寄食棲息之所，病危時以後事爲託。府君經歷喪葬，規畫周至。有詩藁十餘卷，府君將謀付梓，而其子婦堅欲索取，府君婉言勸諭，且償以金，婦反抵突無狀，府君不獲已歸之。其後婦竟以藁鬻於他人，掩爲己有。府君嘗言及之，每爲憤歎。朱文正公薨，府君爲位以哭。十月，爲陳太孺人營葬小石屋新阡幽宅，封樹躬自料理，必臻鞏固。

戊辰，次妹若霞適邵氏。妹丈名淵懿，詞章華美，府君器之，今以高才生貢成均。子侃母舅歿，府君以外祖母年逾六十，多方勸解，且使母孺人留侍焉。仲春，偕母孺人挈文杓入都，過毘陵，趙甌北先生邀府君論詩，數日始解維。至高郵，忽染寒疾，幾瀕於危。急歸，醫治一月始愈，而怔忡不止。由是絶意仕進。子和姑丈歿於寧紹台道任，府君追維戚誼，爲之隕涕。五孫傳熤生。

己巳春，小住鐵舟上人平遠山樓，彈琴頤性，累月始歸。周雪龕丈家牡丹多名種，留宿瀹塵居，宴賞歡洽。夏，爲陳太孺人請旌節孝，遂奉神位入祠。秋，與邵亮時姻丈、匏風年伯、蘭風表兄爲菊花會，排日賦詩。庚午，怔忡時發，優閑養疾，始喜畫梅，法王元章，兼學陳白陽，鐵幹虬枝，借以自況。辛未，錢叔美丈來虞，丈畫筆神似文待詔，府君囑寫《隱湖偕隱圖》，以寄意焉。長妹筠安適吳氏，妹丈名來復，府君姨甥，端雅淵默。府君嘗曰：『予於兩婿，取其品學相攸，非漫然也。』壬申，淵如族伯來，同至郡，議建孫武子祠，籌費立規，終始其事，勒石垂久。冬十月，伯父直齋公歿於家。十二月，叔父澄之公歿於浙江之東甌。府君至性友恭，百日中連摧手足，悲痛之懷，朝夕不釋。

癸酉春，獨遊穹窿，探梅銅阬、西蹟諸勝，畫梅益神逸。夏，修葺聖廟，府君首先捐貲，紳士皆樂從，殿宇宮墻，靡不華整。是年，文杓食餼於庠。甲戌，再入穹窿，文杓隨侍，去春未遊者，一一搜訪。會大雪，往來山中者旬日，顧文杓曰：『此即羅浮仙境，安得終老於此！』府君之天懷曠逸，于此益見矣。太倉蕭子山先生，古文學曾南豐，爲文杓受業師，館陳雲伯丈寓齋，府君與雲伯丈有苔岑之契，往訪郡中，因留半月。蔣伯生丈爲府君詩友，自山左歸，買故家園爲別墅，名曰『燕園』，去所居僅數武。時淵如族伯、王惕甫、郭頻伽、方臺山諸先生相繼枉過，極詩酒之樂。秋旱成災，府君請兩邑尊開局賑濟，規畫一如甲子歲，災黎無失所者。秋，與叔美、七香兩丈重寓平遠山樓，論畫譚元，過重九始返。

乙亥，病臥天真閣，日以所編詩集，手定卷目，續付梓人。丙子秋，翁君心存、吳君廷鉁南闈中式，沈君毅北闈中式，皆府君高弟。沈先以選拔赴都，翁、吳兩君試歸，持文就正，府君決其必中，且必前列。榜發，翁名第三，吳第二十一，果如所許。其後歷科秋試南北兩闈，府君及門中獲雋者十一人，問字者日益盛。

丁丑，約遠峯丈至鄧尉探梅，文樾隨侍。趙君元愷亦府君高弟，居有園亭，爲明瞿忠宣公東皋草堂故址，府君顔曰『東皋老屋』。

戊寅，花時，及門邵表兄廣鈖、吳君震、張君爾旦攜酒相邀，府君分韻課詩，幾無虚日。旌德毓文書院爲譚氏家塾，肄業者甚眾，主講多江左名宿，彼都人士慕府君名，殷勤聘請，因道遠固辭，不獲，初夏啟行，文樾隨侍。諸生中如饒君耀南、方君維翰、崔君寬，皆窮經績學之士，府君急拔之。饒以癸未捷南宫，方以乙酉選拔，崔以廪貢官訓導，人皆謂府君能相士云。秋日旋里，休寧程君定祥，亦府君及門高弟，後於癸未成進士，來謁府君，勵以『政事必先學問，勿視宰百里爲易事，有守有爲，庶不負所學耳』，留數日乃別去。冬，陳雲伯丈涖治常邑，府君非公事不至，丈嫌落落，辭曰：『與君文字交，不在行迹也。』己卯三月，至旌德，仍主毓文講席。是年爲府君六十誕辰，諸生爭先稱觴上壽，從遊益眾。秋歸，恭遇睿皇帝六旬聖壽覃恩，貤封一代，紳士於城隍廟設經壇祝釐，府君實爲領袖焉。冬，爲長孫傳頲娶婦吳氏。庚辰，爲文楷娶婦錢氏。毓文書院在上洋山中，嵐氣蒸濕，松濤濺寒，居人以澗水煑茗，府君體素弱，飲食起居，難爲調攝，意不欲往，諸生親來敦請。三月，挈邵甥爕元往，八月即還。九月，奉仁宗睿皇帝賓天遺詔，衆議欲俟哀詔至成服，府君謂：『普天之下，悉受皇上休養深恩，必俟詔到舉哀，此一月中，臣民哀痛之情，將何以伸？』致書兩邑尊，遂集城隍廟哭臨，途路皆感泣。

辛巳春，昭文邑尊劉侯以城河久湮，興工挑濬，與府君酌定章程，不兩月，舟行通利，頓復舊觀，府君爲文勒石。吾鄉多淫祀，有所謂南北划船者，相傳張士誠戰卒爲祟，村民震讋，奉香火於家，已而漸入城市，是年竟在聖廟前鳴鉦騶唱，府君聞之，急告劉侯斥逐，并毁其像，勢焰遂熸。

壬午春，偕母孺人至杭州，遊天竺、靈隱諸勝，舟中唱和甚富，帀月始歸。常邑李侯挑濬琴河，府君贊襄其事，自西至東，脈絡通貫，邑人樂觀厥成，府君亦爲文紀之。

癸未，六孫傳燾生。是歲春夏，常在雨中，六月大雨，至七月更甚。平地水深數尺，村民無船者，絶粒自斃，未埋棺櫬，漂沒無數，市米騰踊。府君目擊情形，不避嫌怨，急請兩邑尊出示，先平米價，再減花秤，嚴禁囤積採買，使民心稍定，乃議賑勸捐，設局城隍廟，邀富戶，親書捐數，或繳錢存典，或自賑本啚。復嚴立規條，不使胥役稍得染指。捐項既齊，會饑戶之數，分三次核實散給，近則赴局親領，遠則設廠面給。更勸有力者廣收暴露，及施送棉衣。物價平減，民情安恬，雖遇奇災，人鮮失所。鄉里咸頌德，府君則歸美於諸鄉先生及捐賑富戶，若忘己之預有成勞也。吳項儒丈古文得震川之傳，府君每作文，必與商榷，是冬病歿，哭之失聲。

甲申，韓三橋中丞公來撫吳。府君主通州紫琅講席，一歲十課，閱卷必指明瑕瑜，甲乙精審。江陰張君名式，工倚聲，兼精六法，來從府君學，詞有樂笑翁意度，爲選唐宋名詞二卷，標曰《詞度》。夏，平叔族叔爲浙閩制軍，鄧鹿畊年伯爲鹿港刺史，作書相邀，因有紫琅之聘，且微疾，憚於遠行，不果往。秋，母孺人病，府君偕往吳門就醫，小住山塘，母孺人有『游能起疾勝求醫』之句。初，訥夫公從征廓爾喀，獲石丹達山，語從者交府君世守，謹鐫『佛雲』二字，留示子孫。冬，爲四孫傳烺娶婦周氏。張鹿樵表母舅歸自山右，移居同巷，僅隔一墻。公喜藏書畫，日偕府君及張吟樵表母舅賞鑒。名人真蹟，神妙之品，多著評跋云。間至崑山訪王椒畦先生，挈蔣君霞竹輩譚畫理。陳君子準喜藏古籍，府君貧不能購書，輒爲通假，遽以病歿，悼惜無已。夏，遣孫女麗生適歸氏。是年仍主紫琅講席。自虞抵通，必航海百餘里，府君常病怔忡，憚於履險，乃辭之。

丙戌，陶雲汀中丞公來撫吳，夙契府君文行，延主婁東講席，邑中從遊者數十人。府君評文之暇，又批閱諸史、古文、駢體諸集，復於其間賦詩填詞，畫梅作字，分陰無棄，較昔年好學之心愈勤，然精神自此漸衰矣。丁亥，仍主婁東講席。外祖母及子侃母舅與表弟兩妻俱未葬，府君商之吳桂山姨丈，邀同安定親族，議價立券，擇地於其祖塋附近，俾安窀穸，并遷外祖應辰公合窆焉。平叔宮保叔平臺匪入覲，致書相招，晤於松陵道中，以政績文章，互相勉爲不朽。冬，親戚中有不戒於火者，或乘間魚肉之，府君力爲排解，浮言始熄。

戊子，蔣勵堂節相太夫子與中丞公以江南各處書院爲廣育人材之所，必擇文行兼優者督課之，乃足以勵實學，特延府君主邑中游文講席。府君體太夫子與中丞公作養盛心，每月正課外，更添小課，課卷百數十餘，悉心披閱，判別妍媸，士論翕然欽服。春仲，中丞公因開劉河壩，順道來虞履勘白茆故道，觀風游文，取及門李君卿華爲冠，寓書府君，稱文風醇厚，深嘉化導之速，且屬繪《虞山圖》，以誌遊蹟。作圖者李君馨，亦府君及門也。邑尊張厚齋先生、周松路年伯下車以來，政通人和，以城垣有坍損處，欲圖修葺，屬府君同紳士議之。府君親自登城，分段確估，工雖未興，而已有次第。

十一月十一日，爲府君六十九誕辰，先期命不肖等不得以爲壽故殺生滋費，不肖等僅備酒肴，邀諸親友，勸加一餐，府君顧而樂之。是日適陳芝楣觀察公過訪，作詩投贈，府君報以和章，援筆立就。歲杪，蔣伯生丈歸自山左，府君晨夕過從，至今年新正，與丈及李君卿華、邵甥燮元至招真治探梅，梅爲前明崇禎三年所植，幹老花繁，府君愛其古艷，每爲吟賞。

元夕後，復與丈及周君僖、張君爾旦買醉於大石山房，山行健捷，如履平地。廿七日，偶感風寒，似覺神倦。廿八日，至松路年伯署，祝其太夫人壽。晚，芝楣觀察公見過，猶與長談。夜寒熱稍作，至四鼓寒熱止，而忽患胃痛。廿九日清晨，痛漸劇，即以後事屬母孺人。不肖等急延醫視脈，進以理氣消滯之劑，痛少紓，猶爲邵甥酌改書義。至夜痛復作，且吐酸，滴水不能飲。二月初一日，延周君會亨診視，謂肝胃不和，投以吴茱萸、旋復花等藥，飲半甌，而痛勢轉劇，遂命不肖等曰：『吾病不治，天欲我歸耳。汝等勿再醫禱。第一保守墳墓，次爲曾王母及祖母建節孝坊。至古文駢體詩辭藁未刊者三十卷，勉力續成之。營葬必近陳太孺人墓旁，家貧，惟可畧具規模。母孺人年已七旬，汝等既不能成立，雖菽水必盡歡，兄弟必和睦，子孫以讀書爲本，毋以艱窘廢棄。遵此數事，吾願畢矣。』二鼓强起如廁，步履不異平時。三鼓時痛忽解，而頭汗不止，神識愈清。至四鼓，忽問驚蟄何時，對以辰刻，遂不語。不肖等急進蔘苓，但云『歸去』二字，端坐含笑，已長逝矣。嗚呼痛哉！

不肖等侍奉無狀，遽罹大變，呼搶莫及，何以爲人！惟念府君生有至性，識度過人，五六歲時里中春社，傾城聚觀，太孺人命婢呼府君往，良久不應。太孺人自偵之，府君方手梅邨集，研朱批點，見太孺人，即起拱立。此太孺人嘗言之，謂童稚而有大人相。舊僕李佺能詩，府君異待之，佺歿，裒其遺詩，且葬焉。甲申夏，及門李君如金邀至華匯觀荷，甫停舟，有哭於路者，詢之，以母死不能殮，府君立予之金，李君亦解囊以助。自己卯始，每歲季冬，府君捐置新棉襖褲數百件，托荆帆胡翁散給窮乏。翁歿，曉邨楊翁繼爲經理，頻年不倦。從兄文栻無後，府君命文樾次子傳玉爲嗣。從弟文櫄病歿，妻女無所依，府君以脩脯助薪水。范石渠表兄嫂歿後，棺厝存仁堂公局數年，府君力呼將伯爲聚沙之計，祔葬於其先墓側，餘數十金，屬程醒雨表祖姑丈、許八兼先生爲權子母，以給祭掃。老僕葛隆，訥夫公往來奉天、上黨、西蜀所隨侍者，年八十餘，府君優待逾於他僕，嘗語不肖等曰：『見此僕，如見訥夫公在時也。汝等善遇之！』小石屋精舍，忍齋公爲兩孫襄綺公、震遠公養疴讀書之所，延詩僧葦航守之，名『白雲棲寺』，祖母陳太孺人、叔祖母汪太安人合窆於寺南之麓。時有傾頹，每歲命僧紹龍任修葺事，漸復舊觀。陳太孺人歿後，雖器皿小物，必珍藏之，見則垂泣，謂手澤所存，命不肖等世寶勿替。祖塋一在虞山頂，一在恬莊，去城卅餘里。府君於春秋時祭，每率子侄等，必清晨往，展拜后始飯。游文書院司閽王姓，頗能詩，既歿，府君爲序其遺草付梓。其存心敦厚，有不可更僕數者。

府君氣體素羸弱，自奉儉率，食不重味。一冠至十年不易，衣裘雖補綴，猶愛惜之，恒語人曰：『物力維艱，非吝也。』年來課業之暇，起居一室，坐擁羣書，手自編次古文詩詞，或置酒邀客，縱譚今古。畫梅神似袁石山農，作字始宗董思翁，繼法顔平原、米海岳，各體皆備。至六十後，參之趙松雪，而得其神髓，人皆謂『轉枯爲菀，足爲壽徵』。間作分隸，筆法和會漢唐，求書者接踵，府君謙不以爲能事也。去秋忽夢至一處，董思翁先在座。展玩長卷，即思翁書，府君讚歎不置，思翁曰：『此即君前身所書，何忘之耶？』府君殆思翁後身也。又嘗夢見太白、東坡，執弟子禮，東澗老人在側，長揖相邀。今云『歸去』者，殆亦天上修文之任耶。作詩别開門户，絶不依傍前人，嘗訓不肖等曰：『一人有一人之性情，無性情不可言詩。昔陳公甫云：「詩論性情，論性情當論風韻，無風韻則無詩。」此詩家未發之秘，若徒以格律體裁規規于唐宋者，類皆剽竊摹擬，失己之本來面目，而性情亡矣。有真性情，然後涵泳于經史百家，以爲立言根柢，自然獨闢町畦，耐人尋味，足爲一代正聲。自古大家、名家，何嘗不以學力勝，要必從性情中來也。』府君詩集先刻三十卷，風行海内，朝鮮國使臣入覲，購覓攜歸。去冬，命文杓抄録三十二卷，後虚數葉，意于今春續成，孰知爲伯生丈作《賞詩閣》七古一章，遂成絶筆矣。痛哉！元夕，曾命文杓將于花朝邀言臯雲太守及凌客、伯生、鹿樵諸君作五老會，『汝等須預儲佳醞，不負良辰樂事』，豈意甫及半月，言猶在耳，竟成虚願。嗚呼痛哉！不肖等檮昧寡識，不能仰窺志行之萬一，今雖欲長跪膝前，恭聆訓誨，已不可復得矣。泣血椎心，悔何及哉！

府君生於乾隆二十五年十一月十一日酉時，終於道光九年二月初二日寅時，享年七十歲。乾隆乙卯恩科舉人，嘉慶乙丑科進士，翰林院庶吉士，武英殿協修官加一級，敕授文林郎。配我母席孺人敕封孺人，雍正癸卯科舉人、内閣中書協辦侍讀諱鏊孫女，太學生例贈文林郎諱光河女。子三：不肖文杓，廩膳生，娶陶氏，增廣生諱廷塏女，繼娶林氏，福建龍巖太學生諱寶女；次不肖文樾，太學生，娶趙氏，太學生諱元鼒女，繼娶徐氏，福建鳳山縣知縣諱英女；不肖文楷，娶錢氏，元和從九品職員名壽祺女。女二：長適太學生吴名璋公子太學生來復；次適邑庠生邵名廣鑑公子廩貢生淵懿。孫男五：長傳潁，娶吴氏，太學生諱德滋女；傳烺，娶周氏，太倉庠生名僖女，皆不肖文杓出；傳熤、傳玉、傳熥、傳燮，皆不肖文樾出，傳玉出嗣堂兄文栻後；傳燾，不肖文楷出。孫女二：長適太學生歸諱元亮公子于恒，不肖文杓出；次未字，不肖文樾出。曾孫女三，傳潁出者二，傳烺出者一。

府君生平行事之大畧，不肖等苦凷荒迷，無能詮次，謹就居恒記憶所及，排年纂錄，仍復掛一漏百，詳簡失宜，庶存梗槩，用備家乘云爾。伏冀當代大人先生，俯加採擇，錫之銘誄表碣，以光幽宅，不肖等世世子孫，感且不朽。不肖孤子文杓、文樾、文楷泣血謹述。賜進士及第誥授中憲大夫奉天府府丞兼提督學政前翰林院修撰加三級紀錄十次年愚弟彭浚頓首填諱。

翰林院庶吉士孫君墓誌銘

李兆洛

君諱原湘，字子瀟，又字長真。孫氏，宋忠烈天祐裔也。高祖世柱，候選州同知，自休寧雲溪遷家常熟。後縣析爲昭文，遂爲昭文人。曾祖岐福，祖永埏，考錦。本生考鎬，誥授朝議大夫、山西潞安府知府。曾祖、祖，皆贈如其官，妣皆贈封恭人。

君生而穎異，方三四歲即知讀詩，口詠指畫，若能通曉，蓋天賦也。成童後，嘗從朝議君於官，朝議自奉天治中擢潞安府。君所歷若山海關、醫巫閭、瀋陽、繡嶺、木葉嶺諸勝，及黄河、太行、王屋，名山大川，風物奇險，皆以謌詠發之。年才弱冠，而名滿都下矣。

中式乾隆乙卯恩科江南鄉試，嘉慶乙丑進士。改翰林院庶吉士，充武英殿協修官。假歸，得怔忡疾，遂不出。歷主毓文、紫琅、婁東、游文諸講席，教誨不怠，多所成就，士論翕然歸之。凡邑中有水旱振恤之事，君必先爲經畫，故全活者甚衆。

初，李廷敬味莊備兵蘇松，主一時詩文壇坫，吾友若李鹿耔、丁道久、陸祁生諸君，皆往來吴淞煙水之間，歲無虚日。一日歸，會聚之頃，爲余言：『昭文孫子瀟者，今之詩人也。』輒誦其詩數章，翛閑澹遠，有古人之風。余雖不善爲詩，而知好之，頗以不獲見君爲恨。及嘉慶十年，與君同舉於禮部，相聚都下，因以潛觀君之容貌舉止，脱然不與世俗爲類，而藴藉之氣，溢於眉宇間，蓋信乎深於詩教者也。然君學足以治行，教足以澤遠，才足以幹事，乃甫登第而旋退，僅以詩稱也，可不惜哉！可不惜哉！

其論詩之旨，以爲一人有一人之性情，無性情不可言詩，無風韻不可言詩，若徒以格律體裁，規模唐宋者，則失己之本來面目，而真性情亡矣。有真情性，然後涵泳於經史百家，以爲立言根柢，自然獨闢町畦，足爲一代正聲。自古大家名家，何嘗不以學力勝，要之必從性情中來也。此言出，而專主性情，以爲詩可無學而能者，足關其喙矣。

以道光九年二月二日卒，年七十。君所爲詩，已刻者三十卷，《續集》及古文、駢體三十二卷未刻。

考贈文林郎，妣陳氏封太孺人。配席氏封孺人。子三人：文杓，縣學生；文樾，國子生；文楷。女二，國子生吴來復、縣學生邵淵懿其壻也。孫五人。文杓等將以某年某月某日葬君某鄉某原，先期請銘。銘曰：

嗚呼！古之學者爲己，今之學者爲人。爲人者襮諸外，爲己者淑諸身。君之不汲汲於仕進而以

昌其詩也，意在斯乎。則此巋然者東野、閬仙之侶，方有經過下馬捫碑酹酒於兹者矣。（《養一齋文集》卷十二）

清翰林院庶吉士孫君墓誌銘

編者按：此篇附《天真閣集》後，文句多異，故兩存之。

李兆洛

君諱原湘，字子瀟，又字長真。晚又自號心青。孫氏，宋忠烈公天祐裔也。高祖世柱，候選州同知，自休寧雲溪遷家常熟。後縣析爲昭文，遂爲昭文人。曾祖岐福，祖永埏，考錦。本生考鎬，誥授朝議大夫、山西潞安府知府。曾祖、祖，皆贈如其官，妣皆贈封恭人。

君生而穎異，方三四歲即知讀詩，口詠指畫，若能通曉，蓋天賦也。成童後，嘗從朝議君於官，朝議自奉天治中擢潞安府。君所歷若山海關、醫巫閭、瀋陽嶺、木葉嶺諸勝，及黄河、太行、王屋，名山大川，風物奇險，皆以歌詠發之。年方弱冠，而一時名宿，斂手推矣。

中式乾隆乙卯恩科江南鄉試，嘉慶乙丑進士。改翰林院庶吉士，充武英殿協修官。假歸，得怔忡疾，遂不出。歷主毓文、紫琅、婁東、游文諸講席，教誨不倦，多所成就，士論翕然。凡邑中有水旱振恤之事，君必先爲經畫而後行，故全活者甚衆。

初，李味莊廷敬備兵蘇松，主一時詩文壇坫，吾友劉芙初、李鹿籽、丁道久、陸祁生諸君，皆往來吳淞煙水之間，歲無虚日。歸，聚會之頃，爲余言：『昭文孫子瀟者，今之詩人也。』輒誦其詩數章，翛閑澹遠，有古人之風。余雖不善爲詩，而知好之，頗以不獲見君爲恨。及嘉慶十年，與君同舉於禮部，相聚都下，因以濳觀君之容貌舉止，脱然不與世俗爲類，而藴藉之氣，溢於眉間，蓋信乎深於詩教者也。然君學足以治行，教足以澤遠，才足以幹事，乃一登第而旋退，僅以詩稱也，可不惜哉！可不惜哉！

其論詩之旨，以爲一人有一人之性情，無性情不可言詩，無風韻亦無詩，若徒以格律體裁，規模唐宋者，則失己之本來面目，而真性情亡矣。有真情性，然後涵泳於經史百家，以爲立言根柢，自然獨闢町畦，足爲一代正聲。自古大家名家，何嘗不以學力勝，要之必從性情中來也。此言出，而專主性情，以爲詩可無學而能者，足關其喙矣。

以道光九年二月二日卒，年七十。君所爲詩詞古文駢體文及《外集》，共六十卷，名《天真閣》，已刻行於世。

考贈文林郎，妣陳氏封太孺人。配席氏封孺人。子三人：文杓，縣學生；文樾，國子生；文楷。女二，國子生吳來復、縣學生邵淵懿其壻也。孫五人，曾孫二人。文杓等將以道光十一年十一月十七日葬君於常熟鎮江門外豐三塲四十五都四圖下承字號新阡，先期請銘。銘曰：

古之學者爲己，今之學者爲人。爲人者襮諸外，爲己者淑諸身。君之不汲汲於仕進而以昌其詩也，意在斯乎。則此巋然者東野、閬仙之侶，方有經過下馬捫碑酹酒於兹者矣。

皇清勅授文林郎翰林院庶吉士充武英殿協修官孫君墓志銘

陳壽祺

今總督宫保孫公造講舍，持子瀟吉士詩集及其子所爲行狀，屬壽祺曰：『子瀟志行芳潔，老而彌志以歿。平生梗槩見於詩，不可無以襮之也。其家將礱窆石，願以銘幽請。』壽祺往在京師，與吉士罕相接，然耳其名久，且宫保之同族也。又與同歲舉進士，同入詞垣，因宫保以得其爲人也，信其敢辭。案狀：

君諱原湘，四歲能誦漢魏晉及唐杜李詩，旁涉涑水《通鑑》，通大義。九歲習《論》、《孟》、『四經』、『三禮』，號神童。然弱冠以後，數躓文場，釋褐，年已四十有六。丁内艱，服闋入都，道病亟歸。病瘳而宿痾間作，遂絶意仕進。

君負穎異之資，秉雅澹之操，優閒林居二十載，未竟其用，而齒已衰，無所發舒其才，乃益專肆力於詩。其言詩之恉曰：『陳白沙謂詩論性情，論性情當論風韻，無風韻則無詩。此詩家未發之秘。茍徒以格律體裁，規規於唐宋，類皆剽竊摹擬，失己面目，而性情亡矣。』故君詩瀏漓麗逸，獨以風韻勝。凡已鋟未鋟者，六十二卷，雖工它文詞，然不若其詩之美且富也。

君天挺淳至，力行修己養性之學，日記省身格以自勵。始生父訥夫郡守命後仲弟襄綺贈公，既壯，祖妣邵太恭人春秋高，父兄遠宦，君請於所後母陳太孺人，朝夕往來兩宅，視膳問安，雖嚴寒盛暑無間。葬外祖席氏三世中表范氏夫婦停匱，佽路人之不能殮者。每歲季冬，施棉襦袴數百事，賙窮乏者。僕李佺、閻王甲皆能詩，君優待之，死裒其遺草，序而鋟之。其宅心類古長者，是以性情所發，闢町畦而茂根柢，醰醰乎其言之旨也。

當世公卿賢俊，所與交，莫不相推重。主書院玉山、紫琅、毓文、游文等，教生徒多成名以去。視鄉鄰疾苦，若痛在膚。甲子夏，邑被水；癸未秋，大水漂櫬無數，市糶騰踊，君皆請於縣令，勸賑，規畫周浹，餓莩遂抍。復勸有力者收暴露，施棉衣，雖遇奇災，人鮮失所。甲戌秋旱，亦如之。嘗告於官，毀其鄉之淫祀，所謂南北划船者。昭文濬城河，常熟濬琴河，君咸襄其事，通舟楫，理脉絡，民樂其利。未歿前數月，猶商蕘城之舉，登陴憲功。然則君之志行，常孜孜於濟人利物，無媿乎急病之贊矣。區區文詞云乎哉。

上世自唐咸通閒有萬登者，官金吾衛上將軍，封新安伯。黄巢之難，屯兵休寧，遂家焉。二十八世再遷常熟，後縣析爲昭文，遂占籍焉。祖永埏，考潞安知府鎬，妣陸恭人生三子，君其仲也。所後考錦，贈如公官，妣陳太孺人，少而嫠，以節孝稱。

乾隆六十年君舉鄉試，嘉慶十年第進士，皆第二。改翰林院庶吉士，充武英殿協修官。以乾隆二十五年十一月十一日生，道光九年二月二日卒，享壽七十。配席孺人，長詞翰，常與君唱和閨中。生子五：文杓廩膳生，娶陶氏，繼娶林氏；文樾，國子監生，娶趙氏，繼娶徐氏；文榁、文樞，幼殤；文楷，娶錢氏。女子子二，壻曰國子監生吴來復、廩貢生邵淵懿。孫五人：文杓生傳熲，娶吴氏，傳烺娶周氏；文樾生傳煜、傳玉、傳熥、傳燮，傳玉爲從兄文栻後；文楷生傳燾。孫女二，曾孫女三。以某年某月日葬某地。銘曰：

體之孱也才則豐，性之約也施則充，齒之耋也而心不失其童。仕躋乎石渠金馬，胡爲終老乎蒿蓬。天殆嗇其遇而昌其詩，俾之餐勝於山水以殫其工乎。（《左海文集》卷十，又光緒刻本《天真閣集》後附）

翰林院庶吉士兼武英殿協修孫先生行狀

趙允懷

曾祖岐福。

祖永埏。

考錦。敕贈文林郎翰林院庶吉士。妣孺人陳氏。

本生考鎬，誥授朝議大夫、山西潞安府知府。本生妣恭人陸氏。

本貫江南蘇州府昭文縣，年七十歲。狀：

先生姓孫氏，諱原湘，字子瀟，晚號心青。先世自歙遷常熟，常熟析爲昭文，而先生科第隸昭文。以太學諸生中乾隆乙卯恩科本省鄉試第二名，又中嘉慶乙丑科會試第二名。改庶吉士，入翰林，充武英殿協修官。請假旋里，戊辰二月還朝，道病，歸，遂不復出。

先生生而穎異，初解四聲即能詩，蓋天授也。本生考太守公官奉天治中，擢守潞安，先生恆侍左右。山川名勝，悉見題詠，其得江山之助，自少已然。時吴竹橋禮部蔚光爲邑中老學，先生自潞安歸，投以所爲，禮部歎賞，作書抵袁簡齋太史枚，盛相推挹。因日與禮部及諸名士留連觴詠，文采風流，輝映一邑。

既遊歷南北，益有名。而是時國家承百餘年太平之業，海内士大夫優遊暇豫，以文章著述爲事，南有太史，北有法梧門祭酒式善，又趙雲菘觀察翼、吳穀人祭酒錫麒，皆一時壇坫。而洪編修亮吉、孫觀察星衍、張編修問陶，以至汪中、陸繼輅、王曇、舒位輩數十人，綜鞶帨，扇蘭芬，姓名在藝苑赫赫然，先生悉與掎裳聯襼，投分締交。試白下時，袁太史招至隨園，集兩江名流，張鐙設讌，先生即席賦詩，太史歎爲天才。在都下時，集法祭酒詩龕，祭酒作《三君詠》，謂先生及王曇、舒位也。

先生會試，出太傅朱文正公門，公以鼎元相期，而殿試顧在二甲。先生往謁，公迎謂曰：『吾意子必魁多士，乃不然。』深爲歎詑。以故先生注籍京朝，不滿一年，當世名公卿，無不知有先生者。

先生既以病家居，時得少閒，四方譚藝之士至吳門者，因過虞山，先生與之上下古今，議論累日夕不倦。惟不喜數數見官府，見則以閭閻疾苦相告。政令或有未便，多爲詩歌以託諷，冀其感動，而有所遷改。集中如《擬禽言》、《太守來》、《開倉謠》之類，無慮數十章，可與白傅《秦中吟》、少陵《石壕吏》諸篇並傳。或爲近遊武陵西子湖、陽羨張公洞及天平、靈巖諸山，尤愛銅坑梅花，凡數至焉。吾邑故山水縣，風景清淑，多可遊處，而先生所居在城東，辛峰秀色，直落巷中，門弟子載酒問字無虛日，先生輕衫便服，時與出遊，或泛小艇湖橋、尚湖間，襟韻蕭遠，見者不知其爲翰林先達也。

其爲詩，於古人所長皆有之，而於太白爲近；古文泛濫唐宋諸家，而返其約於震川；駢體雋潔古秀，神似六朝；填詞雅好姜堯章；作字始學米南宮，後仿劉文清公；畫梅法王元章。綜先生所詣，靡不過人，而所深造莫如詩。嘗述陳公甫之言曰：『詩論性情，論性情當論風韻，無風韻則無詩。』謂爲詩家未發之祕。又謂：『規規於唐宋者，類皆剽竊摹擬，失己之本來面目，而性情亡矣。有眞情性，然後涵泳於經史百家，以爲立言根柢。古來大家名家，何嘗不以學力勝，要必從性情中來。』此殆先生自言所得力，而先生實亦能副此言也。

歷主崑山之玉峰、旌德之毓文、通州之紫琅、本邑之游文各書院，諸生競喜得名師。邑中執贄從學，又數十百人，多以科名自見。通家子趙允懷，年甫冠，獻所作詩文，先生以爲才，作書抵蔣大令因培於山左，比之玉笥生，其推挹略同吳禮部之於先生。先生未嘗言，允懷不及知也。洎大令歸，示其書於允懷，時先生已沒，乃感歎涕泣。其奬拔後進，虚懷樂育如此。

先生生於乾隆二十五年十一月，卒於道光九年二月。子姓婚嫁，具詳家傳。著《天真閣集》四十卷行世。先生之卒，武進李太史兆洛誌其墓，而先生文行，宜有狀上諸史館，因詮次如右。（《續碑傳集》卷七十六）

法式善傳附孫原湘傳

（式善）平生於詩所激賞者，舒位、王曇、孫原湘，作《三君子詠》以張之。然位艷曇狂，惟原湘以才氣寫性靈，能以韻勝，著《天真閣集》。

原湘字子瀟，昭文人，嘉慶十年進士，選庶吉士，未仕。

同時江蘇與原湘負才名者，有吳江郭麐。（《清史稿》卷四八五）

舒位傳附孫原湘傳

孫原湘，字子瀟，江蘇昭文人。三四歲即知讀詩，口詠指畫，若能通曉。成童後，從其父鎬官奉天、山西，所歷名山大川，風物奇險，皆以歌詠發之。年才弱冠，名噪都下。嘉慶十年進士，改翰林院庶吉士，充武英殿協修官。假歸，得怔忡疾，遂不出。歷主毓文、紫琅、婁東、游文諸講席，多所成就。視鄉鄙黨疾苦，若痛在膚，有水旱賑卹之事，必先爲經畫之。其論詩之旨，以爲一人有一人之性情，無性情不可言詩，無風韻不可言詩。若徒以格律體裁，規模唐宋，則失己之本來面目，而真性情亡矣。有真情性，然後涵泳於經史百家，以爲立言根柢，自然獨闢町畦，足爲一代正聲。自古名家大家，何嘗不以學力勝，要必從性情中來也。其詩瀏離麗逸，獨以風韻勝，沈鬱不及張問陶，而無其叫囂；敏贍不及袁枚，而無其游戲。虞山詩人以才氣寫性靈，獨開生面者，原湘一人而已。著有《天真閣集》三十卷、《續集》及古文、駢體三十二卷。（《清史列傳》卷七十二）

舒鐵雲先生事略附孫源湘

孫子瀟，名源湘，江蘇昭文人。嘉慶十年進士，官編修。有《天真閣集》。年十五，隨父任出山海關，登醫巫閭，援筆賦詩，已有驚人句。丙辰會試下第，歸途與舒鐵雲、王仲瞿兩孝廉同行，三人者才相若，唱和無間，詩名若鼎足焉。子瀟詩沈鬱不及船山，却無其叫囂；敏贍不及隨園，却無其游戲。婦席氏名佩蘭，亦工詩，著有《長真閣稾》。（《國朝先正事略》卷四十三）

孫原湘小傳

孫源湘字子瀟，父鎬。源湘少有詩名，嘗侍父任出山海關，歷醫巫閭諸勝，故其詩益豪蕩有奇氣。嘉慶十年進士，入翰林，未散館歸，遂不出。以詩文雄長詞壇者三十年，名與王曇、舒位鼎足，世稱『三君』。所著詩集，風行海内，朝鮮使臣購之而去。虞山詩人，以才氣寫性靈，獨開生面者，源湘一人而已。配席佩蘭亦工詩。李兆洛志墓。同時有席世昌、席煜、趙同鈺，與源湘稱『虞山四才子』。（《同治蘇州府志》卷一百三）

附錄三

諸家評論及相關資料選輯

戊申，過虞山。竹橋太史薦士六人。孫子瀟《長干里》云：『門前春風其來矣，珠箔無人自捲起。』《對酒》云：『黄金能買如花人，不能買取花時春。』……皆少年未易才也。（袁枚《隨園詩話》卷十一第二五條）

世間詩思已説盡，豈知尚有未開徑。子瀟太史太好奇，要與千古人爭勝。康莊大道嫌共趨，别鑿凶門誇力勁。唾餘牙後盡掃空，一縷心香獨盤硬。遂令維摩十笏中，五百由旬不能竟。檀溪奮躍三丈凋，卭坂叱登九折夐。始知蝸角有戰場，伏尸百萬地猶剩。古聞縮地壺公壺，今乃闢塗禁坑禁。貽我天真閣一編，不知幾費椎斧柄。海内詩人應第一，嘔出心肝不辭病。卻笑名場值幾何，乃爲求工欲□命。（趙翼《甌北集》卷四十九《題孫子瀟翰林詩册》）

孫吉士原湘詩，如玉樹浮花，金莖滴露。（洪亮吉《北江詩話》卷一）

馬軍正頭領十四員

病尉遲孫子瀟（原湘，昭文人，嘉慶乙丑進士，官翰林院庶吉士。著《天真閣集》。）

恃一鞭，鬥呼延。（舒位《乾嘉詩壇點將録》）

本朝文運天開，文章日盛，而間及于女子，亦著作如林，惜無人爲之選録成大部者。近時某君雖有《擷芳集》，何足數也。余嘗戲語孫子瀟庶常云：『君詩才絶妙，刻集盈尺，而多閒暇，何不精選繡閣英才之詩，都爲一集，俾掃眉人吐氣乎？昔顧俠君選元詩畢，夢中有古衣冠者數十人來謝，他日君夢中自亦必有無數紅裠翠裹，深深拜謝于君前者，豈非一大快事耶。』（錢泳《履園叢話》卷二十一『繡閣英才』條）

孫子瀟孝廉原湘，江蘇昭文人。博學工詩，往往有奇闢之境。嘗見其《龍池篇》云：『撥開白雲一串月，石骨中藏水晶窟。大池蕩蕩居龍王，次池龍婦爲椒房。小池龍子一部落，水泛金光射日角。老僧咒水水忽飛，一鱗浮動青玻璃。摘珠弭首蝘蜓服，身是龍身目龍目。青天倒影天亦驚，地底隱隱鞭雷聲。隆冬萬物不長養，莫作出山雲雨想。』雲譎波詭，洞心駴目。若《春草》云：『青到明妃塚，香生屈子祠。』則又耐人尋諷矣。（法式善《梧門詩話》卷十四）

乾嘉以來，於斯爲盛，並世諸賢，略可屈指。……爲才人之詩者，則有武進黄仲則、陽湖趙甌北、洪稚存、湘譚張紫峴、會稽商寶意、大興舒鐵雲、嘉興王仲瞿、揚州汪劍潭、竹素、竹海父子、遂寧張問陶、金匱楊蓉裳、荔裳兄弟、金華周箌雲、丹徒嚴麗生、常熟孫子瀟、吴江趙艮夫。（陳文述《頣道堂文鈔》卷一《顧竹嶠詩敘》）

孫子瀟庶常源湘，常熟人，余在海虞之語溪，偕味霞山人冒雨扁舟訪之，子瀟欣然留宿數日，口占一詩見贈，云：『船到柴門老樹迎，一身秋雨帶詩情。山經我住雲俱懶，琴喜君來壁自鳴。舊識兒童顔盡熟，暫遊城市路偏生。年荒酒味清於水，愁對簷花且共傾。』余亦和韻，因率意之作，故不存稾。子瀟畫梅得楊補之筆意。（盛大士《谿山卧遊録》卷四）

當乾隆、嘉慶間，常熟昭文文學尤盛，孫原湘子瀟、蔣因培伯生並倜儻自憙，意不可一世，蘭風年未冠，操筆與角，兩君心服，遂齊名。其後子瀟成進士，引疾去館，至今未真除。伯生由他塗爲縣令，旋以得過失職，而蘭風終於諸生。三君子者，其豐於才而嗇於遇，一也。（陸繼輅《崇百藥齋續集》卷四《邵蘭風哀辭》）

《南野堂筆記》載：『小倉山房題句甚多，其中有可移作楹帖者，如黄之紀云：「到處自開詩世界，無人不拜老神仙。」趙雲崧云：「喬木十圍人共老，名山一席客爭趨。」丁珠云：「身閒但急千秋業，官罷還貪一縣花。」黄仲則云：「文章草草皆千古，仕宦匆匆只十年。」葉紹楏云：「偶談舊雨人俱古，能坐春風客亦佳。」蒲忭云：「六代雲山隨杖履，一園花鳥盡聰明。」汪汝弼云：「曠代誰標才子號，聞名都當古人看。」孫原湘云：「黄初詞賦空千古，白下江山送六朝。」」（梁章鉅《楹聯叢話》卷六）

虞山孫心青太史，詩詞之雋妙，甲於大江南北，所著詩文，亦超超元箸，近以所刻《天真閣集》見寄，并以閨人席道華所作詩詞屬爲點勘，其清新處，當與梅花共香一室也。（葛嗣浵《愛日吟廬書畫續録》卷七『清湯貽汾墨梅冊』）

孫源湘，字子瀟，江蘇昭文縣人。嘉慶十年進士，官翰林院編修。有《天真閣集》。

君考太守公先官治中，乾隆己亥，君年十五，赴奉天省親，出山海關，登醫巫閭，援筆賦詩，已有驚人句。壬寅，太守守上黨，命君由里攜眷赴晉，登太行山，賦長歌。甲辰，太守左遷成都別駕，命君奉祖母南還。是年入學。君未冠即壯遊，登臨覽觀，得江山之助，既而里居多暇，沈酣載籍，益肆力於詩。乙卯舉於鄉，丙辰會試下第，壬戌復下第。歸途與舒鐵雲位、王仲瞿曇兩孝廉同行，三人才相若，心相契，而梧門學士法式善爲詩，贈鐵雲、仲瞿、子瀟，題曰《三君詠》，於是三君詩名，若鼎足焉。乙丑君成進士，入詞垣，年四十一矣。余從翁祖庚太史同書處借《天真閣集》讀之，集十六卷，編年至甲子而止，擬致書太史，再索寄其甲子以後詩。《聽松廬文鈔》

子瀟太史生平最重『情』字，其詩有云：『情者萬物祖，萬古情相傳。』又云：『此生如春蠶，苦受情束縛。』又云：『在我則爲情，及人則爲仁。』數語發揮『情』字，可謂簡括透闢。余嘗謂：性未發，不可知；情既發，乃可見。古來忠臣孝子、義夫節婦，雖是性生，總由情發。只此不忍忘、不忍負之一念，便是情所固結、情所彌綸。讀子瀟詩，可謂先得我心。《聽松廬詩話》

子瀟詩有兩種：一種以空靈勝，運思清而能入，用筆活而能出，妙處在人意中，又往往出人意外。一種以精切勝，詠古必切其人，論事必得其要，固是應有者有，却不肯人云亦云。《聽松廬詩話》。

《天真閣詩》，骨力沈鬱，不及船山，却無船山集中之叫囂；才氣富贍，不及隨園，却無隨園集中之游戲。《聽松廬詩話》

子瀟今體詩，全首渾成者甚多，偶錄數首。《謁孟子廟》：『闕里斯文喪，乾坤一戰場。大賢天挺出，古道日重光。功業追神禹，尊崇亞素王。廟堂瞻企久，門外嶧山蒼。』《岳忠武墓》：『鄂王墳上樹蒼蒼，嘯起悲風哭靖康。宋室已收檀道濟，朔方猶畏郭汾陽。朝廷自毀擎天柱，宰相方開偃月堂。千古奇寃成創格，不須鳥盡已弓藏。』通體警鍊沈鬱，能拔出前人名作之外。《聽松廬詩話》

《入都留別》：『輕裝檢點終年服，半是慈親手自裁。恰喜六旬猶老健，頻催千里莫徘徊。秋風或報佳音捷，生日應添笑口開。得固欣然失亦喜，從容負米定歸來。』『從來路近說長安，往復雙魚達不難。書莫經年忘却曬，詩須按月寄來看。深知蓬戶持非易，猶喜金釵典未完。祇恐閨中太岑寂，故教新婦爲承歡。月前爲大兒成婚。』『四月池塘春草長，紫荆花下共行觴。長空去鳥甯無路，故國飛鴻自有行。天下莫如兄弟好，人生偏是別離忙。黑貂裘與黃金幣，重潤蕭蕭季子裝。』『爲汝匆匆賦感婚，居然桃李爛盈門。稱翁尚覺慚聽婦，娛母先期要得孫。書課莫忘教弟妹，慈闈須代定晨昏。家風不敢獅兒望，且免人呼作犬豚。』『綠陰千里噪棲鴉，四月南風上水查。好友豫先期後會，詩人偏是愛天涯。合離始覺文章妙，灑脱須知繫戀差。看得故園花事畢，搖鞭去看上林花。』仲則入都留別詩，氣體高邁；子瀟入都留別詩，情致纏綿。各有至處，皆不磨之作也。《聽松廬詩話》

《宿西巖》：『秋水滿青天，天心一月懸。太清爲世界，不睡即神仙。列宿兩三點，前身億萬年。清風莫吹我，我意已飄然。』余生平最愛坐月，嘗謂一輪皎潔，萬象澄清，身在冰壺，即此是瑤臺仙境。子瀟此詩，恰如吾意所欲言。『明月前身』，誰不解用？只加三字，便成奇語。直説『飄飄欲仙』，亦常語耳，偏説『風莫吹我，一吹便仙去』，妙不可言。

標題：《赴金陵作》，《書王文成公詩卷後》，《張公洞》，《情箴七首》，《天真閣集刻成》；以上五古。《太行》，《古劍歌》，《盧忠烈公祠》，《大雪同項儒》，《朱烈女》，《賣餻兒》，《岳祠銅爵》，《埽花篇》，《月華歌》，《蕊宮花史曲》，《晉將軍周處袍笏墓》，《善卷洞》，《文孝女》，《黃貞女》，《梧門先生寄三君詠作歌》。以上七古。

摘句：『墮地爲男兒，於世竟何補？』『萬物各有能，彼此不相代。』『男兒少憂患，何以成英雄？』『情者萬物祖，萬古情相傳。孩提不學能，聖王以爲田。』『在我則爲情，及人則爲仁。世有理外事，斷無情外人。』『朝作一緘書，暮復易其稿。上積淚痕多，恐傷親懷抱。』『道存無顯晦，權重在文章。』《謝呂叔訥爲先公撰墓碑》『骨肉奔飢餓，親朋老別離。』『生才關世運，厭亂識天心。』『春愁雙蛺蝶，曉夢百鴛鴦。』『綠深蝴蝶靜，花落美人孤。』『一山飛綠下，萬樹擁秋來。』『獨當春正月，纔是百花王。』《梅花》『二叔事開唐社稷，六官書誤宋君臣。』《周公墓》『萬世不經烽火地，一城多是聖人孫。』《曲阜》『道甘三黜從官小，謚定千秋賴婦賢。』《柳下惠墓》『不成事豈殊充竇，得勢兵先據絳汾。』《唐太宗》『偏安早定平王計，返駕先愁叔武迎。』《岳忠武》。此二句，誅高宗之心，岳忠武所以見殺。『得歸鄭伯知誰力，必殺元咺始有名。倘使上皇終北狩，諸公何處奪門迎。』《于忠肅》。結二句，足以塞徐、石之口，而褫其魄。『漢帝故鄉思沛邑，周家王業重豳風。』《盛京》『貧賤始多閒暇日，宴遊須及太平時。』『樓臺侵曉雲爲夢，絲竹黃昏月有聲。』『好境未來尤耐想，名山終到不嫌遲。』『人歸祇覺貧俱好，天道無如熱最公。』『煙霞總出文章口，泉石能消仕宦心。』『詩關天分清逾妙，語透人情淡更真。』『花非薄命何殊草，詩若無情不算才。』『坐鄰水竹都忘俗，修到神仙只是閒。』『人如不俗終難富，事果能癡便可傳。』『圖書漸富釵環減，鍼黹偏疏筆硯親。』《示內》『書將子課如親讀，詩共妻聯勝獨吟。』『賴有閨房如學舍，一編橫放兩人看。』『五鼓一家都熟睡，憐卿猶在病牀前。』《病中贈內》。合數句觀之，可想見閨房之樂，又可想見伉儷之篤。《聽松廬詩話》（張維屏輯《國朝詩人徵略》二編卷五十五）

常熟孫子瀟原湘《紀夢》詩云：『削玉玲瓏指爪長，十漿親勸九霞觴。人間久斷麒麟種，却被行廚作脯香。』使楊廉夫見之，必當遶牀三叫曰：『雖老鐵無以着筆矣。』

鈍翁有《洞庭橘枝詞》，蓋仿宋之葉水心，於《竹枝》、《柳枝》之外，別創一格。嘉定王竹所初桐官山東，嘗爲《棗枝詞》，有云：『棗花織就簾櫳樣，棗核燒爲豆蔻香。』語亦工麗。余有《蔗枝詞》，句云：『郎心却似糖心蔗，越壞衷腸口越甜。』蓋蔗味將變，其心先潰，俗呼爲『糖心蔗』。陳雲伯謂與孫子瀟《白門柳枝詞》『歡今何似隄邊柳，受盡東風却向西』，有異曲同工之妙。（沈濤《匏廬詩話》卷上）

錢塘屠琴隖太守倬《大雨至拂塵蓉》云：『山上白雲山下水，水聲只在隔山聞。看來雲水無分别，便是青山亦化雲。』孫子瀟《美人障子》云：『霧髻風鬟秀絶群，碧天如水翦羅裙。從中看破離騷旨，只是湘江幾片雲。』甯化伊墨卿太守秉授《九松嶺》云：『登程西日落高峰，匹馬三關紫翠重。流水不停雲欲暝，一僧枯坐九株松。』東坡云：『每逢佳處輒參禪。』作詩能到此境，便有鳶飛魚躍、活潑潑地之妙。（同上，卷中）

簡齋大令、雲松觀察、苕生太史，一時齊名，桐鄉程春廬同文心儀三公，而蔣以未見而没，因繪《拜袁揖趙哭蔣圖》，以誌景仰。昭文孫子瀟太史原湘則專推袁、蔣二公，其詩云：『平生服膺止有兩，江左袁公江右蔣。廬山瀑布鍾山雲，一日胸中百來往。』錢唐張仲雅大令雲璈又瓣香袁、趙二公，顔所居曰『簡松草堂』，後即以名其詩集。蓋性情之地，各有沆瀣也。陽湖洪稚存太史亮吉評三公之詩云：『袁詩如通天老狐，醉則見尾；趙詩如東方正諫，時雜詼諧；蔣詩如劍俠入道，猶餘殺機。』洵稱確論。稚存先生詩才奇險，好作驚人之句，有人仿其體調之云：『黄狗隨風飛上天，白狗一去三千年。』聞者絶倒。洪聚生平所識詩人，作爲詩評，凡數十家。或問之曰：『公詩如何？』洪自評云：『僕詩如急湍峻嶺，殊少回旋。』（梁紹壬《兩般秋雨盦隨筆》卷二『袁趙蔣』條）

有人作《太上皇》詩云：『得意斯爲天下養，失時要作一杯羹。』劉芙初編修《詠陳平》云：『笑問社中分肉手，如何處置一杯羹？』二詩讀之，真堪失笑。又孫子瀟太史《芒碭懷古》詩云：『威加四海誅元功，羹分一杯棄而翁。君不見蛟龍白日與媪遇，龍種何曾屬太公？』奇論闢空，得未曾有。（同上，

卷四『一杯羹』條）

余嘗暮游湖上，水色山光，深淺一碧，紅霞如火，岸桃俱作白色，欲寫之，苦無好句。偶讀孫子瀟太史詩云：『水含山色難爲翠，花近霞光不敢紅。』適與景合，真詩中畫也。又嘗夜登吳山，風月清皎，烟霧空濛，頗愜游騁。今讀屠修伯大使秉《吳山夜眺》句云：『江湖兩面共明月，樓閣半空横斷烟。』亦恍如置身其間。（同上，卷五『詩與景合』條）

虞山孫子瀟太史有《麗人行》一篇，不知何指，余最愛誦之：『有酒易醉花下人，有金難買花前春。美人十五瓜未破，夜夜微酣抱花臥。春風學得柳妖嬈，鄰家女兒羞舞腰。長安貴人初賜第，高築層臺貯小喬。綠波一朵紅蓮起，豔李穠桃盡休矣。啼笑俱能博主憐，徹夜歡聲朝不止。天生尤物不福人，用盡黄金貴人死。貴人死，美人逃，胸前帶得金錯刀。和烟和月築樓住，開窗自弄秦時簫。美人門前五陵騎，裘馬翩翩稱人意。使君有婦羅無夫，相逢何必還相避。君不見梁綠珠，花飛玉碎何其愚！季倫得罪金谷改，胡不善保千金軀。又不見關盼盼，紅褪香消都夢幻。尚書劒舄已成塵，及早開簾召雙燕。貴人之富富不如石崇，貴人之官官不如建封。生前黄金鑄嬌女，死後他人樂歌舞。劉伶愛酒酒爲生，潘岳種花花對語。至今花不開潘岳墓前春，酒不澆劉伶墳上土。』（同上，卷五『麗人行』條）

孫庶常原湘，字子瀟，號心青，乾隆六十年第二名舉人，嘉慶十年第二名進士。選庶吉士，竟歸不出。才品清逸，詩宗太白，而小倉山房、素脩堂，則其所發源也。已刻行《天真閣集》，摘録以見一斑。《苦熱》云：『陽烏西行戰火龍，兩翅扇燄排當空。五岳蓮華翠乾死，海水欲沸黿鼉宮。我家一椽大如斗，坐若深甑添柴烘。有木皆焦手可炙，有席自暖身難容。攤書祇覺花眩眼，搦管已苦珠流胸。安得卻暑如意犀，虛堂白晝生清風。卻憶田家更辛苦，踏車男婦溝西東。堅土不動犂不鬆，兩股欲折腰如弓。我讀書，彼務農，勞逸靜躁迥不同。讀書尚可掩卷坐，農事輟作田無功。人生不幸爲耕傭，一日之惰終歲窮。君不見城中富家翁，瓜浮碧盌酒泛鍾。九月十月交初冬，開倉積米高如墉。欲將辛苦告富翁，富翁堂中縣官告諭如虹紅。』賦苦熱而及農家，說到冬日所苦，用意之妙，真士衡所謂『游魚銜鈎，出重淵之深；飛鳥纓繳，墜層雲之峻』矣。《長相思》云：『一日不相見，相思比日月。兩日不相見，日月空出没。三朝又三暮，胸結相思核。相思核種相思樹，樹樹花開雙萼跗。相思樹結相思果，顆顆中間兩人裹。世人食果核棄遺，此中甘苦誰得知？思君迢迢終復始，核又生花花又子。』思入風雲變態，出以蛟龍盤曲之勢，賀監見之，亦當有泣鬼神之歎。而『黄金只有春難買，青史誰云賤可傳』一聯，尤痛快。（單學傅《海虞詩話》卷十二）

常熟孫子瀟太史原湘，鄉、會試名皆第二，旋以二甲進士入詞林，妻席道華寄詩，有『溫嶠仍居第二流』之句。舒鐵雲孝廉爲作長歌，有云：『搢笏猶勝讀杜牧，張筝聊可嗤丁稜。元祐碑中文潞國，昆明池上沈雲卿。』蓋皆切第二運典也。（陸以湉《冷廬雜識》卷三『孫子瀟』條）

昭文孫子瀟太史原湘，與德配席浣雲佩蘭俱能詩，倡和甚夥。其《示内》句云：『賴有閨房如學舍，一編横放兩人看。』又《贈内》句云：『五鼓一家都睡熟，憐卿猶在病床前。』上聯想見閨房之樂，下聯

想見伉儷之篤。(倪鴻《桐陰清話》,《清詩紀事》八四四五頁引)

《出郭尋友人不遇》(『秋水昨朝雨,夕陽何寺鐘。』):錢郎舊境。

《娟香樓歌》(『甲申三月桃花明,無愁天子來中興。』):接得好。

《項羽墓》:字字金鍼。

《抵上黨郡署》:此首情真而語不工。

《將之京師次内韻》:字字真至,格律亦極穩密。

《玉峽關》(『林端嘯落峰能應,石罅雲多馬共穿。』):『嘯』不得對『雲』。

《書夏貴》:此詩有裨史學,詞意亦警絶。(李慈銘批,國圖藏李慈銘批本《天真閣集》)

孫子瀟太史《天真閣外集·題蕊宫花史圖序》云:『柔兆執徐之歲,百花生日,宛仙夫人招集女史十二人,宴於藴玉樓,謀作雅集圖,以傳久遠。患其時世粧也,爰選古名姬,按月爲花史:以江采蘋愛梅,梅花屬焉;蘭有謝庭之説,以屬道藴;梨花本楊基「蛾眉澹掃」之句,以虢國當之;牡丹有「一捻紅」,本以太真得名;榴花屬潘夫人,爲處環榴臺也;西子有采香涇,蓮花系之;秋海棠名思婦花,開於巧月,採蘇蕙若蘭故事牽合之;麗華有嫦娥之稱,以之司桂;賈佩蘭飲菊酒駐顔,宜令主菊;芙蓉稱蜀主,錦城最盛,故屬花蕊夫人;惟子月山茶,絶少典要,以袁寳兒爲司花女,屬焉;水仙則凌波仙子,盈盈微步,其洛神乎。分隸既定,作十二鬮,各拈得之。自正月至十二月,爲謝翠霞、屈宛仙、言彩鳳、鮑遵古、屈宛清、葉茗芳、李餐花、歸佩珊、趙若冰、蔣蜀馨、陶菱卿、席佩蘭，長幼間出，不以齒也。爰命畫工以古之裝，寫今之貌，號《蕊宫花史圖》。兩易寒暑乃成，重集畫中人置酒相祝，命余題詩，以紀其事。』詩云：『非非妄想入諸天，管領羣芳合衆仙。按月不關分甲乙，愛花原各種因緣。九霄或有真靈在，萬事都從傳會傳。比作詩家操選例，六朝唐宋一齊編。』『十二釵痕十二闌，萬花深處珮珊珊。改除時世梳粧儉，脩到神仙眷屬難。點筆盡驚傾國豔，披圖還認合家歡。美人本是花真影，只當宣和畫譜看。』『玉樓張出朶雲新，占斷瑤臺四序春。仙樹參差寒燠候，神光離合古今人。好花難得同生日，明月須知有化身。留取畫眉真姓氏，後人應又托傳神。』『蕊珠宫殿月茫茫，我道分明卽故鄉。花裏便爲仙世界，雲邊堪想古衣裳。衆香國暖春常笑，羣玉山高夜放光。願得畫中人不老，年年只作畫中粧。』

余舊有句云：『病裏易思家。』孫子瀟太史《病中示内》詩云：『五鼓一家都熟睡，憐卿猶在病牀前。』又詩云：『刺桐清影拂簾長，鼎沸松風藥透香。親把銀匙調一過，同心甘苦願分嘗。』讀之，足增伉儷之重。

子瀟詩云：『手爇鷓香吟字母，齒音清脆帶京師。』又云：『清脆鄉音略帶蘇。』皆詠香奩也。京、蘇語音，出於嬌婉之口，尤妙。清脆二字，足以概之。（金武祥《粟香隨筆》二筆卷一）

王仲瞿《住穀城之明日謹以斗酒牛膏合琵琶三十二弦侑祭於西楚霸王之墓成七律詩三章》，孫子瀟、舒鐵雲均有詩和之，工力悉敵。法梧門學士有《三君詠》，洵乎其才相若也。余最愛仲瞿原唱云：『秦人天下楚人弓，枉把頭顱送馬童。天命何曾私赤帝，大王失計戀江東。早摧函谷收圖籍，何必鴻門殺沛公？明縱咸陽三月火，讓他婁敬說關中。』又云：『百戰三年空地利，一身五體竟天亡。』孫子瀟和作云：『玉玦三看赤帝愁，鴻門一誤又鴻溝。無心殺季真仁度，并力除秦是本謀。獨棄關中酬故將，平分天下與諸侯。雌雄劉項分明在，本紀原應楚出頭。』又云：『死有人爭分五體，生無天命枉重瞳。』句亦奇傑。（同上，二筆卷三）

孫子瀟太史《七夕》詩云：『天上日月疾，一歲如一日。一日一相逢，猶自嫌離別。』錢璞含詩云：『纖雲四卷碧空淨，浪說神仙別恨多。人世一年天一日，算來夜夜鵲填河。』同一意而各有其勝。錢詩見《秋園隨筆》。（同上，三筆卷六）

王仲瞿、孫子瀟、舒鐵雲三君各有西楚霸王墓詩，工力悉敵，余曾摘錄於《二筆》卷三矣。近見平湖張海門太史《躬厚堂詩錄》有《宿遷項王祠》詩三首，亦頗雄傑，詩云：『莽莽荒城落照餘，亂山邀我此停車。更誰子弟能扛鼎，未有英雄肯學書。宋義庸才誅亦得，范增奇計笑終疏。可憐蓋世如虹氣，化作愁雲繞故墟。』『漢王談笑乞杯羹，總念當時北面盟。帳下不應留項伯，關中何事斬韓生？天亡更爲諸君戰，力竭偏成豎子名。想像雄風臨九郡，夕陽紅處是彭城。』『苔衣玉座百年新，仍是還鄉被錦身。叱咤風雲偏不忍，凄涼妾馬轉相親。艤船欲渡餘亭長，會體封侯有故人。歲歲雞豚修社事，抵他張飲沛宮春。』

海門太史之配錢杜薌女史，名蘅生，有《暮春絶句》，甚清婉，載《正始集》。詩云：『東風人倚碧闌干，露滴枝頭曉未乾。昨夜棉衣剛换却，朝來微雨又增寒。』（同上，四筆卷七）

孫子瀟、袁蘭村輩爲詞，全不講究氣格，只求敷衍門面而已，并有門面亦敷衍不來處。（陳廷焯《白雨齋詞話》卷五）

孫原湘，字子瀟，一字真長，晚號心青，江蘇昭文人。嘉慶乙丑進士。行楷隸古皆有法。法石騙祭酒有《三君詠》，蓋謂舒鐵雲、王仲瞿與君也。《墨林今話》（震鈞《國朝書人輯略》卷八）

閱孫子瀟《天真閣集外詩》，其所爲側豔之體，意實淺薄，毫無滋味，去西崑尚遠耳。（《鄭孝胥日記》光緒三十四年四月十二日）

征西太守慰忠魂，啟秀敷榮定有根。官好自然昌百世，崢嶸科第付兒孫。
來源同溯古徽州，鄉思交情歲月悠。金馬玉堂前後輩，文章風節各千秋。
回憶乾嘉全盛時，中原誰識有蠻夷。八方無事抽簪早，不講軍機只講詩。
湖山風月儘翱翔，文酒親朋樂未央。享足林間清福祿，閑居翻説賭詩忙。
登朝豈必乏經綸，澹定天懷自養真。不似煙霞徒嘯傲，竹籬茅舍學高人。
青雲捷足喜孫郎，手澤邀看賀舉觴。癡絶那防豪富笑，但藏詩片作倉箱。

附錄原跋：子瀟先生與先曾祖禮部公世好，投贈詩牋最多。此册是我家重寶，咸豐十年遇兵刼失去，光緒廿一年秋九月，令元孫師鄭太史以高價購之，命我留題，以誌當年雅事。八旬老朽，素未知詩，而數典不敢忘，樂有同志，學作六首，求方家教正，至幸。世愚弟鴻綸未是稿。

謹案：禮部名蔚光，字竹橋，有《素修堂詩集》。與先高祖吉士公酬倡最富，槐江尚書熊光爲禮部之弟，禮部自散館改官，即隱居虞山，結湖田吟社，終身不出。孫雄附識。（孫雄《道咸同光四朝詩史》乙集卷四吳鴻綸《題孫子瀟先生與先曾祖禮部公投贈詩册》）

王仲瞿集中有《住穀城之明日，謹以斗酒牛膏琵琶三十二絃致祭於西楚霸王之墓》七律三首，實爲千古絶唱。自來詠項王故事者，莫能抗也。佳句如『誰刪本紀翻遷史，誤讀兵書負項梁』、『留部瓠蘆漢書在，英雄成敗太淒涼』、『生能白版爲天子，死剩烏江一美人』、『壁裏沙蟲親子弟，烹來功狗舊君臣』、『戚姬脂粉虞姬血，一樣君恩不庇身』，論古均別具隻眼，而筆力又足以達之。先高祖吉士公，字子瀟，嘉慶乙丑翰林，有《天真閣詩文集》。與舒鐵雲先生位，均爲仲瞿先生至契，同時鼎足詞壇。法梧門祭酒式善曾爲《三君詠》以張其事。此題兩家集中均有和作。鐵雲先生《瓶水齋集》中有『酒澆黃土魂來黑，詩咽烏江浪打紅』、『帳下美人歌駿馬，天涯兒女弔英雄』及『海內文章留杜默，江東子弟送田横』之句。先高祖《天真閣集》中有『死有人爭分五體，生無天命枉重瞳』、『無心殺季非仁懦，并力除秦是本謀』、『敢將文字翻遷史，欲吊英雄用美人』、『鬼馬怒嘶陰夜血，山花紅作戰場春』之句。一時均推爲絶唱。近見易實甫順鼎自撰《琴志樓摘句詩話》，有詠西楚霸王句云：『早知秦可取而代，晚歎虞兮奈若何。』『霸業祖龍分本紀，詩才妾馬入悲歌。』又詠虞姬句云：『死憐斑竹湘妃廟，生笑桃花息國祠。』『良史他年如作傳，美人當日定能詩。』均用眼前故實，而脱口如新，却未經前人道及者，洵足爲英雄美人生色。實甫又云：『詠西楚霸王詩，余又另作一首。記其中兩聯云：「二十有才能逐鹿，八千無命説從龍。咸陽宮闕須臾火，天下侯王一手封。」第四句自謂奇絶横絶，非如此不能將項羽爲人寫出。』項王可愛，此詩亦可愛。

先高祖吉士公，字子瀟，著有《天真閣詩文集》。乾隆乙卯江南鄉試、嘉慶乙丑會試，均名列第二。集中有『泥金帖子耀春屏，注定文昌第二星。華嶽何曾低泰岱，惠泉豈必望中泠』之句。余於甲午朝考，亦以第二人得庾館選。先贈公賦詩誌喜，固深冀小子之學成名立，祖武克繩也。

易哭盦示余近作七古一首，自云：『此詩係仿君家先德《天真閣詩集》之體，君所記《詩話》，不可不録入也。』題係《觀小叫天演珠簾寨劇本》，詩云云。哭盦自著小説，謂王仲瞿係其前身。平日所爲詩如天馬行空，亦頗似煙霞萬古樓。至此作則驅遣今古，純任自然，實合瓶水齋、天真閣與煙霞萬古樓爲一手矣。（孫雄《詩史閣詩話》，《民國詩話叢編》本）

高祖吉士公《天真閣詩集》有嘉慶壬戌年《都門雜紀》五古，詠禁城施糜設廠，編氓携甌就食種種困苦情形，以及災黎求活而奪米、饑民亡名而爲盜，雖爲繡衣使者所見，京兆尹所聞，惟有掩耳搖手，相戒勿語而已。乾嘉時物力滋豐，爲我朝全盛時代，然一遇凶荒，輦轂已覩此凋敝之象。（孫雄《眉韻樓詩話續編》，《清詩紀事》八四四四五頁引）

舊於桂林倪雲癯司馬鴻所著《桐陰清話》中，見有大興舒鐵雲孝廉位《和尚太守謡》七言長古一首，筆情奇恣，徵引繁博，以爲《甌北集》後，久無此才。兹乃得其全刻《缾水齋詩集》讀之，綜二千首有奇，七古自是第一，波譎雲詭，藻合星稠，後有作者，惟益陽湯海秋太史鵬可與抗行。同時法梧門學士舉君與孫子瀟、王仲瞿並稱，目爲『三君』，作《三君詠》。其實子瀟才氣，不及君遠甚，即仲瞿亦第肖其縱横，而未能爲其節制也。（邱煒萲《五百石洞天揮麈》卷十二）

孫原湘，字子瀟，晚號心青，昭文人。嘉慶乙丑進士，改庶吉士。有《天真閣集》。

子瀟年十五，隨父任出山海關，登醫巫閭，援筆賦詩，句已驚人。法時帆祭酒以比舒鐵雲、王仲瞿，爲作《三君詠》。論者謂子瀟詩沈鬱不及船山，却無其叫囂；敏贍不及隨園，却無其游戲云。洪稚存評其詩如玉樹浮花，金莖滴露。（《晚晴簃詩匯》卷一百十八）

孫子瀟《奉睿皇帝遺詔成服哭臨恭輓》四首之二云：『龍旂象輦駐天遊，忽報宫車晏帝邱。八駿自修巡狩典，九疑偏遇陟方秋。東園祕器星馳驛，南殿容衣月掩幬。作冊未須揚末命，平時金鐀早緘繆。』『珠囊金鏡閟宸居，睿草從容旰食餘。盡掃黄巾清海甸，親沈白馬奠河渠。年豐屢下蠲優詔，刑措還傳肆眚書。累德南郊天意定，謾憑珪黯議丹除。』純皇帝之初生也，宫監相傳有誕降在熱河之説。劉金門纂修《實録》，定爲誕降在雍和宫，以御製詩爲證。仁宗升遐，大臣撰遺詔，沿舊説之譌，後知其誤，至追改詔書。子瀟《詠史》云：『堯母門開帝錫名，猗蘭宫殿事分明。黄龍捧日臨金闕，紫鳳翔雲護玉京。薏苡珠應生内苑，菖蒲花豈發邊城。洛陽三日奇香滿，浪認齊州夾馬營。』實紀其事。所云：『文

章五色降鸞臺，薄譴俄驚覆餗災。暫奪樞機離要地，尚留鼎軸近中臺。』謂托文定及大庾相國也。（楊鍾羲《雪橋詩話》三集卷九）

包慎伯謂孫子瀟詩溺於名津，趨時尚，徵色選聲，以多爲貴。吳中可與言詩者，惟蔣澹懷、趙艮甫能知古法，亦不背詩教。（同上，餘集卷七）

孫心青太史原湘，字子瀟，著有《天真閣集》。詞藻紛披，有時過於流利，近甜熟。采其意境取勝而造句精警者。《寒夜鄰滓閣話月》云：『酒能使客肺肝露，月不放人眉眼低。』《內子思結一廛於湖上屬余賦其意》云：『四面不容無月到，一生常得對山眠。』《冒雨夜達青駝寺》云：『燐火有聲穿古墓，濕煙無力脫遙村。』《喜晴寓吳門作》云：『比鄰香熟開缸酒，深巷紅來轉擔花。』《橄欖》云：『帶澀略含酸子氣，回甘才識諫臣心。』（汪佑南《山涇草堂詩話》，《清詩紀事》八四三七頁引）

屈宛仙爲隨園女弟子，饒才思。嘗以百花生日，邀閨秀十二人，集於所居蘊玉樓，謀作《雅集圖》，選古名姬，按月爲花史：梅屬采蘋，蘭屬道韞，梨屬虢國，牡丹屬太真，榴花屬潘夫人，蓮屬西子，秋海棠屬若蘭，桂屬張麗華，菊屬賈佩蘭，芙蓉屬花蕊夫人，山茶屬袁寶兒，水仙屬洛神。拈鬮分得之，自正月至十二月爲：謝翠霞、屈宛仙、言彩鳳、鮑遵古、屈宛清、葉茗芳、李餐花、歸佩珊、趙若冰、蔣蜀馨、陶菱卿、席佩蘭。命畫工以古裝寫今貌，號《蕊宮花史圖》，歷兩載乃成。重集畫中人，置酒相祝。孫子瀟題詩云：『非非妄想入諸天，管領群芳合眾仙。按月不關分甲乙，愛花原各種因緣。九霄或有真靈在，萬事都從傳會傳。比似詩家操選例，六朝唐宋一齊編。』『十二釵痕十二欄，萬花深處佩珊珊。改除時世妝梳儉，修到神仙眷屬難。點筆盡驚傾國貌，披圖還認合家歡。美人本是花真影，只當宣和畫譜看。』蘭閨勝事，留芬簡牒。（郭則澐《十朝詩乘》卷十一，《民國詩話叢編》本）

或謂高宗誕於熱河行宫，則宫監所云，出於訛傳。劉金門纂修實録，謂誕降在雍和宫，以御制詩爲證。仁宗升遐，大臣撰遺詔，沿舊説之訛頒布，後乃追改。孫子瀟《詠史》云：『堯母門開帝錫名，猗蘭宫殿事分明。黄龍捧日臨金闕，紫鳳翔雲護玉京。薏苡珠應生内苑，菖蒲花豈發邊城。洛陽三日奇香滿，浪認齊州夾馬營。』亦闢訛之作。（同上，卷十二）

錢塘梁應來《燕臺小樂府》五章，亦夢華影事也。……應來是作，蓋仿孫子瀟《吴趨吟》。子瀟詩，以紀蘇臺風物，與朔都迥異。吴兒柔靡，自昔已然。《蕩湖船》云：『蕩湖船，一生不出白公隄。清晨泛月采香徑，日午載花香水溪。四角紅絡索，八扇青玻瓈。中間畫簾捲銀押，陳設玉爐金盌文犀棊。桐橋日落烟波膩，放手輕摇疾於轡。但聽雙橈畫水聲，居然走馬看花意。狐裘蒙茸坐誰子，白皙長身美鬚紫。當筵鼻息干虹蜺，一見美人心肯死。美人家住桃花塢，金鎖葳蕤閉朱戶。誰將小字説郎聞，苦要移船就儂語。樓頭飛落一片雲，照水六幅湘江裙。郎飲同心杯，妾歌同心曲。一杯未竟一歌續，沈醉不妨船裏宿。』《當罏女》云：『十五十六妖嬈姝，春風吹酥玉雪膚。門前繁花壓朱楯，屋後竹石交綺疏。鸚哥玲瓏唤人住，石鼎松聲靄香霧。畫眉妝罷膩春纖，偷掠雲鬟理茶具。何用别顏色？霽紅定白哥窯青。何用别香味？虎邱龍井及鳳亭。湯成細吹粥面聚，點法别擅蘭膏馨。銀船鑿落香一琖，直費中人半家産。』《女清音》云：『豐容大辯誰家姝，窄袖禿襟如子都。小妹十三尚不足，阿姊十六頗有餘。客無生疏見面熟，伎師催奉新聲曲。曲終顧客且斯須，酒炙紛綸習池速。探鈎一笑羞靨頳，承顔伺色偏聰明。離之忽近卽之遠，情無情處鈎人情。眉眼能分客高下，親疏還視金多寡。常妝處女十年貞，慣作乾兒一分假。東頭客去西頭來，貴家夜宴還傳催。明朝日高起梳洗，妝成旋抱琵琶理。昨日客來今不來，阿娘怒詈何曾已。張燕燕，李鶯鶯；歷一處，更一名。門前三日車馬稀，一帆又向他州飛。』《男工繡》云：『錦繡纂組害女紅，於今此事兼傷農。終年荷鉏不得飽，不如穿鍼易見巧。穿鍼勿學縫布裳，入時學繡雙鴛鴦。垂髫男子十四五，列坐紅窗靜如女。爲他人作嫁時衣，赤手偏工壓金縷。繡袍五尺春雲疊，抖擻香風消百摺。美人玉立稱腰身，拖地長裾罩華屧。四圍蝴蝶珠穿成，十戶中人衣一襲。交龍鬭鳳色淺深，聰明費盡男兒心。閨中一度春風著，三月功夫弄繡鍼。繡鍼眼無一黍大，賴此全家衣食過。家中姊妹畫雙蛾，妝成袖手終朝坐。』就中最奇者爲《男工繡》。時尚蘇製，內府且採供上用，不僅大戶所需，故營利者鶩趨之。（同上，卷十六）

清初六家，查、王尤工律絶。初白《邯鄲懷古》、《集願學堂留別諸友》，漁洋《潼關》、《沔縣謁武侯祠》、《和徐健庵宮贊喜吳漢槎入關》諸作，皆遙踵唐音，近肩何李。迄於乾嘉之際，王曇、孫子瀟、舒位、黄仲則之倫，浪使才情，往往流於俳諧薄弱，不規正體，未敢援以爲法。（由雲龍《定庵詩話》卷上，《民國詩話叢編》本）

自少至老，詩格未變，藻密調圓，態濃語巧，無舒、王之奇肆（卽法時帆與子瀟並稱作《三君詠》

者），而亦無其獷，無袁、趙之尖新，而能勝以韻，有雲伯、蓉裳之穠整，而靈活過之。惜少變化，傷春之作太多，有可入《外集》者，如《嬌女》詩之兩見是也。卷十三《鏡花水月題詞》云：『蝶夢莊耶莊夢蝶，魚知我否我知魚。』『卽色是空空是色，何真非假假非真。』而《外集》卷二《秋懷》亦有前一聯，改『莊』爲『人』而已。《外集》中必有爲婦作者，如《内人指甲》、《閨人團扇》之類，且分明點出，《指甲》後并附佩蘭詩，與其意中人，似未銷魂真个、卷四《續美人》二首序云『兩美同心，並蒙印可』。卷十七《雜憶寄内》云：『小朵鬘華香沁骨，謝娘頭上過來風。』此黄莘田之『知隔絳紗帷暗坐，謝娘頭上過來風』也。《外集》卷一《玉樓》云：『衹恐君看猶約略，不關儂影太低徊。』此陳後山之『不惜卷簾通一顧，怕君著眼未分明』也。《畫舫》之『憑他萬目青天看，幾見嫦娥要避人。』此《遊仙窟》之『園裏花開不避人，閨中面子翻羞出』。（《錢鍾書手稿集·中文筆記》第四册）

二十年前，評《天真閣集》云：子瀟論詩主性靈，亦卽所謂性情也（《自序》、卷七《春日即事》、卷二十三《論詩贈周山樵》、卷二十六《鴻儒歌》、卷四十一《林遠峰詩集序》、《五是堂詩集序》、卷四十二《楊遄飛詩稿序》）。於時人最服隨園（卷六《隨園先生過訪》、卷八《隨園先生招集》），復與舒鐵雲、王仲瞿交好，法時帆爲作《三君詠》（卷十五《長歌報法梧門》、卷十九《寄舒鐵雲》），詩格亦出入三家之間，佻滑獷詭，亦未能免，然態濃語活，雖雕繪滿目，擅場都在白描。自少至老，未易厥體，篇什多而變化少，意境重疊，語言複出，故是大病。詠情欲管領群芳（卷十一《蕊宫花史曲》、卷二十二《萬花供奉曲》），則湘綺評易哭厂所謂純乎賨玉議論也（卷二十八《離恨天歌》）；惜花則又黛玉腔吻矣。好用『紅樓』二字，僅稍減於畢秋帆耳。（同上，第八册）

附録四

孫子瀟先生年譜

孫綺虹　撰　王培軍　刪訂

清高宗乾隆二十五年庚辰（1760）　一歲

十一月十一日（12月17日）酉時，先生生（據孫文杓等《皇清敕授文林郎賜進士出身翰林院庶吉士武英殿協修官加一級顯考心青府君行狀》、陳壽祺《皇清勅授文林郎翰林院庶吉士充武英殿協修官孫君墓志銘》、趙允懷《翰林院庶吉士兼武英殿協修孫先生行狀》）。

十二月，生母馮氏卒（吴卓信《節孝孫母陳太孺人墓誌銘》）。

是年，夫人席氏生。

乾隆二十八年癸未（1763）　四歲

至晚於此年，已讀李白、杜甫詩，并知好之。嗣母陳氏更授漢魏兩晉詩、《資治通鑒》（《皇清敕授文林郎賜進士出身翰林院庶吉士武英殿協修官加一級顯考心青府君行狀》）。

乾隆二十九年甲申（1764）　五歲

從舅父陳森玉、舅祖邵步瀛授讀。《皇清敕授文林郎賜進士出身翰林院庶吉士武英殿協修官加一級顯考心青府君行狀》：『甲申，府君年五歲，從陳森玉舅祖、邵光音太舅祖授讀。五年中，四子書及五經、三禮，無不兼通。』

乾隆三十年乙酉（1765）　六歲

入塾，讀《論語》。從伯兄原潮寢，伯兄每夜復授《毛詩》、《左傳》（《天真閣集》卷五十《祭伯兄文》）。

又嘗批點吳偉業《梅村集》，知先生於此，天資甚穎（《皇清敕授文林郎賜進士出身翰林院庶吉士武英殿協修官加一級顯考心青府君行狀》）。

乾隆三十二年丁亥（1767）　八歲

居外家陸氏（《天真閣集》卷二十七《憶鶴行》序）。

乾隆三十三年戊子（1768）　九歲

隨父寓京師楊梅竹斜街，識大兴朱筠、朱珪（《天真閣集》卷四十四《題朱文正師與蘇園公尺牘後》、卷十八《前詩祇陳公論而未及私誼再哭三首》之一）。

乾隆三十四年己丑（1769）　十歲

從錢祖安、族伯孙旃蔭學，習爲製舉文，二人皆名宿（《皇清敕授文林郎賜進士出身翰林院庶吉士武英殿協修官加一級顯考心青府君行狀》）。姊夫張爕來贅，爕字子和，其同里也。前一年，先生已聞其賢而才（《天真閣集》卷四十五《送張子和會試序》）。

是年又嘗遊揚州，登高旻寺塔（《天真閣集》卷十七《題高旻寺塔憶數歲時過此閲三十六載復尋舊游》）。

乾隆三十五年庚寅（1770）　十一歲

七月，父孫鎬任直隸宣化府保安州知州。《清代官員履歷檔案全編》：『孫鎬，江蘇蘇州昭文縣貢生，年三十八歲。原調任河南睢州知州，服滿候補，本年（按，乾隆三十五年）七月分籤，補直隸宣化府保安州知州缺。』又《天真閣集》卷五十《祭伯兄文》云：『余年十一，兄從先君北行。』

乾隆三十六年辛卯（1771）　十二歲

初應童子試（《天真閣集》卷四十二《張雨橋焚餘草序》）。

乾隆三十七年壬辰（1772）　十三歲

應童子試，至昆山清真觀觀宋梅。《天真閣集》卷二十六《清真觀宋梅歌》序云：『觀在崑山縣治之北，相傳梅猶宋初物，……予十二歲應童試至縣，所見如此，時乾隆壬辰歲也。』

按，乾隆壬辰年先生應爲十三歲，此序所言十二歲，蓋誤記。

乾隆四十一年丙申（1776）　十七歲

冬，娶夫人席佩蘭，始學爲詩。夫人爲席鏊孫女、席光河女。《天真閣集》卷首自序云：『原湘十二三時，不知何謂詩也，自丙申冬佩蘭歸予，始學爲詩，積兩年，得五百餘首。』又《皇清敕授文林郎賜進士出身翰林院庶吉士武英殿協修官加一級顯考心青府君行狀》云：『丙申，娶吾母席孺人。孺人明達有士行，兼長詞翰，有《長真閣集》四卷行世。府君定省之下，相與商榷古今，挑燈聯句，迭爲唱和，詩學日進。』

乾隆四十三年戊戌（1778）　十九歲

父官奉天治中，欲先生鋭志功名，命其至奉天隨侍。因與姊夫張燮偕行，出山海關，歷醫巫閭諸勝，凡所觀覽，皆有題詠（《天真閣集》卷四十七《誥授奉政大夫浙江寧紹台海防兵備道張君墓誌銘》、張定球《皇清誥授奉政大夫例晉中憲大夫浙江分巡寧紹台海防兵備道加三級顯考蕘友府君行狀》）。

按，席佩蘭《長真閣集》卷一有《送外之沈陽》、《惜别》，作於是年春。

長子文杓于是年生(《皇清敕授文林郎賜進士出身翰林院庶吉士武英殿協修官加一級顯考心青府君行狀》)。

乾隆四十四年己亥(1779)　二十歲

與張夔同入成均,爲國子生。八月六日,應順天鄉試,不第。初冬,返昭文(《天真閣集》卷四十五《送張子和會試序》)。

按,據《清代職官年表·鄉試考官年表》,是年順天鄉試爲八月六日。

乾隆四十六年辛丑(1781)　二十二歲

師從沈輝玉。次子文樾生(《皇清敕授文林郎賜進士出身翰林院庶吉士武英殿協修官加一級顯考心青府君行狀》)。

乾隆四十七年壬寅(1782)　二十三歲

秋,父孫鎬由奉天治中轉山西潞安府知府,先生攜眷與張夔赴晉,所歷山川名勝、土俗風景,悉著於詩(《天真閣集》卷二《家大人由奉天擢守上黨命余攜眷自南赴晉舟中作》、卷四十八《先府君行狀》、張定球《皇清誥授奉政大夫例晉中憲大夫浙江分巡寧紹台海防兵備道加三級顯考蕘友府君行狀》及席佩蘭《長真閣集》卷一《將之上黨別慈親》)。時弟原濤娶李氏,亦同至潞安(《天真閣集》卷四十八《弟婦李孺人事略》)。

冬,祖母邵太恭人自萬安丞署來上黨(《天真閣集》卷二《祖母自萬安丞署就養上黨迎至太義鎮》)。十二月三十日(1783年2月1日),於上黨官署過除夕,先生作詩云:『十九番除夕,今宵樂最真。與兒同作子,看父尚娛親。俗鬧年知稔,官清僕耐貧。蕭然似茅屋,歡聚得天倫。』(《天真閣集》卷二《壬寅除夕》)

乾隆四十八年癸卯(1783) 二十四歲

正月十日,三子文槿生於上黨(席佩蘭《長真閣集》卷一《幼子阿安抱奇疾由晉南歸竟獲無恙喜而賦之》、卷二《斷腸辭哭安兒也兒名文槿字叔畬》小注)。按,《天真閣集》卷六《初十夜復夢阿安》有『尋常猶見汝,今日況生辰』句,同卷又有《初十是阿安生辰》,知文槿生於此日。

五月,與張燮自上黨赴京師應鄉試,不售(《天真閣集》卷四十五《送張子和會試序》)。《皇清敕授文林郎賜進士出身翰林院庶吉士武英殿協修官加一級顯考心青府君行狀》:『癸卯,應順天鄉試,主司諸城劉文清公閱府君卷,已擬魁選,額溢掣去。』夫人有詩慰之(《長真閣集》卷一《夫子報罷歸詩以慰之》)。

寓法源寺,時與孫星衍、張燮連床賦詩(《天真閣集》卷二《法源寺夜聽雨》、《鏡月詞》)。

秋末出都,返潞安(《天真閣集》卷二《出都門別諸戚好》)。年末,又赴并州(《天真閣集》卷二《歲莫赴并州》、《長真閣集》卷一《除夕》小注:『時外從京師歸,旋赴并州。』)。十二月二十九日(1784

年1月21日)除夕,在并州度歲(《天真閣集》卷二《并州除夕》)。

乾隆四十九年甲辰(1784)　二十五歲

四月,父鎬左遷四川成都别駕。先是,黎城令某席上官寵,暴於治,民將爲難,鎬先摘其印,而後白中丞,以是忤意被劾,遂左遷入蜀。先生奉嗣母陳、祖母邵返昭文,於秋初抵家(《皇清敕授文林郎賜進士出身翰林院庶吉士武英殿協修官加一級顯考心青府君行狀》、《天真閣集》卷二《家大人左遷成都别駕命予奉祖母南還》、《到家日寄親書》)。

時表姑丈吴蔚光告養在籍,先生以在晉時詩稿就正,吴驚爲太白復生,又擬之於黄景仁,以爲足堪伯仲。《天真閣集》卷四十一《吴禮部素脩堂集序》:『曩余歸自上黨,出篋中行役諸作,就正於吴竹橋先生,先生驚詫曰:「仲則死矣,不意復見仲則!」』《天真閣集》卷十五《哭吴竹橋先生》五首之三云:『昔從太行還,投公詩一冊。……公讀興發狂,謂我今李白。近時黄景仁,伯仲此標格。』又吴蔚光《素脩堂詩集》卷十四《題孫子瀟詩後兼慰勉之》:『樊川昌谷後身來,行卷多如錦繡堆。骨秀疑聞仙佩下,心花怒對佛燈開。江山得助奇情起,風雅能親僞體裁。努力孫郎殊嫵媚,文章事業在蘭台。』

九、十月間,與友朋多所往還,詩酒唱和(《天真閣集》卷三《重九日張子和邀同王次嶽明經岱吴竹橋禮部蔚光邵元直教授培惪西山宴遊因憶家大人蜀中次子和韻》、《吴竹橋先生招同邵元直邵敦夫上舍垂惪郭小若秀才梓材食蟹疊前韻》及吴蔚光《素脩堂詩集》卷十四《九月十八日招邵元直敦夫伯豐孫子瀟郭甥臒齋食蟹仍用益字》)。

又諸人益字韻詩，張燮哀而録之，成《益字詩》一卷。

按，馮偉《馮仲廉文鈔》卷上《益字詩序》云：『此《益字詩》一卷，始張上舍子和與邑中吴太史竹橋、邵進士元直、王秀才雲上、孫上舍子瀟遊讌，以「開徑望三益」爲韻，子和得「益」字，成詩四十韻。吴步其韻得若干首，王得若干首，孫得若干首，外是范秀才東叔、鮑秀才淩客及弟秀才受和、吴布衣項儒、胡秀才畏盈、郭秀才臒齋並步韻得若干首，共六十餘首。讀之如登山然，平坡峭壁，步步改觀，如遊列肆然，金玉布帛，無物不具，可謂文章之勝事，前此未之見也。子和曰：「是皆所以益我乎？」乃哀而録之。』述其事甚詳，可備參考。

又按，吴蔚光《素脩堂詩集》卷十四有《子和見示益字五言體詩陰雨無憀追和其韻》、《用益字韻答孫子瀟》、《九月十八日招邵元直敦夫伯豐孫子瀟郭甥臒齋食蟹仍用益字韻》、《子瀟三用益字韻詩皆敏妙余以扇屬書舊作又出人意表洵奇才也即用茲韻酬之蓋四疊韻非必爭強鬬勝亦可見于子瀟傾愛之至矣》、《蘇文忠公石刻傳係王弇州先生舊物今入張晴沙太守家所書歸去來辭一章又集辭中字爲五律詩十首、哨遍調詞一闋赤壁賦兩篇公不喜作小楷而此帖體勢秀整氣韻沉雄有卷之則退藏于密放之則彌六合之意洵目中所未見也自識在黄五稔將移汝州爲潘邠老作而遲余行又數日蓋公生平酷嗜靖節詩文而前後二賦亦所得意謝文節謂爲學莊騷是也故書倍工雖隔千百年焕若神明乾隆甲辰之秋吾友太倉馮仲廉攜以相示既跋其後追用益字韻作詩》、《胡生畏盈有秋夜見懷之什意頗鬱結爰述舊事以相慰勉六用益字韻》、《七用益字答東叔》、《偕偉人臒齋泛舟至吾谷霜葉始盛也八用益字韻》、《子和哀録益字倡和詩十疊題後兼貽諸公》諸詩，皆甲辰作。

冬，弟原濤奉陸恭人歸，先生舟迎至毘陵（《天真閣集》卷三《喜聞母恭人歸自上黨舟迎至滸墅待曉關作》、《毘陵舟次迎見泫然道感》）。

得孫星衍書，時孫星衍在西安（《天真閣集》卷三《得淵如關中書》）。按，據張紹南《孫淵如先生年譜》卷上乾隆四十九年甲辰云：『君三十二歲，客西安節署，時王少寇昶爲臬使，幕中多才俊，纂《金石萃編》，因留下榻旬日。』

乾隆五十年乙巳（1785）　二十六歲

春，與友人探梅遊賞，又相與共飲，並見於篇什（《天真閣集》卷三《同吳竹橋丈邵元直范東叔秀才春林探梅致道觀》、《載酒城西邀竹橋丈次嶽元直東叔子和小飲》、《三月二十日王次嶽招同吳竹橋丈邵元直毛壽君上舍琛陳筠樵明經聲和草堂觀水嬉以西莊二字爲韻》，參吳蔚光《素脩堂詩集》卷十四、毛琛《俟盦賸藁續編》卷上）。四月七日，又招吳蔚光等遊虞山小石洞（吳蔚光《素脩堂詩集》卷十五《四月七日孫子瀟招遊小石洞，歸飲至三鼓始罷，以『山滌餘靄宇曖微霄』分韻，余得靄字，成詩八首》之六：『儕輩七八人，遨宴方未艾。』）。

六月，常熟大旱，作《禽鳥》六章，以諷當事（《皇清敕授文林郎賜進士出身翰林院庶吉士武英殿協修官加一級顯考心青府君行狀》、《天真閣集》卷三《禽言并序》）。九月，災復作，氣候失調，有若嚴冬，民有路斃者。先生爲募捐棉衣，施窮乏（《天真閣集》卷三《季秋晦日之前夕風雨大作凜若窮冬晨起聞有斃於路者再疊前韻呈竹橋先生》、《苦寒三疊前韻》）。

初冬，赴婁東，過外家陸氏五畮園（《天真閣集》卷三《婁東陸氏余外家也五畮園者少時所熟遊距今十四易星霜矣重臨初地爲鐫一詩於石》）。

是年，子文樞生（《皇清敕授文林郎賜進士出身翰林院庶吉士武英殿協修官加一級顯考心青府君行狀》）。

乾隆五十一年丙午（1786） 二十七歲

四月，由城南學士橋老屋，移居城北步道巷。先生家住學士橋，已五十年。《天真閣集》卷四《移居日書學士橋舊壁》：『我家此屋五十年，今朝别去心茫然。』又《天真閣集》卷四十七《長真閣藏書記》：『乾隆丙午夏四月，由城南老屋徙居城北，取先大父所藏書，析而三之，余得其一。』

按，先生移居時間，張燮所記爲五月（《味經書屋詩稿》卷五《題子瀟移居圖》：『五月君移居，我擊西湖檝。七月我歸來，移居詩滿篋。』），吴蔚光所記則爲三月（《素脩堂詩集》卷十六《題孫子瀟移居圖》：『門前三月生春潮，君家今移步道巷。』），今以先生自敘爲準。

七月，赴金陵應鄉試，仍不第。《皇清敕授文林郎賜進士出身翰林院庶吉士武英殿協修官加一級顯考心青府君行狀》：『七月同子和姑丈、陳筠樵丈赴金陵。……省試仍被黜。』又《天真閣集》卷四《赴金陵作》：『乾隆歲丙午，閏七月中旬。清晨戒行李，逝將去金陵。』據《清代職官年表·鄉試考官年表》，是年江南鄉試在七月二十四日，先生詩中言閏七月，蓋誤記。又據朱錫經《南厓府君年譜》卷中乾隆五十一年丙午條，是年朱珪主江南鄉試。

八月，在秦淮遇孫星衍（《天真閣集》卷四《泛舟秦淮喜遇淵如》）。按，張紹南《孫淵如先生年譜》乾隆五十一年丙午云：『七月返句容，就本省鄉試。……遂中式第八十七名舉人。……九月至金壇，謁房師胡大令志熊。』知是年七、八月，星衍在金陵。

又於此前後，識汪中，推其古文（《天真閣集》卷四《贈汪容甫明經中》、陳聲和《筠樵詩草・贈揚州汪明經容甫次子瀟韻》）。按，朱錫經《南厓府君年譜》卷中乾隆五十一年丙午云：『奉命主江南鄉試，副者編修大庾戴公心亨。……是春，與彭文勤偶集公署，文勤曰：「公今年必典江南試，若能得歙方榘、江都汪中者，吾輩服矣。」蓋方能爲清微元妙之文，不易識。汪則不工爲時文，其學通雅精確，爲江淮學者冠。府君遍閱卷萬二千本，自謂能盡江南之選，而心揣未得兩人，浹月不懌，後知兩君皆未入場。』知是年汪中亦來金陵，然未入場。

時寓秦淮，與汪中、孫星衍等友朋，多所往還（《天真閣集》卷十五《訪趙約亭學博基梁溪官舍因憶乾隆丙午八月與約亭同寓秦淮時則有容甫淵如赤霞、朗齋子和筠樵諸君徵歌賭酒極酣嬉淋漓之致事歷十八稔容甫朗齋筠樵赤霞皆化去淵如觀察山左子和官西曹江南惟子與約亭耳而約亭老矣菀枯死生之感不能無詩》、《淵如席上觀漢長毋相忘瓦》、《再賦漢瓦次子和韻》及陳聲和《響琴齋詩集》卷三《孫大星衍席上觀漢長毋相忘瓦次張大燮韻》）。又與張燮、陳聲和等同遊金陵名勝，皆有詩（《天真閣集》卷四《金陵懷古樂府十章》、《登報恩寺浮圖》、《謁晉卞將軍墓和筠樵韻》、《燕子磯望江》，陳聲和《響琴齋詩集》卷三《金陵懷古十首同張上舍燮孫上舍原湘作》、《登報恩寺塔》、《燕子磯望江》、《謁卞將軍墓》，張燮《白門倡和集》有《金陵懷古十首同叶宮子瀟作》、《登報恩寺塔同叶宮子瀟》、《燕子磯望江同叶宮子瀟》)。

至隨園訪袁枚，不值(《天真閣集》卷四《呈袁隨園太史枚》四首)。《皇清敕授文林郎賜進士出身翰林院庶吉士武英殿協修官加一級顯考心青府君行狀》：「時隨園先生爲海內詞宗，夙知府君名，推爲今之元白溫李，折柬相招，遂訂忘年交。」陳聲和《筠樵詩草》《至隨園簡齋先生聞往遊攝山投詩一首》：「先生家有小棲霞隨園二十四景之一，卻泛棲霞渡口槎攝山亦名棲霞。山讓地仙行采藥山多藥草能攝生故名，寺逢天女著飛花。記聆絲竹當筵醉，見賞歌行向客誇癸卯秋與隨園燈讌曾作數詩紀一時之勝。重到名園遊覽遍，便同親侍絳帷紗。」

按，袁枚《續同人集·文類》卷四載吳蔚光《寄隨園先生》云：「去年秋有數門生來省應試，曾附一信，囑其面呈。嗣知先生避喧栖霞，信竟未投。……倓年未二十，而所作竟類《荀子》……現將丁亥至丙午廿年詩詞，裒錄共三十卷，七月可竣。」鮑倓卒於乾隆五十四年己酉，年二十。吳蔚光此札，應作於丙午後、己酉前，即丁未或戊申年。又據《清代職官年表·鄉試考官年表》，丁未無鄉試，知吳札作於丁未。丙午，先生與張、陳同赴金陵，至隨園，因袁往遊棲霞山，故未獲見。《皇清敕授文林郎賜進士出身翰林院庶吉士武英殿協修官加一級顯考心青府君行狀》云「折柬相招，遂訂忘年交」，蓋誤。

冬，至虞山吾谷觀楓。孫雄《詩史閣壬癸年詩存補遺》中《題顧容堂先生吾谷觀楓圖》序云：「圖爲乾隆丙午冬日，張子和先生招同先吉士公及顧容堂、吳項儒、陳筠樵、鮑景略、叔野昆仲爲吾谷之遊，歸飲味經書屋，以「黃葉聲多酒不辭」分韻，皆即席成詩。圖爲容堂翼日所補作，詳見先吉士公跋語中。翁文公師亦有題跋。余於甲子九月從廠肆購得之。」

按，陳聲和《響琴齋詩集》卷四有《張上舍夔招同顧孝廉王霖吳布衣卓信孫上舍原湘鮑秀才偉鮑秀才份看楓吾谷歸飲味經書屋即席分得辭字》。又載《筠樵詩草・酒懷集》，題爲《張子和上舍招同顧容堂孝廉吳項儒布衣孫子瀟上舍鮑凌客叔野秀才看楓吾谷歸飲味經書屋即席分韻得辭字》。《酒懷集》集名下小注云：『丙午冬起丁未正月止。』此詩爲集中第一首，故應作於丙午冬。

十一月九日，毛琛招作消寒第一集（《天真閣集》卷四《長至第九日同竹橋丈次嶽壽君子和項儒筠樵凌客及鮑叔野秀才份作消寒會分得寒字》、吳蔚光《素修堂詩集》卷十七《毛壽君首舉消寒之會與次岳子和凌客筠樵項儒子霄叔冶各舉消寒二字爲韻》、毛琛《俟盦賸藁續編》卷上《消寒第一集》及陳聲和《筠樵詩草・酒懷集》中《毛壽君上舍招同王雲上秀才吳竹橋禮部張子和上舍吳項儒布衣孫子瀟上舍鮑凌客叔野秀才集竹平安館共賦七律二首以消寒二字爲韻》）。越数日，鮑偉又招作消寒第二集（陳聲和《筠樵詩草》中《鮑凌客鈍閒齋消寒二集同詠席中九果五言律九首》）。廿六日，陳聲和招作消寒第三集（毛琛《俟盦賸藁續編》卷上《聽訓堂消寒第三集竹橋太史約賦玻璃燈歌》、陳聲和《響琴齋詩集》卷四《招毛上舍琛吳太史蔚光王秀才岱張上舍夔孫上舍原湘吳布衣卓信鮑秀才偉鮑秀才份消寒小集分賦玻瓈燈歌》、鮑份《未學堂集》卷四《消寒三集頗黎鐙歌一首聽訓堂》及吳蔚光《素修堂詩集》卷十七《玻瓈燈歌》序云：『壽君齋中物也。十一月廿六，筠樵爲消寒第三會，同賦。』）。後張夔又招作消寒第四集（吳卓信《澹成居詩殘稿》有《子和四舉消寒會招同毛上舍寶之王秀才雲上家禮部竹橋鮑秀才凌客陳明經筠樵孫上舍子瀟鮑秀才叔野集味經書屋限賦九經分得尚書五古一百韻》、吳蔚光《素修堂詩集》卷十七《消寒第四會以九經爲題分得禮字》、陳聲和《筠樵詩草・酒懷集》有《張子和味經書屋消寒四集以九經分題得儀禮五言二十韻》、鮑份《未學堂集》卷四《消寒四集九經分題得爾雅五古一百韻味經書屋》)。

乾隆五十二年丁未(1787) 二十八歲

正月十四日，吴蔚光招作消寒第五集(陳聲和《筠樵詩草》中《吴禮部竹橋存吾春齋消寒五集分題得論墨絶句十二首》，又吴蔚光《素脩堂詩集》卷十七《十四夜補作消寒五集時次岳凌客將有遠行》)。十六日，招作消寒第六集(陳聲和《響琴齋詩集》卷四《孫二原湘始有廬消寒雅集分得樂府六題》、吴蔚光《素脩堂詩集》卷十七《是夜子瀟補作消寒六集獨余不能赴也》)。王岱又招作消寒第七集(陳聲和《筠樵詩草·酒懷集》有《王雲上秀才西莊艸堂消寒七集時雲上將赴河南即以送别用竹橋禮部韻》二首)。二十九日，王岱招作消寒第九集(吴蔚光《素脩堂詩集》卷十七《正月晦日次岳補作消寒第九會仍用西莊爲韻》二首)。

春，先生往杭州，途徑蘇州龐山湖、寒山寺、平望鎮，湖州霅溪、新市、練市、杭州塘棲。據《天真閣集》卷五《登舟》、《舟曉》、《龐山湖》、《舟行雜詩》、《小泊平望》、《曉過寒山》、《霅溪》、《新市》、《璉市》、《唐棲》、《蛾眉山房訪汪次峰明經玉繩不值》、《武林夜泊》諸詩，其行程可知。

在杭，所到之處，皆有詩(《天真閣集》卷五《孤山》、《六一泉》、《葛嶺葛仙遊處有賈似道半閒堂舊址》、《漪園》、《金沙港》、《蘇隄》、《蘇小小墳》、《岳忠武墓》、《贈西谿老梅》)。寓於西湖讀書，至秋後歸(《皇清敕授文林郎賜進士出身翰林院庶吉士武英殿協修官加一級顯考心青府君行狀》)。

冬初，先生又往蘇州，匝月而返(《天真閣集》卷五《吴趨吟十首》序云：『乾隆丁未初冬，寓蘇臺匝月，耳目所值，著之詠歌。』)歸，又同蕭掄等登虞山晚眺(《天真閣集》卷五《雪後同東叔子山登乾元宫晚眺時東叔將歸釣渚子山歸婁東》)。

乾隆五十三年戊申(1788)　二十九歲

二月十九日，三子文楏卒，年僅六歲；　蓋其時疫起，小兒多病。席佩蘭《長真閣集》卷二《斷腸辭哭安兒也兒名文楏字叔畬》其十一小注云：『十八日兒病少差，進粥矣。庸醫張秉夔投以石膏，逾夕遽隕。嗟乎，孰爲爲之哉！』又《天真閣集》卷六有《九月晦日壬子余婦夜夢阿安曳其右袪醒而誕一女疎眉秀目宛然兒也計兒亡日亦以壬子咸謂兒再來矣夫死生夢幻之境儒者不道然折其方長則勾萌復達一氣之所化理或宜然夫子不云乎未知生焉知死謂是其再來與吾烏乎知之謂非其再來與吾烏乎知之》詩。

按，據《近世中西史日對照表》，乾隆五十三年二月十九日爲壬子日。又《天真閣集》卷七《寒食是阿安忌辰》：『宿草萋萋長墓田，不逢寒食已淒然。塵生東海方重見，痛抱西河已兩年。』知此詩作於乾隆五十五年庚戌。又據《近世中西史日對照表》，庚戌年清明在二月二十日，則寒食在二月十九日，是日爲文楏忌日，與夫人所記合。《天真閣集》卷七此詩系於壬子年，蓋誤。

二月二十日，四子文樞又卒，年僅四歲。二月二十三日，内弟席世琪卒。席佩蘭《長真閣集》卷二《斷腸辭哭安兒也兒名文楏字叔畬》其十四小注云：『兒歿之次日，幼子祿兒亦死，又三日，余弟杏春死，五日之間哭三殤焉。』其十五小注云：『時祿兒甫三齡。』又《天真閣集》卷六《哭内弟席子世琪》之二：

『淚爲亡兒盡，因君淚更新。那堪三日事，並作百年身。至戚真同命，庸醫竟殺人。九原好甥舅，相見倍應親。』

時長子文杓、次子文樾亦皆病（《皇清敕授文林郎賜進士出身翰林院庶吉士武英殿協修官加一級顯考心青府君行狀》）。

三月末，袁枚過虞山，吳蔚光爲介識之，袁著《隨園詩話》，遂及先生詩（《皇清敕授文林郎賜進士出身翰林院庶吉士武英殿協修官加一級顯考心青府君行狀》、《天真閣集》卷六《隨園先生過訪并示新刻天台雁蕩遊卷》及《隨園詩話》卷十一第二五條）。

六月，祖母邵氏病，先生侍疾。七月初，祖母卒（《皇清敕授文林郎賜進士出身翰林院庶吉士武英殿協修官加一級顯考心青府君行狀》）。

八月，先生在金陵（《天真閣集》卷六《登報恩寺塔眺建業諸勝》云：『高逼青天近，西風八月寒。』又《天真閣集》卷六《十四夜》云：『愁心與歸雁，飛渡大江東。』）。

秋，往晤伯兄原潮於京口，旋送之還安義任（《天真閣集》卷六《家兄原潮以安義令卓薦入覲還至京口水淺不得進書促往晤誌喜》、《送家兄回安義任》）。

乾隆五十四年己酉（1789）　三十歲

正月三十日，父卒於西藏，年五十七。《天真閣集》卷四十八《先府君行狀》：『五十四年正月病喘逆，廿九日猶强起，檢册籍，視芻茭牢廩諸物惟謹。會天寒，賞軍士肉糜。午後益綿惙，猶手作啓上將軍。三十日卯刻坐土室中，以手指衷服麻袴者三，遂卒。』

三月，先生先得父寄諭，擬赴西藏，而訃至，爲父編次行狀（《皇清敕授文林郎賜進士出身翰林院庶吉士武英殿協修官加一級顯考心青府君行狀》、《天真閣集》卷四十八《先府君行狀》）。

九月三十日，長女筠安生（《皇清敕授文林郎賜進士出身翰林院庶吉士武英殿協修官加一級顯考心青府君行狀》、《天真閣集》卷六《九月晦日壬子余婦夜夢阿安曳其右袪醒而誕一女疎眉秀目宛然兒也計兒亡日亦以壬子咸謂兒再來矣夫死生夢幻之境儒者不道然折其方長則勾萌復達一氣之所化理或宜然夫子不云乎未知生焉知死謂是其再來與吾烏乎知之謂非其再來與吾烏乎知之》）。

冬，赴上黨，越歲始返。按，《天真閣集》卷七存《渡江》、《清江逢故人》、《冒雨夜達青駝寺》、《宿長新店夢同京師同淵如子和》，皆己酉年作；又有《得子和故鄉書》、《重別上黨》、《太行回車行》、《任城太白酒樓歌》、《歸舟》，皆庚戌年作。觀諸詩，可略知行程。

是年，吴蔚光爲先生詩集撰序。《天真閣集》卷四十一《吴禮部素脩堂集序》：『曩余歸自上黨，出篋中行役諸作，就正於吴竹橋先生，……閱五年，余得詩千餘篇，先生爲之序。』按，先生自上黨歸，以詩作就正於吴，在乾隆四十九年；越五年，爲乾隆五十四年。

乾隆五十五年庚戌（1790）　三十一歲

夏，父鎬靈櫬歸自蜀（《皇清敕授文林郎賜進士出身翰林院庶吉士武英殿協修官加一級顯考心青府君行狀》）。

乾隆五十六年辛亥（1791） 三十二歲

正月二十八日，友人馮偉卒，先生爲作挽辭（《天真閣集》卷七《馮仲廉輓辭》）。吴卓信《馮仲廉先生述》：『授徒邑里以卒，時乾隆五十六年正月二十八日也，先生年四十八矣。』又馮恒《例授文林郎辛卯舉人揀選知縣顯考馮府君行狀》：『以乾隆五十六年正月二十八日卒於家，距生乾隆九年十月十一日春秋四十有八。』按：《天真閣集》此詩系於乾隆五十七年，蓋誤。

秋，陳聲和索詩稿（《天真閣集》卷七《�樵索余詩稾檢得少作一卷贈之》）。陳旋入都，先生同諸人餞之（《天真閣集》卷七《筠樵北行同子山子和項儒凌客叔野攜酒餞飲》、《國朝詞則》二集卷七蕭掄《卜算子·同吴項儒張子和孫子瀟鮑凌客攜樽餞陳筠樵入都值菊花盛開座客澄江翁芝爲畫東籬載酒圖題此贈别》）。

乾隆五十七年壬子（1792） 三十三歲

春，爲僕李佺哀遺詩，并題以詩。《天真閣集》卷七《題李佺落花詩卷》序云：『佺死後九月，其母抱遺詩來見，道佺臨殁，諄諄求主人一言。中有《落花詞》六章，情感纏綿，寄託深遠，故主之思，溢於言外。既哀其志，將序而刻之，先題其首。』又《皇清敕授文林郎賜進士出身翰林院庶吉士武英殿協修官加一級顯考心青府君行狀》：『舊僕李佺能詩，府君異待之，佺殁，哀其遺詩，且葬焉。』又陳壽祺《皇清勅授文林郎翰林院庶吉士充武英殿協修官孫君墓志銘》：『僕李佺、閣王甲皆能詩，君優待之，死哀其遺草，序而録之。』

送伯兄原潮謁選入都（《天真閣集》卷八《送伯兄謁選入都》）。

秋，往金陵應鄉試，仍不第（《天真閣集》卷八《同子偘赴金陵作》、《皇清敕授文林郎賜進士出身翰林院庶吉士武英殿協修官加一級顯考心青府君行狀》）。又赴袁枚招飲觀燈，袁稱賞其詩（《天真閣集》卷八《隨園先生招集上下江名士張燈設宴卽事四首》）。《皇清敕授文林郎賜進士出身翰林院庶吉士武英殿協修官加一級顯考心青府君行狀》：『秋，赴金陵，隨園先生招集上下江名流，張燈設讌，府君即席呈詩，先生賞歎不置。』

十一月，爲外舅撰墓誌銘。《天真閣集》卷四十七《外舅應辰席公墓誌銘》：『乾隆五十七年十一月朔，妻弟席世昌奉外舅應辰公窆於縣北山桃源澗之西，葢距公殁十四年矣。』

乾隆五十八年癸丑（1793）　三十四歲

是年，先生始與友人行修己養性之學。《皇清敕授文林郎賜進士出身翰林院庶吉士武英殿協修官加一級顯考心青府君行狀》：『癸丑，府君與文杓業師陸固亭、朱學虛兩先生、席子偘母舅力行修己養性之學，日記省身格以自勵，太孺人喜曰：「此讀書人實學也。」府君益爲加勉。』

春，遊蘇州（《天真閣集》卷八《喜晴寓吳門作》）。夫人抄《索笑集》成，先生戲題其後（《天真閣集》卷八《内人抄索笑集成戲書其後》）。

春夏之間，多雨，邑有水災，作《苦雨詩》（《天真閣集》卷八《苦雨詩》）。

五月，次女若霞生（《皇清敕授文林郎賜進士出身翰林院庶吉士武英殿協修官加一級顯考心青府君行狀》）。

秋，友人朱夢麐卒，年二十六，賦詩哭之（《天真閣集》卷八《哭朱學虚孝廉夢麐》、張爕《味經書屋詩稿》卷七《哭朱學虚孝廉夢麟》）。未幾，陳聲和又卒，年三十四，亦賦詩哭之（《天真閣集》卷八《哭陳筠樵》、陳聲和《響琴齋詩集》卷首邵齊熊《陳聲和傳》、蕭掄《陳筠樵傳》及吴蔚光《素脩堂詩集》卷二十一《輓陳筠樵》、張爕《味經書屋詩稿》卷七《哭陳筠樵明經聲和》、毛琛《俟盦賸槀續編》卷下《哭陳明經聲和再用前韻》）。

是年，母陸氏以風痺卒。《皇清敕授文林郎賜進士出身翰林院庶吉士武英殿協修官加一級顯考心青府君行狀》：『陸恭人猝患風痺，府君侍奉湯藥，不離左右，晝夜無倦容。三日驟歿。是時直齋公在都，從兄文栻甫弱冠，府君與叔父澄之公料理喪事，哀毁迫切，而禮無或缺，一如喪訥夫公然。』

乾隆五十九年甲寅（1794） 三十五歲

元宵节，赴友人趙同鈺招飲，作二律，贈趙夫人屈婉仙（《天真閣集》卷八《元夕子梁飲我得登蘊玉樓呈屈婉仙夫人》）。

二月七日，又赴蔣繼熠招飲（鮑份《未學堂集》卷五《二月七日蔣瘦吟招同蕭子山吴小匏孫子瀟趙子梁家兄景略飲古新閣中試新酒籌即席分體得五古限瘦韻成四百字》）。其後，同人集飲城西酒樓、李家池，皆有詩（《天真閣集》卷八《城西酒樓放歌》、《集飲李家池上》）。

夏，吴泰階等招作消暑會（《天真閣集》卷八《吴硯史待詔泰階袁筠亭學博斯麟蔣瘦吟上舍繼焆招同竹橋丈以下十一人供花設醴爲消暑之會卽席放歌》）。

友人陳稔椿卒，爲詩哭之（《天真閣集》卷八《哭陳石泉》、張燮《味經書屋詩稿》卷九《懷舊詩》之五）。

乾隆六十年乙卯（1795）　三十六歲

正月，長子文杓與錢鼎元等約爲昆弟，先生進而教之（《天真閣集》卷九《長子文杓與錢生鼎元蔣生懷坦張生定球約爲昆弟四人者年相若志趣相得命畫工貌爲異苔同岑圖以示慕悅之致錢蔣皆受經於余而張又余甥也來請題因各進而教之》）。

二月四日，有女子叩門，言夫人前身事（《天真閣集》卷九《乙卯中春四日有女子扣門來年二十許荆釵練裙光豔四照自言南海拜佛回隨佛光所指至此見君家雙樹五色雲作瓔珞狀當有見女人身而吐妙蓮花舌者因令遍相家人指内子曰是也前生爲富樓那與二比邱說法簷蔔林聞蘭花香有觸而得今相佛法無語言文字今以綺語刻畫萬象如天際飛霞水中凝雪多此一念恐他生轉入仙人刼中不復歸嵐毗尼也隨一女奴攜紫竹二爲人推休咎殊驗臨行留一偈曰紫竹生竹林踏破鐵鞵尋虚心卽是佛是佛本無心其聲類魏塘東泖間雖言語詭誕要亦奇矣》）。

三月二日，袁枚八十壽辰，作《自壽詩》，先生與夫人皆和之。《天真閣集》卷九《寄壽隨園先生》其一：『先生八十索新詩，搖筆多愁是舊詞。我有未經人道語，展禽曾點是公師。』其二：『不持齋戒不逃禪，老去風情似少年。掃盡佛經千萬字，單存兩字是因緣。』其三：『八十翁攜十八兒，恰將生日卜婚期。掃眉才子爲新婦，不作羹湯作壽詩。』其四：『白髮齊眉老葛洪，聰明福慧滿堂中。殘牙喫罷孫湯餅，再喫瓊林餅餤紅。』按，《袁枚全集》第六集《隨園八十壽言》卷五有先生賀壽詩，題爲《屏風辭十首選六首》，語多不同。又席佩蘭《長真閣集》卷三《和隨園先生自壽十章》。

三月，爲文杓娶婦陶氏，昭文增廣生陶廷塏女（《皇清敕授文林郎賜進士出身翰林院庶吉士武英殿協修官加一級顯考心青府君行狀》）。

四月，赴都應鄉試（《皇清敕授文林郎賜進士出身翰林院庶吉士武英殿協修官加一級顯考心青府君行狀》、《天真閣集》卷九《入都留别》）。五月抵寶應，僱驢車。因觸暑兼程，至山東血症復作，遂返昭文。四旬病方愈。《天真閣集》卷九《寶應道中作》、《中途遘病觸暑歸里支離莞簟者四十餘日病起有作》，可見其略。又《皇清敕授文林郎賜進士出身翰林院庶吉士武英殿協修官加一級顯考心青府君行狀》云：『六月始抵寶應。不得已僱驢車，觸暑兼程以進，辛勤焦慮，至山東血症復作，臥土室中。僕進藥餌，府君堅不欲飲，恍惚夢一老人，囑「移種桂樹，須擇向陽處，與馬三手植之」，因是決意南還，行千餘里，僅六日已抵家矣。延陳耕陽舅祖療治，四旬方愈。』

六月，赴金陵應鄉試，中式亞元。《皇清敕授文林郎賜進士出身翰林院庶吉士武英殿協修官加一級顯考心青府君行狀》：『七月赴金陵試，中式亞元。』按，據《清代職官年表·鄉試考官年表》，本年江南鄉試爲六月二十五日。先生赴金陵當在是年六月。《皇清敕授文林郎賜進士出身翰林院庶吉士武英殿協修官加一級顯考心青府君行狀》所記『七月赴金陵試』，或誤。

又按，時鄉試主考爲劉權之、錢福胙，過訪袁枚，談及其事，袁并致函席夫人，夫人有復書。《隨園詩話補遺》卷九第四三條云：『乾隆乙卯，秋闈榜發，主試劉雲房、錢雲岩兩先生入山見訪。余告之曰：「今科第二名孫原湘，余之詩弟子也。渠癸卯落第時，室人席佩蘭以詩慰之，有「人間試官不敢收，讓與李杜爲弟子」之句。今孫郎出二公門下，唐錢劉與李杜並稱，伊婦之詩，竟成讖耶？」二公大喜。余將此語札致佩蘭。渠復書云：「讀先生札，夫婦笑吃吃不休，因蘭賀外詩，與老人心心相印也。」其詩載《女弟子集》中。』

十月，遊無錫、江陰（《天真閣集》卷九《錫山道中》、《暨陽歸舟》）。又赴趙同鈺鄰滓閣，席上借烹飪之事論詩（《天真閣集》卷九《鄰滓閣食單法隨園而變化出之蘭羞蕙肴備極芳鮮卽席戲贈》）。

是年冬，五子文楷生（《皇清敕授文林郎賜進士出身翰林院庶吉士武英殿協修官加一級顯考心青府君行狀》）。

仁宗嘉慶元年丙辰（1796）　三十七歲

正月，與席世昌赴京師應會試，不第（《皇清敕授文林郎賜進士出身翰林院庶吉士武英殿協修官加一級顯考心青府君行狀》、《天真閣集》卷九《曉行同子侃作》、《子侃於車中得偏生二月別江南之句爲足成之》）。會試報罷，出都（《天真閣集》卷九《出都口占》、《回車》、《逆風渡江》）。四月，抵昭文（《皇清敕授文林郎賜進士出身翰林院庶吉士武英殿協修官加一級顯考心青府君行狀》）。

九月，李世則來，不值，貽紅蓮米（《天真閣集》卷十《李味霞過訪適登北山未反貽紅蓮米一囊而去詩以報謝兼訂後期》）。

十月七日夜，過屈秉筠看菊（《天真閣集》卷十《立冬日晚過集芙蓉室看菊》）。

其後二三日，袁枚、陳延慶赴蘇州，便道來訪（《天真閣集》卷十《隨園先生過訪同飲吳氏光霽堂卽送之郡》，又《皇清敕授文林郎賜進士出身翰林院庶吉士武英殿協修官加一級顯考心青府君行狀》云：「冬，隨園先生及雲間陳古華先生來，唱酧甚富。」）。

嘉慶二年丁巳（1797）　三十八歲

一月，往宜興訪阮升基，留兩月始返（《皇清敕授文林郎賜進士出身翰林院庶吉士武英殿協修官加一級顯考心青府君行狀》、《天真閣集》卷十一《客陽羨兩月遇校試不得出每飲輒醉戲示椒卿》）。

五月五日，又往吳江訪阮升基，時阮任吳江知縣（《天真閣集》卷十一《端午日謁昉巖師吳江官署》）。按，據《（同治）蘇州府志》卷五十八，知阮署吳江知縣，在嘉慶二年四月至八月間。

六月，先生病（《天真閣集》卷十一《養疴》）。

先是，嘉慶元年二月十二日花朝節，席夫人赴屈秉筠招，與謝翠霞、屈秉筠、言彩鳳、鮑印、屈宛清、葉茗芳、李餐花、歸佩珊、趙若冰、蔣蜀馨、陶菱卿等集於蘊玉樓，爲一盛會。至本年九、十月間，《蕊宮花史圖》畫成，屈秉筠又重集諸人，置酒相祝，先生爲作詩紀其事（《天真閣集》卷十一《蕊宮花史曲》）。

十一月，與胥繩武等夜話，胥告以袁枚亡訊。《天真閣集》卷十一《歲莫陽羨雜詩》十首之二：

『消息驚傳自隔江，人間竟失魯靈光。天教海内龍門閉，纔死弇山又小倉。燕亭自維揚來，知隨園先生於十一月十七日已歸道山。弇山，謂秋帆尚書。』又姚鼐《袁隨園君墓志銘并序》：『君卒於嘉慶二年十一月十七日，年八十二。』

嘉慶三年戊午（1798）　三十九歲

春，往毘陵（《天真閣集》卷十二《赴暨陽舟夜》、《自暨陽至毘陵百六十里夜半發櫂清晨已達城下》）。又爲次子文樾娶婦趙氏，常熟太學生趙元鼐女（《皇清敕授文林郎賜進士出身翰林院庶吉士武英殿協修官加一級顯考心青府君行狀》）。

三月中旬，友人王曇來（《皇清敕授文林郎賜進士出身翰林院庶吉士武英殿協修官加一級顯考心青府君行狀》、《天真閣集》卷十二《贈秀水王仲瞿孝廉曇》）。

八月，作《陳筠樵遺集序》。按，此文見《天真閣集》卷四十一，未具日期。又見《響琴齋詩集》卷首，末署『嘉慶三年，歲次戊午仲秋，長真閣外史孫原湘拜譔』。

秋，往遊宜興（《天真閣集》卷十二《重遊陽羨呈昉巖師》、《留别陽羨署中諸君子》）。

十二月四日，爲吴蔚光題墨梅長卷（《天真閣集》卷十二《吴竹橋丈得袁石山農墨梅長卷構梅花一卷樓屬題卷後》）。按，端方《壬寅消夏錄》明王元章墨梅長卷條錄此詩，末署『嘉慶三年十二月四日長真外史孫原湘題於雙紅豆齋』。

嘉慶四年己未(1799) 四十歲

正月,赴都應會試,至京口抱疴引還,清明病起(《皇清敕授文林郎賜進士出身翰林院庶吉士武英殿協修官加一級顯考心青府君行狀》、《天真閣集》卷十二《公車至京口抱疴引還清明日扶杖彊起有作》二首之一)。

五月,長孫傳頲生(《皇清敕授文林郎賜進士出身翰林院庶吉士武英殿協修官加一級顯考心青府君行狀》)。

秋,王昶繪靈芝圖索詩,先生作《紫芝曲》(《天真閣集》卷十二《王蘭泉司寇昶得先人墓田靈芝一本繪圖索詩爲作紫芝曲三解》)。

冬,與友人遊宜興名勝,至善卷洞、玉女潭、張公洞等,皆有詩(《皇清敕授文林郎賜進士出身翰林院庶吉士武英殿協修官加一級顯考心青府君行狀》、《天真閣集》卷十三有《冬日偕子梁赴陽羨將探善卷張公諸勝》)。

嘉慶五年庚申(1800) 四十一歲

三月四日,次孫杏林生。《天真閣集》卷十四《杏殤詩》序云:『哭孫杏林也。孫生甫周,能言笑呼翁矣,三月四日,方陳設晬盤,豆創忽發,閲八日殤,舉家惜之。爰效東野《杏殤》之作,以紓予哀。』按,此詩系於嘉慶六年辛酉,是年三月孫杏林甫周歲,知其生在本年。

是年春,先生主昆山玉山書院講席。與呂星垣、杜群玉、徐雲路等過從甚密。《皇清敕授文林郎賜進士出身翰林院庶吉士武英殿協修官加一級顯考心青府君行狀》：『庚申春，滄州李味莊年祖備兵上洋，愛重府君詩文，薦主玉山講席。課士之暇，與呂叔訥、杜梅溪、徐孏雲諸先生吟詠無虛日，遠近執贄者踵接焉。』

按，據《天真閣集》卷十三《仲春日訪徐孏雲秀才雲路新居時余主講玉山書院去秀才居衹數武》、《歸虞山一月雨中重赴鹿城攜具甫畢孏雲適來以偕遊玉山七古見示走筆次韻》、《芍藥和杜梅溪大令羣玉》、《爲叔訥題陳郎渼碧小影閔貞畫》、《蕭主簿彈琴歌同叔訥作》、《主講玉山叔訥梅溪孏雲先後治具未能答也適有饋肴蒸者分送諸君戲書代簡》、《以子魚羔羊二品饋叔訥僮奴回攜示和詩二章并索轉和》、《院課日諸生林立兩舍語笑喧騰飯訖寂然視之則各散矣戲簡叔訥學博》諸詩，其交遊可見。

又乞呂星垣爲父撰表墓（《天真閣集》卷十三《呂叔訥學博星垣招飲新陽學舍出示文稾中有與先公飲酒詩及送之成都別駕詩先公自從征巴勒布後音問遂絶故已酉死狀君未及聞酒次略述梗概乞爲先公表墓卽用卷首鐵冶亭侍郎保韻奉贈侍郎亦先公故人飲酒詩卽侍郎座上作也》）。按，呂星垣撰《誥授朝議大夫知府銜成都通判孫公墓道碑》，見《白雲草堂文鈔》卷六。

八月十五日，過邵齊熊談，十七日，邵即下世，年七十七（《天真閣集》卷五十《祭邵松阿先生文》、邵齊熊《隱几山房詩集》卷末附錢大昕《敕授文林郎内閣中書舍人邵君松阿墓誌銘》）。

冬，赴蘇州（《天真閣集》卷十三《寒夜赴郡》）。過袁通，同訪方燮、陸鼎（《天真閣集》卷十三《遇蘭邨吳門同訪方臺山陸鐵簫布衣鼎》）。與王曇飲酒夜談（《天真閣集》卷十三《雪夜同仲瞿》）。

是年，曾赴伊秉綬招至揚州，覽蜀岡、禪智之勝（《皇清敕授文林郎賜進士出身翰林院庶吉士武英殿協修官加一級顯考心青府君行狀》)。

嘉慶六年辛酉(1801)　四十二歲

正月,先生病。二月四日,始病起(《天真閣集》卷十四《新春臥病》、《二月四日病起時春光半矣而籬落梅花繁豔如故蓋爲寒氣所勒至此始全放也》)。初,王昶邀先生共選《湖海詩傳》,將行,以病不果(《皇清敕授文林郎賜進士出身翰林院庶吉士武英殿協修官加一級顯考心青府君行狀》)。

三月四日,孫杏林發痘瘡,十二日卒,年甫周歲(《天真閣集》卷十四《杏殤詩》)。

是年春,先生又患目疾(《天真閣集》卷十四《目疾遺興》、《同人拉觀水嬉余以目疾高臥而已》)。至上海訪李學璜,爲其夫人歸懋儀題詩稿(《天真閣集》卷十四《上海訪李安之上舍學璜雙管草堂安之出蘭皋夫人詩稿屬題》)。

秋,與張燮遊杭州、溫州(《天真閣集》卷十四《秋杪雨泛》)。按,是年又有《望海樓》、《金地山遠眺》、《龍湫聽瀑》諸詩,知曾遊杭州、溫州兩地。又張燮《味經書屋詩稿》卷十《臨平道中與子瀟聯句》,其詩在辛酉年,知同遊者爲張燮。

是年,先生仍主玉山書院講席(《皇清敕授文林郎賜進士出身翰林院庶吉士武英殿協修官加一級顯考心青府君行狀》)。

嘉慶七年壬戌(1802)　四十三歲

春,赴京師應會試,不第(《皇清敕授文林郎賜進士出身翰林院庶吉士武英殿協修官加一級顯考心青府君行狀》)。途徑河間(《天真閣集》卷十四《河間客舍憶亡友吳研史》),又經雄縣,見平田皆成巨浸(《天真閣集》卷十四《雄縣大水平田皆成巨浸慨焉傷之》)。留京月餘,常集法式善詩龕,與楊芳燦、張問陶、劉嗣綰、吳嵩梁、樂鈞、錢林等往還酬和(《皇清敕授文林郎賜進士出身翰林院庶吉士武英殿協修官加一級顯考心青府君行狀》,《天真閣集》卷十四《法梧門祭酒式善詩龕歌》、《楊蓉裳民部芳燦過訪》、《贈戴金谿比部敦元》、《題張船山太史問陶勾漏山房》、《梧門先生招集詩龕卽席同武進劉芙初嗣綰洪孟慈飴孫東鄉吳蘭雪嵩梁臨川樂蓮裳宮譜》、《顧阿瑛笠屐像梧門先生屬題》、《醉夜與汪海樹貳尹瑚邵蘭風茂才廣銓席子侶同臥錢金粟孝廉林寓齋》)。

法式善極稱先生詩,并爲題其集。《皇清敕授文林郎賜進士出身翰林院庶吉士武英殿協修官加一級顯考心青府君行狀》:『法梧門先生見府君詩,傾倒甚至,投贈詩章有「江梅如爾瘦,樓月爲誰新」之句。』又《天真閣集》卷十四《法梧門先生見題拙集依韻奉答》。按,法式善《題孫子瀟原湘雙紅豆詞後》、《題孫子瀟孝廉天真閣詩集》,見《存素堂詩初集》卷十三。

舒位亦有詩題先生集(舒位《瓶水齋詩集》卷十《雨夜與仲瞿讀子瀟天真閣詩集即書其紅豆圖後》)。

王曇出示《住穀城之明日謹以斗酒牛膏合琵琶三十一弦致祭於西楚霸王之墓》三首,先生與舒位皆和之(《天真閣集》卷十四《王仲瞿過穀城以酒脯祀項王墓并攜琵琶女樂侑神得詩三首比來京師出以見示予與大興舒鐵雲孝廉位從而和之》、舒位《瓶水齋詩集》卷十《題仲瞿住穀城之明日謹以斗酒牛膏合琵琶三十二弦侑祭於西楚霸王之墓詩後》）。

王曇將爲西晉謝芳姿造墓，徵詩，先生爲作《謝芳姿團扇曲》（《天真閣集》卷十四《謝芳姿團扇曲仲瞿配金雲門夫人製圖仲瞿屬題其左》）。舒位《瓶水齋詩集》卷十《團扇夫人曲爲王仲瞿孝廉題團扇圖》序云：『晉中書令王珉，悅嫂婢謝芳姿，婢製《團扇詩》贈珉，以珉嘗手持白團扇也。仲瞿分宗瑯琊，賃廡吳會，將於短主簿祠旁穿徑甃石，奉夫人香火。仍屬嘉耦雲門氏寫秋風小影，徵詩紀事云。』

初夏，出都南下，至泰安，重過項羽墓（《天真閣集》卷十四《重過項王墓》）。按，舒位《瓶水齋詩集》卷十有《題仲瞿重過西楚霸王墓詩後》，附王曇原詩及先生同作。

五月，至兗州，遇王曇、舒位，遂同行（《天真閣集》卷十四《至兗州脯貲又竭喜遇仲瞿鐵雲約同車南下》）。時趙懷玉任兗州知府，招先生與舒位、王曇、席世昌登少陵臺（《天真閣集》卷十四《東魯書院之南有少陵臺焉下祀文貞像循級而上得七十餘武捫碑讀之爲康熙十八年趙蕙芽令滋陽重建蓋南樓故址也乃悟向所登城南樓非是適毘陵趙味辛懷玉來守是郡招同仲瞿鐵雲子偘登臺延眺發懷古之思慨然有作》、《王曇詩文集》卷三《趙味辛太守招登兗州南樓舊址俗傳少陵臺也先日與大興舒鐵雲姨丈位虞山孫子瀟原湘席子偘世昌三孝廉同訪靈光遺跡》、舒位《瓶水齋詩集》卷十《與孫子瀟席子偘王仲瞿登兗州城南樓》、趙懷玉《亦有生齋詩集》卷二十《與舒位王曇孫原湘席元偘諸孝廉登少陵臺歸集寓齋》）。趙懷玉《收菴先生自敘年譜畧》卷下七年壬戌五十六歲云：『五月至兗州任事，……舒位、王曇、孫原湘、席元偘四孝廉下第過兗，同登少陵臺。』

經曲阜、費縣、郯城，渡運河，至淮陰。按，《天真閣集》卷十四有《恭謁孔林作》、《觀蒙頂出雲》、《雨阻費縣題崇文書院壁留謝縣尹》、《六月望夜宿紅花步》、《運河》、《渡黃河》、《守風袁浦舟中再贈鐵雲》諸詩，可知行程。

抵邗溝，與王曇、舒位話別（《天真閣集》卷十四《守風袁浦舟中再贈鐵雲》、《舟達邗溝別仲瞿鐵雲先行約至吳門相待》）。按，《守風袁浦舟中再贈鐵雲》，《瓶水齋詩集》卷十附録此詩，題爲《泊舟淮浦守風與鐵雲並船話別》。

六月，文杓婦陶氏亡故（《皇清敕授文林郎賜進士出身翰林院庶吉士武英殿協修官加一級顯考心青府君行狀》）。

八月，偕文杓赴上海謁李廷敬。住李學璜家半月。與吳錫麒、何淇、陸繼輅、林鎬、改琦、鐵舟、康愷等讀畫論詩，宴飲酬和（《皇清敕授文林郎賜進士出身翰林院庶吉士武英殿協修官加一級顯考心青府君行狀》）按，《天真閣集》卷十五有《酒星歌爲吳穀人先生作》、《雙管草堂與祁生話舊》、《康起山學博愷飲我》、《送李味莊備兵入覲》、《安之以次女寄余膝下余字以仲穆而小女亦時時來窺朗慧可愛不能無詩》、《戲贈如意安之家小婢》諸詩，可以概見。又按，陸繼輅《崇白藥齋集》卷三有《喜孫二原湘至上海》、《孫二原湘詩來再用腥字韻輒復效尤題其近稿四首》。

九月，爲文樾娶婦徐氏，福建鳳山縣知縣徐英女（《皇清敕授文林郎賜進士出身翰林院庶吉士武英殿協修官加一級顯考心青府君行狀》）。

十二月十八日，洪亮吉由伊犁赦還，雪中過訪，與之同過吳蔚光（《天真閣集》卷十五《洪穉存編脩亮吉由伊犂赦還田里雪中過訪卽同過竹橋丈素脩堂宴飲》）。

嘉慶八年癸亥（1803）　四十四歲

春，遊虎丘，與舒位同宿王曇處。時蕭掄、呂星垣亦在蘇州，日聚王曇齋中（《皇清敕授文林郎賜進士出身翰林院庶吉士武英殿協修官加一級顯考心青府君行狀》、《天真閣集》卷十五《同鐵雲宿仲瞿吳門七十二公草堂話雨達旦》）。舒位《瓶水齋詩集》卷十七《書子山癸亥歲吳門會合詩後》序云：「子山原序云：『今春余至吳下，適孫子瀟自虞山來，主王仲瞿家，既而舒鐵雲、呂叔訥亦至，昕夕相聚於仲瞿齋中，因贈仲瞿，并示諸君』云云。此癸亥年事也。余今歲復讀子山詩，有感疇昔，因成是篇。」

時法式善寄《三君詠》至蘇州，先生作長歌報之（《天真閣集》卷十五《法梧門先生寄仲瞿鐵雲及原湘五言古各一題曰三君詠作長歌報之》）。《皇清敕授文林郎賜進士出身翰林院庶吉士武英殿協修官加一級顯考心青府君行狀》：「梧門先生以府君與府君仲瞿、鐵雲兩丈鼎足詩壇，作《三君詠》寄書適至。」

秋，先生病瘧（《天真閣集》卷十五《病瘧》、《病中贈内》）。歸懋儀有書來問先生疾（《天真閣集》卷十五《蘭皋自上海寄書問疾》）。

八月，爲文杓娶婦林氏，福建龍巖太學生林賓女（《皇清敕授文林郎賜進士出身翰林院庶吉士武英殿協修官加一級顯考心青府君行狀》）。

吳蔚光卒，年六十一。先生聞訃，以詩簡席世昌，賦詩哭之（《天真閣集》卷十五《病中聞竹橋先生之訃簡子偘》、《哭吳竹橋先生》）。

訪洪亮吉，不值（《天真閣集》卷十五《訪稚存先生時先生主講旌德不值憶去臘風雪中來游海虞同飲竹橋丈素脩堂歲末及期而丈已歸道山不勝今昔之感次章懷洪兼悼吳也》）。又訪趙基於梁溪官舍（《天真閣集》卷十五《訪趙約亭學博基梁溪官舍因憶乾隆丙午八月與約亭同寓秦淮時則有容甫淵如赤霞朗齋子和筠樵諸君徵歌賭酒極酣嬉淋漓之致事歷十八稔容甫朗齋筠樵赤霞皆化去淵如觀察山左子和官西曹江南惟子與約亭耳而約亭老矣菀枯死生之感不能無詩》）。

冬，蕭掄將歸婁東，先生置酒送別（《天真閣集》卷十五《蕭子山客吾虞十七年矣歲莫歸婁東將閉戶不出豈其鴻飛冥冥與抑歌黄鳥之章也爲召三數故人置酒言別申之以詩》）。

是年，《天真閣集》四卷刻成（《天真閣集》卷十五《刻天真閣集四卷成》）。

嘉慶九年甲子（1804）　四十五歲

正月，往上海探梅，訪李學璜、歸懋儀、陸繼輅諸人，住十日返（《天真閣集》卷十五《風雪夜赴黄浦》、《紫雲樓歌爲安之蘭皋伉儷作》、《擘珠曲爲祁生作》、《俞生琵琶行李味莊觀察席上作生名誥字春浦》、《謁李味莊備兵留滬城十日臨行留别諸公》二首）。

夏，淫雨成災，先生與邑中紳士設局賑災，勸紳富捐貲，改米爲錢，計口散賑，人皆稱先生籌策之善（《皇清敕授文林郎賜進士出身翰林院庶吉士武英殿協修官加一級顯考心青府君行狀》）。按，先生作《甲子歲水灾紀事》詳敘是年災情，見《天真閣集》卷四十三。

十月，題林鎬《雙樹生詩草》，并手抄其詩三篇。林鎬《雙樹生詩草》孫原湘跋云：『甲子十月，孫原湘讀一過，手抄《竹柏樓圖》、《俞邸琵琶》、《愛姝割臂》三篇。』

是年，三孫傳煜生（《皇清敕授文林郎賜進士出身翰林院庶吉士武英殿協修官加一級顯考心青府君行狀》）。

嘉慶十年乙丑（1805）　四十六歲

春，與席世昌赴京應試。按，《天真閣集》卷十七有《舟至丹陽水淺不得進同子偘作》、《雨行和子偘韻》，知席世昌與先生同赴京城。

過蘇州，賦詩別王曇（《天真閣集》卷十七《胥江與仲瞿話別》）。途經丹陽、揚州、淮南、泰安。按，參《天真閣集》卷十七《舟至丹陽水淺不得進同子偘作》、《題高旻寺塔憶數歲時過此閱三十六載復尋舊游》、《淮南道中》、《泰安道中》諸詩。在京城，與張燮觀海棠、宋宮團扇（《天真閣集》卷十七《寓齋海棠盛開花下同子和》、《宋宮團扇歌》）。

三月十八日，謝振定、楊芳燦、張問陶等招同人四十人集陶然亭，先生因風雨未至（《天真閣集》卷十七《謝薌泉侍御振定楊蓉裳農部張船山檢討潘紅茶編脩恭辰蔡浣霞儀曹鑾揚約同志四十人於三月十八日陶然亭燕集予以風雨不克與因成兩詩報謝竝簡座中諸君子》、吳嵩梁《香蘇山館詩集》卷六《三月十八日陶然亭雨集自法學士式善以下客凡四十人，主人則謝禮部振定、楊戶部芳燦、李兵部鼎元、程兵部同文、蔡禮部鑾揚、張檢討問陶、伊知府秉綬、陳編修用光、陳刑部希祖、謝吉士學崇也》）。

爲法式善題《瀛洲亭圖》(《天真閣集》卷十七《法時帆祭酒席上展閲瀛洲亭圖輒題其後》)。

會試放榜,先生名列第二。《天真閣集》卷十七《春榜放後作》:『泥金帖子耀春屏,注定文昌第二星。省試、會試俱列第二。』赴禮部宴,歸,作家書寄夫人(《天真閣集》卷十七《禮部飲宴歸作家書寄内》)。

四月二十一日,對策保和殿; 二十七日,賜白金表裏; 五月二日,勤政殿引見館選; 十五日,翰林院宣旨,先生名在第十九(《天真閣集》卷十七《四月廿一日對策保和殿恭紀》、《廿七日恩賜白金表裏恭紀》、《五月二日勤政殿引見館選恭紀》、《十五日翰林院宣旨臣原湘名在第十九》)。

六月二十四日,法式善招遊積水潭觀荷(《天真閣集》卷十七《六月廿四日梧門祭酒招同謝薌泉侍御楊蓉裳農部鮑覺生宫允桂星吴蘭雪博士嵩梁徐星伯庶常松遊積水潭觀荷放歌示蘭雪》)。

七月,仁宗東巡盛京,張燮隨往(《天真閣集》卷十七《送子和比部扈蹕奉天》)。仁宗謁陵祭祖禮成。十月,先生作古樂府十章、七律三十首,繕冊進呈,極蒙睿賞(《天真閣集》卷十七《聖駕東巡盛京祇謁祖陵禮成恭紀擬古樂府十章謹序》、《皇帝十載秋七月逮於十月之吉大禮告備孝治允洽聖繼聖哉神人慶哉宣受命哉又恭紀七律三十首》)。

十月,請假返里,與孫爾準出都南下(《天真閣集》卷十八《假旋示都門諸君子》、《題平叔詞稿兼寄秦秋南茂才鴻儀》,《天真閣集》卷三十三《賀新郎・假旋出都同平叔作時聖駕東巡盛京》)。至山東德州,謁孫星衍。時孫星衍任山東督糧道(《天真閣集》卷十八《德州謁淵如前輩兄》)。《孫淵如先生年譜》:『嘉慶十年乙丑,君五十三歲,官山東督糧道。』

十一月十三日，嗣母陳氏卒（《皇清敕授文林郎賜進士出身翰林院庶吉士武英殿協修官加一級顯考心青府君行狀》）。

嘉慶十一年丙寅（1806）　四十七歲

是年，先生在家爲嗣母守制（《皇清敕授文林郎賜進士出身翰林院庶吉士武英殿協修官加一級顯考心青府君行狀》）。

夏，命文杓與同輩爲文會，先生時加啟迪（《皇清敕授文林郎賜進士出身翰林院庶吉士武英殿協修官加一級顯考心青府君行狀》）。

秋，與孫星衍至蘇州，議建孫子祠。《皇清敕授文林郎賜進士出身翰林院庶吉士武英殿協修官加一級顯考心青府君行狀》：『壬申，淵如族伯來，同至郡，議建孫武子祠，籌費立規，始終其事，勒石垂久。』按，據《孫淵如先生年譜》卷下嘉慶十一年丙寅云：『弟星衡至吳門，與江浙族人置田，與僧鐵舟易一樹園，爲孫子祠，肖孫子及齊將臏象。』又嘉慶十三年戊辰云：『（八月）時靖江朱方伯勳居常州，及劉學使種之、趙司馬懷玉、洪太史亮吉，與君歡讌三日，並至吳門修葺孫子祠。……訪友常熟，仍回金陵。』又孫星衍《平津館文稿》卷下《虎邱新建吳將孫子祠堂碑記》：『翰林院庶吉士孫原湘、孫爾準、山東督糧道孫星衍、高唐州知州孫良炳，皆遠祖孫子。予告刑部侍郎王昶爲孫子五十七世孫，以外家爲姓，同時建議醵貲。』文末署『嘉慶十一年仲秋記』。

十二月，朱珪卒，先生爲位以哭（《天真閣集》卷十八《哭太傅朱文正師》、《前詩袛陳公論而未及私誼再哭三首》)。

是年,四孫傳烺生(《皇清敕授文林郎賜進士出身翰林院庶吉士武英殿協修官加一級顯考心青府君行狀》)。

嘉慶十二年丁卯(1807)　四十八歲

二月十五日,偕夫人遊杭州(《皇清敕授文林郎賜進士出身翰林院庶吉士武英殿協修官加一級顯考心青府君行狀》、《天真閣集》卷十八《仲春望日偕内子道華爲武林之遊舟中偶成》)。宿王曇處,時王曇僑西湖之王氏莊。《天真閣集》卷二十六《桃花莊歌》序云:『弔王仲瞿也。仲瞿僑西湖之王氏莊,隙地皆植桃,……予於嘉慶丁卯仲春,信宿其中,時花甫三年。』

三月三日,过錢泳草堂修禊(《天真閣集》卷十八《上巳日過錢梅溪草堂脩禊》)。按,胡源、褚逢春《梅溪先生年譜》嘉慶十二年丁卯云:『在家奉母。』又嘉慶五年庚申云:『正月初八日恭迎華太安人從金匱泰伯鄉舊居遷於常熟釣渚渡之新居。』故『在家』指在常熟釣渚渡新居。

夏秋之間,趙翼爲先生題詩冊。趙翼《甌北集》卷四十九《題孫子瀟翰林詩冊》:『子瀟太史太好奇,要與千古人爭勝。康莊大道嫌共趨,别鑿凶門誇力勁。……貽我《天真閣》一編,不知幾費椎斧柄。海内先生應第一,嘔出心肝不辭病。』按,此詩見趙翼《甌北集》卷四十九。

八月,洪亮吉來,同遊虞山(《天真閣集》卷十八《洪穉存前輩過訪留宿荒齋同遊虞山二首》)。林逸《清洪北江先生亮吉年譜》(嘉慶)十二年丁卯云:『八月,應嘉興李太守賡芸邀遊煙雨樓,遂遊常熟虞山，至浙江紹興登北幹山，訪快閣天池之勝。』

十月，爲嗣母陳氏營葬（《皇清敕授文林郎賜進士出身翰林院庶吉士武英殿協修官加一級顯考心青府君行狀》）。趙懷玉來常熟，訪先生、毛琛、趙同鈺。趙懷玉《收菴先生自敘年譜畧》卷下十二年丁卯六十一歲云：『十月至常熟，送故襄陽太守言君如泗之葬，訪孫吉士原湘、毛上舍琛、家秀才同鈺。屈通判保鈞子頌滿，年十六，能書畫，工琴，未易才也，作詩贈之。』

是年，作七箴以自警。《天真閣集》卷十八《七箴》序云：『昔程子作視、聽、言、動四箴，示人以制外養中之方者至矣。既錄以銘諸座右，復擬喜、怒、哀、懼、愛、惡、欲七箴，張之於左。非敢妄擬昔賢，亦聊以自警云爾。』

嘉慶十三年戊辰（1808）　四十九歲

正月三十日，席世昌卒，年四十四。先生賦詩哭之（《皇清敕授文林郎賜進士出身翰林院庶吉士武英殿協修官加一級顯考心青府君行狀》、《天真閣集》卷十九《同心哀哭子侃》）。

二月，送弟原濤之寧波（《天真閣集》卷十九《送舍弟之寧波》、卷五十《弟婦李孺人事略》）。將赴京闕，遣嫁次女若霞，適昭文廩貢生邵淵懿（《天真閣集》卷十九《將赴京闕遣嫁次女若霞》）。

二月二十九日，與夫人、文杓入都。《皇清敕授文林郎賜進士出身翰林院庶吉士武英殿協修官加一級顯考心青府君行狀》：『仲春，偕母孺人挈文杓入都，過毘陵，趙甌北先生邀府君論詩，數日始解維。』按，毛琛《俟盦賸藁續編》卷上有《送孫子瀟吉士服闋赴都》，系於戊辰年，有趙允懷批註：『二月廿九日』。

三月八日，是日寒食，在毘陵驛，訪洪亮吉（《天真閣集》卷十九《寒食泊舟毘陵驛和穉存前輩春日放歌韵》、《穉存前輩席上醉贈吕叔訥學博》）。

自毘陵往丹陽，舟至高郵，先生忽染寒疾，幾瀕於危，返里後一月始愈，而怔忡不止，由是絶意仕進（《天真閣集》卷十九《自毘陵至丹陽道中》、《舟至召伯埭忽中寒疾醫藥轉劇幾瀕於危返里後卧牀一月病起雜述》）。

是年春，陳文述過虞，偕先生商之昭文知縣謝培，絜柳如是殉節之所爲祠。《天真閣集》卷十九《錢牧齋故宅弔柳夫人》序云：『宅今爲昭文署齋，東偏小樓，柳夫人殉節所也。百餘年來，人不敢居，新尹至，於門外拜祭，加扃鐍焉。戊辰春，會稽謝君培宰斯邑，適陳大令文述因事過虞，商之謝君，絜此樓以奉夫人祀，出所藏夫人初訪半埜堂小像，屬海陵朱山人鶴年重橅，奉樓中，將求夫人遺詩鐫諸樂石，納樓壁以揚幽烈，而先徵同人賦詩，以識其事。』

告陳文述，其所住寓所即絳雲樓故址，文述紀之以詩（《天真閣集》卷十九《雲伯行館多名石古樹相傳爲牧翁絳雲樓故址今垣以外猶名半埜堂可指爲證雲伯紀之以詩余亦次韻》）。按，陳文述《頤道堂詩選》卷九《半野堂》序云：『爲柳如是初訪牧翁之所，余居蔣氏園，墻外小巷，居人尚沿此名。子瀟謂余寓處，正半野堂舊址，指園中喬木爲證。事或然耶，喜而有作。』又《絳雲樓》序云：『余寓蔣氏園，即半野堂，前詩作成，適子瀟見訪，言絳雲樓舊在半野堂，余寓即絳雲樓舊址，作《絳雲樓詩》。』

四月六日，張燮卒，年五十六。先生賦詩哭之（《天真閣集》卷十九《哭子和觀察》、卷四十七《誥授奉政大夫浙江寧紹台海防兵備道張君墓誌銘》、張定球《皇清誥授奉政大夫例晉中憲大夫浙江分巡寧紹台海防兵備道加三級顯考蕘友府君行狀》）。

七月十五日，友人袁斯麟卒。先生應其妻弟蔣繼熠、其子遠修敬請，爲撰墓誌銘（《天真閣集》卷四十八《署廣宗縣知縣袁君墓誌銘》）。

是年，五孫傳熥生（《皇清敕授文林郎賜進士出身翰林院庶吉士武英殿協修官加一級顯考心青府君行狀》）。

嘉慶十四年己巳（1809）　五十歲

三月，小住鐵舟僧平遠山樓，累月始歸（《天真閣集》卷十九《己巳春三月過平遠山樓聽鐵舟小霞彈琴時遠峰方病聽琴畢病良已爲之作詩以紀其事》）。

夏，爲陳太孺人請旌節孝，奉神位入祠（《皇清敕授文林郎賜進士出身翰林院庶吉士武英殿協修官加一級顯考心青府君行狀》）。

秋，赴蘇州，即送兒輩赴鄉試。中途泊舟金閶，命李馨作《秋訪圖》（《天真閣集》卷十九《送兒輩就試玉山郎之郡》、《雨中泊舟金閶命小霞作秋訪圖歌以紀事》）。

友人瞿紹堅卒，作詩哭之（《天真閣集》卷十九《哭瞿夢香》）。

友人毛琛卒，病危時以後事託先生，先生欲刻其詩稿，其子婦奪而藏之，鬻於他人。《皇清敕授文林郎賜進士出身翰林院庶吉士武英殿協修官加一級顯考心青府君行狀》：『毛壽君丈從粤東旋里，貧無所依，爲謀寄食棲息之所，病危時以後事爲託。府君經歷喪葬，規畫周至。有詩藁十餘卷，府君將謀付梓，而其子婦堅欲索取，府君婉言勸諭，且償以金，婦反抵突無狀，府君不獲已歸之。其後婦竟以藁鬻於他人，掩爲已有。府君嘗言及之，每爲憤歎。』又《天真閣集》卷十九《輓毛壽君》序云：『壽君名琛，早歲工詩，聲譽藉甚。晚年不得志，浪遊楚粵。比歸，諸子皆星散，寄蹟僧舍以終。生平著詩數千首，欲予爲選而刻之。病中以一篋授予，其子婦疑所蓄也，奪而藏之。君既殁，遂不可問矣。』

得舒位書并四詩，言去歲京師傳先生病殁邗溝（《天真閣集》卷十九《得舒鐵雲書并四詩言昨歲都門有傳予病殁邗溝者慰語情摯并問出山之期次韻述懷卻寄》、舒位《瓶水齋詩集》卷十三《寄懷子瀟四首》）。

冬，黄廷鑑示《介祉詩鈔》，先生讀一過，作《跋王介祉詩鈔》。按，是跋見《介祉詩鈔補遺》卷末。

嘉慶十五年庚午（1810）　五十一歲

春，李學璜、歸珮珊夫婦來（《天真閣集》卷二十《李安之歸佩珊夫婦過訪下榻長真閣》）。

秋，趙翼重赴鹿鳴宴，賦詩寫圖，索同人題，先生有詩（《天真閣集》卷二十《趙甌北前輩重宴鹿鳴詩》）。按，此詩見《天真閣集》卷二十。

是年先生怔忡時發，在家養疾（《皇清敕授文林郎賜進士出身翰林院庶吉士武英殿協修官加一級顯考心青府君行狀》）。

是年，作《席子侃遺集序》。《天真閣集》卷四十一《席子侃遺集序》：『席君子侃既殁之二年，其門下士哀集其所爲詩、古文辭，醵金付剞劂氏，屬余爲序。』按，是文未具日期。席世昌卒於嘉慶十三年戊辰，越二年，爲嘉慶十四年己巳。

嘉慶十六年辛未（1811） 五十二歲

春，欲赴京師，弗克具裝，疾又復作。《天真閣集》卷二十《春感八首》序云：『余入詞館七年矣，戊辰春，服除赴闕，舟至秦郵，急疾而返。都下有搆飛語中余者，師友各郵書敦促。今年又值散館，偏呼將伯，竟弗克具裝，疾且復作，是命矣夫。書此識感，兼呈院長諸師及同館諸故人。』

九月末，趙懷玉來常熟，同遊拂水巖，訪柳如是墓。趙懷玉《收菴先生自敘年譜畧》卷下十六年辛未六十五歲云：『九月杪，至常熟弔表妹葉恭人之喪。恭人余舅女，同年言太守朝標妻也。飲言大令朝樾所，與孫吉士原湘、家秀才同鈺輩遊拂水巖訪河東君墓。』

是年，長女筠安適太學生吳來復，先生連襟吳璋之子（《皇清敕授文林郎賜進士出身翰林院庶吉士武英殿協修官加一級顯考心青府君行狀》）。

嘉慶十七年壬申（1812） 五十三歲

四月，赴蘇州晤孫星衍（《天真閣集》卷二十《何夢華書來云伯淵觀察兄在吳門望余甚切且報芍藥將殘拏舟往晤枕上口號》、《伯淵觀察兄招集湖舫》）。按，據張紹南《孫淵如先生年譜》卷下嘉慶十七年壬申云：『四月，侍父旋里，直至吳門，歸刊成續古文苑平津館書二集，十一月復至吳門，遂往揚州，至臘月歸。』知星衍四月在蘇。

時張問陶寄居姑蘇，與先生時相唱和（《天真閣集》卷二十《喜晤張船山前輩時辭萊州守僑居虎邱山塘》二首、《湖舫席上看船山醉即用惠書扇頭韻》）。孫雄《詩史閣壬癸年詩存》卷一《前二詩意有未盡復成七絕八首不限韻》之四：『斟酌橋頭賃廡居，祖庭酬唱集瓊琚。張船山先生寄居姑蘇斟酌橋，與先高祖子瀟公時相唱和。前身疑是船山叟，屏跡園林自著書。』

十月三十日，伯兄原潮卒，年六十三。十一月，先生撰《祭伯兄文》（《皇清敕授文林郎賜進士出身翰林院庶吉士武英殿協修官加一級顯考心青府君行狀》）。《天真閣集》卷五十《祭伯兄文》：『嘉慶十七年十月之晦，伯兄以疾卒。閱一月，弟原湘甫能忍痛定志，具時羞以祭告兄之靈。』

十二月，弟原濤卒於溫州（《皇清敕授文林郎賜進士出身翰林院庶吉士武英殿協修官加一級顯考心青府君行狀》）。《天真閣集》卷五十《弟婦李孺人事略》：『會弟家中落，弟婦有姊嫁韓氏，其甥宦於浙。吾弟往依之，客死温州，訃至，弟婦一慟欲絕。』

嘉慶十八年癸酉（1813）　五十四歲

二月下旬，與弟子李馨、次子文樾至鄧尉探梅（《天真閣集》卷二十《擬探梅鄧尉風雪屢阻仲春下旬始得放舟喜今年花信獨遲山靈應不負我即事先成十韻示同遊李生小霞次子文樾》）。

夏，修葺聖廟，先生首先捐資，鄉紳皆樂從（《皇清敕授文林郎賜進士出身翰林院庶吉士武英殿協修官加一級顯考心青府君行狀》）。

九月九日，與友人登虞山破山寺（《天真閣集》卷二十一《重九日偕凌客亮時匏風蘭風破山寺登高》）。

朱樹基調任吳縣，先生有詩送之（《天真閣集》卷二十一《送朱楠臺大令調任吳縣》二首）。《（同治）蘇州府志》卷七十一：『朱樹基，安徽來安人，乾隆壬子舉人。嘉慶十年由安東調知昭文縣，……昭文邑有僻地曰任陽，形窪下如釜底，水常溢出害田。樹基梳港以清其流，設閘以殺其勢。事未竟而調吳縣。』

九月，赴吳璋古香書屋菊醼，時長女筠安得子（《天真閣集》卷二十一《古香書屋菊醼時主人方得孫就花下設湯餅之會以余慰女詩有明年十月黃花發來看而翁喜抱孫之句詫爲奇驗更索詩紀其事》）。

申瑤由廬州調任蘇州知府，喜而賦詩（《天真閣集》卷二十一《喜申南郵由廬州調任吳郡》）。

是年，長子文杓成廩生（《皇清敕授文林郎賜進士出身翰林院庶吉士武英殿協修官加一級顯考心青府君行狀》）。

嘉慶十九年甲戌（1814）　五十五歲

正月十九日，挈李馨、文杓、文樾赴鄧尉探梅（《皇清敕授文林郎賜進士出身翰林院庶吉士武英殿協修官加一級顯考心青府君行狀》、《天真閣集》卷二十一《孟陬十九日挈李生小霞暨兩兒放舟再赴銅井探梅作》）。

是年春，至昆山訪蕭掄，不值（《天真閣集》卷二十一《偕凌客訪子山鹿城不值留題寓壁》）。蔣因培自山東歸，居燕園，與先生多往來。時孫星衍、王芑孫、郭麐、改琦、方燮、林鎬等人相繼至，先生亦與酬和（《皇清敕授文林郎賜進士出身翰林院庶吉士武英殿協修官加一級顯考心青府君行狀》）。

按，《天真閣集》卷二十一有《伯生所居燕園去予屋纔數武昕夕過從而淵如惕甫頻伽七香遠峰臺山諸君亦相繼而至極譚醼之樂爲作考槃之三章焉》三首、《蔣伯生屬題蘿莊圖》、《伯生屬題佇秋圖》、《伯生買地北山得靈芝五本乞詩紀事》、《潁水微波曲》、《水仙瓣蕙蘭爲改七香賦》諸詩，可見交游。

六月，赴蘇州訪陳文述、蕭掄，留半月乃返（《天真閣集》卷二十一《甲戌六月赴郡口占是時旱甚》）。《皇清敕授文林郎賜進士出身翰林院庶吉士武英殿協修官加一級顯考心青府君行狀》：『太倉蕭子山先生，古文學曾南豐，爲文杓受業師，館陳雲伯丈寓齋，府君與雲伯丈有苔岑之契，往訪郡中，因留半月。』按，陳文述《頤道堂文鈔》卷二《蕭樊村傳》云：『余之始識君也，在丙寅秋，……次年受代偕歸吳門，先後客予蘭臺聚齋者十二年余。』知蕭掄是年館於陳家。

秋旱，請常熟知縣林沛、昭文知縣黃嵋開局賑濟，規劃如甲子水災時（《皇清敕授文林郎賜進士出身翰林院庶吉士武英殿協修官加一級顯考心青府君行狀》）。按，據《（光緒）常昭合志稿》卷十九，嘉慶十八年至二十二年，林沛任常熟知縣。嘉慶十九年至二十一年，黃嵋任昭文知縣。

是年秋，與錢杜、改琦宿鐵舟僧平遠山樓，過重陽始返（《天真阁集》卷二十一《鐵舟禪師騎馬歸雲圖》、《平遠山樓與錢七叔美作》、《山樓看雨疊前韻》、《鐵公留度重陽》諸詩）。

嘉慶二十年乙亥(1815)　五十六歲

三月,作《捐賑記》。按,是文見《天真閣集》卷四十六,文末署『嘉慶二十年三月孫原湘記』。

四月十七日,過趙元愷,觀翁心存、蔣庸、文杓習射(《天真閣集》卷二十二《四月十七日過趙叔才秀才元凱觀翁二銘秀才心存奇男上舍庸及兒子文杓習射邵匏風孝廉廣融暨令嗣君遠孝廉淵耀適至取醉而返》)。

其後先生遂病,臥家中,手定詩集卷目,月餘乃起。《皇清敕授文林郎賜進士出身翰林院庶吉士武英殿協修官加一級顯考心青府君行狀》:『乙亥,病臥天真閣,日以所編詩集,手定卷目,續付梓人。』又《天真閣集》卷二十二《病起》:『先生一臥竟月餘,四壁空空但存屋。……開窗看雨趿脚眠,又聽墮階梅子熟。』

是年末,索逋者紛集(《天真閣集》卷二十二《殘臘催租索逋者紛集》二首)。

嘉慶二十一年丙子(1816)　五十七歲

正月,蔣因培被嚴旨回山東,與先生別(《天真閣集》卷二十二《伯生歸未兩月方營燕園爲菟裘忽被嚴旨追回山東事不可測相就梅花下痛飲而別》二首)。赴屈保鈞招飲,其子頌滿在座。越十五日,頌滿卒,年二十五(《天真閣集》卷二十二《屈子謙名頌滿竹田子也玉貌高才工篆隸能畫山水花鳥甚有思致今年正月竹田攜酒梅花下邀予燕賞子謙隨侍閱十五日而子謙死疾革具衣冠向其父再拜云將歸兜率宮也》)。

秋，先生弟子翁心存、吳廷鈐、沈毅中鄉試。《皇清敕授文林郎賜進士出身翰林院庶吉士武英殿協修官加一級顯考心青府君行狀》：『丙子秋，翁君心存、吳君廷鈐南闈中式，沈君毅北闈中式，皆府君高弟。』

秋末，與林鎬等弔柳如是墓（《天真閣集》卷二十二《秋杪同林遠峰三數輩弔河東君墓》）。讀舒位詩，并題其集（《天真閣集》卷二十二《讀亡友舒鐵雲集題後》）。訪王曇（《天真閣集》卷二十二《訪王仲瞿盈盈一水樓時刻煙霞萬古樓集未竟》）。

十二月，得王曇書，約同探梅山中（《天真閣集》卷二十三《去臘仲瞿書來約同探梅山中既返武林遂忘前約書四十字於其盈盈一水樓壁》）。

嘉慶二十二年丁丑（1817）　五十八歲

春，至鄧尉探梅（見《天真閣集》卷二十三《將赴鄧尉梅花之約舟中先寄郡城諸君子》、《雨中自鄧尉至潭山下看梅》、《題石壁精舍石壁踞太湖上憨山大師結茅之所前拱列岫後擁萬梅爲吳郡諸峰最勝處》）。訪王曇，題詩其樓壁上（《天真閣集》卷二十三《去臘仲瞿書來約同探梅山中既返武林遂忘前約書四十字於其盈盈一水樓壁》）。

五月七日，趙懷玉來常熟。八日，訪先生。趙懷玉《收菴先生自敘年譜畧》卷下二十二年丁丑七十一歲云：『（五月）初七日早發，夜抵常熟，訪屈竹田保鈞。初八日訪孫吉士原湘。』

七月，友人鮑份歿於汴城，其喪既歸，詩以哭之（《天真閣集》卷二十三《鮑叔治歿於汴城其喪既歸詩以哭之》）。

八月一日，王曇卒，年五十八。龔自珍《龔定盦全集·續集》卷四《王仲瞿墓表銘》：『越八年，走訪龔自珍東海上，留海上一月，明年遂死，則爲丁丑歲。』又錢泳《履園叢話》卷二十二『西華山神』條云：『秀水王仲瞿曇，乾隆甲寅科舉人，載籍極博，落拓不羈。嘉慶丙子七月，與余同遊雲臺山，看其病重，因促之歸杭州寓館。丁丑八月初一日，果死。』

嘉慶二十三年戊寅（1818）　五十九歲

是年春，席煜卒，先生賦詩挽之（《天真閣集》卷二十三《挽席子遠編脩煜》）。

同人約探梅西磧，而梅花久不開，及花開，先生將赴旌德（《天真閣集》卷二十三《同人約探梅西磧及花開而予將有黽溪之行匆匆不暇唱渭城矣》）。

初夏，先生偕次子文樾赴旌德主毓文書院，途徑溧陽、江寧。《皇清敕授文林郎賜進士出身翰林院庶吉士武英殿協修官加一級顯考心青府君行狀》：『旌德毓文書院爲譚氏家塾，肄業者甚眾，主講多江左名宿，彼都人士慕府君名，殷勤聘請，因道遠固辭，不獲，初夏啟行，文樾隨侍。』

七月一日，蕭掄卒。陳文述《頤道堂文鈔》卷三《蕭樊村傳》：『蕭掄字子山，祖籍蘭陵，本蕭梁後人，世居太倉樊村涇上，又自號樊村。少與兄百堂齊名，有婁東二蕭之目。從嘉定錢竹汀宮詹遊，所學皆有根柢。嘉慶戊寅七月朔以疾卒。余之始識君也，在丙寅秋，時余攝篆吳淞，訪君於家東芸主簿所延之署齋，令兒子裴之從君受業。次年受代偕歸吳門，先後客予蘭臺聚齋者十二年余。』

秋，偕錢杜、陳裴之、徐尚立遊北山，憩破山寺（《天真閣集》卷二十四《偕錢七叔美陳小雲裴之徐玉臺尚立兩秀才遊北山過破山寺小憩》）。

嘉慶二十四年己卯（1819）　六十歲

春，陳文述招飲湖上（《天真閣集》卷二十四《雲伯大令邀同載酒泛雪湖中小雲隨侍因話昔年子山舊游小雲子山高弟也》）。歸懋儀爲陳裴之、汪端作《供硯圖》，先生、夫人皆有題詠（《天真閣集》卷二十四《供硯圖》）。

三月三日，與錢杜、陳文述遊虞山，所遊桃源澗、維摩寺、拂水巖、三峰寺、破山寺諸勝，皆有詩紀之（《天真閣集》卷二十四《三月三日偕錢叔美陳雲伯出北郭循桃源澗至維摩寺梅花下》、《登拂水巖循級而下仰觀劍門與兩君小憩石上》、《由蕭家棧下烏目澗入三峰寺》、《取道松徑至破山寺看竹》，又錢杜《松壺畫贅》卷下《與雲伯子瀟循桃源澗至維摩寺小香雪海》、《由維摩至拂水巖觀劍門奇石》、《下蕭家棧至三峯》、《由三峯行松逕中至破山寺》，陳文述《頤道堂詩選》卷十五《三月三日偕叔美、子瀟城北紀遊》四首）。

三月，先生自常熟至旌德，途徑無錫、宜興、溧陽、高淳、宣城、涇縣。二十九日，抵毓文書院（《皇清敕授文林郎賜進士出身翰林院庶吉士武英殿協修官加一級顯考心青府君行狀》、《天真閣集》卷二十四《由常熟至旌德取道無錫宜興溧陽高淳宣城涇縣水驛山郵意境百出襍詩紀行》、《重莅毓文書院風雨之後桃花落矣》、張爾旦《種玉堂集》卷一《春盡日抵洋川毓文書院桃花落矣子瀟師感而有作屬和其後》)。

是年爲先生六十壽辰,書院諸生置酒賦詩賀先生壽,先生作歌報之(《天真閣集》卷二十四《毓文諸生置酒爲予稱壽賦詩盈帙作歌以報并以一觴勸諸生醉》)。

秋,歸昭文,一路舟車換乘,不勝煩苦(《天真閣集》卷二十四《由旌德至下坊舍車而舟至東壩又舍舟而車行七十里復登舟不勝煩苦書此解嘲》)。

是年末,先生感懷平生交游,以庭梅卮酒,祭朱珪、袁枚、趙翼、劉權之、邵齊熊、李廷敬、法式善、吴蔚光、孫星衍、洪亮吉、錢福胙、阮升基、馮偉、張燮、舒位、王曇、陳聲和、席世昌、陳稔椿諸友人(《天真閣集》卷二十四《祭舊詩》)。

冬,爲長孫傳頲娶婦吴氏,太學生吴德滋女(《皇清敕授文林郎賜進士出身翰林院庶吉士武英殿協修官加一級顯考心青府君行狀》)。

嘉慶二十五年庚辰(1820) 六十一歲

三月,挈外孫邵燮元赴毓文書院。《皇清敕授文林郎賜進士出身翰林院庶吉士武英殿協修官加一級顯考心青府君行狀》:『毓文書院在上洋山中,嵐氣蒸濕,松濤溅寒,居人以澗水煮茗,府君體素弱,飲食起居,難爲調攝,意不欲往,諸生親來敦請。三月,挈邵甥燮元往,八月即還。』

是年夏秋,先生有事赴太平,途徑西嶺、碧琅玕山館、江邨。按,《天真閣集》卷二十五有《道經西嶺望黄山作歌》、《碧琅玕山館歌》、《曉至江邨》、《江邨觀荷華》、《登江邨塔》、《觀荷華歸寄家人》諸詩,可知其行程。

七月二十五日，仁宗皇帝崩。九月二十六日，先生奉遺詔，成服哭臨，作輓詩四首（《天真閣集》卷二十五《九月二十六日奉仁宗睿皇帝遺詔成服哭臨恭挽四首》）。

是年，爲五子文楷娶婦錢氏，元和從九品職員錢壽祺女（《皇清敕授文林郎賜進士出身翰林院庶吉士武英殿協修官加一級顯考心青府君行狀》）。

清宣宗道光元年辛巳（1821）　六十二歲

三月，昭文知縣劉元齡挑濬運河，與先生酌定章程，不兩月，舟行通利。五月，先生作《城河謠》紀之，復撰《昭文縣重濬城河記》（《皇清敕授文林郎賜進士出身翰林院庶吉士武英殿協修官加一級顯考心青府君行狀》）。《天真閣集》卷二十六《城河謠》序云：『道光元年春三月，昭文劉侯挑濬運河，城以東舟楫通利，而城西南諸水湮塞，自金李橋至范公橋數十武耳，通則脈絡貫矣。當事者欲通琴河之第三四絃，復古戾今，民不謂便，乃託爲此詞。前三章美浚河之功，而跨河水閣未撤，懼其久而復淤。後四章專爲西南諷焉。』

五月五日，友人邵廣銓卒，年四十九，先生賦詩哭之（《天真閣集》卷二十五《寄邵蘭風》、《聞蘭風之赴》及陸繼輅《崇百藥齋續集》卷四《邵蘭風哀辭》）。

五月，往遊蘇州（《天真閣集》卷二十六《虎邱觀牡丹》、《虎邱山塘觀水嬉》）。

是年末，改琦來（《天真閣集》卷二十六《七香來戲贈一首》、張爾旦《種玉堂集》卷一有《子瀟師席上贈華亭改七薌山人琦》)。

除夕，取故舊之詩，雜己詩祭之(《天真閣集》卷二十六《祭詩歌》)。

道光二年壬午(1822)　六十三歲

一月，偕夫人同遊杭州，至天竺、靈隱、飛來峰、孤山諸勝，皆有詩。遊一月始歸(《天真閣集》卷二十六《内子進香天竺登舟有作邀余和》、《重至西湖和道華作》、《遊天竺靈隱諸勝和道華韻》、《飛來峰》、《孤山探梅歌》、《探梅北山憩破腹寺遂至維摩寺》)。

是年春，先生病，至春末始病起(《天真閣集》卷二十六《病》、《病起同人有月下賞海棠之約至是而花落久矣作此解嘲》)。夫人悉心照顧(《天真閣集》卷二十六《贈婦》)。

是年，爲王曇配金氏作《天仙畫人歌》，時距金氏歿已十六年。《天真閣集》卷二十六《天仙畫人歌》序云：『金雲門夫人名禮嬴，山陰人，吾友王仲瞿之配也。於畫無所不工，山水似李昭道、董北苑，下亦似趙承旨，人物似李公麟，仙佛間似陳老遲，花鳥似徐、黄，墨梅似王參軍，蘭竹似趙子固。又能自出新意，發露天機。人問其何所師，曰：「吾師造化耳。」顧一畫恒數十日，稍不愜，便棄去。嘗作十八尊者，欲以施雲栖，長各徑丈，珍禽奇樹，備極瓌偉。墨骨既就，以傅色須錢百千，久之不就，成龍樹一尊而已。每日晨起坐一室，研吮丹粉，盡二鼓乃已，家之有無不問也。予寓仲瞿家累月，未嘗悉其聲影。有具金帛求畫者，輒謝曰：「吾畫豈可求而得者？」獨善予與舒鐵雲詩，許爲作畫。余得墨梅一幅，又嘗爲先太守作《從軍西藏圖》，絹長三丈餘，人馬如豆，經年始成，未及傅色而夫人亡矣，年二十有九。仲瞿寶其畫，常以數十幅自隨，有乞之者，别倩能手作贋本與之。仲瞿殁，不知流落誰手矣。夫人嘗乞予詩，予詩不苟作，今距夫人殁已十六年，乃作以報其靈爽。畫傳詩耶？詩傳畫耶？姑俟之百世以後。』

按，王曇《煙霞萬古樓文集》卷四《繼室金氏五雲墓誌銘》：『以乾隆五十九年十一月四日婚於山陰。……年三十有六，卒之日，以梅爲聘，以桃爲媵。』又《煙霞萬古樓詩集》卷五《鶴市詩四十二首於虎丘之盈盈一水樓作》其八夾注：『兩亡人（按，即原配朱氏、繼配金氏。）同三十六歲，同死佛道場，同夫婦十二年，同六年聚合六年離别也。』與先生所記『年二十九』不符，今以王曇自敘爲準。

又作《桃花莊歌》弔王曇。《天真閣集》卷二十六《桃花莊歌》序云：『弔王仲瞿也。仲瞿僑西湖之王氏莊，隙地皆植桃，榜其門曰：「借他紅粉三千樹，伴我青山十八年。」意謂桃花命短，止此數耳。予於嘉慶丁卯仲春，信宿其中，時花甫三年。今春于役杭州，重過其地，花恰十八年矣。雖零落，猶存數百株，而仲瞿下世已六年。求十八年之窮愁著書，天猶靳其數。吁！命矣夫！』

道光三年癸未（1823）　六十四歲

是年春夏水災，先生議賑勸捐（《皇清敕授文林郎賜進士出身翰林院庶吉士武英殿協修官加一級顯考心青府君行狀》、《天真閣集》卷二十七《水災謠》）。

七月二日，吳卓信卒，賦詩哭之。《皇清敕授文林郎賜進士出身翰林院庶吉士武英殿協修官加一級顯考心青府君行狀》：『吳頊儒丈古文得震川之傳，府君每作文，必與商榷，是冬病殁，哭之失聲。』

又《天真閣集》卷二十七《哭項儒》：『文侯千秋定，身先萬木凋。』自注：『立秋前一日歿。』按，據《近世中西史日對照表》，是年立秋爲七月三日。行狀記吴卓信『是冬病歿』，與先生所記『立秋前一日歿』不同，姑以先生所記爲準。

是年，六孫傳壽生（《皇清敕授文林郎賜進士出身翰林院庶吉士武英殿協修官加一級顯考心青府君行狀》）。

道光四年甲申（1824）　六十五歲

是年，先生主通州紫琅書院講席（《皇清敕授文林郎賜進士出身翰林院庶吉士武英殿協修官加一級顯考心青府君行狀》）。

正月，讀《宋史》，作詩六首，以訂《宋史》之謬闕。《天真閣集》卷二十七《書姜堯臣》序云：『靖康之變，上皇將赴金營，堯臣爲中書舍人，極諫不可往。番使以骨朵擊之死。見俞文豹《清夜錄》。爲補詠其事，與前數詩，皆以訂《宋史》之謬誤闕略云。』

是年春，邵廣融卒，賦詩挽之（《天真閣集》卷二十七《輓邵匏風孝廉廣融同年》）。

又外孫吴升基卒，作詩慰女文筠（《天真閣集》卷二十八《嘉慶壬申之秋長女文筠誕女不育予慰之以詩曰明年十月黄花發來看而翁喜抱孫屆期生子升基生十二年而殤母哭之慟作詩以紓其悲》）。

六月六日，於城北通江橋見海市蜃樓。《天真閣集》卷二十八《海市歌》序云：『吾邑去海三十六里，未見海市也。甲申六月六日酉時，於通江橋見之，有城垣樓閣、人物車馬，有橋有船，有浮圖，有樹。

少選五色浮動，萬怪惶惑，紛紜往還，莫可名狀。蓋頻歲積潦陰凝之氣鬱而上浮，卽云蛟蜃所爲，彼亦有所召也。詩不能盡其異，但無不實耳。』又張爾旦《種玉堂詩》卷一《蜃樓歌》序云：『道光甲申六月，有蜃氣現城北，成樓閣人物狀，虞城北濱大海，居人罕見，遂以爲奇，時予適感人情之幻，因作是歌。』

六月二十七日，弟婦李氏卒，年五十八，先生爲撰事略（《天真閣集》卷四十八《弟婦李孺人事略》）。

是年秋，夫人病，先生偕往蘇州就醫，小住虎丘山塘（《皇清敕授文林郎賜進士出身翰林院庶吉士武英殿協修官加一級顯考心青府君行狀》、《天真閣集》卷二十八《内子就醫吳門泊舟虎邱山塘得遊能起疾勝求醫七字屬爲足成之》）。

初冬，至北郭觀楓（《天真閣集》卷二十八《初冬日出北郭散步楓林間十里五里丹黄如繡偶憩結草菴坐小閣則遠近紅樹皆在我目高下濃淡參錯如畫有似大癡者有似叔明者亦有孤瘦似雲林者洵秋林中一巨觀矣蓋東散於聚又隱其所不美而盡收其美故景特奇以無心得之又特奇也作歌以紀之》、《再過楓林較前益穠麗而先紅者微脱矣弔之以酒醉復作歌》）。

是年，爲四孫傳烺娶婦周氏敏貞，太倉庠生周僖女（《皇清敕授文林郎賜進士出身翰林院庶吉士武英殿協修官加一級顯考心青府君行狀》、《天真閣集》卷二十八《余舊題吟紅閣詩稿有不知柳絮因風起飛向誰家玉鏡臺之句爲周山樵女敏貞作也今敏貞歸予孫傳烺矣謝庭柳絮爲吾家所得喜疊前韻》）。

道光五年乙酉（1825） 六十六歲

是年，先生仍主紫琅書院講席，後因病辭之（《皇清敕授文林郎賜進士出身翰林院庶吉士武英殿協修官加一級顯考心青府君行狀》）。

春，至昆山訪王學浩。二月十二日，遊玉峰山（《天真閣集》卷二十九《花朝馬鞍山下尋舊遊》、《訪椒畦》）。

張燮卒後，黄丕烈得其舊藏宋刻《荀子》，後還燮孫張蓉鏡，先生作詩紀之（《天真閣集》卷二十九《子和舊藏宋刻荀子毛氏汲古物也身後歸之黄蕘圃失去一册蕘圃以元鍥本補足子和孫伯元丐諸蕘圃蕘圃乃跋而還之爲之作詩》）。

夏，遺孫女麗生適歸氏（《皇清敕授文林郎賜進士出身翰林院庶吉士武英殿協修官加一級顯考心青府君行狀》）。

友人陳揆卒，年四十六，先生作詩挽之（《皇清敕授文林郎賜進士出身翰林院庶吉士武英殿協修官加一級顯考心青府君行狀》、《天真閣集》卷二十九《陳子準輓詩名揆邑諸生博學嗜古著有六朝水道疏琴川志補注續志等書》）。

是年，與黄丕烈多有往還（《天真閣集》卷二十九有《題黄蕘圃所藏宋刋唐女郎魚玄機詩後臨安府棚北睦親坊南陳宅書籍舖印行本計一卷共十二葉舊爲項墨林所藏本今歸百宋一廛卷首有余學士集白描小影》、《去年芙蓉莊紅豆花求一實不得黄蕘圃得之郡城寺惠然以八顆見寄報之以詩以志永好》）。

道光六年丙戌（1826）　六十七歲

正月，先生感小疾，旋愈（《天真閣集》卷三十《新春病起招諸生飲》）。

四月，遊虎丘，有懷舊遊（《天真閣集》卷三十《首夏虎邱山追憶舊遊》）。

七月，作《徐芝仙詩集序》。按，文見《天真閣集》卷四十，未具日期，據《歷代別集序跋綜錄》清徐蘭條錄此序，文末署『道光六年七月，孫原湘述』。

是年，先生主婁東書院講席（《皇清敕授文林郎賜進士出身翰林院庶吉士武英殿協修官加一級顯考心青府君行狀》）。

道光七年丁亥（1827）　六十八歲

二月，孫爾準致書相招，先生與之晤於松陵道中。往返十日，抵家時梅已落（《天真閣集》卷三十一《花朝松陵道中》、《苕谿舟次遇平叔宫保弟時方平定臺灣逆匪入覲》、《惜梅吟》及孫爾準《泰雲堂詩集》卷十五《吳興道中》）。

七月，與家人同遊小石洞。《天真閣集》卷三十一《小石洞瓔珞瀑歌》序云：『丁亥七月廿三、四日，風潮歷兩晝夜，大木盡拔。既霽，泛舟山塘，楊柳之合抱者，根悉偃仆。遂至小石洞，聞洞中雷雨聲甚厲，循級下數武，則流珠撲面。……同遊者，邵婿淵懿、外孫元標、兒文杓、姪文枚。道光七年七月廿六日記。』

是年，先生仍主婁東書院講席（《皇清敕授文林郎賜進士出身翰林院庶吉士武英殿協修官加一級顯考心青府君行狀》)。

道光八年戊子(1828)　六十九歲

是年，先生主游文書院講席(《皇清敕授文林郎賜進士出身翰林院庶吉士武英殿協修官加一級顯考心青府君行狀》)。

二月，陶澍來虞，履勘白茆故道。至游文書院，寓書先生，嘉其化導之速(《皇清敕授文林郎賜進士出身翰林院庶吉士武英殿協修官加一級顯考心青府君行狀》)。吴淞江工竣放水，先生作詩呈陶澍(《天真閣集》卷三十二《吴淞江工竣放水作歌和陶雲汀前輩韻》、《登虞山望海歌呈陶雲汀中丞》)。陶題《虞山圖》，又索先生和詩(《天真閣集》卷三十二《春時雲汀前輩旌節涖吾虞登山望海志在興復白茆水利屬爲作歌今公繪虞山圖自題一詩於上寄示索和有曰雲帆歷歷轉遼左又曰不信大海多迴風其寄意深矣次韻復呈卽題虞山圖後》)。

秋，與邵元標等遊蘇州(《天真閣集》卷三十二《赴郡舟夜同蘭齋子勝》、《秋晚虎邱同晼卿》、《留仙閣同晼卿取醉》)。

十一月十一日，爲先生生日。是日陳鑾來，贈詩四章，先生有和詩(《天真閣集》卷三十二《陳芝楣觀察鑾以賤降枉過贈詩四章并索拙稿次韻報謝》)。

十二月，蔣因培自山東歸，晨夕過從(《天真閣集》卷三十二《喜伯生至》)。蔣得唐張處萬造象，先有翁方綱題句，先生亦爲題詩。《天真閣集》卷三十二《唐張處萬造象題名小銅碑》序云：『……向存武林黄松石家，王虚舟及其子孟堅欲豪奪而不可得。松石孫元長以贈蔣伯生，伯生出以見示。先有翁覃谿前輩題句，屬爲繼聲。』又爲蔣因培作《蔣伯生賞詩閣圖》，此爲先生絶筆之詩（《天真閣集》卷三十二《蔣伯生賞詩閣圖》）。

是年冬，命長子文杓抄録詩集，凡三十二卷。《皇清敕授文林郎賜進士出身翰林院庶吉士武英殿協修官加一級顯考心青府君行狀》：『府君詩集先刻三十卷，風行海内，朝鮮國使臣入覲，購覓攜歸。去冬，命文杓抄録三十二卷，後虚數葉，意于今春續成，孰知爲伯生丈作《賞詩閣》七古一章，遂成絶筆矣。痛哉！』

是年，常熟縣知縣張敦道、昭文縣知縣周珩欲修葺城垣，囑先生與紳士議之。先生親自登城，分段確估，工雖未興，而已有次第（《皇清敕授文林郎賜進士出身翰林院庶吉士武英殿協修官加一級顯考心青府君行狀》及《（同治）蘇州府志》卷五十六、五十八）。

道光九年乙丑（1829）　七十歲

正月二十七日，先生得風寒。二十八日，過周珩，賀周母壽。晚陳鑾來，先生與之長談。是夜寒熱作，至四鼓乃止，而忽患胃痛（《皇清敕授文林郎賜進士出身翰林院庶吉士武英殿協修官加一級顯考心青府君行狀》）。二十九日，晨胃痛漸劇，以後事囑夫人。進藥後，痛少紓，至夜病轉劇。《皇清敕授文林郎賜進士出身翰林院庶吉士武英殿協修官加一級顯考心青府君行狀》：『廿九日清晨，痛漸劇，即以後事屬母孺人。不肖等急延醫視脈，進以理氣消滯之劑，痛少紓，猶爲邵塄酌改書義。至夜痛復作，且吐酸，滴水不能飲。』

二月一日，先生自知不起，以後事囑子孫。二日辰時，端坐含笑而逝，得年七十。《皇清敕授文林郎賜進士出身翰林院庶吉士武英殿協修官加一級顯考心青府君行狀》：『二月初一日，延周君會亭診視，謂肝胃不和，投以吴茱萸、旋復花等藥，飲半甌，而痛勢轉劇，遂命不肖等曰：「吾病不治，天欲我歸耳。汝等勿再醫禱。第一保守墳墓，次爲曾王母及祖母建節孝坊。至古文駢體詩辭藁未刊者三十卷，勉力續成之。營葬必近陳太孺人墓旁，家貧，惟可畧具規模。母孺人年已七旬，汝等既不能成立，雖菽水必盡歡，兄弟必和睦，子孫以讀書爲本，毋以艱窘廢棄。遵此數事，吾願畢矣。」二鼓强起如廁，步履不異平時。三鼓時痛忽解，而頭汗不止，神識愈清。至四鼓，忽問驚蟄何時，對以辰刻，遂不語。不肖等急進葠苓，但云「歸去」二字，端坐含笑，已長逝矣。嗚呼痛哉！』

按，李兆洛《翰林院庶吉士孫君墓誌銘》：『以道光九年二月二日卒，年七十。君所爲詩，已刻者三十卷，《續集》及古文、駢體三十二卷未刻。』陳壽祺《皇清勅授文林郎翰林院庶吉士充武英殿協修官孫君墓志銘》：『以乾隆二十五年十一月十一日生，道光九年二月二日卒，享壽七十。』